Пётр Межирицкий

ДЕТИ КРЕЩАТИКА

Трилогия

 Liber

2016

Пётр Яковлевич Межирицкий
ДЕТИ КРЕЩАТИКА. – Libes, 2016. – 334 c.

Отечественная война и Холокост глазами детей. Книга основана на личных впечатлениях Люды Соколовской, своего рода «русской Анны Франк», – в 1941 г., девятилетней девочки, чудом выжившей в оккупированном Киеве, – и Петра Межирицкого, чьи родственники погибли в Бабьем Яре, а сам он был эвакуирован из Киева под обстрелом. Трилогия, объединённая сквозными персонажами, состоит из повестей «Мама, там стреляют...», «Шёл трамвай девятый номер» и «Цена победы». «Мама, там стреляют...» – охватывает события с июня по сентябрь 1941 года: с первых дней войны до падения города и трагедии Бабьего Яра. «Дети Крещатика» – неведомая страница Холокоста: о детях, бежавших от расстрела в Бабьем Яре и некоторое время скрывавшихся в развалинах Крещатика зимой 1941-42 гг. «Цена Победы» – о судьбах детей-беженцев в тылу.

Peter Mezhiritsky
DETI KRESCHATIKA (KRESCHATIK'S CHILDREN). – Libes, 2016.
334 pages (Russian Language)

"Kreschatik's children" is based upon the World War II recollections of Lyudmila Sokolovskaya and Peter Mezhiritsky. Sokolovskaya wartime experience had much in common with that of Anne Frank, although she miraculously survived the Nazi occupation of Kiev. Mezhiritsky, also from Kiev, whose family members perished in the Babi Yar massacre, was himself hastily evacuated from Kiev during episodes of heavy gunfire.

This trilogy of stories transports readers into the world of a chaotic, war-torn Kiev. "Mama, there is shooting in there..." poignantly portrays life from the first days of the war to the tragedy of Babi Yar, through the eyes of seven year old boy.

"Number Nine-tram quickly passing..." reveals new facts, previously lost to history, about orphans of war. They outwitted the Nazis to escape execution and managed to survive in the ruins on Kreschatik.

"The price of Victory" follows the lives and fates of the war-time child refugees behind the battle-lines.

ISBN 978-0-9976169-1-0
Libes
PO Box 842 Imperial Beach, CA 91933 USA
www.LibesPublishing.webs.com

Содержание

МАМА, ТАМ СТРЕЛЯЮТ…   5

ШЁЛ ТРАМВАЙ ДЕВЯТЫЙ НОМЕР…   80

ЦЕНА ПОБЕДЫ   201

МАМА, ТАМ СТРЕЛЯЮТ…

На границе тучи ходят хмуро… 5
Бегство 12
Июль-август 28
При ясной погоде 35
На фоне канонады 44
Ташкентский эвакопункт 49
Киев, сентябрь 56

ШЁЛ ТРАМВАЙ ДЕВЯТЫЙ НОМЕР…

Голубая кофточка 80
Есть Кремль, в Кремле Сталин… 86
Группа войск «К» 92
Кот принимает командование 95
Жизнь среди взрослых 98
Вокзал, комендант, Шеля 102

Роман Платонович радуется 109

Мама вовлекается в игру 114

Помните: вы – Орловы! 118

Хлеб населению 124

Жиденята 134

"Ты кто?" 139

Первая ночь 141

Во тьме 146

Вечер первый 150

Пороша и Катюша 160

Будут другие дела... 169

Другие дела 174

Ликование 179

Стажировка 186

Ночной разговор 193

Большой снегопад 196

ЦЕНА ПОБЕДЫ

Наманган 201

Октябрь – декабрь 209

Песочная 3 222

Первый класс 235

Сорок третий. Малярия 246

Победный сорок четвёртый 266

Лорка и Зоя 286

Патефон 298

Евангелие от Лоры 309

Весна Победы 316

Победа! 322

Эпилог 331

Послесловие 332

МАМА, ТАМ СТРЕЛЯЮТ...

Памяти первого в жизни друга, Шурки Волкова,
посвящаю

На границе тучи ходят хмуро…

Утром двадцать первого июня, в субботу, Шурка проснулся с ощущением праздника. Установилось киевское лето, и он решил упросить маму, чтобы разрешила не идти в детсад. И тут сообразил: с детсадом как раз и связана праздничность. Юлька Плонский обещал принести револьвер, настоящий, семизарядный, стреляет патронами, только без пуль. Юлик сказал: пламя вылетает из отверстия не в конце ствола, а посередине, вперёд и вверх, бахает, аж страшно. Его дядя Лёва, лейтенант НКВД, лобастый, губастый, добрый, жил на Обсерваторной напротив Шуркиного шестиэтажного дома, красного, кирпичного, ещё не оштукатуренного, построенного для командиров Киевского военного округа по приказу предателя Якира. Дядя привёз Юлику револьвер из Львова, бывшего польским городом и ставшего советским, когда Германия разгромила панскую Польшу. Красная Армия защитила тогда братьев Западной Украины и Западной Белоруссии. Шурка давно уговаривал Юлика принести револьвер. Он был знаток оружия. Папа, капитан танковых войск, давал Шурке свой наган, вынув из него патроны и велев не щёлкать курком. Щёлкать хотелось, но Шурка слишком любил папу, чтобы ослушаться. Зато папа позволял ему разбирать и собирать наган. Юлькин револьвер тоже можно разбирать и собирать. Патроны, правда, Юлька принести не обещал: за выстрел во дворе садика исключат, ещё и револьвер отберут.

Согласию Юлика принести револьвер, которым он владел уже более года, способствовало множество событий. Четырнадцатого газеты напечатали опровержение ТАСС, и Шурка с Юлькой, наперекор взрослым, решили, что война на носу. Они следили за событиями. Юлька читал "Правду", Шурка читать ленился, но разглядывал фотографии и читал подписи. Уже больше месяца не было крупных налётов на английские города, вроде майской бомбёжки, когда в одном Лондоне убило полторы тыщи человек. Где фашистские самолёты? А в опровержении ТАСС написано, как говорят взрослые, чёрным по белому, хоть сами взрослые чёрным по белому читать не умеют: концентрация германских войск на советской границе. А концентрация – это что, не война?

Через день или два после опровержения Шурка проснулся ночью, чего обычно не случалось. Папа разговаривал с мамой в коридоре, тихо, но что-то в интонациях было такое, что прервало чуткий Шуркин сон. Встал, подошёл к портьере. Дверь в коридор была приоткрыта. Папа стоял у входной двери в полевой форме, с портупеей, планшетом, с наганом на поясе. Таким он явился из Бессарабии, которую прошлым летом товарищ Сталин вернул в дружную семью советских народов. Шурка даже со сна заметил, что на папиных чёрных бархатных петлицах теперь две шпалы, хотя шеврон на рукаве старой гимнастёрки остался прежний, с узкой полосой. Так папа уже майор! Мама, похоже, не замечала этого. Стояла против папы в голубой ночной сорочке, с распущенными волосами, прижав руки к щекам.

– Циленька, ты неверно это толкуешь. Опровержение ТАСС – это не газета, это сам Сталин сказал: войны не будет! Успокойся, моя хорошая. Простая военная предосторожность. Еду командовать частью, все меня там знают, с ними вступал в Бессарабию... Это Западная Украина, даже не у самой границы, уже поэтому ты не должна беспокоиться. Жди вестей от меня и не паникуй.

Мама не шевелилась, не отнимала ладоней от щёк, и Шурку вдруг пронзило предчувствие столь ясное, словно у него в голове кто-то громко сказал: папу ты больше не увидишь! Папа повернулся, чтобы снять с вешалки шинель, и встретился взглядом с Шуркой, стоявшим, держась за штору, в проёме двери. Они шагнули друг к другу, папа вскинул его на руки, а он вжался лицом в тёплую, знакомо пахнувшую одеколоном отцовскую шею.

– Александр Васильич, ну... – бормотал папа, гладя его светлые пряди. – Рядовой Волков, остаёшься за мужчину в семье. Береги маму, не позволяй ей волноваться. И сам... Ничего не бойся. Помни, ты сын красного командира.

– Васенька...

– Циленька, всё будет хорошо. Танки наши быстры. Их много. Береги себя.

– Это ты береги себя!

– Александр Васильич, о моём отъезде рассказывать в садике не обязательно...

Три дня он крепился и ничего не рассказывал даже Юльке. В пятницу не выдержал, на душе саднило, рассказал. Юлька не болтун, на него можно положиться.

Мальчишки были непохожи, но чем-то очень одинаковы. Шурка с шелковистыми длинными прядями, русый, прямоносый, с широко расставленными светлыми глазами и рассеянным взглядом. Юлька курносый, зеленоглазый, пристальный, с золотистым чубчиком. Оба длиннорукие, длинноногие, быстрые, оба заводилы, интуитивно чуяли ситуацию, умели попеременно подчиняться и командовать и стояли друг за друга горой. Когда в пятницу перед тихим часом – так назывался в садике дневной сон – Шурка отозвал друга в угол опустевшей столовки и под честное октябрёнское сказал, что папа отправлен на границу командовать танковым полком, Юлька огляделся и сказал: "Ш-ш-ш!" После полдника (клюквенный кисель и два пряника, садик был привилегированный) играли с Владиком, Игорем и Мишкой. Потом за Шуркой пришла его мама, молодая, рыжеволосая, как и Юлька, тайно влюблённый в неё, тихо улыбчивая, грустная, и Юлька шепнул Шурке:

– Завтра принесу пистоль.

В субботу перед завтраком мальчики уединились во дворе детсада. Они любили свой заросший кустарником и высокими деревьями дворик на косогоре. Его рельеф позволял манёвры. В лощинах удобно было скрытно накапливаться перед атакой. В одной из них мальчики скрылись. Шурка, держа дулом книзу – хоть дула не было, от барабана сверление шло лишь до половины ствола и выходило вверх небольшим овальным отверстием, – привычно взвесил в руке тяжёлый револьвер.

– Здорово! – выдохнул он. – А патроны?

– Без пуль. – Юлик вынул из кармана коротких штанишек с помочами один латунный патрон.

– Гильза. Совсем настоящий. Только фольга вместо пули. Давай стрельнем, а?

– Ты что! Знаешь, как бахает? Милиция прибежит!

Шурка провернул барабан и вздохнул с сожалением.

– А если ствол досверлить?

– Факт, будет настоящий. Мой двоюродный брат Гришка всё умеет. Он сказал: если война – досверлит! Тогда уж не будут придираться, если есть оружие.

– Не, Юлька, с оружием строго. Надо прятать.

– Ну, подумаешь. У нас в подвале крысы, темно, никто не ходит. И кирпичи навалены. Там и спрячу, под кирпичами. Там пулемёт можно спрятать.

– Мальчики! – Голос воспитательницы старшей группы Вероники Степановны был суров. Юлик проворно спрятал револьвер в просторные штанишки. – Юлик, Шурик, что за безобразие? Марш завтракать!

За едой болтать не полагалось, но всё равно говорили, тихо. Беляки и фашисты – Игорь, Владик, Мишка – ели за дальним столиком под окном с девчонкой-замарашкой. Юлик жестом показал врагам: после завтрака продолжают игру. Они вчера штурмовали Перекоп, но беляки их отбили. Сегодня красные собирались зайти им в тыл. Весёлая Люда, полненькая, кудрявая, тёмноволосая и тёмноглазая, считалась девочкой Юлика, предложила свои услуги в качестве санитарки и была уважена. Беленькая Тоня, тоже сидевшая за их столиком, поглядывала на Шурку, не смея просить. Шурка, рассеянно возя ложкой по манной каше, покосился на Юлика и кивнул. Тоня вспыхнула и осмелела. Завязался светский разговор. Тоня поинтересовалась, сколько лет маме Юлика.

– Тридцать шесть, – буркнул Юлик. – Кстати... – Он любил щегольнуть начитанностью. – ...о возрасте женщин не спрашивают. Это неприлично.

– А твоей маме? – спросила Тоня у Шурки.

Юлька фыркнул на эту невосприимчивость к правилам хорошего тона. Шурка запустил руку в русые пряди, вытаращил светлые глаза и не очень уверенно произнёс:

– Семнадцать.

Юлька удивлённо глянул на друга, но смолчал.

– Не может быть! – засмеялась Люда. – Тебе будет семь, да? Значит, твоя мама... – Она зашевелила губами. – Значит, мама родила тебя в десять. Моей сестре десять, она в третьем классе. Девочки в десять ещё не рожают.

– Не рожают? – растерянно переспросил Шурка. – Всё равно, маме семнадцать. Она очень красивая.

– Ну, красивая, но не семнадцать же.

– Так он думает, детей в капусте находят! – пырскнула Тоня.

Глаза Шурки бешено посветлели, он выбросил по направлению к Тоне руку:

– Ты исключена!

– Разговоры! – цыкнула Вероника. – Волков!

Шурка вскочил, светлые пряди взметнулись.

– Я не буду есть кашу!

– Стань в угол!

Юлик пристально глядел на воспитательницу. Сказать бы ей, что с Шуркой надо деликатнее... Его папа командует полком, а на границе тучи ходят хмуро, край суровый тишиной объят, Шурка не находит себе места... Но сказать – значит, открыть военную тайну. Он смолчал и послал другу долгий успокаивающий взгляд.

Игралось сперва хорошо. Беляков было больше, трое мальчишек и две девчонки: Тонька обиженно перешла на их сторону. Юлик привлёк в помощь Люсика Трахтенберга. Люсик – маленький, плотный, под носом сопли – был решителен, послушен и не хныкал. Ему поручено было вместе с Людой охранять тыл. После рейда беляков Юлик считался тяжелораненым, но враг увлёкся преследованием, и сопливый Люсик грубым приёмом (закрутив руку за спину) пленил толстого Владика, начштаба беляков. Беляк Владик на допросе, нагло выставив ногу, предложил расстрелять себя, он на вопросы отвечать не станет.

– Расстрелять успеем. Сколько у вас танков? – спрашивал тяжелораненый Юлик, едва сдерживая желание выхватить из кармана револьвер, помахать им перед Владькиным носом, ткнуть в живот, а то и стрельнуть перед нахальной Владькиной рожей, напугать до смерти. – Сколько самолётов? Отвечать!

– Стреляйте, фашистские босяки! – совершенно мимо роли отвечал Владик. – Стреляйте, предатели, блюхеры, якиры паршивые!

Хорошо, что этого не слышал Шурка. Он, заняв надёжную позицию, держал беляков под пулемётом, не давая им поднять головы. Верная Люда была при нём санитаром и вторым номером. Юлик на оскорбление не отреагировал, но возмутился Люсик. Он подошёл к стоявшему у дерева со связанными руками беляку Владику – для связывания рук служили носовые платки, у Шурки и Юлика они были всегда – и коварно-тихо спросил:

– Это кто блюхехы и якихы? – Люсика, по слухам, водили к логопеду, но без особых пока достижений.

– Вы, фашистские прихвостни! Вы, предатели Родины!

– Ага, блюхехы? – Пощёчину не ожидавшему рукоприкладства беляку Люсик влепил с таким звуком, что в театре это приняли бы за аплодисменты. За первой вторую. – А это за якиха! Сам блюхех, сам яких, беляк пхоклятый!

Владик, ясное дело, заревел. Из лощины донёсся вой залёгших там беляков, возмущённых пытками товарища. Они даже поднялись в атаку, чтобы выручить пленного.

– Та-та-та-та-та! – застрочил Шурка. – Мишка, ты убит! Игорь, ты ранен! А девчонки не имеют права! Ложитесь! Та-та-та-та-та!

Владик всё ещё ревел, а Юлик пытался его урезонить:

– Рёва-корова, дай молока, сколько стоит, два пятака! Ой, подумаешь, как больно! На, стукни меня. Люська, развяжи ему руки. На, бей!

Приглашением Владик, ясное дело, не воспользовался. Знал, как дорого оно ему обойдётся. Размазывая слёзы и сопли, поплёлся к своим. Рана Юлика к тому времени зажила, и красные пошли в атаку на деморализованного противника. Шурка, потный, растрёпанный, строча без передышки, первым ворвался в расположение белых и объявил, что Перекоп взят. Белые вяло опровергли известие и объявили красных фашистами и предателями Родины. Игра кончилась победой красных, и Юлик громко запел:

Синее море, красный пароход,
Сяду, поеду на Дальний Восток!
На Дальнем Востоке пушки гремят,
Убитые солдатики под пушками лежат!

Шурка и Люсик залихватски подхватили:

Брошу я подушку, брошу я кровать
Сяду на лягушку, поеду воевать!

9

Люсик сунул грязные пальцы в рот (Шурку передёрнуло) и пронзительно свистнул. Владик швырнул в него куском глины, промазал, но Люська всё равно кинулся за ним.

На время тихого часа приходилось снимать штанишки и оставаться в трусиках. Шуркина кровать стояла рядом с Юлькиной, и он помог Юльке незаметно сунуть револьвер под матрас. Весь тихий час мальчики шептались.

— Юлька, а если фашисты и вправду нападут?

— Наши не дадут. Отразят.

— Вот возьму и стукну тебя. Вдруг. Отразишь?

— Мы не можем первые. Мы же не буржуи.

— Факт. А жалко...

— Что – жалко? Хочешь быть буржуем?

— Буржуем нет, а ударить первым... Как в драке. Кто первым ударит, тот побеждает.

— Нельзя. Мы за мир.

— Жалко... Юлька, а бомба если попадёт в дом, сколько этажей пробьёт?

— Смотря какая. Мы на верхнем, на четвёртом. А ты на втором, над вами пять этажей.

— Четыре. Так и в бомбоубежище спускаться не надо?

— Не знаю. Как твоя мама тебе скажет. А у вас есть бомбоубежище?

— Есть... Юлька, а ты кто по национальности?

— Я? Вот чудак! Я как и ты. Советский, факт!

— Не, я знаю... А кроме того?

Юлик вспомнил, что родители, когда от него с сестрой хотят что-то скрыть, говорят по-еврейски. Несколько слов он знал – *ингелэ, хаесл, а таерэ нэшомэ*[*]... Сестра сердилась, если родители говорили по-еврейски. Он поколебался и сказал:

— Я русский. По-русски говорю, значит, русский. А кто по-украински, тот украинец. Или белорус, узбек или ещё кто... И ты тоже русский.

— Не, Юлька, я еврей.

Юлик приподнялся на кровати, опёрся на локоть и уставился на Шурку.

— Как ты можешь быть еврей? Ты по-еврейски понимаешь? Говоришь?

— Нет.

— Значит, ты русский, советский.

— Да, советский, факт. Но еврей.

— Но почему?..

---

[*] Мальчоночка, миленький, дорогая душа

– У меня мама еврейка. Не могу же я быть другой нации, чем моя мама...

– А! – Юлик откинулся на кровати и долго молчал. – Тогда и я еврей. Мои мама и папа знают еврейский, значит, оба евреи...

Шурка уже подумал, что Юлик уснул, как тот вдруг спросил:

– Шурка, а что, евреем быть – плохо?

– Ну, факт, плохо. Дразнят. Жид, на ниточке дрожит... Слышал?

– Не-а. Это где?

– Во дворе.

– У нас нет двора.

– Ну, всё равно... Услышишь ещё...

– А я в морду!

– Ну да! Их знаешь сколько...

После полдника мальчишки сели под деревьями в стороне от всех. Шурка спросил, что Юлик делает завтра. Уговорить бы мам встретиться в глухом углу Владимирской горки и пострелять. Юлик с сожалением отверг красивый этот план. Мама по воскресеньям работает, папа пакует вещи к выезду на дачу, а Паша, домработница, как увидит револьвер, так сразу вопит. А сегодня день рождения кузена, он на финской был ранен, обморожен, награждён орденом. Там наверняка будут говорить о войне...

Он тянул время, ждал прихода Шуркиной мамы, чтобы полюбоваться её рыжими волосами, поднятыми над шеей и сколотыми в узел, её грустной улыбкой и огромными чёрными глазами. Но Галка, его весёлая сестричка, в которую тайно влюблён был Шурка, забрала его раньше, чем пришла Шуркина мама.

Мама опоздала, зато повезла Шурку на Владимирскую горку. Прошлись по аллеям, из беседки поглядели на пароходы, фуникулёром спустились на Подол и трамваем поехали на Крещатик. В пассаже Шурка качался на лошадке и ел сливочное мороженое. Потом в кино в третий раз смотрели "Музыкальную историю", и Шурка смеялся до слёз, когда появлялся его любимый артист Гарин в роли Тараканова.

Возвращались поздно. На Думской площади сели в трамвай, доехали до Сенного базара – и не могли перейти улицу: бесконечная колонна военных машин с затемнёнными фарами шла по Артёма на запад. Ждали долго. Мама мрачнела всё больше. Шурка держал и гладил её руку.

На Обсерваторной было тихо. В их новом шестиэтажном доме светилось всего несколько окон. Мама нетерпеливо открыла почтовый ящик. Он был пуст.

Шурка через окно старался разглядеть, движутся ли ещё по Артёма колонны машин. Но в темноте, да за деревьями, ничего рассмотреть не удавалось. И шума моторов больше не было слышно. Мама уложила его, почитала вслух, чтобы привлечь его к самостоятельному чтению, и не преминула напомнить, что Юлик давно уже читает серьёзные книги – "Путешествия Гулливера", "Робинзон Крузо"...

Ночью он проснулся. Ему показалось, что его разбудила мама, но она стояла у открытого окна. Светало, и Шурка понял: его разбудили глухие удары и вой чужих моторов.

– Мам, что это?

– Это война, сыночек.

Бегство

Ослепительным воскресным утром Юлик, как и велел себе накануне, проснулся ровно в девять ноль-ноль, и, когда сладко потягивался, к кроватке подошла бабушка: "Юленька, война. – С немцами? – Да. Киев бомбили, ты проспал. – Я вчера сказал, что будет война, скоро, завтра, взрослые не верили, а дядя Моисей накричал на меня..."

Бабушка была маленькая и сгорбленная. Она улыбнулась и поцеловала его в лоб. Моисей, старший её сын, был писателем, им она гордилась. Юлик был самым младшим Плонским, и его она любила больше всех.

Он вышел на балкон. Необычно тихо было на их магистральной улице. В небе ни облачка. На балконе дома на чётной стороне улицы крутилась девчонка, очень красивая, крупная, с крепкими икрами. Она поселилась там недавно, Юлик не знал её имени. Девчонка разглядывала его с дерзким любопытством и показала язык. Юлик дёрнул плечом и ушёл в комнату.

Мама работала, папа и сестра куда-то ушли, бабушка была на кухне с Пашей. Он включил радиоточку. Передавали лёгкую музыку, потом песни: *"Наша поступь тверда, и врагу никогда не гулять по республикам нашим!"* Лишь после одиннадцати диктор тревожно-торжественным голосом объявил: "В двенадцать часов слушайте важное правительственное сообщение".

Он сидел у радио с револьвером и думал: добраться бы до Гришки, он такие выделывает штучки!.. Простой серебряный полтинник 1923-1924 года преображает в сердечко с петелькой, в неё вставлен крохотный серебряный кинжальчик. Мало того, что сам крохотный, так у него ещё рукоятка наборная из полосок разного цвета. Взрослые говорят, что у Гришки золотые руки. Увидеться бы с ним, досверлить ствол... Он живёт на Подоле, дороги туда Юлик не знает и вообще по городу один не ходит. Паша боится, что его украдут цыгане. Он и сам не пойдёт, побоится. Гришка на два года старше, у него этой зимой умерла мама, любимая тётя Юлика, мамина любимая сестра, и теперь ему никто ничего не запрещает, бегает по Подолу и на Днепр, плавает, как рыба, и умеет драться головой...

Диктор торжественно возвестил: у микрофона председатель Совета народных комиссаров и нарком иностранных дел Вячеслав Михайлович Молотов.

Юлик слушал его в одиночестве. Бабушка и Паша выступление наркома слушать почему-то не стали. У репродуктора, под новую волну мажорных песен, Юлик задумался. Значит, концентрировались всё же наши войска у германской границы... Обстрел румынских аэродромов Молотов назвал ложью и провокацией, а концентрацию наших войск на границе не назвал. Вот и Шуркиного папу туда послали... Но Красная Армия не дала фашистам сдачи. Почему? Приказ – отбить разбойничье нападение и изгнать германские войска с территории нашей Родины. Значит, они на нашей территории? А как же – *бить врага малой кровью на его территории*? *И от тайги до британских морей Красная Армия всех сильней*! *И танки наши быстры*! Если война, она должна идти на территории фашистов...

Но всё равно, наше дело правое, враг будет разбит, победа будет за нами.

Ох, как надо досверлить револьвер!

К вечеру папа проводил бабушку на трамвай, она уехала на Малоподвальную, к дочери, а Плонские со своего четвёртого этажа ушли спать к маминой сестре и её мужу, тому, кто подарил Юлику револьвер. Они жили в коммунальной квартире на втором этаже четырехэтажного дома за углом, на Обсерваторной. В подвале было бомбоубежище, а во дворе рыли щель, там казалось безопаснее. Юлик обрадовался: напротив дома тёти и дяди, в Доме военных, жил Шурка. Можно отпроситься и пойти даже одному.

Следующее утро началось воздушной тревогой. Немцы прилетели в шесть тридцать. Они и в последующие дни налетали в то же время с точностью такой, что часы можно было сверять. Завыли сирены, загудели фабричные гудки. Уютные гудки, чаще всего басовитые, будили народ на работу и давали сигнал об окончании рабочего дня. Теперь они извещали о смертельной опасности.

Ещё не утихли сирены, как застучали пушки. Юлик при сигнале тревоги не поспешил в подвал, а улизнул и встал у кухонного окна. Оно выходило во двор, и дальше всё были дворы, дворы и много-много неба. Он хотел видеть немецкие самолёты и как они кидают свои бомбы. При свете дня сирены звучали совсем не страшно, он не боялся и смотрел из окна на дома и деревья, как на огромную сцену. Да нет, что там – сцена! Зимой Галка повела его в театр Русской драмы на "Разлом" Лавренёва. Декорация третьего действия изображала бак линкора с башней и орудиями главного калибра, и в последней картине башня развернулась жерлами в зал. Он так струсил, что чуть не сбежал. Боялся, что пушки выстрелят. Громких звуков боялся. А теперь остался спокоен даже тогда, когда, сквозь зуденье самолётов, оглушительно и часто забили пушки, и он увидел их прямо перед собой, под окном! Тут он понял, что щель ведёт на соседний двор, и там, у серого покосившегося забора, стоят зенитки. Что они прикрывают? Вблизи два объекта: беловая фабрика и правительственный гараж в квартале отсюда, на Павловской, с тремя "зисами" и пятью "эмками".

Досмотреть налёт не дали. Примчалась Галка, уволокла в подвал-бомбоубежище, и там стало страшно, хотя взрывов слышно не было. Потом он узнал, что бомбили далёкие заводские районы.

Война явила привлекательную сторону – свободу. Бабушка ушла, Паша осталась на Артёма, некому было водить его за ручку, и, когда взрослые разошлись, он пошёл к Шурке. Не у кого было спросить разрешения, да и всего пути было – перейти неширокую Обсерваторную, по ней лишь дважды в день со скрежетом и дребезгом проезжал с Кудрявской, с водочного завода, грузовой трамвай с ящиками водки.

Парадные двери в огромный Шуркин дом из неоштукатуренного красного кирпича были заколочены. Через мрачный и глубокий квадратный проезд Юлик вошёл во двор. Двор был подстать дому, обширнее, чем в детском саду, и примыкал к заросшей деревьями горке. Юлик в первом самостоятельном выходе не чувствовал себя уверенно. Бодрил солнечный день и то, что он воображал себя путешественником то ли в Африке, то ли на необитаемом острове, вроде любимого героя Робинзона. Шуркин двор, впрочем, всегда был очень даже обитаем, целых три подъезда. Юлик бывал здесь во дворе, но к Шурке в квартиру никогда ещё не заходил. Пока соображал, в какой подъезд войти и как искать Шурку с его распространённой фамилией, вспомнил: сегодня же будний день, и Шурка, скорее всего, в садике. И увидел его, игравшего в классики с бедно одетой девчонкой в ближнем, заасфальтированном углу двора. Это тем более было удивительно, что в дальнем углу, у горки, галдели, как всегда, пацаны, а Юлик не подозревал друга в пристрастии к девчонкам. Эта была постарше их, зеленоглазая и рыжая, как и Юлик, но конопатая и какая-то очень пристальная. Завидев Юлика, что-то сказала Шурке и исчезла, словно растворилась.

– Салют! – Вспомнил, что Шурку дразнят, это объясняло присутствие рыжей, и проглотил вопрос о ней. – А я теперь напротив, у тёти с дядей. От папы что-то есть?

Шурка помотал головой и закусил губу.

Помолчали.

– Меня в садик не повели. Тебя тоже? – сказал Юлик.

– Я у мамы отпросился, – сказал Шурка. – А где твой револьвер?

– Во! – сказал Юлик и показал на оттопыренный карман штанишек.

– Никак до брата не доберусь.

14

– А ты на трамвай, – сказал Шурка. – Хочешь, мотанём вместе? Ритка весь город знает.

– Не, – отказался Юлька, представив, как ему влетит сперва от старшего кузена Руньки, когда он доберется до далекой Хоревой, а потом дома, от мамы и Галки. – Мы с ним увидимся на днях. Я пойду, а то мне влетит. Ты в какой квартире живёшь?

– Первый подъезд, пятая квартира.

– И я в пятой. Легко запомнить.

– Приходи.

– Есть! Шурка, ты не унывай, приедет папа, факт. Он, знаешь, как занят. Днём и ночью. Выбивает фашистов.

– Знаю. Ладно. Приходи.

Но на другой день Плонские с Обсерваторной перебрались обратно на Артёма, на свой четвёртый этаж. Паша бомбёжек боялась смертельно, но ещё больше боялась крыс в тёмном подвале и при налётах дрожала в крохотной спальне хозяев. Там близость стен создавала впечатление защиты, и Паша, сунув голову под подушки, пережидала налеты, бормотала молитвы и взвизгивала при каждом далёком ударе. Возвращение семьи она приняла с восторгом, Юлика осыпала поцелуями и снова стала водить его за ручку. В один из дней он умолил повести его к Шурке, но во дворе Шурки не оказалось, а идти в квартиру Паша отказалась наотрез, она вечно боялась "заразы".

Налёты продолжались. С тридцатого фашисты стали налетать и в шесть вечера. Плонские начали собирать вещи. Второго июля Юлик умолил Пашу пустить его к Шурке, но разразилась такая гроза, что даже фашисты не налетели. Вечером горел свет, и всё было, как до войны.

Третьего июля, после речи Сталина, Юлик кинулся к Шурке без разрешения. Тот открыл дверь, не спросив, кто там, и уже по этому Юлик понял: от Шуркиного папы по-прежнему ничего нет, и Шурка весь в ожидании. В квартире Юлик округлил глаза: две небольшие комнаты, но ванная! И никаких тебе соседей. Рыжая на ковре в столовой, словно у себя дома, сооружала из планок деревянного конструктора постройку, похожую на крепость с пушками и пулемётами.

– Это Ритка, – сказал Шурка. – Она своя. Как пистоль? Досверлил?

Ритка зыркнула на Юлика кошачьими зелёными глазами и обратилась к своей крепости.

– Вот... – Юлик вынул из одного кармана револьвер, а из другого коробку пистонов. – Сталина слышал?

– Чего? – Шурка вытаращил глаза.

Юлик облегчённо вздохнул. Он не желал, чтобы Шурка слышал речь товарища Сталина. На него самого речь подействовала угнетающе. Он подавлял в себе мысль, что товарищ Сталин звучал не как вождь, а как дядя Лёва, когда вечерами испуганно пересказывает сводки.

— А что он сказал?

— Сказал, что это тяжёлый для нашей Родины час. И что лучшие дивизии немцев разбиты. Ещё сказал так: "Непродолжительный военный выигрыш для Германии является..." Ну, чем-то там... "...а для СССР политический выигрыш..." Счас... "...является фактом, чтобы должны развернуться военные успехи Красной Армии".

— Так и сказал? — Шурка заморгал. — Так что? Так успехи Красной Армии ещё не развернулись?.. ещё только должны?..

Юлик передёрнул плечами и вдруг увидел, что Шурка плачет. Это было ужасно. Шурка никогда не плакал. А теперь слёзы текли из его светлых, широко расставленных глаз, и Шурка не утирал их. Юлик понял, что Шурка думает о папе. А если он убит? На войне убивают.

Ритка снизу, вытянув шею, заглянула Шурке в лицо, вскочила и взяла его за руку. Он отвернулся и вырвал руку.

— Ты чего пришёл? — зло спросила Ритка.

— Мы спорили. Шурка сказал, нам надо напасть первыми. А товарищ Сталин сказал: хорошо, что не мы напали первыми. Сказал, что политический выигрыш для СССР...

— Иди в жопу со своим товарищем Сталиным!

Юлик онемел. Слово *жопа* было глубоко, строжайше запрещено. При функциональной необходимости допускалось сказать *попка*. Не говоря уж о том, что худых слов о товарище Сталине он в жизни не слышал и не думал, что они могут прозвучать. В атмосфере Земли? Да это неосуществимо, это попросту невозможно! Едва ли не больше слов поразило его то, что все они тут же не провалились сквозь землю сразу после того, как слова прозвучали. Ритка продолжала сверлить его злым взглядом, не струсила, снова взяла Шурку за руку, и он уже не вырывался. Перед лицом такого единства немногие ругательные слова, какие Юлик знал и готов был выплеснуть на Ритку, — "Паразитка! Босячка!" и страшное, почти как *жопа*, слово "Сволочь!" — застыли у него на губах. К тому же он держал револьвер, а ругаться с оружием в руках... Тогда уж сразу — стреляй! Он огляделся. У стены стоял столик с патефоном, точно как у них. В ящике этого столика папа держит клещи, молоток и отвёртку — все инструменты, нужные в хозяйстве. Наверное, и здесь так же. Он положил коробку с пистонами на столик. Ссориться с атаманившей здесь девчонкой не стоит, ничего хорошего из этого не выйдет.

— Мы будем экуваи... — Он не справился с новым длинным словом и закончил: — Уезжаем. А вы?

Ритка отошла в сторону, а Шурка помотал головой:

— Будем ждать папу.

16

– А если фашисты? – Шурка молчал. Юлик протянул ему револьвер. – Возьмёшь?

У Шурки изумлённо взметнулись ресницы. Он бережно взял револьвер.

– А ты как же?

Юлик неопределённо пожал плечами и протянул Шурке руку. Шурка обнял его и клюнул в щеку. Юлик вышел, даже не взглянув на девчонку. Он вооружил Шурку, но на душе у него было тяжело.

◆

Гришкин папа, Арон, чей характер и темперамент унаследовал младшенький, во всём Киеве чувствовал себя так же уверенно, как Гришка на своём Подоле. Маклерство приобрело ему тьму знакомств, и с началом войны он стал одной из самых информированных в городе фигур. Руководство укрепрайона определённо выгадало бы, поручив ему разведслужбу. Данные о продвижении вермахта достигали Арона прежде, чем становились достоянием штаба. Киев наполнился беженцами. За распространение панических слухов – так квалифицировались показания очевидцев о рубежах, достигнутых немцами, – наказание было как и у немцев, расстрел, но с кем-то надо же было делиться. На глазах у беженцев убиты были близкие, сами они непонятно как спаслись, такое разве удержишь? Арон был идеальным конфидентом. Беглецам всех национальностей его откровенно местечковый облик ясно говорил, что он не близок с властью. Арон и принёс весть: немцы в Фастове! Просвещённый Иосиф отмахнулся: чушь, так быстро войска не двигаются.

Преимущество малообразованного Арона перед англоманом Иосифом было именно в отсутствии у него какого бы то ни было понятия о том, как быстро способны двигаться войска. Очевидцам с глазами, белыми от ужаса, он верил и кинулся к свояченице: "Лиза, надо бежать!" Семейный совет собрался в старом семейном гнезде на тихой Малоподвальной, крутой, уютной, мощеной булыжником-кругляком и расположенной в сердце города, куда лучами спускаются живописные и притом доступные транспорту киевские улицы. На втором этаже доходного дома, напротив особняка с изящным фонтаном, находилась квартира Иосифа, небедного некогда купца, прежде принадлежавшая ему целиком, а теперь поделённая между тремя квартиросъёмщиками, но всё ещё просторная. У Иосифа и Мани, сестры Яши, Лиза с Яшей и познакомились. Лиза нянчила Фиму, старшего сына Иосифа и Мани, а Яша работал приказчиком в одном из магазинов Иосифа. В пятикомнатной квартире места хватало для всех.

Удобно расположась в единственном неглубоком кресле, Иосиф, седой, вальяжный, спокойно объяснял младшеньким, сестре Лизе и свояку Арону, что самолёты нагоняют страх, а у страха глаза велики, немцы при всех обстоятельствах предпочтительнее *мелыхи**, это просвещённый народ, тогда как *мелыха* уморила голодом миллионы крестьян, а потом убила своих же лучших людей и ещё хвастает перед всем миром, что очистила страну от предателей...

— Ой, хватит, мы же не дети! — Арон вскочил и забегал по гостиной. — С беженцами ты говорил, с польскими евреями? Нет? Так пойди и спроси у них, какой просвещённый народ твои немцы! Евреев они уничтожают, понял? В Варшаве — гетто! Евреи дохнут с голоду. Мелыха знает, но от нас скрывает. Украинцы при немцах будут счастливы. Да что там, ещё и погром устроят перед их приходом! Если успеют. Ты уже забыл восемнадцатый год, да? А, не забыл?! И русские как-нибудь переживут. А нас — уничтожат. У-ни-что-жат! Понимаешь? Если бы мелыха о нас думала, вывезла бы в первую очередь. Им плевать. Евреи! А ганце майсэ**! Пусть дохнут! Мелиха сама бежит со своими партбилетами и фикусами в машинах. Немцы уже рядом! Мало кто знает правду. И ты, большой хохом***, тоже. Думаешь — Красная Армия! Думаешь — немцы! Красную Армию убили в тридцать седьмом! А немцы... У тебя с ними были хорошие парнусе**** — и ты знать ничего не хочешь! — Иосиф молчал. Разумеется, вслух он этого не скажет, но Арон — он же сморкач, маклер. Объясняться? С ним? Пусть выговорится, пусть уйдёт, и тогда он растолкует ситуацию Лизе, любимой сестре.

— Так ты-таки знай: это уже не те немцы, понял? И Красная Армия не та, и немцы не те. Не те, кто навёл тут порядок и с кем ты торговал в восемнадцатом. То были немцы, а это фашисты. Если ты от них ждёшь больше, чем от мелыхи, ты-таки ошибаешься. Но это твоё дело! Идём, Лиза!

— Куда — идём? Идём — к твоим друзьям в Ленинград?

— Ленинград? Ты с ума сошла! — закричал Арон. — Финны захватят его раньше, чем немцы Киев! В Ташкент, найдём знакомых, а к осени всё кончится, и мы вернёмся!

— Ни в какой Ташкент я не поеду! — отрезала Лиза.

Арон пронзил её прожекторным взглядом, вскинул жилистые кулаки и исчез.

Был дивный полдень. На эти дни намечался выезд на дачу. Иосиф после ухода Арона успокаивал сестру.

Уезжать или не уезжать — каждый решает сам. Для Арона торговля не предпринимательство, а делячество, что и понятно: он продавец воздуха. Ему не понять шока, испытанного им, Иосифом, да и Лизой, и ими всеми, братьями и сёстрами Тартаковскими, как всеми вообще

---

* Мелиха (Они) — власть; система; государство (идиш)
** Большое дело! (ирония).
*** Мудрец
**** Заработок, доход

18

честными торговцами, когда десять лет назад государство прикончило НЭП и ввело монополию торговли. Никому не торговать, кроме государства! Древнейшее право объявлено вне закона! То, что питало прогресс, что привело к великим географическим открытиям, теперь карается конфискацией имущества и тюрьмой. Ты представляешь, Лиза, мир без Америки, без Австралии? Так это было, притом, совсем недавно! Наши древние предки знали все континенты и торговали с ними, но потом где-то или всюду случилась какая-то идиотская великая мартовская или сентябрьская революция или ещё какое-нибудь падение Рима, не стало грамотных людей, не стало готовых рисковать дельцов, и всё погрузилось в дикость, в средневековье. Если Арон за какие-то десять лет привык к такому положению вещей – ну, кто помоложе, те привыкают, счастливцы, что ещё можно сказать... Он, Иосиф, не привык и не привыкнет. Он живет по честным правилам, установленным тысячелетиями. Германия, Гитлер? Гитлер, конечно, тот ещё подарок, но в Германии, тем не менее, права на торговлю не отменил. Государственная монополия на торговлю в фашистской Германии не введена. А в коммунистическом СССР введена. Вот и суди сама...

Арону терять нечего. Две комнатки на Хоревой и зеркальный шкаф – всё его состояние. У меня налаженное дело, связи, люди. Этого не увезешь. Я директор магазина. Да, это не тот магазин, какой у меня был, но это магазин, я в нём директор. У меня нет уже права назначать цены и распоряжаться прибылью, я работаю за зарплату. Но даже ЧК не проследит за товаром, который я по разумным ценам скупаю у артельщиков и по разумным же продаю – через верных людей, приватно. Прибыль имеют и артельщики, и верные люди, и я. Мелыха вынуждена поставить меня директором. Её кадры не только бухгалтерию вести не в состоянии, они и за прилавком стоять не умеют. Ни подхода к покупателю, ни умения встретить его и проводить независимо от того, купил он что-то или нет. Сохранить покупателя, сделать для него посещение магазина событием – они о таком понятия не имеют. Уехать, оставить магазин? Обратно его не получишь. Они уже ставят свои национальные кадры. (Лиза тайком стала поглядывать на свои ручные часы...) Ну, так не станет посещение магазина событием для покупателя. Но деться ему некуда, в магазин он придёт. Не в этот, в другой? Пусть в другой – но в государственный же! Государственная монополия торговли!

Гитлер, немцы... Немцы – европейцы. Не мог Гитлер за каких-то восемь лет сделать их азиатами. В восемнадцатом году ты помнишь, что творилось? Этот сморкач Арон, даже он помнит, кто навёл в Киеве порядок. Это в Германии правит Гитлер, а здесь, даже если немцы возьмут Киев, что вряд ли случится, править будет армия, а германских военных я хорошо помню, порядочнейшие на свете люди, не торговались и платили по счетам до последнего ефрейтора. Если б не советские законы, ты, Лиза, с твоей головой была бы уже уважаемым предпринимателем. А так – кто ты есть? Зав отделом большого магазина и каждый день рискуешь сесть в тюрьму за легальный ещё недавно бизнес: купить – продать! Вот твой шанс открыть при немцах своё дело и работать на себя. Верить мелыхе, когда она расписывает процветание крестьян или зверства фашистов в Испании?! Кстати, после Испании разве слышно о каких-то зверствах? Из Польши разве идут слухи о зверствах? А здесь сколько расстреляно? И кто! Лучшие. И почти все – евреи! Гамарник, Якир, Фельдман... Гамарник, безгрешный святой! Незачем дёргаться. Хуже, чем при советской власти, не будет.

Тут вошла разящая кухонными запахами Маня и тоже завела: Лиза, помнишь, как во время голода мелыха болтала о райской жизни села? Немцы культурный народ, они голода не устроят, а Арон болтун и паникёр!

Лиза тревожилась тем больше, чем усерднее её успокаивали. Нет слухов из Польши... Иосиф и Маня разве беседовали с кем-то из Польши? Лёва, шурин-энкаведист, шепнул: беженцев из Польши прямиком везут в Сибирь, иди, поговори с ними... И всё же какие-то слухи бродят. Арон – паникёр? Арон бабник, Арон беспардонный делец, любому всучит копейку за рубль и притом оставит купившего в уверенности, что это лучшая в его жизни сделка. Арон делец, выжига. Но паникёр?! Он оптимист, паниковать ему не присуще. Да, она не любит шурина и подозревает, что его супружеская неверность и диктат в семье стали причиной болезни сестры. Симпатии её на стороне брата, и верить хочется ему. Он уверен, что немцы далеко. Но почему их самолёты стали налетать и утром, и вечером? Ровно в шесть тридцать утра, ровно в шесть вечера... Такая точность!.. Значит, недалеко. Где?

Спустя час Арон снова явился на Артёма и зашипел: Лиза поклялась Розе на её смертном одре опекать племянников, она с того света наблюдает, как Лиза их опекает, его заберут в армию, мальчишки пропадут, ситуация ухудшается с каждым часом, Яша младенец в делах, за семью ответственна она, её долг увезти детей, немцы всех запрут в гетто, и они будут дохнуть от голода, а если она не думает о детях, пусть подумает хотя бы о Яше, он член партии, немцы убьют его в первый же день...

Яшино членство в партии сработало. Этого и Лиза не одобряла. Она угрюмо кивнула, и Арон испарился. Она перебирала вещи, ничего, впрочем, не ожидая. Появление у парадного машины с людьми и пожитками было снегом на голову: уже? Арон вертелся в дверном проёме, быстрый, как ртутный шарик, неумолимый, как падишах: "Одевайся, едем. – Куда – едем? Яша на работе, Галя у подруги..." Галя вдруг явилась. – "О! Пошли Галю за Яшей, мы едем через Печерск, подхватим ещё две семьи. – Мы не готовы. Надо починить зимнее, у нас нет ни копейки. Езжайте..."

Арон побагровел, надулись жилы на лбу и шее. Да, он холерик, но в жизни он ещё не кричал так:

– Лиза-а! Это вопрос жизни и смерти! Оставь вещи! Оставь деньги!

Словно очнувшись, смотрела на шурина Лиза. Сильная женщина, авторитет даже для старших братьев, слабоволием отнюдь не страдавших, она не позволяла обстоятельствам брать верх. А тут словно что-то дунуло с небес: бежать, бежать! Паша, плача, тискала Юлика, он вырывался, спешил в грузовик, в любимые запахи резины и бензина, а у грузовика Арон боролся с Лизой, с шипением выбрасывая мешок с зимними вещами: "Лиза-а, ты с ума сошла, какие зимние вещи, к учебному году всё кончится, мы вернёмся!" Лиза кинулась, сняла Юлика, уже вцепившегося в Гришку: "Без зимнего не поедем!" Ругаясь сквозь зубы какими-то плохими словами, Арон выхватил у неё Юлика и позволил забросить обратно мешок. Машина тронулась. Плачущая Паша махала хустыной с балкона.

– Юлик, есть хочешь? – Машину трясло на булыжнике. Юлик подозрительно косился на Руньку. Любимый кузен, ровесник Галки, гордость и надежда семьи, позорно надул его зимой, что повлекло процедуру не из приятных – банки. Это, конечно, лучше горчичников, но так провести его, заставить увидеть несуществующую надпись!.. *"Юлик, я тебя не понимаю, ты же грамотный парень, ты что, не видишь? Здесь ясно написано стеклом на стекле – дет-ска-я!"* Его охватывал жар, когда он вспоминал, как прочёл – правда, после часового убалтывания – вслед за Рунькой: "Дет-ска-я". Наутро хмуро рассматривал банки на свет, одну за другой. Конечно, ничего на них не было! – Чего таращишься? Есть хочешь, спрашиваю? Хлеб, больше ничего. Чёрный, белый? Ты, что, неженка? Чёрный? Ну, молодец. На, держи!

И тут налетели "мессершмитты".

– Разве уже шесть? – Молодая женщина держала между колен мальчишку, он порывался общаться с Гришкой и Юликом взглядами и ужимками. У женщины был матовый лоб и тёмно-серые глаза под соболиными бровями, а некрасивый пацан был неотразимо симпатичен, этакий лягушонок с растянутым в улыбке ртом. – Уже шесть, правда?

Ей не ответили, испуганным поворотом головы проводили самолёты, они пропороли небо на бреющем полете. Арон заколотил по кабине: "Скорее!" Юлик прижался к маме. Где папа, Галя? Куда мы без них? Дорогу домой он знал лишь с Малоподвальной и из садика и не представлял, где они находятся. Грузовик выехал на широкую улицу с постовыми милиционерами. Лица у них были растерянные, но они всё так же регулировали движение чёрно-белыми жезлами и руками в белых перчатках. Машина остановилась у пятиэтажного дома. Две женщины и девочка суетливо погрузили в кузов мешки и чемоданы.

— Едем! — Арон застучал по кабине крепкой, как железо, ладонью. Он нашел машину, он нанял шофёра, он командовал. — Гони к Арсеналу!

— А папа? Галя? — Уши Юлика горели, золотистый чубчик взъерошился, глаза светились ужасом. Он извернулся в руках мамы и искал ответа в её лице. Оно окаменело.

— Они ждут нас у Арсенала, — проговорила мама.

Ответ не успокоил Юлика.

— Который час?

— Четверть шестого.

— А если они не ждут?

— Мы их обождём.

К разговору прислушивались другие пассажиры, но в рёве мотора и выстрелах выхлопа тихий этот диалог вряд ли можно было расслышать.

— Он спешит, — прошептал Юлик. Ясно было, кого он имел в виду. — А если они не сразу придут? Или трамвай опоздает или что-то ещё?

— Сиди спокойно! Мы без них не уедем.

Словно отвечая ей, воздух снова наполнился мерзким воем. Двойка "мессеров" пронеслась над улицей навстречу грузовику, один чуть позади и правее другого, стреляя из пулемётов. С хрустким звоном посыпались стёкла. Все втянули головы в плечи и прижались к бортам, а Юлик прянул из рук мамы – увидеть! Арон с рукой, вытянутой, как у Чапаева на знаменитой марке, где он с Петькой лупит беляков с тачанки, кричал шофёру. Машина свернула в боковую улочку и неслась, подскакивая так, что стучали зубы. Гришка от заднего борта, где съёжился у ног брата, скорчил Юлику рожу: не дрейфь!

Машина выскочила на площадь у Арсенала и подъехала к остановке. Она пустовала. Юлий вглядывался в лицо мамы, оно ничего не выражало. Просто – ничего.

— Лиза, их нет! Немцы рядом! Эти самолёты... ты понимаешь, что это? Лиза-а-а! Мы погибнем все! И они, и мы все, ты понимаешь? Лиза!

Лиза молчала. Юлик желал одного: чтобы мама сошла с ним с машины. Без папы и Гали он никуда ехать не желал. Но у мамы такое было лицо, что он молчал.

— Пап, надо ждать, они приедут.

Это сказал Руня. Он покраснел и выглядел решительно.

— А ты куда суёшься, сопляк?! — тенор Арона сорвался на фальцет. — Нас четырнадцать! Семеро одного не ждут! Из-за двоих мы погибнем все!

— Не кричи. — В отличие от папаши, Руня обладал завидной выдержкой, наследием матери. — Лучше погибнуть, чем предать.

Наверное, не все в машине разделяли эту точку зрения, но Арон утих под светлым взглядом своего старшего.

– Пять минут. Если они опять налетят... – Он говорил теперь с жалобными нотками в голосе. – Они же рядом! Налетят – от нас мокрого места не останется!

В подтверждение где-то бахнуло и за домами, недалеко, снова провыли моторы. Шофёр, низкорослый, рябой, небритый, в серой коломянковой рубахе, в солдатских штанах, опершись о капот, курил "козью ножку" и посматривал на небо. Он не вмешивался, ждал указаний.

– Стань подальше от остановки, – велел Арон.

Шофёр отогнал полуторку на другую сторону площади и снова вылез, чтобы дымом самосада не задушить чью-то бабушку в кабине. Лиза, Юлик, Руня замерли с взглядами, прикованными к остановке. Она была пуста.

Пять минут истекли.

– Надо ехать, надо ехать! – стонал Арон. – Вы не понимаете, это игра со смертью! Они поймут, что мы поехали в Конотоп, они нас догонят поездом, они же взрослые люди!

Юлий потихоньку стал тянуть маму из машины. Она не шевелилась.

– Пап, обождём. Мы же ни одного трамвая не встретили, как мы можем...

– Да не ходят уже твои трамваи! А мы будем ждать, пока из нас выпустят кишки! Одна бомбочка – и наши кишки будут висеть на всех столбах, пока вы ждёте трамваев, которые не ходят! Может, рельсы побиты, может, тока нет!..

Из-за угла вывернул переполненный трамвай, с него посыпались пассажиры.

Юлик вцепился в маму. Она подалась вперед, вглядываясь в фигуры. Яши и Гали не было.

– Так, всё, поехали! – скомандовал Арон. – Они не маленькие, они нас догонят. Давай!

Шофёр бросил цигарку и взял заводную рукоятку. Крутанул раз, другой. Машина не заводилась.

– Ну-ка, подсобите там кто-нибудь...

– Мам, идём! Мама!

Мама не отзывалась. Арон крутил рукоятку, шофёр в кабине манипулировал рычагами, мотор зачихал и набрал обороты. Арон бросил рукоятку в кабину и сноровисто забрался в кузов. Машина тронулась.

– Стойте! – раздался крик. Кричало множество голосов. Кричала Лиза, подняв к голове руки ("Готеню!"*), кричал Руня ("Галка!"), кричали женщины, кричали Галя и Яша, маша вслед уходящей от трам-

_____

* Боженька!

вайной остановки полуторке, вытянувшись за ней едва ли не горизонтально: за первым трамваем пришли второй и третий.

Но приключения не кончились. На выезде из города, на мосту Евгении Бош, налёт настиг их персонально. На мосту грузовик стал единственной целью. Пулемёты глушились рёвом моторов, но пули звонко щёлкали о фермы. Все бросились на дно машины, а Юлик рвался, надеясь увидеть, как пули вылетают из дула, хотя ему уже объяснили, что увидеть этого нельзя, даже если стать сбоку от пулемёта. Машина проскочила мост, въехала в негустой дарницкий лесок и остановилась. Шофёр выбросился из кабины и упал на спину, раскинув руки. Юлик подумал, что он убит, но тот вскочил и закружил вокруг грузовика. Он трогал дырки от пуль в капоте и ругался непонятными словами, часто повторяя слово "мать". Арон ходил вокруг него, и вместе с грузовиком он с шофером как бы моделировали Солнце, Землю и Луну, как Юлик понял их движение из недавних объяснений папы. Арон бормотал сквозь зубы плохие слова, его Юлик понимал, "сволочь", ужасное слово. Потом он сказал: "Ну, хватит!", пересадил чью-то бабушку в кузов и сел в кабину. Грузовик тронулся. Остального Юлик не запомнил. Ночь прошла в качании под звёздами на лестничной площадке, у самого входа в квартиру.

Утром он удивился, обнаружив что они и впрямь едут. Вокруг простирались поля, первобытно-ароматные, бескрайние жёлтые или небольшие зелёные, сбрызнутые росой. Стояла погожая погода, в небе ни облачка. По грунтовым дорогам тряслись весь день. Плыл вместе с ними вперёд, а в итоге всё же уходил назад горизонт необозримого простора. Машина оставляла за собой пышный хвост пыли. Их облаивали собаки, да как! Шофёр, человек бывалый, маршрут проложил по глухим просёлкам, и здешние собаки были совсем уж деревенщиной. Видно, машина была первой, увиденной иными за всю их собачью жизнь, и они облаивали её, как большого и опасного пса. Но лай собак не препятствовал движению, а шофёр знал местность и запасся бензином. Воды, вкусной и до ломоты зубов холодной, было вдоволь в колодцах. Война сюда ещё не заглянула, самолёты не вспарывали небо, и лишь однажды они увидели в поле обгоревший дочерна крылатый остов, в нем Руня опознал наш бомбовоз.

К вечеру небо на закате стало зеленоватым. Розовое солнце позолотило поля. Столбы, деревья, колодцы, хаты засияли отсветами дивной чистоты и неги.

В Конотоп приехали к станционному буфету. Едва сели за столики, явился патруль и увёл мужчин. Лиза осталась спокойна. Мужчины были уже не призывного возраста, у обоих был пожизненный белый билет. И впрямь, вскоре все вернулись, кроме шофёра. Его мобилизовали вместе с машиной.

Ночь Юлик не запомнил. Он отравился ветчиной. Никто не жаловался, ветчину нашли отменной, а его выворачивало. На станции скопилась масса беженцев, эшелона не было. Лиза понесла его утром в медпункт. Врач, молодая женщина с убранными в узел светлыми волосами, всплеснула руками:

– Куда ж вы мальчика тащите? Вы, что, не видите, что он умирает? Ботулизм! Оставьте его здесь!

Лиза сказала: если суждено, пусть умрёт у неё на руках.

Врач заметалась по кабинету и из тумбы письменного стола вынула широкогорлую молочную бутылку с клюквенным киселем. С этой бутылкой и Юликом на руках Лиза вышла из медпункта под серое небо.

Дальнейшее запомнилось с чёткостью необыкновенной.

Было тепло и пасмурно. В забитом поездами Конотопе на некоторых путях стояло по два состава. Предполагалось, что они уйдут в разные стороны. Первый путь был свободен, на втором стоял санитарный эшелон, на третьем воинский, на четвёртом товарный состав и состав с горючим, дальше поезд с порожняком и дачный состав, ещё дальше какие-то то ли составы, то ли отдельные вагоны. Лишь под два поезда поданы были локомотивы – под воинский эшелон и под состав с горючим. Маневровый паровоз-"овечка"[*], посвистывая, передвигал вагоны. Чёрные раструбы громкоговорителей молчали, на них поглядывали, не желая видеть, словно это нежелание предотвращало вой, каким в любой миг они могли разразиться. И – слухи: о недавнем налёте на Конотоп (следов, впрочем, не было), о том, что немцы в Фастове, а в Киеве сегодня объявлено осадное положение. Те, кто поактивнее, Арон, конечно, среди них, требовали у начальника станции срочной отправки. Начальник обещал.

Сказали, что поезд подан на первый путь, беженцы устремились туда. Лица мужчин были тревожны, женские искажены, дети испуганы и молчаливы. Плакали лишь младенцы. На первом пути, у единственной высокой платформы, поезда не оказалось, зато стало видно, сколько скопилось беженцев. Потом сказали, что поезд на восьмом пути, и все отхлынули от вокзального здания с некоторым даже облегчением: дальше от вокзала казалось безопаснее. Пути приходилось пересекать под вагонами, а это было рискованно, вагоны то и дело катились. На восьмом пути эшелона тоже не было, а лазанье под вагонами с вещами подтвердило правоту станционного врача: все заняты багажом, Юлика нести некому, он влачился сам, зелёный от тошноты. Периодически приступ боли сдавливал внутренности, и он рвал жёлтым. Он не жаловался, ему всё стало безразлично. Земля под ногами покрыта была шлаком и золой из паровозных топок. Лишь землю он и видел. Ещё видел на уровне насыпи шлейфы пара, с шипением выпускаемого из

---

[*] Товарный паровоз серии О^В, получивший в народе ласковое прозвище "овечка".

паровозных цилиндров. Глянуть выше насыпи не мог, не хватало сил поднять глаза. При попытке сделать это уплывало сознание.

Собирался дождь. Дважды принимались выть сирены.

У Лизы при виде Юлика опускались руки. Ребёнок – безжизненный, мучнисто-белый – покорно ходит со всеми туда-сюда, послушно пьёт кисель, тут же отдаёт его обратно, к происходящему безучастен...

О поезде теперь не было даже слухов.

Около двух пополудни пошли обедать в ресторан. Ели мясной борщ со сметаной. Арон понукал:

– Не ковыряйтесь, давайте быстрее, надо быть на платформах, надо убраться отсюда!

Лиза озлилась. Общество шурина ей совсем уж разонравилось. Она решила остаться в Конотопе, ехать в больницу. Пока она обсуждала это с Яшей, они снова оказались у восьмого пути. Эшелон всё же подавали. Толпа колыхалась, глядя в торец надвигавшегося состава, толкаемого посвистывавшим паровозиком. Арон при своём среднем росте вытянул шею так, что стал едва ли не выше всех. Он понимал, что́ ему предстоит, и накачивал себя для посадки. Лиза подошла в самый неблагоприятный момент.

– Мы остаёмся, – сказала она, – не то потеряем Юлика.

– Лиза, мишигенэ[*], ну что ты болтаешь?! Где – остаётесь? Здесь? Вы останетесь – так вы-таки останетесь! Не только Юлика потеряешь, все вы потеряетесь! Видишь, что делается? Видишь, что происходит? – Снова завыли сирены. – Лиза-а, ты как ребёнок! Что за мишигасы[**], что за капризы?! В поезд! Быстро! Вот, сейчас станет... Руня, Гриша, вперёд!

Он водрузил на голову плетённую соломенную корзину с пожитками и ринулся в толпу. Таким манером с Руней и Гришкой он пробился к теплушке, и она в считанные минуты оказалась набита людской и мешочной массой. С полуживым Юликом, с вещами, а, главное, с их манерами Плонским нечего было и думать о посадке, да ещё с уровня земли. Они беспомощно глядели на штурм. Погрузка кончилась. Арон махал руками – тщетно. К какой бы двери ни подошли Плонские, им злобно кричали, что здесь и так дышать нечем. Топталось ещё несколько семей. Пробежал комендант и его помощник, оба в плащах с капюшонами, крикнули: всем садиться на платформы в хвосте.

Стало накрапывать. Вокруг опустело, обстановка накалилась, комендант торопил оставшихся. Со станции хрипел репродуктор, слов было не разобрать. Залезть на платформы с высокими бортами было непросто, это заняло ещё несколько минут. Эшелон тронулся, и тут же полил дождь, словно отправления лишь и дожидался. Платформа была

---

[*] Сумасшедшая
[**] Выдумки, фантазии

26

угольная, любое касание оставляло чёрный след. Из единственного фибрового чемодана вынули вещи, рассовали по мешкам, Юлика уложили в чемодан, на подстилку из одеяла, крышку прикрыли, оставили щель...

Спустя час эшелон остановился в поле. Комендант и его бригада побежали вдоль вагонов. Пассажиров с платформ рассадили по теплушкам. Со стороны Конотопа пасмурное небо доносило теперь глухие удары. Потом стало известно: бомбёжка остановила движение более чем на сутки.

Было шестое июля. Предчувствие не обмануло Арона.

Седьмого поезд полз между полями золотистой пшеницы. Юлий лежал головой на Галкиных коленях, на полу, у двери, где ему, умирающему, предоставлено было место, богатое полевым воздухом. Он мучительно икал, его неудержимо клонило ко сну, но Галка плакала, тормошила, не давала спать и требовала, чтобы он рассказывал ей о вторжении Наполеона в Россию в 1812 году, о том, как совпадают даты, и о том, что он думает по поводу этих совпадений.

После полудня он перестал икать, а к вечеру попросил есть.

Тут же они с Гришкой подружились с Борей, мальчишкой-лягушонком. Он сообщил, что ему семь, что мама зовёт его Бре-ке-ке-ке, а папа командир, у него в петлицах шпала. При завидном послушании Бре-ке-ке-ке забавлял тем не менее весь вагон. Мордашка его пребывала в непрерывном движении. Он знал, что на него смотрят, и, кажется, привык к своей обязанности смешить. Он ничего не делал, но при взгляде на него любой начинал смеяться. Юлик и Гришка сели играть в подкидного дурака, в чём Юлик не имел равных, потому что запоминал карты по малейшим отметинам на рубашках. Бре-ке-ке-ке запросился к ним, жульничал, но так мило, что на него нельзя было сердиться. Стемнело, игра без освещения превратилась в канитель, и мальчишки веселили теплушку, упакованную теперь по норме, с узким крестообразным проходом – вдоль и поперек. Доступ к двери был открыт, и сама дверь открыта – та, что не грозила пассажирам встречным движением.

На следующий день на перегоне восточнее Сум эшелон подвергся налёту. Погода была солнечная, в небе ни облачка. Ночью поезд едва полз и подолгу стоял на полустанках. Утром пошёл быстро, и сразу раздались частые гудки. Поезд затормозил, впереди грохнуло, раздался крик: "В поле, в поле!" Двери теплушек откатили с обеих сторон, все бросились вон и упали в колосья вниз лицом. Лиза пыталась прикрыть Юлика, он вырвался и лёг на спину. В глубоком чистом небе с противным воем сновали два самолёта. Пока один набирал высоту, другой, стреляя, проносился над эшелоном. Юлик видел вспышки выстрелов, приближающийся и быстро меняющий очертания силуэт, шлем и очки пилота, даже черты его лица. Там, где попыхивал паровоз, бахало, взлетала земля и опадала, оставляя на фоне голубого неба грязные полосы. Самолёт снова набрал высоту и теперь заходил в хвост, а второй пикировал, завывал, пристраивался вдоль состава. Было жутко, но глаз от этого было не оторвать.

Самолёты улетели, паровоз дал длинный и короткий гудок – отбой. В теплушку вернулись – кто с опрокинутым лицом, кто хорохорясь, и там произошла быстрая переброска взглядами: все ли на месте? Двух дней не прошло, а люди в этом пространстве уже запомнили лица в совокупности, отсутствие хотя бы одного бросалось в глаза. Неизвестно, как было в других вагонах, но здесь все оказались на месте, и теплушка наполнилась гулом. Юлик хотел поделиться впечатлениями с Бре-ке-ке-ке, но после недавней опасности матери не отпускали детей. Бре-ке-ке-ке ужимками показывал Юлику и Гришке, как они бегали и прятались, как "мессеры" стреляли и как он испугался.

Паровоз дал гудок, затем два гудка и рывком тронул состав с места. Снова ползли степью. Кто-то радовался, что всё кончилось благополучно.

– Кончилось! – фыркнул Арон. – Только начинается! Вы видели хоть один наш самолёт? Им плевать. Бросили нас в колею и – ползи! Ни защиты, ничего! И уйти некуда, это же полотно, насыпь!

Все притихли. Самолётов наших в воздухе и впрямь не было, колея и впрямь связывала, и немецким ассам всех дел оставалось – найти рельсовый путь и лететь вдоль него до первого беззащитного состава.

Остановились у развороченной водонапорной башни. Это было зловещим предзнаменованием. Поползли слухи, что путь впереди разбит. Прятаться здесь было негде, и, когда паровоз снова загудел часто и тревожно, одни побежали в далёкое теперь поле, а другие, включая Плонских, забрались под вагоны и затаились там, вжимаясь в рельсовую колею. Стрельбы на сей раз не было, но самолёты отбомбились. Бомбы падали в голове состава, и земля всякий раз коротко и жёстко вздрагивала, словно желала стряхнуть вцепившихся в неё беженцев. В памяти Юлика случился провал, и лишь много лет спустя он узнал, что бомбёжка удалась, было много убитых, в их числе маленький Боря по кличке Бре-ке-ке-ке. Взрывной волной его ударило о вагон.

То была последняя бомбёжка. Поезд вырвался из полосы действия немецкой авиации.

Июль-август

В детском саду стало тоскливо. Никто теперь не желал быть ни фашистом, ни даже беляком. Многие уехали. Из понимающих ребят в старшей группе остался лишь сопливый Люсик. Он и предложил отличную, на первый взгляд, идею – играть не в большевиков-фашистов или красных-белых, а в индейцев-колонистов. Идея прожила день. При

28

вечерней бомбёжке зажигательная бомба угодила в дом на углу Артёма и Смирнова-Ласточкина, и война реальная победила вымышленную. В той были пули и стрелы, наносившие раны, – в этой самолёты, сжигавшие дома.

С середины июля Шурка в детсад уже не ходил. Предприимчивый Люсик давно пользовался свободой и бегал в правительственный гараж на углу Некрасовской и Павловской – бетонный трёхсекционный ангар на широком асфальтированном дворе за металлическим забором. Гараж построили американцы. Люсик убалтывал Шурку досверлить там револьвер. Шурка отнекивался, он стеснялся говорить с взрослыми дядями.

– Эх, ты!.. А ещё папа командих!

И стал уговаривать Шурку позволить ему самому отнести револьвер на доделку. Под левым глазом свежий фонарь, верхняя губа вспухла, сопливый нос скосился на сторону. Картавость осложняла и без того непростые Люськины отношения с пацанами, лично для него добавившими в репертуар дразнилок фразу "Абхаша, хочешь кухочку?", произносимую язвительно, с характерной певучей интонацией. Защита национального достоинства давалась низкорослому Люське недёшево, но выглядел он теперь особенно решительно.

– У них свехлильный станок, токахный, они – хаз-два – и всё сделают. Я узнавал насчёт патхонов. Можно достать.

– За деньги?

– На обмен. – Люсик славился обменами. – Отхез мануфактухы или там посуда какая-то.

– А за револьвер как? Чтобы сверлить?

– Это они обещали задахом сделать.

При разговоре присутствовала Ритка. Она, как всегда, что-то строила на ковре и помалкивала. А тут встряла.

– Дурак! Даром никто ничего не делает.

– Сама духа! Мне сам дядя Коля Хахулин обещал!

Кто этот дядя Коля и как его фамилия ни Шурка, ни Ритка не поняли, а переспрашивать не стали. То ли Рарулин, то ли Рахулин, то ли Харулин, то ли и впрямь Хахулин. Ритка фыркнула и отвернулась к своей стройке, а Шурка дико глянул на Люську своими широко поставленными светлыми глазами и стал набивать барабан пистонами. Он уже не боялся стрелять на улице, никто на эти хлопки теперь не обращал внимания. Впервые он стрелял из своего револьвера по фашистским самолётам, когда пришла очередь мамы с тётей Таей Никифоровой дежурить на крыше, и он сказал тогда, что маму одну на крышу не пустит, так велел папа, они обязаны взять его с собой. Тётя Тая почему-то заплакала, мама нахмурилась, но возражать не стала. Тётя Тая потом сказала, что на крыше во время налёта ей было не так уж страшно, потому что Шурка палил по немцам.

Он зарядил револьвер и положил в карман. Так было спокойнее.

– Ну, так что? – вызывающе спросил Люсик.

– Я подумаю, – хмуро ответил Шурка.

– Только недолго, – нахально сказал Люсик и ушёл.

– Думай. Хохошенько думай, – процедила Ритка и развалила свою постройку.

– Ты, что, уходишь?

– Посмотрю, как бабушка. Соскучишься – приходи.

Шурка огорчённо поглядел ей вслед и подошёл к окну. Близился шестичасовой налёт, и он подумал, что вместо бомбоубежища можно пойти к Ритке. А можно никуда не ходить и слушать музыку по радио. Или читать "Гулливера". Чтение теперь стало привычным, как сводки Информбюро. Он открыл книгу и включил динамик. Передавали Пятую симфонию Чайковского. Под её величавое звучание фашисты предстали мелюзгой, а победа над ними делом плёвым. Остановили же их под Киевом. И всюду остановят. А потом и погонят. Только почему нет письма от папы? Прежде, уезжая, он всегда писал регулярно. Значит, он в окружении?

Вот бы стать Гулливером, хоть на несколько дней! Он не был бы таким покорным...

Представил, как утром выходит на улицу и начинает расти. Растёт, растёт, становится выше домов, в несколько шагов выходит на Владимирскую горку, смотрит сверху вниз на памятник князю Владимиру, нежно его гладит и идёт на запад, к Ирпеню, на реку, где они с мамой отдыхали прошлым летом, когда у мамы окончился её учебный год в школе. Там проходит теперь линия обороны Киева. В две минуты проходит двадцать километров, выходит к передовой и начинает вытаптывать фашистов на их позициях. Топчет безжалостно. Чего жалеть тех, кто убивает с самолётов беззащитных людей? Он топчет их пушки, втаптывает в сочный ирпенский луг танки. Фашисты палят по нему из всех видов оружия, но даже снаряды вызывают на нём вавки не больше тех, какие у него были, когда этой зимой он переболел ветрянкой. Фашисты высылают против него самолёты. Он переходит в ту зону, которую ещё не вытоптал, и фашистские самолёты не могут его бомбить, не то разбомбят своих. А он сшибает самолёты, до которых может дотянуться. Тем временем Красная Армия начинает наступление на вытоптанном участке фашистской обороны. Наш танковый клин врывается в фашистский тыл – и с мажорной торжественностью начинается генеральное наступление Красной Армии по всему фронту, по которому идёт он, Шурка Волков, и топчет фашистов, топчет, топчет!..

...Он очнулся. Музыка кончилась. Пятая симфония. Какая широкая, победная музыка!

Мама теперь работала в госпитале. Домой приходила через день, готовила еду и ставила в ванну, в холодную воду. Предполагалось, что

Шурка будет разогревать обед на электроплитке, но мама обнаружила, что он ест всё холодным, и поручила кормление Ритке. С начала августа мама стала приходить с дежурств такая, что на неё больно было глядеть. Валилась с ног и засыпала. Ритка однажды дождалась, когда мама проснётся, и сказала:

— Теть Циля, я умею куховарить. Вы себе отдыхайте, правда, я что-нибудь сготовлю.

— Да, Риточка, — устало сказала мама. — Покажи своё умение.

Ритка пошарила в кухне, сварганила картофельный суп, заправила его жареным луком, и в квартире запахло так вкусно, что задремавшая мама проснулась и села с ними за стол. С тех пор она готовила, лишь достав мясо или рыбу, и тогда посылала Шурку звать Ритку. Они обедали вместе, и мама давала Ритке порцию для бабушки...

... По радио объявили воздушную тревогу. Завыли сирены. Шурка выключил радио, забрался с ногами на диван и продолжил чтение. Зенитки, что стояли через дорогу, давно перебросили на более важный объект. При налётах делалось угнетающе тихо. Не фыркали машины, не грохотали телеги и трамваи. С полчаса спустя, обозначая конец налёта, с востока на запад с воем промчалась пара "мессеров", но стреляли они или нет, Шурка не разобрал.

Он закрыл книгу и пошёл к Ритке, во второй подъезд, в подвал. Постучал условным стуком — два раза и раз, — Ритка впустила его и приложила палец к губам. Он прошёл в маленькую квадратную комнату. Бабушка спала на узкой кровати, устало склонив голову набок. Ритка, видно, штопала своё цветастое ситцевое платье, потому что была лишь в трусиках, а платье лежало на столе с грибком для штопки и катушкой ниток. Яркая лампа под потолком освещала Риткину худобу. Мебель была скудная — стол, две табуретки, ручная швейная машина в углу. Даже буфета не было. Буфетом служили две тумбочки, вроде прикроватных, сдвинутые вместе. Подвальное окно завешено было серым одеялом — для светомаскировки. На стене, напротив окна, висели в самодельных рамках две фотографии. Большеглазая брюнетка и чубатый военный улыбались, склонив головы друг к другу. На другом фото тот же парень, остриженный коротко, положив руку на эфес сабли, глядел куда-то вверх. Профиль казался знакомым, но Шурка, как ни старался, не мог вспомнить — кто это.

— А почему у вас буфета нет? — шёпотом спросил он.

— Продали, — буркнула Ритка.

— А почему вы в подвале?

— Потому что раньше жили на шестом этаже. Бабушка верно говорит: кто высоко взлетает, тому и падать далеко.

Тут Шурка понял, почему ему знаком профиль военного. Это был Риткин профиль.

– Как с пистолем быть? – прошептал он. – Сам я ничего не сделаю, факт...

– Ты ел? – спросила Ритка. Шурка отрицательно помотал головой. – Пошли.

Солнце садилось. Во дворе, заслонённом громадой дома, стало сумеречно. Многие семьи уехали, двор опустел. Раньше из окон неслись звуки пианино и скрипок. Шурку тоже собирались этим летом вести в скрипичный класс. Теперь лишь из одного окна, от Фроловых, со второго этажа, слышалась скрипичная трель. Двенадцатилетняя дылда Верка Фролова, словно не было войны, всё так же разучивала Сен-Санса и всё так же жутко фальшивила. У горки болтались двое пацанов. Увидели Шурку с Риткой, подошли. Карманы у них были оттопырены.

– Слышь, Шурка, – сказал десятилетний Вовка, – колись, давай меняться.

– Чем меняться? – буркнул Шурка. – У меня ничего нет.

– А пушка? – Шурка фыркнул и отвернулся. – Дурной! Чего ты с ней сделаешь? А я тебе дам... Во... Видел?

И вынул из одного кармана несколько гильз, а из другого пригоршню осколков.

– Вовка, кати отсюда, – устало сказала Ритка.

– А ты заткнись, шмакодявка!

У Шурки запылали глаза, но Ритка среагировала сама – стукнула Вовку ногой по голени и сразу кулаком в нос. Гильзы и осколки посыпались на землю. Вовка бросился на Ритку, а малый на Шурку. Малого Шурка оттолкнул и не видел, как справляется Ритка, а услышал только, что Вовка взвыл и кинулся бежать. Его барахло подобрала Ритка и сказала:

– А то не видели мы осколков и гильз... Обменяю на хлеб. Хоть краюху получу за этот хлам.

Шурка вспомнил, как пусто в Риткином подвале и нарочито капризным голосом сказал:

– Я кушать хочу. Идём, покорми меня.

В квартире Волковых Ритка разожгла примус и нагрела оставленный Шуркиной мамой обед. Поели. Шурка хотел было расспросить её о родителях, но не решился. Послушали последние известия по радио, и Шурка порадовался немецким потерям.

– Наши сбили сорок самолётов, а потеряли пятнадцать!

– Ничего ты не понимаешь, глупый, – как взрослая маленькому сказала Ритка. – Две недели держалось Житомирское направление, и вот его уже нет, есть Белоцерковское. Утром Житомирское, а вечером... Значит, Житомир немцы взяли, идут на Белую Церковь. Это уж совсем близко, я там с папой была на манёврах.

– А кто был твой папа?

Ритка ответила странно.

– А ты тоже думаешь, что Якир и Уборевич предатели?

– Я не знаю, – пробормотал Шурка.

Смутила сама постановка вопроса. Задай его кто-то другой, ответил бы без колебаний. Но он помнил, куда Ритка послала Юльку вместе с товарищем Сталиным, когда друг пришёл прощаться. К этому он старался не возвращаться, хоть слова Ритки застряли занозой. Вопрос тронул занозу, она заныла и сомкнула обе темы.

– Как – не знаешь? – не отставала Ритка. – Твой папа – командир. Он что, никогда с мамой не говорил о предателях Якире, Уборевиче, Гамарнике?

– Н-нет, – помотал головой Шурка и вдруг вспомнил: мама с папой иногда шептались, и однажды он разобрал имя Гамарника, наверное, потому что шёпотом его трудно произнести. Запомнил потому, что имя Гамарника произносилось теперь всеми, как ругательство. Но того, что родители говорили, разобрать было невозможно. – Говорили, очень тихо, я вспомнил.

– Вспомнил... Так забудь! – сурово велела Ритка. – И никому больше не признавайся.

– Почему?

– Потому что не были они предателями. Твои родители это знают. А от тебя скрывают, потому что ты маленький и можешь проболтаться.

– А ты не маленькая, ты не можешь проболтаться?

– Не маленькая, а перед Юлькой твоим проболталась.

– Как это – не маленькая? Тебе сколько лет?

– Девять. А когда папу и маму арестовали, было пять. И я сразу стала взрослой.

– Как это – сразу? Так не бывает.

– Бывает, ещё как... Война, Шурка! Обожди, ещё и ты повзрослеешь сразу.

Пришла мама, и Шурка бросился к ней. Мама в этот вечер выглядела особенно усталой, зевала, есть отказалась, лишь спросила у Ритки, как бабушка, извинилась и ушла спать. Ритка попрощалась, и Шурка тоже лёг.

Разбудил его шум. В тусклом свете синей лампы он увидел тётю Таю Никифорову, а с ней её высоченного мужа с тремя шпалами в петлицах. Мама уважала Никифорова, называла его образованным и учтивым военным. Шурка видел, что маме неудобно стоять перед ними в наброшенном поверх ночной рубашки халате.

– Цецилия Исаковна, надо ехать. Сложите зимнее, сколько можете нести. Мы едем через двадцать минут.

– Мам, а как же папа?

– Обожди, Шурик... Спасибо, Юрий Васильич, нет, мы не поедем. Будем ждать Васю.

— Циленька, как же так? Ты же еврейка! Жена командира!

— Тая, миленькая, спасибо, я не могу. Вася должен появиться. Я верю, что он жив.

— Цецилия Исаковна, он может оказаться в таком глубоком окружении, из которого до нашего контрнаступления не вырваться. Вы не можете рисковать собой и Шуриком.

— Мама, мы не поедем!

— Слышите? А у меня ещё и госпиталь. Переполненный. Раненые на полу. Да что — на полу! Во дворе, на траве. Езжайте. Спасибо, что не забыли. Дай вам бог удачи.

Никифоров наклонился, поцеловал маме руку и вышел, а тётя Тая молча обняла маму. С лестничной площадки, куда вышел Никифоров, раздался истошный крик, и Шурка бросился туда. Никифоров стоял на верхней ступеньке, а на лестнице на коленях, обняв его сапоги, возя по ним лицом и лысиной, обрамлённой растрёпанными серыми волосами, простёрся старик Фридман, учитель немецкого языка из подготовительного артучилища: "Юрий Василич, голубчик, увезите, у нас нет шансов!" Он тёрся лицом о сапоги Никифорова, и по ним ползли смывающие пыль дорожки, заметные даже в тусклом свете. Лицо Никифорова исказилось, он махнул рукой над головой учителя и сдавленно сказал: "Ведите семью в машину".

Когда все ушли, мама закрыла дверь и легла, вся дрожа. Шурка прижался к ней и крепко её обнял. Мама скоро перестала дрожать, и Шурка спросил:

— Мам, а кто был Риткин папа? — Мама молчала. — Ритка говорит: Якир и Гамарник не предатели. Правда?

— Правда, сыночек. Только ты никогда не должен ни с кем об этом говорить.

— Да, мам, Ритка мне сказала. А кто были её родители?

— Папа — адъютант Якира, мама учительница, как я. Папу расстреляли, а маму посадили в тюрьму на десять лет без права переписки. Но об этом ты никому ни слова, да?

— А маму за что?

— За мужа.

— За мужа? И всё? Мам, а что с её бабушкой?

— Её бабушка была известной в Харькове портнихой. У неё рак, страшная болезнь.

— В неё залез рак?

— Нет, сыночек, это опухоль, и от неё нет лекарств.

— Так что, бабушка умрёт?

— Да, и похоже, скоро.

Шурка умолк надолго, а новый вопрос задал таким тоном, каким выпрашивал выходной от садика:

– Мам, а если человек умирает, так это что?.. разве это уже навсегда-навсегда? – Мама молча прижала его к себе, и он сказал твёрдо: – Тогда Ритку заберём к нам. – Мама не отозвалась, лишь поцеловала его. – Мам, я очень тебя люблю. Хорошо, что мы не уехали и будем ждать папу!

– Спи, сыночек. Скоро утро.

При ясной погоде

Поразительно быстро осваивается в неустановившемся быту маленький человек. Жизнь в теплушке запечатлелась краткой и даже уютной. Спал Юлик на полу, как все, без матраса, на жёлтом одеяле, служившем ему подстилкой в чемодане, на угольной платформе. Подушкой стал бязевый мешок с вещами. Надоедали мамины модельные туфли, упрямо вылезавшие на поверхность из глубины мешка, куда Юлик рачительно запихивал их, отходя ко сну, и откуда они неизменно всплывали к утру, натирая скулу. Спал он, тем не менее, крепко. Было голодно, зато людно.

Едва вырвались из прифронтовой зоны, заботой Юлика стали отстающие. Один случай запомнился навсегда.

В теплушке оказалась молодая женщина с младенцем. Маленькому человеку не было и месяца. Женщина ехала без вещей, с границы, где жила с мужем-командиром. Её увезли под обстрелом утром 22 июня. Машину разбило, до железнодорожной станции она шла пешком. Молоко у неё пропало, денег не было, младенца поила коровьим молоком, его из жалости давали крестьяне. Ехала дачными поездами, на цистернах, а до Конотопа какой-то обходчик подбросил её на дрезине. Младенец кричал и корчился. Женщина качала его под тихое "А-а-а..." Под это "А-а-а..." теплушка засыпала и просыпалась. Младенец уже не плакал, а женщина всё качала его, монотонно напевая. Стояла жара, в теплушке появился странный запах, перешёл в смрад, и все поняли, что источник – мёртвый ребёнок на руках несчастной матери. Она продолжала баюкать своё дитя. Те, кто находились далеко от источника смрада, кричали, что женщину надо высадить. Те, кто был рядом, плача, убеждали её похоронить маленького. Утром, на неведомом полустанке, женщина с мёртвым младенцем сошла. У кого-то из детей был совок, этим совком она рыла могилку. Ей помогали двое мальчишек. Уложили трупик, засыпали землёй. Эшелон тронулся, мальчишки потащили женщину к эшелону, она вырвалась, припала к холмику. Мальчишки вскочили на ходу, женщина осталась – поникшая фигурка на коленях.

Теперь волнение Юлика стало источаться не только на маму и папу, семьёй стала вся теплушка. В эшелоне было четырнадцать теплушек, в каждой сорок-пятьдесят человек, но всех, принадлежавших к эшелону, Юлик знал уже через два-три дня. Не он один, любой ребёнок. Если на остановке выходили родители, он не отходил от зева теплушки до их возвращения. Галка цепко держала его за руку. Вопрос о длительности остановки был судьбоносным, ответ приходил неведомо откуда и мог оказаться недостоверным, эшелон мог уйти раньше времени.

Неясен оставался и пункт назначения, даже направление. Мордовия, Средняя Азия, Урал, Сибирь? Нетрудно представить, как железнодорожники изо дня в день докладывали в обком, что у них на путях эшелоны с беженцами, куда их направлять? Обкомовцы звонили в другие обкомы:

— Слухай, у мэнэ в Касторном и в Старом Осколе вжэ десяток эшелонов з цимы, як их, из бэженцами. Девать никуды, нэма житла, а ни работы. Можэ, у тебя шо есть?

— Рабочие руки нужны, да селить негде. Перемрут, отвечай потом... Гони на восток, там разберутся.

От кого узнавали о следующей остановке? Наверное, от коменданта. А он от машиниста. Возможно, и они не знали маршрута. Если надо освободить путь для воинского эшелона, какая разница – куда сплавить состав? Где меньше вероятность столкновения. Возможно, поезда направлялись стрелочниками. А там путь их лежал в колее, на которую они попали, дабы в ожидании новых поездов с беженцами с запада и новых воинских эшелонов с востока не создавать путаницы возвращением эшелонов вне расписания на узловую станцию.

На станции Старый Оскол пропускали воинские эшелоны. Припасы иссякли, голод глушили кипятком. Провиантом эти места не славились. Институт слухов выдал информацию, что стоянка продлена на три часа. Яша вышел прогуляться и поискать продукты. А поезд, постояв немного, свистнул и тронулся в прежнем направлении, на восток.

Если бы знание феномена, уже открытого, но ещё неизвестного широкой публике, было доступно хоть Руне, самому образованному члену семьи, происшедшее он назвал бы цепной реакцией. Галя и Юлик завопили и пытались выброситься из вагона. Этого им не позволила Лиза, но решила спрыгнуть сама. В неё вцепились Руня с Гришкой. Арон наблюдал сцену со скрещенными на груди руками. Лиза бросила на него взгляд, не требовавший толкования. Поезд шёл медленно, ещё можно было соскочить и не оставлять Яшу в одиночестве. Арон с каменным спокойствием произнёс:

— Догонит, не маленький. Номер эшелона знает. — Отражая сверкнувший зелёной сталью взгляд Лизы, добавил уже яростно: — Что, прыгать, вести его за ручку? А вас оставить без мужчины?

Юлик и Галка кинулись в объятья друг друга и зарыдали так, что сквозь станционный лязг и гудки их вполне мог бы услышать в своём кабинете даже сам начальник станции Оскол-сортировочная. Лиза у двери вглядывалась в догонявших, прыгавших в хвостовые теплушки. Буфера перестали стучать, поезд набрал ход. На остановке вернулись в вагон вскочившие на ходу. Подсчитали потери. В их теплушке отстал только Яша. Дети рыдали, не слушая утешений.

Семья стала центром внимания. В основном, сочувствие выражалось словесно: оставите записки на эвакопунктах, напишете до востребования в города по маршруту... Безмолвное участие было реальнее. При его посредстве Юлику к вечеру перепала политая постным маслом и посыпанная солью горбушка, два печенья и крутое яйцо.

В Пензе Лиза и Арон ушли искать еду, хотя бы хлеба купить, велев детям из вагона не выходить. Руня пошёл узнать сводку с фронта, за ним выскользнул и Гришка. Он заглядывал в воинские и санитарные эшелоны, в здании вокзала шарил в поисках съестного и у подошедшего эшелона увидел мужчину в очках, так похожего на дядю Яшу, что забежал перед ним дорогу. Толстые очки, добрые глаза, чёрные кудрявые волосы. Вылитый дядя Яша, только небритый, худее и немного всё же не такой. Мужчина поравнялся с Гришкой, прошёл мимо. Гришка пошёл за ним и негромко позвал: "Дядя Яша!" Мужчина обернулся и кинулся к нему: "Гришенька!"

Остаток дня Гришка царил в теплушке. Ему досталось рекордное количество печений и горбушек.

Пенза озадачила Юлика. Поезд тронулся, но как? В обратном направлении. Проплыл мимо теплушки вокзал, за ним давешняя водокачка с болтающимся рукавом и сдвинутой набекрень крышей, та же щербатая надпись "Не сифонь! Закрой поддувало!", семафоры... Поезд шёл обратно! Напрасно уверяли Юлика, что едут они по-прежнему на восток, просто паровоз переставили в хвост. Он был убеждён, что едут они назад и, лишь отоспав ночь, привык к тому, что едут они всё же вперёд.

А ещё через день ранним утром эшелон стал посреди луга. Велели выгружаться. Куда? Ни станционного здания, ни даже второй колеи. В раскрытую дверь теплушки беженцам радушно кивала трава, простёршаяся до горизонта. Эшелон ушёл, и по другую сторону колеи обнаружилась будка с названием полустанка.

В тот день Юлику исполнилось семь. Без поздравлений.

Впрочем, нет. Пока на грудах брёвен у грунтовой дороги беженцы ожидали чего-то, Гришка, не сидевший без дела ни минуты, нашёл штабель каких-то планок и острейшим своим перочинным ножом вырезал из одной кинжал с витой рукояткой, а из другой саблю, которая от настоящей отличалась лишь материалом и тем, что была красивее любой настоящей. Кинжал он вручил Юлику в качестве подарка и стал упрашивать его фехтовать. Юлик вяло отнекивался, Гришка настаивал. «Терпение и труд всё перетрут» – был его девиз, терпением он соперничал со старшим братом и довёл Юлика до бешенства. *Ну, да, я маленький, так ты даёшь мне короткий кинжал. А сам, здоровенный такой, взял длинную саблю!"* – коварно ответил он. В жажде фехтования и в пылу самоуверенности Гришка неосмотрительно предложил поменяться оружием, и с саблей Юлик напал на него с таким пылом, что раскровенил ему руку у локтевого сгиба. При виде крови Гришку словно подменили. "Ты перебил мне вену, из меня вытечет кровь, и я умру!" – заныл он. Убить спасшегося от немецких бомбёжек двоюродного брата, порученного умиравшей тётей заботам мамы, – что и говорить, это был некрасивый поступок. Юлик струхнул, но – война! – не так, как струхнул бы недели за три до того. Он отвел Гришку обратно на брёвна, усадил и велел зажать пальцем рану. Кажется, то был единственный случай, когда брат ему повиновался. Кровь перестала течь. Вскоре подоспели селяне с телегами, и беженцев развезли по сёлам.

В сельце к северо-западу от станции Плонские прожили неделю. Работа нашлась не всем, переехали в деревеньку Чувахлей, к юго-западу от станции, на том же плато, пересечённом глубокими, таинственными оврагами.

Сельцо запомнилось невиданными доселе жёлтыми карамельками-подушечками, купленными в "сельпо" – в обширной, без перегородок, избе сельского потребительского кооператива, где, кроме конфет-подушечек, конной упряжи и керосина, иных товаров не было.

Нищета царила в деревне. Пустовало много изб, но поселились обе семьи в одной. В ней была большая русская печь, намёк на зиму. Спали на лавках и на печи, в жаркие дни на сеновале. Ложились и вставали рано. Работали на лесоповале: мужчины валили деревья, женщины обдирали кору. Питались картошкой и солёными огурцами.

Тротуаров в деревне не было, грязь после дождей была непролазной. Но летние дожди редки и кратки, а чистота воздуха искупала неудобства и позволяла видеть бескрайние дали. Дивны эти арзамасские места. Дорога выходила из деревни в обе стороны прямо в поле – широкая, полная мягчайшей чистой пыли. Справа, километрах в двух к северу, как казалось Юлию, на самом деле к югу от деревни, как он выяснил по карте, когда в зрелые годы проверял впечатления, распростёрся сосновый бор во всей прелести своей древесной колоннады. Подножье её оживлялось кустарником, а пространство между деревьями до самого солнца и звёзд полнилось воздухом, напоённым запахом хвои. Перед бором луг, а к северу – по-настоящему к северу, в стороне, противоположной лесу, – железная дорога, но так далеко, что гудок поезда едва доносился, а поезд казался игрушечным.

Ближе к деревне плоскогорье разрезано было оврагом, за ним, в долине, стояла помещичья усадьба, разорённая, нежилая, сгнившая, но с дивным парком, и при нём пруд, опушенный зеленью, с плотиной и омутом, туда не тянуло плавать даже Гришку. Купнулся разок, вылез синий, в пупырышках, и сказал, что в-вода х-хол-л-лодная, а течение тянет к плотине, в омут. Купаться он бегал на речку Пьяну. Для Юлика это было далеко.

Первого сентября он пошёл в школу, но проучился один день. Школа – изба, большая горница, в ней два класса вместе, первый и четвёртый. Учительница поочередно давала задания первоклашкам и четвероклассникам. Других классов в школе не было. Учительница сказала, что в первом классе Юлику делать нечего, а взять его в четвёртый она не имеет права.

Он ужасно скучал без радио. Радио открывало ему мир. Он встречал героев-папанинцев, возвратившихся после героического дрейфа на льдине, Чкалова-Байдукова-Белякова после их перелета через Северный полюс в Америку, героев-летчиц Гризодубову-Раскову-Осипенко, радио позволяло участвовать в первомайских парадах войск и демонстрациях трудящихся на Красной площади, слушать любимые песни, радиопостановки и дивную, легко запоминавшуюся музыку – Бах, Бизе, Римский-Корсаков, Чайковский... Но здесь радио на столбе у сельсовета включалось лишь утром и вечером и передавало лишь сводки с фронта. Не было и книг. Любимым занятием Юлика стал поиск цветной гальки после ливней. Камешкам он давал фамилии, они сражались с фашистами и сжигали их танки.

Танки между тем надвигались.

"При ясной погоде воздушная разведка и поддержка люфтваффе были великолепны. Мёртвые и умирающие валялись грудами там, где их застиг пулемётный огонь немецких танков, которые к тому времени прорвались далеко вперед. Всюду было брошено вооружение, включая американские "джипы", невиданные прежде германскими войсками. За два дня танковые соединения продвинулись на 80 миль. Потери были лёгкими. Хорошая погода держалась".

Так в пору Холодной войны написал о происходившем недоброжелательный к русским американский историк, полковник Альберт Ситон.

А сводки твердили одно – упорные бои.

Пришла открытка от бабушки, написанная ровным твёрдым почерком на идиш, и внизу приписка по-русски крохотными печатными буковками для Юлика: "Юленька, любимый мой внучек, целую тебя".

От сводок Информбюро холодела кровь. Слушать радио у сельсовета и пересказывать вечером новости было обязанностью Юлия. Он делал это истово, в точности воспроизводил названия населённых пунктов и чаще всего тут же их забывал, пока не настал день, когда он побежал по мягкой пыли к избе, истошно крича: "Особенно ожесточённые бои под Киевом!"

Немцы в тот день вошли в Киев, но об этом сообщили только через два дня.

Посла сдачи Киева как-то понеслось всё сразу. Сперва у деревни кружили, треща, самолёты. На лугу сел бомбовоз, из него два лётчика в синих гимнастёрках и лётных шлемах вынесли третьего, с огромными глазами на безразличном, безжизненно-белом лице.

На другой день Юлик брёл в поле, глядя под ноги в поисках камешков, и услышал рёв. Обернувшись, увидел, что на него летит самолёт, носом прямо ему в лицо. Нельзя было сказать, что самолёт низко. Казалось, он просто катится. Юлик повернулся и упал, выбросив вперёд руки. Сбоку по дороге хлестнуло, словно бичом, а самолёт пронёсся над самой головой. Юлик сел, вытер пыль с лица и увидел рядом цепочку лунок. В пыли они были не больше пятикопеечной монеты. Вечером он рассказал об этом, и ему не поверили. В темноте он слышал, как взрослые тихо переговариваются на идиш. Из знакомых слов понял, что Арон ему верит и убеждает родителей ехать в Ташкент. Папа раздражённо сказал по-русски:

— Если бы армия бежала, они уже были бы и в Москве, и здесь.

Арон отбурчался на идиш. По слову *балабуст** Юлик понял, что сказано было что-то о вожде, но имя его произнесено не было. Галка уснула, Руня с Гришкой спали на сеновале, и разговора этого никто из них не слышал. Юлик даже с Гришкой не поделился. Интенсивной идеологической жизнью, как Шурка, он не жил и о товарище Сталине не желал знать ничего, кроме того, что он вождь и отец.

Словно по сговору с кем-то всесильным испортилась погода. Похолодало. Селяне настойчиво советовали беженцам уехать. "Замёрзнетя вы здеся зимой, – говорили они. – Кой тут леший с вашими пальтишками... Нешто етто шуба? Нешто греет?"

Ранним утром Юлик вышел в сортир. Все спали, на работу ещё не шли. (Или уже не шли? Это было за день-два до нового этапа эвакуации...) Ни души не было в деревне – ни собаки, ни курицы, ни единой птицы в воздухе, хоть утро уже наступило, прохладное, бессолнечное. Мгла, росный туман, сырой, но лёгкий, и во всём поднебесье не тревожимая ничем чарующая тишина. Услышал дальний перестук и, вглядевшись, увидел поезд. Туман не лежал на земле, он висел в воздухе, и с расстояния в несколько километров Юлик увидел то, что прежде глушил солнечный свет. Он увидел железнодорожную насыпь, она возвышалась над полем, чуть-чуть, но возвышалась. Острым детским зрением он увидел её и крохотные колёсики вагонов, и услышал, как они стучат на стыках рельсов. Каждая пара колёс в отдельности посылала отчётливый привет ему, одиноко стоявшему на другом конце поля, и он зачарованно внимал вагончикам-силуэтикам, проплывавшим

_____
* Хозяин (идиш)

40

друг за другом на фоне светлого туманного неба. Вагончики тянул малюсенький паровоз. Он выпустил в серое небо белые клубы дыма и пара, и спустя несколько секунд донёсся игрушечный гудок. Всё так было мирно, никакого иного звука не слышалось на земле, ничто не двигалось в воздухе, лишь крохотный поезд полз на горизонте, словно для того, чтобы оживить картинку и запечатлеть в сердце Юлия прелесть мглистого утра нетронутой тогда ещё среднерусской осенней природы...

Не опомнились после падения Киева, как пал Брянск. О катастрофе, постигшей три фронта, Юлий узнал лишь через много лет. Но взрослые поняли, что, неровен час, могут оказаться в руках тех, от кого бегут.

Третьего октября начался новый этап эвакуации. Ехали на телеге. Моросил дождь, и возница прикрыл их рогожами. Уже темнело, когда, не мокрые и не сухие, прибыли на станцию. Не на ту, где их сгрузили летом, на большую. Впоследствии никто не мог вспомнить, там ли провели ночь, но где-то Юлий, обессиленный, спал, сидя на вокзальной скамье, пробуждаемый светом, склочным вокзальным шумом и болью в рёбрах от подлокотников скамьи, неумолимая жёсткость которой запомнилась на всю жизнь.

Поезд пришёл ночью – настоящий, пассажирский. Посадка шла по головам. Проникшие в вагон локтями отбивались от едущих, а те не давали втащить через окно членов семьи, оставшихся на платформе и беспомощно взиравших на это озверение. Люди стояли в тамбурах и на площадках между вагонами. Арон бодался, перед ним пятились. Юлий жалел потом, что не видел папу при посадке. Видимо, он вёл себя не так, как обычно, иначе они не сели бы. Ехали две ночи и день, но, возможно, одну ночь и утро. Бессонница сбила счёт ночам.

В Чебоксарах сели на пароход.

Уехать поездом нечего было и думать. Возможно, ночь на станционной скамье прошла в Чебоксарах при попытке добыть билеты на поезд. Когда посадка оканчивалась, те, кто только что работал кулаками, оказывались милыми людьми, всего лишь защищавшими свои углы. Поезд трогался, наступало примирение, угощение кипятком, даже хлебом, галетами. Рассказывали о потерях, делились опытом, и взрослые на подъезде к Волге узнали о главном преимуществе поезда перед пароходом. Из поезда при налёте можно было шмыгнуть в сторону и залечь в поле, в лесу. На судне же налёт был верной смертью для всех. Но в Чебоксарах достать билеты на поезд было невозможно, а гибель *всех и сразу* взрослые, видимо, сочли в некотором роде доводом "за"...

На колёсном пароходе "Семнадцатый год" их не ждали постели. Середина октября в среднерусской полосе не сезон, чтобы путешествовать на палубе идущего, пусть и с невысокой скоростью, судна. Сжалился механик, пустил на площадку трапа, ведущего в машинное отделение. Мерно стучала машина, снизу шло тепло. Юлику в маслянистом мареве больше всего запомнились выпуклые ромбы стального рифлёного покрытия площадки. Было нечто усыпляющее в ритме их повторения, в движении шатунов, в стуке двигателя...

Но налёт он не проспал, слух был натренирован, и выскочил на палубу к знакомому вою как раз вовремя: самолёт шёл на штурмовку и сыпал из пулемёта. Мама билась в истерике внизу, на площадке, Гришка за ноги тащил его в люк, а Юлик цеплялся за поручни. Он не успел разглядеть фашиста! Тогда, в поле, он видел лишь чёрные кресты в жёлтой окантовке, придававшие самолёту сходство с осой.

Дела парохода были бы швах, но, видно, немец растратил свои бомбы. Самой малой хватило бы, чтобы в секунды пустить эту посудину ко дну, и все пошли бы на корм сомам, они в войну расплодились и достигли гигантских размеров. После налёта капитан лично уплотнил пассажиров в нижних палубах, и Плонских перевели в общее помещение внизу.

Появление немца за Чебоксарами, вблизи Казани, немало сказало взрослым. К тому времени географию СССР выучил даже Арон. По крайней мере, карту. Но взрослые своими соображениями с детьми не делились.

Прошли Жигули. Они восхитили Юлика. До этого горой он считал Владимирскую горку. Шли мимо них на закате. Солнце озарило горы, а небо за ними на востоке было ясное и холодное. Розовые горы на эмалевом фоне чаровали. Взрослым было не до красот, Гришка отмахнулся, поделиться восторгом Юлик мог лишь с Галкой.

К вечеру третьего дня прибыли в Куйбышев. Камера хранения порта была переполнена, вещи не приняли. Вокзал был недалеко, но о ночёвке на вокзале нечего было и думать. По улице, круто ведущей от порта вверх, в город, протащились с багажом несколько кварталов и – остановились. Куда идти? У подъезда большого дома сложили пожитки, ходили с этажа на этаж, стучались, просились на постой. Арон выталкивал вперёд Лизу: она говорила на литературном русском, без местечкового акцента. Жильцы сердито отказывали: сами ютимся. В домишках даже не открывали, отмалчивались.

День был пасмурный до черноты, моросило, то и дело принимался идти снежок. Природа брала своё – октябрь, время дождя и снега.

Остановились, сложили вещи на краю тротуара, стеречь их поручили мальчишкам. Гришка, едва взрослые ушли на поиски, рванул за ними. Юлик остался один. Паша, деревенская девушка, обожала своего питомца, гордилась им, как породистой собачонкой, не оставляла ни на миг и внушала, чтоб не смел убегать из-под присмотра, хорошеньких цыгане крадут, потому они такие красивые. Теперь в сумерки, в чужом городе, он оцепенел, лишился голоса и не сумел крикнуть Гришке, чтоб не уходил. Да разве тот послушал бы... Одиночество отложилось и создало "куйбышевский" фон ночных видений, отличный от "коно-топского" тем, что приправлен был синевой, в тот являлся уныло-серым.

Примчалась Галка, молча обняла, он уткнулся носом в её пальтишко. Подошли родители, Арон с сыновьями. Не было ночлега в переполненном Куйбышеве. Катился на восток сдутый вихрем войны запад. Порт и вокзал кишели людьми и вшами, а снег вперемежку с дождём не оставлял иного выбора, как ютиться в парадных. Устроились на площадке между вторым и третьим этажом. Здесь не дуло из входной двери, но холод стоял пронзительный, сырой. Во дворе имелся сортир. Видно, парадное было выбрано с учётом этого обстоятельства. Некто появился на лестнице в драповой бекеше, в бурках, и строго велел им убираться. Яша уже взялся за пожитки, Арон ударил его по руке, встал перед бекешей и ядовито сказал: "А вы пожалуйтесь начальству!" Бекеша молча ретировалась.

Два дня, сменяя друг друга, Арон, Яша и Руня выстаивали на вокзале за билетами в круглосуточных очередях. Самодеятельные блюстители порядка выводили номера на спине мелом. Мама и Галка ходили из дома в дом в поисках приюта. Все эти дни (и ночи) Плонские сидели в парадном, стараясь не шевелиться, храня тепло. По очереди носили кипяток с вокзала. В последний день, перед посадкой в поезд, обогрелись в семье, дававшей приют беженцам.

Три дня в парадном запечатлелись в памяти одной долгой ночью, а три часа в квартире коротким и тёплым солнечным днём. Тепло духовное вспомнилось потом, физическое для Юлика было тогда важнее, за дни в парадном он продрог до мозга костей и стакан за стаканом хлебал чай. Больше всего запомнился в благословенной квартире туалет, настоящий, с белым унитазом, там журчала вода, впервые за три месяца! Потом дремал поверх одеяла, прижавшись к Галке, а родители с хозяевами говорили, говорили... Галка шепнула: "Какие люди!" Прощаясь, целовались, как с родственниками. Плонских проводили на вокзал и там подобрали очередных бездомных.

Ночью сели в поезд. Нервозно, но без драки. Два проводника проверяли билеты. Поезд был полон, но у каждого было пронумерованное место. Значит, продажа билетов и погрузка в поезда в Куйбышеве оставались под контролем железнодорожной администрации. Юлик вскарабкался на третью полку и спал, спал...

В окне мелькали леса. Потом поля. Потом степи. Потом пустыня. Было голодно. Особенно голодно оттого, что в поезде не все были беженцы. Небеженцы, с одним чемоданом, но с корзинами, полными еды, с беженцами не делились. Располагались есть трижды в день и извлекали обычные в поездках припасы – яйца, котлеты, рыбу, колбасу, хлеб, печенье... Ели на газетах, беседуя между собой, избегая встречаться глазами с беженцами, наливавшимися кипятком. Мама одёргивала Юлика и тихо шипела на него, но его глаза сами возвращались к еде, разложенной на столах. Небеженцы, встретив взгляд Юлика, отводили глаза. Убегающие эти глаза помогли ему в полной мере оценить маму, когда летом сорок второго она делилась с голодными польскими беженцами едой, которой им самим не хватало.

У границы пустыни встреченный по пути в туалет добренький дядя, пристально поглядев в глаза, прихлопнул Юлику пальцы дверью тамбура. Средний и безымянный на левой руке. Хорошо, что пальчики были тонкими, а дверь не так уж плотно пригнана, но след от удара на среднем пальце сошёл лишь пятьдесят лет спустя. Юлик дядю запомнил: высокий, почтенный, с седыми висками... А что будет, если узнает Арон? Подойдёт к дяде, скажет: *"Сволочь, это же ребёнок! Ты со мной давай, со мной!"* Как даст ему головой в подбородок – и дядя повалится на пол. Юлик уже видел такое. Арона заберут в милицию, они сойдут с поезда... Опять всё сначала? Он сказал, что прищемил руку нечаянно, и её до отхода ко сну лелеяла Галка, целуя и прикладывая холодные примочки.

В Кустанае Арон и папа вдвоём приволокли арбуз. Это было всё, что они могли себе позволить. Деньги кончались. К арбузу Лиза дала по куску хлеба, это так было вкусно!

На остановках, по мере приближения к Ташкенту, вкусной еды становилось всё больше – катык, это такое кислое молоко с корочкой жира, белые лепёшки, шурпа, виноград, кишмиш... Не было денег.

Пустыня кончилась, станции попадались всё реже, поезд шёл степями. Над вагоном качалось небо, огромное, солнечное, безразличное и безнадёжное. Глядеть было не на что, езда опротивела. Казалось, она никогда не кончится, в голодном этом поезде они обречены вечно ехать в тускло-солнечную пустынную даль. От качания тошнило. И тут поезд прибыл в Ташкент, с которым у Юлика были связаны большие надежды. Он уже наслышан был о том, что Ташкент – город хлебный.

На фоне канонады

Тревогу не объявляли, это пришлось бы делать непрерывно. Самолёты налетали в разное время, как бы мимоходом. Уже по одному этому во дворе заключили, что фронт близко. Бомбили мосты. Пацаны постарше моталась по городу и сказали, что у Днепра собраны все зенитки Киева. На Обсерваторную канонада доносилась глухим гулом. Но когда мама в выходной собралась с силами и вывезла их с Риткой на Крещатик поесть мороженого (Риткина бабушка умерла во сне восьмого августа, и в тот же день её похоронили), то с Крещатика на фоне канонады слышались даже отдельные разрывы. Говорили, что немцы прорвались к Голосеевскому лесу. Войска на запад не перебрасывались, как в июле, на Артёма стало тихо, лишь машины то и дело подъезжали к двухэтажному особняку, где раньше был военкомат, а с начала августа расположилось какое-то военное учреждение.

Ритка после смерти бабушки к Волковым не перебралась. Дни проводила у них, но спать шла к себе. Однажды, когда она ушла, мама вспомнила, что раненый лётчик дал ей свёрток, а в нём плитка шоколада. Кондитерская фабрика теперь выпускала боеприпасы, конфет не стало. Да что конфеты, еды не хватало. У Шурки загорелись глаза. Мама разломила плитку пополам и одну половину велела утром отдать Ритке. Шурка ждать не стал и пошёл в подвал. У Ритиной двери заколебался: а если она спит и своим стуком он разбудит её? Он прислушался. Из-за двери донёсся тихий плач. Он сжался. Значит, Ритка возвращается домой, потому что там фотографии мамы и папы, смотрит на них и плачет. Поплёлся домой. Маме сказал, что Ритка спит. Маме и так доставалось. Она похудела, щеки ввалились, глаза стали огромными, а на груди, пониже горла, сквозь тонкую кожу проступили кости. За обедом он делал вид, что наелся, и оставлял на тарелке, чтобы мама доела, но мама ела медленнее его, говорила, что ела на работе, и заставляла его доедать свою порцию.

Двор пустел, семьи эвакуировались. Уехали Фроловы, и Шурка понял, что хотел бы слышать даже нудные и фальшивые упражнения дылды Верки. Без этих звуков тихо стало и тоскливо. Осталось лишь несколько семей, среди них Вовкина, его отец служил в артучилище. Урок, преподанный Риткой, пошёл Вовке на пользу. Он уже на другой день после стычки пришел к Ритке мириться, сказал, что она свой парень, а она вернула ему гильзы и осколки. Вовка стал их личным информбюро и вполне толково рассказывал о событиях на фронте. Отчёты отставали от событий, но Ритка их процеживала и комментировала Шурке простыми словами: "Это чепуха, а это, похоже, правда". Конечно, рассказывал Вовка то, что слышал от папы, а папа знал лишь то, что происходит вокруг Киева. В июле они узнали, что немцы вклинились у Ирпеня и захватили Бучу. Там их остановили, и они больше не рыпаются. Рассказал о грохоте со стороны Голосеевки – что немцы прорвались и наступают, потом, что их остановили, потом, что наши наступают, а немцы уходят – и новости подтверждались близившейся, а затем отдалявшейся канонадой. Двадцатого августа Вовка, злобно смеясь, сообщил, что Гитлер запланировал парад на Крещатике на восьмое августа!

С того дня, как уехал папа, телефон в их квартире ни разу не зазвонил. Шурка подсознательно ждал и ждал звонка. Упирался взглядом в чёрный аппарат с круглыми окошечками цифр и твердил про себя: зазвони же! Но аппарат молчал.

Двадцать четвёртого отметили Шуркин день рождения. Мама испекла кекс и подарила набор цветных карандашей и альбом для рисования, а Ритка военный ремень – с пряжкой и звездой, наверное, оставшийся от её папы.

– Тоже мне, родился к учебному году! Может, погодишь? В школу можно и в восемь.

– Нет, – замотал головой Шурка. – Юлик пойдёт, и я пойду. Мы договорились.

Гансы не бомбили, лишь постреливали из пулемётов, пробивая стёкла там, где они были заклеены бумагой, и вышибая там, где заклеены не были.

В револьвере, как в потенциальном оружии, Шурка разочаровался и ценил его лишь как память о закадычном дружке. Он уже не носил его на дежурства, да их и отменили вскоре. Удивляло отсутствие Люськи. Сопливец слишком настойчив, чтобы отказаться от идеи досверлить револьвер. Шурка поделился этим с Риткой.

– А, этот жизнерадостный... Появится, если не уехал.

Люська появился в день, когда Вовка с утра постучался и бросил на пол в коридоре картонный ящик со своими осколочными богатствами. Приехал отец, они уезжают.

– Как же так? – язвительно спросила Ритка. – Выходит, немцы бегут от нас в одну сторону, а ты от них в другую?

Вовка угрюмо молчал. Он не хотел уезжать. Он даже что-то бубнил раньше о партизанах. Пришел отец, старшина, приземистый, широкий, стриженный под бокс, спросил Шуркину маму. Шурка сказал: мама на дежурстве, вернётся поздно вечером. Вовкин папаша сморщился, почесал в затылке и сказал:

– Передай маме, малец, мотать вам надо з Киева, пока не поздно, бо немец оборону прорвал. Дела наши теперь швах. Плохи дела. Окружать он будет Киев. Кидайте всё, уезжайте! Понял?

– Он понял, – за Шурку ответила Ритка, – он понятливый. Можете нас взять и за его мамой в госпиталь заехать?

Вовкин папаша озадаченно уставился на неё.

– Госпиталь? Это где?

– На Бессарабке.

– Не поеду. Времени нету. Мне ещё за другими надо. Ну, счастливо, пока!

Сразу после него и пришел Люська, всё такой же маленький и нахохленный, и густая жёлтая сопля всё так же висела в ноздре, подрагивая, исчезая и появляясь вновь. Но что-то в нём изменилось. И не в том дело, что похудел, как все в Киеве. Он выглядел как-то иначе, суровее, что ли.

– Мы с мамой эвакуихуемся, – сказал он. – А вы чего тохчите? Немцы идут.

– А можете взять нас и заехать за Шуркиной мамой в госпиталь? – тем же вопросом огорошила его Ритка.

– А я не знаю, когда мы уедем. И на чём.

– Что ж ты болтаешь, если не знаешь?

– Мы уедем, – с достоинством сказал Люська. – Это точно.

– А раньше было не точно? С твоим носом – и не точно?

– Ханьше мы ждали папу, – сказал Люська.

– А теперь, что, больше не ждёте?

– Тепех больше не ждём. Папа умер вчеха в госпитале.

Ритка схватилась за голову.

– Ой, Люсик, извини!

Сопля дрогнула, Люсик засопел, но сдержался и сказал:

– Я пхишёл пхощаться. Мы пока будем у бабушки, на Подоле. Уедем оттуда.

Шурка очнулся от оцепенения, подошёл к Люське и обнял его. Потом так же молча взял со стола револьвер и коробку с оставшимися пистонами и протянул ему.

– Возьми.

– Как? Насовсем??

– Нет, он побежит за машиной и будет кричать "Отдай!", – не выдержала Ритка.

Люсик деловито рассовал подарок по карманам и солидно протянул Шурке руку:

– Спасибо.

– Счастливо, – сказал Шурка. – Если увидишь Юльку...

– Что?

– Нет, ничего. Пока.

– До встхечи, – сказал Люська и вытиснулся в дверь.

– Поехали, навестим твою маму, – вскочила Ритка.

– Зачем? Она занята.

– Ничего. Мы ей поможем. Пошли.

Трамваем от Сенной площади доехали до площади Калинина. Кондукторша даже не предложила купить билеты. Крещатик был малолюден. Машины с красноармейцами и орудиями на прицепе шли все в одном направлении, на восток. Ритка и Шурка обогнули здание рынка и по Кругло-Университетской вышли к больнице. Вот здесь было людно. Одна за другой прибывали санитарные машины с ранеными. Одни выходили сами, осторожно, чтобы не растревожить боль, не упасть. Других выносили, этим было хуже, их трясли, они стонали. Некоторым было безразлично, они были в беспамятстве. Раненых было столько, что они лежали прямо на газоне, на траве. Валялись окровавленные бинты и тряпки, куски гипса, проволочные шины. Сновали сёстры, разнося раненым воду и обновляя им повязки.

Ритка, держа Шурку за руку, молча осмотрела это остановившимися глазами, повернулась и повела его обратно. Вернулись к налёту, но вместо того, чтобы спускаться в бомбоубежище, Ритка разожгла примус (электричество теперь подавали с перерывами), сварила юшку из картошки и нагрела оставленные мамой котлеты. Ели молча, подавленные тем, что видели. Встали из-за стола, Шурка поблагодарил, Ритка кивнула и ушла к себе.

Шурка послонялся по квартире, включил радио *("...наши войска вели бои с противником на всём фронте...")*, пытался читать и пошёл к Ритке. Она сидела на кровати, глядела на портреты родителей, едва заметные в сумерках. Окно подвала выходило на запад, но дом по другую сторону улицы заслонял заходившее солнце.

– Скажи маме, что надо ехать, – сурово сказала Ритка.

– Мы должны ждать папу.

– Вы должны спасаться!

– Мы должны ждать папу.

– Попугай! Нас всех убьют!

– Тебя не убьют, ты русская.

– Ага, сразу! – презрительно сказала Ритка. – Иди спать.

– Ты на меня сердишься? Рита, ты сердишься?

– Нет. Просто... нашло на меня... Иди. Я скоро приду.

Дома Шурка по привычке полез за револьвером, вспомнил, что отдал его Люсику, и загрустил. Револьвер можно было разбирать и собирать. Его прохладная тяжесть придавала духу. Потом вспомнил, что Люськин отец убит, вспомнил выражение лица Люсика и покивал себе самому: всё правильно, так и надо было сделать.

К тому же у него появилось иное развлечение. Уезжая, дядя Никифоров, принёс ему "Атлас командира РККА". Атлас был метровой книгой, толстой, в синем ледерине с вытесненной на переплёте звездой, в нем были все карты мира, физические и политические, все самые большие озёра и реки, самые высокие горы и глубокие впадины, и, главное, на развороте была карта неба со всеми крупными звёздами и Млечным путём. Юлька немного знал небо и как-то зимой, когда темнело рано, показал ему Полярную звезду, Малую и Большую Медведицу. Дежуря с мамой на крыше, Шурка радостно узнавал их. В затемнённом городе они были видны, как прежде на даче. Теперь он поглощал карту и, рассматривая её, думал: почему созвездия соединены именно так?.. кто это знает наверное?.. до звёзд сотни тысяч миллиардов километров! А если на самом деле звёзды соединены иначе?

Вот кем он станет, когда вырастет – астрономом.

Он закрыл атлас и пошёл звать Ритку.

В тот день электричество подавали плохо, лампочка мигала. Ритке это надоело, она выключила свет и зажгла керосиновую лампу. Мама пришла поздно и устало улыбнулась, увидев детей играющими в дурака. Ритка вскочила, чтобы разогреть маме ужин, но мама её остановила:

– Спасибо, Риточка, я не буду есть.

– Теть Циля, можно что-то у вас спросить?

– Да, Риточка, конечно.

– Теть Циля, почему вы не уезжаете?

– Уедем, Риточка. Госпиталь будут эвакуировать, и нас эвакуируют вместе с ранеными.

– Да? Вы уверены?

– Разумеется, Риточка. Раненых ведь не бросают. Ты, конечно, поедешь с нами. Извини, я очень хочу спать.

Ташкентский эвакопункт

В Ташкент прибыли тридцатого октября к вечеру.

Юлик ожидал, что здесь повсюду стоят ларьки и в них продают хлеб. Он смирился с тем, что это будет чёрный хлеб. Он уже свыкся с чёрным и перед едой вдыхал запах ломтя, насыщался духом хлеба.

Но не было в Ташкенте хлебных ларьков, как и хлеба, белого или хотя бы чёрного. Привокзальный сквер был серо-зелёным – это ехали на формирование в Персию солдаты армии генерала Андерса. Они сидели, стояли, лежали на брусчатке площади, на земле сквера, бродили вокруг, и в глазах у них такая была тоска!.. Они не знали о судьбе своих офицеров, о польских беженцах, сосланных в Сибирь, и не могли порадоваться выгоде своего положения.

Привокзальная площадь с трамвайным кольцом, окружённая домами с палисадниками, утыканная старинными столбами с чугунного литья постаментами и тусклыми фонарями-тарелками, была идеально спланирована для нагнетания тоски, хотя вокзальное здание было милое, в стиле губернских городов начала века.

Арон, выйдя с вещами на площадь и увидев её заполненной, хмыкнул:

– А-яй, большой город Васильков! Трамвай! И куда он идёт?

Трамвай шёл в Старый город, но для беженцев название говорило лишь о том, что там, наверное, больше аборигенов, чем в Новом.

Первым делом пристроили ручную кладь. В Ташкенте станционные власти учли уроки перевалочных пунктов эвакуации и для камеры хранения отвели едва ли не все подвальные помещения вокзала. В огороженных стальными решётками лабазах за низкими прилавками могучие и молчаливые кладовщики возраста Арона и Яши швыряли на полки чемоданы и мешки и выдавали бирки с номерами. Арон подивился порядку и проницательно изрёк:

– Через две недели здесь такое будет твориться!..

В справочном бюро узнали адрес Иды, Яшиной кузины, но искать её ночью в незнакомом азиатском городе не стали. Было тепло, но спать на земле не решались. Около полуночи к ним, сидящим на брусчатке, подошли двое, мужчина и женщина, извинились: для всех постелей нет, но детей они могут взять. Родители поблагодарили: ташкентцы выглядели людьми их круга. Условились, что утром они приведут детей сюда же.

В тесной квартирке со свежеприготовленной постелью Галка с Юликом, войдя, обнялись, разревелись, и хозяин кинулся обратно на вокзал. Детей уложили, а хозяева с гостями всю ночь просидели за чаем под абажуром, даже отдалённо не походившим на лимонное чудо киевской квартиры. Юлик слишком устал, чтобы прислушиваться к беседе на идиш, и, прижавшись к сестре, то и дело просыпаясь, спал до утра. Утром увидел, что гости и хозяева по-прежнему беседуют за столом.

Как расставаться после таких встреч? Жизнь разносит...

Следующую ночь провели у папиной кузины.

Ида родила дочь за два дня до начала войны и, едва оправившись от родов, укатила из Киева. Избежав скитаний, она в Ташкенте успела стать старожилкой. Эта чернявая коротышка, лицом напоминавшая римского воина времён Сципиона и Пунических войн, а фигурой слегка расщепленное снизу бревно, была неукротима и всему знала цену. Тех знакомых и родственников, кому давала приют, она настраивала против младшей сестры. (Аня, мягкая светловолосая красавица, была любимицей матери). Если слушатель помалкивал, он рисковал быть заподозренным в симпатии к сестре со всеми вытекающими последствиями, вплоть до требования немедленно покинуть помещение. Зато те, кто поддакивал и возмущался низостью сестрицы, становились людьми доверенными. Им Ида заодно раскрывала глаза и на личность вождя народов, он был её второй любовью, после Гандзи (Ани). Сведения о нём Ида выпаливала залпом, словно боясь, что ей помешают и она не успеет договорить, и лишь везением и военной неразберихой можно объяснить то, что она со своим длинным языком не попала в места, где обретались другие языкатые.

– Гандзя?! Вы подумайте, что они мне привезли?! Ватное одеяло, шерстяное, одно!.. а у них шесть!.. перьевую подушку, пальто с вытертым воротником!.. А отрезы? Отрез габардина, отрез синего драпа? А мамино пальто с каракулем? Бросили в Киеве? Ха-ха, как бы не так! – Она говорила, словно не было войны и на свете не происходило ничего существенного. – Как, вы не знаете, кому досталось всё добро? Гандзе, миленькой сестрице! А мне – милости просим! – хлам, то, что не подошло этой красавице! Знаете, какая она красавица? Она красива, как эмалированный таз, в который насрала корова. И ей – всё, а мне – барахло!

50

Как жена командира, Ида жила неуплотнённой в двух комнатах с тремя кроватями в каждой. Предвидя, что квартирная проблема обострится, она воспользовалась недолгим пребыванием у неё матери и сестры и прописала их у себя, хоть они и при нужде не сунулись бы сюда ни ногой. Плонским обрадовалась: свежие слушатели, к тому же знакомые с предметом! Яша сделал знак Лизе и умеренно поддакивал. Он знал, что ненависть Иды к сестре неугасима. При первой возможности попытался перевести разговор и спросил о положении на фронте.

– Не знаю, – отмахнулась Ида. – Я их газет не читаю. В Ташкенте вам делать нечего, здесь и так тесно. Вы надолго?

Лиза дёрнулась, Яша опередил её:

– Ида, мы на два-три дня, и нас целыми днями не будет.

Юлик даже годы спустя оставался в уверенности, что в первую ночь не спал. Сестричка Жанка ревела, не переставая, а Ида шумно её укачивала. Дочь она боготворила.

Из квартиры Юлик запомнил (притом, так, как запоминается увиденное при вспышке света) лишь первую комнату, вполне европейскую, с деревянным полом и наглухо зашторенным окном. Даже днём, при ташкентском солнце, в комнате не видно было ни зги, а передвижение осуществлялось на ощупь. Обстановка – кровати, тумбочки, стол и несколько стульев, все углы которых Галя и Юлик испытали на себе, во тьме пробираясь к туалету. Остальное время отсыпались – – – – – если спала Жанка. Родители ушли на эвакопункт и встретились, как условились накануне, с Ароном и племянниками. Те устроились в зале ожидания, на скамейке, но и за ту Арону пришлось помахать кулаками. Мальчики спали, он дремал, сидя у них в ногах, и утром кипел возмущением: брат исчез из Ташкента, даже не оставив записки! Лиза обрадовала его известием, что ночлег у Иды обеспечен.

На почтамте ждала записка от Мани, Яшиной сестры, извещавшая, что они с Яником едут в Наманган. Это означало, что Иосиф и бабушка остались в Киеве. О происходящем там после падения города не было даже слухов.

Зато ходили слухи о Москве – ещё не сдали, но вот-вот... Там паника, разбивают магазины, все бегут, правительство бежит, Сталин то ли убил Ворошилова, не то убит Ворошиловым... Москвичей на почтамте можно было узнать по опрокинутым лицам.

Арон ехидно поглядывал на Яшу: "Ну, что, показали себя твои партийцы?" Яша угрюмо отмалчивался. Арон вскоре исчез: пошёл собирать новости из первых уст. Вернулся подавленный, от Руниных вопросов отмахнулся.

День в городе убедил Лизу, что, хоть злобная карлица Ида безвылазно сидит дома, перебиваясь на аттестат своего Дригоды, в обстановке она разобралась. Делать в Ташкенте и впрямь было нечего. Город подобен был эшелону, едва отошедшему от станции. Ничто не утряслось. Жильё расхватали, цены на продукты и арендная плата взвились, развалюхи Старого города не были ещё отремонтированы, рабочих мест не было, как и почвы для коммерции. Ходили заманчивые слухи о городах Ферганской долины – Намангане, Андижане, Коканде. Туда вела тупиковая ветка, поезд ходил через день, масса беженцев ещё не докатилась, цены на продукты и жильё оставались низкими.

Плонские колебались. Маня в Намангане – это не довод. Ферганская долина – тупик, замыкаемый пятикилометровой высоты горами. В видах продолжения бегства это ловушка.

– Какая ловушка, почему? – Сумрачно молчавший Арон вдруг заклокотал. – Я не понимаю, люди не ходят через горы или что? Всюду есть дороги, всюду есть тропинки. Это-таки наш шанс! В двадцатом у Яши смелости не хватило перейти через польскую границу – на, Яша, вот тебе турецкая!

– Афганская, – поправил Руня.

– Что ты меня учишь, учёный? – взвизгнул Арон. – Ну, афганская, какая разница! – Он перешёл на идиш и произнёс яростный монолог, в котором Юлик понял на русском слова "Москва", "граница" и на идиш "к чёрту".

Яша ответил резко, и Арон умолк, возмущённо сопя. И вдруг выпалил:

– В Москве еврейские погромы! Станет хуже – и здесь найдут жидов!

– Что ты несёшь? – вспылил Яша. – Ну, что ты несёшь?

– Люди видели! Москвичи! Затыкаешь уши? Давай-давай, затыкай! От таких... – Ткнул пальцем в Юлика. – ... мокрое место!.. пятно на асфальте! От ребёнка! Границы боишься? А здесь оставаться – нет, не боишься? Пятном стать не боишься?

– Прекрати истерику! – прикрикнула Лиза. – Не распускай дурацкие слухи!

Во враждебном молчании вернулись на эвакопункт, и там – такая удача! – их окликнула Поля Кудиш, продавщица отдела, которым заведовала Лиза. Маленькая подвижная Поля расцеловалась с Лизой и Яшей и сообщила, что в Намангане брат Лизы, Наум. Это уже был довод. Наум, предприимчивый бизнесмен, материально не поможет, но даст дельный совет. Кудиши тоже стремились в Наманган, но уже четвёртый день не могли взять билеты.

К вечеру, ничего не решив, продав на толкучке какие-то вещи, измотанные новостями, беготнёй, жаждой, купили лепёшек, брынзы и вернулись к ночлегу. Галя и Юлик набросились на первую за долгий день пищу, а их тётка, Ида, взялась за Арона. Видела она его впервые, но успела о нем разузнать. Хоть аттестат ей поступал регулярно, Ида была уверена, что Дригода (красавца-мужа она иначе не называла) ей не верен. За день она обе́гала соседей и обновила сведения о положении на фронтах. Благоприятное мнение об Ароне у неё сложилось заочно: драчун, герой посадок, вовремя убрался из Киева. К тому же вдовец... Предполагая союзника, она приступила ко второму предмету страсти ещё до представления ему сестрицы Гандзи:

— Ну, что вы скажете о нашем великом и мудром, о самом большом полководце? Семнадцатого оставили Одессу и Таганрог, вчера Малоярославец и Можайск. Он ведёт фюрера прямо в Москву! — Образование обогатило её речь аллюзиями (она окончила гидромелиоративный институт, хотя ни дня не работала), но это на Арона впечатления не произвело, он не был образован и понятия не имел, что подобной фразой в войну 1812 года Багратион доносил в Петербург о тактике министра Барклая. Измотанный бессонной ночью и волнениями дня, он тупо смотрел на прыгавшую перед ним малютку, а думал об одном — лечь, хоть на пол. — Ждёт, что в Москве немцы разложатся, как армия Наполеона, а там зима, и Гитлер убежит от холода обратно в Берлин. Ха-ха, как бы не так!

Она обращалась к одному Арону, наскакивала на него, размахивала короткими ручками, её голос, оглушительно-звонкий, требовал знака сочувствия. Арон отозвался вяло.

— Я знаю... — сказал он с полувопросительной интонацией. — Таки зима может помочь.

Ида опешила. Видимо, поняла, что не там рассыпает бисер. Но сдаваться она не привыкла, мысль завершила и изменила курс, полагая, что, возможно, гостя заинтересует бытовая тема.

— Зима ему не поможет, — отчеканила она. — Да вы садитесь! Цианистый калий ему поможет! Расстрелянные командармы были те ещё мерзавцы, но дело знали. А с сестрицей моей встречаться вам не случалось? Вы не знаете Гандзи? Ну да, такой мужчина не знает куколки Гандзи! Знаете, как она красива? Как белый унитаз, полный дерьма. И такая же бездонная. Всё себе! Прибрала к рукам мамины вещи, а мне отдала подушку, шерстяное одеяло...

— Мои соболезнования, — бормотал Арон. Смерть жены образовала его насчёт того, как вести себя в подобных случаях. — И давно это случилось?

— Что — случилось? — не поняла Ида.

— Ну, ваша мамаша... умерла...

— Она жива-а! — с досадой сказала Ида. — Просто, Гандзя её обобрала, а моя мама, старая дура, ей всё разрешает! А я в итоге получаю подушку, шерстяное одеяло и...

— А мама осталась в Киеве?

— Да нет, она здесь, с Гандзей! Ну да! Приехали, расположились, питались за мой счёт... а я сама, как вы понимаете, еле перебиваюсь на мужнином аттестате... надоедали целый месяц, снимали жильё, ремонтировали... Съехали – и что? Благодарность? Ха-ха! Дождётесь! Шматы, тряпьё...

– Так они вам не отдали ваши ценные вещи?

– Да нет же, я вам говорю, это мамины вещи, но Гандзя всё прибрала к рукам. Я точно знаю, что у мамы два отреза, габардиновый и драповый, зимнее пальто с каракулем...

– А сестра тоже получает аттестат?

– Да нет, она ещё незамужняя.

– Почему вы думаете, что это всё сестра? – выбираясь из усталости, вяло сказал Арон. – Вы-таки получаете аттестат, ваша мама понимает, что вы обеспечены лучше. Вам-таки к хлебной карточке аттестат приходит каждый месяц, а у них две иждивенческие карточки – и всё. Так?

Похолодев, слушали Плонские этот диалог и с ужасом наблюдали смену красок на лице родственницы.

– Вон, – с жутким спокойствием сказала Ида.

– Если я не так сказал – я извиняюсь...

– Чтобы я его не видела! – взвыла Ида и вышла в спальню, хлопнув дверью так, что по сторонам дверного проёма посыпалась штукатурка и, проснувшись, заревела Жанка.

Дети сбились в кучку и взялись за руки. Яша кинулся за Идой, Лиза встала перед Ароном.

– Мишигене! – шёпотом кричал Арон. – Сбежала с Кирилловки*! Маньячка! Кошмар!

Ценой хитроумных маневров с гашением света, дабы стороны не видели друг друга, убедили Иду дать беднягам переспать ночь, им же некуда деться, дети, вторая ночь без сна... Ничто не помогло бы. Ида прониклась ненавистью к Арону, от души желала ему смерти, участь его детей её не трогала, и лишь ради Яши она согласилась на одну – только на одну! – ночь приютить этих хамов под её кровом, но чтобы ни она их не видела, ни они её.

Утром Арон с сыновьями выскользнули вон, дабы не осложнять положение Плонских под взрывоопасным кровом.

В тот же день решили: в Наманган! Драться за билеты не пришлось, кассы на Фергану были закрыты, а там выяснилось, что почти у всех на вокзале билеты есть, из чего сделалось ясно, что уезжают отсюда лишь те, кто способен взять поезд штурмом.

Штурмовали ночью. Перед этим Арон отвёл Яшу в сторону и имел с ним беседу. Юлик догадывался, о чём она была. Арон бодался, потрясал кулаками и заглядывал папе в лицо, а папа молча кивал, сумрачно опустив голову.

Поезд уходил в полночь. Стемнело, и перрон наполнился так, что трудно стало дышать. Народу хватало на два поезда – на два перепол-

---

* Больница для умалишённых в Киеве, в Кирилловском монастыре.

ненных. Поезд, неистово свистя, подошёл не задом, как обычно, а передом. И – началось! В авангарде рвался Арон, его высокий голос указывал местоположение, а кулаки время от времени мелькали с неизменным "Извиняюсь!" Плечо к плечу с ним, образуя фронт манипулы, продвигался Яша. Замыкали строй Руня и Гришка. Держась вплотную за ними, след в след, втиснулись в вагон. В дверях тамбура произошла потасовка. Когда семья достигла середины вагона, к ним протолкался милиционер и увёл Арона и Яшу.

Поезд тронулся. Юлик с Галкой ломали руки, мама оставалась спокойна: едут в тупик, мужчины не потеряются, а в поезде она справится и без них. И впрямь, уже на ходу они появились. Оказывается, милицейская бригада сопровождала поезд. Яшу и Арона подвергли проверке, несмотря на белые билеты. Видно, милиции в поездах поручили функции военкоматов.

Арон рассказывал с юмором: ему хватило лишь вставные челюсти вынуть, а вот Яше с его толщенными линзами пришлось-таки штаны снять. Милиционеры увидели бандаж, велели и его снять и удовлетворились, лишь обнаружив под бандажом грыжу. Драчунов отпустили, велев больше не драться. Протискиваясь через весь поезд к своему вагону, обильно наслушались слова *жид* от других эвакуированных.

Невесело посмеялись, и тут Арону стало дурно. Он сомлел, его обрызгали водой... Сердце...

Ехали через Коканд, Фергану, Андижан... Сутки, двое? Провал. Маленький организм съедал сахар, Юлик отключался. Но слухи запомнил, они были ужасны. Не было артиста, о котором не сказали бы, что он умер или перебежал к фашистам. В покойниках числили Утёсова и Бернеса, в перебежчиках Орлову и Козловского.

Поезд покинул голодную степь и полз, прижимаясь к зелёным склонам и пересекая арыки.

Солнечным вечером прибыли в Наманган и от вокзала пошли в город аллеей невиданной высоты корявых карагачей, чёрные стволы их розовели в заходящем солнце. Величественней аллеи Юлий не видел, пока полсотни лет спустя не побывал во Франции и не прошёл аллеей, ведущей к замку Шенонсо.

Искали ночлег.

Наманган вовсе не так оказался пуст, как расписывали в Ташкенте. В конце концов зашли в чайхану, попросились ночевать на полу. Юлик спросил, который час. Ему ответили: девять. Он лёг на вытертый, жёсткий, пыльный ковёр и без подушки уснул так крепко и сладко, как до этого не спал никогда, велев себе проснуться в девять утра.

Ровно в девять и проснулся. В Намангане.

Там и кончилось его детство.

Киев, сентябрь

Первое сентября выпало на понедельник, но начались занятия через неделю, восьмого. Идти было недалеко – на Артёма повернуть налево и пройти полквартала к новому школьному зданию. Мама ещё в мае купила Шурке портфель и пенал для ручки и карандашей. Ритка проводила его, но сама в свой третий класс не пошла.

Учеников было мало, один первый класс, школа пустовала. Учительница не могла поддерживать дисциплину, в классе было шумно. Шурка в канун первого учебного дня затосковал по Юльке. Они договорились поступить в один класс и ходить в школу вместе. Успокаивал себя тем, что хоть кого-то из детского сада встретит, хоть Вадьку, хоть девчонок. Но увидел лишь белобрысую Тоньку, и то в первую неделю, потом она исчезла, наверное, бомбёжек испугалась, бомбили часто.

С буквами и счётом у Шурки всё ладилось, но чистописание!.. Закончив выполнять домашнее задание, он находил всего себя перемазанным чернилами. Ритка смеялась. Она не понимала, как при этом тетради его остаются такими чистыми.

Огромный дом опустел, и опустел двор. Странные личности шлялись вечерами, заглядываясь на окна и балконы, высматривая покинутые квартиры. Ритка спала теперь у них и на ночь закладывала входную дверь ножкой стула.

В понедельник, пятнадцатого, мама велела Шурке остаться дома. Канонада в этот день гремела сильнее. Мама, как всегда, ушла рано утром на своё суточное дежурство, но скоро вернулась и сказала Ритке:

– Риточка, едем. Возьми зимнее и документы. Фото родителей вынь из рамок, дашь мне в чемодан, чтоб не помялись. Чемодан у меня один, вот тебе мешок...

– Не надо, теть Циля, у меня папин вещмешок, – сказала Ритка и убежала.

Мама стала собирать вещи. Разложила на диване чемодан и быстро сложила в него Шуркино зимнее пальтишко, ботики, штанишки, чулки, свитер, меховую и шерстяную шапочки. Поверх уложила несколько платьев, а своё бельё, тёплую кофту и пальто бросила в мешок, который предлагала Ритке. Шурка оцепенело глядел на эти сборы.

– Мам, а как же папа?

– Папа воюет, а нам надо позаботиться о себе.

– Папа велел ждать вестей от него и не паниковать.

– Мы и не паникуем. Папа сказал, чтобы мы берегли себя. Нам надо уходить. Фашисты убивают евреев.

– А я русский. Папа русский. Не могу же я быть другой нации, чем мой папа. И эррр я выговариваю. И ты...

– Что – я? Эр выговариваю?

— Да. И ты русская. Если сын русский, то и мама у него русская. Ведь так?

Мама выпустила из рук мешок и присела перед Шуркой на корточки. Вытянутыми руками она взяла его за плечи и вглядывалась в него с грустной улыбкой.

— Нет, сыночек, с точки зрения фашистов это совсем-совсем не так. Нам надо уехать, чтобы встретиться с папой. Чтобы не причинить ему горе. Сними сандалии и надень ботиночки. Можешь взять с собой две книжки. А револьвер надо оставить.

— Я его подарил Люське.

— Молодец! Собирайся, у нас мало времени.

Ритка вернулась и стала помогать маме. Она переоделась в шерстяную кофту салатного цвета и длинную серую юбку. То и другое было ей велико. Юбку она подвернула у пояса, у кофты закатала рукава. Все её имущество улеглось в вещмешок такой тощий, что, помогая маме, она даже не сняла его с плеч. Мама, поглядев на неё, вынула из чемодана Шуркин пиджачок и велела ему переодеться.

Вышли. Мама несла чемодан, Ритка мешок. Другой мешок тащил Шурка. Трамваи уже не ходили, с мешками в солнечный день было нелегко. Да ещё пиджак... Шурка не жаловался. Держались теневой стороны и останавливались отдыхать.

Прошли по Большой Подвальной, пересекли Владимирскую, по Прорезной спустились на Крещатик. Здесь было людно. Все шли к Днепру. Туда же двигались военные машины.

— Мам, а почему мы идём не куда все?

— Нам нужно в госпиталь. Там мы сядем на машину.

Дотащились до госпиталя, и стало ясно, что сесть на машину будет не просто. Машин не было, и была толпа желающих уехать – женщины, дети, старики. И раненые. Их укладывали на телеги с резиновыми шинами. Туда рвались женщины с малышами. Погрузкой руководил грузный военный с двумя шпалами в петлицах. Он хрипел сорванным голосом. К нему подошла женщина в белом халате и косынке. Он отмахивался, потом прислушался, из женщин отобрал молодых с грудными младенцами и усадил – по две в каждую телегу у заднего борта, где раненому уже было бы мало места. В толпе поговаривали, что в зданиях осталось ещё много тяжелораненых.

Стали подходить полуторки. К ним рвались, не соблюдая очереди. Добровольцы из толпы помогали военному поддерживать порядок. Налетели "мессеры", все бросились врассыпную, поближе к зданиям, но самолёты с воем промчались, не стреляя. Очередь выстроилась снова. За Шуркой стоял высокий старик, стриженый ёжиком, с короткими усами. В руке он держал маленький чемоданчик.

— К мостам полетели, – сказал он. – Наша паника – пустяки. Вот на мосту что будет...

Лицо мамы исказилось. Шурка неприязненно уставился на старика. Тот поймал Шуркин взгляд, смущённо улыбнулся и снял с пояса солдатскую флягу:

– Попейте, молодой человек. И маме дайте напиться.

От воды Шурка отказаться не мог. В горле у него так пересохло, что, казалось, там трещины, как в сухой земле. Он не представлял, как бранит себя мама за то, что не подумала о воде. Но мама отобрала у него флягу и сказала:

– Он потерпит. Вы пожилой человек, вам вода нужнее.

– Извините, мадам, вы ошибаетесь. Детям она нужнее всех. Хоть вы и медсестра, но я учитель, я знаю.

– Я тоже учитель, – вздохнула мама, – просто, теперь все женщины медсестры.

– Разрешите представиться, – поклонился старик. – Лев Демьянович, преподаватель математики.

– Цецилия, преподаватель истории.

– Приятно встретить коллегу в этом хаосе. Пейте, молодой человек.

– А с нами Рита, она сирота. Можно и ей?

У старика весело подпрыгнули на лице седые брови:

– Сирота? Ей в первую очередь.

Ритка пить не стала. Обождала, пока попьют Шурка и мама, взяла флягу и куда-то ушла.

Подъехала очередная полуторка, в неё торопливо полезли люди. В палисадник больницы быстрым шагом, без строя, вошла группа военных со шпалами в петлицах и направилась к машине. Двое подошли к кабине шофера, на ходу вынимая пистолеты. У переднего голова была похожа на перевёрнутое ведро. Дверцу кабины он рванул так, что едва не вывалился шофер. Остальные полезли в кузов и стали выбрасывать оттуда вещи и спускать на землю детей. Женщины заголосили и кинулись за детьми. Военные набились в машину и укатили.

– Защитнички, – процедил Лев Демьянович. – Хорошо почистили нашу армию...

– Армия воюет, – возразила мама. – Польшу и Францию за месяц сломали.

– Голубушка, Россия не Франция, не Польша. На Россию надо посметь напасть. Для этого следует создать условия. Они и были созданы. Вы понимаете, о чём я говорю...

Двойка "мессеров" снова провыла на бреющем полете.

Вернулась Ритка, протянула старику его флягу и поставила возле мамы эмалированный бидончик с водой.

– Где ты это взяла?

– Вода там, в корпусе. – Ритка махнула рукой.

– А бидончик?

– Мне дали.

Мама не стала настаивать, вздохнула и покачала головой.

– Вы полагаете, у моста будет давка?

– Давка? – переспросил старик. – Гибель!

– Почему бы вам не остаться? Мы евреи, мы не можем...

– Не желаю видеть, что здесь произойдёт. Юдофобов не терплю больше, чем немцев.

Мама нервно рассмеялась:

– Боже, вам-то что?

Лев Демьянович погладил седую щёточку усов.

– Я, голубушка, человек старой закваски. Знаете, почему среди британцев нет антисемитов? Они не считают себя глупее евреев. То же, за редким исключением, со старой русской интеллигенцией. Ксенофобия – религия швали. Я свидетель дела Бейлиса. Был в зале суда. Вас тогда ещё на свете не было, когда Короленко клеймил царское, извините за выражение, правосудие, а в Киеве, как яблони и груши, расцветали басни о маце на крови христианских младенцев. – Мама заплакала. – Не плачьте, это надо знать. Что бы у моста ни творилось, вам надо уехать. Хоть переплыть на тот берег. Пусть без вещей.

– Я не умею плавать, – тихо сказал Шурка.

– И я, – прошептала Ритка.

– Вот такая у меня команда, – усмехнулась мама. – Да и я та ещё пловчиха...

– Значит, мост, – сказал Лев Демьянович. – Мост во что бы то ни стало. Видите, вот и машины подходят. Ну, молодой человек, держитесь!

Он сказал это не зря. Машины подошли колонной, одна за другой, и очередь распалась. Толпа озверела. Распоряжавшегося погрузкой майора оттеснили. Забрасывали узлы и чемоданы, толкались, цеплялись за борта машин... Лев Демьянович устремился к предпоследней машине, ухватился за задний борт, но перелезать не стал. Мама подбежала и хотела ему помочь. Он крикнул:

– Детей! – Мама мешкала. – Детей давайте! – крикнул Лев Демьянович. Он стал неузнаваем – ощерился, лицо налилось кровью, обеими руками вцепился в борт и лягался, когда на него давили сбоку. – Пусть лезут! По мне! На плечи! Девчонку! Садитесь сами! Сюда, быстро!

Какая-то женщина отпихивала его, била сумкой по лицу, он не защищался, обеими руками держался за борт, пока не влезла мама, но сам не взобрался, а стал перебрасывать вещи – мешки, чемодан... Машина тронулась, он побежал следом: "Держите!" Фляга упала на чей-то мешок, к ней потянулось множество рук, Ритка успела первой. Мама обняла Шурку и Ритку и заплакала:

– Я даже не знаю его фамилии!

– Учителя Льва Демьяновича найдёте и без фамилии, – разумно ответила Ритка.

На мосту творилось невообразимое. Собственно, оттуда, где в потоке машин, встала их полуторка*, моста видно не было. Не видно было даже мостовых ферм. Но и здесь каждый метр брался с боем. Шофёры остервенело сигналили, дети плакали. За полчаса проехали десять метров. Налетели "мессеры", хлестнули очередью по колонне и устремились к мосту. Залаяли зенитки, раздались взрывы. Беженцы бросились к подножью холма, под деревья. А налёт кончился. Прошёл слух: у моста перемешаны с железом и досками куски тел – кишки, ноги, головы... Мама испуганно глянула на Шурку. Он взял её за руку.

По колонне передали, чтобы люди не садились в машины, а шли рядом и при налёте прятались. Так прошли ещё метров тридцать. Говорили, это за счёт разбитых машин, их стаскивали с дороги. Тесня беженцев, проходили мимо колонны военных – машины, телеги, трактора, тягачи.

Начался новый налёт, и все укрылись под деревьями. Со стороны моста раздались взрывы. Самолёты вернулись, обстреляли колонну. Это повторялось каждые полчаса. Когда стемнело, все вернулись и расселись по машинам. Мама дала Шурке и Ритке по куску хлеба и по глотку воды.

Ночью Шурка смотрел на небо. Он вдруг понял, как определяют созвездия, и удивился: это же просто! Звёзды в созвездиях располагались в зависимости от расстояния до Земли! Слоями! Он торжествовал. Теперь у него не было сомнений в будущей профессии.

Потом он дремал, и ему казалось, что он вместе с машиной летит по звёздному небу, но не вперёд, а назад. Когда рассвело, он понял – почему: их полуторка стояла на том же месте, у разбитого столба, и всю ночь мимо них вперёд, к мосту, двигались колонны военных машин.

В машине стало просторнее, ночью многие слезли. Ритка после утренней бомбёжки ушла, вернулась час спустя и сказала: пешком через мост не пройти, пропускают лишь машины, и там ужас что творится.

Прошёл слух, что тех, кто покидает машины и возвращается в город, будут судить по законам военного времени. Другой слух был, что немцы уже в Голосеево, мосты вот-вот взорвут. И впрямь, канонада приближалась. Налёты участились. Пулемётной очередью под деревьями недалеко от Волковых скосило старика и старуху. Они лежали голова к голове, вниз лицом. Мама с Риткой стали шептаться. Утром и вечером мама дала детям по куску хлеба. Воду выпили, но Ритка ходила к водоразборной колонке у Днепра, выстаивала очередь и наполняла флягу. Мама перебрала вещи. Из машины она сошла с чемоданом, а Ритка с вещмешком, в него мама положила кое-какие пожитки. Когда

---

* Так в народе называли автомобили Горьковского автозавода грузоподъёмностью в полторы тонны.

стемнело, в машину не вернулись. Пошли по набережной к Наводницкому мосту, но встретили людей, спешивших оттуда к мосту Евгении Бош.

Дошли до Почтовой площади и стали подниматься. Фуникулёр не работал. Ночь была безлунная. На лестнице Шурка упал и разбил колено, но не издал даже стона и сказал, что не ударился. Поднялись к верхней станции фуникулёра и остановились передохнуть.

— Куда мы идем, теть Циля? Домой? Там все вас знают.

— Меня всюду узна́ют, девочка, — грустно сказала мама, и по голосу её Шурка понял, что она улыбается.

— У нас военный дом, это же ещё в сто раз хуже. А вы жена командира.

— Что же делать, у меня в городе никого нет...

— А где ваши родители?

— В Бердичеве. Я родом из Бердичева. У меня и девичья фамилия — Бердичевская.

— А подруги?

— Девочка моя, какие подруги, мы лишь два года в Киеве. Наверное, надо было ехать с Никифоровыми, а я понадеялась на госпиталь... Они обещали...

— А учителя в вашей школе?

— Учителя? Нет, только не учителя!

— Теть Циля, нам нельзя возвращаться! Куда угодно, только не в наш дом!

— Ты права, но что же делать... Будь что будет.

— Мам, давай попросимся к Юльке. Они уехали, у них квартира пустая.

— А правда, теть Циля! У них работница Паша, я с ней знакома. Пойдёмте к ним!

♦

После отъезда хозяев Паша получила от них лишь одну открытку. Читала она только печатные буквы, да и то по слогам, и понесла письмо единственному соседу по квартире, Лимаренко. Сергей Никитич служил бухгалтером на беловой фабрике, смежной с домом, комнату в котором занимал ещё до вселения в квартиру Плонских. Тихий холостяк, опрятный, вежливый, худощавый, седоусый, он прочёл Паше письмо. Хозяйка велела не покидать квартиру, платить за неё и питаться, продавая вещи, включая отрезы на платья и костюмы, одежду, постельное бельё, что угодно, только не мебель. Сообщала, что они живы-здоровы и работают в колхозе. В конце советовала на зиму сделать запас пищи, дров и законопатить окна и дверь на балкон, так ей меньше придётся топить, и передавала Паше поцелуй от Юлика.

Паша плакала, целовала место на письме, где было имя Юлика, и на радостях угостила Сергея Никитича кашей из гречки, запасённой ещё в довоенное время. С продуктами теперь стало туго.

Когда среди ночи раздался робкий звонок, Паша выскочила в коридор раньше соседа, хоть его дверь была первой от входной, а один звонок означал, что это к нему. Но Лимаренко был одинок, один звонок никогда не звучал, к ним давным-давно никто не ходил, и звонок вызвал переполох. Сергей Никитич в одних кальсонах вышел к двери, возле которой уже тряслась, не решаясь спросить, Паша.

— Кто там?

— Будьте добры, можно мне переговорить с Пашей?

— Говорить! — Паша, услышав интеллигентный женский голос, храбро вышла к закрытой на замок и засов двери.

— Извините, Прасковья... Как вас по отчеству?

— Пелагея Павловна из сэла Пидгирци Обухивського району Кыивськои области.

— Пелагея Павловна, простите, что разбудили... Это мама Шуры Волкова, товарища вашего Юлика...

— Ой! — заверещала Паша. — Видкрийтэ, Сергий Никитович, будь ласка!

Лимаренко в своих кальсонах спешно ретировался, и Паша с тусклым карманным фонариком, непременным теперь спутником её ночей, распахнула дверь на лестничную площадку.

— Входить!

— Нас трое, с нами наша девочка...

— Входить, входить! — Паша мигнула фонариком, окончательно успокоилась и заголосила: — Ой, боже ж мий, та шо ж цэ такэ? То видкуда ж вы таки замучени? Та на вас же ж лиця немае! Та я ж вас знаю, вы така красива женщина, шо ж цэ такэ?!

— Пелагея Павловна, напоите нас, пожалуйста...

— Та зараз я всэ принэсу. Сидайте, тут диван. Я запалю лампочку, у мэнэ светомаскировка в порядку...

Когда она внесла из кухни керосиновую лампу и кувшин с водой, Шурка и Ритка спали, прикорнув друг к другу, не зная, что случится с ними через несколько дней...

Восемнадцатого сентября Шурка проснулся в детской кроватке в незнакомой узкой комнате с высоким потолком. Лежал, вспоминая, что произошло. Шевельнулся, почувствовал боль в колене, вспомнил. Не помнил лишь, как попал в кроватку, которая, конечно, была кроватью Юльки. Удобная, с защитной сеткой, чтоб не вывалиться во сне. У него тоже была такая. Но сетку, конечно, давно уже сняли. Они же с Юлькой не маленькие.

Тело болело, плечи, ноги, а колено отдельно, вскрикивающей какой-то болью. Он осмотрелся. Кроватка стояла у стены справа от входа. На спинке висела его рубашка и короткие штанишки. Перед кроватью было завешенное узорным занавесом окно, он лежал лицом к нему. На подоконнике стояли накрытые марлей бутыли. У левой стены чуть прикрывал окно двухстворчатый платяной шкаф, за ним столик и, вплотную к боковой и торцевой стенам, широкая кровать. По другую сторону двери, за его спиной, угол комнаты напротив кровати занимала печь, оставляя проход, достаточный, чтобы сойти с кровати или взобраться на неё. Представил, как Юлик просыпался здесь, прыгал к родителям, и его охватила тоска по папе.

Осмотрел колено. Оно посинело и распухло.

Канонада стала слышнее, но в окно приветливо глядело голубое небо со светлым облаком по верхнему обрезу рамы. Из-за двери слышны были голоса. Мама говорила негромко, он не разбирал слов, но высокий Пашин голос слышен был так, словно двери вовсе не было:

— Та шо вы, Циля Исакивна, дэ там вона ночувала, отая справэдливисть?! Я од совецькои власти добра на паганый пьятак нэ бачила. Якби не мои перши хозяева-еврэи, шо вони мэнэ прыгрылы у тридцять трэтьому, так я здохла б у якомусь парадному, як сотни землякив. Ще вважайтэ, шо у нас, в Обухивському райони, у нас було краще, аниж на всий Вкраини...

Мама что-то сказала, после чего Паша завопила:

— Та шо вы, Циля Исакивна, яки гроши! Будэмо жыты уместе, а там выдно будэ. Може, и не пустять оцих немцив сюди. Он воно як грохоче! Вже ж було якесь життя, на що ж нам тэпэр оти нимци? Краще зи своими, хоч мову розумиешь. А ти прийдуть из своим *васисдас*, як з ными порузумиешься...

Шурка встал и попробовал ходить. Колено болело. По комнате ничего, но на улицу не стоит. А жаль, наведался бы в свой двор и посмотрел, кто остался и что там делается. Он надел рубашку, штанишки и открыл дверь. Над столом в столовой висел розовый абажур, обёрнутый марлей. Прямо против двери в спальню стоял диван, рядом большая этажерка, набитая книгами, справа буфет, за ним на стене динамик. Левый угол у окна занимал письменный стол под зелёным сукном. У стены, смежной со спальней, стоял квадратный столик-тумбочка с патефоном, точно как у них. На нижней полке Юлькины игрушки. Дверь на балкон была открыта, и гул канонады был слышнее, чем в спальне. С улицы доносился шум автомобильных моторов. Шурке вдруг показалось, что он всегда жил здесь, даже чай пил под этим розовым абажуром.

— От наш хлопчик! — воскликнула Паша, едва он открыл дверь. — Ну, як, выспався?

Шурка поглядел на часы, висевшие между окном и балконной дверью, и понял, что день клонится к вечеру. Мама сидела на диване, притянула его к себе и поцеловала в лоб. Паша захлопотала, ставя на стол тарелки и стаканы. Шурка попросился по маленькому. Мама повела его по коридору, показала кухню и туалет. В конце коридора, в тупичке с водопроводным краном и раковиной, он умыл лицо и руки и, прихрамывая, вернулся в столовую. Мама осмотрела колено и ничего не сказала. Он съел целую тарелку гречневой каши и выпил два стакана чаю с сахаром. Тут он почувствовал, что ему чего-то не хватает, и спросил о Ритке.

— Ушла узнать новости, — сказала мама.

Шурка вышел на балкон. Вдоль Артёма с запада двигались по направлению к Крещатику то машины, то крытые и открытые повозки, иногда тягачи с пушками, мотоциклисты, шеренги красноармейцев. Он всматривался в напрасной — это он понимал — надежде увидеть папу.

На балкон четвёртого этажа огромного шестиэтажного дома напротив вышла девчонка и уставилась на Шурку. Девчонка была крепконогая и очень красивая — с толстыми чёрными косами, яркими губами, огромными глазами, наверное, карими. Она скорчила рожу и крикнула:

— Ты кто?

— Я Волков.

— Какой ещё Волков? А зовут тебя как?

— Шура. Александр.

— А рыжий где?

— Они уехали. А ты кто?

— Оксана. Только я с вами, малюками, не знаюсь.

Шурка видел, что девчонка старше. Хотел ответить ей, чтоб не задавалась, но после пережитого у моста — всплыли в памяти подробности, которые хотелось забыть — не стал пререкаться. Уходить посрамлённым не годилось, и на девчонку хотелось посмотреть, очень уж была красива. Но раздался знакомый вой "мессеров", и оба юркнули вон с балконов. Два самолёта летели вдоль улицы с Лукьяновки, со стороны заката, метрах в ста над землёй. Шурка следом за ними тут же выскочил на балкон и услышал, как они сыпанули из пулемётов где-то у Сенной площади.

— Мам, пойдём искать Риту, — сказал он, и в тот же миг раздалось два коротких звонка.

Ритка была возбуждена, растрёпана и тащила на себе мешок из рогожи. Мама хотела было спросить её, что это, но Паша предостерегающе поднесла палец к губам и глазами указала на дверь Лимаренко. Лишь когда они с Риткой миновали коридор Лимаренко и вошли в свой, мама указала на мешок:

– Что это, Риточка?

– Мука. Разрешили брать кто сколько может.

– Как это? Где?

– В гастрономе, на Сенном.

– Ой, то я побижу! – заторопилась Паша.

– Не ходите, теть Паша. Вас затопчут.

– Тэбе ж нэ затопталы! – И Паша с наволочкой в руке выскочила из дому.

– Риточка, тебя так долго не было... Я уже волновалась. Расскажи, что ты видела.

– Киев окружён. Наши уходят. Если окружён, зачем уходят? Куда? Уходят... Я видела. Мосты забиты. Немцы кидают там бомбы в толпу. Немцы идут. Надо сховаться, тёть Циля.

Теперь стало видно, что губы у Ритки разбиты, руки исцарапаны, у платья надорван рукав.

– Риточка, что это??

– А-а, это в гастрономе... Надо куда-то в деревню. Может, к тёте Паше?

– Поздно. Паша отсюда никуда не уйдёт, а мы городские, мы и деревень здесь не знаем. Идём, я тебя умою.

Паша вернулась плача, без наволочки, со вздувшейся хуже, чем у Ритки, губой:

– Боже, шо за люды! Звиры! Уси лизуть, уси дряпаються, уси з глузду зьихалы!

– Пелагая Павловна, не надо было идти. Рита принесла килограммов десять. Уж не знаю, как девочка это дотащила.

– Сырота вона сырота и есть. Шо ей ще делать, як не выживать? Иды, дытынко, я тебе поцилую. Зараз исделаю суп з кльоцкамы. Посыдить тут хвылынку...

Она убежала, из кухни послышалось гудение примуса.

Утро девятнадцатого сентября началось с того, что Паша побежала в гастроном на Сенной площади, вернулась с помятой банкой сельди, с бутылкой вина и взволнованно пересказывала, что говорят люди: немцы в городе, кто-то кому-то звонил по телефону с Сырца, там немецкие танки и мотопехота, вот-вот будут здесь. День был ясный, тёплый. Улица опустела. Дважды пролетали самолёты, но не стреляли и не бомбили. Со стороны Днепра слышалась стрельба и взрывы. Солнце склонилось к западу, и снова завыли "мессеры". Их вой затих, и возник другой звук, ровный, низкий. Проехало несколько мотоциклов с колясками. Низкий звук стал громче, дополнился лязгом, и со стороны Лукьяновки втянулась на Артёма колонна танков с открытыми люками, в каждом торчал немец с наушниками на голове. Немцы озирались и выглядели обычными людьми. Колонна прошла. Теперь можно было не опасаться самолётов, и на балконах появились люди.

Шурка с Риткой тоже вышли на балкон. Машины с солдатами шли, не останавливаясь, к центру. С балкона по другую сторону улицы Шурку окликнула Оксана:

– Это, что, твоя девчонка? Рыжая? Ха-ха!

– Ну, рыжая. А тебе какое дело?

– Ха-ха! Блондин с рыжей! Парочка, Хаим и Сахочка!

Ритка залилась краской. Она нашарила в ящике для цветов комок земли потверже и запустила в Оксану. Комок не долетел, рассыпался в воздухе. Оксана расхохоталась:

– Рыжая! Ведьма! Злюка!

Шурка открыл было рот, но тут Ритка дёрнула его и увела в комнату.

– Это кто?

– Оксана. Живет напротив.

– Юльку знает?

– Наверно.

– Тикать нам надо отсюда, – тоскливо промычала Ритка.

На кухне в это время чистили селёдку, и Шуркина мама спрашивала Пашу, далеко ли отсюда до её села и кто из родственников у неё там остался. Паша отвечала, что до Пидгирцив километров двадцать *з гаком*, это по дороге на Обухов, там, в селе, у неё брат-тракторист с женой, он пьяница, да его, наверное, в армию забрали, а жена злая, жадная, они с Пашей друг друга не терпят.

Мама вздохнула и глянула в окно. Шумели моторы. Колонны машин шли по Артёма к центру. На углу, у мотоцикла с коляской, стояли два солдата в касках. Солдаты улыбались. Один, пожилой, в выгоревшей форме, вытащил губную гармонику и удивительно чисто заиграл гопак. С балконов таращились взрослые, вокруг немцев теснились мальчишки. Шурка наблюдал, лёжа по-военному, спрятав голову за облупленными ящиками, а Паша в кухне подпевала: *"Гоп, кумэ, нэ журыся, туды-сюды повэрныся..."*

Водопровод не работал, электричества не было. Паша ходила по воду и нашла всё вокруг спокойным. Солдат с гармоникой её восхитил, и она, возясь на кухне, голосисто, в надежде, что немцы на улице подхватят, пела украинские песни.

Со следующего утра Ритку редко можно было видеть дома. Она уходила, едва светало, а возвращалась в темноте, когда начинал действовать комендантский час. Рассказывала кратко. В первый день принесла банку овощных консервов, и это была последняя её добыча. Во второй пересказала приказ немцев, она его запомнила дословно – о комендантском часе, о светомаскировке, о хождении советских денег, о сдаче радиоприёмников, огнестрельного и холодного оружия, запасов продовольствия, вещей, взятых из магазинов, о запрете на помощь партизанам и красноармейцам, о явке всех рабочих по месту их работы... За невыполнение любого из пунктов – расстрел.

Паша выслушав Ритку, возразила:

– Ну то шо? А совецьки шо робылы? Нимци тэж люды.

– Немцы – несомненно, – отозвалась мама. – Только не гитлеровцы.

Ритка ничего не сказала, но посмотрела на Пашу так, что та надулась. Она была обидчива, Паша.

Появился приказ о немедленной регистрации оставшихся в Киеве красноармейцев, коммунистов, русских и евреев. Уклонившиеся от регистрации будут расстреляны. На Пашу и это впечатления не произвело. Но на другой день Ритка вернулась из города бледная и молчаливая. Мама с трудом её разговорила. Да, видела... У Бессарабского рынка молодая женщина... спешила домой после комендантского часа... говорят, от больной матери к ребёнку... Хорошо одета, милое лицо, туфли на каблучке, тёмная шатенка... Лежит вверх лицом, выражение испуга, открытые глаза... Немцы не позволили убрать. Прикололи бумажку: "Она нарушила комендантский час". Пашу проняло, с ней сделалась истерика. Мама уже знала, где у Плонских аптечка, и отпаивала её валерьянкой.

– Звиры! – бормотала Паша. – Яки звиры!

И снова заливалась слезами.

Шурка перестал выходить на балкон. На ковровой дорожке, ведущей к балконной двери, играл Юлькиными игрушками. Отличные у Юльки игрушки – танк, который на ходу плюётся искрами, заводные автомобили, паровозики и вагоны на рельсах, деревянный и металлический конструкторы. Некоторые машинки были разобраны. Юлька, наверное, хотел увидеть секрет, как они работают, а потом не сумел или поленился их собрать. Шурка нашёл в патефонном столике инструменты, чинил поломанные игрушки, играл ими, читал Юлькины книги. Когда не было соседа, гонял в коридоре от входной двери до двери в кухню на Юлькином трёхколесном велосипеде. В окно коридора виден был их огромный дом на Обсерваторной, но на улицу Шурку не тянуло. Болело колено, да и немцев видеть он не желал. Они поснимали каски и ходили в пилотках. На Артёма их было мало, но появились украинские полицейские в красноармейских шинелях со споротыми петлицами, в советских фуражках, с советскими винтовками. На рукаве шинели у них была жёлто-голубая повязка. Один явился и спрашивал, *чи нэмае у квартыри комунистов и жидив*. Он с мамой затаились в спальне. Паша сказала: здесь она хозяйка, никаких таких здесь нет. В комнату она полицая не пустила, сказала, что у неё там *дытына спыть*. Полицай разыгрался, полез целоваться. Паша заверещала и оттолкнула его, попутно приврав, что у неё у самой жених-полицай на Шулявке.

Вечером произошло событие, поразившее Шурку. Ритка, придя, хотела шмыгнуть в кухню мимо мамы, пряча что-то за спиной. Мама остановила её в коридоре.

— Риточка, что это?

— Так, ничего.

— Покажи, пожалуйста. Откуда это?

Подобную бронзовую статуэтку Шурка видел в квартире богатого киевского врача, мама привела к нему Шурку проконсультироваться по поводу частых Шуркиных ангин, и весёлый толстяк, ущипнув Шурку за щеку, сказал: этому интересному молодому человеку удалять гланды ещё рано. В квартире врача было много красивых вещей, но статуэтку Шурка запомнил, она стояла на видном месте и изображала красивую женщину в коротком одеянии. Одной рукой она придерживала скачущего оленя, а другой из висящего на плече колчана доставала стрелу.

— Риточка, откуда это? — Ритка молчала. — И зачем?

— Пригодится.

— Что значит — пригодится?

— Теть Циля, денег у нас нет, а это можно продать.

— Риточка, ты понимаешь, что это значит? Доченька, это воровство! — Ритка молчала. — Ты понимаешь, до чего так можно докатиться?

— Циля Исакивно, можно вас на хвылынку? — Это Паша из кухни. — Циля Исакивно-о...

— Паша, обождите, я здесь с Ритой...

— Циля Исакивно, прошу вас, идить сюды!

Шурка и Ритка остались в коридоре. Шурка смотрел вопросительно, Ритка отмахнулась, отвернулась... В кухне Паша тихо и горячо говорила, а мама возражала, и тогда Паша вскричала:

— Та кого вы навчаетэ? Сыроту, що ий выживаты трэба? Та була б я сьогодни живая, якбы не крала в ти лыхи роки?

После паузы из кухни раздался леденящий душу вопль. Ритка обхватила его, и он понял, что кричит мама. Он рванулся, но Ритка держала его, вырваться он не смог и затих, потому что и в кухне стало тихо. Снова заговорила Паша, тихо, убеждающе, и мама сказала громко, явно забыв, что дети могут слышать её в коридоре:

— Да, Паша, вы правы. Тем паче,что дни наши сочтены.

На пятый день к вечеру страшно громыхнуло в стороне Крещатика. Таких взрывов Шурка ещё не слышал. Он выскочил на балкон, но улица в этом месте делала легкий поворот, и угол дома скрывал перспективу. Жильцы с балконов чётной стороны всматривались в сторону Крещатика.

— Что там? — крикнул Шурка Оксане, державшей ладони козырьком.

— Дым. Густой, чёрный.

Что-то закричала Паша, и Шурка ушёл с балкона. Паша и мама стояли у окна коридора. В стороне Крещатика поднимались в небо клубы чёрного дыма. Одновременно прогремел второй взрыв. Дымом заволокло полнеба. По Артёма – её переименовали в Львовскую, она вела на Львов и так звалась раньше – промчалось в сторону Крещатика несколько санитарных машин. Вышел Сергей Никитич и сказал маме:

– Вот шо ваши делают...

– Кто – ваши?

– Ну, кто... Ваши! – Выразительно подвигал бровями.

На него страшновато было глядеть. Бухгалтер приобрёл значительность.

– Я вас не понимаю.

– Шо не понимаете? Евреи. Взрывают дома.

– Что за глупости? Кто вам это сказал?

– Ходили слухи ещё до отступления. Я не верил.

– Какие слухи? Что евреи взрывают дома?

– Шо минируют. Не верил. Не-ве-рил! А надо бы...

– Евреи минируют дома? Почему – евреи? – Лимаренко молча посмотрел на маму и скрылся в своей комнате. В замочной скважине повернулся ключ. – Идиот! – прошептала мама.

Паша тихо молилась в уголке, крестясь на замолкшую радиоточку.

Ритка пришла до темноты. Она дрожала. Мама поила её горячим чаем.

– Взорвали комендатуру. Это где "Детский мир". На всём Крещатике повылетели стёкла. На Прорезной, на Пушкинской, Меринговской, Институтской... Всех гонят с Крещатика, с домов. Немцы говорят, ещё будут взрывы, это всё евреи...

– Что там немцы... – Мама усмехнулась. – Тут уже свои так говорят. Вон, наш сосед...

– А вы не видели, как он перед приходом немцев вышиванку жовтоблакитную надел? Уже донёс, наверно...

– Тише, деточка!

– Теть Циля, бежать нам надо с Киева!

– Куда – бежать? Они, наверное, оцепление поставили на всех выходах из города.

– Я вас огородами проведу. Я весь Киев облазила, знаю его, как свои пять пальцев!

– Ну что ты такое говоришь, Риточка... Ну, Киев знаешь. А дальше? Куда идти?

– На восток! К нашим пробираться!

– А продукты? Мы не приспособлены. Дождь, холод... Как мы будем?

– Теть Циля, там видно будет! Ну, дождь, ну, холод. А здесь оставаться – убьют, в глаза не посмотрят!

Шурка мрачно двигал по полу вагончики. Паша перестала креститься и прислушивалась к их шёпоту.

— Дивча правыльно балакае, — сказала она. — Я продуктив дам на дорогу, а там руськи люды допоможуть. Лимаренко вчора кажэ... От, кажэ, Паша, насталы наши часы, на еврэив нэ будэш бильше працюваты, а москали будуть на тэбэ працюваты. А на шо мэни, шоб москали на мэнэ працювалы? В мэнэ шо, своих рук нэмае? В мэнэ свои рукы е. А чим наши кацапы краще за москалив? Тикы зайшов, мордоворот отакий, а вжэ лизэ пид юбку!

— Паша...

— Так, так, звиняйтэ... Ну, вы поговорить соби, а мэни на кухню треба, сбираты вечерю...

Зарево полыхало багровым в окне коридора.

Взрывы не прекращались и на следующий день. Мама запретила Ритке выходить на улицу, и Шурке стало веселее. Ритка играла с ним на полу, на ведущей к балкону ковровой дорожке, а потом читала вслух "Приключения Робинзона Крузо". Обоим стало страшно, когда Робин увидел на своём острове остатки пиршества людоедов.

Утром двадцать седьмого Ритка исчезла и вернулась с ужасом в глазах.

Непонятным образом всё стало ужасным.

Продолжались взрывы и пожары. Дым заволакивал небо днём, а ночью оно было багровым и – шевелилось! Не верилось, что Крещатика не стало, это не укладывалось в голове. Крещатик, добрый уютный Крещатик, такой милый, краса и гордость Киева и всех киевлян от мала до велика... Его больше нет. Нет пассажей, малого и большого. Нет цирка. Нет гостиниц. Нет Николаевской, Меринговской, Прорезной, Институтской. Нет людей, которые жили в этих домах. Их тела погребены под грудой кирпичей, извергающих пламя.

Дым теперь виден был даже с балкона. Шурка днём вышел посмотреть, и его окликнула Оксана:

— Эй, Шурка, чего высовываешься?

— А ты чего?

— Чего, чего... Я украинка, я Колеснюк.

— А я Волков.

— Волков, вот важность... Колеснюк лучше. А мама твоя даже не Волков.

— А ты откуда знаешь?

— От верблюда. Сиди дома, не рыпайся.

Наверняка он вспылил бы и наговорил ей грубостей, но она не дразнилась, звучала угрюмо.

Шурка поплёлся в комнаты и стал рассматривать картинки в красивой красной книге "История гражданской войны". Были там цветные карикатуры художников Кукрыниксов, изображавшие министров Временного правительства и каких-то там меньшевиков. Такой тоской тянуло от карикатур, что Шурка подумал: художникам, наверно, самим противно было это рисовать. Он захлопнул книгу – и кстати, пришла Ритка, бледная, страшноглазая, молча положила перед мамой бумажку.

Мама читала и перечитывала бумажку, перевернула её зачем-то, осмотрела с другой стороны, где ничего не было.

– Это было приклеено? Где?

– Всюду. На заборах, на столбах, на стенах. Я ждала, чтоб стемнело, чтобы отодрать.

– Глупая девочка. Ты рисковала жизнью. – Мама говорила безжизненным голосом.

– Иначе вы не поверили бы...

– Мама молчала.

– Тёть Циля, жиды!* Даже украинцы уже говорили – евреи. – Мама продолжала молчать. – Тёть Циля!

Вошла Паша.

– Ой, Риточка! То давайтэ ж вечеряты!

– Да, Паша... Дети, достаньте тарелки и ложки. – Мама говорила тем же безжизненным голосом.

Когда Паша выходила в кухню, в проёме двери мелькнул то ли шмыгнувший мимо, то ли подслушивавший Лимаренко. Спустя минуту он поскрёбся, увидел на столе тарелки, вежливо кивнул и сказал на чистом литературном украинском, так отличном от Пашиного милого суржика:

– Цецилія Ісааківна, вибачайте, що турбую... Дуже вас прошу, коли звільнитесь, зайдіть, будь ласка, до мене.**

За ужином Паша болтала о том, что всё же молодци оти нимци, шо так швыдко починили водопровод, нэ треба тэпэр таскаты воду з колонки, нимци ще й электричество починять, а там, дай Боже, и магазины одкроються...

Ритка и Шурка молчали, мама кивала не в лад. Закончили ужин, и мама пошла мыть посуду. Паша зажгла керосиновую лампу, прикрутила фитиль, встала лицом к радио и стала шептать молитвы. Похоже, она верила, что по радио связь можно осуществить в оба конца. Шурка сидел на диване возле Ритки и держал её за руку. Ритка прислушалась, отняла руку у Шурки, приложила палец к губам и выскользнула в ко-

---

* «Все жиды города Киева и его окрестностей должны явиться в понедельник 29 сентября 1941 года к 8 часам утра на угол Мельниковой и Доктеривской улиц (возле кладбищ). Взять с собой документы, деньги и ценные вещи, а также теплую одежду, белье и пр. Кто из жидов не выполнит этого распоряжения и будет найден в другом месте, будет расстрелян. Кто из граждан проникнет в оставленные жидами квартиры и присвоит себе вещи, будет расстрелян».

** Цецилия Исааковна, извините, что беспокою... Очень вас прошу, когда освободитесь, зайдите ко мне.

ридор. Мрачное зарево не то чтобы освещало коридор через выходящее на юг окно, но хотя бы позволяло видеть силуэты. Ритка зашла в кухню. Шуркиной мамы там не было. Ритка тронула дверь туалета. Дверь не была заперта. Тогда мимо столовой Ритка шмыгнула обратно к двери Лимаренко.

– ... На міжнародні угоди покладаються безсилі, не здатні захистити себе. Тобто, кажучи простими словами, ваш Сталін переконливо довів, що радянська влада є колос із глини, який, якщо штовхнути з силою, розвалиться на дрібні шматки. Немає сумніву, що німці підтримають незалежну Україну. А за нею і інші шматки відваляться, перш за все прибалти, а потім і різні казахи з узбеками. Ви в своїх школах навчали дітей знущатися з австро-угорської монархії, називали її лоскутною, і, мабуть, не замислювались, що живете у такій же самій лоскутній монархії, де монарх зветься першим секретарем...*

– Вы меня позвали, чтобы прочесть мне лекцию о государственном устройстве СССР?

– Нет, уважаемая, я вам пытаюсь объяснить ваше положение. Евреи, шо были вернейшей опорой советской власти, не найдут сочувствия у украинского народа. Вам пора это понять и подчиниться распоряжению германского командования. И учесть, что в противном случае вы угрожаете жизни других жильцов. За укрытие лиц, указанных германским командованием, полагается расстрел. Ваше присутствие в этой квартире грозит моей жизни. Если Паша желает рисковать своей жизнью, это её дело. Я своей жизнью рисковать не намерен и ставлю вас в известность об этом прежде, чем вы предпримете какие бы то ни было противозаконные шаги.

– Благодарю вас. Я вас поняла вполне.

Ритка успела отскочить и притаиться в углу прежде, чем дверь распахнулась и Шуркина мама пролетела мимо. Когда спустя минуту Ритка вошла в столовую, в тусклом свете керосиновой лампы она увидела, что Паша со сложенными у лица ладонями по-прежнему стоит перед радиоточкой, а Шурка с мамой сидят на диване, прижавшись друг к другу.

Спать легли по-прежнему – Паша в столовой, на диване, Шурка в Юлькиной кроватке, мама с Риткой в кровати Юлькиных родителей.

Утром, когда проснулись, Ритки дома не было. Вернулась она к скудному завтраку. Рыжие косички были растрёпаны, носик испачкан

---

* На международные соглашения полагаются бессильные, неспособные защититься. Иначе, говоря простыми словами, ваш Сталин убедительно доказал, что советская власть – это колосс из глины, который, если толкнуть его сильно, развалится на маленькие куски. Нет сомнений, что немцы поддержат свободную Украину. А за ней и другие куски отвалятся, прежде всего прибалты, а там и разные казахи с узбеками. Вы в своих школах учили детей издеваться над австро-венгерской монархией, называя её лоскутной, и, наверное, не задумывались, что живете в такой же самой лоскутной монархии, где монарх называется первым секретарем...

то ли пылью, то ли сажей. Паша заохала, но мама, увидев Ритку, ни о чем не спросила, лишь велела умыться. Позавтракав, мыли на кухне посуду. Потом Ритка подвела маму к окну в коридоре и что-то ей показала. Мама с минуту смотрела, отвернулась и ушла в комнату. Ритка пошла за ней. Шурка подошёл к окну, ничего не увидел и взобрался на подоконник. Там он понял, что показывала Ритка: возле их дома на Обсерваторной копошились немцы, вынося одну мебель и занося другую. Дворник в фартуке, с метлой в руке, им кланялся. В небе над домами по-прежнему клубился дым.

Шурка не успел слезть с подоконника, как раздался звонок. Тут же показалась мама, из кухни испуганно выскочила Паша, но всех опередил Лимаренко в своей вышиванке, он уже открыл дверь высокому мужчине лет пятидесяти в потёртом пиджаке и тёмной косоворотке.

— Плонские здесь живут?

— Они уехали, — ответил Лимаренко, ласково вытесняя пришельца, но ему уже махала Паша, бормоча: "Заходьте, заходьте, будь ласка!" Пришелец отстранил Лимаренко, вошёл и сразу направился к Шурке.

— А-а, малец! — Он был типичный русский мастеровой — худой, длиннолицый, длинный нос с горбинкой, впалые щеки язвенника и светлые пронзительные глаза. — А где кореш твой сопливый, что эр не выговаривает? Уехал? Ну, хорошо, что уехал, а то...

Он увидел Шуркину маму и поперхнулся.

— Извините...

— Ничего-ничего, ради бога. Проходите в комнату.

Она пропустила пришельца, Пашу и Шурку и вошла следом. Лимаренко стоял в коридоре, вытянув шею.

Ритка указала мастеровому на стул. Он машинально сел.

— Волкова, — представилась мама. — Мы переехали сюда, к другу моего сына. Наш дом заняли немцы.

— Хахулин Николай, — привстал мастеровой. — Я чего пришел... Я с Яков Борисычем Плонским на трикотажке работал, потом сюда перешел, поближе к дому, в гараж правительственный, тут и жалованье... На трикотажке привык, не перешел бы, да телегу накатали, что, мол, антисоветчик я. Ну, вытащили на собрание, а там разве объяснишь... Крикунов десять, я один. И речист не больно. Спасибо Яков Борисычу, вступился, обошлось как-то. А потом он мне говорит, Яков Борисыч: "Ты, Хахулин, ты же хороший механик, поищи себе место..."

Ритка рассмеялась. Все недоуменно посмотрели на неё.

— Шурка, так он фамилию правильно сказал.

— Что?

— Люська. Фамилию, говорю, понятно сказал.

— А! Да, — сказал Шурка, но остался серьезным. — Люська картавит. Трудно бывает понять.

– Он называл фамилию этого дяди? – нахмурилась мама. – В какой связи?

– Тащил нас в мастерскую, револьвер досверливать.

– Где револьвер? – вскочил Хахулин. – Погибнете все через него!

– Люське подарил. А Люська уехал. С мамой и с бабушкой.

Хахулин облегчённо вздохнул.

– Ф-фу! Извёл меня этот револьвер. Немцы ножи перочинные сдать велят, а тут пацаны такой игрушкой балуются... Я и о Плонских-то ничего не знаю, потому и пришёл. Якова Борисыча перед войной в партию втащили. Хороших людей им, сволочам, надо. Хороших всем надо. Он белобилетник, Яков Борисыч, невоеннообязанный, да большевиков ещё в июле мобилизовали. А семья без него не уехала бы. А тут приказ этот... Уехали, значит... Ну, слава богу.

– А откуда вы сына моего знаете, Николай?.. Извините, не знаю по отчеству...

– А его сопливец мне указал. Всё в гараж таскался, просил учить его на станках работать. От горшка, понимаешь, полвершка, а туда же, работать. Настырный такой малец...

– И мой к вам ходил?

– Не, ваш нет. Вы вдоль забора шли, видно, в Павловский садик, гараж-то наш напротив, а сопливец у нас тогда торчал. Вот, говорит, пацан, у которого револьвер настоящий, только его досверлить надо. Я ещё подумал: красавец какой! Запомнил. Да и вы женщина собой видная. Как же это вы не уехали?

– Так получилось. Что ж, теперь нас всё равно вывезут, только уже не свои, а немцы.

– Куда вывезут? – рявкнул Хахулин.

– Ну, кто знает... Куда-то на поселение.

– В могилу вас вывезут! В мать сыру землю!

Паша всплеснула руками и завыла.

– Уймитесь, Паша! – сказала мама голосом, за которым – Шурка знал – могут последовать и шлепки. – Рита, выйди, постереги дверь. Паша, оставьте нас одних.

Паша, всхлипывая, вышла. Мама стала снимать с пальца обручальное кольцо.

– Можете взять детей?

– Только мальчишку. Девчонка на еврейку смахивает.

– Она русская, – сказала мама.

Шурка понял: мама сказала неправду, наверное, впервые в жизни.

Хахулин помотал головой:

– Не возьму. Вы меня поймите, я ж зарегистрировался. Это украинцы могут прятать, а мы прямо за вами в очереди стоим. А украинцы – сами знаете. На каждого, кто спрячет, десяток тех, кто выдаст. – Мама молчала. – Да двоих мне и не прокормить. В том же гараже работаю, только на немцев. Есть-то надо. — Мама молчала. — А за пацана не бойтесь. Выращу как своего. У нас с женой две дочки замужние, одна в Харькове, другая в Мариуполе. Пацанчик-то ваш чисто русский, а глазами так даже на меня смахивает, вполне за сына сойдет.

Мама печально усмехнулась:

— Вы не поверите, если я скажу, что добрая половина русских на самом деле не русские, а иногда и вовсе евреи.

— Это как же?

— Славяне хазарками не брезговали. И хазары от славянок не отворачивались. И в вас есть татарское, хазарское. Удлинённый череп, широкий лоб... — Хахулин удивленно моргал. — Возьмите девочку.

— Не возьму, гражданка, — сказал Хахулин и вдруг схватился за голову. — Как же вас угораздило?!..

— Так получилось, — повторила мама. — Госпиталь... Нас не вывезли. Да что — нас... Раненые остались.

Она положила на стол кольцо и повернулась к Шурке.

— Шурик, возьми всё, что хочешь. Книги, игрушки... Пойдёшь с дядей. — Шурка сидел неподвижно. — Шурик...

— Я никуда не пойду. Я буду с тобой.

— Шурик!

— Мама!

И тут мама поняла, что коса нашла на камень. Слишком хорошо она знала своего Шурку, чтобы не понять, что вынести его из квартиры можно теперь только по частям.

— Оставьте мне свой адрес.

— Полтавская восемьдесят два, восемь.

— Это дом с крыльцом?

— Он самый. Уходите. Этот петлюровец вас выдаст.

— Спасибо, Николай. До завтра. Возьмите кольцо.

— Только с мальчиком. Чтоб память была о его такой замечательной маме.

— Спасибо. Благослови вас бог.

Хахулин сморщился и вышел, мотая головой.

Вошла Ритка. За ней плачущая Паша.

— Ну, что вы ревёте, как бабы? — сказала мама так, словно все тут были мужчины. — Паша, карты у вас есть? Пока светло, давайте в дурака играть. Шурик, только не мошенничать!

— Я никогда не мошенничаю, мам, — с достоинством ответил Шурка.

◆

На широкой кровати Юлькиных родителей они улеглись вместе — Ритка с краю, потом мама, у стены Шурка. Мама закрыла дверь в столовую и открыла окно на улицу. Шурка дремал, просыпаясь смутно, как в поезде.

Два года назад они переехали из Харькова в Киев. Папа был с ними в отдельном купе. Он подсадил Шурку на верхнюю полку, оттуда хорошо было видно. Смотрел-смотрел в окно, дремал, то и дело просыпался, а уснул лишь к утру. И теперь задрёмывал и просыпался, чуя мамино тепло и прижимаясь к ней. Мама гладила его шелковистые волосы и слушала Риткин шопот:

— Бабушка рассказывала... Папа из местечковых, а мама городская, её мама, моя бабушка, классная портниха была, у неё все дамы харьковские обшивались, она в гимназии училась, не окончила, зато по-французски шпарила, и маму научила, а папа был тогда совсем простой, из бедной семьи, они где-то здесь, на Киевщине, двор постоялый держали, нищета, он только хедер окончил – и в революцию...

— Очень похоже на нас с Васей. Я из зажиточной семьи, папа в Бердичеве держал аптеку, её пришлось передать государству, а тут является мой рязанский сержант и давай за мной ухлёстывать. Отец сказал: или ты его сделаешь воспитанным человеком, или ты не моя дочь...

— Я себя помню с трёх лет. Мы на Евбазе встречали папу. Армия возвращалась с манёвров, толпа людей, с этого дня всё помню. Папа рыжий был, ласковый, а мама брюнетка с голубыми глазами, суровая, но папу очень любила. Его все любили. Мы так хорошо жили тогда, тёть Циля! Мама с папой мне братика обещали...

— Вася окончил полковую школу и заочно техникум, а тут Якир стал создавать танковые войска, и Васю рекомендовали... Если бы Якира не убили...

— Ой, тёть Циля, какая вы!.. У меня в жизни такой подружки не было!

— Спасибо, доченька. Да и у меня, пожалуй, тоже. Мы с тобой уже такое прошли...

Под их шёпот Шурка сладко поплыл и увидел маму с папой, они держат его за руки и по серебристому от утреннего солнца шоссе, усаженному такими деревьями, как на бульваре Шевченко, радостно идут в светлый туман, как вдруг сбоку врывается стадо худых, грязных коров, погонщики бьют их, громко щёлкают кнутами, а коровы кричат человеческим голосом...

Он проснулся. Было тихо. Мама и Ритка молчали, но Шурка чувствовал, что они не спят.

— Тёть Циля, я выгляну...

— Не смей! Они стреляют по окнам.

— Что это было?

— Какой-то бедняга пробирался в комендантский час...

— Мам, что там?

— Ничего, сыночек. Спи.

– Тёть Циля!

– Что, доченька?

– Не ходите туда!

– Нам некуда деться.

– Но ведь убьют!

– Шшш! Шурик? Ты спишь, сыночек?

– Спит. Тёть Циля, не ходите, пожалуйста, миленькая!

– Некуда деться, Риточка. Ну, убьют – и всё. Главное – самоубийством не кончать, это страшно, это вечность. А ты как будешь?

– Не знаю. Буду прятаться. Киев большой. Попрошайничать буду. Как-то выживу.

– Я тебе отдам всё ценное – кольцо, часы, бижутерия там кое-какая...

– Вы мне Шурку отдайте.

– Вам вдвоем не выжить. Я его попробую уговорить остаться с Хахулиными.

– Он скорее со мной останется, чем с ними. Тёть Циля, давайте поспим хоть немного...

Рано утром заплаканная Паша поставила на стол кастрюлю гречневой каши и чайник с чаем. Ели молча.

По Львовской в сторону Лукьяновки тянулся поток людей с чемоданами, мешками, с набитыми вещами колясками. Дети шли рядом, маленьких несли на руках. На углу, у сквера, за потоком людей наблюдали два солдата с карабинами и полицейский в красноармейской шинели с трехлинейкой Мосина и жовто-блакитной повязкой на рукаве.

Мама надела своё осеннее пальто, а на Шурку под пальто ещё и свитер. Ритка облачилась в свою салатную кофту и серую юбку. Паша, плача, вынесла из спальни вещи. Мама строго глянула на неё и сказала:

– Прекратите, вы расстраиваете детей. Рита, надень мешок. Мы возьмем только чемодан.

Паша вышла на кухню и вернулась с половиной буханки хлеба и кастрюлей картошки в мундирах.

– Цэ вам на дорогу. А тут, у мишочку, силь.

Мама молча кивнула, раскрыла чемодан, выбросила его содержимое и положила обратно Шуркины вещи, хлеб и картошку, снова открыла чемодан и велела Шурке надеть его зимнее пальтишко. День был хмурый, с Вышгорода дул сильный холодный ветер.

– Паша, спасибо вам за всё. Храни вас бог.

Паша, плача в голос, обняла маму, Ритку, а Шурку осыпала поцелуями. Ритка подумала: в голове у Паши, наверное, всё перепуталось, она Шурку принимает за Юльку.

Из коридора Шурка снова увидел свой дом. Возле него стояли легковые машины. Два офицера курили, разговаривая, видимо, ожидая кого-то.

– Вы напышить, Циля Исакивно, чуетэ? Вы мэни обьязательно напышить. Я допоможу, чим зможу.

Мама кивнула. Проходя мимо двери Лимаренко, стукнула в неё костяшками пальцев:

– Мы уходим! Ваша жизнь вне опасности!

Ответом было молчание. Дверь не отворилась.

Стали спускаться. Паша всхлипывала, свесившись через перила. Все двери были закрыты.

Выйдя из парадного, мама остановилась. Большинство людей шло по чётной стороне улицы. Ритка хотела перейти дорогу, мама остановила её: пойдём по этой стороне.

И тут раздался крик:

– Шурка! – Вопила Оксана со своего балкона. – Ты куда? Ты, что, сдурел?

Невидимая рука втащила её в комнату, и балконная дверь захлопнулась.

Мама спросила Шурку, может ли он идти или взять его на руки. Колено посинело ещё больше, но опухоль спала.

– Неси чемодан, – буркнул Шурка. – Я и сам дойду.

До Полтавской он и в самом деле дошёл бодро. Там был скверик. Мама сказала: спешить некуда, можно отдохнуть. Сели на скамейку. Ветер обрывал пожелтевшие листья с деревьев. Взад и вперед проезжали мотоциклы.

– Риточка, что это? – Мама удивленно глядела на предмет в Риткиным руках. – Крестик?

– Да. Паша дала.

– Так надень его.

– Успею.

– Мам, а куда мы идем?

– Нас отправят на поселение на юг Украины.

– А как папа узнает, где мы?

– Я договорилась с Пашей, я ей напишу.

– А если Паша уедет в деревню?

– Я напишу дяде Коле Хахулину. Сыночек, идти ещё далеко. Сделаем так... Я тебя пока оставлю у дяди Коли, он в этом доме живёт, схожу, узнаю все подробности, адрес, куда нас переселяют, и вернусь за тобой...

– Нет!

– Сыночек, послушай меня, родной...

– Мама, нет! Я никуда тебя не пущу! Только вместе!

Мама и Ритка переглянулись, и мама отвела взгляд.

Пересекли Глубочицу. Людей стало больше. Здесь вливались жители Подола. Было много провожающих, но шествие было удивительно тихим. Люди не разговаривали, притихли даже дети, хныкали только малыши.

— Риточка, доченька, тебе пора...

— Нет, пройдём ещё немного.

— Ты помнишь всё, что я тебе сказала? Адрес моей сестры в Харькове? Адрес Хахулина?

Ритка молча кивнула.

На улице Мельникова стали чаще встречаться патрули. Старушка, сгорбленная под своим мешком, села отдохнуть и тяжко дышала. Возле неё остановился мотоцикл. Молодой солдат, улыбаясь, повёл рукой: "Битте!" Старушка закивала благодарно ("Данке, данке!"), неловко залезла в коляску, и солдат положил ей на руки её мешок.

— Любезны. Помогают, — пробормотала мама. — Риточка, тебе пора...

Рита резко дёрнула Шурку за руку и увлекла за собой.

— Мама! — Мама ласково глядела вслед. Шурка отчаянным усилием вырвал руку. — Дура набитая! Идиотка! Пошла вон! Мама, я с тобой!

Ритка понуро плелась следом. Поток людей становился всё у́же и всё гуще. На развилке Мельникова и Дорогожицкой стояли заставы с овчарками, и Ритка отстала.

Теперь шли медленно, уплотненной колонной. Было шумно. Гремела музыка, лаяли овчарки, ревели моторы машин. Сквозь этот разноголосый шум Шурка своим чутким ухом услышал ещё какой-то звук.

— Мама, там стреляют...

Мама бросила чемодан, вскинула Шурку на руки и стала выбираться из толпы. Солдат в каске и с карабином у груди встал перед ней и, отводя глаза, мрачно буркнул: «Цурюк!»

И тут Шурка увидел Риткину салатную кофту. Ритка в толпе яростно пробивалась к ним.

— Куда ты?? Там стреляют!!

Зелёные глаза блеснули, яркий рот язвительно скривился. Ритка взяла маму под руку и сказала:

— Да ну? А я думала — конфетки дают.

ШЁЛ ТРАМВАЙ ДЕВЯТЫЙ НОМЕР...

Детям Крещатика

Жили-были в Киеве три друга: братья Иван и Семён Шлидманы и Григорий Соколовский, мой папа. Вместе закончили школу и почти в одно время женились. Иван взял в жены Нару, Семён – Фросю, Григорий – Клавдию. У Ивана и Нары детей не было. У Семёна и Фроси была дочь Циля. У Григория* и Клавы была я, Люда. Не было праздника или знаменательной даты, чтобы семьи не собрались вместе...

Людмила Соколовская

(«Киев поверженный» Libes, 2015)

Голубая кофточка

– Ану, дытятко, шо бачила – всэ мэни доповидай.

– Людочка М-м-маленькая... д-д-д-дверь... н-не могла...

– Нэ хвылюйся, донька, заспокойся. А ну, заспивай зи мною. *Закувала та сыва зозу-у-уля ранним ранком на зори. Ой, заплакали хлопци-моло-о-одци...* Отак, дытыно, молодэць! *Гэй, гэй, там на чужини в неволи, в тюрми-и-и...* О так! А тэпэр розповидай спокийнэнько...

– Мы п-позвали тётю Марию. Она взяла к-ключ у Людочки и стала открывать. Дети вокруг неё были, а я на окна смотрела, в с-стёклах солнце так отражалось. Оно закатилось, пока тётя Мария с к-ключом возилась, стёкла потемнели, я в с-спальне увидела н-нищего и удивилась: это ещё к-кто? Подумала – из д-деревни к Людочкиным родителям к-кто-то п-приехал. А он вдруг – раз! – и уже в с-столовой! Я Людочкину к-квартиру знаю. И где двери у них. Значит, он сквозь стену!..

---

* Григорий Ушерович Соколовский. В советское время можно было поменять имя и фамилию, но не отчество.

80

...Нищий в стеганке – такой одежды Люда никогда еще не видела – прошёл сквозь стену спальни, и Люда замерла. Когда он и стену столовой прошёл и, ярко освещённый лучом заката, явился в окне кухни, она пискнула хриплым от ужаса голосом: "Там кто-то есть!"

Открыли дверь, обшарили закоулки. Никого не было.

И это при ясном свете майского солнца...

В двойном дворе в привокзальном районе Киева детям было привольно. У каждого на шее висел на шнуре ключ от его комнаты, а если кто-то не мог сладить с замком, вся орава звала на помощь кого-то из взрослых. У родителей Людочке Маленькой не комната была, а целая квартира в том же домишке, что и комната Соколовских, но на первом этаже. Ход в квартиру был через застеклённую дверь кухни, оттуда, из дальнего угла, дверь вела в первую комнату, из неё, тоже из дальнего угла, дверь во вторую. Людочка любила зазывать Люду к себе, их квартиру и отца с матерью Люда хорошо знала. Не та это была семья, чтобы подавать. А уж приютить!.. А тут – нищий оборванец. В Киеве немало бродило убогих, но такого Люда ещё не видела. Седой ёжик волос, тусклый взгляд, странная одежда... Он брёл с алюминиевой кружкой и мерно её встряхивал. Отчётливо слышался звон монет. Кастрюли алюминиевые были в ходу, но кружек Люда ещё не видела. Впрочем, затрепетала она и волосы на её темени зашевелились, когда нищий явился и во втором окне. Двери-то были в дальнем углу! И в столовой, и в кухне! Тут она и завопила.

Заварилась каша. Людочкина мамаша бушевала:

– Ты мою дочь напугать хотела! Ты всё выдумала! А ну, признавайся!

Ссориться с Людочкиными мамашей и, особенно, папашей, Пашкой-сексотом[*], Клаве никак не хотелось. Пашка на кого хочешь настрочит донос – и нет человека. Они и живут в хоромах – втроём в двухкомнатах с кухней, а все семьи по пять-шесть человек в комнате, и кухня общая... Клава уговаривала Люду признаться. Люда плакала – и не признавалась. Был старик или нет – для неё он был. От испуга стала заикаться.

Клава рассердилась, но и расстроилась.

– Простите мою глупышку, мадам, – лебезила она перед Людочкиной мамвшей. – Видите, сама в это глупство верит, заикаться стала. Извините её, дурочку, а я её к бабе Параске поведу, та ей мозги вправит!

В двухэтажном флигеле в тени огромного дуба в дальнем углу двойного двора ютилось шесть семей. Дома, окружавшие дворы и выходившие на улицу в привокзальном районе, фасадами не блистали, но удобствами оборудованы были. А флигели имели лишь водопровод-

---

[*] Сексот – секретный сотрудник (сокр)

ный кран в общей кухне. Туалет типа сортир – во дворе. Зато в центре двора тешили глаз гроздьями белых цветов весной и осыпали детей блестящими коричнево-белыми плодами осенью три каштана. В их тени у врытых в землю скамеек судачили взрослые и сновали дети. Царила здесь баба Параска. Широкая, рыхлая, она расчёсывала черепаховым гребнем свои седые волосы и вела рассказы – о турецкой войне (покойный муж воевал на Шипке), о революции пятого года, о приезде в Киев царей Александра Второго, Третьего, Николая... А что если спросить её о вещем Олеге? Может, и его она опишет по памяти?

Соколовские жили на втором этаже, а баба Параска на первом, рядом с Людочкой Маленькой. К недовольству Клавы, вправлять мозги дочери она не стала. Выслушала Люду, притянула к себе, велела глядеть в глаза и всё повторить сначала. Люда повторила рассказ.

– Стёгана куртка, ага... таки ж штаны... А раньше шо, донька, такого нэ бачила? И кружек алюминювых нэ бачила? А-а, каструльки, а кружек не... Слухай, Клава, дитятко у тэбэ знаешь яке? Скильки лит учэницю шукала – и не знайшла. А твою б научила, так вжэ не успию. Бачила вона, чого ще на свити нэма, алэ будэ. Война будэ. Скоро. Многие наденуть отаке и побираться пойдуть. Вэлыка бида на нас идэ. Ты, донька, выживешь. А заикание пройдэ.

Заикание прошло, а происшествие ещё не забылось, как грянуло новое. Для его подтверждения понадобились такие свидетели, как известная суровой правдивостью Людина мама Клава, медсестра, и папа Гриша, человек солидный и образованный: техник!

Обсуждался вопрос летнего отдыха. Выбор между Бояркой (пруд, лес с грибами и ягодами) и Полтавой, где жили сёстры Клавы, папа Гриша пытался расширить Крымом: море, виноград! Но финансы... Клава и Гриша не начальство, не партийцы, путёвок им не видать. Море – роскошь, такая поездка обрушит семейный бюджет, нацеленный теперь на покупку зеркального шкафа. Людина мечта – велосипед, как у Людочки Маленькой. Но Людочка – особ статья. Кататься на велосипеде она не умеет, лишь выводит во двор и даёт потрогать тем, кому благоволит. Люду она любит, предлагает ей лизать шоколад, а сама ест его плитками. Шоколад Люда не лижет, велосипед не трогает, а Людочку жалеет – за жадность и за то, что дети не хотят с ней играть. А шоколад – подумаешь! Соколовские не голодают. Суп, на второе картошка или каша, кусочек мяса или рыбы, к чаю конфеты-подушечки... А велосипед папа обещает купить сразу после зеркального шкафа: маме нужно зеркало. Пока пользуются маленьким раскладным. И Люда тоже. Ищет сходство с родителями и убеждается, что похожа на папу. У него удлинённое лицо с добрым маленьким ртом и продолговатый нос, она тоже длиннолица, но шея короче, чем у папы, и рот не такой маленький. А что до отпуска, то куда угодно, лишь бы с родителями. И с велосипедом можно обождать. Шкаф – это здорово, можно будет видеть себя, как в зеркалах нового универмага на Фундуклеевской. И нужен буфет в простенок между окнами. Папа смастерил полочки. Он ради поездки на юг и шкафом пожертвовал бы, но мама неумолима, и папа подчинился, характер у него лёгкий.

В выходной решать вопрос об отпуске поехали в Боярку. Там, в опрятном домике у пруда, живут друзья родителей. Нигде не проведёшь отпуск беззаботнее, чем у гостеприимной толстухи, тёти Муси. Серьёзна она не бывает, а смеётся так, что с ней смеются все. Муж Вася и сын Костик ездят на работу пригородным поездом, они люди солидные, инструментальщики, и смеются редко.

Встретились шумно, и тётя Муся тут же отправила всех на пляж, чтоб не мешали ей стряпать. Воскресный обед тёти Муси — предприятие, требующее внимания. Костик и дядя Вася пошли на рыбалку, мама загорала, Люда строила домик из песка и любовалась родителями. Носатый темноглазый и тёмноволосый папа и курносая светлоокая мама с волосами на прямой пробор странным образом казались ей похожими. Папа рычал и покусывал маму за ноги, мама, смеясь, отпихивала его, и Люда испытывала не вмещаемую небом радость от того, что папа и мама так любят друг друга. Потом папа нырял и её звал, она отказывалась, вода казалась холодной. Папа подкрался, схватил её и окунул. Она пищала.

Обедали в саду — жаркое, на закуску пирог с ягодами, компот... Взрослые беседовали, а Люда залезла на яблоню и глядела на них сверху. Дядя Вася говорил о финской войне. Финляндия, её всю шапкой накрыть, опозорились с ней на весь свет... Костик запальчиво возражал: финны готовились, и к зиме они привычны, а линию Маннергейма мы всё равно прорвали! Папа помалкивал.

Пора было идти к поезду, и папа поманил её с дерева. Вдруг раздался писк, быстро усилился, сделался невыносим. Писк, шуршание. Зашелестела трава. Все вскочили на лавки, на стол. Сад пересекало полчище мышей. Не только сад тёти Муси, а всё вокруг заполнилось панически несущимися грызунами. Они карабкались на бегущих впереди, становились на задние лапы, проваливались... Это не нашествие было, это было бегство. Все побледнели. И Люде стало страшно. Папа жестом велел ей остаться на дереве. Сверху казалось, что движется сама земля. Шорох и писк ненадолго прекращались, затем набегала новая волна.

Это кончилось, но взрослые не сразу встали на ноги.

— Недобра ознака! — Дядя Вася качал головой. — Тварины тикають... на восток... Значит, щось их злякало... спугнуло на заходе... А шо? Багато железа? Нимци з их техникой?

Во рту у Люды появился и долго не проходил железистый привкус. Она поняла: не от слов дяди Васи, от страха.

На поезд, конечно, опоздали, уехали ночным. Утром выразительно, с ужимками, Люда рассказывала о вечернем происшествии, о сидении на дереве и – ей не верили. А-а, Людка-артистка, опять она со своими страшилками!

Баба Параска слушала Клаву и сокрушённо качалась из стороны в сторону: "Погано! Ой, погано! Так будут тикать люди. А хто нэ втэче..."

♦

День рождения Цили, дочери Шлидманов, ближайших друзей мамы и папы, выпал на субботу. Папа ликовал: в воскресенье можно отоспаться! Циле исполнялось семь, она в этом году шла в школу. Люда окончила первый класс с грамотой, а читать научилась задолго до школы, и даже Цилю пыталась учить.

В склочной очереди в магазин трикотажных изделий на Крещатике мама купила две кофточки. Красная в белую полоску зигзагом досталась Циле, голубая в полоску Люде. Красная нравилась ей больше, но оказалась мала. Кофточку мама красиво завернула, в другой пакет уложила букварь. Люда взялась нести кофточку, самую дорогую часть подарка. Хотелось одеть свою, родители отговорили: идти далеко, на Печерск, на крутой Собачьей тропе вспотеешь, будут пятна под мышками... Кофточка осталась дома.

Шли пешком – по Старовокзальной к Евбазу, по бульвару Шевченко вверх, а там вниз, к Бессарабке, оттуда поднимались по Собачьей тропе. Семён и Фрося, родители Цили, жили над оврагами во дворе единственного большого дома, окружённого домишками. В том же дворе жил брат Семёна, Иван, с женой Нарой. Гости были в сборе, ждали Соколовских и встретили их радостными криками: можно наконец садиться за стол! Циля тут же напялила кофточку, стала похожа на дорогую куклу из магазина игрушек, и это испортило Люде вкус варенья и кексов. Она представляла кофточку на себе и тем лишь успокаивалась, что дома у неё своя. Голубой цвет нравился ей теперь всё больше, в нём была нужная лету прохлада. Хорошо, что красной не оказалось, они не будут носить кофточки одного цвета!

Гости разошлись поздно, а Соколовских, чтобы им не возвращаться в темноте, оставили ночевать. Циля сразу же уснула. Иван, Семён и папа беседовали, Клава играла на гитаре, толстушка Фрося веселила компанию куплетами:

Не ходите, девки, замуж. Замужем невесело.
Одна девка вышла замуж – голову повесила...

84

Люда пристала к маме: кто научил её играть на гитаре? Мама невесело рассмеялась: взяла лишь один урок, а там семью раскулачили, платить стало нечем, да и играть не на чем, и она уражнялась на венике.

– На чем, на чем? – переспросила Люда.

– На венике, – грустно повторила мама.

– Лучше б ты летать училась на венике, – сказала Люда.

Женщины захохотали, а мама отозвалась:

– Тю, выдумала! Я ж не ведьма. И летают они на метле.

Мужчины ушли курить, Люда увязалась за ними. Окна кое-где ещё светились, но папа уговорил Люду идти спать.

Женщины пели за столом что-то тихое, задумчивое. Клава аккомпанировала.

Под это пенье Люда уснула.

Разбудил её грохот. Взрослые были на улице, Люда подошла, протирая глаза: "Гроза? А где же молнии?" Светало, и стали видны самолёты. Они летели низко, на крыльях отчётливо выделялись чёрные в белой окантовке кресты...

Спать уже не ложились и завтракали необычно рано для воскресного дня.

Мужчины ушли. В полдень выступил Молотов: "Вероломное нападение... Враг будет разбит, победа будет за нами..."

Неподвижная стояла тишина. Деревья замерли, не шелестя листвой, словно чуя беду. И дети притихли, таясь чего-то огромного и безжалостного. Женщины сготовили обед, вышли во двор и попали во власть этой тишины. Вернулись молчаливые мужчины. Наскоро пообедали, и Соколовские пошли домой. Шлидманы провожали их до Собачьей тропы.

Пересекли безлюдный Крещатик, спустились к Евбазу.

Небо кое-где грязнили дымы пожаров. Город будто вымер. Свернули со Старовокзальной, сквозь туннель в трехэтажном доме вошли во двор. Вот каштаны, пышная листва скрывает тупичок с их флигелем. Погода тёплая, окна открыты, соседи кричат... Да, война, знаем, знаем! Прошли каштаны, вот и дуб и – что это? Дома – нет! Клава и Гриша оглядываются: не там свернули? "Где наш дом?" Крик Люды убедил их, что они не сбились с пути. Дома не было – воронка. Она слабо дымилась. Косо торчала угловая балка с куском стены. "Где моя кофточка?!" Люда ещё не поняла: сгинула не только кофточка...

Соседями Соколовских по этажу были мать с взрослой дочерью и пятидесятилетний бородач с женой. Утром все спешили на работу. В кухне у крана с раковиной выстраивалась очередь жильцов с полотенцами, мылом, зубным порошком. Двери комнат выходили в кухню, у каждой двери стоял стол с примусом. На стене висел график уборки, и в кухне в любое время было чисто. Люда узнавала голоса примусов через дверь. Пахло керосином и едой. Это были уютные запахи дома.

На первом этаже тоже жили три семьи, две делили общую кухню. Одну комнату занимала семья бабы Параски, другую многолюдная рабочая семья. Дед Тарас, высокий пожилой мужчина, глава семьи, страдал болями в спине. Иногда он оставался дома и просил, чтобы Люда помассировала его. Клава держала её за руки, чтобы Люда не упала, а она топталась на спине деда и хохотала. Дед благодарил и давал Люде деньги на мороженое. Клава деньги брать не разрешала, дед уговаривал: лечение не принесёт пользы! Клава сама покупала Люде цилиндрик в вафлях, знаменитый киевский "пломбир".

Третьими жильцами первого этажа была Людочка Маленькая со склочной мамашей и доносчиком-папашей. Когда играли в классики, на классе Людочки слово *Маленькая* писали с заглавной буквы. Людочка была капризна. Если на неё с её велосипедом и шоколадом не обращали внимания, рыдала. Её утешали, но и тогда – папашина порода! – она запросто могла наврать мамаше, что её побили. Мамаша выскакивала и надирала уши тому, на кого указывал Людочкин пальчик, даже если все дети уверяли, что никто её не трогал. И всё равно Люда любила Людочку и верила, что она перерастёт свои капризы...

Где она? Где они все – дед Тарас, баба Параска, кухня, весело шумящие примусы? Где её кровать? А кофточка?! Вокруг всё цело. Почему бомба попала в их дом, такой маленький? Почему сгорела её подружка? Разве люди горят? Это сон! Надо проснуться – и все окажутся живы. И Людочка станет жаловаться, что её обидели...

Подходили соседи, ахали, удивлялись, что Соколовские живы. Из их флигеля не выжил никто. Одни тела погребены в развалинах, другие увезли пожарные...

Поплелись к Шлидманам. Мама бормотала: "Хорошо, что документы со мной... Хорошо, что документы в сумочке..."

Пришли затемно. Фрося вышла с ключами – решила, что Соколовские забыли у них ключи.

– Какие ключи, дом сгорел, – сказал Григорий.

Фрося всплеснула руками: "Господи!"

Погорельцев уложили на полу: "Утро вечера мудренее".

Люда уснула мгновенно. Родители не спали всю ночь.

Есть Кремль, в Кремле Сталин...

Четырнадцатилетний Костя сквозь гардину у окна столовой сторожит легковые машины. Пора обедать, но чёрная эмка папы не появляется. Тревога уже неделю грызет Костю, с каждым днём всё сильнее. Причина? Довольно одной фразы заявления ТАСС: *"Германия стала сосредотачивать свои войска у границ СССР с целью нападения..."* Якобы? Ну, пусть *якобы*. Но неделя прошла после опубликования заявления – и никакого ответа от Германии? Какое уж тут *якобы*?! Это же и есть ответ!

Отец морщится: меньше рассуждай на международные темы и больше читай классику. Костя ожесточился и соорудил незатейливое устройство. Теперь из своей спальни, смежной с кабинетом, он подслушивает реплики отца в разговорах по телефону. Узнал, что командующему 12-й армией запретили при любых условиях открывать огонь по немецким самолётам-нарушителям и что приказ расстроил командующего авиацией округа, молодого и очень симпатичного генерала. Отец, полковник Рогинский, представил ему Костю на первомайском параде, уступая просьбе сына, но на трибуне никакого разговора, конечно, не получилось.

Костя глянул на часы, подаренные ему в апреле прошлого года ко дню рождения. Фирма "Мозер", светящиеся стрелки и чёрный циферблат... Без пяти шесть, а обедают они в четыре... Да что ж это такое?!

"Эмка" выскочила вдруг, остановилась у парадного, он прильнул к открытому окну и со своего второго этажа ясно слышал, как отец сказал шофёру:

– Коля, жду тебя в полдесятого. Заправь полный бак.

Ему даже показалось, что он расслышал Колино "Есть, Лев Моисеевич!"

Машина покатила вниз. Полковник провожал её взглядом. Он, несмотря на опоздание, вполне очевидно не спешил, и Костя без труда расшифровал промедление: не желает расспросов!

А Лизке хоть бы хны! Раскатилась со своим Шопеном. Ей пить-есть не надо, лишь бы от рояля не отрывали. С тех пор как два года назад, незадолго до внезапного папиного освобождения и восстановления в должности, умерла мама, от музыки она отрывается лишь чтоб прильнуть к бабуле и поплакать. Да и самого тянет...

А папа вперился в новую фабрику-кухню... Нашёл чем любоваться. Ну?! Нет, слава аллаху, идёт всё же к парадному...

Костя выходит в прихожую, глядится в зеркало. Как и у отца, у него светлые волосы с пробором слева (отцу он подражает во всём), светлые глаза, прямой острый нос... Мама смеялась и говорила, что Костик не её сын, он похож на норманна. Лиза – да, её дочь, даже больше, сестра. И характер такой же мягкий...

А вот и папа...

◆

Чёрная эмка фыркнула и покатила вниз, к Евбазу. Рогинский перевёл взгляд на новое здание общепита. Вот бы где поесть... Но обедать придётся дома... и, конечно, обсуждать ситуацию, о которой и думать не хочется.

И – не разрешено. Поразительно! Нежелание видеть – это ли не предвестник катастрофы...

Конечно, со статистической точки зрения ситуация бестревожна. С точки зрения детей, играющих в войну и допрашивающих условного пленного: сколько там у вас танков, сколько орудий и самолётов... Численность немцев на границе не опасна даже для одного Киевского особого военного округа. Втрое уступают нам в численности танков и самолётов и нисколько не превосходят в артиллерии. Они даже механизированы не столь уж внушительно, многое, как и у нас, на конной тяге. В чём они существенно нас превосходят – так это в скорострельности стрелкового оружия. Ну, и связь, ахиллесова наша пята.

Но...

Но не это же главное! Главное – инициатива! Белые начинают и – выигрывают! Второе, ещё более важное условие, полтора века назад высказано Наполеоном: бараны, возглавляемые львом, всегда одолеют львов, возглавляемых бараном. Львы пересажены и перебиты, их и на Генштаб не хватает. Подразумеваются львы с маленькой буквы, но убыль их ошеломляюща и с прописной, словно на ликвидацию и по именам отбирали. Замены? Учтивый новый командующий разве замена грубияну Жукову? А тот – разве адекватен Якиру и Уборевичу? И так – всюду. Потери командного состава – словно в двадцати мировых войнах.

Видимо, это и вождь понимает, иначе не вёл бы себя так, прямо скажем, трусливо. В итоге немцы барражируют в нашем небе – и нельзя дать им по зубам! Понеделин запросил: при каких условиях разрешается открывать огонь по самолётам-нарушителям? В совсем ещё недавние времена подобный вопрос привел бы к смещению командарма. Он доложил бы: нарушитель сбит, идёт следствие... Новый командующий округом ответил: зенитки в мирное время не стреляют.

Птухин[*], командующий авиацией округа, узнав об ответе, за голову схватился. Встретил его у приемной командующего. Птухин в округе

---

[*] Понеделин Павел Григорьевич (1893-1950), командующий 12-й армией, генерал-майор (1940). Пленён в Уманском котле, сотрудничать с немцами отказался. По возвращении из плена арестован, расстрелян 25 августа 1950. Реабилитирован в 1956.

Птухин Евгений Саввич (1902-1942), генерал-лейтенант авиации, Герой Советского Союза (1940), участник гражданской войны в России и в Испании, участник финской и Великой Отечественной войн. Арестован 27 июня 1941 года, расстрелян 23 февраля 1942 года по обвинению в участии *"в антисоветском военном заговоре"*. Реабилитирован в 1954.

88

недавно и к нему, старожилу, несколько раз обращался за помощью. В коридоре было пусто, и Рогинский сказал:

— Товарищ генерал, могу ли я быть вам полезен?

Милое, доброе лицо Птухина осветила грустная улыбка:

— Лев Моисеевич, вам в штопор попадать не случалось?

— Мне и управлять самолётом не случалось.

— Представьте, ваш самолёт вошёл в штопор. Что станете делать? Учтите, выброситься с парашютом из попавшей в штопор машины не просто...

— Значит, буду выводить машину из штопора.

— Ответ солдата. Вы ведь воевали в гражданскую... А теперь представьте, что руки у вас связаны за спиной.

— Понимаю... Прошу вас, берегите себя...

Птухин крепко сжал его ладонь и сказалонятно:

— Да где там...

Дополнительную тревогу посеял срочный выезд на границу начальника управления, полковника Баграмяна. Едет в ночь. Зачем? По вызову? Что происходит? И как с таким настроением идти домой, где тебя ждут, как оракула?

Шесть. Солнце высоко. Самый длинный день. Самая короткая ночь. Спать, видимо, не придётся. Ещё и перебои со связью. Позвонил в Одесский округ, с ним связь бесперебойна. Одесский коллега обиняками дал понять: приводит войска в готовность номер один — вопреки указаниям сверху. Влияние флота. Жаль, в Киеве лишь речники...

Зайти, что ли, на эту фабрику-кухню? Рядом с домом, тоже новым, но построенным всё же не без респекта к канонам классической архитектуры, возвели дворец соцпитания в стиле обывателей города Глупова. Три с половиной длиннющих этажа скучных окон. Купить в этой столовке что-то к столу...

И обидеть тёщу? Детям Бронислава Марковна заменила мать. Да и ему тоже. Поползновение к фабрике-кухне — повод отдалить момент, когда придётся избегать пытливых взглядов сына и тёщи...

За дверью энергичный рояль. Очень неплохо для двенадцати лет! Позвонил своим характерным звонком, в два касания. После смерти Танюши не стóит заставать семью врасплох. Как-то, открыв дверь ключом, застал их всех обнявшимися и плачущими. С тех пор предупредительно звонит.

— Ой, папка! Почему опаздываешь?

— Давай фуражку, Лёвушка. — Молодец тёща, уловила настроение с первого взгляда... — Мой руки, идём к столу.

А Костя, Кот, молчит. Взгляд вопрошающий. Ну, как же, папа обязан всё знать...

Провёл пальцем по тускло блестевшей полке буфета из морёного дуба. В полученную от округа квартиру перевезли мебель из тёщиного особняка. В нём она жила с семилетней дочерью и мужем, гильдейским купцом, получившим по роду занятий вид на жительство в Киеве. Редкая еврейская семья: один ребёнок! Революция подселила множество соседей, и полковник (тогда комбриг) получил отдельную квартиру в новом доме с центральным отоплением на бульваре Шевченко.

Дети за столом, тёща разливает суп, а он у буфета... За стол без Танюши... Над пианино фото, молодая копия тёщи: смеющиеся глаза, высокий лоб с чуть сдвинутым добрым мысиком волос, греческий нос... Красавица должна быть носатенькой...

— Лёвушка, как насчёт граммульки перед обедом? — Тёща открыла буфет. Он благодарно улыбнулся. — Догадываюсь, что тебе предстоит беспокойный вечер.

— Скорее всего.

Не крякнув, выпил две рюмки водки, закрыл штоф, поставил обратно в буфет и принялся за суп.

— Ты не думаешь, что мы должны ударить первыми?

Коротко глянул на сына и продолжал молча есть.

— К тебе заходил Фирсов, — сказала тёща.

— Просил что-то передать?

— Нет, ничего. Но выглядел встревоженным.

Фирсов, чья настоящая фамилия Фисанович, жил этажом выше, на третьем. Дом в начале тридцатых выстроили для старых большевиков. Вскоре их популяцию поразил странный мор, часть освободившихся квартир передали округу. Партийную кличку Фирсов сделал фамилией, но паразитировать на звании старого большевика не пожелал и работал в строительном управлении. Когда у полковника выпадал досуг, Фирсов приходил играть в шахматы. Перебрасывались репликами, посторонний мог бы принять их за комментарий к положению на шахматной доске. Острые профили делали их похожими, они выглядели как отец и сын. У обоих установили телефон, оба этому устройству не доверяли. Оба лишились многих друзей, а Рогинский и отсидел — недолго, но чувствительно. Комбриги теперь генералы, а его аттестовали полковником. Удача, что вернулся, вторая — что в штаб округа, откуда взят, а третья — квартиру отобрать не успели...

— Позвонишь ему? — спросила тёща.

— Я сосну на часок, за мной скоро заедет Коля. Ребята, ничего, если папашка часок поспит?

— Да, пап, конечно, — разочарованно сказал Кот.

Лиза поцеловала папку и потёрлась щекой о щеку.

Час спустя в своём кабинете, в кресле, спиной к письменному столу, полковник одной рукой обнимал сидевшую на его коленях Лизу, другой рассеянно приглаживал смятые коротким сном и расчёсанные на косой пробор волосы. Он не знал, что отвечать четырнадцатилетнему сыну.

— Пап, ну сколько там войн в истории начиналось объявлением войны? Нападут – и всё! Во Франции, год назад, ты же сам говорил: всё решила внезапность. Ультиматум? Ну, сутки... Что мы успеем за сутки? А они могут и без... Ведь так?

— Кот, переправы заминированы. Соединить провода – минутное дело.

— А французы, что, спали? Почти год идёт война – и мосты не были минированы? Значит, не минутное дело! Пап, война на носу! Кольке Василенко его папаша сказал, что немецкие самолёты над нами так и шныряют.

— Майор Василенко мне не подчинён, иначе я приказал бы ему не болтать.

— Пап, скажи ему, чтоб не паниковал. Он меня пугает.

Полковник усмехнулся:

— Глас народа, Кот! А если серьёзно – армия сильна дисциплиной. *Дан приказ ему на запад...* Будет приказ – пойдём. И победим. Но подавать советы главнокомандующему... Наверху могут руководствоваться соображениями, нам с тобой недоступными.

— Например? Пап, ну давай же конструктивно! Ты же не майор Василенко, не выдвиженец какой-то! Ты же понимаешь: внезапное нападение – это потеря инициативы! Чем ещё руководствоваться?

— Лизавета, завари мне стакан чая покрепче. И постучись, прежде чем войти. А я этому господину начитанному вправлю мозги. Спасибо... Чем ещё, говоришь?

— Да, пап, чем?

— Войну с финнами помнишь? Ты разве представляешь, какого масштаба возникли осложнения? Друзей у нас и так мало, а тогда даже друзья готовы были объединиться с недругами.

— Пап, но тогда мы напали, а теперь на нас!..

— Ещё не напали.

— Так что, сидеть и ждать?

— А что, порадовать Гитлера? Караул, большевизм рвётся в Европу! В Англии придут к власти прогерманские круги, заключат союз с фюрером и – вперёд, на восток, крестовый поход против большевизма! Мы свой шанс использовали против Финляндии. Вторично это с рук нам не сойдёт. Надо ждать.

— Пап, это плохо кончится...

— Что делать, так получилось... Мы, в общем-то, готовы. Сила есть. Для обороны хватит. Зато англосаксы будут на нашей стороне, что архиважно! И вообще, всё просто: есть Кремль, в Кремле Сталин... Понял?

— Да, пап, но...

— Вот здесь – никаких но! И – язык за зубами! Ты не маленький, сам всё понимаешь... Да, Лизонька, войди. А где чай?

— Пап, к тебе посыльный из штаба округа.

— Пригласи. Идите, я тут разберусь... Пожалуй, чай вы будете пить без меня...

Группа войск «К»

Удар швырнул Яшку с кровати на пол. Оглушённый, ослеплённый вспышкой, он решил: дом рушится! Он этого ждал, "мессеры" и "шторьхи" шастали над головой постоянно. Пронзительный вопль кота перекрыл скрип потрясённого дома. Сквозь этот вопль едва услышал с первого этажа голос мамы:

— Яша! Боря!

Окликнул брата. Борька не отзывался. Кот орал всё громче. Яшка, ещё ошеломлённый, влез на кровать, на голую сетку, шарил выключатель. Рука провалилась, стенки не было.

— Борька, ты где?!

Очумелый Борька в трусах и майке выскочил откуда-то из угла и покатился по лестнице. Яшка кинулся за ним. Пахло гарью, известковая пыль стояла столбом, окна первого этажа зияли выбитыми стеклами. На улице светало. Мама, одетая, словно не ложилась (как и выяснилось впоследствии), держала за шкирку обезумевшего кота, упавшим буфетом ему отдавило хвост. Она выпустила кота и схватила Борьку. Руки и лицо её были в крови.

— Дети, быстро!

Выскочили на улицу. От соседнего одноэтажного дома остался лишь фасад, в проёмах окон клубилась пыль. Люди бежали в одном направлении, прочь от границы. Оттуда неслась ружейная и пулемётная пальба. Полуторка, подскакивая на ухабах, затормозила у дома. Водитель-сержант высунулся в приоткрытую дверь кабины:

— Бася Моисеевна, майор приказали!.. Быстро, на поезд!.. В Ковель!.. Сидайте!

Мама велела Яшке лезть в кузов, сама с Борькой села в кабину. К машине бежали люди, со всех бортов лезли, забрасывали детей, схваченные впопыхах вещи... Снаряд взметнул невдалеке столб земли и обломков. Водитель дёрнул машину, в кузове заверещали, попадали с ног. Ещё один снаряд разорвался впереди, и водитель изо всех сил нажал на газ...

На станции шли лихорадочные ремонтные работы. Чинили водокачку, восстанавливали пути, убирали обломки вагонов. Двух часов не прошло, как состав из теплушек, набитых беженцами, отошёл от перрона. На одоление сорока шести километров до Ковеля ушло восемь часов. Налетали самолёты, прятаться в поле было негде. Когда самолёты улетали, доносился рокот артиллерии.

В Ковеле санитарный пункт вокзала уже развернул помощь беженцам. В станционной столовке поили и кормили всех. Раненым оказали помощь. Пацанов приодели в галифе, подвернутые сверху и снизу, в нательные бязевые рубахи, висевшие на них плащами. Борька был исцарапан и оглушён. У мамы осколками стекла были изрезаны руки и лицо, её всю измазали зеленкой и зашили щеку.

Ночевали в битком набитом вокзале. Первыми отправляли жён командиров, и Ковалёвы уехали сразу. Поезд собрали из пригородных вагонов и теплушек.

В Сарнах вторично за сутки поели. Там была пересадка. Сели в нормальный вагон, на полках можно было лежать. Беженцам выдали по буханке хлеба на семью.

В Коростене снова кормили, снова выдали хлеб. Мама обзавелась банками и на остановках ходила с Борькой за кипятком. Им запивали хлеб.

Утром двадцать пятого прибыли в Киев, прямо под бомбёжку. Прятались под вагонами, потом пешком, благо недалеко, шли к бабушке с дедушкой. Бабушка открыла дверь и ахнула:

– Басенька! Яша, Боря! Вэйзмир!*

Мама присела к столу и закрыла лицо руками.

Второклассники Яшка и Борька такие были близнецы, что их, по аналогии с просторечным обозначением, пацаны во всех несчётных переездах семьи звали *Два Яшки*. Среднего сложения, кареглазые, с вздёрнутыми носами (ген папы) и пухлогубыми ртами (ген мамы), отличались они лишь выражением лиц. Борька был сосредоточен, Яшка лукав. Если желали, чтобы их спутали, Яшка напускал на себя сосредоточенность. (Борька был угрюм, лукавить не умел). Ещё был у них коварный обычай меняться одеждой (Яшкина инициатива, конечно). Уверенно и в любой ипостаси различала их лишь мама. В Киеве она в первый же день накупила им трусов, маек и рубашек. Всё на них горело. У бабушки и дедушки они были зимой на каникулах. Воспользовавшись этим, дед, модный портной, снял с Яшки мерку и пошил им на вырост брюки и пиджаки из остатков тканей. Теперь эти одёжки, сшитые из материи разного цвета, пришлись впору и доставили близнецам редкую возможность дурачить переодеванием всех во дворе, а порой и бабу с дедом.

Баба и дед занимали комнату на первом этаже в доме на Жилянской с выходом прямо во двор, этакий поленовский дворик, парадными фасадами выходивший на улицы, а внутри застроенный развалюхами, не имевшими даже туалетов. Зимой двор пустовал, но теперь близнецы

---

* Боже мой, господи (восклицание, идиш)

пропадали во дворе и стяжали особый статус. Тревожила их неотличимость. Как знать, с кем говорил? Ляпнешь что-то одному – а кому? Связываться с ними избегали, но это оказалось нелегко. Они сами ввязывались во все дворовые мероприятия, а это не всегда были игры. Со своим военным опытом они были признаны обстрелянными вояками мальками и даже ровесниками. Пацанам постарше, не признававшим их заслуг, приходилось туго: двое! К тому же стало ясно, что эта парочка не считает для себя обязательным придерживаться правил английского бокса: не бить ниже пояса, не бить ногами, не бить головой, не бить лежачего... Через неделю близнецы уже верховодили во дворе, успешно расколотом ими на два лагеря – восторженных поклонников-младших и скрежещущих зубами старших, признававших, впрочем, что устрашить близнецов – дело мудрёное. В бомбёжки они не прятались, охотились на диверсантов, подававших гансам сигналы, умело искали осколки бомб и зенитных снарядов, что стало подлежащей обмену ценностью. Сколоченный ими отряд собрал всё нужное для штаба, оборудованного на чердаке: штык времён Первой мировой, дырявый плед, трёхцветный фонарь, котелок, флягу, театральный бинокль, кухонный нож и полевую сумку без ремня.

Популярность Ковалевых строилась на папе. Он майор, начальник штаба полка (правда), швыряет пудовые гири (тридцатипятилетний Ковалев был среднего сложения, лысоват, брал на одну руку Яшку, на другую Борьку, а они, входя в раж, без особого труда валили его с ног; гирь не бросал и, что хуже всего, был неважным пловцом), в прошлом году окончил академию Генштаба (правда, но Генштаб Яшка произносил так, словно только что вышел оттуда и небрежно козырнул, отвечая на приветствие часового) и был известен самому Тимошенко (возможно). Чем дольше не было вестей от отца, тем он делался выше, сильнее и значительнее для Красной Армии.

Обстановка в жилье дедушки-бабушки была такова, что близнецы старались всё время проводить на улице. Через день после приезда дочери с внуками у деда случился инсульт. Ночью ввалился его младший брат, что-то выкрикнул на идиш, добрый дед побагровел и лишился речи. Теперь лежит за ширмой, за которой раздевались для снятия мерки его клиентки, и делает под себя. Мама и бабушка переворачивают его, обмывают, но воняет всё равно, ширма запаха не держит, тут даже из другой комнаты воняло бы. Ни от бабушки, ни от мамы пацаны не добились, что за известие принёс дедушкин брат. Бабушка молчит и плачет, а мама хмуро ответила, что они всё узнают в своё время. Брат на другой день ушёл и больше не являлся.

Из подслушанных разговоров пацаны всё же поняли, что семья деда – отец, мать и младшая горбунья-сестра – убиты в своём белорусском местечке немцами, нагрянувшими внезапно. Брата дедушки их приход застиг с подводой в лесу, вот он и спасся. Близнецы решили мстить.

Совещание с участием подданных они устроили на хутор-базе войсковой группы «К», так назвали свою команду Ковалёвы. Совещались у слухового окна на чердаке по окончании очередной бомбёжки. Бомбили поворотный круг, вокзал, градирню. Бомбы падали и на жилые дома вблизи. Один из малюков, Юрка, цыганистый шкет с чубчиком из-под кепки, словно приклеенной к его маленькой головке, добыл карту Киевской области. По ней проследили обстановку. Фронт замер на Ирпене.

Выслушали всех желающих. Яшка сказал речь.

– Некоторые суки разносят слух, что Киев сдадут. – Он звучал жёстко. – Кто услышит – сразу в морду. Не можешь сам – быстро давай ко мне или к Борьке. Кто покрывает паникёров, тоже без церемоний. Большой, малый – рогатка всех достанет. Мы командируемся в распоряжение штаба обороны города. – Военным словарём близнецы владели, не зря от папы не отлипали. – На время нашего отсутствия командовать будет Юрка. Слушать его, как меня самого.

В наступившей значительной тишине он обвёл всех взглядом. Юрка важно сопел.

На другой день со всем общественным имуществом близнецы слиняли на фронт.

Кот принимает командование

Фирсов пришёл проститься. Уезжал он всё же не как инженер-строитель, уезжал как старый большевик. Немного их и собралось, всего на вагон. Фирсову повезло, Рогинского он застал дома. Полковник вернулся из штаба на рассвете, поспал четыре часа и теперь в нижней рубашке и бриджах завтракал перед отъездом в штаб. Соседа пригласил сесть и выпить с ним чаю. Фирсов присел за стол напротив полковника, чаевничать отказался. Рогинского он не видел с начала войны и ужаснулся, отметив новую седую прядь в его светлой шевелюре. Это сказало ему больше, чем левая рука, лишь недавно снятая с повязки, и багровый шрам на щеке от виска до подбородка – следы бомбёжки, в которую полковник попал в первые дни войны.

– Почему бы вам не увезти семью? Вы могли бы отправить их с нашим эшелоном.

Это таило вопрос: Красная Армия отступает – а где же наш лозунг *"бить врага малой кровью на его территории"*?

Полковник смолчал. Не объяснять же, что выучка солдат ниже всякой критики, а командиров и того хуже... И что учиться придётся в бою... И какой ценой! Хорошо ещё, что в округ сразу прибыл бывший командующий. С ним Рогинский и выехал в штаб фронта.

В дороге, выслушав доклад о ситуации, Жуков произнес фразу, для полковника прозвучавшую музыкой:

— Наступать. Вырывать инициативу. Любой ценой. Иначе...

О-о, да, он понимал, что будет *иначе*. Стать в жесткую оборону невозможно. Такое решение воистину было бы роковым. Хоть кто-то остался, кто это понимает...

Утром Рябышев доложил о дислокации своего корпуса. Жуков распорядился о разведке и контрударе. Налетели "юнкерсы", от близких взрывов затрепетали стены штабной палатки. Рябышев предложил перекусить. Жуков сказал: неплохая мысль, у него в машине кое-что есть. Явились начальник штаба корпуса, начхим, начальник артиллерии, поздоровались и с преувеличенным, конечно, энтузиазмом поддержали мысль о завтраке. Рябышев предложил ему остаться при штабе, но Жуков сразу же после завтрака велел ему ехать в корпус Кондрусева и действовать по обстановке.

Уже на следующий день Девятнадцатая дивизия корпуса с её разномастными танками и недоученным личным составом была мимоходом разгромлена северо-восточнее Луцка. Кондрусев погиб, командование принял начштаба, штаб поручил ему. Не наступлением руководить пришлось, а отступлением, делом куда более сложным. А четвертого июля его откопали после бомбёжки, более удачной для немцев, чем та, в которую он попал с Жуковым...

Внезапное начало войны, срочный выезд в войска, отсутствие сведений о нём такой вызвали переполох в доме, что тёща свалилась с инфарктом. Отправить детей одних? Подвергнуть опасности бо́льшей, чем та, что грозит им в Киеве, положение которого, несмотря на близость противника, прочно? Сам он, раненый, шокированный событиями, даже подростком-сыном предвиденными, был по возвращении сражен известием об аресте Птухина. Разговор с ним болезненно ворочался в памяти. Было ясно, что птухинский сюжет — типичное горе от ума. Генерал стал жертвой своих рапортов. Некто (страшно думать — кто именно) убрал свидетеля неподготовленности к нападению.

Но зачем знать обо всём этом мирным гражданам...

— Лев Моисеевич, голубчик...

— Киев не сдадим. Немцы здесь обломают зубы. Сценарий обкатан манёврами тридцать пятого года. Всё повторяется почти в деталях.

— Отправьте же семью!

— Через месяц. Уверяю вас, положение Киева прочно.

— Лев Моисеевич, я расчётчик, прочность — моя специальность. Инженер всегда знает, где надо надавить, в каком направлении и с какой силой, чтобы конструкция рухнула. Вы не думаете, что немцы грамотные инженеры?

Он подавил горькую усмешку.

Не столь уж многие лучше него знали, насколько эти опасения близки к истине. Уж немцы ли не инженеры...

В двадцать восьмом он прошёл в Германии военную подготовку. Времена были не лучшими для Германии, но система обучения рейхсвера потрясла. Впечатления докладывал зам командующего округом и заключил фразой: "С этим противником не хотелось бы мериться силой. Прошу разрешения использовать германский опыт в боевой подготовке войск". Блюхер хмуро кивнул: он знал этого противника, на собственной шкуре знал...

Но зачем всё это Фирсову? Как ни твёрд старый большевик, кто поручится, что в критических обстоятельствах он не поделится признанием, вырванным из уст авторитетного военного специалиста? И что признание мощи германской армии не пойдёт гулять по стране, усугубляя панику? Частное мнение, единичный канал? Но сколько таких частных мнений, таких единичных каналов? Не станет ли этот, последний, соломинкой, ломающей и без того перегруженный хребет морального сопротивления страны?

Выигрывая время, отодвинул чашку, вытер салфеткой рот. В дверь поскреблись.

— Нельзя! — громко сказал полковник в сторону двери. — Да, прочность, понимаю... Но должны быть выдержаны все условия. Где нажать, с какой силой, в каком направлении... Не вникая в детали, скажу: третьего мы им не позволим. Инициативой мы пока что не владеем, но обстановку контролируем. Сводки об упорных боях — это не пустые слова.

— Если вы так уверены, может, мне и уезжать не стоит?

— Уезжать, Григорий Наумович! Одни лишь бомбёжки... Мы вблизи вокзала... Езжайте, мы здесь справимся и без вас.

— Отправьте семью, Лев Моисеевич.

— Мне обещали в крайнем случае отправить их штабным самолётом. Простите, мне пора...

— Мне тоже. Ну, ни пуха, ни пера. Сегодня двадцатое июля. Давайте встретимся здесь двадцатого июля сорок второго года.

— И сыграем в шахматишки.

— И выпьем по рюмашке. Берегите себя.

— Это как получится, — улыбнулся полковник. — Служба...

Фирсов болезненно сморщился, махнул рукой и вышел.

Рогинский подошёл к окну. Через стёкла, заклеенные накрест полосами бумаги, глянул на пустынный бульвар. У парадного "эмка". Бедный Коля... Новый шофер дремал на пассажирском сидении. Проплывали ленивые облака. Без самолётов и зенитных разрывов небо было безмятежно, как в обычное дачное лето. Вот только безлюдье...

Снова кто-то поскрёбся в дверь.

– Кот? Войди. Помоги мне одеться. Где Лизка?

– Спит возле бабушки. И бабушка спит.

– Ей было нехорошо ночью?

– Нет, просто мы легли поздно. Я уснул, а они, наверное, ждали, когда ты придёшь.

– Надо было тебе отправить Лизу с её учительницей музыки. Жаль, не было меня здесь...

– Но она же отказалась!

– Такое выполняется в приказном порядке, без рассуждений. Запомни это.

– Запомню. Пап, а что там на Смоленском направлении, как ты думаешь?

– Пытаемся овладеть инициативой.

– Пап, но если так, то что означают бои на Житомирском направлении? – Полковник вспомнил ночное бдение в штабе и смолчал. – Или это не мы навязали противнику бой, это он?..

– Бои не означают успешного продвижения противника.

– Пап, я понимаю, секретов ты мне не раскроешь...

– Да, понимаешь? Так прекрати же обсуждать со мной сводки. Пойми хотя бы, что обстановку я знаю лишь в пределах своего сектора. Да, ситуация ликвидна, меняется стремительно. Вам нужно поставить на ноги бабушку и убраться из Киева.

– Ты же сказал, что Киев не сдадут!

– Сказал? Ты подслушивал? Фу! – Зазвонил телефон, полковник взял трубку. – Рогинский. Здра... Спал, как сурок, четыре часа. Ну, что вы, Иван Христофорович, я здоров и готов... Есть! Буду в штабе через полчаса.

Положил трубку и глядел на сына долгим, спокойным взглядом. Бедный мальчик, досталось ему за какие-то три года... Арест отца, смерть матери... а теперь ещё и это...

– Пап...

– Кот, прими командование. Не буди их. Ты отвечаешь за Лизу. Снеси в машину чемодан. Выше голову, старина!

Жизнь среди взрослых

Квартиру Соколовским нашли в самом центре, в двойном дворе, словно бы ради того, чтоб Люда не лишилась компании детей. Двор соединял Фундуклеевскую с Прорезной в квартале от Крещатика. Квартира была не квартира, так, крыша над головой. Двор спрятал от городского шума два четырёхэтажных, оштукатуренных серым цементом здания – школу-десятилетку и военное подготовительное училище. Здания располагались диагонально на верхнем ярусе двора, на уровне Прорезной. Вниз, к Фундуклеевской, вела широкая лестница. К горке, возле которой стояла школа, приткнулся флигель на две комнаты. Вход из тамбура – дверь направо, дверь налево... Левой торцевой стеной флигель упирался в горку. В расположенной там комнате хранился школьный хлам – старые парты, столы, стулья... Шлидманы и папа Гриша всё это перенесли в подвал школы, и комната освободилась для жилья.

Комнату в солнечном конце флигеля занимал школьный сторож Роман Платонович, из бывших, любезный и несчастный. Зимой умерла его жена, и старик обрадовался молодым соседям. Во флигеле был умывальник и электричество, но не было туалета. Роман Платонович выдал новым жильцам ключ от школы для пользования школьным туалетом. Школа ведь всё равно закрыта на каникулы.

Двор был густонаселён, на верхнем ярусе всегда шумела ватага детей и подростков. На первых порах, пока не изменился режим работы мамы, скучно Люде не было. Играли в прежние игры. Вместе с детворой бегали собачонки – Веста, белая болонка, пышная, как гвоздика, и, как цветок, тихая, и такса Пальма, шумливая, но дружелюбная. Между бомбёжками девчонки играли в классы. Мальчишки уже не играли в войну, они были заняты войной.

В новом жилье Соколовских Нара и Фрося обмерли. На торцевой стене штукатурка обвалилась, грибы гроздьями, плесень... А запах! Но лучшего жилья не было. В комнате из прежнего хлама оставили книжный шкаф с дверцами без стёкол, хлипкий стол и два колченогих стула. Фрося и Нара принесли посуду, примус, раскладушки. Вилок, ложек, тарелок имелось в семьях по одной на каждого, но и Соколовским наскребли по набору. Соседи несли кто что мог – одежду, из которой выросли дети, обувь, из которой вылезали пальцы, лохмотья, которые ждали старьевщика. Клава залатала дряхлый халат и превратила его в род платья. Иван и Семён отдали Грише кое-что из своей одежды. Втащили детскую кровать, на ней Люда помещалась, выставляя ноги в промежутки между прутьями. Кто-то принёс потрёпанное ватное одеяло, Клава отрезала от него кусок для Люды.

На выходной устроили новоселье. Пришли Шлидманы, кое-кто из новых соседей. Роман Платонович подарил Соколовским две табуретки и кастрюлю, а Клаве – фартук покойной жены.

За столом лишь о войне и говорили. Немцы во Львове, Ровно, Проскурове, у ворот Киева. С самолётов убивают беженцев на дорогах. Сбрасывают парашютистов в форме милиции и армии. Документы, форма – всё у них в ажуре. По-русски говорят не хуже нас с вами...

Шлидманы качали головами, Соколовские помалкивали. Но соседи знали друг друга и не стеснялись ни погорельцев, ни их друзей, не говоря уж о Романе Платоновиче. Старик, едва передвигавший ноги, сразу стал членом семьи, носил из дому варенье к чаю, а Клава, готовя обед, рассчитывала и на него.

С четвёртого июля с устрашающей педантичностью, с точностью до секунд, бомбить стали и утром, и на закате. В подвале школы устроили бомбоубежище. Сирены выли, голос диктора был зловещ: "Граждане, воздушная тревога! Воздушная тревога!" Клава и Люда бежали в убежище, с ними две кошки и две собаки. Люди уезжали, бросая добро и домашних животных. Пальма жалась к Людиным ногам. Люда с мамой занимали место поближе к входу. Казалось, что так легче будет выбраться, если завалит. Папа Гриша в убежище не ходил, говорил: суждено – убьют где угодно.

Пришли Иван и Семён. Гриша поцеловал дочь, и мужчины ушли в военкомат, пообещав вернуться. Они не вернулись.

В тот день, пятого июля, в Киеве объявили осадное положение и ввели комендантский час. Для хождения по улицам после наступления темноты требовались теперь ночные пропуска.

Пришло сложенное треугольником письмецо. Папа сообщал, что он со Шлидманами в одной части. О себе больше ни слова, лишь вопросы о том, как устроились мама и Люда. Люда тайком от мамы обнюхивала эти письма. Папа так приятно пахнул! Но от письма не пахло ни папой, ни даже войной.

Режим дежурств в госпитале изменился. Раньше Клава работала сутки, а двое суток отдыхала. Теперь раненые прибывали таким потоком, что их не успевали обработать. Нередко машины, объехав переполненные больницы, возвращались и выгружали их куда попало. Кровати стояли в коридорах. Да и кроватей не хватало, раненых клали на тюфяки и прямо на пол. Лекарства и воду ставили на газеты. Раненые рвали их на курево, и лекарства оказывались на полу. Клаву перевели на приём раненых. Дежурила она через сутки и, не зная, когда вернется, брала Люду с собой.

Жизнь Люды стала протекать среди взрослых. Госпиталь стал её миром – обширный больничный квартал в самом центре города, в нём были дома, фонарные столбы и улицы с мостовыми. Её одели в белый халат с карманами, подвязали белым тряпичным поясом, обмотанным вокруг талии и завязанным бантом. Халат был велик, карманы бездонны. Люда ходила по палатам, поила раненых, читала им стихи, рассказывала о мышином бегстве, о старике в окне Людочки Маленькой, её погибшей подружки... Раненые слушали, дивились и совали ей в карманы конфеты.

После августовского штурма, когда немцы проникли аж до Байкового кладбища и лишь там были уничтожены ополченцами, раненых стало столько, что первую помощь им оказывали во дворе госпиталя на носилках, даже на земле. Клава работала на этом участке, самом кровавом. Люда держалась возле мамы, на подхвате. Первичной перевязки всегда ожидало несколько раненых. Людиной обязанностью было раздать им бинты, чтобы легкораненые перевязались сами. Бинты кончались, Люда мчалась в перевязочную. Бывало, что бинтов не было и там, и приходилось обегать все отделения. Под грохот далёких разрывов – да каких далёких, до фронта было рукой подать! – она привыкла к крови и ранам и всё принимала как должное.

Труднее было привыкнуть к стонам.

Многие раненые поступали с открытыми ранами. Если с перевязанными, то это было ещё хуже. Повязки, сделанные иногда из разорванных гимнастёрок и нательных рубах, пропитывались кровью и прилипали к ранам. Клава смачивала их раствором марганцовки, ожидала, пока они отлипнут, но когда снимала их, раненые всё равно кричали. Они кричали, а Люда думала: а если и папа где-то так?..

Бомбёжки после августовского штурма усилились.

Звук советских моторов был высокий, певучий, но наши истребители появлялись редко. "Мессеры" выли зловеще, летали низко и стреляли из пулемётов. "Юнкерсы" зудели выше и пикировали. Лай зениток перемежался тяжёлыми ударами бомб.

Сигнал тревоги вытягивал из палат и коридоров вниз по лестницам неуклюжее, медлительное шествие перебинтованных мужчин с шинами и костылями. Тяжелораненые оставались в палатах. Им, беспомощным, было жутко. С ними оставались самые отважные и самоотверженные сёстры и санитарки.

Стёкла в палатах были заклеены крест-накрест полосами бумаги, но при близких разрывах это не помогало, стёкла вылетали и с оглушительным звоном рассыпались по полу и кроватям. После налета Люда подметала и выносила мусор.

Однажды сирена тревоги завыла и бомбёжка началась, когда мама перевязывала на газоне истекавшего кровью парня. Люда видела, как самолёты заходят в пике, а мама не замечала ничего, её помощи ожидало много раненых.

Ночные налёты были зрелищем, подобным фейерверку. Лучи прожекторов метались, перекрещивались. Луч, нащупавший самолет, останавливался. Вдоль него скользил луч другого прожектора. Если самолёт попадал в перекрёстный луч, он становился ясно видим, и зенитки били непрестанно.

Налёт кончался низким, коротким звуком отбоя, раненые плелись обратно.

Спала Люда на полу зубоврачебного кабинета. Сперва на матрасе, потом его забрали для раненых, а ей оставили лишь тонкое одеяло, без подушки.

Смена кончалась. Маме предстояли короткие сутки отдыха и – очереди в магазины. Дефицитом стало всё – сахар, соль, спички, мыло.

Взлетели цены на рынках. Не хватало даже нормированного. Нередко из похода за продуктами возвращались лишь с хлебом. А там пошли перебои и с хлебом. Клава и Люда недоедали.

Весельем в доме заведовал папа. Мама разговорчива и прежде не была, а тут совсем смолкла. Папа писал короткие письма. Было ясно, что он под Киевом. Мама читала письма молча, Люде не давала. С ней общалась краткими повелениями. Придя домой, валилась и засыпала. На другой день предстояло обежать рынки и магазины, а то и дежурить на крыше, под осколками зениток и немецкими зажигалками.

Город бомбили так часто, что воздушные тревоги перестали объявлять. Линия фронта проходила по городской окраине, но населению об этом не сообщали. Фронт сообщал о себе сам – громом орудий.

Вокзал, комендант, Шеля

Тридцатого июля за Рогинскими пришла машина. Бабушка велела детям собраться, но сама ехать не пожелала, боясь, что умрёт в дороге, и чувствительных детей это травмирует на всю жизнь. То, о чём бабушка не подумала, была именно "вся жизнь" и сколько её детям осталось, если они откажутся ехать без неё. Они и отказались. Больше машина не появилась, а в середине августа от полковника перестали приходить его короткие бодрые записки.

Жизнь, между тем, изменилась резко. Двукратные бомбёжки по расписанию первых дней войны давно сменились беспорядочными. Рогинские махнули рукой на бомбоубежище, хоть бомбы падали близко. А в сентябре немцы прекратили бомбить вокзальный район. На бульваре стало как до войны. Только слишком уж тихо.

И – снабжение.

Продукты давно уже нормировались, и нормы становились всё скупее. Рогинским с их пайком Военторга было легче, чем средним киевлянам, но в августе и они перестали чистить картошку, варили в мундирах. Если готовили юшку, то из очистков картофеля бабушка пекла некое хрустящее блюдо, заменявшее лакомство. Костя подкладывал куски Лизе, а бабушка и вовсе почти не ела, ссылалась на желание сбросить вес и бодро говорила, что война помогает ей войти в форму. Она делала какие-то упражнения, известные ей с гимназических лет, или сидела в кресле-качалке с томиком Чехова дореволюционного издания – собранная, спокойная, с узлом седых волос, сколотых старинным гребнем.

К сентябрю она окрепла. Костя, ничего не сказав ей, отправился в штаб округа.

В этот тёплый полдень у штаба было на удивление тихо. Костя, конечно, знал, что, помимо штаба округа, теперь фронта, есть ещё штаб обороны города где-то на Артёма, но такой тишины здесь не ждал. Ни единой "эмки" ни у фасада, ни у треугольного сквера на пологом косогоре напротив.

Он назвался. Часовой в вестибюле вызвал дежурного лейтенанта. Костя спросил, можно ли увидеть полковника Баграмяна. Лейтенант нахмурился и велел ждать в сквере.

Ждать пришлось долго. Дважды пролетали на бреющем двойки "мессеров", но не обнаружили интереса к штабу, о местоположении которого не могли не знать.

Наконец к нему вышел майор, и Костя понял, что он отчаянно недосыпает. Таким бледным от бессонницы возвращался из штаба отец. Майора Костя знал капитаном. Папа нередко приводил его обедать и характеризовал, как способного штабного офицера. Костя, как назло, забыл его имя-отчество и молчал. Майор торопливо пожал Косте руку и сказал:

– Извини, у меня ни минуты. Об отце ничего не известно. Связь прервана. Почему вы не уехали? Мы посылали машину... Костя, сейчас не до объяснений, но это непростительная ошибка! Вам нужно срочно уехать. Срочно! Извини, я спешу...

– Леонид Яковлевич, а где именно папа? – Костя вдруг вспомнил имя-отчество майора. Тот от этого вопроса даже спешить перестал, усмехнулся и покачал головой. – Ну, хотя бы в какой должности? Это вы мне можете сказать?

– Он начальник штаба крупного соединения. В плен, сам понимаешь, не сдастся. Надеемся, что с частью войск выходит из окружения. Об этом не распространяйся. И уезжайте, уезжайте! Скажи Брониславе Марковне... Удачи!

Он тиснул Косте руку, но, уходя, обернулся:

– Ты какой язык учил? Немецкий? Если бы радио...

Он перешёл дорогу и скрылся в подъезде.

Радио? В штабе наверняка слушают германское радио...

Шёл домой, думая: сравнивать сводки – отличная идея! Препятствий два: нет приёмника и слабенький немецкий.

Лиза разыгрывала бравурный этюд Черни. Под шумную эту музыку Костя рассказал бабушке о визите в штаб. О приёмнике, конечно, не пикнул.

Бабушка выслушала мнение майора и пожала плечами:

– Он продукт пропаганды... – И прикусила язык. – Видишь ли, Кот, я хорошо помню немцев восемнадцатого года. Разве может народ измениться за каких-то двадцать с лишним лет?

– Бабушка, мне ещё пять с лишним лет до двадцати, я не могу судить. Ты – можешь? А наш народ не изменился?

– Какой ты умный, Кот! – нахмурилась бабушка и отошла к окну. Костя понял, что нечаянно сказал нечто убедительное. – Не зря папа боится твоих вопросов,

– Кот, – сказала она несколько минут спустя, – будь умницей, уходи с Лизой.

– Бабушка, если бы я даже согласился, ты же понимаешь, Лизу я и силой не уведу.

– О господи! – низким голосом сказала бабушка. – Как бы я теперь хотела, чтобы вы меня ненавидели!

– Лупить нас надо было, а не баловать, – улыбнулся Костя. – Бабуля, пожалуйста, давай конструктивно...

– Да, конечно, конструктивно...

Костя после разговора развил незаметную, но бурную деятельность. Прошлой зимой он увлёкся радиотехникой, собирал детекторный приёмник, потом забыл о нем, но детали не выбросил. Побудительным моментом к поиску стала мысль: главное в сводках – названия городов, это он разберёт на любом языке. Нашёл всё нужное для колебательного контура. Схему помнил. Не было проводов, он разобрал старую настольную лампу. Нашел паяльник, олово, канифоль, развёл в кухне примус, и к вечеру уже тыкал детектором в кристалл. Ловил – шум. Порылся в хламе, нашёл ещё один кондюк, включал в цепь то параллельно, то последовательно. Наконец поймал музыку – из Софии! В быстрой болгарской речи распознал Смоленск, Одессу и Киев. Даже немцев не нужно, от болгар всё можно узнать!

Он молчал за ужином (ели теперь в полдень и перед сном) и просидел с наушником до поздней ночи.

Утром бабушка объявила, что завтра они едут. Он не стал тревожить её и Лизку новостями, тем паче, что бои у Смоленска, взятого немцами ещё полтора месяца назад, считать плохой новостью никак было нельзя. В соображении этих затяжных боёв рейд папы с частью корпуса – он был уверен, что папа послан на корпус – фантастикой вовсе не казался.

Ночью сидел с наушником, Софию не поймал, но в лающей немецкой сводке мелькнул *Конотоп*.

Конотоп? Да это же далеко в тылу! Значит, Киев окружён?

Лиза прощалась с квартирой. Посидела в папином кресле, поцеловала рояль, всплакнула. Каждый нёс вещмешок, Лиза и Костя по чемодану. Не спеша, чтоб не вызвать у бабушки одышку, поднялись к Безаковской, сели в трамвай...

В залах ожидания вокзала яблоку негде было упасть. Люди бегали, сталкиваясь чемоданами и узлами. Бабушка поставила один чемодан у стены, села, на другой усадила Лизу.

– Кот, вот литер, найди военного коменданта. Твоя метрика при тебе? Ну, с Богом...

Очередь к коменданту была бесконечна. Вход караулил пикет из хвоста, а в хвосте шептались: немцы в Конотопе, поезда не ходят, на Белую Церковь путь закрыт давно, надо, пока не поздно, подаваться на Лубны, на пригородном вокзале формируется состав, но всё оцеплено, вход только по пропускам...

Костя понял: никуда они со своим литером не попадут.

Вышел на перрон.

Мир был огромен, враждебен. Любой в толпе был соперником, их было много, они были старше, опытнее. Помимо них было зловещее небо, готовое разразиться смертью. А в зале ждали сестрёнка и любимая бабушка, беспомощные и беззащитные, и он ничего не мог сделать!

На первом пути стоял поезд, набитый битком. У поезда нерешительно колыхалась толпа людей с пожитками. Костя выяснил, что отправки с минуты на минуту ждут уже больше суток. Куда – неизвестно. И понял: когда подадут паровоз, толпа бросится и наполнит поезд так, что места не будет даже на вагонных площадках. В такой посадке у него с бабушкой и Лизкой нет шансов.

В накатившем приступе малодушия пошёл обратно, к своим, но вдруг развернулся и двинулся к кабинету коменданта, обеими руками держа перед собой литер и крича:

– Срочное донесение с фронта!

Перед ним расступались, он прошёл беспрепятственно. В кабинете силы оставили его, и он хлопнулся на стул.

У коменданта, капитана, было такое же мучнисто-белое от бессонницы лицо, как у Леонида Яковлевича. Он непонимающе смотрел на подростка, ворвавшегося со странной здесь, на вокзале, фразой посреди его беседы с просителем.

– Какое донесение? Что за безобразие? – Он вырвал из рук Кости литер и вдруг словно проснулся. – Костя? Вы не уехали? Как это?? Выйдите, товарищ, обождите за дверью. Где папа? Костя, Костя! Ну, перестань, дружок, перестань!

Но Костя не мог перестать, он дрожал и плакал. Это было слишком. Рваться, как в атаке, сквозь очередь взрослых к коменданту – и нарваться на дядю Давида Рубина, которого никогда не видел в военной форме, дядя Давид военным не был, он, отец школьного дружка Изьки, инженер-путеец, служил в управлении Юго-Западной железной дороги. Рубины уехали в июле, и Костя полагал, что всей семьей. И вдруг – вот он, дядя Давид, капитан, комендант, с наганом на поясе... Дядя Рубин, благоговеющий перед папой, сказавший на родительском собрании в классе, что если бы все отцы были такими, как Лев Моисеевич, то все дети были бы, как Костя...

Через полчаса он с Лизой и бабушкой уже сидели в купе поезда, стоявшего под охраной за проволочным заграждением на последнем пути так называемого дачного вокзала. Ещё через час поезд догрузили людьми, ждавшими перед оградой, и он отошёл на Полтаву. Утомлённые пассажиры вскоре уснули.

Он спать не мог, слишком был возбуждён бурным днём. Пересекали Днепр, и он подумал: при свете луны немцы могут бомбить и поезд, и мост. С моста отчётливо видел Лавру, очертания Святого Владимира, колоннаду обкома партии...

Прежде ночами с моста и левого берега видны были огоньки на Лавровой горе, светились фонари вдоль набережной, сквозили огни пароходов у пристани на Почтовой площади... Теперь силуэт города на фоне серебристого неба был тёмен, и лишь луна, как вывешенная в недоступной вышине осветительная ракета, выдавала рельеф и сооружения.

Сердце забилось от жалости. Киев, мать городов русских... Они уезжают, а город остаётся. Что с ним будет?

Украдкой, чтобы не потревожить чуткий бабушкин сон, вышел в коридор – глянуть, что там, в направлении фронта? До этого с полчаса простояли на полустанке Киев-Московский, но оттуда, из городской застройки, ничего не было видно. Отсюда, с середины реки, открывался широкий горизонт, но стук колес заглушал звуки, а лунное сияние смазывало вспышки взрывов.

Из соседнего купе вышла девочка, пристально – это он понял по длительности – глянула на него, кивнула и стала у соседнего окна. Он вежливо наклонил голову. Девочка смотрела в окно, а он поглядывал на неё. Даже при свете луны видно было, что она красива тревожной, сумрачной красотой. Коротко остриженные волосы окаймляли её личико пышным облаком.

Постояли в молчании, вглядываясь в тёмные дали. Костя шепотом сказал:

– Меня зовут Костя.

– Шеля, – прошелестела девочка. – Твой папа военный?

– Да. Он пропал без вести.

– Он кто?

– Полковник.

– И мой. Убит под Львовом. – Это был удар, и Костя судорожно вздохнул. – Убит целый мир. Папа по-своему видел небо, слышал музыку, любил деревья, цветы, дома, дожди... Ты любишь дождь? – Дождей Костя не любил, но смолчал. – У каждого из нас свои любимые места, явления природы, мы видим, обоняем, осязаем в них то, чего не видит никто другой. Впечатление – это же и есть личность, это неповторимо. И вдруг – раз! – и ничего нет, всё исчезло. Навсегда! Это как если бы сгорел шедевр живописи. Это непоправимо. Ты понимаешь?

Он почувствовал, что она плачет, и тихо тронул её руку. Рука была прохладная, нежная, пальчики тонкие-тонкие...

106

– Спасибо. Мне и выплакаться некому. Бабушка, дед... Это же их сын! Я утешать их должна – а чем? Ты веришь в бессмертие души? Что такое душа и зачем, если нет аромата жизни? Бессмертия нет, чепуха это, поповщина, сказки. Почему ты так поздно едешь?

– Бабушка болела. А ты почему?

– Мама хирург, раненых не бросит. Мы без неё не хотели. Госпиталь всё равно эвакуируют, и мы с ним. А вчера что-то случилось, мама велела ехать. В эшелоне, говорит, может не хватить места. Я не спорила, зачем... Видишь, как ползет... Никуда мы не уедем. Ни я, ни ты, ни мама.

– Почему ты так думаешь?

– Не знаю. Предчувствие. Тебе сколько? Да? Я думала, ты старше. Ладно, пошли спать, днём не поспишь, бомбить будут.

Костя вернулся в купе. Вокзал, комендант, посадка... Бесконечный день! Шеля... Чарующий профиль, глаз, блестевший в лунном свете... Глаза, наверное, чёрные. Очи. И волосы... Нежным голосом такие суровые изрекала истины!.. А речь какая!.. Отличница, конечно. Ему будет стыдно, но скрывать своих оценок не станет...

Без остановки миновали Лесничество, Бортничи. Было темно, но полустанки вокруг Киева он знал наперечёт.

В Борисполе поезд стал. Он уснул за столиком, уронив голову на руки. Снилась мама, какой была до болезни, спокойная, красивая. Расчесывала свои густые волосы, как всегда делала это вечерами, и смотрела ласково. Рядом появился военный, у него был суровый вид и прямой греческий нос Шели. Он стал рядом с мамой, на неё не глядел, но было нечто соединявшее их. Косте стало страшно. Почему видны лишь головы, плечи, руки? Военный посмотрел строго и сказал: "Передай Шеле..."

Что передать, Костя не узнал. Бабушка трясла его:

– Скорее!

Выскочили из вагона. Поезд по-прежнему стоял в Борисполе. Несколько самолётов утюжили станцию. Прятаться было негде, вокзал не убежище, вокруг станционные пути. Костя заметил водокачку и потянул бабушку и Лизу прочь от неё. И сразу там рвануло. Он крикнул: "Ложитесь!" Тёплая волна хлестнула прежде, чем они попадали на землю. Потом Костя потащил бабушку и Лизу под товарный состав. Пули звонко щёлкали по рельсам. Запахло железом, каменной крошкой, пылью.

Когда наступила тишина, они выбрались из-под состава и пошли к поезду. Паровоз, тендер и первый вагон лежали на земле, перегородив соседний путь. Вздымалось облако пара. Суетились станционные рабочие, стараясь не обращать внимания на лужи крови и части человеческих тел. Сёстры из медпункта бежали на помощь раненым. Лиза дрожала и плакала. Собственную дрожь Костя унимал глубоким дыханием. Он искал Шелю – рассказать о сне. В нервозной сумятице после налёта он понял, что ищет её не для этого. Надо держаться этой семьи, надо при случае помогать им в передрягах, их, видимо, предстоит немало.

Шелю он нашёл на первом перроне. Первой в ряду убитых лежала она – прекрасная, с тёмными кудрями, с задумчиво раскрытыми голубыми глазами на спокойном мелово-белом лице. Она была куда красивее девочки, восхитившей его в тёмном коридоре. Породистый нос делал её старше. Тонкие брови приподнимались у висков. Родинка у маленького рта. Такая красота, ум – и мертва? Непостижимо. Не в силах оторвать взгляда от Шели, он понял: лишь миг отделяет его от безумия. И рывком отвернул голову.

Последующие дни провёл в папином кабинете. Неясно помнился Борисполь, день или два на станционных путях, полевая кухня кормила пассажиров разбомбленного поезда. Грузовые машины отвозили семьи обратно в город. Их доставили на дрезине, и он так никогда и не узнал ни того, что дрезина послана была Рубиным, ни того, чего это стоило коменданту.

Реальность воспринималась сквозь мёртвое лицо Шели. Скрывать потрясение было несложно. Бабушка и Лиза о ночном знакомстве не знали, а происшедшим и сами были сражены. Лиза не отходила от рояля, бабушка уткнулась в книги. А он часами лежал на диване, бессмысленно глядел в окно, в очень чистое и синее киевское сентябрьское небо, вставал, рылся в папином столе, жёг в печке-голландке бумаги, о которых знал, что секретного в них нет, но мало ли что окажется важно для победоносного врага...

Вечерами слушал захлёбывающуюся немецкую речь, но названия населенных пунктов ничего ему не говорили.

До сих пор война всё же оставалась игрой – тактической, военно-стратегической, при бомбёжках города даже мальчишеской. И вдруг стала монстром, громадным, словно континент. Это как если бы на карте Европы весь запад её стронулся с места и неумолимо наползал на восток, на него, четырнадцатилетнего, – Германия с покорёнными ею странами, с Апеннинским сапогом, Пиренеями и бесформенным пятном Польши. Наползал, скалясь бесчисленными зубами и плюясь огнём. Наползал, чтобы уничтожить его и всё любимое им.

И было нечто новое, было теперь страшное личное горе.

Два года назад умерла мама, и он помнил, как был потерян и несчастен. Теперь всё повторилось. Но то была мама, родившая его, нянчившая, знакомая с колыбели. А девочка – с ней он постоял у окна, переброосился несколькими фразами, прикоснулся к руке... Мимолётное виденье! И внимания на девчонок не обращал никогда, хоть половина класса девчонки. Пацаны влюблялись, он посмеивался и над ними, и над девчонками, советовал им лучше читать Жюля Верна и заниматься спортом...

Что произошло, как свалилась на него такая беда, что никогда, проживи он хоть сто лет, не сможет забыть эту девочку?

Его терзали недоумение и обида.

Роман Платонович радуется

– Мама, почему мы не уезжаем?

Задать этот вопрос Люда решилась после того, как маму послали дежурить на крыше с другой женщиной, и ту тяжело ранило упавшим с неба осколком зенитного снаряда.

– Машин нету. Госпиталь эвакуируют, мы с ним уедем.

– А вдруг нас не возьмут? Они раненых будут увозить, для нас места не будет. Девочки мне говорят, немцы убивают евреев, чего сидишь, ты же еврейка.

– Не болтай нисенитницю! – закричала мама. – Нияка ты нэ еврэйка, украинка, як я! Не смей болтаться по двору, ни з кем про цэ не розмовляй!

– А чего ты так говоришь?

– Як – так?

– Ну, как твои полтавские сестры.

– Отак и ты тепэр говоры. Нияких еврэив. Я украинка, папа руський, вин вмер до войны од пневмонии. Поняла?

– Мам, его же видели здесь! Он отсюда на фронт ушёл!

– Мовчи! Вобче рота не розкрывай! – Люда поняла: если заупрямится, мама шлёпнет. – Не здесь, всюды!

Вечером мама достала фото, сделанное прошлым летом, единственное, на котором они втроем. Папа вернулся с манёвров, и они фотографировались перед большим ящиком в парке над Днепром. Фотограф накрылся чёрным покрывалом, сказал, чтоб улыбались, и щёлкнул. Мама потом сокрушалась: не постригла Люду перед этим. Папа в гимнастёрке, в фуражке со звездой, усталый, спокойный. Люда обнимает маму за шею одной рукой, папу другой...

Мама ножницами отрезала папу с Людиной левой рукой на шее – Люде жаль было своих пальчиков на папином плече и папу, папу!.. – и сожгла этот кусок в печурке, где теперь грели еду. Керосина для примуса уже не было.

Канонада приблизилась. Уехали заводы. Готовился к эвакуации госпиталь. Работникам велели не уходить, машины могли подать в любой момент. Опустели прежде переполненные палаты. В коридорах теперь хоть в пятнашки играй. Ходячих раненых выписали, лежачих перевезли в городские больницы. Оставшиеся были предоставлены самим себе – безрукие, безногие, обгоревшие, – не принятые больницами из боязни быть обвинёнными в лечении красноармейцев. Они голодали, как и ожидавший эвакуации персонал. Люда бродила по корпусам в поисках съестного.

Утром одиннадцатого сентября, в четверг, забрела по обыкновению на пищеблок и увидела двух медсестёр, в огромной кастрюле мешавших какое-то варево. Та, что постарше, поймала голодный взгляд Люды.

– Ты из хирургического, девочка? Я тебя помню, ты за бинтами приходила. Сейчас дадим тебе супа для вашего корпуса. Ложек мало, могу дать только две.

С двумя алюминиевыми ложками и ведёрком супа Люда вернулась в хирургический корпус. Невкусный суп был всё же съедобен. Сестра дала в придачу несколько ломтей хлеба. Супом мама покормила раненых, а хлеб спрятала.

На другое утро Люда снова пошла на пищеблок. Предприимчивые женщины, не бросившие раненых защитников отечества, нашли в подвале прошлогодний картофель. Сварили в мундирах: для пюре не было ни масла, ни молока. Люда принесла картофель, к нему раненые просили соли. Соль на пищеблоке была, некуда было её насыпать. Сестра наполнила ею карманы Людиного халата. После круто посоленной картошки раненых стала мучить жажда. Люда разносила воду, полведра, больше не могла поднять, и под благословения раненых обходила палаты. Медсёстры утешали калек: их увезут в тыл...

Оставшийся картофель и остатки соли мама спрятала с хлебом, как запас на дорогу.

– Мама, зачем? Мы с госпиталем, нас будут кормить.

– Ага, будут, держи карман пошире! В отую бутыль набери воды, закутай в газету и поставь в авоську. Идём!

Палило солнце. Стали подходить машины, но куда до них было Люде с мамой... Их оттёрли. Начальство убыло в "эмках". В крытых брезентом грузовиках увезли врачей.

К вечеру они забрались всё же в машину, но это стало последним их достижением. На переправе они оказались в хвосте неподвижной очереди. Мимо брели красноармейцы, тянулись автомобили, танки, орудия на тракторах и конной тяге.

Налетели "юнкерсы". Под бомбёжкой на открытом месте Люда оказалась впервые, и, когда вокруг закричали "Ложись!", она не упала лицом вниз, как все, а легла на спину. Прямо над ней, в косой карусели, пикируя и взмывая, кружили самолёты, от них отделялись скопления точек и неслись, казалось, прямо на неё. От моста доносился лай зениток и глухие удары.

Едва отбомбились "юнкерсы", как налетели "мессеры" и, кружа, поливали из пулемётов скопление людей. Они бросались кто куда. Даже тень деревьев казалась укрытием. В тени Люда с мамой и переждали обстрел.

Это стало повторяться с неумолимой периодичностью. Возвращались к машинам, свои места находили занятыми и садились куда придётся. И всякий раз получалось, что они всё дальше от моста.

В одной машине сбились женщины с детьми. Дети жались к матерям. Мальчик лет семи, зеленоглазый, с рыжеватым чубчиком, держал под мышкой толстую книгу, жёлтую, с коричневым обрезом. Люда прочла название – "Наполеон" – и решила, что мама мальчика поручила ему заботу о книге. Её заботой была авоська с бутылью, уже пустой, потому что водой пришлось делиться с другими детьми. Но и пустая бутыль казалась тяжелой, особенно когда бежишь прятаться. Мама не позволяла бросить её, и Люда завидовала мальчику, книга легче, даже толстая, и белобрысой девочке, прижимавшей серого котёнка на верёвочном поводке, и другой девочке-крохе с тряпичной плосколицей куклой. При очередной тревоге бутыль разбилась.

Вечерело. Женщины тихо переговаривались. Красивая мать мальчика, сероглазая брюнетка в бежевом трикотажном жакете, говорила: надо найти лодочника, чтобы перевёз их на левый берег, идти до станции Бровары и сесть на поезд. Мать девочки с куклой, в платочке, повязанном сзади узлом, как у стахановки, напомнила, что военный ходил тут и грозил расстрелом всем, кто посмеет уйти. Мама девочки с котёнком сказала: нечего идти в Бровары, поезда уже не ходят.

Клава послала Люду к мосту – посмотреть, что там.

У моста после недавнего налёта скопилась масса людей. Они ломились в каждую подходившую машину. Сидевшие в ней отдирали судорожно цеплявшиеся за борта руки, и люди кубарем валились вниз по откосу. Если машина, заглушив мотор, не могла завестись, её сбрасывали с моста так быстро, что люди едва успевали соскочить. Плач, вопли, матерщина. Военные не выпускали из рук пистолеты.

Люда вернулась и рассказала о том, что видела. Мама девочки с котёнком полезла из машины, сняла дочь и отошла на обочину. Уйти она не решалась, но видно было, что ждёт лишь темноты. Мать мальчика с книгой завистливо сказала ей вслед:

– Если бы у нас был выбор...

Люде было вполне ясно, что она имела в виду.

После очередного налёта Люда увидела на земле тряпичную куклу, отвела взгляд, но не удержалась, глянула... Видно, стахановка прикрывала дочь и теперь лежала ничком, придавив малышку так, что виднелась лишь верхняя часть туловища девочки, рука с куклой и головка с недоуменно раскрытыми мёртвыми глазами. Под трупами расползалась лужа крови.

Мест в машине становилось всё больше.

– Похоже, мы с вами одни здесь останемся, – сказала мать мальчика. – Если не убьют...

Мама промолчала, и Люда со страхом поняла, что маме это надоело и она подумывает о возвращении. Донимали голод и жажда, а они ничуть не продвинулась к мосту.

Смеркалось. Самолёты улетели. Можно было перевести дух. Мама ушла и велела Люде не выходить из машины.

Мальчик открыл книгу и уткнулся в неё. Мать сказала:

– Толик, закрой книгу, глаза испортишь.

Мальчик вздохнул, но спорить не стал.

– Ты в каком классе? – спросила Люда.

– Я в этом году только иду в школу, сразу в третий класс.

– Ещё не в школе – и такую толстую книгу читаешь? Да что ты в ней понимаешь?

– А я не всё, только интересное.

– А что там интересное?

– Вообще-то всё. Особенно про битвы. Как Наполеон стал генералом. Он самый был молодой генерал во французской армии. Храбрый. И умный очень.

– Это который Бородино, что ли? Какой же он умный, если на Россию полез?

– Да, – вздохнул Толя. – Он хотел, чтобы все были против Англии, а Россия не хотела против Англии, вот он и...

У борта машины появилась мама:

– Людка, держи! – Люда протянула руки и взяла у мамы жестянку с водой. Мама по колесу влезла в машину. – Пейте, чиста, днепровська. Хосподи, шо робиться!

Съели остатки картошки и хлеб. Толина мама выложила пачку печенья. Съели и печенье.

– Но какие скоты! – сказала Толина мама. – Они уже сто раз могли разбомбить этот мост – и всё бы кончилось. Но они так бомбят, чтобы не мост разбить, а людей убить. Мост они надеются взять целеньким. Им через него наступать надо. Гады!

Мама промолчала.

Люда положила голову на свою котомку, уснула мгновенно и проспала до утра.

В шесть начался ад. Самолёты кружили непрерывно. За ночь машина продвинулась к мосту, и бомбы падали совсем близко. Двигались едва-едва – возможно, лишь за счёт машин, уничтоженных на подходе к мосту, и лишь для того, чтобы быть уничтоженными в свой черёд. Треск пулемётов, вой моторов, удары бомб, побег от машин, возвращение к машинам... "Мессеры" налетали после "юнкерсов", потом наступало затишье. В какой-то миг ужаснувшись мёртвым, копившимся на обочинах, Люда непонятным образом перестала их замечать. Они стали частью ландшафта. Всё сместилось, лишь чувство голода и жажды оставалось неизменным.

И что-то ещё случилось. Люди стали уходить. Их не останавливали. В сумятице смертельной игры в прятки с самолётами потерялись Толя и его красивая мама. Лишь несколько стариков и старух оставалось в машине, при налетах они не уходили. Да и прятаться негде стало, обочины завалены были убитыми. Раненым не оказывали помощи, некому было это делать. И нечем.

Дальше в Людиной памяти случился провал. Как добирались домой – этого вспомнить она не смогла. В темноте потеряла сандалии. И мама, и она были в крови. Наверное, в крови тех, кому мама всё же пыталась помочь.

Дома кинулись к крану, пили и не могли напиться. Помылись, переоделись, мама сварила какую-то похлебку, и Люде показалось, что в жизни ничего вкуснее она не ела. Роман Платонович, до нервной дрожи обрадованный возвращением Соколовских, принёс к чаю несколько банок с загустевшими остатками варенья. Весь следующий день провели у него. Мама, полагая, что здесь её не найдут, вздрагивала всё же при любом шорохе и то и дело посылала старого сторожа поглядеть, не пришли ли её арестовать за самовольный уход с переправы.

Уже не нужно было ходить на работу, но стало голодно. Базары пустовали. Крестьяне перестали привозить продукты в город. Люда с мамой стояли в длинных очередях в магазины, не зная даже, что удастся купить.

Канонада приближалась. Мама сложила в узел самые необходимые вещи, и они снова пошли к переправе. На ведущей к мосту улице их остановил наряд военных и гражданских: "Вы куда? Моста уже нет, возвращайтесь домой".

Люда вспомнила, что слышала очень сильный взрыв, а также то, что говорила Толина мама: немцы бросают мелкие бомбы, чтоб людей убить, машины разбить, а мост сохранить, он им нужен. Значит, наши сами...

Погожий день прошёл в тягостном ожидании. Тишину опустевшего города нарушали редкие удары. Наверное, взрывали мосты на заливе и военные объекты. Теперь ничто уже не работало – ни радио, ни водопровод. И электричества не стало.

На следующий день после полудня раздался шум моторов. Люда припала к окну. С Фундуклеевской въехали во двор мотоциклы с колясками. На солдатах была грязно-зелёная форма, незнакомые каски, с пояса свисали гранаты с длинными деревянными рукоятками. Двое с автоматами поднялись по лестнице на верхний ярус, принадлежавший собачонкам, лохматой болонке Весте и добродушной таксе Пальме.

Неизменные участники игр с лаем носились с детворой и были её любимцами.

Сейчас, при появлении странных людей, Веста юркнула в парадное, Пальма неистово залаяла. Короткая очередь – и вмиг на глазах Люды добрая Пальма стала бесчувственной тушкой.

Так вот какие они, немцы!

Ужас охватил девочку.

Мама вовлекается в игру

До фронта близнецы не доехали.

В Посту-Волынском они со своим имуществом лазили под вагонами, норовя забраться на крышу стоявшего на путях эшелона, и их задержал патруль. При обыске отобрали кухонный нож и штык, но оставили планшетку без ремня и прочее барахло. В комендатуре Борька хмуро молчал, Яшка пускал слезу: сироты, отца и мать убило бомбой, хотят в полк, они и в разведку могут, куда взрослым не пройти, и в дозоре стоять... В разгар этой мольбы в дверь вломился на костылях разъярённый подполковник с двумя красноармейцами: если ему сейчас же не найдут начальника станции, он найдёт его сам и поступит с ним по законам военного времени!

Яшка и Борька сникли и отвернули физиономии. Подполковник Куприянов, командир полка, прямой начальник их папаши, в мае, на их дне рождения, обедал у Ковалёвых и возил пацанов на себе, тоскуя по своим сорванцам, не близнецам, правда, которых не успел ещё перевезти из Северо-Кавказского округа. Куприянов стучал костылями и нехорошо выражался.

– Сию минуту, товарищ полковник, всё устроим... Алло, диспетчерская! Диспетчерская, мать вашу!.. Свяжите меня с начальником станции. Сейчас, немедленно!.. Вы только примите во внимание, товарищ полковник, что он не знаю которую ночь не спит и рад будет, ежели его пристрелят. Тут уж выспится! Бомбёжки, ни минуты покоя. Да ещё такие товарищи... – Комендант, молоденький лейтенант, обрадовался возможности отвлечь полковника, пока ищут начальника станции. – Полюбуйтесь. На фронт, понимаете, бегут... Алло! Да, давайте!

– Минуточку, минуточку! – страшным голосом сказал Куприянов, позабыв о начальнике станции. – Что за ерунда? Яша, Боря? Это же моего начштаба пострелята!

– Да? Говорят, папу бомбой разорвало с мамашей вместе, сиротки, значит...

– Не видел я Ковалёва разорванным. Меня рвануло, он принял командование... Семью отправил, это я знаю. Меня эвакуировал, теперь с

114

полком наверняка по немецким тылам пробирается... А ну, марш к маме!

Слёзы не помогли. Выводя поочерёдно в коридор, узнали адрес деда и на попутной машине отправили домой с предупреждением: бегущих на фронт определяют в детдом. Вот и судите сами, где лучше – дома или в детдоме.

Деда побег близнецов поразил так, что к нему вернулась речь. Ясное дело, многословен он не был, не сыпал, как прежде, талмудическими историями, но срочное выразить мог. Самое срочное выпалил при их появлении:

– Пороть, чтоб шкура с жопы слезла!

Об эвакуации нечего было и думать. Дед был не более подвижен, чем матрас, на котором лежал. Сперва утешались тем, что Киев не сдадут, а там добыть транспорт стало невозможно. Двор на Жилянской опустел. Уехал шкет Юрка. Оказалось, что его папаша – лейтенант НКВД. Уехали евреи и семьи коммунистов. Клиентки деда заходили прощаться и уговаривали бабушку и маму уезжать. Они разводили руками и показывали на ширму, за которой лежал дед.

– Да вы о детях думайте! – крикнула маме соседка-учительница со второго этажа, выезжавшая в августе со своими девчонками. – Оставьте стариков, уезжайте сами!

Лицо мамы исказила судорога. Ночью она плакала, Яшка слышал. Утром ушла, вернулась усталая. На вопрос бабушки ответила, что была в Лавре. Зачем – не сказала.

Двор перестал манить, потому что в нём остались пацаны, дипломатических отношений с которыми близнецы не имели. В охоте за новостями они шатались по центру, по окраинам, близким к линии фронта, у Днепра в районе переправ.

Одним сентябрьским вечером Яшка при молчаливой поддержке Борьки подступился к маме: у переправ жуть, но есть лодка, можно переплыть Днепр, а дальше пешком. Мама покачала головой и пристально посмотрела на них:

– Пойдёте без меня? Пожалуйста!

Оба энергично замотали головами, и мама молча прижала их к себе. Наутро навесила им на шеи простые крестики, добытые, видимо, в Лавре, велела накрепко запомнить, что они русские, и запретила болтаться во дворе.

– Где угодно, – сказала она, – но не во дворе.

Исчезло электричество и перестал работать водопровод. Счастье, что недалеко была артезианская колонка. Прежде возле неё было сухо, разве что малюки баловались, обливали друг друга водой. Теперь здесь всегда была очередь.

Яшка с Борькой вернулись после пробежки по городу: мосты взорваны, люди тащат из разгромленных магазинов продукты и вещи.

Взрослые молчали. В темноте всё стало страшнее. Бабушка бормотала о погроме. Ещё через день в город вошли немцы, и близнецы, перебивая друг друга, возбуждённо пересказывали приказы комендатуры – о регистрации красноармейцев, членов партии, русских, евреев, их называют *жидами*, о сдаче радиоприёмников, запасов еды...

Мама сказала:

– Значит, так... Вы не русские, вы украинцы. Говорите только по-украински. Не стесняйтесь, если коряво, здесь все говорят коряво, на полу-русском, полу-украинском.

Дед, услышав о регистрации в комендатуре евреев и русских, подал голос:

– Не ходите!

К вечеру пришла жена дворника.

– Наказ чулы? Еврэям региструваться. Мэнэ объязалы забезпечить. А не, то на месте застрилять, як собаку. Знаетэ, сколькы вже застрилято за отой комендантський час...

– Спит и видит себя в нашей комнате, – сказала бабушка, когда за дворничихой закрылась дверь. – Самая большая на первом этаже. Придётся регистрироваться.

Мама молчала, подал голос дед:

– Только не мальчишек!

И тут мама взорвалась.

– Что ты мелешь? Они обрезаны. Они уже зарегистрированы. Надёжно. Помнишь, по чьему настоянию? Спасибо тебе, папочка!

– Бася! – закричала бабушка.

– Что – Бася? Я двадцать восемь лет Бася и только три дня не дура! Всё! Делайте, что хотите, а я беру мальчиков и ухожу!

– Таки да, – сказал дед, – ей надо уйти. С мальчиками.

– Куда? – закричала бабушка. – Куда, Басенька?!

Мама упала на стул и заплакала так громко и безутешно, словно не мамой была, а маленькой девочкой. Мальчишки выскочили вон. Во дворе расхаживал долговязый Колька, явно поджидал близнецов этот двенадцатилетний балбес, красавчик, маменькин сынок. Папаша, слесарь с завода "Транссигнал", в мирное время дважды в месяц, в аванс и получку, возвращался с работы страшно усталый, это видно было по походке, но собирался с силами, и тогда во дворе слышались вопли Колькиной мамаши. Колька тут же выскакивал во двор и занимал пацанов небылицами. Яшка и Борька разобрались с ним быстро и отлупили в самом начале, но, из интуитивного сочувствия к его забитой мамаше, предпочли больше не трогать и помалкивали, даже когда он – в шутку или всерьёз – нёс ахинею: Луну населяют собакоголовые великаны, на полюсах Земли торчит ось, на которой она вертится, льды охлаждают, не то подшипники поплавились бы... Младшие недоверчиво бубнили "Брось заливать!", старшие, не слушая его болтовни, комментировали звуки, доносящиеся из барака:

– Ну, даёт! Прям-те опера!

Специалисты говорили:

– Этт уж точно за волосы!

Колька делал вид, что не слышит, и болтал, словно старался заглушить доносившиеся звуки – мамин плач и папин рёв. Трогать девчонок Яшке и Борьке заказано было с малолетства. Кольку мамашу они знали как опрятную, милую женщину, и дивились: почему Колька не трахнет папашу поленом по башке и не вызовет милицию?

Колька был старше и ростом выше, но после того, как близнецы его отметелили, враждовал с ними осмотрительно. В душе, ясное дело, затаил подлость. Теперь, чуя за собой оккупационную власть, осмелел.

– А, еврейчики! А ну вали регистрироваться!

В жизни близнецов *еврейчиками* ещё не обзывали. В военных городках слова такого в обиходе не было, да и вообще кличек по национальностям. Они остолбенели. Тут Колька понял, что бить его сейчас будут не только кулаками, и метнулся с такой быстротой, что они не успели цапнуть его хоть за рубашку, и дверь захлопнулась перед их бурно дышащими и жаждущими возмездия носами.

– Ну, падла, теперь береги шкуру! – в закрытую дверь пообещал Яшка. – Век бати-мати не видать!

Они долго и озлобленно кружили по двору, но Колька был настороже и не появился.

Вечером мама сказала так, чтобы не слышала бабушка:

– Ищите убежище. Заброшенные подвалы, развалины, пещеры – что угодно, но чтобы там был задний ход.

Это было здорово! Мама вовлекалась в игру!

Утром забрались на чердак, в опустевший штаб «К», и заспорили: с чего начинать? Разрушенные дома всё больше были в районе вокзала, да и не дома, домишки, бараки без подвалов. От них после пожара ничего не оставалось, так, груда мусора. Борька с помощью сохранившейся в штабе верёвки предлагал исследовать колодцы на Владимирской горке, прорытые, чтобы не оползал склон Днепра. В них можно было бы провести штольни – и черта с два кто тебя найдёт. Яшка отвечал: вися на веревке, даже шахтер штольню в колодце не пророет, тем более в плотной белой глине. Он предложил разведать сгоревший дом на углу Смирнова-Ласточкина, четырёхэтажный, с подвалом, с выходом на две улицы. Борька сомневался: там вокруг всё цело, район населённый, в эту развалину незаметно не войти и из неё незаметно не выйти. Надо искать пещеру.

Спор прервал взрыв, какого они ещё не слышали. За первым взрывом тут же последовал второй, в том же примерно месте.

– Детонация! – прошептал Яшка. Даже в чердачной полутьме видно было, как он побелел. – Крещатик взрывают. С немцами. Наши! Я ж тебе говорил!.. Бежим!

Они скатились по лестнице, выскочили на улицу. Прохожие застыли с лицами, обращёнными к Крещатику. Там в небо вздымались клубы дыма – чёрного, серого, бурого.

– За мной! – крикнул Яшка и побежал почему-то не к Красноармейской, откуда был прямой выход на Крещатик, а к параллельной Владимирской.

Борька сопел рядом. Поравнялись с бульваром Шевченко, и грянули ещё два удара той же силы. Взрывы взвились так высоко, как пацаны не видели ни при одной бомбёжке, и выглядели как устремлённые вверх огромные тополя, но тут же увяли, потеряли очертания, расплылись... Дымом затянуло полнеба.

Борька хотел бежать к оперному и оттуда по Фундуклеевской. Яшка развернул его. Помчались вниз по бульвару.

У Бессарабки Борька понял: братишка верно выбрал маршрут. На Красноармейской было пусто, там немцы уже перекрыли выход на Крещатик. А на Фундуклеевской, прежней Ленина, теперь Гитлер-штрассе, лишь выстраивалась цепочка полицаев с жёлто-голубыми повязками на руках. Крещатик у Прорезной пылал с обеих сторон, там метались люди, но внимание пацанов переключилось на то, что говорили в толпе...

Темнело. Борька потянул брата домой. Он уже видел мертвяков с записками: "Находился на улице в 10 вечера".

Возвращались по Красноармейской, от Крещатика идти можно было свободно. Луна была слабенькая, закрытая багровым дымом, но путь освещало отражавшееся дымом зарево. Пришли, рассказали, что видели, и Яшка буркнул:

– Там некоторые говорили, что это всё жиды...

– Некоторые? – переспросила мама. – А другие?

– Другие молчали.

Помните: вы – Орловы!

Дни в квартире Рогинских после неудачной попытки уехать тянулись бесконечно и тускло. Лиза играла теперь не бурные этюды Шопена, а тихие песни Шумана и Шуберта. Костя догадывался, что бабушкино сердце снова даёт о себе знать и что она скрывает это от них. Дни он проводил теперь в папином кабинете, безотчётно ожидая звонка и листая книги по философии. Его привлёк Юм, и Костя глотал страницу за страницей, то и дело возвращаясь, чтобы надёжнее понять непростые рассуждения, и отрываясь дважды в день на зов Лизы выйти в столовую поесть. Агностицизм шотландца был убедителен, и Костя мрачно размышлял о бесплодности науки. С таким же, если не с большим, успехом можно изучать потустороннее, особенно нацелив на это лучшие умы, колотящиеся о стену загадок мироздания. Строение атома или разгадка космоса разве ответят на жгучие вопросы человечества? Что для людей и для каждого человека важнее – делимость атома (он презрительно кривил губы) или бессмертие души? Никто же не затруднится ответить на этот вопрос! Но все ресурсы, и умственные, и материальные, люди устремили на науку – и забросили потустороннее. Не удивительна ли эта слепота?

Он помнил, как пятилетним мучил маму вопросами о мироздании. Его изводила бесконечность, он пытался её представить. Мама отвечала серьёзно, как взрослому, но уходила от ответа о Боге – Он есть, Его нет? Ответ он получил от папы: "Да, Бога нет!" Мама уходила от однозначности и соглашалась лишь с тем, что Бог – не всесильный старец с добрыми глазами и седой бородой. Она посеяла в нём семена любомудрия. Её смерть прервала дискуссии, его страстные вопросы и мамины терпеливые пояснения со ссылками на имена, которые запали в память. Мама ссылалась не только на Юма и Канта, но и на Конфуция (от него, правда, лишь имя и осталось), и на безымянных и безвестных индийских йогов, умеющих сосредоточиться так, что они мыслью, без всяких сложных оптических приборов-телескопов, постигают строение Вселенной и вихри, в ней бушующие. И даже общаются с душами умерших...

...что единственно и было ему нужно. Не спал ночами, сосредотачивался на непроницаемом, чтобы хоть на миг соприкоснуться с мамой, с Шелей. Напрягался, рассылал молнии. Казалось, такое напряжение танковую броню могло прошибить, атмосферу планеты развеять. Но и оно было бессильно против вуали непроницаемого, хоть и казалось иногда: ещё усилие – и он прорвётся, они же рядом, руку протянуть!..

Это граничило с безумием.

В таком состоянии занятие немцами города проскользнуло мимо. Тем более, что он желал забыть о происходящем, не замечать его. Рогинских не тревожили, и он читал свои книги, всеми мыслями был с мамой и с Шелей, вёл с ней долгие беседы обо всём на свете, всё она знала и понимала... Но этого ему было мало, он желал прикосновения к её тонким пальчикам, он не мог их забыть и не мирился с тем, что это не повторится...

Взрыв Крещатика пробудил его. Он кинулся к своему детекторному приемнику, к наушникам. Немецкие радиостанции захлебывались, одного их тона хватало, чтобы убедиться в тевтонском триумфе. Болгары сообщили цифру пленных, она ошеломила. Кирпонос убит, Бурмистренко убит, Тупиков убит, фронт разгромлен... А папа?

Конечно, бабушке и Лизе он не проронил ни слова.

Пришла дворничиха: полицаи ходят по квартирам, переписывают жильцов. Если нужно что-то спрятать или уничтожить, делайте это поскорее. Бабушка после её ухода на Костю посмотрела вопросительно. Он понял её взгляд. Да и слышать ничего больше не желал. Поломал плату и выбросил с наушниками в мусорный ящик во дворе. Попутно содрал с входной двери табличку с неблагозвучной теперь фамилией.

Пришли полицаи, двое красноармейцев в шинелях, петлицы спороты, на рукавах жёлто-голубые повязки. И винтовки наши, родные *мосинки*, сколько раз Костя палил из них на стрельбищах, разбирал и собирал с закрытыми глазами... Теперь и они, и те, кто носил их на плече, были нацелены на него.

Бабушка показала паспорт: Шейнгарц Бронислава Марковна. А детей приютила, дети её подруги, отец мобилизован, может, как вы, ходит сейчас по квартирам и проверяет документы, мать убило в бомбёжку, русские дети из Житомира, документов нет, Константин и Елизавета Орловы...

Полицаи послушно всё записали и ушли.

Грозовой тучи темнее пришла дворничиха: "Идить, читайтэ, там, на площи, объява про всих еврэив". Костя вышел за ней, она махнула в сторону Евбаза и ушла в дворницкую. Он увидел объявление издали по кучке стоявших и читавших его людей. Подошёл, увидел первые два слова – и весь собрался на том, чтобы запомнить дышавшие жутью строки.

У людей на лицах было недоумение. Лишь старуха в белом платочке в крапинку, подвязанном под подбородком, злобно прошамкала: "Ото добрались зрештою до нехристей!" Да странного вида парень, псих или симулянт, хохотнул и пошёл по бульвару вихляющей походкой.

Костя был потрясён. За слово *жид* били морду, принудработы можно было схлопотать за оскорбление достоинства нацменьшинства. И вот, это слово холодно и неоднократно повторялось на русском языке в объявлении, дышавшем смертью. То же слово стояло и в украинском переводе, но в украинском оскорбительное слово имело хотя бы лексическое право. Особенно поразила последняя фраза: *"Кто из граждан проникнет в оставленные жидами квартиры и присвоит себе вещи, будет расстрелян"*. Вещи! Не их вещи – просто вещи! Им уже ничто не принадлежит! Потому что ничто уже не нужно?

– Они, а за ними мы, – сказал старик в пиджаке и косоворотке. Поймал взгляд Кости: – Что, сынок? Думаешь, минует нас чаша сия? Не минует. Евреи крайние, после них мы...

Лишь у парадного Костя сообразил, что старик обращался к нему, как к русскому. Плёлся домой и припоминал события последних дней.

После первых же взрывов на Крещатике дворничиха долго шепталась с бабушкой. Бабушка перестала шутить и перебирала вещи Лизы и Кости, предпочтение отдавая одеждам тёплым и просторным. Велела примерять одно, другое, что-то подшивала, штопала. К вечеру следующего дня готовы были два рюкзачка, с ними Костя и Лиза ходили в походы в пионерлагере Киевского военного округа. Когда Костя выразил удовлетворение взрывами и гибелью немцев, бабушка сказала с присущей ей мягкой убеждённостью:

— Ты не прав, Кот. Даже если бы гибли только немцы, Крещатик — слишком дорогая цена. О мирных жителях и говорить не приходится. Дети, старики... Не их дело гибнуть с врагами, это дело армии. Взрыв — подлость. Немцев прогонят, а детей не воскресишь. И Крещатик, если, не дай Бог, взрывы продолжатся, не будет прежним, не будет таким милым. Сам видишь, как теперь строят. Так и отстроят, как нашу фабрику-кухню...

Он помнил, как бабушкины приготовления встревожили Лизу, и понял: войти надо безмятежно. Постоял в парадном, примеряя выражения лица и кривясь от своей актёрской бездарности. На улице ещё надеялся, что, быть может, Лиза будет у рояля, и лицедействовать не придётся, но в парадном убедился, что рояль молчит. Придал лицу деловое выражение, открыл дверь своим ключом и тут же наткнулся на сестру, сидевшую в коридоре под вешалкой, явно в ожидании его возвращения.

— Ну, что там?

— Идём к бабушке, расскажу. Баба, нас высылают, — сказал он и незаметно скосился так, что бабушка поняла и не стала требовать подробностей.

— Да, знаю, мне дворничиха уже рассказала. Евреев высылают в степной Крым. Но тёплые вещи всё равно надо брать, в Крыму зимой холодно. — Лиза смотрела недоверчиво, и бабушка деловито сказала: — Кот, подмети, пожалуйста. А ты, Лизанька, пожарь нам картошку. Не жалей масла, там не так уж много и осталось.

Когда Лиза вышла в кухню, Костя единым духом прошептал бабушке приказ о жидах города Киева, и бабушка зажмурилась. Она просидела так несколько минут, открыла глаза, и Костя ужаснулся: это была другая бабушка! Мысль Кости она повторила дословно:

— Не на вокзале собирают, на кладбище. Это — смерть. Кот, любому моему слову следовать, как приказу. Быстро, без вопросов. Поговорим ночью. Пока всё как обычно. Готовимся к уходу. Помните: вы — Орловы!

С этими её словами новый взрыв, привычной уже силы, раздался на Крещатике, на этот раз, кажется, ближе к Бессарабке. Костя метнулся к двери, бабушка сурово сказала:

— Сидеть дома! На улицу носа не высовывать!

Из кухни прибежала Лиза, она дрожала:

– Бабушка, опять! Я слышу, это на Меринговской! И дым из кухни видно на той стороне!

Бабушка поцеловала её в голову и сказала:

– Взрывают – значит, надо. Не нашего ума дело. Идем, помогу тебе с картошкой.

На протяжении этого дня последовало ещё два взрыва.

Пришла Катерина, работница Фирсова, румяная девка лет тридцати. После отъезда Фирсова она напрашивалась в работницы к Рогинским. Бабушка, со времён ареста зятя не терпевшая даже гостей в доме, отказала деликатно: она отлично справляется с хозяйством. Катерина спросила, знают ли они о приказе и что делать будут. Бабушка сказала: делать нечего, надо идти. И спросила, что сама Катерина будет делать. Катерина раскудахталась, заплакала: сказано, что тех, кто тронет имущество евреев, будут расстреливать, что же ей делать, она же в квартире с имуществом... Бабушка её утешила: дворничиха скажет, что Катерина работала у русских хозяев, а если немцы велят ей уйти, пусть возьмет лучшее из вещей, скажет, что это её, и возвращается в деревню, там легче выжить, земля кормит. Катерина расцеловала бабушку, пожелала ей и детям счастья и удачи на новом месте и почти счастливая направилась к двери. Бабушка остановила её вопросом:

– Если понадобится, возьмёшь детей в деревню? За благодарностью дело не станет...

– Та ой, Бронислава Марковна! Як за своими буду глядеть! Та воны ж на евреив и не похожии, такии ангелочки!

Бабушка горько усмехнулась: простая душа!

– Спасибо, Катюша. Они придут не с пустыми руками.

– Та я и за так, Бронислава Марковна!..

– Нет, не за так, это два рта, их кормить надо. Спасибо. Храни тебя Бог!

Катерина ушла, тихо прикрыв дверь.

До темноты бабушка перебирала что-то в шкафу, Лиза потерянно бродила по комнатам, Костя рылся в папином столе и дожигал в печке-голландке бумаги. Пришло время ужина, бабушка зажгла две свечи и сервировала праздничный стол.

– Завтра Йом-Кипур, судный день. В этот день надо поститься, но перед тем сытно поесть. А мы и завтра поедим, в порядке исключения...

На сковородке бабушка подогрела хлеб и подала на стол то, что держала, как шутил Костя, в стратегических запасах: палку сухой колбасы, шпроты. Вспоминали маму, выезды на дачу, как смешно разговаривали Кот и Лиза, подрастая... Когда Лиза уснула, бабушка вывела Костю в кухню и вручила ему кисет.

— Драгоценности мы проели, когда папа был под арестом. Здесь кольцо мамы и жемчужное ожерелье. Остальное – барахло, но годится, чтобы отблагодарить Катерину за те несколько дней, что она даст вам приют. На большее не рассчитывай.

— Бабушка, почему ты говоришь так, словно не пойдёшь с нами? Мы без тебя...

— Молчи! Слушай! – Костя замер. Никогда ещё бабушка не говорила так. – Не я с вами, а вы со мной идёте и будете со мной, пока не велю уйти. Едва велю, немедленно уйдёте, в тот же миг, понял? Заклинаю именем вашей мамы и жизнью вашего папы. Молчи, Кот, меня не интересует, что ты скажешь. Я оглохла. А ты слушай. Едва уйдёте, ты становишься старшим. Даже больше, взрослым. Будь как папа. Взвешивай каждый шаг. Будь осторожен. Вы должны выжить. Лизонька – будущая звезда. И ты... Дай я тебя поцелую... Всё, спать. И знаешь – как? По-военному. – Положительно, бабушка его поражала. Откуда вдруг такой командирский язык? – Потому что завтра спать нам вряд ли придётся. Поцелуй меня!

Он прижался к бабушкиной мягкой щеке, и его прокололо жуткое чувство: жизнь кончена, впереди чёрная дыра.

Лишь Лиза спала, утомлённая волнениями дня и впервые за много дней накормленная досыта вкусной пищей. А он рвался коснуться Шели. Ведь она же рядом! Ничего не получалось. И подумал: если убьют – может, это путь к ней? Уснул к рассвету и видел во сне гигантские синие шары, Шеля расталкивала их, шары упруго вырывались, сталкивались, лопались, испуская тьму. Потом из-под его руки возник трогательный пейзаж с тонкими деревцами, и он, никогда кисточки в руке не державший, удивился тому, как это у него выходит, и подумал, что, когда проснётся, надо порисовать, оказывается, это просто.

И – проснулся, словно лбом о чугунную тумбу.

Бабушка и Лиза были уже на ногах, он слышал, как бабушка обычным голосом попросила Лизу накрыть на стол.

Завтракали не спеша. Бабушка подкладывала в тарелки и настояла, чтоб съели всё, неизвестно, когда снова удастся поесть. Остатки припасов упаковала в вещмешки. Велела тепло одеться. Проверила, не связывают ли мешки движений, не мешают ли ходить, даже в коридор вывела и каждому велела пробежаться. Сама надела пальто и тёплый платок, тут же его сняла и закутала Лизу. Та капризничала: будет жарко! Бабушка успокоила: ветрено, пойдут медленно, некуда спешить, они не опоздают. В парадном направилась к выходу во двор и постучалась к дворничихе. Та вышла на стук, приняла ключи, перекрестила бабушку, поклонилась ей в ноги, издали перекрестила детей и поклонилась им. И с перекошенным лицом стояла неподвижно, пока они не вышли.

На улице бабушка сказала:

– Видишь, Лизанька, ветрено... Теперь всё замечайте и слушайте меня. Приказы выполнять без пререканий. Кот, ты меня понял? Ты старший...

– Понял, бабушка.

Спустились на Евбаз, но вместо того, чтобы по Дмитриевской идти к Лукьяновке, бабушка пошла вверх по Воровского, почти в противоположном направлении.

У Обсерваторной дорогу преградили полицаи с винтовками.

– Жиды, куда? А ну, на Львовскую! – У них были чугунные лица, и они не глядели в глаза.

На Обсерваторной патрулей не было. Бабушка, отойдя, сделала вид, что остановилась передохнуть, и следила за полицаями. Людей с вещами они пропускали, только если те шли к Львовской, неделю назад бывшей Артёма. К улице вернулось её прежнее название, она вела на Львов... Даже отсюда, с верха Обсерваторной, было видно, что по ней к Лукьяновке движется поток людей.

– На Львовской скверик, там передохнём. По дороге зайдём в парадное, достанете и рассуёте по карманам продукты и то, с чем не можете расстаться. Костя, вот деньги. Трать. Некоторое время они будут иметь хождение...

– Бабушка...

– Молчи, Лиза! – Такого лица у бабушки они не видели ни когда папу арестовали, ни когда мама была при смерти. Бабушка обращалась только к Косте. – Мешки оставите в парадном, меня проводите до садика, усадите, поцелуете и уйдёте. Помните: вы – русские! Идите к Катерине, но заблаговременно, до комендантского часа. Слухи расходятся быстро, обстановка будет меняться со слухами. Им теперь надо верить, учти это. Наихудшим. Проникнитесь тем, что речь идет о жизни. Вы спасаете свои жизни. Ты меня понял? Катерину нельзя подвергать ни опасности, ни соблазну. Если почуете неладное, у вас будет время уйти... хоть в Ботанический сад. Город не покидайте. На дороге пропадёте. Никаких импровизаций. Не вздумайте переходить линию фронта. Выждите, пока снимут оцепление с Крещатика, и прячьтесь в развалинах. Пропитание Лиза добудет пением. Потом... Потом храни вас Бог. Поцелуйте меня. Лиза, иди за Костей! Лизанька, Костенька, всё!

Хлеб населению

Как-то сразу стало голодно. От страха два дня вовсе не выходили из дому. Но голод не тётка, выйти пришлось. Вернулись с пустыми руками. Булочные оказались закрыты. Не на рынке, а на подходах к нему какие-то отчаянные селянки с рук торговали овощами, молоком, творогом. Советские деньги принимали, но цены взвинтили так, что Клаве с её финансами о твороге нечего было и думать. Купила два кило картошки. По воду приходилось ходить аж на Днепр. Туда – с пустым кувшином и под гору, а вот обратно – с полным кувшином да в гору. Люда уставала так, что и к детям во двор не тянуло. Да и страшно стало. Ночами на мотоциклах немцы объезжали город, особенно центральный район. Звучали выстрелы. Люда знала, что это значит: кто-то по необходимости нарушил комендантский час и был застрелен.

На третий или четвёртый день явились полицаи – переписать жителей, каждый полицай на своём участке. Ходили по двое, так, на всякий случай: вдруг да застрял где-то вооружённый большевик. Спрашивали – нет ли партийцев, евреев и служивших в Красной Армии. Клава сказалась вдовой, муж умер. После полицейской проверки всем выдали украинские паспорта. Советские велели сдать. У Клавы паспорт всегда был с собой, в её коричневой сумочке, а теперь она и вовсе носила его на животе. Полицаям сказала: паспорт сгорел с домом и имуществом. Впоследствии ей и дочери этот паспорт спас жизнь...

Полицаи обещали: со дня на день немецкие власти начнут выдавать хлеб населению по карточкам, как при Советах. Но стали взрываться дома на Крещатике. Люда как раз была во дворе, убеждала пятилетнюю Славу забыть своё прежнее имя.

Слава с бабушкой жила в квартире эвакуированных родственников. Конопатая, огненно-рыжая, с огромными серо-зелёными глазами, она сразу всем сообщила, что настоящее её имя Сарра, у бабушки она гостит, её мама в селе и заберет её к себе, когда устроится на новом месте. Дети уже понимали, что к чему, и советовали ей не болтать. И без того во дворе поговаривали, что Слава не внучка этой бабушке. Бабушкина дочь была домработницей в семье Сарры, и мать, предчувствуя беду, поручила ей девочку. Бабушка наголо остригла медные кудри Славы, повязала её платочком и настрого велела не снимать его. В таком виде курносенькая Слава не отличалась от селянки, но выдавала себя болтовнёй.

Привязавшись к ней, как прежде привязана была к Людочке Маленькой, Люда проводила с глупышкой очередную беседу.

– Это правильно, что ты любишь маму, что хочешь быть с мамой, ты только никому об этом не говори, держи про себя.

– А мне тогда скучно. – Серо-зелёные глаза Славы стали ещё больше и налились слезами. – Я когда говорю о маме, так мне кажется, что она недалеко...

– Ну, хорошо, – сказала Люда. Её кольнуло признание малышки. И она чувствовала, что папа рядом, когда упоминала его имя. – Хотя бы не говори об этом со всеми. Говори только со мной или с бабушкой...

Тут и грохнуло, да так, как ещё не грохало в войну, даром что Люда лежала под бомбёжками у переправы на голой земле. Она со Славой прогуливалась во дворе у Прорезной, на верхнем ярусе, и рвануло совсем рядом. Люда увидела стремительно вздымавшуюся снизу, с Крещатика, стену пламени и дыма, взлетевшую так высоко, что она оказалась прямо над ними. Сейчас это рухнет!..

Но – ничто не рухнуло. Пламя погасло, дым стал расползаться в стороны, и лишь толчок воздуха подтвердил, что взрыв был близкий. С секундной задержкой за первым взрывом грянул второй, видимо, в соседнем доме, и они почти слились. Бежали очевидцы, с перекошенными лицами рассказывали ужасы. После взрыва оба дома объяло пламя, словно их полили бензином. Много убитых, немцев и наших, много обожжённых, изрезанных осколками стёкол. Поговаривают о диверсии, немцы хватают людей, от Крещатика надо держаться подальше...

Оно бы неплохо держаться от Крещатика подальше, да вот Крещатик держаться подальше не желал и надвигался на Прорезную. Взорвался второй угловой дом на Крещатике, а там пошли взрываться и пылать дома уже на Прорезной. Пожар и развалины ползли вверх, придвинулись ко двору с флигелем Соколовских. Лишь два небольших дома отделяли их теперь от пожаров, тушить которые было нечем: водопровод не работал.

Как ни было страшно, а мальчишки бегали смотреть на пожары. Кое-где от домов остались коробки, они зияли оконными проёмами с выгоревшими и выбитыми рамами. В других стены обрушились, и в небо, иногда до уровня четвёртого этажа, торчали острые куски стен. Казалось, они рухнут от дуновения ветра. Среди развалин валялись перекрученные трубы и провода, обломки, бывшие мебелью, дверями, окнами...

Девчонок на Крещатик не пускала ватага мальчишек, но для Люды сделали исключение за мальчишечью повадку. Дома́ взрывались ночью, в расчёте, что квартирующие в них немцы спят. Но немцы после первых же взрывов покинули Крещатик. Гибли мирные жители.

Люди стали поговаривать, что дома всё же взрывают, наверное, немцы. Полицаи утверждали, что это наши. Немцы, дескать, пытаются гасить пожары, но кто-то перерезает шланги, качающие воду из Днепра.

Однажды утром, когда Люда с ватагой мальчишек пришла поглядеть, что случилось за ночь, рванул дом рядом. Пыхнуло огнём, взревел пожар. Взрывная волна обдала душным облаком, всё погрузилось во тьму. В пыли и дыму трудно стало дышать. Дети помчались обратно, кашляя и отплёвываясь. Позади стреляли.

Больше в разведку не ходили. Куда ходить, развалины сами пришли. Уютный Крещатик от Институтской улицы и Думской площади до Бессарабки с нечётной и Фундуклеевской с чётной сторон исчез, превратился в скелеты домов, в руины, в обломки стен, в груды битого кирпича. Киевский Париж – Николаевская с цирком и гостиницей

«Континенталь», большой и малый Пассаж, Меринговская, Прорезная почти до Михайловского переулка – исчез, стал месивом. От него разило гарью и жутковатым теплом.

Теперь, когда немцы озверели и на улицах опасно стало появляться, люди затаились в домах. Боялись взорваться, но деться было некуда, на улице ждала верная смерть, бушевал комендантский час. По утрам на тротуарах прохожих ждали трупы, всегда на спине, чтобы видны были мёртвые лица и записки на груди – в котором часу застрелен. Орднунг, порядок!

Со взрывами пошли слухи: дома взрывают жиды и коммунисты. Коммунистов расстреляют, жидов вывезут на поселение в южную область. Появились объявления: жидам явиться на Лукьяновку, к кладбищу, с ценными вещами и запасом еды.

Во дворе играли десятка три детей. Никогда не считались – кто русский, кто еврей, украинец, поляк. Говоришь на понятном языке – и всё! Когда поползли слухи, еврейские дети исчезли со двора.

Ветреным утром двадцать девятого сентября потянулись со двора еврейские семьи.

Даже тем, кто евреев недолюбливал, не по себе стало при виде того, как покидают свои квартиры старики и женщины с детьми, с пожитками в сумках, чемоданах, узлах, а то и в детских колясках, вынув младенцев, которых несли, прижимая к себе, на руках. Некоторые прощались с соседями, оставляли ключи, просили присмотреть за вещами. И все надевали всё, что могли. Было ещё не холодно, но они не знали, куда забросит их судьба. Впереди была осень, за ней зима...

Не знали, что впереди – смерть. Но – подозревали...

Люда с ватагой провожала друзей. Шли с ними, прощались, возвращались и снова шли: еврейские семьи из двора не стремились идти все вместе. Люда с друзьями провожали тех, кто вышел позднее. Снова возвращались. Навстречу брели вереницы людей. Они верили, что их вывезут на поселение в гетто. А вокруг уже судачили, что их убивают.

К вечеру дети собрались и увидели, как их стало мало.

На следующий день пацан постарше повёл их прощаться с ушедшими, сказал, что они в лагере у Лукьяновского кладбища. Зашли туда, где людей сгоняли с тротуаров на мостовую, и дальше они шагали в неведомое, отделённые от неевреев солдатами с автоматами и овчарками на поводках. Тут ужас объял детей вдруг и одновременно. Они стали убегать в подворотни и возвращались домой окольными путями. В ту сторону Люда больше не ходила.

Стало голодно. Как назло, осень была ранняя, в октябре стало холодно. В холоде переносить голод ещё труднее. О чём бы Люда ни думала, всё оборачивалось мыслью о еде, любой, пусть хоть пайковый хлеб, его стали наконец выдавать – пятьсот граммов на рабочего, четыреста на служащего, а на ребёнка триста. Длинную очередь за этим хлебом надо было отстоять ежедневно, его отпускали лишь на день. Он был с какой-то шелухой, плохо выпечен и горьковат на вкус. Говорили, что в него добавляют молотые каштаны. Хоть бы такого хлеба наесться!*

От голода кое-как отвлекали игры.

Однажды пришёл во двор мальчик лет шести: "Я Серёжа. Мой папа работает в фотографии. Хочу играть с вами".

Фотография была на Прорезной, на выходе со двора.

По манерам было видно, что Серёжа из интеллигентной семьи. Черноглазый белокожий брюнет, очень хорошенький. Игры кончились, все разошлись, а он остался сидеть на поваленном столбе, служившем детям скамейкой.

– Чего домой не идёшь? – спросила Люда. Пацан понурился: папа велел придти после закрытия салона. – Так чего здесь сидеть, идём ко мне.

С этого дня она взяла Серёжу под своё покровительство. Он был сообразителен, знал буквы, складно рассказывал сказки и стихи. Люда учила его читать и писать. Он всё схватывал на лету. Задумчивый, почти не улыбавшийся, он и во дворе пришёлся всем по душе. Печаль в его глазах не стиралась улыбкой.

Как-то мама вернулась с работы рано, сварила затируху. Поели и Роман Платонович, и Люда с Серёжей. На другой день Серёжа принёс продукты, переданные его папой.

В тот день он сказал:

– Ты лучший мой друг. Сохранишь тайну? Клянись!

Люда поклялась.

Серёжа рассказал: его мама еврейка. Когда вывесили приказ о евреях, папа её не пустил, спрятал дома. Однажды в дверь деликатно постучали, мама открыла, и в квартиру вломились полицай и два солдата. Папа вывел Серёжу на лестницу черного хода: "Беги!" Серёжа со двора увидел, как маму втолкнули в машину и увезли. Папа сказал, что маму забрали на тяжёлую работу. В тот же день папа собрал вещи, и они ушли жить в фотосалон. А там людно. Наши фотографируются на документы, немцы на память...

Теперь Люда поняла, почему Серёжа дрожал и впивался в её руку, если через двор проходил полицай или солдат: схватят и отправят на тяжёлую работу. Правда, что евреев убивают? Люда ответила осторожно: тех, кто не может работать.

---

* "Например, для русских военнопленных выпекался хлеб и по особому рецепту, назывался он «Остен-брот» и был утвержден имперским министерством продовольственного снабжения Рейха «только для русских». Вот его состав: целлюлозная мука из листьев или соломы – 10 процентов; отжимки сахарной свеклы – 40 процентов; отруби – 30 процентов" (из дневника киевлянки Анны Клементьевны Лукьяновой).

Вечером она отводила Серёжу домой. Ей всегда хотелось братика, и теперь ей казалось, что у неё появился хорошенький братик. На стук фотограф открывал дверь и угощал Люду конфетой или печеньем.

В ноябре пошли дожди. Дети теперь редко встречались во дворе, сидели по домам. Во флигеле было сыро, холодно, но только у Люды или в развалинах Серёжа чувствовал себя уверенно. Во дворе ему казалось, что за ним следят. Дома они забирались под одеяло и разговаривали. Согревшись, Серёжа становился на табурет и читал стихи. При воздушном налёте бежали в руины. Люда понимала: руины бомбить не станут, и облюбовала местечко, вроде грота. Иногда мелькали беспризорные, исчезавшие, словно призраки. Днём в развалинах копошились люди, вечерами руины пустели, полицаи и немцы в них не появлялись.

Тот день особенно был мрачен. В пасмурные дни не бомбят, и Люда с Серёжей не выходили из дому. Мама пришла разбитая, затируху не варила, поужинала хлебом с подсолнечным маслом, повалилась и уснула, а Люда повела Серёжу домой.

Дождь лил. Пока дошли, промокли насквозь. По дороге Серёжа сказал: полицай, который забрал маму, приходил фотографироваться и спрашивал, где пацан...

В салоне было людно. Немцы шумели, смеялись. Люда и Серёжа юркнули в подсобку. Выглянул Серёжин папа, вручил Люде кулёк с конфетами, проводил к двери и поблагодарил за заботу о Серёже. Люда удивилась: небывалая благодарность! Вдруг выскочил следом Серёжа, подал ей мокрые рукавички, чмокнул в щёку и сказал: "Возьми, высуши".

Люда вернулась домой. Вода текла с неё ручьями.

Утром Серёжа не пришёл. Люда понесла рукавички в салон, но он оказался закрыт. И уже не открылся. Никогда больше Люда не видела своего дружочка. Остались рукавички. Они высохли и задеревенели. Люда повесила их на стену, как сувенир.

Теперь она отбилась от рук и совсем одичала бы, если б не Роман Платонович. Старик едва таскал распухшие ноги. Бороду и усы подстригал, но Люда не раз заставала его в глубоком унынии. Завидев милых соседей, он одолевал мрачность и демонстрировал юмор и старомодный шарм. Одежда висела на нём, но и висела как-то элегантно. На шее шарф, закинутый за плечо. Он топил у себя в комнате плиту книгами из школьных шкафов и ломаными партами, усаживался в кресло и дремал. Когда на деревянный пол из печурки вываливались угольки, Люда, чтобы не будить старика, быстро подбирала их совком и бросала обратно в печурку.

Иногда Роман Платонович стряпал что-то и с бесподобной галантностью приглашал Люду, мерцая добрыми голубыми глазами:

— Мадемуазель, voulez-déguster?* Не омары, не консоме, но не окажете ли мне честь откушать со мной?

Порцию варева отделял Клаве и деликатно, мимоходом, пододвигал Люде со словами: "Клавдии Николавне". Поев, Роман Платонович наливался так называемым чаем, кипятком, закрашенным сушёной морковью или травами из школьного гербария, и дремал, а Люда отогревалась у горящей плиты перед возвращением к себе. У них в комнате стоял собачий холод.

Клаву в первые же дни участковый полицай определил на работу. Сперва приставал к ней, подонок, на глазах у жены, а когда Клава отбила его домогательства, послал на самый тяжёлый и грязный участок, на разгрузку угля для электростанции. Электричество подавали теперь лишь в дома, заселённые немцами. С лопатой на плече Клава уходила затемно и возвращалась в темноте, после наступления комендантского часа. Измазанная углем лопата служила пропуском: уголь во всём огромном городе был лишь на станции Киев-товарная. Придя домой, мама съедала свой хлеб, запивала водой и валилась спать.

В выходной она уходила на рассвете и возвращалась в сумерки — усталая, грязная, с мешком, издававшим нестерпимое зловоние. На прежних овощных складах разрешили набирать мёрзлую картошку. От её запаха Люду тошнило до рвоты, хоть рвать было нечем. Мама варила картошку или пекла, но смрад не уходил. Люда к этой еде не прикасалась, но другой не было. А Клава ела картошку, круто солила и ела, и кормила Романа Платоновича.

Как она изменилась! Была она круглолицая, румяная, курносенькая, с сеточкой на упругих волосах, чисто одетая. Теперь ходила в рубище, ключицы выдавались, как у скелета, лицо посерело и осунулось, скулы выступили, щёки запали, нос торчал домиком. Она и прежде весёлостью не отличалась, шутки и смех были по папиной части, но была ровна, спокойна. Теперь глаза потускнели, и от неё слова нельзя было услышать.

Словно для того, чтобы стереть остатки надежды на возврат к прежней жизни, как-то вечером раздался стук в окно, такой тихий, что услышала лишь Люда. Клава выглянула с коптилкой, отпрянула, кинулась к двери. Это был Семён, старший Шлидман, грязный, заросший, в цивильном тряпье. Клава дала ему умыться, переодела в его же одежду, отданную Грише, накормила, и он рассказал...

Из окружения выходили группами. Он, Иван и Гриша три втроём и напоролись на немецкий патруль. Гришу ранило. Иван разорвал свою нижнюю рубаху, они перевязали Гришу, как могли, но он истёк кровью и вскоре умер. Нашли ямку, штыками углубили и похоронили его в лесу. Пошли вдвоём. Семён не был похож на еврея, но в Иване никто не

---

* Не угодно ли отведать? (франц).

ошибся бы. Днями прятались, ночами пробирались к фронту, уходившему быстрее, чем они приближались к нему. У Киева снова напоролись на патруль, Иван погиб. Семён день сидел в развалинах, искал своих, не нашёл... Вот, всё...

Если бы не каменное выражение маминого лица, Люда заревела бы. Папы – нет? Невозможно! Папа, такой жизнерадостный, такой красивый!.. А дядя Иван?!.. Совсем недавно, на Цилином дне рождения, он передразнивал говор литовских евреев, литваков, как их называют украинские евреи, мешал идиш с узнаваемыми литовскими словами, все за животы держались.

Ещё она вспомнила, как весной, в половодье, папа, Семён и Иван ликвидировали какую-то аварию, работали с полудня до утра следующего дня, ночью при свете фонарей, утром ввалились, упали на стулья и сидели, не шевелясь, не сняв ни курток, ни даже кепок, на это у них уже не было сил, такие усталые, что Люда чуть не заплакала. От слёз её удержало выражение их лиц. На этих безмерно усталых лицах такая была гордость!.. И Люда поняла, что слёзы неуместны.

И вот из них троих остался лишь Семён, самый старший, и на его честном лице теперь лишь горькое горе...

– Что Фрося, Циля? Ушли в Бабий яр?

Клава его успокоила: перед приходом немцев Фрося с Цилей перебралась в район, где их никто не знает.

Ранним утром она привела Фросю и ушла. Фрося одела Семена под крестьянина, взвалила на него мешок с картошкой и удачно, как потом оказалось, привела в новое жильё.

В тот день, придя с работы, Клава заплакала, и впервые в жизни Люда увидела маму плачущей.

– Мама, мамочка!

И – застряли в горле слова. Как утешать маму, если сама проревела весь день? Папа... Не вскинет её на руки, не воскликнет "Доця!", не чмокнет в щёчку. Не подкрадётся тихонько и не потащит купаться. Не подмигнёт утешительно, если на неё накричит мама. А мама, ей каково...

– Мамочка, мамочка! – беспомощно повторяла она.

– Шо – мамочка? Шо тебе может твоя мамочка? Сидишь голодная, холодная, а я тебе ни хлеба дать не могу, ни дров достать! Хлеб свой отдать – сдохну на той работе, а как сдохну, так и ты за мной. Во, на угле працюю, а куска не принесу. Одна наша кинула кусок в сумку, и немец её сразу застрелил. Як собаку. За вугилля! Хосподи, шо за життя?! Та мне вже всё равно – чи жить, чи помереть! Хоть бы хлеба раз наесться – и всё! Невжэ мы хлеба николы бильше не наимося?

– Наедимся, мамочка, вот увидишь! Кончится война, и будет хлеб, и масло, и колбаса...

– Ох, дурна ты дытына...

Люда возликовала. Прежде мама не отвечала на её реплики, не жаловалась, не говорила, как с подругой. Значит, теперь она и с мамой может говорить, как раньше с папой!

— Мамочка, да я уже поправляюсь, смотри! Ноги у меня пополнели, видишь?

— Покажи! — Мама мигом посуровела. Куда девался тон, каким прежде она говорила с Нарой и Фросей и только что с ней... Придавила пальцами щиколотки Люды, пристально посмотрела на углубления, не спешившие заполняться, и иным, скучным голосом сказала: — Ты не поправилась, ты опухла. Не будешь есть картошку – скоро помрёшь.

Когда мама уходила на работу, Люда смотрела на её сборы из-под одеяла. Утром мама надела, как обычно, своё тряпьё и с лопатой в руке подошла к столу, где на тарелке под салфеткой лежал остаток хлеба. Съела хлеб, запила его водой и вышла. Чаще всего мама оставляла кусочек и ей. Люда вылезла из-под одеяла и подняла салфетку. Тарелка была пустой.

Послонялась по студёной комнате и пошла к школе, где немцы устроили госпиталь. Раньше там держали военнопленных, не красноармейцев, а командиров. Вначале их стерегли полицаи, потом немцы. При полицаях побегов не было, при немцах начались побеги, но утром бежавших находили мёртвыми в нескольких шагах от школы. Потом пленных увезли, а в здании устроили госпиталь. У входа днём и ночью дежурили под охраной часового запряжённые лошадьми телеги. Мешки с кормом надевали на лошадиные морды. Кормом служил подсолнечный жмых. Если лошади мотали головой, кусочки жмыха разлетались. Дети знали часового, он знал детей, разрешал подбирать кусочки, но съедать их следовало тут же. Семечки не очищены, с шелухой? Ничего, язык отделял съедобное, шелуху выплёвывал, и во рту оставался вкус семечек. То было одно из редких мест, обещавших хоть приглушить голод, и у школы всегда стояла стайка детей.

В это утро здесь переминался с ноги на ногу десяток детишек. Люда обрадовалась, увидев Славу, но её внимание привлёк новый часовой. Обычно здесь стоял длинноносый солдат средних лет с маленькими голубыми глазками. Если дети подходили близко к лошадям, он шикал и делал свирепое лицо. Славе, самой храброй, однажды даже пальцем погрозил. Новый часовой, молодой, с холодным красивым лицом, смотрел поверх детей. Прежний был в потрёпанной шинели и пилотке. Люда уже знала, что такую потрёпанную форму выдают нестроевым солдатам. На новом шинель была поновее и, что особенно насторожило Люду, он был в каске с ремешком под подбородком, как носят солдаты на фронте. Надо за ним понаблюдать, слишком молод... Сказать она ничего не могла, переговариваться при немцах, даже не переговариваться, любые звуки издавать было опасно. Она впилась в Славу взглядом, но та не отрывала глаз от лошадей.

Настал желанный миг, лошадь мотнула головой, на землю упал кусочек жмыха в половинку ладошки. Слава успела первой и схватила его. Короткая очередь – и тельце Славы ткнулось в снег. Дети одеревенели. В следующий миг они кинулись к лестнице и скатились в нижний двор с небывалой быстротой.

Подобрать Славу разрешили лишь вечером. Дети рыдали. Слава была таким безобидным существом. Наутро бабушка повезла на коляске трупик на кладбище. Дети шли с ней. При выходе со двора пожилая женщина сказала, крестясь: "Хотела до мамы, так мама её и забрала..." Бабушка заплакала и велела детям возвращаться. Идти на кладбище им, истощённым, слишком было далеко.

Люда вернулась во флигель, к холодной плите, которую нечем было топить. Перед глазами маячила Слава – трупик с дырками в теле от пуль. Дырки виделись ей большими, через них и вылетела вон из тела Славина горемычная душа. Люда не плакала, слишком замёрзла. Хотелось кипятку, но керосина не было так давно, что она и шипение примуса забыла. Посидела, невидяще глядя в окно. Вдруг подумала: если б на месте Славы оказалась она, мама, наверное, была бы рада. Не надо было бы делиться с ней хлебом. Подумала – и затоптала эту мысль. И вспомнила: пора идти за хлебом. Зашла к Роману Платоновичу за его карточкой. Сам он до магазина не добрёл бы.

У Романа Платоновича было тепло, поломанные парты выручали. Он глянул на Люду, молча дал ей хлебную карточку и поманил к столу, к тарелке с какой-то тёмной жидкостью:

– А ля консоме, Людмила Григорьевна, прошу. Пахнет мерзко, зато, извини за выражение, не воняет. Поешь тёпленького на дорожку. А там хлеб получишь, довесочки съешь...

Люда хлебала горячую жидкость и не могла понять, что это. Запах противный, промышленный какой-то, вкус вяжущий, но желудок наполняет. В очереди вспомнила: это же запах столярного клея! Папа не раз заваривал клей и привлекал Люду, когда чинил развалившиеся стулья.

Стоять в очереди пришлось долго. К первому завозу она не поспела, а вторично хлеб завезли, когда стало темнеть. Было пасмурно и тепло, но она замёрзла. Голод терзал так, что сунула бы в рот что угодно. Если можно было бы от себя кусок отрезать и съесть – отрезала бы, съела бы! Получила хлеб, четыреста граммов на Романа Платоновича и полкило на маму[*], но довесок оказался крохотным. Съела его, голод разыгрался ещё пуще, и она решила зайти в развалины, отщипнуть ещё кусочек. Нырнула в их с Серёжей укромное местечко: стена, над ней козырьком часть балкона, со стороны улицы завал, ничего не видно. В

---

[*] Люда так никогда и не смогла с полной уверенностью вспомнить, получала ли она свои иждивенческие триста граммов ежедневно или раз в неделю, как утверждают некоторые киевские мемуаристы.

развалинах иногда замечала детей, они делали ей знак: ты нас не видишь, мы тебя... Значит, кто-то скрывается здесь. Но сегодня всюду было пусто.

Уселась, отломила кусочек хлеба. Совсем крохотный. Хлеб был сырой и тяжёлый. Она сунула комок в рот и стала сосать.

Как хорошо было до войны! Хлеба вдоволь. Так нет же, не хотела один хлеб, хотела чего-то к хлебу. А чего ещё, если хлеба вволю? Мама строго велела: "Ешь с хлебом!" А она мясо норовила без хлеба, чтобы чувствовать вкус мяса. Папа делал страшные глаза: мясо без хлеба стирает желудок! Мама кивала, а папа незаметно подмигивал, и она понимала: он так говорит нарочно, для мамы, чтоб та не сердилась. Мясо, ишь чего захотела... Был бы хлеб, только хлеб, хоть такой... ну, ещё кусочек... но чтобы вволю! Ела бы утром, днём и вечером. С чаем, со сладким, так вкусно... И ничего больше не надо!

Очнулась, увидев, что съела половину пайка. Да что же будет? Что она скажет маме, Роману Платоновичу? Роман Платонович старенький, ему надо есть. А мама!.. Ворочает лопатой, разгружает платформы с углем, приходит домой еле живая, ей надо есть, чтобы не свалиться с ног. Что же она скажет маме?!

Плакала долго. И уснула. Проснулась. Светило солнце. Комендантский час кончился давно, и она бежала, в ужасе от того, что ей придётся – вдобавок к хлебу! – объяснять ещё и это.

Но объяснять ничего не пришлось. Дома не было. На месте флигеля дымилось пожарище.

Жиденята

Поздним вечером в последний день сентября близнецы сидели спина к спине в разрушенном доме на Смирнова-Ласточкина. Позади остались два жутких дня...

...Утром двадцать девятого, едва рассвело, мама разбудила их и приказала надеть свитера и пальтишки. Торопливо покормила, напоила чаем, рассовала по карманам хлеб с салом и велела ждать её в найденной ими развалине. Где? Яшка назвал: Львовская 10. Мама привела их проститься с бабушкой и дедушкой, расцеловала и выставила вон, наказав поменьше попадаться на глаза.

Двор спал, вышли незамеченными. Шли, как мама велела, – останавливались, читали, шевеля губами, объявления, словно из любопытства.

По Владимирской поднялись к парку, вышли к университету, и там Яшка ускорил шаг: у красного корпуса устанавливали трибуну, толпи-

134

лись молодые люди в вышитых сорочках, у колонн фасада ожидала кого-то группа бравых немецких офицеров. Борька остановился, уставился на зрелище.

– Давай, скорее, – дернул его Яшка.

– А мне интересно, – огрызнулся Борька. Яшка зашипел на него, и он тихо добавил: – Помнишь, что мама велела?

Ещё на Кузнечной близнецы заметили людей с чемоданами и мешками. Все шли наверх. На Фундуклеевской, переименованной в Ленина, ставшей Гитлер-штрассе, людей с вещами стало больше. На Прорезной ещё больше.

– Борька, нам потом по Львовской идти. Там их много будет. Как бы не замели нас.

– А чего? Они сами по себе, мы сами по себе. И крестики мама нам надела.

– Ага, покажи – и сразу скажут: навесил, чтоб спрятаться! Крестик пусть сами найдут, если обшаривать будут.

– Ну, тогда и залупы наши найдут!

– Так, не болтать! Идём. На Мало-Подвальной горка...

– Какая горка? Ты что, сдурел? Там же всё горит!

– Ага... Тогда так... Дуем на Андреевский спуск, там на горках пусто, прокантуемся день, а к вечеру в наше место. Мы раньше мамы успеем. Ей с дедом и бабой возиться, пока она их там устроит...

– Где?

– Что?

– Где мама деда с бабой устроит?

Этот вопрос Борька задал не сразу.

Они в это время уже подошли к Большой Житомирской, и там, как и предвидел Яшка, тянулась молчаливая вереница людей. В колясках вещи, дети на руках. Немцев видно не было, одни полицаи. Они никого не трогали, лишь пристально глядели на идущих в обратную сторону. Тех, кто был с вещами, поворачивали назад.

– Вот чего мама вещмешки отобрала... – пробурчал Яшка. – Где устроит, где устроит... А я откуда знаю... Ей телега для деда нужна, перевезти его...

– Куда?

– Ну-у... Не знаю...

– Яшка, пошли обратно.

– Нет! Как мама сказала, так и будет.

– Яша, идем! Мы ей поможем!

– Чем поможем, дурной? Ещё и с нами возиться... Она нас отправила, чтобы меньше было забот. Она придёт.

– А если не придёт?

– Раз сказала, значит, придёт. Ты, что, маму не знаешь?!

– Холодно будет на горке...

— Не околеешь. Там пещерки есть, помнишь?

Пещерки на Андреевском спуске Борька помнил, и как-то это укрепило авторитет старшего брата, хоть разница в возрасте и была с четверть часа.

Прошмыгнули сквозь вереницу тянувшихся по Большой Житомирской людей и мимо разграбленного гастронома вышли к Андреевскому собору. У высокого трехгранного фасада школы покуривали полицаи, высокий и пониже, оба в шинелях.

Яшка шепнул:

— Дуй по лестнице. Смотри на них! Улыбайся!

Высокий помахал пацанам, они с облегчением взлетели на паперть и скатились на горку.

— А здесь ветра нет, даже и пещеры не нужно. Перекусим? — предложил Борька.

— Ну, вот ещё... — пробурчал Яшка. — Терпи. Едим утром и вечером. Пока маму не встретим.

Через полчаса он сам предложил перекусить. Спустились аж на набережную, там напились, наполнили флягу и опять забрались на горку. Отсюда далеко было видно на восток и на север, но дым горящего Крещатика застилал вид вниз по Днепру. Он был пуст, ни лодчонки. Пуст был Труханов остров. Замер Матвеевский залив.

Излазили горку. Все укромные места были с одним выходом, он же вход. Это был неустранимый недостаток.

На закате пошли к своему убежищу. Шли окольным путём, через Подол. Миновали пожарища сгоревших в канун вступления немцев штабов Днепровской флотилии и войск НКВД. Каркасы зданий ещё дымились.

Мимо Житного базара по Верхнему Валу шли в сумерках и слышали, как в подворотнях люди судачат о Бабьем яре. Борька начал всхлипывать.

— Молчи! — зашипел Яшка. — Не привлекай внимания!

— Маму убили!

— Заткнись! Мама не такая, чтобы им даться! Пошли скорее!

Уже в полной темноте по извилистому и пустому Вознесенскому спуску поднялись к своему убежищу и нырнули в развалины. Там всё было приготовлено, даже вода в игрушечном детском ведёрке. Драный тюфяк подобрали здесь же, в развалинах. Те, кто рылся до них, этим добром не прельстились. В подвале выбрали помещение, из которого можно было выйти и на Артёма, и на Смирнова-Ласточкина.

Опустились на тюфяк. Есть не хотелось, даже поташнивало, видно, от страха, от напряженного ожидания мамы.

Темень была непроглядная. Потом проходы чуть осветились луной. Время тянулось и тянулось, и лишь по перемещению сгустков тьмы можно было догадаться, что прошло уже много часов. Стало совсем темно, хоть глаз выколи. Луна закатилась.

– Почему она не идёт? – прошептал Борька.

– Молчи. Ложись, спи. Я буду караулить.

Борька послушно лёг и придвинулся, чтобы чувствовать брата. Яшка посидел, стал клевать носом и тоже прилёг.

Проснулся от холода. Было светло. Значит, мама не появилась. Разбудил брата, поели хлеба с салом и напились. Выглянули, убедились, что вокруг пусто, вышли со двора на улицу.

По Львовской, бывшей Артёма, тянулись к Лукьяновке, как и вчера, люди с узлами. Сегодня их было меньше. И меньше стало провожающих, но больше глазеющих. Жались к парадным, к стенам, глядели жалостливо, по большей части отчуждённо. Некоторые говорили: "Куда вы? Ведь убьют!" Идущие отмалчивались. Или отвечали: "Ой, ну что вы! Это слухи! Кто идет, смотрите! Женщины, старухи, дети. Видите, сколько детей! Станут на нас немцы тратить патроны?!"

Близнецы пристроились, как провожающие, к пожилой даме, напоминавшей лучших клиенток деда. Она несла чемодан в одной руке, саквояж в другой и не глядела по сторонам. У Глубочицы, где направо вниз уходили на Подол опустевшие трамвайные рельсы, дама заметила приклеившихся к ней близнецов.

– Идише киндерлах, – внятно сказала она, – гей авек![*]

– Мы ищем маму, – пискнул Борька.

– Не ищите. Нет там вашей мамы. Уходите!

Она говорила строго и чисто, как учительница.

Близнецы поотстали, но плелись следом.

В оцеплении стояли уже не полицейские, а немцы. Уплотнявшийся поток с тротуара они направляли на мостовую, подальше от парадных. Дама, сходя на мостовую, бросила и чемодан, и саквояж. Оглянулась, увидела близнецов, они не успели притормозить, и что-то сказала солдату. Пацаны уже наслушались немецкой речи и поняли, что по-немецки дама шпарила, как немцы. Солдат мрачно кивнул и остановил их:

– Weg![*] – буркнул он так внушительно, что мальчишки мигом повернули и поплелись назад.

Теперь они оказались в той части города, которой не знали. Яшка упорствовал. Там, куда ушёл поток людей, он слышал шум. Незнакомыми улицами, а больше задворками вышли к горке и стали карабкаться наверх. Их одёрнул дедусь в женской шерстяной кофте и соломенной шляпе.

– Куда, байстрюки? Не чуетэ, шо робиться?

---

[*] Еврейские детки, уходите отсюда!
[*] Прочь!

– Мы маму ищем...

– Геть! Шоб блызько вас нэ було! Там людей стриляють, старых и малых. И вас стрельнуть пид гарячу руку. Туда бижить! – И указал в противоположную сторону.

Теперь близнецы слышали пулемётные очереди, плач и злые мужские голоса: "Швыдше! Скорее!" Дул сильный ветер, играла громкая музыка, близко и низко летал самолёт. Звуки наводили ужас. Пацаны побежали, заблудились, шли буераками, огородами, стараясь уйти от шума, и оказались на улочке из отдельно стоящих домишек. Несколько женщин у дома с железной крышей лузгали семечки. Видно, давно стояли, все закутаны были в платки. Одна, не лузгавшая семечек и носившая платок на плечах, сказала:

– А вот ещё любопытные...

– Яки там тоби любопытные! Жиденята, що втеклы. А ну, вертайтесь назад! – сказала баба в рябом платке.

– Ольга Васильевна, ну, легче вам станет, если и этих убьют? Идите сюда, дети. – Они подошли. Бежать было некуда, неизвестно, в какую сторону бежать. – Пришли посмотреть, что тут, и заблудились? Тут убивают. Идёмте, покажу вам дорогу, вернитесь в город. Яблок хотите?

– Шо ты им яблок суешь, Зоя, ты хлиба им дай.

– Дала бы, если бы был.

– Ну, так яблука у мэнэ краще. Идить сюды, злыдни.

Через полчаса злыдни, с полными карманами семечек и с мешочком яблок пробирались к Куреневке, чтобы, как вчера, Подолом выйти к своему убежищу. Полицаи здесь стояли редко, заняты были у Бабьего яра.

На Подоле люди всё знали и говорили об этом громко, вслух. Об этом лишь и говорили, собираясь по три-четыре человека. Евреям велят быстро раздеться, якобы для медосмотра, группами уводят и расстреливают из пулемётов.

Борька стал всхлипывать. Яшка стиснул зубы и дал ему по шее: "Молчи, дурак!"

Добрались до убежища, юркнули, упали на тюфяк, обнялись и заревели, теперь уже дружно.

Яшка сказал сквозь слезы:

– Завтра идем на Жилянскую. Не может быть, чтобы... Всё, спим! – Борька шмыгал носом. – Ложись на правый бок, я на левый. Спиной к спине, теплее будет.

Яшка уже засыпал, как вдруг Борька сказал:

– Помнишь, Колька-мудак нас еврейчиками обозвал?

– Ну?

– Не жиденятами, а еврейчиками...

– Ну, и что?

138

– А то, что у него у самого мама еврейка.

– Ну да!

– Вот те и да! Она с бабушкой на идиш болтала.

– То-то она на маму похожа даже больше, чем наша тетя Беба... Вот сволочь! Ладно, спи. Разберёмся с Колькой.

Утром поели сала с хлебом, и Яшка сказал:

– Ещё на раз осталось. А потом что, яблоки?

– Потом побираться пойдём, – буркнул Борька.

– Да, много ты наберёшь... Пошли!

Через полчаса на Жилянской за дровяными сараями они выждали, пока во дворе опустеет, рванули к бабушкиной двери. Дверь была опечатана. Яшка припал к окну.

– Хлопцы... – Они замерли. Подошла жена дворника. – Нема ваших. Пишли, як наказано. Теперь мы будэмо тут мешкать. Якщо нужно шо з одежды, то приходьте. Але шоб никто вас не бачив. А теперь тикайте. Заждить, шось дам...

Ушла в комнату и вернулась с двумя ломтями хлеба.

– Да как же они пошли? – спросил Яшка. – Дедушка же лежачий.

– Лежачий... – Дворничиха и шмыгнула носом. – На такси повезли. Идить, скориш! Та дывиться, обэрэжно!

"Ты кто?"

Опять нет дома? Второй раз нет дома?!

Бедный Роман Платонович! Уснул, уголёк вывалился, а её не было, некому было подобрать...

А мама?!

Первым побуждением было – зареветь. Но она пискнула и – задушила плач. Уже знала: плакать, когда надо решать, бесполезно, даже опасно, зря теряешь время, его потом не возместить. Теряешь способность думать. Теряешь энергию, а её и так на донышке.

Поплелась к соседям. В большом доме, в квартире, окнами спальни выходящей во двор, жила с мамой и бабушкой Наташа Салтыкова, подружка, ровесница. Салтыковы могли что-то знать о маме и Романе Платоновиче.

Наташина мама встретила Люду слёзным воплем:

– Бедное дитя, осталась ты беспризорницей!

Это сразу сказало Люде всё: и что мама с Романом Платоновичем сгорели, и что её с тремястами граммами хлеба в день и килограммом сахара в месяц не собираются здесь приютить. Бабушка Наташи стояла за дочерью и сжимала руку Наташи, не давая ей приблизиться к подруге.

Её всё же усадили за стол, налили тарелку супа, приправленного мукой. Остроглазая Наташина мама сердечно порекомендовала Люде взять хлеба от лежавшего в её торбочке пайка, так сытнее.

Пока Люда, сдерживая слезы, хлебала суп, Наташина мама рассказывала.

Около десяти их разбудило зарево во дворе. Кинулись к окнам и увидели объятый пламенем флигель. Да, сказала Люда, Роман Платонович дремал, из печурки вываливались угольки, она подбирала... Вот-вот, подхватила Наташина мама, тебя не было, следить было некому, уголёк вывалился, пожар начался, старик угорел, твоя мама, усталая после смены, тоже... На улицу мы не вышли, как можно, комендантский час... Прикатил патруль, посудачили о чём-то, но предпринимать ничего не стали. Пожарных не вызвали, к пламени не подходили, даже с мотоцикла не слезли. Рухнули стропила, взвился столб искр. Патруль убедился, что ничто вокруг не занялось, флигель ведь стоял уединённо, и укатил. Но и тогда во двор не вышел никто. Рисковать жизнью... Да не на что было и смотреть, одни тлеющие головешки. Роман Платонович и Клавдия Николаевна угорели в дыму и превратились в пепел.

Свой рассказ Наташина мама закончила ко времени, когда Люда доела суп, не воспользовавшись, вопреки совету, остатками хлеба из своей торбочки. Поблагодарила за угощение, и Наташина мама тотчас повела её к двери, поглаживая по голове и говоря:

— Найди маминых подруг, она ведь в Киеве не один год жила, у неё здесь должно быть много знакомых, свяжись с ними, деточка, они, конечно, тебя приютят. А у нас такое материальное положение, сама видишь, чем питаемся, даже хлебом не наедаемся...

Люда молча кивала и не стала объяснять, что подруг у мамы нет, кроме Нары и Фроси, а они еврейки и спрятались так, что их не найти. Мама скрыла от неё Фросин адрес, когда вела туда Семёна. А Мария Григорьевна, единственная мамина русская приятельница, живёт с мужем-евреем на Подоле, её адреса Люда не знает. Ничего этого она не сказала и пошла к двери. Уходя, поймала жалкий Наташин взгляд.

На улице подсчитала: пожар начался в десять, ну, может, чуть раньше. Мама со своей лопатой уже вернулась, зашла к Роману Платоновичу, узнала, что Люда пошла за хлебом и не вернулась. Что ей было делать? Бегать по улицам в комендантский час, искать дочь? Решила, что, может, и дочь стрельнули, как Славу-Сарру. Смерть не в диковинку. Хлеба не было, есть нечего, повалилась спать. Ей и своя жизнь недорога стала. А Роман Платонович топил свою печурку, недосмотрел, уснул...

С этими мыслями вернулась в своё убежище в развалинах. Конечно, тётя Фрося и дядя Семён приютили бы, но где их искать... Деться некуда. Надо ждать беспризорников и проситься к ним... если примут. А если нет...

Она всё же заплакала.

Ждать пришлось долго.

Холодное солнце выглянуло, дразнясь, и скрылось. Смеркалось, и стало страшно аж до тошноты. А если беспризорники придут в темноте? Она их не увидит. Вторую ночь в этой норе... А вдруг мороз? Ведь уснёт навсегда.

Продолжала всматриваться и в сумерках уловила движение в руинах напротив, по другую сторону Прорезной. Скользнула через улицу по пустым, к счастью, в этот момент развалинам и тихо свистнула. Два пацана, её сверстники, чьи силуэты она видела впереди, тут же как сквозь землю провалились, в развалинах это было нетрудно. Пошла открыто, позволяя видеть себя. Пацаны высунули головы, показавшиеся Люде знакомыми и странно похожими, пристально её оглядели.

Один сказал:

— Давай сюда. — По битым кирпичам Люда сошла в углубление под куском стены. — Ты кто?

Они глядели сурово, но без страха, и тут, лицом к лицу с ними она растерялась: они не похожи были друг на друга, они были неотличимы. Она поняла, что это близнецы, полукровки, как и она, хоть типичных черт в них было даже меньше, чем в ней. Носы курносые, брови и глаза тёмные, шатены, густые низкие волосы с одинаковым подобием пробора с правой стороны в нечёсаных волосах.

Ноги у неё подкосились, она села на кирпичи. Они глядели друг на друга, и в глазах пацанов Люда непонятным для себя образом прочла то, что случилось и с ней. Тот, который почему-то казался старше, отвёл глаза и буркнул:

— Ну, валяй, рассказывай...

При этих словах, сказанных как-то мягко и устало, то, что случилось с ней и что происходило с ними со всеми, нахлынуло, и возникло чувство, что уж теперь, что бы там ни было, она среди своих. Силы вдруг оставили её, и она заревела так, как не плакала никогда в жизни. Она не была рёва-корова, плакала редко. А тут ревела, пыталась сказать — и не могла, рыдания душили. Пацаны глядели на неё молча, глядели, словно всё понимали без слов.

Так она ничего им и не рассказала.

Тот, что казался младшим, взял её за руку и сказал:

— Ладно, пошли.

Первая ночь

Ночь была кошмарна.

Первым делом устрашило место, едва заметная дыра в завалах. Пацан, тот, что был молчаливее и потому показался младше, лёг на живот

141

и опустил ноги в дыру. Ёрзая всем телом, протискивался, пока не исчез, лишь руки остались. Потом скрылись и руки.

Старший сказал:

— Валяй, не бойся. Борька подстрахует. Я Яков. А тебя как?

— Люда.

— А фамилия?

— Соколовская.

— Хорошая фамилия. А мы Ковалёвы. Вот у командира нашего фамилия плохая, пришлось новую придумать. Он теперь Орлов, а сестра Орлова. Как Любовь Орлова. Такая же красивая. И имя красивое, Лиза. А поёт!.. Вечером услышишь. Давай, лезь. У нас мирово. Брось торбу, Борька подхватит. Ноги опускай, руками сперва отталкивайся, потом придерживайся...

Борька подстраховал, и Люда оказалась на груде кирпичей, сложенных вроде лестницы. Спустившись — с десяток ступенек в пересчёте на обычную лестницу — она оказалась в темноте, рассеиваемой лишь светом из дыры, очень слабым в сумерках. Яков возник вслед за ней.

— Бери свою торбу. Что в ней?

— Хлеб

— Хле-е-еб? Давай сюда. У нас всё общее. Всё поровну.

Так, на входе, Люда узнала первый закон подземелья.

По низкому, типично подвальному, коридору шли, как показалось Люде, долго. По мере удаления от лаза тьма сгущалась. Яков двигался впереди, она держалась за его руку. По ногам шмыгали крысы, и Люда содрогалась.

Яков сказал:

— Крыс не пинай, не гоняй, не кричи на них. Здесь они хозяева. Бегают по тебе — ничего, не укусят. Мы с ними живём дружно, платим за квартиру.

— Как это? — думая лишь о крысах и темноте, механически спросила Люда.

— Как... Натурально. Делим что добыли, и им относим порцию.

— Куда относите? — начиная удивляться, спросила Люда.

— В соседнюю комнату. Там они друг на дружке. К нам в гости заходят. Ночью, когда спим. Не бойся, они не тронут. Борька, давай, зови.

— Шурка, это мы. Включай свет, — позвал невидимый в темноте Борька.

Люда почуяла чьё-то присутствие. Что-то клацало, невидимая рука высекала искры. Загорелся фитилёк, от него едва видимая девочка Шурка зажгла ещё что-то, а фитиль погасила. При огоньке, светившем слабым жёлтым пламенем с коптящим хвостиком, Люда видела, как Борька дал что-то девочке. Она прошептала:

— Спасибо, — и сунула подаяние в рот.

– Наш комендант, – сказал Яков, – Шурка, самый маленький. Главный, пока командира нет. За порядком смотрит, и крысы его любят. Это Люда, она с нами жить будет.

Шурка наклонил голову. Люда поняла: мальчик, за девочку она его приняла из-за длинных волос. Хорошо воспитан, напоминает Серёжу, хоть не похож – светлый, даже, кажется, светлоглазый. Сходство с Серёжей из-за повадки и печального, отрешённого выражения лица. Возникло необъяснимое чувство, будто этого мальчика она уже видела, давно, ещё до войны...

– Пошли к лазу, – сказал Яшка. – Щас все соберутся.

И впрямь, едва вернулись к лазу, раздался шорох, и одна за другой протиснулись три девочки, каждая с торбочкой. Первая прямо от входа сказала:

– Ком будет через десять минут. А это ещё кто?

Люда заторопилась.

– Меня зовут Люда Соколовская, я над вами жила, на Прорезной, в проходном дворе, во флигеле, мы тут притулились с мамой, нас разбомбили в первый день, а папу убили в окружении под Киевом, он еврей... – Она уже поняла, что к чему. – ... а флигель сгорел, и мама в нём...

И пискнула, не сдержалась. Девочка, сказавшая, что неведомый Ком будет через десять минут, сурово сказала:

– Не реви, у нас у всех мам убили. – Самая маленькая девочка всхлипнула, Яков дернулся, Борька придвинулся к нему, но возражений не последовало, а Люда сделала себе заметку: характер у девки! – Ходили, смотрели пожар?

– Нет, – буркнул Яшка. – Ком вернётся, пойдём вместе.

Девчонка сердито повернулась к Люде.

– Киевлянка?

– Да.

– Где жила? – Люда сказала. – А что там недалеко?

– Вокзал, Евбаз, Соломенка... Я могу показать...

– Не надо. Я Лёля. Это мои сестры, родная и двоюродная. Ася, Вера... Асе семь, Вере десять, как мне. А тебе сколько?

– Девять, – пролепетала Люда, подавленная уверенным тоном Лёли.

Сверху раздался мужской голос:

– Что за шум?

– У нас новенькая, Ком, – отозвалась Лёля.

– Новенькая, вот как... Давайте её сюда. И сами, по одному. И Шурика возьмите.

– Шурик, полезай. Он не хочет, Ком!

Сверху донеслись тихие голоса, кто-то на миг перекрыл лаз, спустилась девочка постарше, скользнула мимо, бросила на пол мешок и опустилась на корточки возле Шурки:

– Шурик, миленький! Не огорчай меня, котик. – Шурка молча полез в проём. Люда удивлённо наблюдала. – Новенькая?! Я Лиза. Как тебя зовут? Пойдём.

С помощью молчаливого Борьки Люда поднялась к лазу, выбралась наружу и увидела высокого, худого мальчика лет четырнадцати, похожего на немца – светлые глаза, светлые волосы, одет в короткую толстую куртку и серую кепку-реглан, а ботинки на толстой подошве даже выглядели начищенными. Он держал за руку Шурку и спросил:

– Киевлянка? Где жила? Ну, идём, показывай.

Поодиночке вышли из развалин, сошлись на углу и пошли гурьбой.

Люда в наступавших сумерках хотела оглядеть всех, но не могла отвести глаз от Лизы. Она была настоящая красавица, красивее даже Наташи Салтыковой. В Наташе что-то было, ну, что-то такое, чего объяснить Люда не могла. А Лиза вся была как на ладони и вся, как добрая фея. Прямой нос, маленький рот, прядь волос свисала на впалую щеку, не прикрывая гла́за, светлого, грустного, доброго. Едва отошли от развалин. Шурка взял её за руку. Они с Людой и Комом возглавляли шествие.

Во дворе постояли над разящим свежей гарью пожарищем. Ком потрепал Люду по плечу, и она едва сдержала слёзы.

Возвращались в темноте, но меры предосторожности соблюдали, как днём. К лазу шли по одному и ныряли во тьму. Снова шастали крысы, и Люда содрогалась от омерзения. А дети уверенно пробирались в спальный отсек, болтали и не замечали шмыгавших по ногам крыс.

Крысы стали причиной того, что в памяти Люды от первого вечера мало что осталось. Был обед, или ужин, или то и другое вместе, но трапеза оказалась куда обильнее того, что ей перепадало в последние месяцы. Её хлеб разделили на всех и съели с остальной добычей дня. Ещё ей досталась луковица, морковка, два листика капусты и репа. Мясо и рыбу здесь предлагали, но только в шутку.

Там же, где ели, развели костерок. Один близнец исчез, вернулся и доложил: ни огня, ни дыма снаружи не видно. В золе пекли картошку.

Люде достались две картофелины, не мерзлые, такого лакомства она давно не едала.

Она оказалась в центре внимания, рассказывала о себе, о родителях, о разбомбленном в первый же день доме, но думала лишь о крысах. Яков сказал: они лазают всюду, разве что в рот не залезают.

Возможно, поэтому она запомнила, что после еды Шурик собрал остатки ужина и ушёл в дальний угол. Там раздался шорох и писк такой, что у неё волосы зашевелились на затылке. Наблюдавший за ней Ком засмеялся и сказал:

– Не бойся, это Шурик отнёс еду хозяевам в их комнату, и они его приветствуют.

Шурка вернулся, сел, безучастный, как и давеча.

В отблесках костра Люда снова поразилась его непонятному сходству с Серёжей. Лицо словно вылеплено из белой глины. Волосы свивались локонами. Широко расставленными светлыми глазами он глядел перед собой, не мигая. Он был не здесь. Если обращались к нему, поворачивался, но отвечал, лишь кивая или качая головой. Все здесь были несчастны, Шурка был несчастнее всех и по-особому. Люда поняла, что его и берегут по-особому.

Из разговоров в первый вечер запомнилось лишь то, что, оказывается, почти все её знали, видели в развалинах с Серёжей. А её занимала одна мысль: как она будет здесь с крысами?

Около девяти Ком велел готовиться ко сну, и все по очереди полезли наружу, чтобы справить свои маленькие дела.

Когда собрались снова, Ком скомандовал:

– Гимн!

И все негромко грянули знакомую Люде уличную песенку, правда, с вариациями:

> *Шёл трамвай девятый номер,*
> *На площадке Гитлер помер,*
> *Тянут-тянут мертвеца,*
> *Ламца-дрица, о-ца-ца!*

– Отбой! – скомандовал Ком. – Готовь постель!

Постель готовили на месте кострища, так было теплее. На драном тюфяке спали Лиза и Шурик, вокруг набрасывали тряпьё и укладывались в одном и том же порядке.

Люда попросилась лечь между Лизой и Лёлей.

– Трус, ты не трусь! – бросила Лёля. – Крысы первыми не кусают. Давай, прижмись ко мне.

Дети ворочались, укладываясь поудобнее, кашляли, сморкались. Люда, умаянная долгим днём, прижалась к Лёле и предвкушала сон, когда раздался тоненький незнакомый голосок, и она поняла, что это Аська:

– Командир, а сказку?

– Асик, сегодня у нас новенькая была за сказку...

Но заканючило несколько голосов сразу:

– Нет, Ком, давай, ну пожалуйста!

– Я даже не помню, на чём остановился вчера...

– На Матвеевском заливе, – отозвался Борька. – Как Петя во время комендантского часа отвязал моторку, и течение стало сносить его с лодкой к Труханову острову...

– Ага... Ну, да, Петя несколько дней наблюдал за течением... бросал в воду куски дерева, щепки, наблюдал, куда они плывут, и был теперь уверен, что с этого места лодку не прибьёт к правому берегу...

– А сколько лет Пете? – спросила Люда у Лёли.

– Десять. Молчи, не мешай слушать!

Люда прижалась к Лёле и уснула.

Ей снился папа. Они в своём флигеле на втором этаже, собираются в отпуск, в Крым, к морю. Суета, собирают всё, укладывают в фибровый чемодан, и мама не позволяет ей взять с собой её голубую кофточку. Папа упрашивает маму, она упрямо молчит, была у неё такая привычка, подходит к Люде вплотную и молча на неё смотрит.

От этого и проснулась, от ощущения, что её рассматривают.

Было холодно. В кромешной тьме мерцали две светящиеся точки перед её лицом. Казалось, два крохотные глаза-фонарика, устремлённые на новую жиличку, освещают острую крысиную мордочку. Люда в ужасе махнула рукой, и глаза-фонарики исчезли.

На этот раз уснула она лишь перед самым утром.

Во тьме

Утро началось тревожно. Молчаливый близнец Борька пришёл с сообщением:

– Командир, снежок!

Они ещё только готовились начинать день, и Люда поняла, что Ком взволновался.

– Вот почему светло... До моего распоряжения не выходить!

Люда уже начинала что-то понимать, а кое-что ей объяснила тихая Вера, двоюродная сестра Лёли. Живут по часам. Часы у Кома, швейцарские, светятся а темноте. Так они знают, когда кончается комендантский час и можно выходить на улицу. Возвращаются в сумерки. Просить в темноте бесполезно, да и опасно, примут за грабителя и... сама понимаешь! Себя они называют *дети подземелья*, так предложил Ком, он пересказал им повесть писателя Короленко, её, кроме Кома и Лизы, читала лишь Лёля, отличница. Ком – командир, они – рядовые. Если погибнет Ком, командовать будет Яков. Все должны добывать еду, это главная их обязанность. Ком не отходит от Лизы, они всегда вместе. Лиза – главный источник их существования, она поёт на базарах, а Ком её охраняет. Лиза поет классно, ей и подают солидно, деньгами. Офицер однажды подал двадцать марок. Девчонки просят подаяния у хлебных магазинов, Яков обеспечивает охрану, Борька на подхвате и на связи между ними и Комом. Подают довески. На деньги иногда покупают крестьянскую колбасу, каждому по кусочку. Лёля – нарком внутренних дел, она и допрашивала Люду. Второй случай, что

146

кто-то к ним прибился. Борька – разведчик, осторожен, наблюдателен. Девчонки убирают после еды и отдают остатки Шурику. Он хранитель огня, комендант, назначен главным над ними, но на деле никем не командует, безмолвствует, дрессирует крыс, наружу его надо выманивать... Ложатся рано, встают рано. За обедом рассказывают новости, кто что узнал. Ругательства запрещены, Ком в этом строг.

Вера шепотом её просвещала, а она осваивалась в жилье. Увидела, что днём здесь не так темно, как казалось. Проявлялись очертания дверных проёмов. Вера сказала: стает снег – и в двух местах пробьются лучики солнца. Странно, что со снегом светлее. Но снег – это плохо, видны станут их следы. Ком планирует замаскировать этот вход, сделать аварийным и пробить ход на Пушкинскую через подвалы развалин, там они безлюднее. Работа тяжёлая, надо стены разбирать, а работники – Ком да близнецы, и времени мало. Ком торопит, говорит, это вопрос жизни и смерти...

– Выходим по одному! – скомандовал Ком. – Первыми близнецы. Люда остаётся обживаться, Шурик ей всё тут покажет. Пошли!

Все ушли, стало тихо, лишь крысы пищали. Шурка ничем не выдавал своего присутствия. Люда даже не знала, в какой он стороне, и ей стало страшно.

– Шурик! – позвала она. Он молча тронул её за руку. От этого касания она затрепетала, но тут же ухватилась за него. – Я боюсь. Ночью крыса сидела и смотрела на меня.

– Знакомилась. – Голос был мелодичен и безжизнен. – Идём.

Тонкий лучик пробился, не в глаза, но ослепил и показался весёлым, в нём плясали пылинки. Люда догадалась: снег тает. За не отпускавшим её руки Шуркой вошла во тьму, казавшуюся после луча света непроницаемой. Она не понимала, как в этой тьме может двигаться Шурка, да ещё так уверенно. Он отпустил её руку. Сноп искр осветил крохотную комнатку без двери с разбитым и отброшенным в сторону унитазом, открывавший отверстие в полу.

– Уборная? – догадалась она и жалобно сказала: – Да я ж её не найду!

Шурка молча повёл её обратно. В жилом отсеке ещё один лучик пробился и осветил часть пола с тюфяком и кирпичами, сложенными стопкой, внахлёстку, с просветами. Шурка что-то взял с этой кирпичной этажерки, зажег фитиль, потом что-то ещё. Занялся коптящий огонёк, Люда видела такой вчера. Горел на битом блюдце кусочек чего-то, похожего на твёрдое сливочное масло.

– Что это? – спросила Люда.

– Тол. Держись за стену.

Слово «тол» она слышала неоднократно, но толком не знала, что это такое, а уточнять не стала, чтя несловоохотливость Шурки. Шла за ним, ведя рукой по стене, коптящий огонёк ничего не освещал, служил поводырём. Снова достигли закутка. Теперь Люда поняла, что шли они в направлении лаза.

– Можно ещё? – попросила Люда, и они прошли маршрут ещё дважды. – А вода?

Шурка отрицательно помотал головой и сказал:

– Здесь только по маленькому...

Люда поняла: воды нет, уборная лишь на крайний случай, на ночные часы.

– А ты как же?

Шурка махнул в сторону лаза, и она поняла: ходит в развалины.

Вернулись обратно. К огоньку на блюдце Шурка подложил ещё кусочек тола и повёл Люду к пролому, в дальний угол жилого отсека. В глубокой тишине подвала оттуда доносился топот крохотных крысиных ног и писк. В тусклом жёлтом свете метались тени. Шурка просунул в пролом голову, затем руку с огоньком и потянул Люду за рукав. Она глянула и отшатнулась: отсек кишел крысами. Они копошились, сновали по полу и друг по другу, глаза светились холодно и свирепо.

– Их же тысячи!

– Пятьсот.

Он потянул к себе Людину руку, вручил ей огонёк и полез в отсек. Люда глядела, объятая ужасом. Едва Шурка оказался в отсеке, крысы хлынули к нему, словно были железными, а он магнитом. Он бросил что-то, крысы отхлынули туда, а возле него осталась одна, показавшаяся Люде огромной, как кошка. Она встала на задние лапы, Шурка дал ей корочку хлеба, она взяла её, но не ела. Люда впервые так близко рассматривала крысу – тупая усатая мордочка, крохотные ушки, и не лапы, как у кошки там или у собаки, а ручки, вроде младенческих, малюсенькие, с бледными пальчиками. Этими пальчиками крыса царапала Шуркины чулочки, а он гладил её по спине. Люда увидела длинный голый хвост, и её передёрнуло.

Они вернулись в жилой отсек, и Люда дрожащим голосом спросила:

– Это она меня рассматривала ночью?

Шурка пожал плечами.

Голод пробудил в Люде новую мысль.

– Шурик, ты им хлеба дал... Как же они его ночью не слопали? Спрятал? – Она уже поняла, как разговаривать с Шуркой – сказать всё самой в виде вопроса. – В тайник? В этажерку кирпичную?

Шурка кивнул.

Тол догорел. Они сидели на тюфяке и молчали. Подземелье освещалось теперь лишь двумя лучиками, медленно перемещавшимися по земляному полу.

Чесалась голова и ужасно хотелось есть.

– Больше спрятали бы, – сказала она, – сейчас поели бы.

148

Шурка ушёл, вернулся и сунул Люде что-то холодное – мятую кастрюлю с водой. Она поняла: так здесь утоляют голод. И поняла, что спрятать больше было нельзя.

– Шурик, а воду где берёте?

– В колонке.

– Далеко?

– Не знаю.

– Хочешь рассказать о себе? – Она уже поняла, что вопросы бесполезны, и спросила так, чтоб Шурка мог ответить жестом. Он и ответил – мотнул головой, она почувствовала это по тому, что он дёрнулся. – Давай тогда я расскажу о себе, ладно? А то скучно так сидеть. Мы до войны хорошо жили. Дом у нас был большой, пятиэтажный. Мы богато жили, в квартире из трёх комнат с балконом. Полы были паркетные. В одной комнате мама с папой, в другой я с куклами. Куклы были нарядные, одна говорила "Мама!" Ещё была столовая. – Квартиру Салтыковых она описывала в убеждении, что и они жили так же. – А в кухне три примуса и три керогаза. У нас всё было. У меня был велосипед, я по двору каталась, на улицу меня ещё не пускали, мама боялась, чтоб я не попала под машину. А ещё была у меня кофточка. Красивая!.. Трикотажная, голубая, вся в белую полоску. И красная, тоже в полоску. Я их надевала по очереди – то красную, то голубую. Мама у меня была очень добрая, ну, добрая-добрая! А папа какой добрый!.. Соседки с него глаз не сводили, все влюблялись. Он приходил с работы и подкидывал меня к потолку: "Доця моя любимая!" А в прошлом году вернулся с манёвров, и мы сфотографировались все вместе, папа в форме, в фуражке со звездой, и все мы на фотографии такие красивые, такие весёлые!..

И – зарыдала. Горе душило. Рассказанному верила всем сердцем. Да что там, сырая комната во флигеле отсюда, из кишащей крысами черноты подвала, казалась сказочным чертогом, светлым и тёплым. Там были окна!

Плакала, срываясь на вой, уже не помня, где она, с кем – – – – – и вдруг отчаянный плач взорвался рядом, детские руки обвили её шею, и, словно вырванная из сладкого сна прошлого, она поняла, что это Шурка бьётся и рыдает, прижавшись к ней. Она умолкла, обняла его, и он закричал так, что она испугалась, как бы с криком не вырвалась из него жизнь. Гладила его, молила успокоиться, а он вопил, визжал всё пуще, кашлял, задыхался, извивался с невероятной силой и повторял беспорядочно: "Ма! Ма! Рита! Мама! Рита-а-а!"

Она тормошила его и бормотала: не надо, всё устроится, увидишь, они вернутся, мама, и Рита, разыщут тебя, будешь с ними... Она даже не соображала, что говорит, но Шурка затихал, всхлипывая, дёргаясь, и вдруг обмяк. Она испугалась: умер? Нет, дышал. Лишился, видно, сил и уснул, лежа головой у неё на коленях, дышал судорожно, время от времени вздрагивал конвульсивно.

Она сидела не шевелясь, страшась разбудить его и вызвать новую вспышку этой неистовой истерики, словно маленький страдалец и впрямь криком желал исторгнуть жизнь. Ноги у неё затекли, но она терпела, а думала лишь об одном: как рассказать об этом детям? Это она виновата, что с ним случилось такое. Задумалась – как и с чего начать разговор о Шурке? – и не чувствовала неудобства своей позы. Шурка спал глубоким сном, дышал ровно, повернулся во сне, и она воспользовалась этим и шевельнула ногами. Побежали мурашки, но теперь ничто не отвлекало от раздумья.

Происшествие хотелось бы скрыть, но она понимала, что не имеет на это права. Надо рассказать и заодно узнать, кто такая эта Рита. Мама – это мама, а Рита кто? Сестра?

А как начать разговор? При Шурке? Разве что он сам?.. Но такого дети не рассказывают. Плакать стыдно, это страшный секрет. Она ни за что не рассказала бы, если бы речь шла о ней. Да и Шурке не рассказала бы, если бы не этот приступ, слишком похожий на попытку умереть.

Вечер первый

Первыми явились девочки, окликнули Шурку, отозвалась Люда, и они, невидимые во тьме, перебивая друг друга, рассказали об облаве на Бессарабке. Непонятно, кого ловили, но близнецы в облаву поживились, и, кажется, на ужин будет вкусненькое. Люда робко спросила, как можно поживиться в облаву. Лёля кисло отозвалась: "Что ж непонятного?" Вера услужливо пояснила: в облаву, особенно если стреляют, крестьяне оставляют всё, бегут, и можно незаметно что-то схватить.

Шум разбудил Шурку, он сел и вцепился в Люду.

– Почему темно? Где Шурик? – раздраженно спросила Лёля.

– Молчи! – шепнул Шурка на ухо Люде и исчез.

– Шурик! – снова позвала Лёля. – Ты спишь? Проснись!

Она не успела договорить, в другом конце отсека чиркнуло кресало, сноп искр осветил руки и лицо Шурки. Загорелся синеватый огонёк, от него занялся жёлтый, Люда уже знала: это тол на осколке блюдечка. Шурка вернулся, сел рядом. Она поняла: сторожит её, чтоб не проболталась о происшедшем.

Надо было ждать удобного случая, чтобы что-то рассказать, о чём-то спросить и что-то услышать.

– А что такое тол? – спросила она.

– Тол – это чем Киев взорвали! – фыркнула Лёля.

– Тринитротолуол, – с тихим терпением объяснила Вера. – Это чем снаряды начиняют. Крещатик не саперы минировали, а какие-то из энкаведэ, и наклали тола столько, что не всё взорвалось. Он себе и валяется меж кирпичей. А мы собираем – для растопки и светить немного.

– Как ты всё это знаешь? Молодец!

– Это Ком. У него папа комбриг. И сам он книг прочел – жуть! Он всё знает и нам объясняет.

– Эй, вы, хватит болтать, идите овощи перебирать. Аська, на, передай им. Верка, объясни Люде – что и как. А ты, Людмила, не вздумай есть украдкой, у нас это не принято.

Люда обиделась, но молча: есть и вправду хотелось ужасно.

Вера шепотом объяснила, как пальцами, на ощупь, отличить гнилое от здорового, и сунула ей в руки мешок.

– Тут разное, всего понемногу. Годное вправо, гнилое влево, для крыс.

– Разве крысы едят овощи?

– Только подавай. Обувь едят, тряпки. А что им, кирпичи, что ли, грызть? Они тоже кушать хотят.

– Вера, а почему Ася не разговаривает?

– Заикается. Это от испуга. Они с Лёлей и их мамой...

Тут Люда почувствовала, что Шурки нет рядом, и шепотом прервала подругу:

– Вера, а как Шурик сюда попал?

– С Комом и Лизой, – зашептала Вера. – Бабушка их из колонны вытолкнула ещё до немцев с овчарками. Они шли, а Шурика какой-то дядя вёл, а он упирался, плакал, говорил, что хочет к маме. А тут Ком с Лизой. Дядя и говорит: не хочешь со мной – иди с ними, только не туда, где мама, туда не возвращайся. Вот он с ними с тех пор.

– А Рита – это кто?

– Рита? Не знаю.

– А сестрёнка у него была?

– У него разве узнаешь... Молчит себе – и всё.

Тол выгорел, не видно стало ни зги. Наверное, на улице совсем стемнело. Но Люда уже наловчилась. Гниль была скользкая. Жаль, во тьме не рассортировать было овощи – салат к салату, морковка к морковке... Вообще-то морковка была в кучке одинокая, как кукушка, не разделить, и так хотелось её съесть!..

Чиркнуло кресало. Шурка встречал близнецов.

– Ком будет через двадцать минут, – как вчера, объявил Яшка. – Велел готовить всё к ужину. Шурик, держи!

– Спасибо, – еле слышно прошелестел Шурка.

Борька жаловался Лёле на полицая:

– Череп как у носорога! Я ему: пропустите, дядя, сестрёнка у меня там. А он мне: геть, а то я тоби пропущу прыкладом.

– Дурной, что ж ты его по-русски просил? Надо было по-украински! Дядечко, будь ласка, пропустить мэнэ...

– Я там знал... Я ему: маленькая, потеряется! А он: геть, а то ляжеш из своею сестрьонкою там, дэ вси твои родичи лежать!

– А-а, так ты с ним ещё и завёлся, дурной??

– Я его, гада, в другой раз рогаткой в жопу!

– С ума спятил! Не валяй дурака! Что принесли?

– У Яшки спрашивай.

– Яков, чем разжились?

– Ком с Лизой придёт – узнаешь.

– Ух, какой!..

– А нечего порядок нарушать.

– А ты, когда Шурке даёшь, порядок не нарушаешь?

– Если б ты была Шуркой, я б тебе давал.

И тотчас завопила Лёля:

– Да нет, Шурик, я ж ничего не имела в виду! Да не возьму я, что ты! – Видно, Шурка услышал и совал Лёле то, что дал ему Яков. – Ешь, пожалуйста! Мы там на улице, а ты весь день здесь. Извини, просто вырвалось! Это Яшка противный!

– Не я противный, а ты зануда. Борька, неси дрова. Шурик, давай, братишка, огня.

Костёр развели там же, на полу, в огороженном кирпичами пространстве. Шурка толом разжёг щепки, сверху положил обломки какие-то. Уж не снятая ли с петель и разбитая в щепки дверь в бывший туалет, подумала Люда. Она-то знала, как туго с топливом. Стало дымно, но тут же заплясало пламя и осветило подземелье. На уцелевшей штукатурке висели на гвозде театральный бинокль, котелок, фляга и полевая сумка без ремня.

При мерцании костра Люда не могла как следует разглядеть сестёр. Лёля, сухая, высокая, казалась старше своих лет, а Ася, напротив, младше. Наверно, до войны она была толстушкой, ей и теперь не хватало ловкости. Из сестёр она больше всех вызывала жалость и, должно быть, успешнее всех попрошайничала. Вера больше была похожа на родную сестру Лёли, чем Ася – такая же высокая, солидная, только что не строгая. Люда обратила внимание, что все они чумазые, у всех под ноздрями чернота. Ну, да, дым ведь не уходит, стелется в норе, дымом они дышат, дым выдыхают... Значит, и она будет такая же.

Помещение оказалось ниже, а лаз ближе к жилому отсеку, чем показалось. Часть перегородок в подвале рухнула, к лазу можно было ходить прямиком, сквозь рухнувшие стены, по битому кирпичу, а вчера её привели коридорами. Жилой отсек был подобием комнаты – дверной проём в одной стене, заваленный кирпичом оконный проём в другой и дыра в третьей, смежной с крысами. Кострище, оно же и спальное место, располагалось по диагонали от входа. Видимо, прежде, в это помещение, наверное, мастерскую сантехника, вела дверь, но теперь там и стены не было, зиял пролом, сокращавший путь к лазу. К уборной можно было идти от кострища вдоль этой стены, но тогда, выйдя в коридор, надо было на ощупь искать вход в противоположной стене. Дети подземелья уверенно ориентировались во тьме, но Люде лишь предстояло этому научиться, и в уборную она пока вынуждена была ходить вдоль стены с крысиным отсеком.

Старалась понять, куда уходит дым, но ничего не увидела. Дым расползался и, наверное, наружу просачивался через лаз и лабиринт мелких отверстий, вроде тех, через которые днём проникли лучики света.

В конце коридора раздался певучий голос Лизы. Слов было не разобрать, может, и не было слов, воркотня. Лиза возникла в зеве коридора, Шурик держал её за руку, следом Ком. Он опустился у костра.

– Боря, проверь насчёт хвоста и закрой лаз. Людмила, привет! Освоилась? Чудно! Ну, орлы, докладывайте.

Шурка обошёл костёр, сел возле Люды и взял её руку. Люда отметила удивлённый взгляд Лизы и потупилась. Она старалась не упустить ни слова из дневных отчётов. Яшка по-военному перечислил дневную добычу. Последний пункт не назвал, а показал, вынув из мешка и держа на вытянутых руках, как меч-кладенец – кольцо колбасы. Лёля тут же опустилась на колени, дернула Веру и Асю последовать её примеру, и все они, копируя старшую, протянули руки к колбасе и, импровизируя за Лёлей, с воодушевлением запели: *"О колбаса, о колбаса, о ты, мечта, о ты, краса!"* Лиза залилась смехом, тоже плюхнулась на колени, и Люда за ней, она и на расстоянии запах колбасы почуяла, давно забытый запах.

– Потише! – улыбаясь, напомнил Ком. – Украл?

– Никак нет, командир, взял с прилавка при облаве.

– Яков, предупреждаю... Одного мы уже потеряли. Помни о нашем Рыжем...

– Командир, там за сто метров не было ни души.

– Давай конструктивно. Чтоб это было в последний раз.

– Командир, тогда и мясо едим в последний раз...

Ком нахмурился и отвернулся к Лёле:

– Что у тебя, мать?

– Довесков – во! Капустные листья, лук. Девять картофелин.

– И у нас тринадцать, – добавил Яшка.

– Чудно!

Вернулся Борька, сел, кивнул Кому: всё в порядке.

– Командир, Яшка не сказал... – Ябеда Лёлька... – Борька с полицаем заелся.

– Борис...

– И ничего не заелся. Попросил пропустить меня, а он...

– Командир, не слушай его, он мне сам признался! Полицай подозревает, что он еврей. А раз он, значит, и Яшка. Может, он пока не разобрался, что их двое.

– Борис...

– Да не слушай её, Ком! Ну, гвиндел, как все гвиндят после Бабьего яра. Ей-богу, правда, провалиться мне на этом месте!

– Ладно, это потом. Давайте всё на стол. Кто делит? Борис? Держи нож.

На доске, остатке какого-то буфета или серванта, Борька разрезал колбасу на девять равных кусков. Ком выложил буханку хлеба иного качества, чем тот, что выдают по карточкам. Лёля ревниво сопела. Борька таким же путём разрезал хлеб на девять кусков. Овощи разложил на порции. У Люды рот наполнился слюной.

Борька отвернулся.

– Давай! – скомандовал Ком. – Кому?

– Людмиле.

– А это?

– Тебе.

– А это?

Всё так же, не глядя, назвал каждому порцию.

Сели у костра, Яшка рассовал картофелины под прогоревшие уголья.

Трапеза началась, Люда схватилась за колбасу. Не помнила, когда её ела, это и до войны было деликатесом, мама покупала её лишь на праздники, когда ожидались гости. Люда обожала чайную – толстую, упругую, розовую, с белоснежными вкраплениями жира, просила покупать только такую. Но и тогда съесть разрешалось два-три ломтика. А здесь ей дали кусок. Эта не чайная была, тоньше, но пахла одуряюще, и Люда вонзила в неё зубы. Опомнилась, съев половину. Да что ж она делает? Да когда ей доводилось есть колбасу такими порциями? С усилием оторвалась и сунула остаток в карман.

Вера толкнула её локтем:

– Лопай! Мы ничего не оставляем. Крысы сожрут. Найдут где угодно. Изо рта вытащат. Давай, доедай.

Долго упрашивать Люду не пришлось.

И хлеб вкусный был необыкновенно. Вера объяснила: его продают или меняют на продукты солдаты-немцы.

Люда в ожидании печёной картошки на капусту и лук даже не глянула и заслужила мягкое замечание Кома:

– Лук – это наш рыбий жир. Болеть нам нельзя. Хочешь, не хочешь – надо. Шурик, не слишком ли балуешь своих подопечных? Этак они привыкнут лишь мясом питаться. Я бы предпочёл, чтобы колбасу ел ты... – Люда своим чутким слухом уловила, как Лиза шепнула Шурке: "Спасибо, братик!" – Боря, что там с полицаем?

— Командир, я не виноват...

— Поздно виниться. Надо не попадаться. То же касается Якова. Поняли? Не слышу!

— Есть, не попадаться, командир!

— Что с водой? Навалит снега, воды будет вдоволь, но пока... Я узнал, что в районе Почтовой площади, ближе к электростанции, есть артезианский источник с колонкой. Надо бы разведать, хоть это и не близко...

Папа как-то взял Люду с собой в домоуправление, и там шёл подобный разговор – *коротко о длинном и о мерах по его укорочению*, как говорил папа. Вот и здесь – обсудили, откуда ближе носить воду, толковали о земней одежде, о дровах...

А её жгло тревожное любопытство. Кто был Рыжий? Почему Ком упомянул его в таком зловещем тоне? Вспомнилась бедняжка Сарра и манера немцев стрелять без предупреждения.

— А Рыжий – это кто? – шёпотом спросила она у Веры.

Вера дёрнулась, диковато глянула на Люду и опустила глаза. Люда заметила, что они налились слезами, и мигом все поняла. Не надо было спрашивать!

— Кто что видел и слышал? – спросил Ком.

— Людоеды появились. Ловят кто потолще, особенно детей, зарезают и варят из них колбасу, – сдавленно сказала Вера.

— Сказки! – парировал Ком. – Не порть аппетит!

— Не сказки! – заупрямилась Вера. – Крестьяне говорят. У вас, говорят, в городе людоеды.

— Пацаны, откуда колбаса?

— От крестьян, – отозвался Борька. – О людоедах мы знаем.

— Ужас какой! – ахнула Лиза. – Что ж вы молчали?

— Не хотели аппетит портить, – отозвался Яшка.

Все засмеялись, даже Шурка улыбнулся.

— Какие новости с фронта?

— Бои на Можайском и Таганрогском направлениях! – затараторила Лёля. – Подбили много танков и самолётов...

— Это старые новости, – поморщился Ком. – Новее ничего? С этим, как и прежде, приказываю: прислушиваться, но делать вид, что не слышали. Ну, что, червячка заморили? Готовьте самодеятельность, а мы с Борей пойдём в дозор. Шурик, выйдешь с нами? Чудно!

— Командир, мы же дней пять как всё обошли...

— Боря, развалины оседают. Надо убедиться, что новые щели не появились.

Люда слышала, как, уходя, Ком наставлял Борьку:

— Обойди, как в прошлый раз. Если увидишь свет, стань там и каркни.

Под кроткие указания Лизы прибирали, и Люда поняла, почему нет мебели, а этажерка из кирпичей: всё, что горело, сжигали. В пользовании осталась посуда и кастрюли. В алюминиевой, кипятили воду, кипяток здесь называли *чай*, в дырявую эмалированную собирали для крыс остатки пиршества.

Прибирая и усаживаясь у костра, обсуждали новости: немцы оцепили базар, кто-то побежал, его застрелили; на углу бульвара Шевченко висит молодая женщина с дощечкой "Прятала жида"; на станции Киев-сортировочный партизаны взорвали водокачку...

– Вот бы с кем связаться! – сказал Яшка. – Совсем другая была бы жизнь...

Лёля мигом перевела разговор:

– Лизанька, а что ты сегодня пела?

– Украинские, "Из далека Колымского края", "Дан приказ ему на запад"...

– Да там же комсомольцы! Как же ты?..

– Ком надумал вместо *комсомольцы* петь *добровольцы*.

– А если полицаи?

– Они и сами слушают. Один даже глаза вытирал там, где это... *всё равно, сказал он тихо, напиши куда-нибудь...*

Вернулись дозорные.

– Можно начинать, – бодро сказал Ком, и Яшка заорал:

– О вермишель, о вермишель, пропела солонина из оперы видри-масгор!

Люда засмеялась, а Ком заметил:

– Полегче, Яков, здесь нет глухих.

– Чего это он пел? – шепотом спросила Люда у Веры.

– Слова соединял. О, верь, Мишель...

– А-а... А видри-мазгор – это что?

Ответить Вера не успела, все расселись, и Лиза запела:

> *Окрасился месяц багрянцем,*
> *И волны бушуют у скал.*
> *"Поедем, красотка, кататься,*
> *Давно я тебя поджидал".*

За стеной пищали крысы. С десяток суетилось у стены по эту сторону пролома. Шурка тихо встал и пошёл к ним с кастрюлей в руках. Крысы, опережая его, попрыгали в проём, Шурка полез за ними. Писк усилился до скандального, тут же стих, и Лиза продолжила свой жестокий романс.

Столешница, на которой только что ели, лежала теперь перед ней насухо вытертая и служила клавиатурой. Пальчики Лизы бегали по доске так изящно, так уверенно, голос так был мелодичен, что Люде

156

показалось, будто в их закопченном и мрачном подземелье и впрямь звучит рояль. Все слушали, затаив дыхание. Ком покачивался, закрыв глаза.

"Ты правишь в открытое море,
Где с бурей не справиться нам.
В такую шальную погоду
Нельзя доверяться волнам".

"Нельзя? Почему, дорогой мой?
А в прошлой, минувшей судьбе,
Ты помнишь, изменщик коварный,
Как я доверялась тебе?"

"Послушай, мы жизнью рискуем,
Безумная, руль поверни!
На это свирепое море,
На волны на эти взгляни!"

Люда слышала это впервые.

Папа и мама играли на гитаре, мама здорово, но пели они другие песни, украинские и шутливые еврейские: "*Ужасно шумно в доме Шнеерсона, се тит зих хойшех*[*], *прямо дым идет. Там женят сына Соломона, который служит в Губтрамот*". А тут дети, которые считаются евреями, не знают, судя по всему, даже простых слов. По крайней мере, когда Лиза заметила, что в такой обуви Люде нельзя появляться на улице, а Люда ответила ей: "А гиц ин паровоз!"[**], Лиза её не поняла и переспросила: "Какой паровоз?" Странно как... Может, они и не евреи?

Лизе никто не подпевал, слушали так внимательно, словно впервые.

Всю ночь волновалося море,
Шумела морская волна,
Качая средь пены два трупа
Да щепки того челнока.

Лиза умолкла. Несколько секунд уважительного молчания убедили Люду, что романс дети слышат впервые. Потом они восторженно захлопали, а Ком сказал:

— Давай что-нибудь наше.

---

[*] Все смешалось, такое творится (идиш)
[**] Жар в паровозе

Лиза спела "Чайка смело пролетела", "Катюшу", "По долинам и по взгорьям", "Если завтра война". Дети подпевали. Пела и Ася, у неё был дискант, тоненький, как ниточка. Пела малютка самозабвенно и не отрывала от Лизы влюблённых глаз.

Пошли воспоминания.

Люда поняла: здесь о довоенной жизни говорят каждый вечер, только шутки и подначки другие.

Лиза рассказала, как она целовала бабушку, Ком из ревности дразнил её *Лиза-подлиза*, а она, глупая, плакала. Вера описывала, как они жили в Чуднове, у них висел над столом розовый абажур.

Её перебила Лёля:

– Что ваш Чуднов, дыра такая!

И стала рассказывать о Житомире – какой красивый город, какие известные в нём родились люди – генерал Домбровский, писатель Короленко, командарм Гамарник...

– Гамарник... Хватила... – пробурчал Ком. – Не пойму, почему вы дальше Киева не двинулись...

– А они ждали, пока Богдан Хмельницкий их булавой по головке погладит, – предположил Яшка.

Лёля махнула на него рукой:

– Молчи, осёл! А ты? Ждал, пока Колька-антисемит тебя в Бабий яр проводит?

– С Колькой разберусь, будь спок, – успокоил её Яшка.

– Бабушка, тетки, то-сё... Мужья у всех на фронте... У тёти Мани трёхмесячный Давидка... Собирались... То у одной что-то, то у другой. А потом...

– Ясно, что потом, – оборвал Ком. – Да вы в Киеве хоть повидали что-то? Побывали в Лавре, в Софийском соборе, в Пролетарском саду, в опере? Что вы за тюти такие? Два месяца жили в городе, о котором люди мечтают, и ничего не видели?

– А им Крещатик очень понравился. Подвалы на нём такие уютные, – снова выступил Яшка, и снова беззлобно откликнулась Лёля: "Заткнись!"

Бесшумно, как исчез, явился Шурка, сел на прежнее место, взял Люду за руку, незаметно, но Лиза заметила, скорее, почувствовала, она сидела возле Шурки с другой стороны. Люда поняла это по тому, как Лиза искоса взглянула на Шурку и на неё.

Борька напомнил:

– Картоха сгорит...

– Девочки, живее! – встрепенулась Вера. – Настоящий у нас пир сегодня!

Выгребли картофелины, стали делить, на девять они не делились, и Ком распределил их так, чтобы, как он выразился, число картофелин умноженное на их объём наделило каждого равной порцией крахмала.

Люда кусок колбасы сохранила и увидела, что не она одна. Ели картошку, нахваливая, но вспоминали павильон с газированной водой и пирожными на Думской площади. Все, кроме Кома и Лизы, это место назвали лучшим в Киеве, и разошлись лишь в оценке сиропов. Одни любили лимонный, другие крюшон или вишнёвый. Лиза лучшим местом назвала кафе в Пассаже, но там никто из детей не бывал. А для Кома лучшее место и вовсе была городская библиотека.

Шурка снова ушёл к крысам – относить картофельные лушпайки. Лиза быстро спросила:

– Тебе Шурик рассказывал о себе?

– Н-нет...

– Я вижу, он к тебе привязался за день...

– Он плакал сильно...

– Да что ты? Плакал? Шурик??

– Я ему рассказывала, как мы жили до войны, и он взял и расплакался. Сильно!

– Вот как... Ну, ничего... Ты молодчина.

– Спасибо. Я боялась, думала, вы меня ругать будете.

– Нет-нет, что ты... Бедненький... Расплакался всё же...

– Лиза, а кто такая Рита?

– Рита? Не знаю. А что?

– Он кричал и звал маму и Риту.

– Не знаю. Возможно, сестричка?

– И я так подумала.

– Тише, идёт... Надо думать, куда тебя пристроить. Попробуем завтра взять тебя с собой, посмотришь, как мы крутимся. Шурик, крыс трогал? Идём руки мыть.

– Боря, в дозор! – скомандовал Ком. – По сигналу Боба желающие могут выйти и оправиться. По очереди. Ещё раз напоминаю всем: большие дела лучше всего справлять по утрам на Бессарабке, там удобства почти в каждом дворе. В крайнем случае, делать это к вечеру там же.

– Какие большие дела? – не поняла Люда.

– Опорожнять кишечник, – улыбнулся Ком.

Люда залилась краской и была рада, что во тьме этого никто не видит.

Борька пошёл к лазу. Лиза повела Шурку в угол, где висел бидон с водой. Оттуда послышался плеск.

Появился Борька.

– Всё чисто. Желающие, вали по очереди!

Собрались в кружок, спели гимн, стали укладываться. И снова Аська заныла:

– Командир, сказку!

Ком продолжил сказ. Голос его успокаивал, в нём была связь с прошлым и надежда на будущее, и Люда подумала: не так детям подземелья важно, что именно Ком рассказывает, как важно, чтобы звучал его голос.

Мальчик Петя обладал всеми качествами бойца, был внимателен, осторожен, отважен, находчив. Он не очень хорошо знал город, но понимал это и тратил много времени на то, чтобы узнать его лучше, обращая особое внимание на проходные дворы и места, где можно укрыться при облаве. Судя по всему, он немало успел за вчерашний день, и сегодня его моторка уже оказалась оборудована не только надёжным глушителем, но и вооружена ШКАСом, зенитным пулемётом, способным с большой точностью поражать как воздушные, так и наземные цели.

Военных подвигов за это время мальчик Петя ещё не совершил, он лишь готовился к ним, зато выручил из беды девочку Галю... ("Можно, она будет Голда?" – пискнула Аська, и девочку Галю тут же переименовали в Голду)... ...после чего они вместе с мальчиком Петей нашли ещё одного мальчика, шестилетнего Гришу (его папа-танкист, командир полка, воевал в окружении), и тогда, надёжно укрыв свою лодку, превращённую в боевой корабль, все вместе они оборудовали себе убежище на кишащей крысами старой барже, к ней никто и подойти не смел, потому что о барже шла худая слава: там водились привидения, а предметы летали по воздуху бесшумно, как воздушные шары, притом, по непредсказуемым траекториям и с такой сумасшедшей скоростью, что столкновение с ними для посторонних было смертельно...

Это была всё та же добрая сказка о детях, сказка о них. Под эту сказку Люда быстро и сладко уснула.

Пороша и Катюша

– Опять пороша! – было первым, что Люда услышала, проснувшись.

Спала худо. Впечатления дня, крысиная возня, стужа, мысль о маме, о том, что вот, теперь и она сирота, не давали уснуть, и проснулась она позже всех. Глаза уже привыкли к мраку, и она поняла, что их в подземелье четверо – Ком, Лиза, Шурка и она.

– Кот, Люде надо что-то на ноги, в её опорках она с нами весь день не проходит.

– Ну, пошарь в сейфе, есть же там что-то.

– Шурик, котик, загляни в своё хозяйство.

Со стороны так называемой тумбочки послышался скрип кирпичей. Шурка что-то протянул Лизе, она понесла это к лазу, к источнику света. Молодцы дети, что построили шкаф, подумала Люда. Наверно, Шурка всё же прячет там какие-то корочки для крыс.

Вставать и рассеивать накопленное в складках тела тепло не хотелось ужасно.

– Шурик, умничка, то, что надо! – Лиза приглушала голос, и это тронуло Люду. Какие дети воспитанные! Заботливые какие! Она потянулась и села. – А-а, соня наша проснулась! Шурик нашёл тебе ботиночки. Мальчиковые, зато целые. Примерь. Если велики, портяночки найдём.

Ботинки пришлись впору.

– Чудно! – Люда уже знала словечко Кома. – Шурик, на сегодня распорядок такой. Мы будем на базаре с Людой, покумекаем, к чему её приспособить. Вернёмся пораньше. Хочу с тобой и с Ковалями поработать над входом с Пушкинской. Тебе задание. Разведай дальний угол крысиного отсека, поищи полости или слабые места, это очень важно. Знаешь – как? Стучи кирпичом. Если стук глухой, стена толстая. Если звонкий – тонкая. Не вздумай трогать завалы, по одному в таких случаях не работают. Отметь, запомни, доложи. После возни с подопечными споласкивай руки. Борис восполнит запас воды, помоги ему перелить в бидон. Если принесёт тебе еду, будь добр, не отдавай подопечным. Что ещё?.. Ага, тол! Вот, набрал вчера. Жги, не жалей. Нож... на всякий случай. Всё, выходим! Люда замыкающая. Сигнал – крик ворона. Оглядеться, нет ли настоящего ворона. Я и Люда выходим к Пушкинской, Лиза к Прорезной. Пороша. Идём по кромкам. Если оставляем след, заметаем. Пошли!

Когда Ком исчез в лазе, Люда спросила:

– Лиза, а зачем выходить в разные стороны, зачем потом встречаться?

– Чтоб тропинки не было. По тропинке нас легко найти. Это и незаметнее.

Она выскользнула наружу. В ожидании Люда думала о том, какая умница Ком, обеспечил Шурика заданием на день. Да и как им выжить, если не будут друг за дружку...

Услышав крик ворона, оглядела пасмурное небо и вылезла наружу. Снег лежал лишь в углублениях, обходить его было легко. Оступившись, заметала след рукавом.

Ком и Лиза ждали. Пошли по Пушкинской, по взорванной части, обходя Крещатик, где женщины под присмотром полицаев расчищали проезжую часть. Тут же рядом, на фоне развалин, фотографировались на память о Киеве праздные немцы. На Фундуклеевской – дети подземелья улицу Ленина называли дореволюционным именем, чтоб не звать её Гитлер-штрассе – свернули, минуя уцелевшую часть Пушкинской с домами, занятыми немецкими офицерами. Здесь было сравнительно многолюдно, маршрут считался безопасным. Это Лиза объяснила Люде, ходившей здесь ранее, ничего не опасаясь.

– Посмотришь, что я делаю, решишь, можешь ли и ты делать то же, – говорила Лиза. – А нет – будешь с девочками просить подаяние. Красть нельзя, убивают.

– Я знаю, видела, – отозвалась Люда.

– А что ты вообще умеешь?

– Рисую. Стихи читаю. Кобзарь знаю наизусть.

– Это не для крестьян. А городские сами подаяние просят.

Прошли мимо Бессарабского крытого рынка.

– А почему внутрь не идём? Там теплее.

– Теплее, да... А если опасность, тогда как? В торговых рядах убежать легче.

– И часто вы бегаете?

– Пока не пришлось. Но Ком всегда настороже.

– Девочки, сегодня здесь. – Ком озирался, как полководец перед битвой. На нечётной стороне Бассейной они стояли у пятиэтажного дома с рустами, пилястрами, карнизами и венецианскими окнами по верхнему этажу. Красивый дом, привлекает внимание. – Здесь проходной двор, выход на Крутой спуск и на Малую Васильковскую. При тревоге бегите во двор через любую подворотню и – направо. Если разойдёмся, сбор дома.

Дома! Их берлога – дом...

Бежать не понадобилось, но уходить пришлось...

Потоптались у фасада и встали поближе к рядам, торговавшим дешёвым товаром – овощами, картошкой. Там, где торговали яйцами, маслом, мясом, на подаяние рассчитывать не приходилось. Люду по-быстрому проинструктировали и снабдили тарой – рваной ушанкой, мешочком и рюкзаком. Ушанка для наличных лежала перед ней на земле, в сторонке от Лизы, чтобы аудитория не отвлекалась от духовного. Подачки натурой шли в мешочек. По мере наполнения содержимое перекладывалось в рюкзак, незаметно для зрителей-слушателей. Предполагалось, что Люда будет взывать к аудитории – при исполнении песен молящим взглядом и жестами, а между номерами голосовыми ламентациями типа "Подайте сироткам Христа ради" с любыми жалостливыми фиоритурами.

Лиза, покидая убежище, одевалась, как актриса перед выходом на сцену. Скорее, маскировалась, чем одевалась. Бабушкин платок закрывал лоб и щёки, оставляя лишь глаза, рот и нос, да и тот она мазнула сажей. На руки, скрывая их изящную форму, натянула нитяные перчатки. В таком виде надо было очень пристально вглядываться, чтобы заметить её тонкую красоту.

Для начала она спела "Гори, гори, моя звезда". Когда закончила последний куплет – *Твоих лучей небесной силою/ Вся жизнь моя озарена./*

162

Умру ли я, ты над могилою/ Гори, гори, моя звезда! – баба, торговавшая с земли, смахнула слезу и, оставив на миг мешок без присмотра (что изумило Люду), принесла связку морковок. Стоявший у роскошного фасада Ком поощрительно кивнул и скрылся – наверное, обходить посты.

Лиза спела несколько советских песен.

Подавали скупо. Люда стояла истуканом.

Лиза вернулась к старинному русскому романсу и спела "Утро туманное", да так, что слёзы навернулись теперь уже на Людины глаза:

> *Вспомнишь разлуку... С улыбкою странной*
> *Многое вспомнишь родное, далёкое,*
> *Слушая говор колёс непрестанный,*
> *Глядя задумчиво в небо широкое...*

Городская старушка вгляделась в Лизу, покачала головой и положила десятку. Для неё это была ценность, для девяти детей ничто. Но она ведь не знала, что их девять...

Тут, видимо, Лиза отчаялась и запела "Катюшу", одну из самых популярных песен оборонного содержания.

> *Расцветали яблони и груши,*
> *Поплыли туманы над рекой.*
> *Выходила на берег Катюша,*
> *На высокий берег на крутой.*

Едва она спела это, грянули сразу два события: на тротуаре появился Ком, а с тротуара сошли к Лизе два солдата, пожилой и молодой. Люда не успела даже испугаться. Тот, что постарше, очкастенький, голубоглазый, вынул из кармана шинели губную гармонику и подхватил "Катюшу" в той же тональности, в какой пела Лиза, и так чисто, будто уже упражнялся. Играя, перевернул чьё-то пустое ведро и сел. При этом вопросительно глянул на Лизу и сделал жест – мол, давай, не бойся!

Что второй куплет Лиза поёт машинально, Люда чуяла всем телом, хоть внимание её разделилось между замершим в готовности к действию Комом, немцами (младший кивал в такт), Лизой и собой, с ужасом ждущей куплета о бойце на дальнем пограничье...

> *Ой ты, песня, песенка девичья,*
> *Ты лети за ясным солнцем вслед*
> *И бойцу на дальнем пограничье*
> *От Катюши передай привет, –*

уверенно и ясно спела Лиза. Старший немец всё так же аккомпанировал, а младший так же улыбался и кивал в такт.

Последние куплеты Лиза пропела во весь голос, заливисто. Люда глядела на неё с восторгом, и не одна Люда, все соседние торговые ряды и их посетители:

Пусть он вспомнит девушку простую,
Пусть услышит, как она поёт,
Пусть он землю бережёт родную,
А любовь Катюша сбережёт.

Допела, повернулась к немцу и коротко кивнула. И столько было достоинства в этом жесте, что Люда, с ужасом ждавшая слов о родной земле, закусила рукав, чтоб не запищать.

Немец встал, снял перед Лизой пилотку и почтительно поклонился. Пряча одной рукой в карман обтрёпанной шинели гармонику, другой нахлобучил пилотку и что-то сказал младшему. Тот шагнул к Люде и сунул ей бумажку, пять имперских марок. Оба быстро ушли.

К Лизе потянулись торговки. И тут же рядом вырос Ком.

— Что за митинг?! Марш отсюда! Быстро!

Завёл их в проходной двор, велел через Крутой спуск топать домой, а сам ушёл в другую сторону.

Выйдя на Крещатик и чуть успокоившись, девочки попали в оцепление. Солдаты и полицаи останавливали всех прохожих.

— Это не из-за нас! — шепнула Лиза перепуганной Люде.

Да, не из-за них. Полицаи объяснили: будут вешать людоеда. Немцы следят за порядком и наказывают нарушителей. Людоед делал колбасу. Из бездомных детей. Откармливал, а потом, вот...

Подъехал фургон, немцы вывели мужчину с огромной головой. На нем были лишь кальсоны и нательная рубашка.

— Чого вин голый? — спросила закутанная в платок баба.

— Не замёрзнет! — усмехнулся полицай. — Не успеет.

И впрямь, всё было быстро, деловито. Два солдата поставили мужчину на табуретку, один надел на шею петлю, другой пинком вышиб табуретку из-под ног, и мужчина повис. В тот же миг голова стала нормального размера, словно лопнул шар.

Немцы посмотрели на свою работу и ушли. Один в толпе буркнул: "Волосы-то дыбом стояли..." Другой отозвался: "Для острастки вешают". Но у большинства повешенный не вызвал жалости. Высокий полицай сказал: "А нечего безобразничать!" — и поправил на груди повешенного надпись на куске картона: "Людоед". Девочки кинулись бежать.

Ком и мальчишки вернулись перед самым комендантским часом и долго, без успеха ковырялись в завалах.

Вечером было голодно, но не скучно. Вешали ежедневно за что угодно, но видеть это так близко... А уж к Лизе немцы не каждый день подходили, и разговор вертелся вокруг немца. Лёля высыпала сто вопросов.

– Откуда он такой?

– Ну, как – откуда? – Ком пожал плечами. – Не все немцы фашисты. Там полно было социал-демократов. Если б Гитлер их поубивал, ему воевать было бы некем.

– И где они, твои демократы? – Яшка кривился в ухмылке. – А воюют эти добрячки – будь здоров, вон куда забрались. И вешают тоже. Убивать гадов всех без разбору!

– Придётся, – грустно сказал Ком. – Не время разбираться. А жаль. Он на нашего учителя математики похож. И молодой симпатичный парень.

– Ага, симпатичный... Наверняка в оцеплении у Бабьего яра стоял! – каркнул Яшка.

– Но и я хорош! – сменил тему Ком. – Додумался выбрать место у такого заметного дома... Может, немец архитектор. Стоял, любовался фасадом, а Лизка запела, я ахнуть не успел. Лизавета, ты соображаешь? Катюшу петь на базаре!

– Так плохой же день, ничего не подавали. А за Катюшу на эту пятерку хоть хлеба купили.

Хлеб и был едой этого вечера. Сперва обрезки дрянного, пайкового, вымоленные девчонками у хлебного магазина, брюква, морковь, лук, оборванные крестьянами капустные листы... Еды так было мало, что перебрали крысиное, что самим в пищу обычно не шло, гнилое, растоптанное, и кое-что выбрали. На закуску пошёл немецкий хлеб, купленный на заработанные Лизой марки. Вскипятили воду и пили чай с тортом – кипяток с немецким хлебом.

Лиза за чаем вспоминала о довоенной жизни: к обеду мыли руки, пока они не начинали скрипеть, стол сервировали по всем правилам, бабушка учила их пользоваться столовыми приборами, повязывать на шею салфетку. Салфетки были камнем преткновения, и брат с сестрой со смехом вспоминали, как мешали им эти салфетки – путались под руками, лезли в рот... Обед обычно был из трёх блюд, и бабушка заставляла съедать всё.

– Я не допускал, что можно выйти из дому без носового платка, – сказал Ком. – Хотел бы я пользоваться салфеткой!

– Да? А бабульку увидеть не хотел бы? – Глаза Лизы увлажнились, но она глянула испуганно на Шурку и стала вспоминать, как требовала, чтобы и Ком учился играть, а учительница сказала: "Да ему же слон на ухо наступил!"

После чая Шурка понёс угощение крысам.

– А шинели у них не лучше моего пальто, – сказала Люда.

– Да! – обрадовался Ком. – И я обратил внимание. Победителями они не выглядят.

– Зато полицаи выглядят! – снова каркнул Яшка.

– Что-то ты сегодня не в духе, помкомвзвода, – прищурился Ком. – Можно узнать, в чём дело? Опять на друга-полицая напоролся? Отлучался на целых три часа. Куда?

– Никуда я не отлучался. С чего ты взял?

– Воробьи донесли. Что, опять Колька? Всем антисемитам морду не набьёшь. – Яшка угрюмо молчал. – Не хочешь – не говори, но это против устава. По уставу мы ничего друг от друга не скрываем и никаких самостоятельных шагов без согласования с командиром не предпринимаем. Напоминаю на всякий случай, поскольку у нас новичок, да и среди старичков имеются личности деятельные, склонные к побегам на фронт или, скажем, к поиску связей с подпольем. Если такое замышляется, это должно быть обсуждено со мной до самого первого шага. – Ком звучал необычно жёстко. – Теперь главное, о чём надо думать... Сегодня снег стаял. Но зима идёт, снег принесёт. Как бы мы ни старались не оставлять следов, первый же снегопад нас выдаст. Это проблема номер один. Номер два – топливо. Холодно, и будет ещё холодней. За кражу дров расстреливают на месте. Думаем о дровах, вплоть до книг. Проблема номер три... Мы более или менее одеты, но с нижним бельём и носками-чулками катастрофа. Девочкам надо переодеться в брюки. Их легче достать и они не так рвутся, как чулки-носки. Шурик в коротких штанишках. Значит, просить надо жалостливее, часть подаяния пойдёт на обмен. Четвертая проблема – вши...

– Их немцы покупают, – пискнула Вера. – По десять имперских марок за спичечный коробок.

– Чиво-о-о? – протянул Борька. – Суп они из них варят, что ли? Давай, вари из наших родных, мы сожрём!

– Командир, он с меня смеется!

– Не с меня, а надо мной, – назидательно поправила Лёля, а Ком сказал:

– Действительно, Вера, с чего ты взяла?

– Тётка сказала. Кинула довесок. "Не подходи, детка, по тебе вши лазают. Можешь, говорит, заработать. Немцы на толкучке по десятке за спичечный коробок дают".

– Значит, мне цена сотня, – буркнул Яшка. – Может, и впрямь, командир, пустим вшей на похлебку?

– Неплохая новость, – хмыкнул Ком. – Значит, кое-кто в победоносной армии предпочитает сыпной тиф...

– Твои социал-демократы, не иначе, – ядовито ввернул Яшка. – Башковитые ребята!

– Вшей сегодня не варим, вшей сегодня жарим, – сказал Ком, не принимая вызова.

166

— Как это? — удивилась Люда.

— А так! Смотри! — засмеялся Ком. — А ну, пацаны!

Мальчишки мигом сбросили шапки и пальто, сняли брюки, рубашки, свитера. Разделись до трусов и над костром энергично ерошили волосы. Вспышки и треск в верхней трети пламени ясно показали, что труд их не напрасен. Взялись за одежду, за верхнюю, за нижнюю. Встряхивание верхней зримого эффекта не имело, но, когда дошло до нижней, усилия пацанов вызвали к их восторгу настоящий фейерверк.

— Уступим место девочкам и подышим свежим воздухом.

Мальчишки ушли. Девочки стали раздеваться. Мальчишки, хоть и худые, были мускулистыми. Когда разделись девочки, Люда поняла, как она выглядит. На себе этого было не увидеть. Торчали ключицы, выпирали рёбра и позвонки, локти и коленки были большие, а ручки-ножки жалостно тоненькие. Особенно видно было всё на Лизе, она совершенный была скелетик, возможно, по контрасту с набухшими маленькими грудочками. И снова Люда залюбовалась её белоснежной кожей. Даже при свете костра Лиза выделялась среди всех.

Закончили санобработку, позвали мальчишек. Борька что-то толковал Шурке, стоя в проходе. Тот слушал, свесив голову, не ответил и пошёл к костру. Сел возле Люды, придвинулся к ней и глядел в огонь. Ком и Яшка всё ещё спорили о социал-демократах.

— Продолжим потом, — завершил препирательства Ком. — Есть другие темы. Послушаем Люду. Новый человек, интересно узнать её впечатления о таком бурном дне.

— Людоеда жалко, — сказала Люда. — Люди говорили, никакой он не людоед, его повесили, чтобы другим было страшно.

— Людоеда ей жалко... Ты лучше скажи, почему так мало собрала, — вдруг ляпнула Лёля. — Да если б я там была, да Лизонька бы при мне это спела, да я б за Катюшу из этих баб душу вытряхнула! У них же у всех не сын, так муж или брат воюет. А ты, тютя!..

— Обожди, Лёля, — остановил её Ком. — Во-первых, это я не позволил собирать подаяние, там митинг начинался. Во-вторых, это первый Людин день, она ничего ещё не знает...

— Да что знать? — возопила Лёля. — Просить надо, руки тянуть! Люди добрые, подайте сироткам, чтоб не померли с голоду, Бог вам за это подаст сторицей! Повторяй одно и то же, плачь — и всё! А она? Стояла с торбой, с шапкой и молчала? Гордая! А мы — нет, не гордые? Мы тоже о-го-го какие гордые. Так что, нам и на неё просить?

— Лёль, не заводись. Спасибо, ты показала, как нужно, и Люда теперь не оплошает, — сказал Ком. — Правда, Люда?

Люда шмыгала носом. И благодарна она была Кому за его защиту, и стыдно было перед всеми, но вовсе она не была уверена, что не оплошает снова. Просить — не её амплуа, легче голодать. Но здесь она не одна, она в коллективе. Вечер выпал голодным в значительной мере по её вине. Благородно со стороны Кома заступиться за неё, но она-то знала, что и до пенья "Катюши" не способствовала сбору подаяния. Лиза и мальчишки при Лёлькином нападении отвели глаза, и утешением оставалось лишь то, что Шурка всё так же жался к ней и гладил её руку. Она подумала, что остальные её презирают, и обрадовалась обращением к ней Яшки.

– Люд, на пару слов... И Шурик может. – Отошли в коридор, к лазу. – Ты в привокзальном районе жила... Знаешь его?

– Не очень. Я всё больше во дворе. Мне мама не разрешала по улицам шататься.

– Ну, то раньше. Теперь не у кого разрешенья просить.

– А командир?

– Тихо! Люд, будь другом, сходи завтра в одно место...

– Так я ж с Лизой.

– Вряд ли ты завтра с ней будешь. Оторвись на полваренника и загляни в одно место в привокзальном районе, а?

– Если я с девчонками буду, Лёля не пустит.

– Там я командую, а не Лёлька. Я скажу: "Люда, сходи за Борькой. Он на Артёма, собирает дрова". Ты скажешь – хорошо, а сама пойдёшь по адресу, что я дам. Пойдёшь?

– А что там?

– Мы там жили. На первом этаже, на Жилянской. Там одна зараза во дворе живёт, длинный, тощий...

– Колька? Теперь все тощие.

– Ну, атас, я тебе его опишу, узнаешь.

– А зачем он тебе?

– Ну, зачем... Неважно... Пару слов сказать. Я его три часа сегодня поджидал, но, видно, не в то время. А ты утром наверняка его увидишь. Две вещи надо узнать: кто в квартире деда живет и жива ли ещё эта сволочь...

– Яш, может, не надо, а? Ну, пусть Боря сходит, ему же проще, он его знает...

– Люда, ну, пожалуйста! – Люду это необычное здесь слово уломало. – Борька его увидит – убьёт. А я знаю, как с этой сволочью надо...

– Яша, забыть надо всё – Кольку, и где вы жили, и как...

Яшка злобно рассмеялся:

– Поздно, Рита, пить боржоми!.. Шурик, ты чего?

– Где Рита?

– Рита? Я не знаю...

– Ты сказал – Рита!

– А-а-а... Это я так... Поговорка такая, когда поздно извиняться или там... прощенья просить. Ну, вообще... Как турки стреляют, знаешь? Выстрелят, а потом целятся. Ну, и говорят – поздно, Рита, или там, Катя, пить боржоми, почки отвалились! Боржоми – это в Грузии, мы в сороковом туда ездили, папа на финской почки поморозил. Вода минеральная и скучища!.. Ты чего, Шурик?

— Ничего...

— Люд, ну, что, сходишь? Спасибо! Да я тебе за это!.. В общем... Всё, ладно, пошли...

Когда вернулись к костру, где без песен в этот вечер готовились ко сну, Яшка сказал:

— Командир, дрова есть. Но далеко, на Артёма. Транспорт достанешь?

— Давай дрова, транспорт будет.

— Тогда Борьку надо послать туда на заготовку.

— Борис, знаешь, где это? Чудно! Завтра твой пост там. А ну, гимн! Всё, дружно!

Будут другие дела...

Люда ничуть, конечно, не огорчилась, когда задуманная операция сорвалась, не начавшись.

— Гладко было на бумаге, да забыли про овраги, а по ним ходить, — бурчал Яшка. — Батя так говорит. Планы, говорит, превосходны, но редко доживают до... ну, как это? До выполнения, в общем. Он другое какое-то слово говорит...

— Не расстраивайся, — успокаивала Люда. — Завтра пойдём.

А втайне надеялась, что и завтра что-то помешает.

Утро было скомкано с начала, едва вышли на пост, где Люду пробовали в качестве побирушки. Моросило. Близнецы благополучно поставили Лёлю с Асей у хлебного магазина на Крещатике, где те обладали монополией на детское нищенство. (Взрослые делили между собой сферы влияния отдельно).

Лишь теперь Люда хорошо разглядела девочек.

Начала с Лёли. У длинноногой рослой шатенки, сероглазой, с короткими прямыми бровями, с лбом и носом греческой богини, суровым был не только голос, но и взгляд. Даже фигура была сурова собранностью спортсменки, ненавидящей расхлябанность.

Малышка Ася росла противоположностью сестре – развалистая даже в худобе, присущей всем детям подземелья, рыжеватая, курносая, кареглазая. Сестры явно разделились в наследовании родителям. Почему-то Люда решила, что Ася пошла в мать, а Лёля в отца. Вера больше была похожа на Лёлю, чем её родная сестрёнка, но в умеренном варианте. Тёмные глаза смягчали взгляд, и повадка была мягче.

Оставили Лёлю с Асей на их посту и двинулись дальше.

У закрытых мешками с песком и забитых досками витрин магазина "Бакалея" в доме с коронованным бельведером (на который Люда всегда заглядывалась по дороге к Шлидманам, даже думала, вот бы где жить, весь Крещатик видно, и корона – как на принцессе!), напротив Крытого рынка, высокий полицай в командирской фуражке с трезубцем вместо звезды что-то сердечно объяснял закутанным в платки бабкам. Заботливый. Так же заботливо поправил он вчера картонку на груди повешенного.

Вряд ли хоть один полицай был раньше командиром, но теперь все они ходили в командирских фуражках. Люда вспомнила: папа, старшина, тоже носил командирскую фуражку. Ну да, всё перемешалось теперь. Полицаи в командирских фуражках, а пацаны надели "будёновки", лишь звёзды спороли. Сбылась их заветная мечта, но как! Наверное, "будёновки" пацанам пораздавали, прежде чем склады спалить...

– Мы на месте, – прервал её мысли Яшка. К магазину, где Вере надлежало дать Люде урок, он подошёл с ними и тут же круто развернулся. – Стоп! Дежурит тип, что думает, будто я еврей. Вера, стой одна. Люду я забираю.

В сущности, ничто не мешало Яшке именно теперь отправить Люду в запланированную миссию. Но встречу с полицаем он счёл плохой приметой и направился к Кому.

Кома с Лизой нашли в Крытом рынке. То ли Ком опасался повторного появления вчерашнего немца, то ли желал уберечь Лизу от моросящего дождя, но в этот день выбрал крышу в надежде, что убегать не понадобится.

– Командир, мы идём по дрова. Где транспорт?

Лиза в десятке шагов от них пела "Раскинулось море широко". И продавцы, и покупатели захвачены были куплетами, которых в жизни не слыхивали:

> *А он, извиваясь пред жарким огнём,*
> *Лопатой бросал в топку уголь.*
> *Внизу было мрачно. Луч солнца и днём*
> *Не мог бы проникнуть в тот угол.*

Ком морщил лоб. Он стоял в сторонке, но не могло возникнуть сомнений относительно его родства с Лизой. Не столько сходство роднило их, сколько осанка, скромное достоинство. На Яшку глянул невидящим взглядом:

– Надо же! Я это пел, она нет. Она эти куплеты знает, а я о них понятия не имею...

– Командир, транспорт...

– Мы же условились: сегодня дрова, завтра транспорт...

170

— Командир, ситуация... Завтра другие будут дела.

Люда потом вспоминала эти слова: как в воду глядел!

— Ч-чёрт!.. Ну, сам понимаешь, Лизу одну я не оставлю. Если объясню, найдёшь?

— Объясни, там видно будет.

— Меринговская три. Во дворе с восточной стороны, четвёртое подвальное окно слева. Мы там прятались первые дни. В глубине, у входной двери, увидишь детскую коляску. Дверь завалена, тащить придётся через окно. И через развалины – тоже работа. Хорошо, что ты с Людой. Но смотрите, не поломайте. Другого транспорта не будет. Коляски... сам знаешь, какая это теперь ценность...

— Есть, командир. Люда, пошли!

Но вместо Меринговской Яшка пошёл на Бассейную.

— Яш, ты куда? Нам же в другую сторону.

— Не, Борьку надо прихватить. Я стану за углом, чтоб на того чмура не нарваться, а ты Борьку позови. Коляску тащить... Да ещё, может, кто и отнять захочет...

Борьки на Бассейной не оказалось, побежали за ним на Крещатик. На Меринговскую притопали к полудню. Десятка два разного возраста граждан, не обращая внимания на моросящий дождь, ковырялись в развалинах, то появляясь в проёмах окон, то исчезая.

— Ну, что я сказал? Молодец Ком, жильё нашёл в таких руинах, что и стен нету. А то и над нами так ходили бы.

— Снег выпадет. Лучше б ходили. Тогда бы и наши следы замели, – сказал Борька, редко рот раскрывавший.

— Давайте врассыпную, а то сразу поймут, что мы здесь не так просто. Сбор во дворе, у восточной стены, у четвёртого окна слева. Борька, давай сюда, а ты, Люда, сюда...

Люда изумилась: каждый шаг продумывают!

— А восточная – это какая? – спросила она.

— Которая лицом к Днепру. Да ты нас там увидишь.

Коляску нашли без затруднений. Никто не подумал бы искать что-то в подвале, куда не влезешь и оттуда даже на глаз ничего не вынесешь. Тащили через заваленный оконный проём, в него едва протиснулись сами. Пришлось разбирать кирпичи. Яшка сказал:

— Ком, зараза, завалил, а мне ни слова! Людка, не лезь, руки в кровь сотрёшь.

— А ты?

— Да я уже стёр, мне всё равно, я их теперь ногами...

И, правда, на покрывавшей кирпичи извёстке остались красные пятнышки.

Когда коляску вытащили, Яшка сказал:

— До темноты не управимся. Да так и надо. Пошли! Мы с Борькой понесём, а ты как увидишь, что кто-то идёт, кричи: "Атанда!" Да не стесняйся, всё равно тогда шумно станет.

По выходе из развалин на них двинулся крупный мужчина в шапке-ушанке и демисезонном пальто: "Эй, огольцы, это что у вас такое? А ну-ка, ну-ка!"

Но шумно не стало, напротив, наступила тишина, и Люда обомлела, увидев оскаленные пасти близнецов и вставшие дыбом на загривке волосы. Она и не знала, что у пацанов, вообще у людей, лица могут стать мордами, рты — зверскими пастями. Мужчина повернулся и побежал. Близнецы за ним. За углом послышался вопль. Близнецы вернулись, Борька нёс ломик.

— Пусть угоднику своему свечку поставит, что так отделался, — пыхтел Яшка. — Кидай лом в коляску. Вовремя подвернулся, охотник чёртов. Как бы мы дрова ломали без инструмента...

— Нашел слабаков, сука! — бормотал Борька.

— Эй, полегче! — оборвал его Яшка. — Мы не одни...

— Что вы ему сделали?

— По яйцам дали! — пырскнул Яшка.

С пустой коляской почти бегом за полчаса добрались к Сенному базару.

Тут Люда никогда не бывала. Базар уже пустел. На чётной стороне Артёма, на углу, был разрушенный дом. Стали ждать. От базара тянулись одиночные пешеходы, но постоянно, а Яшка хотел, чтобы никто не видел, как они войдут в развалины.

— Здесь и шли, — угрюмо сказал он. — Почти до конца. Тётка нас турнула. Не старая. Гей авэк, киндерлах. А мы шли. Так она немцу-часовому сказала. Морда такая — кирпича просит. В глаза не глядел. Вот он уж так нас турнул, что больше мы не захотели. Выходит, что? Мы этому немцу жизнью обязаны, так что ли? Вот по Львовской все они в Бабий яр и ушли...

— Мы по Ленина друзей провожали, — возразила Люда.

— И по Ленина, — скривился Яшка. — Всюду... Давай, переходи улицу, а зайдёшь во двор — жди. Там никого, пустырь.

Люда обошла выгоревший четырёхэтажный каркас и вышла на пустырь на Смирнова-Ласточкина. Через минуту появился Борька, ещё через пять вскачь с коляской Яшка. Коляску оставили у входа в подвал, сами по лестнице скатились вниз.

— Крысы? — испуганно спросила Люда.

— Не, тут аптека была, — сказал Яшка. — Они крыс повывели. Мы тут жили, отсюда тюфяк на Крещатик тащили.

— Темно. Как же мы работать будем?

— Рамы против света увидим, а двери на ощупь. Борька, вали сюда, давай, поднимай... Теперь с петель... Так... На себя тяни, на себя! Да не так!.. – Раздался грохот. – Борь! Ты живой?

— Живой, – раздался снизу Борькин голос. – Командуешь хер знает как!

— Так я ж не знал, что ты потянешь, как конь. И откуда сила в тебе, ничего ведь со вчера не жрал. Ну, давай, вставай. Ого, дверь какая! Её нам на два дня хватит.

— Да уж прямо, на два... На, держи...

— У-у! Откуда у тебя это?

— Ну, я же отстоял с девками у хлебного...

— Это по делу! Люда, иди сюда. На, держи.

— Ой, хлеб!

— Молчок! Ничего не было, никакого хлеба. Пошли косяки выламывать. Борь!

— Угммм, я здесь... Ничё, ломать – не строить.

Стемнело, когда со всем, что было деревянного, двинули обратно. Дверь следовало разломать, да слишком было бы шумно. И сил не хватало. Положили её поперёк коляски и пошли, не опасаясь кого-то задеть, пешеходов уже не было.

Дождь прекратился. Похолодало. Пацаны катили коляску, Люда придерживала дверь. Шли закоулками – по Рейтарской, Ирининской, по Михайловскому переулку. По пустой Прорезной скатились вниз.

— Ну, теперь уж надо ломать, иначе её вниз не спустить. Борька, дуй за топориком.

Борька исчез.

— А как вас мама уговорила не идти с ней?

— А это из-за Кольки. Мы ещё в июле так его отпи... ну, это... отделали... Папаша его говёный пришёл, скандалил. А как приказ вывесили, Колька и вылез. Ну, мама нам велела смываться. Это двадцать девятого было, утром. Мама сказала, что придёт. Бабу с дедом устроит и придёт. Мы ей адрес дали, ждём. Адрес развалин этих, где дрова сейчас брали. Ну, целый день народ туда идёт, а мы ждем, ждём, как дураки... Вечером только и поняли что к чему. Наутро пошли... Ну, дальше знаешь...

— А Лиза с Комом как?

— А ихняя бабушка сходу разобралась. Именем, говорит, вашей матери заклинаю, говорит, бегите назад и кричите, что русские, что провожали друзей...

— И их бы убили... таких красавцев...

— Что, втюрилась в Кома? Ещё бы! Только он в Шелю в какую-то влюблён.

— А ты откуда знаешь? Тебе он, что ли, признался?

— Да нет, во сне бормочет.

— Да где там его Шеля... В Бабьем яре, наверно... Яша, а сюда они как попали?

— Первую ночь в своём доме приютились, в другой квартире. Утром дворничиха велела уходить, не то и им каюк, и ей, и квартирной хозяйке. В Ботаническом ночевали. Потом в подвале своей школы. Потом школу фрицы заняли под госпиталь, так они ещё где-то. Потом где коляску сегодня брали. Потом Ком наше место нашёл, и мы все туда набились. Ком на груди ключ носит. Я спросил, он говорит: "Ключ от квартиры, где деньги лежат". Какие такие деньги? Чего б не пойти да не взять? Борька болван, застрял, обожди, позову... О, вот он! Ты чего возишься?

— Шурка исчез.

— Чи-и-иво-о?

— То, что слышишь! Шурка! Исчез!

Другие дела

Люда замерла, ошеломлённая вестью. После всех потерь в её жизни эта показалась уже чрезмерной.

Вылез Ком, подошёл к коляске, ощупал.

— Дверь – сюда. – Сняли дверь, положили на камни, как велел Ком. – Остальное войдет. Встали на дверь. Люда, и ты... По команде прыгаем. Приготовились... Раз... два... три!

Со страшным треском дверь развалилась.

— Теперь то же с филёнкой... Молодцы, этого на три вечера хватит. Боря, тащи коляску в Людино укромное место, устроим там гараж. Пошли!

В подземелье повис траур. При свете костерка девчонки льнули друг к дружке. Лиза качала головой, Вера шмыгала носом, Ася хныкала.

— Все дома, – хмуро сказал Ком, – кроме одного, ушедшего в самоволку. Девочки, готовьте ужин. Что у нас сегодня в меню?

Ася зашлась плачем:

— К-ка-а-аша-а! Я с-спросила: "Шу-у-урик, хочешь к-кашу?" Я з-з-знаю, он любит к-к-кашу. В-вот в-выпросила – и во-о-от!..

Впервые слышала Люда целую речь малышки Аськи.

— Давай свою кашу, – сказал Ком. – От крыс её не спрячешь. Кстати, кто хозяев кормит? Посчитаемся? Эники-беники ели вареники, эники-беники клоц, вышел зелёный матроц... Ох, Люда, извини! Может, есть добровольцы?

— Ладно, давай я, – с неохотой вызвался Борька.

174

Эту самоотверженность оценил Яшка и вместо Борьки пошёл в дозор. Вернувшись, вторую Борькину обязанность выполнил – заслонил лаз, чтоб не видно было отблесков костра.

Каша оказалась горсткой пшённой крупы в газетном кульке. Ужинали отходами – вялой морковью, капустными листами, их крестьянки сбрасывали, чтоб кочаны выглядели свежее, луковицами, отобранными из гнили. Ели с хлебом, чтоб не так было противно. Картошки пришлось по три на брата, ещё и каша на закуску, по ложке, зато нормально посоленная и приправленная подсолнечным маслом. Люда удивилась и маслу, хоть его как кот наплакал, и, особенно, тому, как его прячут. Масло в закупоренном пузырьке хранили в бидоне с питьевой водой.

Кончили трапезу, Борька понёс крысам, но надолго там не задержался. Люда отметила: угощение не было встречено шумом, как обычно.

Он вернулся из крысиного отсека, и Яшка скомандовал:

– Пошли!

– Куда в столь поздний час? – вкрадчиво спросил Ком и постучал по своим часам. – Если не секрет, конечно...

– Не секрет, – буркнул Яшка. – Шурку искать.

– Похвально! И где же искать собираетесь? В городе, понятно... Но город велик. Киев, не шутка. Печерск, Лукьяновка, Подол, Соломенка, Шулявка, Сырец, Дарница, Пуще-Водица, Демиевка, Голосеево, Борщаговка... Бо-о-ольшие районы! И Святошино не исключено. А центр!.. Адрес знаешь? – Яшка молчал мрачно, даже враждебно. – Боря, ты? Ясно... Значит, так... Всем – спать! До истечения комендантского часа никто никуда не идёт. Утром пойдёт экспедиция, состав назначу я...

– До утра его сто раз хлопнут. Борька, пошли!

– Чёрт побери! – Ком пальнул нечто похожее на репризу "Тачанки", что-то вроле "Трам-тарарам-тарам-тарам-тара-а-ам!" – Слушай, Яков... И ты, Боря... Уйдёте – можете не возвращаться. Ясно?

– Ясно! – гаркнул Яшка. – Борька!

Они ещё не дошли до коридора, а Ком уже велел:

– Люда, задвинь за ними светозащиту. Да поплотнее.

Она вылезла вслед за пацанами. Было темно, как в погребе, и тихо, как в пустыне. Падали отдельные снежинки.

– Ты сдурел? – Яшка сопел. – Куда пойдёшь? Где искать?

– А чего он командует?

– Командир, – угрюмо сказал Борька, – вот и командует. Станешь командиром – будешь командовать. Мы поклялись. *Клянусь исполнять приказы и быть верным присяге...*

– А чего он?..

– Яша, не валяй дурака, – сказала Люда. Вдруг она себя почувствовала такой старой, такой усталой, что мама сейчас показалась бы ей дочкой. Мысль, что Шурка застрелен, как собачонка Пальма, мимоходом, как убита маленькая Слава-Сарра, жгла. Шурка с его льняными локонами валяется на тротуаре, чистые светлые глаза слепо глядят во тьму, не тают снежинки на лице, окаменели и затвердели тонкие пальчики, они так согревали ей душу... Шурка! Да красивее, милее, добрее она никого не видела ни в жизни, ни в кино. И его тоже убили??? Ей хотелось рыдать, но и рычать, скалить тигриные клыки и рвать, рвать фашистов в клочья, чтоб кишки из них вон! Ни зги не видя во тьме, она почуяла перемену в настроении Яшки, он мнётся, не придётся долго его уговаривать. Почуяла даже Борькино угрюмое несогласие с братом:

– Иди, извинись перед Комом.

– Вот ещё, буду я перед ним извиняться... – сказал Яшка и первым полез вниз.

На Кома натолкнулись сразу, у так называемой лестницы.

– Извинения не нужны, я их не принимаю, – жёстко сказал он во тьме. – Запомни, Яков, я больше повторять не стану... Никаких бунтов на корабле! Меня убьют – ты примешь командование, ты будешь отдавать приказания, тебе будут повиноваться, ты будешь нести тяжесть ответственности за тех, кем командуешь. Пока всё это на мне. До утра никто никуда не идёт! Утром на поиски пойду я, Лиза и Люда. Остальные на обычных местах добывают еду. Если один день мы не поедим, на другой у нас уже не будет сил просить. Просить и подбирать. Не красть! За это отвечаешь ты. А пока садимся и рассказываем всё, что знаем о Шурике. Где жил, с кем дружил, кто и что от него слышал. При его немоте немного наберётся, но важна любая мелочь.

Высказали всё, что знали о Шурке. Люда вспомнила: на вопрос о том, где жил до войны, он ответил, что на Консерваторной. Ком задумался, переспросил:

– Может, на Обсерваторной?

– Может, – согласилась Люда.

– Консерваторная – такой улицы я не знаю, а на Обсерваторной дом КОВО. Папа командир – логично. Оттуда и начнём.

Аська разревелась, за ней Вера. Вера, да она ни по какому поводу не раздражалась, не плакала! Шурик – убит? Заревели все девчонки. И Люда. Бросились, прижались друг к другу, Лизу обняли, как маму, и рыдали так отчаянно, что лицо Кома перекосила гримаса, и он ушёл к входу. И близнецы с ним, чтоб девчонки выплакались.

– Партизан бы найти... – тоскливо сказал Яшка.

– Не возьмут они нас, – откликнулся Ком. – Мы такая обуза... А партизанская жизнь – нынче здесь, завтра там. Облавы, тревоги, походы... А тут дети... Я бы кое-как ещё сошёл... тоже не ай-яй, слишком городской. А вы... А девчонки и вовсе...

176

— А что – мы? – захорохорился Яшка. – Палили бы будь здоров, не хуже любого взрослого!

— Понимаешь, старина, война – это не только пальба. Вещмешок и винтовку с гранатами протащишь сорок километров по бездорожью ночью? Станковый пулемёт на плечах унесёшь через болото? Да и такие ли мы рассудительные, как взрослые? Этого я пока у нас не заметил...

— Думаешь, им не нужно разведчиков? Кто лучше пацанов пролезет, где надо?

— Думаю, для этого у них сельские есть, они у немцев под ногами шныряют, и немцы их знают в лицо. А незнакомец, пацан или не пацан, всегда подозрителен.

— Ты так говоришь, потому что боишься, что нас с Борькой примут за евреев.

— Об этом не думал, но – да, если б дошло до разведки, побоялся бы.

— А мы не евреи, мы русские, понял? Наш папа русский. Мы крест носим, понял?

— Сказал он, поводя очами...

— Чи-и-во?

— Гоголь Николай Васильич. Классиков желательно знать. Так что, начинаем стычки на национальной основе? Ну, хорошо, вы русские. И – что?

— А ни-чи-во-о! Поэтому не боимся идти в партизаны.

— А евреи, значит, боятся? Яков, подумай, что ты мелешь? Куда ещё евреям деться, как не в партизаны?

Девочки уже легли в страстном желании скорейшего прихода утра и отправки экспедиции на поиски Шурки, а идеологическая схватка всё ещё длилась. Яшка и Ком при молчаливо страдающем Борьке сцепились теперь в споре о причинах поражений столь любимой ими Красной Армии, во всём держась противоположного мнения.

Наконец Ком примирительно сказал:

— Дружок, мы с тобой ни к чему не придём. Давай после войны встретимся в кафе-мороженом у Бессарабки или в вашем любимом магазине на Думской площади, позовём солдата-инвалида и голосованием решим, кто прав. А пока – спать! Уже недолго и до конца комендантского часа.

Ночью Люду разбудили крысы. Одна уселась на плече, Люда стряхнула её, а спустя минуту увидела светящиеся огоньки крысиных глаз у самого лица. Она отпрянула, и крыса отпрянула, но Люду пронзила мысль: Шурку ищет!

Утро встретило неприятным сюрпризом – сплошным покровом снега. Борька доложил Кому, тот поднял всех и велел использовать даровую воду, умыться снегом. С лица Люды, Лизы и Кома стекала серая вода, у остальных чёрная. Пока вокруг было пусто, они понаделали столько следов по обе стороны Прорезной, что лаз затерялся среди них. Лишь тогда близнецы с девчонками отправились на посты, а экспедиция двинулась на Обсерваторную.

– Люда, понимаешь, что имя его упоминать нельзя?

– Почему?

– Ты не знаешь отношения к нему того, с кем говоришь.

Люда заморгала.

– А как же его искать?

– Думаю, искать надо не его, а Риту. Кем бы ни приходилась она Шурику, но скорее всего жила в том же доме.

– А, да, понимаю! – обрадовалась Люда. – Точно! Будем искать Риту! А там что-то узнаем!

– Умница!

Снег облегчил задачу. Стало ясно: немцы в доме КОВО уже больше не стоят. Ни машин, ни даже следов шин не было, хоть подошли к дому в девятом часу. Пацан во дворе лепил снежную бабу. Люда присмотрелась. Пацан домашний – розовощёкий, с рукавичками. Не иначе как сын полицая. Один. Скучно ему, наверно. Стала помогать пацану, хоть ей после умывания возиться со снегом ничуть не хотелось. Лиза и Ком в другом конце двора стояли так, словно с Людой и знакомы не были.

Когда работа была закончена, и пацан раскраснелся, а Люда замерзла, она сказала:

– Слушай, пацан, я Ритку ищу, а квартиры не знаю.

– Ритка? Это сирота которая? Ищи-свищи Ритку.

– А чего так?

– В Бабий яр ушла Ритка твоя малохольная.

– А ты видел?

– Я не видел, другие видели. Она, и Шурка Волков, и Шуркина мама. Красивая была, как киноартистка. Они все евреи были, жиды. Риткина бабка померла, так Ритка у них жила. Все в Бабий яр и пошли. А ты чеши отсюда, пока на дворника не нарвалась. Он сексот, перед немцами выслуживается. Они здесь жили, позавчера только съехали, оттого все нас сторонятся, бабу слепить – и то не с кем. – Такой храбрый – и папаша не полицай, про себя удивилась Люда. Значит, спекулянты. – А на что тебе Ритка?

– Да так. В школе вместе учились.

Ляпнула и онемела: вдруг с Риткой учился? Но – пронесло.

– В подвале жила Ритка, в первом подъезде. Там пусто, тряпьё какое-то валяется, – равнодушно сказал пацан, любуясь созданием своего гения.

Люда поблагодарила его и сделала знак Кому.

Ком с Лизой вышли на улицу через пустырь, она через подворотню. Сообщила им всё, что узнала.

Стали препираться – кому идти в подвал? Лиза уверяла, что ей: Шурик сбежал не от неё. Ком пожал плечами: он полагает, что и не от него. Решили, что Люда. Шурка не от неё сбежал, это факт. А Лиза с Комом лучше обеспечат отход, если во двор выйдет дворник и узнает Шурика, о котором думает, что он в Бабьем яре.

Почему-то ни у кого не возникло сомнений в том, что Шурка там, в подвале.

В ожидании момента, когда опустеет двор, Ком зашёл в первый подъезд, нашёл по указателю жильцов фамилию *Волков*, поднялся по лестнице и увидел, что дверь опечатана. Едва двор опустел, Люда нырнула в подъезд.

Ком и Лиза у косогора делали вид, что болтают.

На Обсерваторной было тихо, но устье перпендикулярной Павловской тревожило. По обеим тротуарам дефилировали солдаты, проехал мотоцикл, несколько машин, видимо, было там какое-то учреждение.

Время тянулось в ожидании, и это значило, что Шурик найден. Но почему не выходит Люда – одна или с ним? Почему не зовёт их, если нужна помощь? А вдруг появится дворник? Или увидит Шурку в окно? Звать немцев недолго, вот они, на Павловской...

Когда Люда с Шуркой появились в зеве парадного, Лиза и Ком кинулись к ним, уже не думая о маскировке и не пытаясь скрыть возбуждение. Ком без единого слова вскинул Шурку на руки и быстро пошёл по Обсерваторной вверх, кратчайшим путем к их логову. Лиза поспевала за ним, радостно всхлипывая. Люда замыкала бегство с большущим узлом в руках.

Ликование

Как они ликовали в тот вечер! Как тискали и целовали Шурку девчонки, вернувшись уже в темноте! Близнецы первыми поклевали его в макушку. На радостях, приняв, конечно, меры предосторожности, устроили фейерверк – зажгли свечу, единственную, хранившуюся, чтоб её не слопали крысы, всё в том же бидоне с водой, и с десяток плошек с толом.

– Стало светло, как днём, – пошутил Ком.

Все расхохотались. Лишь в освещавших единственную свечу коптящих огоньках тола стало видно, как у них темно.

Ужин готовили все, как в праздник, и праздничной была суета вокруг капустных листов и прочих полусгнивших остатков. Практичная Люда отысканием Шурки не ограничилась, обшарила бывшее Риткино жильё и унесла дряхлый тюфяк, две наволочки, иголки и нитки. Но, конечно, главным из того, что она выгребла из двух стоявших рядом тумбочек в нищем жильё, была стеклянная банка с остатками манной крупы.

Манка вызвала ликование. Оказалось, все до войны ненавидели манную кашу. Оказалось также, что все смертельно по ней скучают и готовы есть ежедневно. Лёля встряхнула банку и заявила: *на ежедневно* здесь не хватит, но на один вечер хватит всем. Ей и поручили варку, а она, не желая замочить руки, потребовала в помощь Люду и стала ею повелевать.

— Манка — это не пшено варить, — важничала Лёля. — Ту насыпала, поставила на огонь — и жди, пока сварится. А манка — совсем другое дело, она тогда вся в комьях будет.

Вера подобострастно поддакивала.

— А чего ты воды боишься? — спросила Люда.

— Обожди, и ты забоишься. Смотри! — Лёля растопырила пальцы. Тыльные стороны ладоней были потрескавшиеся, в трещинки набилась грязь. — Цыпки. Если вода попадёт, печёт ужас как!

— А как же ты утром руки снегом мыла?

— Ну, мыла... Приказы не обсуждаются.

Люда сполоснула котелок, наполнила водой и поставила на кирпичи над огнём. Лёля экономно посолила вскипевшую воду, велела Люде снять котелок с огня и мешать воду ложкой, а сама тоненькой струйкой сыпала туда манку. Потом подложила кирпичей, чтобы огонь едва касался котелка. Стало тихо — не потому что варилась каша, в её сторону никто, кроме Лёли с Людой, не глядел, а потому что Шурка, обнимаемый с одной стороны Лизой, а с другой Комом, заговорил:

— Рита солдату что-то крикнула и меня выпихнула. Крестик набросила и выпихнула. Я хотел назад, а солдат меня отпихнул. А тут дядя Хахулин...

— Он что, провожал вас?

— Не знаю. Он схватил и понёс. Я плакал, вырывался. Дядя Хахулин поставил меня на землю. А тут вы подошли...

— Хоть и не слишком, но ясно! — выдохнул Ком. — А кто он такой, дядя Хахулин? Он здорово рисковал.

— Он с Юлькиным папой работал. А теперь он в гараже на Павловской. Он к Юльке пришёл, мы там жили, в его квартире. Он боялся, что Юлька не уехал. Мама просила его взять Риту и меня. Он сказал, что меня возьмёт, а Риту не возьмёт, боится.

— Ага, уже яснее... А Юлька — это кто?

— Мой друг.

— Он в Бабьем яре? — Шурка мотнул головой и махнул рукой: эвакуировался. — И долго вы в его квартире жили?

— Долго. — Пошевелил губами. — Неделю и четыре дня.

— Каша готова! — провозгласила Лёля.

— Обожди с кашей, — сказал Ком. — Почему ты ушёл? Не спросясь! Мы тут с ума сходили.

— Хотел посмотреть. По дому соскучился.

— Ясно... Есть ещё такие, кто по дому соскучился? — Ком обвёл всех взглядом, и Люда поймала предостерегающий Яшкин прищур. — Девочки из Житомира и Чуднова, Ковалёвы из Любомиля... Путь не близкий. Ну, давайте есть. Всё же праздник. Ещё, спасибо Шурику, манная каша на закуску.

За едой, перебивая друг друга, ударились в воспоминания, и Люда узнала о том, как попали сюда девочки...

Вера жила в Чуднове, а её двоюродные сёстры, Лёля и Ася, в Житомире. Верин папа ушёл на фронт на второй день войны, а в начале июля в город ворвались немцы. Вера с мамой накануне ушли из города пешком. Толком и не помнит, как добирались до Житомира, до Лёли и Аси. Их папа тоже был на фронте. Немцы подошли к городу, у поездов творился ужас. Уехать всё же удалось. Пригородным поездом за вечер и ночь одолели сто километров, ранним утром их разбомбили в Тетереве. Маму Лёли и Аси убил не осколок бомбы, а осколок шпалы, заноза величиной с веник. Когда Ася увидела, во что превратилась её мамочка, она зашлась, посинела, и медпункту станции Тетерев немало пришлось потрудиться, чтобы вернуть её к жизни. В Киеве пошли к старшей сестре мам, её муж и сын были на фронте. Дальше как у Люды: Верина мама работала в госпитале, без мужчин уехать не успели... Мама и тётка отвели девочек к знакомой женщине, ушли и не сказали — куда. А женщина через неделю выгнала их на улицу.

— Могло быть хуже, — сказал Ком, выслушав слышанное уже не раз. — Могла не выгнать, а выдать. За предательство награждают. Давайте кашу есть. Лёля, ну-ка!

Лёля потребовала похвал. Ком и Лиза сказали, что вкуснее этой каши в жизни ничего не ели, Вера и Люда, что мирово, на большой, а Яшка попросил поделиться рецептом — по блату.

Пошли воспоминания о жизни перед войной. Ком рассказал, что к манной каше требовал солёный огурец, иначе его тошнило. Яшка засмеялся и сказал: подумаешь, огурец, Борька кашу ел только с селёдкой. Тут все застонали: селёдка, да с лучком, да с чёрным хлебом с маслом!.. Шурка робко возразил: вкуснее кетовая икра на масле с белой булкой. Мнения разделились. Люда как-то пробовала кетовую икру у Нары и Ивана, твёрдого мнения о ней не составила и предположила, что самое вкусное — мясной борщ, особенно с мозговой косточкой. Смеялись все: ну и загнула!.. тут хлебом из шелухи запах гнилых овощей перебиваем, и то жрём так, что за ушами трещит!

— Смотрите, крысы к нашей гастрономической беседе прислушиваются, — сказал Ком. — Так и кишат сегодня. А ничего особенного мы не едим, каша и вчера была.

— Это не беседа, это Шурка, — сказала Люда. — Крыса ночью его искала, по мне ходила.

— Твоя Матильда! — засмеялся Ком. — Кто особенно тебе рад, Шурик, так это Боря. Больше не придётся ему кормить твоих подопечных.

Шурка молча, как всегда, взял объедки и пошёл в крысиный отсек. И сразу там раздался восторженный писк.

— Как бы они его самого не слопали на радостях, — пробурчал Яшка.

Воспоминания о довоенной жизни сменились мечтами о послевоенной. Загалдели все, и сказочная возникла картина: улицы в кумаче и цветных шарах, духовые оркестры на площадях, выходной трижды в неделю, ну, пусть дважды, всюду киоски с газированной водой с сиропом, с мороженым и пирожками со всеми начинками – с мясом, с рисом, с капустой, с маком, с изюмом... Всё даром, без денег. И они всей компанией, конечно, с папами, кое-кто и с мамами, с кузенами и кузинами, с дядьями и тётками среди этого праздничного гама...

Сошлись на том, что жизнь после войны будет обильной, как никогда. И что от манной каши их теперь трактором не оторвать, есть её будут без селёдки или там солёного огурца, а просто – со сливочным маслом. И притихли, когда Ком стал описывать города будущего – просторные площади с садами и клумбами, километровые небоскрёбы, между ними дирижабли, выше самолёты и геликоптеры, а ещё выше ракеты, но не осветительные, а те, на каких люди полетят на Луну и другие планеты. Как, никто не знает, что такое геликоптер? Не слыхали о Циолковском, о космосе? Он и об этом поведал и кратко пересказал роман Верна о путешествии к центру Земли.

Вернулся Шурка.

— Вовремя пришёл, — сказал Ком. — Яков опасался, что хозяева слопали тебя на радостях, спасательную экспедицию готовил...

Намёк на прошлое Яшка проглотил молча.

Стали припоминать – у кого, где и какие близкие. Люда назвала тёток в Полтаве и Харькове, Ковалёвы дядю-кузнеца где-то на Урале, Вера и Лёля тёток в Ленинграде, Одессе и Куйбышеве. Даже Шурик сказал: "Баба и дед в Бердичеве и тетя Маня в Харькове". Лишь у Кома с Лизой не было близких с материнской стороны, а называть братьев отца, живших в Проскурове, они не сочли нужным и грустно улыбались энтузиазму детей.

Яшка прокашлялся и сказал:

— Командир, надо что-то делать...

— Да, Яша, и не просто что-то, а многое. Излагай, что именно ты имеешь в виду.

— А вот... Борька, покажись.

Борька снял кепку и показал над правым ухом здоровенную шишку с вмятиной.

— Ого! Взрослые конкуренты?

— Та не! – засмеялся Яшка. – Взрослые поодиночке работают. Нас они боятся, как мы крыс. Это Женька с Бассейной, с пятнадцатого номера.

— Тот, что с пятилетним подсадным с соплями из носа?

— Та он же на соплях на этих и играет. Все спешат отвязаться и дают кусок.

— Чем он тебя, Боря? Похоже, дрючком.

— Ну.

— Что ж ты его не боднул, как умеешь?

— А он мне врезал, когда полицай рядом стоял.

— Командир, тут твое вмешательство нужно, – солидно поддакнул Яшка.

— Ни в какие ваши дела Ком ввязываться не будет! – Казалось, Лиза не прислушивается к разговору, он и вёлся-то вполголоса. Казалось, она занята разговором с девчонками, они обсуждали что-то своё. – Вы там вытворяете бог знает что, враждовать с кем-то себе позволяете, а мой братик должен за вас заступаться, с полицаем связываться? Он у меня один, больше никого на свете у меня нет! Не будет он за вас заступаться! Не будет, поняли?

— Лизанька, успокойся, котик...

— Я не дам, не позволю! Мы оставим вас и уйдём с Шуриком и вытворяйте себе, что хотите! Научитесь вести себя с людьми! Вечно драки, вечно выяснение отношений! Я не хочу больше об этом слышать!

— Лизанька, мы должны быть все за одного...

— Не за дураков! Дуракам теперь не выжить! Я больше не могу так! – Она зарыдала.

— Лизанька, котик!.. Ребята, оставьте нас. Я вас позову.

Вышмыгнули вон, прошли коридором и столпились под лазом. В темноте звуки усиливались, плач Лизы доносился и туда.

— А Шурка где? – спохватилась Люда.

— Где, где... – пробурчал Яшка. – С ними, конечно.

— Каракавка буду!.. – сказал Борька. – Не трогал я эту падлу. Он, сука, сам – бац меня по башке! И полицай тут как тут...

— Провокация! – каркнула Лёля. – Нарывался. Тут полицай тебя и сцапал бы. А потом штаны расстегнули бы – и на что сгодится твой крестик...

— Зря я Кому сказал, – процедил Яшка. – Сами с Борькой споймаем эту падлу в тёмном углу и задушим. Ногой по яйцам, скорчится – и задушим. Трупов вон сколько валяется...

— А вас повесят, – подала голос Вера. – За горло.

— Волков бояться – в лес не ходить, – буркнул Яшка.

Люда слушала, каменея от страха.

Замолчали. Доносилось неразборчивая воркотня Кома и всхлипывания Лизы. Потом её вскрик: "Ты должен мне поклясться!.." – и снова воркотня.

Подошёл Шурка, встал возле Люды, взял её за руку.

– Шурик, что там? – спросила Лёля. – Плачут? О господи! Да хоть что-то скажи!

– Зря ты сказал это... – прошелестел Шурка.

– Да уж понял, – с досадой сказал Яшка.

Помолчали. Мерцали на штукатурке едва заметные отблески костра. Ветер посвистывал над шторой, прикрывавшей лаз.

Люда вспомнила, как нашла Шурку в подвальной трущобе этой Ритки, ставшей легендой. Шурка спал за полуприкрытой дверью одетый, в своём пальтишке, в драных чулочках, в ботиночках. Как сморило, так и уснул. Да там и укрыться было нечем. Кто бы ни заглянул – не вошёл бы, прошёл мимо. Да и мимо некуда, тупик. А в комнатушке две ободранные тумбочки, табурет и кровать с продавленной сеткой и несоразмерно малым тюфяком с вылезающей ватой. На тюфяке и спал Шурка, уткнувшись в него лицом. Она позвала его, легонько тронула за ногу, чтоб не испугать. Он перевернулся на спину, медленно закинул руку за голову, поднял веки. Боковой свет из выходившего во двор окошка освещал его лицо – и снова кольнуло чувство, что лицо это ей знакомо. Ангел! Эти пряди льняных волос, тонкие ноздри, высокий лоб, необычайно широко поставленные глаза... Да какие! Тёмно-серый ободок – и прозрачная голубизна у зрачков. И такой беспомощный!.. Ангел!

Где видела она это лицо?! Не вспомнить, хоть лопни...

И – вспомнила! На уроке учительница пустила по рукам открытки, картины русских художников, и был там портрет сына художника одного, Тропинкина, что ли. Копия Шурка, только постарше, нос чуть пошире, волосы чуть короче... Вот он, красавец! Ещё покрасивше этого Тропинкина-сына!

Он увидел её и протянул к ней руки...

Она сказала, чтобы нарушить молчание:

– Похоже, опять снег...

– Ветер, значит, не снег, – назидательно сказала Вера.

– Яша! – послышался голос Кома. – Идите все сюда.

Поплелись, добра не ожидая. Ком сидел у костра, Лиза стояла между костром и коридором, лица её не было видно. Шагнула к Яшке, обняла его и тихо сказала:

– Прости меня, Яшенька!

– Что ты, Лиза... – Яшка вдруг взвыл и ткнулся лицом ей в грудь. Тут же взял себя в руки, отпрянул и шёпотом: – Это ты меня прости...

Люда давилась слезами.

184

Сели у огня в необычном порядке: Ком и Лиза, конечно, рядом, но возле Лизы Яшка, потом Борька, Шурка с Людой, потом Вера, шмыгающая носом Аська и Лёля, замыкающая круг и редко упускающая возможность сесть рядом с Комом.

– Мы дети подземелья, – после молчания начал Ком. – Мы друг другу братья и сестры, мы друг за друга по принципу "Сам погибай, а товарища выручай". Мы обязаны выжить, встретить отцов, чтобы после войны они не осиротели. Надо принимать реальность, как она есть, без иллюзий. Мы не можем вести партизанской войны ни с немцами, ни с полицаями, ни с конкурентами у магазинов. Мы, дети советской власти, должны после войны стать свидетелями преступлений фашистов и предателей. На это надо направить все усилия. С завтрашнего дня пост на Бассейной переводится к хлебному магазину на Васильковской. На Бассейной станет Люда, одна. Вера её натренирует и оденет как надо. Деловая часть закончена! Сегодня праздник, не забыли? Самый наш младший братик, Шурик, снова с нами. Начинаем вечер художественной самодеятельности детей Подземелья имени писателя Короленко! С чего начнём?

Лиза запела "Москву майскую", все тихо, радостно за ней подхватили, даже Шурка шевелил губами. Спели "По военной дороге", "Песню о Каховке", "Любимый город", "Лейся, песня, на просторе". Потом Ком скомандовал: "Гимн!" Грянули – "Шёл трамвай девятый номер..." Ком велел спать. Шурка уснул сразу. Прошедшие сутки слишком были для него велики.

Люда прижималась к нему, чтоб было теплее, и думала: там табуретка, две тумбочки, столько дров! Их не унесли. Может, сказать Кому и сходить завтра?

Интересно, кто была эта Ритка? Жила в подвале, в такой нищете, а Волковы, как сказал ей на обратном пути Ком, в отдельной квартире на втором этаже или на третьем – и они с Шуркой дружили? Дом КОВО! Так Шуркин папа командир! У всех папы командиры, у Лёли даже комиссар. А у неё самой неизвестно – командир ли? Помнит, что четыре треугольника в петлицах, но она в чинах не разбирается, а спрашивать не станет, скажет, что командир. Да и какая разница? У них-то отцы живы, а у неё...

– Один пришёл в горуправу, говорил по-украински с акцентом – повесили. Пацана застрелили, голубей своих не перебил...

– И я не перебил бы. Голубей, как можно!.. А вчера, ты говорил, повесили одного... за что?

– Ну, тот сводку информбюро пересказывал.

Их Ком уложил, а с близнецами вот сидит, всё обсуждает, всё обдумывает...

– А что с последними известиями?

– Упорные бои на Волоколамском направлении. Это где такое направление, командир?

– Не знаю. Я о таком культурном центре не слышал. Карту бы, черт побери!..

– Достанем, командир!

– Думать не смей! Даже не заикайся. Само упоминание карты – улика. Сразу схватят. Что с дымом будем делать?

– А что?

– Что... Без костра нельзя, простынем, умрём от воспаления лёгких. И картошка, кипяток... А костёр – дым.

– Так мы ж лаз закрываем, не видно дыма.

– Видно, Яков. Видно. И чем холоднее, тем виднее будет. Пробивается и тут и там... Дым конденсируется на холодном воздухе.

– Чего он там делает, на воздухе?

– Ну... Делается виден.

– Да кто там смотреть будет?!

– Будут. С партизанами бороться будут – будут и смотреть. Дело простое. Посветил в темноте прожектором – и все дымы проявятся. Уходить надо отсюда...

Вот как... И здесь не безопасно... А девчонки-то думают...

Голова тяжела – а не спится.

А так хочется спать...

Стажировка

Утро началось обычно.

Шурка пошёл к крысам и был встречен своей Матильдой и восторженным писком полчища.

Очередь идти по воду выпала Лёле, с водой она принесла новости. Свежий висельник на Бессарабке с надписью "Партизан". Убитая дама на Васильковской: "Находилась на улице вечером". Полицаи отбирают продукты у крестьян и торгуют награбленным. Расстреляли в Бабьем яре матросов Днепровской флотилии. Говорят, там каждый день кого-нибудь расстреливают. А немцы у самой Москвы, Сталин удрал за Урал...

Её с досадой оборвал Ком:

– Если бы так было на самом деле, немцы уже раззвонили бы это. Пораженческие слухи запрещаю! И вообще... Наполните бидон – и по местам! Люда стажируется с Верой. Яков, Боря, помните, вместе не появляться. С девчонок не спускать глаз. Шурик, ты со мной. Нет, нельзя. И никаких разговоров. Боря, снег? Нет? Чудно! Поехали! В обычном порядке. Мы замыкаем.

186

Разошлись у крытого рынка.

Едва пришли к магазину на Бассейной, Яшка сказал:

— Верка, стой одна. Мы слетаем в одно место, раз-два! Рот на замок, ясно? А то... сама знаешь... Люда, пошли!

Шли по Васильковской. Небо было в низких тучах, пронзительный ветер крутил одинокие снежинки. Люда теперь рада была пробежке. У магазина околела бы. Поспевала за Яшкой и думала: Ком, конечно, командир, но не такой командир-командир. Яшка — он тоже... Вера будет молчать. Значит, и ей надо не проболтаться.

На Саксаганской лежала женщина, вверх лицом. Пальто с меховым воротником, седые волосы, опрятная стрижка, глаза устало закрыты, на груди плакат: "Была на улице в 22:15". Та, о которой говорила Лёля? Люди проходили, отводя глаза.

Пробирались дворами, срезали углы. Дворами и теплее было, меньше задувало. Яшка тут всё знал насквозь. Дальше от центра стало пустынно. Вышли на Жилянскую, и на их стороне в обе стороны можно было насчитать с десяток прохожих. Другая сторона, откуда круто падала Кузнечная, и вовсе пустовала.

Яшка выждал, когда близко никого не было, толкнул её в какую-то дыру в заборе, и они оказались у дровяных сараев, теперь пустых, конечно.

— Тут пройдёшь и сразу направо, квартира десять-а. Посмотри, может, опечатана. Если нет, звони. Откроет дворничиха — прикинься, что побираешься, мешок при тебе, всё по делу. Если дворничиха во дворе, звони всё равно, чтобы точно, поняла? И смотри, кто во дворе. Колька — он длинный, чернявый, причёска под Ворошилова...

— Яша, а может, не надо, а? Про дворничиху я всё тебе узнаю, а Кольку оставь, а?

— Люд, слушай, ну, будь другом! Божусь, я тебе за это отслужу, век бати-мати не видать! Если я с ним не разберусь...

— А разберёшься, тебе поможет? Маму вернёт, бабу с дедом? С немцами не можешь разобраться, так ты с Колькой, да?

— Дураков надо учить. Люд, ну, будь другом...

— Да как же я его выведу?

— Щас все торгуют. Скажи, что покажешь что-то... ну, интересное что-то...

— Ну, выведу, и что? Убьёшь его? Чем?

— Люда, пожалуйста!.. Мне туда нельзя, меня все знают. Что папа майор, что мама еврейка...

— Яша, дай слово, что не будешь с ним драться.

— Не буду.

— Не верю я! Зачем же он тебе?

— Не буду драться, увидишь. Мне ему только в глаза поглядеть. Век бати-мати не видать! Приведи его. Приведи его!!!

Через четверть часа Люда, исчерпав все средства, чтобы завлечь Кольку, не понимавшего, что может показать ему эта оборванка, всё же появилась с ним у забора. Колька увидел второго оборванца и окаменел. Яшка не двигался, глядел на Кольку снизу вверх. Колька подошёл сам.

— Ты? — выдохнул и стал озираться. — Кто? Яшка? Борька?

— Ну, что скажешь, еврейчик? — Слова Яшка выдавливал. — Живой? За папой-полицаем спрятался? А мама?

Колька взвыл и бухнулся перед Яшкой на колени.

— Бей! — бормотал он. — Бей, Ковалёв! Убей меня!

— Говно, — будто из последних сил, сказал Яшка. — Был говно и остался говно. Пошли, Люда.

Назад еле плёлся. Да, недёшево далась ему встреча. Люда на него поглядывала, и ей хотелось плакать. *Еврейчик, мама твоя где?* Было ясно, где Колькина мама, и всё равно...

Свернули на Бассейную. Сейчас придут на место, разговаривать станет невозможно. А там вечер, все соберутся, и она так ничего и не узнает...

— В квартире десять-а дворничиха. — Яшка кивнул. — Кусок хлеба мне дала. Вот, смотри... А почему он просил его убить?

— Говно. Папашу не прибил. А тот мамашу выдал.

— Откуда ты знаешь? — Яшка мрачно усмехнулся. — Может, теперь прибьёт?

— Теперь? Поздно, Рита, пить боржоми... Всё, никому ни звука! И Борьке... — Завёл в парадное. — Стукни по роже. Да не так, влепи, как следует! Вот так, спасибо... Пошли.

После затрещины он стал прежним Яшкой — подобрался, и глаза заблестели.

— В случае чего, ну, если Верка спрашивать станет, скажи, что другие места разведывали, где можно просить. Обожди, хлеб... Съешь здесь и забудь. Я ничего не видел.

Привёл Люду на место и ушёл к рынку. Вера пристала: где были? Люда рассказала про разведку, про убитую на тротуаре. Вера пожаловалась: подают плохо, довески маленькие...

Пришла Лёля, малую на попечение Борьки оставила. Посмотрела на пустую торбу Люды, на Верину...

— Да что ж это такое? Полдень, а у вас же ничего нет! Да мы же с голоду все подохнем!

Люда возмутилась — ещё один командир нашёлся! — но смолчала. Да и мысль о съеденной краюхе жгла.

— Я буду жаловаться командиру! — заявила Лёля.

— Зануда! — сказала Вера вслед, даже язык высунула, но, впрочем, лишь когда Лёля уже скрылась за углом.

Проехало два грузовика с солдатами. У рынка, в сторону которого ушла Лёля, началась суета, побежали люди.

— Облава! — догадалась Люда.

— Ага! Догадался бы Борька пойти к Яшке на помощь!

— А что он делает?

— Да они вместе это делают. Схватят что-то — и бежать. А если кто заметит, второй, тот, что с пустыми руками, не убегает, глазами хлопает: обыскивайте! Их же не различить.

— Здорово! — восхитилась Люда. — А если оба схватили?

— Тогда ловкость рук и никакого мошенства. Бросать, не жаться... Похоже, второй завоз прибыл, давай, отходи на место. Да не молчи, проси, канючь!

Люда канючила под плакатом: украинец в синем жупане и шароварах давит здоровенной подошвой энкаведешника с наганом, носатого еврея с мясницким ножом и русского рабочего с бутылкой зажигательной смеси. «Українці! Знищуйте жидів, енкаведистів, комуністів, цім ви покращите своє життя». Плакат висел прямо над нею, и вскоре она поняла, что люди смотрят не на неё, а на плакат, и выражение лиц у них делается не в пользу подаяния. Она сменила место.

Возвращались в снегопад. Студёный ветер и утренние хлопья не обманули: зима настала настоящая, по всем правилам. Поодиночке забрались в лаз, не думая о следах, их тут же заметало. По этой причине возвращались все одновременно. Когда Борька с Лёлей и Асей забирались в логово, Люда с Верой и Яшкой видели их спины. Нырнули — и увидели, что Ком и Лиза уже здесь. Это так было необычно, что стало ясно: что-то произошло! Не смея спрашивать, каждый про себя произвёл перекличку. Все были на месте. Шурка, как всегда, жался к Лизе, но сегодня как-то особенно.

— Давайте есть, — сказал Ком. — Басни потом. Боря, дели.

На доске, служившей столом, а после еды клавиатурой, разделили еду на девять равных кучек, Борька отвернулся и вразброс — порядок имен менялся — назначил каждому его порцию.

Ели, перебрасываясь короткими фразами.

Дневные происшествия обычно излагались подробно, а тут всё пошло мельком — о разведке новых мест, об убитой на Саксаганской, об облаве, в ней Яшке с Борькой (он всё же примчался к Яшке на помощь в торговые ряды) мало чем удалось поживиться, потому что напуганные произволом полицаев селяне перешли на товар, отбирать который хлопотно — на всякую там картошку, квашеные огурцы и капусту. Обед так был скуден, что Ком велел достать постное масло и пустить его с хлебом. Расточительству такому удивились, но переспрашивать не стали. На закуску была картошка, явно купленная. Ком обронил: купили за деньги на обратном пути.

Собрали еду для крыс. Им в этот день тоже не много досталось. Лиза ласково сказала:

– Шурик, твои подопечные ждут...

Шурик взял торбу с отходами и пошёл к крысиному лазу. Там поднялся писк и шорох, и Лиза начала рассказ...

... Погода загнала в крытый рынок. Снегопада ожидали, завоз был беден, базар немноголюден.

Лиза пела украинские песни, а когда покупателей стало больше, запела русские. Хорошо встретили и селяне, и горожане "Среди долины ровныя", она теперь войдёт в репертуар.

Вдруг всё опустело, и рядом оказались два немца. Ком оледенел: длиннолицый блондин в полевой форме штурмфюрера СС и пехотный обер-лейтенант внимательно глядели на Лизу. Она затрепетала: случись что-то с ней, не только они с Комом, но и Шурка погибнет. У Кома в рукаве заточенный напильник, он пустит его в ход, едва к Лизе потянется чья-то рука. Рука ещё не тянулась, но слишком пристально смотрел эсэсовец.

Дернуло же их именно сегодня взять Шурку!

– Юде? – без выражения спросил немец.

Пехотный офицер глянул на Шурку, что-то сказал товарищу и сделал шаг, намереваясь уходить. Он явно не желал видеть, что произойдет. Это вернуло Лизе самообладание.

– Русиш, – ответила она спокойно (терять было уже нечего) и в лицо немцу запела шубертовскую "Форель", по-немецки, как учила в музыкальной школе, сразу последний куплет:

> *Doch endlich ward dem Diebe*
> *die Zeit zu lang, er macht*
> *das Bächlein tükkisch trübe,*
> *und eh ich es gedacht,*
> *so zuckte seine Rute,*
> *das Fischlein zappelt dran;*
> *und ich mit regem Blute*
> *sah die Betrogne an,*
> *und ich mit regem Blute*
> *sah die Betrogne an.* [*]

Спев, коротко поклонилась.

Пехотный обер-лейтенант вернулся и обратился к Лизе:

– Nicht ob Sie so freundlich, zu singen, das auf Russisch? Bitte, Mädchen! [**]

---

[*] Но скучно стало плуту/ пережидать поток,/ его взмутил в минуту –/ и дрогнул поплавок./ Он дёрнул прут свой гибкий,/ а рыбка бьётся там!/ Он снял её с улыбкой,/ я волю дал слезам./ Он снял её с улыбкой,/ я волю дал слезам...

Она улыбнулась и запела, уже во весь голос, уже в своей стихии – в стихии русского языка.

> *Лучи так ярко грели,*
> *вода ясна, тепла...*
> *Причудницы форели*
> *в ней мчатся, как стрела.*
> *Я сел на берег зыбкий*
> *и в сладком забытье*
> *следил за резвой рыбкой,*
> *купавшейся в ручье...*
> *Но тут же с длинной, гибкой*
> *лесой рыбак сидел*
> *и с хитрою улыбкой*
> *на рыбок он глядел.*
> *"Покуда светел, ясен*
> *ручей, – подумал я, –*
> *твой труд рыбак напрасен,*
> *видна леса твоя..."*

Эсэсовец слушал, наклонив голову. Лицо не выражало эмоций. Лиза допела, он сунул руку в карман шинели, достал бумажник и сказал с жёстким акцентом:

– Милый мадхен должен не петь на улица.

Сказав, подал Кому, которого, казалось, не замечал, десять марок. Обер-лейтенант сделал то же, почтительно поклонился Лизе, кивнул Кому и потрепал по щеке Шурку.

Лишь когда они ушли, Ком и Лиза поняли: облава, офицеры надзирали за ней. Спустя рукава, заключил Ком, когда в состоянии стал что-то заключать. Ещё он понял: оба после ранения. Эсэсовец не вынимал руку из кармана шинели, лейтенант прихрамывал.

– Боже, Лизанька, какой ты молодец! – Глаза у Лёли стали как блюдца. – Да я бы уписалась! Да как ты смогла?! Ещё и поклонилась! Боже!

– Ничего особенного, – пожала плечами Лиза. – Когда я выступаю, я всегда кланяюсь.

– Ужас! Да я бы!.. И про рыбку?!.. Это ты специально?

– Я лишь две песни Шуберта знаю по-немецки. А вторая – признание в любви. Не её же было петь.

** Не будете ли вы так любезны спеть это на русском? Пожалуйста, девушка!

Шурка уже вернулся от своих подопечных, и рассказ завершался при нём. Сегодня он не отходил от Лизы и Кома. Ком прижал его к себе и сказал:

— Знаете, какого признания удостоился красавец наш и что, наверное, спасло нас? Обер-лейтенант сказал: "Малыш – типичный немец!"

— Ага! – буркнул Яшка. – Пока штаны не сняли...

— Ладно, что у нас ещё сегодня? – нахмурился Ком.

— Ком, от Люды никакого толку, – ляпнула Лёля. – Стоит себе столбом...

— Никаких жалоб! На то и вы, чтобы её научить. Вечер песни отменяется. Мужская половина отправляется в дальний коридор искать запасной выход.

Мальчики ушли. Девочки собрались вокруг Люды, но Лиза не дала Лёле и слова сказать.

— Люда, не огорчайся, научишься. Наверно, ты не так одета. Не все актёры могут играть без грима. Какой ты видишь себя в роли попрошайки? Постарайся, опиши.

— Я нарисую, – прошептала Люда.

— Ну, это же ещё лучше!

Люда взяла остывший уголёк и на штукатурке нарисовала в профиль побирушку, похожую на снежную бабу. Пальто до земли, платок, закрывает голову и лицо, свисает торба для подаяния... Подумав, пририсовала на ногах опорки, вроде лаптей.

— З-з-здорово! – сказала Ася.

— Ну, молодец! – восхитилась Лиза. Лёля ревниво пыхтела за её плечом.

— Ты училась рисовать? – почтительно спросила Вера.

Вскрыли Шуркин сейф, извлекли тряпьё – и Люда стала копией со своего рисунка. Больше всего усилий потребовали ботинки, они были в приличном состоянии, это скрыли тряпьем. Ботинки превратились в бахилы, и Люда оценила преимущество маскарада: ногам стало теплее.

Обряжанием увлеклись, каждый считал Люду своим творением. Лёля ходила вокруг неё, как вокруг ёлки, и восторгалась:

— Вот это да! Совсем же другое дело! Тяни руки, плачь, повторяй: "Тётенька, дяденька, подайте сиротке, два дня во рту крошки не имела, пожалейте, не дайте помереть с голоду! Титонько, дядечка, подайтэ бидний сыроти, не дайтэ вмэрты з голоду!" Давай, не стесняйся! Если перед нами стесняешься, как же перед другими будешь? Ну, чего ты?!

— Обожди, Лёля, – солидно сказала Вера. – Давайте вместе – ты, Ася, я... И Люда тогда с нами. Одна она стесняется. Первый раз выговорит – потом уже легче пойдёт, правда, Люда?

— О-о-ой, тётенька, дядечка, подайте сиротке убогой! – тоненько и без малейшего заикания заголосила свой стишок Ася. – Нэма у меня ни мамы, ни папы, одна я на всём белом свете, не дайте помереть с голоду, бох вам за это добром заплатит!

И тут, словно распахнулось будущее, Люда поняла своё положение.

Дети подземелья верили: хоть кто-то из родителей жив. Лёля и Ася видели мать убитой, больше никто не получил такой вести. Отцы у всех воевали. Все были уверены, что их матери слишком умны, чтобы дать себя убить. Наверняка они избежали общей доли, затаились в ожидании изгнания немцев. Тогда вернутся с войны отцы, появятся уцелевшие матери и таинственная Ритка, к которой Шурка так привязан.

Не то у неё. Папа убит. Мама и Роман Платонович сгорели, пепелище в трёхстах метрах отсюда... Снова пронзило и потрясло Люду: она круглая сирота, хуже Аси и Лёли, к прошлой жизни нет возврата, всё кончено!

Она успела сжать зубы, но слезы всё равно хлынули, это видели все и сморщились.

Вера взяла её за руку.

— Людочка, котик, успокойся, ну, котик, пожалуйста, мы же все здесь такие, мы же с тобой!

Остаток вечера, до возвращения мальчиков, сидели, обнявшись, у догорающего костра и вспоминали, как проводили летние каникулы. Люда растратила много тепла, её колотил озноб. Согревали её, обнимая. Вера прижалась спиной к её спине и так сидела, пока Люда не согрелась.

Потрясения дня оказались слишком велики, и уснула Люда раньше всех.

Ночной разговор

Она проснулась ночью и подумала, что разбудила её пробежавшая по ней крыса. Боясь шевельнуться и расплескать накопленное в складках одежды тепло, поняла, что не крыса разбудила, а нужда сходить в туалет. Тихо выбралась из круга спящих, как обычно, никого не потревожив. Дети пользовались туалетом лишь ночью. Ком не разрешал выходить наружу.

Встала на ноги, бесшумно пошла вдоль стены, не отрывая руки, ориентируясь на огоньки глаз у крысиного лаза. Миновав его, отмерила восемь шагов, нащупала угол и совсем рядом услышала шёпот:

— Так бери Лизу и уходи. Чего вам с нами пропадать...

— И оставить вас с девочками? Тем самым и тебе дать право сказать: мы-то с Борькой выживем, чего нам пропадать, пусть девчонки сами... Бросите их? Ну, то-то...

— Так что ж делать-то?

— Многое. Лизе нельзя больше показываться в центре. Немцы теперь на неё повалят, как на диковинку. Прелестная русская нищенка поет Шуберта по-немецки. Анонс! И выхода не было. Если б не её отвага, могли не вернуться. Завтра пробуем Подол, Житный базар, туда немцы не ходят. Потом, Шурка... Придется снова его оставлять на весь день, это плохо, он потрясён, его бы к врачам, в санаторий... Мы отчаянно рискуем. Всем надо обзавестись документами. Но какими, черт побери? На детей документов не дают! Хоть бы мне одному... Прибавил бы себе пару лет, а вас всех представил братьями и сёстрами!..

— А на партизан выйти? Они же подделывают документы.

— Подделывают, да... Как выйти? Надо искать. Вокзал, хлебзавод, пристань... Коллективы... Это вам и поручаю — подпольщиков. Найти — и только! Никаких переговоров. Найти и показать мне. Притом, без спешки, потому что главное — не нарваться на провокатора. Ты понял?

— Понял, командир, понял! Что ещё?

— Ещё... Начать и кончить... Снег, наши следы на снегу. Морозы ещё не наступили. А когда наступят? У нас ничего нет по-настоящему тёплого. Разуты, без нижнего белья — и при том весь день на улице. Как с этим быть, с опасностью простуд? Настоящие морозы впереди, развалины промёрзнут... Дрова? А как быть с дымом? Как его замаскировать, куда пустить? Нужен запасной выход, притом, длинный, немцы не ленятся, оцепляют при облавах большие площади. Найти бы рядом люк, вход в канализацию!.. Соперники-антисемиты, их тоже не сбросишь со счета...

— Сбрасывай, командир. Опорожни кишечник на них.

— Изысканно ты стал выражаться...

— От тебя набрался.

— Хорошо бы к месту... Антисанитария, вшей надо бить ежедневно. Но это не выход! Жиры нужны, иначе грозит чахотка. Жирами милостыню не подают. Значит, деньги... А где их взять помимо того, что иногда бросают Лизе? На Житном базаре немцев нет, деньгами подавать не будут. Весь наш запас — полсотни марок. И вообще, всё не налажено, всё не устроено, быта никакого, слишком мало прошло времени, мы во всём неопытны, много делаем ошибок, и любая может стать роковой...

— Командир, у меня идея. Даже две! Натаскать Шурку. И ему лучше будет на воздухе, и нам. А нам с Борькой подрабатывать у вокзала. Коляска есть, встречать поезда и подвозить чемоданы пассажирам. Вот тебе и бабки!

— Вторую принимаю с поправкой: не вам, а одному из вас. Так вы с Борей не будете вместе. Немцы не любят близнецов. Один лишний, а то и оба. Насчёт Шурки надо подумать.

— Командир, слушай меня, Шурке больше всех подадут, век батимати не видать! Такой пацанчик — и побирается!

194

— Наблатыкался ты... Это за последний месяц где-то...

— Ну, а чё... Все так говорят, и нам надо не выделяться... Так как с Шуркой? Можно, я с ним потолкую?

— Да не это главное, пойми...

— А что? Шамовки не будет – сдохнем.

— Яша, убежище нужно. Прочешут развалины – мы погибли! Это главное. Запасная база нужна. Чёрный ход из подвала. Длинный. Нужно думать, искать. А пока – спать! Скоро утро.

Он вышёл в коридор быстро, Люда не успела отпрянуть.

— Кто это?

— Это я...

— Ты что? Почему не спишь?

— А я в туалет иду.

— Ты давно здесь? Слышала, о чём мы говорили?

— Я в туалет иду, командир...

— Ладно, иди...

Она вышла из туалета и поняла: Ком здесь. Присутствие живого тепла она умела теперь чувствовать даже во тьме.

— Люда, что слышала – забудь...

— Командир, давай уйдём из Киева. В Боярку, в Пущу. Где немцев меньше. А?

— А пропитаться как? Кто нас кормить будет? В большом городе многолюдно. Из многих кое-кто подаст. С миру по нитке – голому рубашка. А в селе кое-кто... сама понимаешь, сколько это будет. А нас девять ртов.

— Так бери Лизу и Шурку и уходи.

— А остальные? А ты?

— А мы как мы. Шурку надо спасать. Он такой... И Лиза. Немцы – и те заслушиваются.

— Сколько тебе лет, Люда?

— Девять.

— Девять, ужас... Я в девять был дурак дураком.

— Ну да!

— Представь, да. В девять мама была жива, а папа был генералом... Страшно подумать, что произошло за несколько лет. Папу арестовали, мама умерла от горя... Папу освободили... был комбриг, стал полковник... Поход в Польшу... Война с финнами... Война отечественная... Киев... Сдать Киев?!.. Да по прежним планам у Коростеня, у Житомира любой враг измотан, остановлен и разбит! Хоть бы вся Европа против! А тут враг!.. убивает мирное население!.. Бабушка в Бабьем яру... Папа... Где папа?

— А ты ещё и влюбился...

— А я ещё и... Интересно, откуда эти сведения.

– А ты во сне её зовешь, – соврала Люда. – Шеля, Шеля... Где она? Там, где все?

– К счастью, нет. Убита, как солдат. При бомбёжке. Да нет, ничего... После всего, что было, это уже не болит. Разве что во сне. Раз уж знаешь о Шеле... Ей повезло. Так не хотелось с ней расставаться!.. Мы познакомились в поезде ночью... так не хотелось, что я чуть не задержал её, когда она уходила в своё купе. Могли проболтать до утра, и тогда её не убила бы бомба, её раздели бы и убили в Бабьем яре... или ещё хуже...

– Уходить нам надо отсюда...

– Некуда. Разбредёмся – погибнем. Так мы хоть общим теплом согреваемся... Ладно... О нашем разговоре – молчок! Смотри, Людмила, я на тебя надеюсь.

Большой снегопад

Она мучительно вспоминала потом: о чём разговаривали долгими зимними вечерами?

Отчитывались о том, что видели и слышали. Перечень повешенных за неразрешённые деяния и застреленных за нарушение комендантского часа занимал всё меньше времени не потому, что число казнённых уменьшалось. Это стало буднями, об этом сообщали мельком. Как бы скуден ни был обед, его смаковали: раз в день! Обсуждали добычу и способы сделать её обильнее. Промахи друг друга высмеивали, ловкостью попрошайничества и подвигами похищения ревниво восхищались.

Воспоминания о прошлом становились всё болезненнее и потому короче, а мечты о будущем тускнели из-за однообразия – все эти праздничные шествия и разноцветные шары. Украшала жизнь ежевечерняя сказка Кома. В ней всё больше появлялось новых персонажей, и каждый находил в них что-то своё.

Был обычный день, как многие дни перед тем. В сущности, ни один день для детей подземелья не был обычным. В каждом непременно присутствовал страх преследования, в каждом были риск и осторожность, отвага и боязнь, удача и неудача, в каждом долгий холод и краткое тепло костра, в каждом голод, не ежедневно утоляемый. Череда дней стала для Люды будничной, прошлое призрачным. Она уже и не представляла иной жизни, даже не думала об иной. И тот день не более был необычен, чем другие, разве что снег валил по-настоящему, метелью. Зато не так морозило, как в предыдущие дни, и почти не было ветра. Или, возможно, его гасил густо падающий снег. Из-за снегопада

Лиза и Ком не пошли на Житный базар, и для Шурки это стало праздником. Борька с коляской отправился к вокзалу, там он подрабатывал носильщиком, девочки разошлись по постам, Яшка патрулировал между ними и следил, не начнётся ли облава, чтобы чем-нибудь поживиться, на сей случай он был начеку. Немцы без разбора хватали трудоспособных мужчин и женщин, но старики и дети были им не нужны.

Люда уже освоилась с ролью нищенки. Ей отвели магазин на Крещатике, у которого прежде стояли Лёля с Асей, её дневная добыча не отличалась теперь от взноса других девочек. Но этого ей было мало. Тайное соревнование девчонок в желании добиться одобрения Кома увлекло её. Она желала стать первой и представляла, как сладко после рабочего дня вывалить на столешницу столько, что это перекроет дневную добычу всех вместе взятых. Эта мечта удерживала от искушения съесть хоть малый довесочек: это уменьшило бы её приношение.

Добывать пропитание делалось всё труднее, и Ком ежедневно напоминал им, что полагается на их совесть. Непостижимым образом мягкое это напоминание сдерживало самых строптивых, и при возвращении в подземелье Люда по голодным лицам товарищей видела, что никто из них, даже близнецы, не позволяет себе съесть ни кусочка.

Ком прилагал неимоверные усилия для улучшения быта. С Житного базара натащил тряпья, пожертвованного селянами. Пустив его в ход с имевшимися одеялами и найденными в жилище неизвестной Риты нитками, соорудили общее одеяло, под ним и спали теперь на месте кострища, ложась голова к голове, девчонки с одной стороны, мальчишки с другой. Под общим одеялом стало теплее, а Люду оно ещё и тем радовало, что крысы, хоть и оставались главным страхом, меньше беспокоили ночами. Было и неудобство: из-под одеяла не вылезть было, не разбудив других, и каждый теперь желал ложиться с краю. Но страх её перед крысами был таков, что она предпочитала терпеть до утра, хоть это и делало сон зыбким и прерывистым.

Шурке добыли штаны, взрослые, конечно. Несколько вечеров с ними возились Вера и Лёля, ничего не достигли и бросили. Ссылались на отсутствие света. Тьма и впрямь переживалась тяжко – тоска по электрическому освещению. Люда при свете костра из одной штанины соорудила Шурке брюки. Получились они несколько узкими, зато Шурка мог не бояться вырасти из них. Из-за длины манжеты пришлось подвернуть. Шурка с гордостью надел брюки поверх дырявых своих чулочек, первые брюки в жизни! То, что ему стало теплее, он осознал не сразу, для него это было второстепенно.

В то утро, проснувшись в очередной раз и привычным чутьём поняв, что уже светает и Борька с минуты на минуту выползет из-под одеяла и направится к лазу на разведку, Люда, избегая очереди, поступилась несколькими минутами сна и на ощупь побрела в туалет. Когда вернулась, подъём уже начался. Горел в плошке тол, не было на месте Борьки, и лишь малая Аська то ли спала, то ли нет, но ещё не шевелилась. Все кашляли, сморкались, чесались и ждали своей очереди в туалет. С наступлением зимы все осознали, каким удобством обладает их жилище. Возможно, именно наличие туалета понуждало Кома медлить со сменой местожительства.

Вернулся Борька, сказал: это не снежок – снегопад. Ком вышел посмотреть, велел расходиться по постам и возвращаться домой кругами, запутывая и разбивая собственный след. Люда выпила воды и вылезла наружу первой. Бахилы не снимались на ночь, и одевание сводилось к тому, что она закутывала голову и лицо большим рваным платком.

Хоть было ещё очень рано, снег ослепил её. Он бинтом окутал руины, лёг на них милосердной повязкой, не скрыл, но хотя бы смягчил контуры разбитых, обвалившихся зданий. Тишина оглушила, чистейший воздух сам влился в лёгкие, Люда как-то даже позабыла обо всём и окунулась в сказочно-белую страну зимнего утра. Но уже в следующий миг вернулась к реальности. Этот чистый мир не был надёжен и требовал чуткости зверька. Выползать из норки на дневную охоту нужно было так, чтобы не навести на своё жильё хищников. Высунулась, огляделась. Руины размывались снегопадом и туманом. Она встала и прыгнула на твердую площадку, подальше от лаза. Мальчишки специально обтесали уступ, чтобы дать упор ноге для прыжка в любом направлении. А тогда уже можно было двинуться в сторону, заметая следы.

Следующим опасным этапом был выход на улицу. Никто не должен был видеть этого, как и выхода из лаза. Она предпочитала выходить на Прорезную, там было меньше прохожих.

У магазину стала со стороны, где подвешена была дверь. Это был итог её наблюдений. Получившие хлеб выходили в её сторону, потому что очередь стояла со стороны, где дверной проём был свободен, не переть же им было против очереди.

Очередь уже ждала продукта, который продолжала называть *хлеб*. Люда хлопала себя руками по бокам, топала бахилами. Когда очередь двинулась, заныла свой стишок, сперва негромко, раскочегаривая себя:

– О-о-ой, тётенька, дядечка, подайте сиротке убогой! Нэма у меня ни отца, ни матери, одна я на всем белом свете, не дайте сиротке помереть с голоду, бох вам за это добром отплати-и-ит!

Подавали так плохо, что к полудню она пришла в отчаяние, плакала уже по-настоящему, слезами, и протягивала к выходящим из магазина сложенные лодочкой руки:

– Дяденька, тётечка, я три дня крошки во рту не имела, не дайте пропасть сироте, подайте кусочек, боженька вам за это добром отплатит!

– Люда? – услышала она вдруг сверху сухой мамин голос и задрожала. – Это ты?

Мама! Пришла с того света, чтобы забрать её к себе...

В ужасе и страстной надежде обернулась, подняла голову – мама, совсем прежняя, такая же худая, только без лопаты. Взгляд бесстрастный, как и положено усопшим. Протянула руку, отодвинула платок с Людиного лица...

– Ты где жила это время?

– Мама... Мамочка! Это ты, мамочка?! Я думала, ты сгорела! Ой, мамочка моя!

Люди в очереди без удивления глядели на встречу.

– Где ты была это время? – устало повторила мама.

– В развалинах, с бездомными детьми. Мамочка!

– А-а... Я думала, ты сгорела с Романом Платоновичем. Ладно, идём домой.

– Да, мамочка, да! Ой, мне надо отнести то, что я собрала...

– Ну, иди, отнеси, я ждать не буду, устала. Я в том же дворе живу, вход с Адольфа Хитлера, первое парадное налево, второй этаж, квартира три. Иди.

Люда заметалась. В подземелье только Ком, Лиза и Шурка. А девочки? Уйти и не попрощаться с ними? С Асей, с Верой?

Помчалась на Бассейную.

И вдруг подумала: Шурка! Забрать его! Шурка, братик! Представила глаза мамы при появлении её с Шуркой – и затряслась от страха. Ясно видно: мама еле кормится одна. Вон как встретила её. Может, и не рада. Опять делиться коркой... Привести Шурку – а потом вести обратно? (Затрясла головой...) Лучше забраться в развалины, на самый верх и – головой вниз, на кирпичи. Бежала к Бассейной и всхлипывала, не пытаясь понять от чего – от радости или от горя.

Ася ахнула и разревелась, Лёля с полминуты ошеломлённо смотрела на Люду, обняла её и заревела тоже. Яшку послали снять с поста Веру. Они вернулись, Вера бросилась обнимать и целовать Люду. Яшка качал головой: сумасшедшие!

К подземелью, не слушая окриков Яшки, пришли без предосторожностей. Хорошо, что мело не переставая. Ввалились все вместе и предстали перед Комом с вестью:

– Людина мама нашлась!!!

Последующее за семь десятилетий Люда не смогла забыть... и не желала вспоминать...

Ком и Лиза сперва онемели – и включились в хоровод. Радость была неописуема. Все прыгали, обнимались, целовались, и суровый Яшка тоже. Зажгли плошки с толом, развели костёр. В подземелье звучал ликующий хор детских голосов. Не слушая друг друга, пели песни из любимых кинофильмов и наконец – наверное, под влиянием снегопада –

дружно сошлись на совсем уж ясельной "В лесу родилась ёлочка", песне малюков, до войны, наверное, одна лишь Аська её пела. Всех вдруг охватила уверенность, что скоро, вот-вот, их тоже найдут родители, а не они, так дядья и тётки с Урала, из Ленинграда, а то и с освобождённой Украины, освободят же её в конце концов! Все словно парили в воздухе, окрылённые Людиной удачей, кидались целовать её и друг друга, обнимались, прыгали.

С внезапным страхом за них за всех отрешённо наблюдала это ликование Люда. Боженька, что же с ними со всеми будет? Да, все они повзрослели – кто в течение дня, кто в течение месяца, а кроха Ася в несколько минут. Но всё равно – дети! Даже Ком, рассудительный командир, он казался ей таким взрослым... Да он ли это? Его разумные решения, ночной разговор и – вот он, пацан! Прыгает вместе со всеми, поёт "Ёлочку"... Волосы растрепались, глаза блестят, скачет, хлопает Люду по плечам, дёргает за руки... И Лиза тискала её, гладила, целовала, девчонки жались к ней, все старались к ней прикоснуться, заразиться её найденностью, вернувшейся к ней материнской защищённостью.

Люда не чувствовала касаний. Стояла, окаменев от безотчетной, острой, как боль, жалости к покидаемым ею детям.

А Шурка сидел под стеной.

Она обнялась и расцеловалась со всеми, присела к нему, и он отвернулся. Она обхватила его, прижалась губами к его макушке и кинулась из жилого отсека к выходу в окружении ватаги детей, чувствуя, что ещё миг – и разрыдается.

Поворачивала за угол, когда сквозь прощальный гомон её догнал и пронзил жалобный Шуркин плач.

ЦЕНА ПОБЕДЫ

Наманган

В Наманган Плонские прибыли в том же составе, в каком выехали из Киева – Лиза с Яшей и детьми и Арон, муж покойной Лизиной сестры, с хулиганом Гришкой и студентом Руней.

Первую ночь провели на полу чайханы, на заплёванном ковре. Никогда больше не спал Юлик так сладко и крепко. Завтракали утром на базаре. Юлик таращился на верблюда. С гордо поднятой головой стоит, кивает, жуёт, скашивая челюсть на сторону. Не в зоопарке, можно потрогать, лишь руку протянуть. Гипнотизирует его мудрый взгляд, ломкая грация вызывает сострадание. Верблюд поднимает себя с земли, словно одолевает заедание в суставах, мучительно приводит по частям в действие кое-как скреплённые звенья многозвенного механизма. Ослики в сравнении с верблюдами пластичны, как балерины. А какие пирамиды товаров на них грузят!

Плохой погоды в октябре в этом краю не бывает, но это лишь предстояло узнать, и погожее утро приняли за добрую примету. Непривычный к базарам Юлик пялился на лавчонки и шарахался от подвешенных за ноги кровавых ободранных туш. Он держался за руку мамы и расширенными глазами поедал бархатные персики и светящиеся сахарным теплом абрикосы. Мимо деликатесов вошли в лепёшечный ряд, в плотский аромат печей, похожих на саркофаги. Лепёшки – румяные, свежие, сложенные в стопки – стопками и продавались, стоили гроши, есть можно было вволю. Базарное изобилие, солнечное утро, тень тополей и журчанье арыков* вызвали радостное умиление.

Но предаваться ликованию было рано. Предстояло найти жильё. А для начала родственников.

Для Плонских-Тартаковских Февральская революция, уничтожившая черту оседлости, но не удержавшая неуёмную всероссийскую ломку, была событием сравнительно недавним, и семейство в вековых истоках своих оставалось архаично. Обе фамилии связывались общими предками. Семейные традиции ценились выше зыбкой лирики, и браки между троюродными и даже двоюродными не были редкостью. Когда Иосиф и Исаак, старшие братья Лизы, сочетались браком с Маней и Хаей, старшими сестрами Яши, то Лиза для окончательного сплочения семьи попросту суждена была Яше, братику-любимчику, ухаживавшему за ней в доме Мани и Иосифа неотступно и с фанатическим пылом.

---

* Арык – небольшой оросительный канал

Старики Тартаковские (тогда далеко ещё не старики, конечно, глава семейства и умер-то в сорок пять) родили сперва пятерых сыновей, а потом четырёх дочерей. К началу войны братьев осталось четверо, все уже пожилые. В Наманган три брата прибыли в августе прямиком из Киева, один за другим. Сёстры, чьи мужья были на фронте, попали в Новосибирск. Плонские отправились искать Наума, он проложил в Наманган путь остальным.

Социальный уровень родни был пёстр. Племянники вышли в профессуру, а дядья оставались обывателями, но уже не провинциалами. Чтоб нашарить контакт с Наумом, надо было и беженца искать подходящего – в пиджаке с жилеткой. На рынке такого не нашли. Соплеменники цеплялись, наперебой сообщали слухи и забрасывали вопросами, о такте здесь не думали, да и какой уж там такт, когда всё сорвано с мест, горит, бежит и расстреливается с самолётов...

Вырвались из этого галдежа и в ста шагах от него попали на барахолку, на вытоптанный до каменной твёрдости пустырь, где можно было найти всё – от кастрюль и зонтов до часов и одежды всех фасонов. На рынке торговали узбеки, на барахолке беженцы. С состраданием смотрела Лиза на интеллигентных женщин с лицами, обожжёнными солнцем. Распялив на руках, чтобы было виднее, они держали платья, маркизетовые, шерстяные и шёлковые кофточки, костюмы, ещё не избывшие запаха духов, фильдеперсовые чулки. Между ними сновали женщины с лицами, загорелыми до черноты, с товаром попроще, торговались, отходили, снова подходили... Перекупки, презираемые Лизой торговки с рук, не брезгующие ношеным. С состраданием глядела Лиза на продававших своё и устало повторявших цену женщин. Они не отличались от её подруг-покупательниц в магазине трикотажных изделий на Крещатике – заслуженных актрис и жён командармов. И вот...

Углядели подходящего вида гражданина, продававшего пару брюк и мужские рубашки. Яша деликатно к нему обратился и – чудо! – он оказался киевлянином, более того, соседом Наума по Киеву. Здешнего адреса не помнил, но описал маршрут.

Уйдя с барахолки, бродили переулками. Трёхметровые безоконные стены из саманных* блоков наглухо скрывали узбекское жильё. Если вдоль улочки журчал арык, то росли и деревья – масличные, с серебристыми узкими листочками, и сочный, корявый, разлапистый тутовник. В приоткрытую калитку выглянул дом: окна выходят в окружённый высокими стенами двор, там дерево, под ним девочка с множеством тонких косичек, в пёстром платье... Разминулись с повозкой на огромных, в рост человека, колёсах: арба. На ней мумия: чёрный конус, видны лишь смуглые ладони. Узбечка. Такие торговали на базаре в цветистых или однотонных накидках, скрыв лицо за плотными сетками из

---

* Сама́н – строительный материал из глины с добавлением соломы

конского волоса. Паранджа. Зачем? Руня предположил: скрывать уродство. Неподвижность мумии не позволяла надеяться, что она видит пешеходов. Пропуская её транспортное средство, вжались в стены. Кто мог, вошёл в пролёт ворот. Калитки низкие, но рядом устроены высокие двустворчатые ворота. Улица – это стены, ворота и калитки. Ни окон, ни просветов – стены!

Дошли до наклонного кривого переулка, по описанию схожего с тем, где жил Наум, стучали в каждую калитку и звали: "Наум?" В ответ слышали бухтенье, чаще ответа не было вовсе. Томимые жаждой, прошли переулок, повернули назад – и нос к носу столкнулись с Наумом, он открывал калитку ключом величиной с добрую поварёшку. Он не удивился, толкнул калитку: "Заходите!" Высокий, осанистый, седой, и впрямь в жилете, в рубашке с отложным воротником, самый артистичный из Лизиных братьев. Они все удались ростом и статью, этакие красавцы-шляхтичи – правильные черты лица, классические профили, светлые глаза, седые шевелюры... Все грамотные, все книгочеи, кто с уклоном в историю, кто в Талмуд, но Наум регулярно посещал оперу со второй женой, красавицей Софой, пока её не сразил страшный недуг, рассеянный склероз.

Во дворе оглядели друг друга. Наум лишь головой покачал. Да от него от самого половина осталась. Оба сына на фронте, от старшего, Абрама, нет писем. Путь сюда был тяжёл. При бомбёжках не выходил из поезда, не оставлять же Софу. Скученность, болезни. Детей хоронили вместе с взрослыми в братских могилах. Что в Киеве? Слухи. В Бессарабский рынок согнали четыреста партийцев и евреев и сожгли. Других известий нет. Да, Наманган наилучшее место. Да, он знает, где искать жильё – на окраине.

Юлик озирался. Высокий, в четыре блока, забор, дувал по-узбекски. Дом глинобитный, навес на резных столбиках. Квадратный пруд, хаус, обсажен корявым тутовником. Вода казалась зеленовато-чёрной.

– Как доехали?

Яша пожал плечами: "Доехали!"

Юркий мускулистый Арон раздражённо сопел, глядя на вальяжного Лизиного брата. Тоже ещё нашёлся, барин в жилетке! Он, что, не понимает, что им голову негде преклонить? Не понимает, что их надо пустить в свои хоромы, пока они ищут жильё и спят, как нищие, на заплёванном ковре чайханы? Он метал яростные взоры. Лиза делала вид, что не замечает.

Наум ввел их в комнату. Софа была плоха. В сущности, это уже была не Софа. Юлик помнил её светской женщиной, с пепельными, заколотыми кверху волосами, одевавшейся так же красиво, как мама, и не похожей на других его тёток. А здесь на подстилке, занимавшей всю комнату и состоявшей из множества уложенных одно на другое ватных одеял, лежало животное в ночной сорочке. Софа возила ею по телу, бессмысленно обнажалась и перекатывалась со спины на живот. Плонские вошли и – выскочили вон, на воздух, в дворик с навесом и хаусом. Пахло в комнате ужасно.

Наум, уже поняв, что родичи не будут настаивать, чтобы он дал им приют хотя бы на несколько дней (при одном взгляде на Софу всё делалось ясно), принёс воды, очень вкусной, и скупыми словами обрисовал ситуацию: Наманган полон, некоторые живут на улице, под открытым небом, работы нет, он устроился в артель, пришёл вот покормить Софу, квартиру надо искать быстрее, народ прибывает. Сообщил, что здесь Исаак и Шимон. Шимон был старшим братом Лизы, пятидесятилетний Исаак самым младшим. Значит, кроме Иосифа, все братья собрались здесь, в Намангане. С Иосифом в Киеве осталась мать Мани и Яши.

– Магазинов здесь нет, лавки, в них торгуют узбеки и бухарские евреи, тебя, Лиза, они и близко не подпустят. Тебе ничего не остается, кроме барахолки.

– Мне – на барахолку?! Ты с ума сошёл!

– А тебе, Яша, – невозмутимо продолжал Наум, – работа есть. Хлопкоочистительные заводы, хлопкопрядильная фабрика... Ты с фабрики Розы Люксембург, это фирма. Ты грамотный. Не обязательно говорить, что ты работал по снабжению.

– Не обязательно, – усмехнулся Яша. – Это записано в трудовой книжке.

– Вечно ты со своей честностью! – вскипел Наум. При НЭПе Яша служил приказчиком в его магазине, и Наум питал к нему симпатию, частично происходившую из чувства вины: он изрядно Яше недоплачивал. – Ну, так потерял трудовую книжку! Честность у тебя на лице написана, о тебе позаботятся.

Сказано это было с издёвкой. Яша, и впрямь выученный правдивостью при милицейском дознании о драчливой посадке в Ташкенте и заодно выручивший Арона, постно покивал, что на его языке означало: "Мели, Емеля!" Наум знал эту мину и, конечно, обиделся. Простились холодно. Уходя по переулку, Юлик оглядывался на высокий дувал. Он устал, ему понравился дворик с хаусом. И очень было жаль тётю Софу.

Арон с сыновьями топал впереди, Плонские тащились сзади.

– Ни детей угостить, ни нам дать отдохнуть... – Лиза не забыла брату нэповских времён.

– Посмотри на Софу. О чём ещё он может думать... – Яша пожал плечами.

– Ты всех оправдаешь! А нам что делать при этих ценах? – Понятие о ценах Наум дал. – Квартиры и на окраине не снять!

– Снимем с братьями. Поговорим с Шамой, с Исааком...

– Нет же иного выхода, – буркнула Лиза.

После четырёхмесячных скитаний с Ароном жить с ним под одним кровом – решиться на это она могла лишь ради племянников. Братья? У неё не было иллюзий в части поддержки от родственников, так удачно оказавшихся в одном с ней городе. Тем более от Мани, сестры Яши. Все Плонские отличались доходящей до беспомощности добротой, но Маня была уродом в семье. Но к ней-то и шли в первую очередь. Работы нет, ценностей и вещей на продажу нет, квартиры нет... Снять её – на какие средства?

Ладно, к Мане... Арон с сыновьями решил тем временем пройтись по городу. Условились встретиться вечером в той же чайхане.

Галка и Юлик обожали своего двойного кузена Яника, полутора годами младше Галочки. Встреча у Мани началась возгласами и поцелуями, но всё изменилось, едва Яша, протирая толстые стёкла очков и глядя на сестру своими добрыми карими глазами, сказал:

– Как ты могла оставить маму?

– О! Смотрите на него! А зай а хохом!* Как я могла! А ты? Ты почему её не взял? – В отражении упреков и выдвижении встречных Маня не знала равных. Не зря торговала в ларьке, а у ларьковых торговок язык в перепалках с покупателями натренирован лучше, чем у королевских британских адвокатов. – Не хотела – не уехала. Осталась с Иосифом. Я-таки да её взяла. Приехали на вокзал, сели в поезд, просидели три часа, ей надоело, она говорит: "Манечка, езжай, а я пойду домой. Там Иосиф, нехорошо, если мужчина один". Вот, спросите Яника!

– Маня, мне нужны деньги, – прервала Лиза бесцельное выяснение отношений. – Ты мне должна восемьсот рублей. Сама понимаешь, они нужны мне немедленно.

– Восемьсот?! – Маня всплеснула руками. – Ой, вэйзмир, мамэлэ!** Ты с ума сошла! Я банк? Я сберегательная касса?

– Маня, ты хочешь, чтобы я пошла к Хине? – Кроху Хиню, жену Шимона, самого старшего Тартаковского, никто в семье иначе, как Хинька, не звал. При полной неграмотности она выделялась холодным умом и справедливостью суждений и была третейским судьёй.

– О! Сразу Хинька, сразу в это надо мешать Хиньку! Я, что, отказываюсь отдать? Чтоб мне столько нахэс*** ещё выпало, сколько я тебе уже уплатила! – Лиза в отроческие годы служила домработницей у Мани, Яша приказчиком в магазине у Иосифа. Так они познакомились. Уровень оплаты позволял им проезд в трамвае и сладких петушков на палочке: ведь на всём готовом! – Откуда я вот так вдруг возьму во-

---

* Такой умник! (идиш)
** Боже мой, мамочка!
*** Счастье, удача, везение

семьсот рублей? Дай мне пару дней, я что-то продам. Выплачу всё, но не сразу, хапцах нышт****, постепенно!

— Маня, на то, что ты у меня заняла, можно было купить рояль. Теперь этого хватит разве что на пальто. Ждать, пока можно будет купить десяток лепёшек? Нам надо снять квартиру, надо питаться.

— Ой, вэйзмир, хорошо, хорошо, но обожди немного!

— Маня, я не могу ждать! У нас нет крыши над головой. Всё дорожает. Мне нужны деньги. Это мои деньги. Нет наличных — дай ценности, я их реализую и верну разницу.

— Ценности? У меня??? — Маня не знала, что после начала войны Иосиф сообщил сестре о тайнике, где спрятал царские десятки ещё во время пресловутой *золотухи* — операции ОГПУ по изъятию золота у частников. Жену с сыном и тёщей он, конечно же, отправлял в эвакуацию не с пустыми руками. — И кого ты знаешь в Намангане, кто тебе даст цену? И что ты понимаешь в ценностях? У тебя, что, были ценности?

Логикой Маня тоже не славилась.

— Благодаря тебе, не было, спасибо. Яша, идём!

— О! О! Яша, идём! Фойер*, горит! Вэйзмир, что такое?! На, на! Отдам наличные, сама буду голодать, Яник будет голодать из-за любимой тёти... Вот, на, двести, больше нет, ну, нету, ну, не побегу же я по городу со своими кольцами — нате, купите за бесценок, а то золовке Лизочке срочно нужны деньги! Через неделю отдам остальное, на, вот, клянусь мамой, Яником! Юленька, дитятко, иди сюда, вот урюк...

— Юлик, идём! — скомандовала Лиза. — Нам некогда!

Двинулись дальше. Галя тихо плакала. Родители всполошились. Она сказала: "У Яника голодный вид!" Родители перешли на идиш. Юлик уловил едким тоном сказанное мамой слово *урюк*, стал вслушиваться и по отдельным словам, без подробностей, догадался: мама тёте Мане не верит, считает, что та оставила бабушку в Киеве нарочно, присматривать за дядей Иосифом. Юлик загоревал. Он тётю Маню любил так же, как всех тёток. Он всех обцеловывал при встречах, все в его представлении были совершенны, и теперь его терзало, что тётя Маня в чём-то не права...

Шимон, Шама, самый старший брат Лизы, бородкой и усами неотличимый от всех вождей революции в одном лице, с женой Хиней и шестилетним внуком Эдей делил жильё с другой семьей. Плонских

**** Не дергайся, не спеши

* Огонь, взрыв

встретила вопросительным взглядом дама с папироской и унылым лицом. Еврейская женщина с папиросой – это знать. И как уживается с ней Хиня?

Ответ последовал, едва Хиня вывела гостей во двор.

– Эдик, мамзер[*], домой! Ан алтычкэ, а нарыше, кветчен унд кветчен! Их кен штарбн![**]

Ан алтычке была вдвое моложе Хиньки.

Русский был для Хини языком иностранным, даром что сын, писатель, слыл надеждой двух литератур сразу, русской и украинской. К Хиньке не всякий родственник посмел бы сунуться, но Лиза самой Хинькой была утверждена вторым авторитетом в семье.

Беседа с Хиней (Шама был на работе, устроился в пошивочную артель) при посредстве Галкиного, на ушко, перевода не продвинул Юлика в идиш (Галка и сама не была в нём сильна), но обогатил принятым тут же на вооружение оборотом "Макес мит фасолес!", означавшим не "мак с фасолью", а "дуля с маком", или, дословно, "болячки с фасолью". Хиня соглашалась жить семейным колхозом, только бы не видеть *алтычки мит папиросн*. О детях знала немного: Соня строит какой-то оборонный завод на Урале, Боря на фронте, в авиационной части... Ищите квартиру!

Шагая в поисках Исаака (городского транспорта в Намангане не было), встречали множество усечённых конусов, узбечек в паранджах. Из-под накидок и плетёных из конского волоса плотных сеток выглядывали лишь ладони да грязные пятки в шлёпанцах. Все конуса были нагружены. Одни несли на головах, даже не придерживая руками, кумганы с извилистыми рукоятками, другие нечто в узлах. Свободны от поклажи были женщины в нарядных накидках. Гарцевали на ишаках мужчины в халатах и тюбетейках. Женщины-всадницы были редки. Было ясно, что ишак – символ состоятельности.

Родители обсуждали согласие Хиньки. Индивидуалистка Хинька! Набила же ей оскомину дама с папиросой.

Встреча у Исаака была неописуема. Рыженькая Хайка, в миру тётя Клара, увидев брата Яшеньку, сорвала с носа пенсне, рыдала и общеловывала всех. Темноволосая темноглазая Танечка, двоюродная, как Янечка, и по отцу, и по матери, любимая едва ли не больше Галки, смеялась, и плакала, и тискала Юлика: "Где мои ямочки? А ну, улыбнись, покажи мои ямочки на щёчках!" Никто не мог ни от кого оторваться, касались, желая убедиться, что это не сон, и Танечка, не отпуская Юлика, держалась за Галку.

Исаак глядел на эти телячьи нежности с усмешкой на суровом красивом лице, но расцеловался даже с Яшей.

---

[*] Незаконнорождённый, бастард (приблизительное понятие)
[**] Старая, глупая, хнычет и хнычет! Я от нее умру!

Говорили о бомбёжках в пути, о родственниках, о Намангане. Танечка рассказала, как папа открыл на дому мастерскую. Первой и последней клиенткой стала соседка, принесла в починку зонтик. Исаак крутил его так и этак, и вдруг зонтик в его руках распался на все составные части. Исаак послал ему затейливое еврейское ругательство, печатное, впрочем, в отличие от русских, пошёл на базар и купил зонтик. Подмены соседка не заметила, уплатила десятку, а зонтик обошелся в две сотни. Мастерская закрылась.

— Что думаешь делать? — спросила Лиза у брата.

— Посмотрим, — коротко ответил он.

— Хайкелэ, вы уехали раньше Мани? — спросил Яша.

— О-ой! — Хайка схватила брата за руку. — Мы могли подумать, что она оставит маму? Как мы могли такое подумать?! Если бы мы знали, что, мы не взяли бы её?! Юленька, иди сюда, хаесл*, вот оладушки, кушай, вот повидло, я заварю чай...

— Мы были у Наума, — сказала Лиза брату. — Молодец, хорошо устроил Софу. Ты намерен зимовать здесь?

Комната была сараем с неровным земляным полом и щелями в окнах. Чемоданы были главной составной частью мебели.

— Посмотрим, — так же односложно отозвался Исаак.

— Хинька предлагает поселиться вместе. — Яша взял быка за рога. — Они, вы, мы и Арон с детьми. Можно снять что-то побольше, и стоить это будет вдвое, втрое дешевле.

Исаак хмыкнул:

— Хинька... Шама... Арон, этот мамзер-скандалист!.. Та ещё компания!

— Исаак, война...

— Папуля, перестань! — Танечка, как и все в семье, обожала Руню, красавца, умницу, отличника, боксёра и притом совершенного джентльмена. Перспектива жить в компании сверстников, вместо одиночного заточения в этой дыре, восхитила её. — Папу-у-уля!

— Посмотрим! — оборвал Исаак.

Это обнадёживало. Лиза, закрепляя достижение, сняла с пальца обручальное кольцо:

— Обрати в деньги. Какие-то знакомства у тебя есть...

Исаак пристально посмотрел на сестру и, не говоря ни слова, положил кольцо в извлечённый бумажник.

Остаток дня посвятили бесплодным поискам жилья. Ужинали лепёшками на базаре.

— Исаак — и коллективизм! — усмехнулся Яша, когда возвращались ночевать в чайхану.

— Ну, жить в этой развалюхе всё равно нельзя.

---

* Любименький

– Он мог бы позволить себе больше...

– Это его дело, – отрезала Лиза.

В чайхане, как и накануне, Юлик лёг щекой на грязный ковёр и уснул, даже не подложив ладонь под голову.

Октябрь – декабрь

Квартиру нашли на окраине, на Хивинской. Калитка вела в узкий дворик. Дувал в четыре саманных кирпича, каждый в полметра высотой, наглухо отгораживал соседний двор. Видны были лишь кроны деревьев. Стиснутый дувалом и стеной дома кишкообразный двор кончался квадратным расширением с единственным чахлым деревцом. Там, в стенах крепостного типа, с витком лабиринта без двери и крыши, ютился туалет типа "сортир" на одно очко. Глухая стена соседнего жилища нависала над сортиром, как обрыв. Гришка сходил по маленькому и отпрянул от бездонной глубины ямы.

Дом – два зала. Высокие глинобитные стены, глиняный пол, в первом зале дверь и большое окно, во втором два окна, глядящие во двор, на пресловутый дувал. ("Весёленький пейзаж!" – прокомментировал Руня). Вторую комнату белили к вселению. Въехали – в смысле, вошли во двор с чемоданами и расположились у нависшего дувала, ожидая, пока высохнут стены. Два узбека окунали в вёдра кисти. Юлик вспомнил цирк. Там дрессировщик поручил слону побрить клоуна, а слон взял кисть размером с метлу, стал мылить клоуна – и опрокинул вместе со стулом. Юлик тогда смеялся, чуть живот не надорвал. Теперь скучно следил со двора сквозь открытые окна, как узбеки в грязных ватных халатах развозили мел по стенам и потолку.

Утро было тёплым и ясным, но Юлика трясло и больно было глядеть на свет. Саднило горло, он покрылся крупной и мелкой сыпью. Его уложили на чемоданы, навалили одеял, глаза прикрыли красным шарфом. Шарф пахнул мамиными духами, навевал воспоминания о Киеве, о Шурке, никто к нему не подходил, не беспокоил, и ему было хорошо. Пришла врач из эвакуированных. "Корь и скарлатина. Скверное сочетание. Не советую вносить ребёнка в жильё, у вас дети, да и взрослые наверняка не все переболели детскими болезнями, для них это куда опаснее". Юлик лежал на чём-то наклонном, на чемодане, вероятно, и сквозь шарф сонно глядел на створку окна. Стекло отражало синее небо и жёлтую листву за дувалом. Пока спорили – болел он или не болел скарлатиной, – приехала арба. Запомнилась тряска, но напрочь стёрся приёмный покой и прощание с родителями.

В Намангане комфорт тяжелобольным ещё предоставлялся, а Юлик со своим диагнозом попал в *тяжёлые*. Ясные дни продолжались, и он с комфортом возлежал в палате на двоих. Вторым пациентом была девочка с крупозным воспалением лёгких. У девочки были платиновые волосы и тонкое дворянское личико. Юлик уважал таких девочек за тихую речь и деликатные манеры. По другую сторону комнаты она лежала на спине и сипло дышала.

Статус областного центра Наманган обрёл, выстроив больницу, одно из немногих в городе европейских зданий. В просторной, высокой палате, полной свежего воздуха и запаха карболки, болеть было скучно. Ни игрушек, ни книг, через них передаётся зараза. Да Юлик и читать не мог, болели глаза. Развлечением было окно. Солнце не проникало в палату, но лучи его, перемещаясь на деревьях и на стоявшем под углом больничном корпусе, меняли картину и помогали вспоминать.

Паша, бабушка... Досверлил ли Шурка револьвер? Куда они с мамой эвакуировались? Как его найти? А как там бабушка без них, при немцах? Паша... Он так скучает по ним и по Шурке!

В палату маму и папу не пускали: карантин. О себе они сообщали, бросая веточку в оконное стекло. Уже на третий день он стал подходить к окну. На газон опадали листья, день ото дня тускнел солнечный свет. Родители вглядывались в него, слабо различимого за отблескивающим стеклом. Со второго этажа они выглядели маленькими и озябшими. Ему было жаль их. Махал им: "Уходите!" Они ждали получения передачи – творога и сметаны. Няня приносила передачу, родители слали воздушные поцелуи. Ему делалось тоскливо от натужности их улыбок и хотелось, чтобы они ушли поскорее. Мама медлила, папа уводил её. Юлик забирался в постель и тут же начинал тосковать по ним. И чудовищная возникала проблема: как быть с творогом и сметаной?

Достоверно было известно: для больного скарлатиной лучшая диета – творог и сметана. Но в сороковом Юлика двадцать дней продержали с подозрением на скарлатину на твороге и сметане, и на эти продукты у него выработался рвотный рефлекс. И вот настоящая скарлатина – и опять сметана и творог! Только цена этому теперь иная, это он знал, как знал и то, что ради этой сметаны, никому более недоступной, мама продает всё, что обладает ценностью. Он жестами показал своё отвращение – мама замахала руками. Отдать бы это Галке, Танечке, Гришке! Притом, что аппетита не было вовсе, он охотнее съел бы что-то из больничной кухни. Предложил сметану соседке. Её не навещали. Пытался кормить её. Она помотала головой.

Выручила нянюшка. Творог, сметана осенью сорок первого? Да в чей рацион это входило?! Масштаб своего деяния он понимал и тогда, а со временем это стало его жгучей тайной и угрызением совести, о котором мама так никогда и не узнала. Зато когда за неимением горшка он сходил в газету и, не зная, куда деть, сунул колбаску под подушку, нянюшка унесла это добро молча. Но произошло это, когда соседка уже билась в агонии, а Юлик к своему букету болезней неведомым образом добавил ещё и бронхит.

Первым по-настоящему осенним утром поднялась суматоха. Забегали врачи, сёстры понесли кислородные подушки. Девочка судорожно выгибалась. Поставили ширму, Юлик перестал видеть происходящее, жуткие звуки изгнал из памяти. Вспомнил, оканчивая школу и найдя у Маяковского строчку: "Я люблю смотреть, как умирают дети". Ну, Владим Владимыч!..

К полудню беготня и колочение за ширмой оборвались. В наступившей тишине и на него обратили внимание и с кроватью выкатили вон. Ему стало хуже. Может, такое было силовое поле, и он тоже в него попал. Боли, страха не испытывал. То ли спал, то ли был в беспамятстве. Очнулся в тесном помещении без окон и увидел родителей, но смысл эпизода понял десятилетия спустя: кладовка означала, что свет ему не нужен, а допуск родителей – что их пустили проститься.

Они рядом, как хорошо! Врач предписала последнее средство, переливание крови. Сестра пыталась взять кровь у мамы, но иголка не шла в опавшие мамины вены. Юлик сонно глядел. Так запечатлеваются судьбоносные моменты: папа закатал рукав, подставил руку с отчётливыми, выпуклыми венами, сестра ввела иголку, шприц заполнился кровью... Сестра перевернула его на живот и ввела кровь в ягодицу. Было больно. Родители ушли, он впал в беспамятство.

Яша, вернувшись на Хивинскую, понуро произнёс:

– Одного мы потеряли...

Но через двое суток Юлик очнулся.

Выздоровление в общей палате на двадцать коек было вязким. Кашель с мокротой. Расстройство обмена веществ. Гнойные пузыри по телу. Они лопались, гной тёк, противно щекоча, язвы зудели. Его принял под опёку Тимофей Кузьмич, солдат трёх войн – японской, мировой и гражданской. Как и всех больных, деда предварительно остригли под нулёвку (в порядке борьбы с вшивостью) и позволили ему присматривать за четырёхлетним внуком, с ним он помещался на одной кровати. Тимофей Кузьмич всю жизнь прожил на юру, избалован не был, больничная палата с высоким потолком и деревянным полом была ему дворцом. Юлика холил старательнее, чем внука. Юлик был тяжёлым – раз; с ним можно было беседовать – два. Встряска эвакуации не прошла для него даром, он повзрослел. Говорил мало, слушал благодарно и то и дело впадал в сон. Просыпаясь, видел ссутулившегося на кровати старого вояку, в окне пустырь с оврагом, а по другую сторону двухэтажный барак в рядах тёмных окон. В серые дни серый фасад с тёмными окнами нагонял тоску. Зима для Ферганской долины была необычна, уже в начале декабря выпал снег. И днями напролёт перед глазами лишь серый фасад со слепыми окнами. В палате тишина, в ре-

211

продукторе тиканье метронома или бормотанье диктора, ничего радостного из этого не возникало.

И вдруг – слова. Какие! Что за ликованье в них! Победа под Москвой! Перечень освобождённых населённых пунктов. Названия... Незнакомые, но – много. Пленные. Трофеи. Танков... артиллерийских орудий... миномётов с тысячами мин... пулемётов с миллионами патронов... И – музыка парадов. Юлик распахивался ей навстречу, надувался ею, диафрагма резонировала, всё существо ликующе содрогалось.

Тимофея Кузьмича эта музыка раздражала, в особенности Глазунов, его "Торжественная увертюра".

– Ликуют, ног не чуют! Чему радоваться-то? Волоколамск! Да от него до Москвы – што плюнуть. Ты Берлин возьми. До него нешто доплюнешь? Да нешто дойдёшь в такой войне до Берлина? Не-ет, милай, кто под Москвой воюет – да што ты, мать частная, он до Берлина не дойдёт, семь раз голову сложит. Семь лет провоюют, пока дойдут. Немец – этт те не француз. Тот в восемьсот двенадцатом как дунул – в Париже своём только и очухался. Немец – он немец и есть, он ворог сурьезный. Уж я в Мировую на няво нагляделся. И газы у няво, и пушки у няво, и весь он солдат с пелёнок. А эти распелись – трам-тата-татататам, трам-татата-татататам!

Изобразил начало увертюры и небрежно махнул рукой.

Словно подтверждая его, увяли сводки. Сообщали уже не о трофеях, а об упорных боях.

Война затягивалась и швыряла беженцев, волну за волной. С волнами беженцев шли волны тифа. Выздоравливающих клали по двое, валетом. В кровать Юлика подселили Оську, остроносого пацана, помогавшего управляться с манной кашей. Юлик обрадовался: у Тимофея Кузьмича будет собеседник. Но ветеран быстро охладел к Оське и монологи, неизменно завершавшиеся вопросом "Почему так?", снова стал адресовать Юлику.

Дни тянулись, а лечения было – порошки дважды в день. Он покорно их глотал. Понял уже: смысл пребывания в больнице – в изоляции. Не столько его лечили, сколько не давали инфекции распространяться, а он был носителем двух инфекций.

Тоскливыми сумерками вспоминал довоенные вечера. С работы возвращалась мама, приносила деликатесы – чайную колбасу, голландский сыр, а то и икру. Хрустящую булку мама намазывала ароматным маслом, а упругие икринки так вкусно было давить зубами, разбрызгивая во рту солоноватую свежесть. Шоколада не любил. Припоминал горьковатую сладость продукта – вот дурак!

Воспоминания не помогали поеданию каши, а холодные касания нянек снова обращали к прошлому.

Довоенная жизнь... Сказка! Купанье в оцинкованной ночве. Согревали огромную кастрюлю воды, он с ужасом глядел на валившие из неё клубы пара, они предвещали мучение первого окунания. Мама ногтями скребла ему голову, папа тёр губкой спину, вынимал, мама набрасывала махровую простыню, вытирала, одевала в жестко-накрахмаленное, хрустящее и бормотала на идиш, которого он не понимал, но знал это заклинание, оно завершалось словами *гизинт цурайзн*[*]. Тоска по чистоте томила его, покрытого зудящими волдырями, а мыть в больнице можно было лишь руки и лицо. Неужто не любил купаться? Вот бы теперь! Негде. В палате двадцать коек, на этаже двадцать палат – и ни одной ванны...

Окреп ли он или взбодрился, подсчитав, сколько осталось до выписки, но из слушателя в своём прикроватном пространстве превратился в сказителя, и Тимофей Кузьмич, как и дети, приоткрыв рот, внимал эпизодам о Робинзоне Крузо, а то и о Шурке и подвигах его папы-танкиста, выдуманных, конечно.

Мама пришла забирать его из больницы, ужаснулась его худобе, а выписку взяли да и аннулировали: обнаружили какую-то сыпь и задержали ещё на два дня: не тиф ли? Эти дни особенно были мучительны, он замкнулся, представлял уже не прошлое, а жильё на Хивинской, и не слушал старого солдата, начинявшего его на прощание житейской мудростью.

Донимали сновидения. Все они были о прошлом, о Киеве, в них являлись Паша, баба Либа, дядя Иосиф. Киев был непривычный, вовсе и не Киев, то ли разрушенный, то ли заляпанный чем-то серо-синим, хоть Юлику никто о Киеве не рассказывал, никто ничего о нём не знал.

Накануне выписки Шурка приснился, как живой – его локоны, широкий лоб, точёные черты, прозрачные глаза, рассеянный взгляд... Юлик ждал в страхе, что Шурка уйдёт, пытался заговаривать. Шурка не отвечал, детской лопаткой сосредоточенно рыл какую-то ямку на их детсадовской горке... И снова город был совсем не Киев, хоть Юлик точно знал, что это Киев, слово повторялось, как милая музыка – Киев, Киев... Юлик проснулся в тоске и, чтоб не плакать, кусал подушку.

День выписки выдался мрачный и тёплый. Мама взяла его на руки, понесла немного, опустила, чтоб отдышаться, и он сказал, что пойдёт сам. И – пошёл.

Жильё на Хивинской выглядело вокзалом, и ютилось в нём четыре семьи. Помещение строили для шёлковой фабрики – это где черви поедают листья тутовника и окукливаются в виде земляного ореха, снежно-белого или желтоватого, с него потом сматывают нить. Со двора – вход в первую залу, её отвели под кухню, в ней на верстаках, накрытых древними ломкими клеёнками, поставили примуса и кастрюли. Дверь вела в жилую залу, точно такую же – ширина метров шесть, длина восемь, высота четыре с половиной. Голые стены, неровный земляной

---

[*] Порви на здоровье (идиш)

пол. Когда таял снег, протекал потолок, а в дождь вода текла и по стенам с наветренной стороны.

Встретил Юлика вопль Эди, к Юлику, правда, не обращенный. Шестилетний племянник Эдя, как заведенный, прыгал в своей резиденции, на кровати дедушки Шамы, и то ли пел, то ли орал: "Ой-вэй, ой-вэй, я маленький еврей!" Стихи были его собственного сочинения, и от пробуждения до истощения он упивался этим оригинальным текстом.

Вернувшегося приняли, как выходца с того света. Целовать рискнули лишь свои и Танечка. Поцеловал бы и Гришка, но нежности не приняты были между кузенами. Зато он вручил Юлику й щит в виде сердечка со скобой, в которую вставлен был вдет крохотный кинжал с наборной рукояткой. Изделие было сработано с помощью зубила, молотка и напильника из серебряного нэповского полтинника, пуговиц и зубных щеток, их Гришка собирал и хранил.

Руня болел брюшным тифом. Шокированная больницей Лиза не доверила племянника государственной медицине, а опасавшимся инфекции родичам свирепо заявила: доносчик будет вычеркнут из семьи! Приближаться к Руне запретила (Гришка, ясное дело, приближался), ухаживала сама – поила лекарствами, кормила, мыла... Руня уже смог приветствовать Юлика поднятием руки.

Здесь, впрочем, и здоровые проводили дни на постелях. Не было в комнате иного свободного места, лишь узкий проход у окон, врезанных низко и выходивших во двор.

Юлика после больницы плотностью населения было не удивить, как и скудостью мебели. Столов не было. Не было и стульев. Тумбочка у Руниной кровати. Помимо неё на звание мебели претендовал сундук с выпуклой крышкой у дальней от двери стены. Сундук и стал ложем Юлика.

Купаясь во всенародной любви, Юлик на предложение поесть спросил яичницу. Не без намека у него справились – из одного яйца, из двух? Попросил из двух, что и было ему предоставлено. Ел под ласковыми взглядами Танечки и Галки и под завистливым Гришки. Есть почему-то было стыдно, но он ничего не мог с собой поделать и не глядел по сторонам. И взрослые старались на него не глядеть. Зато Эдя даже скакать перестал. С другого конца зала, с дедушкиной кровати, разглядеть детали было трудно, да и ел Юлик на полу, на подстилке, столом служил чемодан. Эде пришлось вытянуть шею, чтобы из своего угла увидеть процесс поглощения столь редкого здесь лакомства. Петь в такой позе неудобно, и Эдя на время заткнул фонтан. Кормёжка отняла у Юлика остатки сил, он уснул на сундучке тревожным сном под возобновившиеся вопли Эди и во сне снова видел Киев, неузнаваемый, но улица непонятным образом была знакома, он гулял по ней с Пашей, Шуркой и его мамой. Сон был светло-сиреневый, просыпаться не хотелось, но он съезжал с покатого сундука, это будило.

Через день-два научился спать на сундуке, не съезжая.

Во время болезни Юлика страшные события утюжили планету. Танечка шепнула: в ноябре, после какой-то статьи в "Известиях", оба папы, его и её, помчались в военкомат. Им сказали: пожилых и больных в армию не берут. Арон вечером смеялся: тоже вояки! Что такого папы вычитали в газете, от них, младших, скрывают.

Когда Наум при первой встрече буркнул, что некоторые тут живут на улице. Арон лишь плечами передёрнул: в таком раю, почему бы и нет... Но теперь дождь, снег, а иные всё ещё укрываются под навесами! Старухи, женщины, дети... Мужья на фронте. Вот что значит – нет мужчины в семье! Как выживают? Что едят? Кипяток из чайханы! Их сарай – это ж хоромы!

Сонный быт Хивинской кому-то со стороны и впрямь мог показаться раем. Но судьбы свершались и здесь...

Первый семестр Руня пропустил из-за войны, чего отвратить он не мог. Пропустил и второй в Ташкенте (туда эвакуировался институт), по болезни, избежать которой тоже не мог. Последствия сказались позднее...

Капель с потолка в кастрюли и банки, подставленные, чтобы не развезло пол, превратила жильё в расстроенный ксилофон. Звуки разной частоты сливались в надоедливую какофонию. Стены пропитались водой. Сырость вызвала вспышку ревматизма. В лёгкой форме переболели все, Танечка и Галка остро. Суставы покраснели и распухли. При попытке повернуться на кровати Галка не сдерживала стонов. Танечка стонала на сдвинутых чемоданах. Но медики не зря говорят: "Ревматизм лижет суставы и кусает сердце". Последствия сказались позднее...

На иждивенца выдавали фунт хлеба. Завтрак – хлеб с кипятком, подслащённым сахарином и закрашенным остатками молока. Если молоко было, ели тюрю, хлеб с молоком. Картофель считался роскошью. Наварить и наесться? Да он в Средней Азии дороже хлеба. Варили юшку – водичку с картофелем. На хлопковом масле Лиза пассировала лук и вливала к концу варки. Это было вкусно, но Лиза терзалась, что кормит детей одним и тем же. А кормила четверых – Юлика с Галей и Руню с Гришкой. Арон не ел дома. Где он ест, Лиза не спрашивала.

Едой войны была затируха. В подсоленный кипяток, размешивая, всыпали тонкой струйкой муку. Это блюдо бедствующих распространилось на суперконтиненте, а в финальной стадии войны стало популярно и в рейхе. Лиза до него не опустилась, это она сочла бы пределом уже не только нищеты, но и унижения. Мучным блюдом, подобным затирухе, стал суп с клёцками – по компонентам та же затируха, но по вкусу совсем иное дело. Дополнительным ингредиентом супа с клёцками было яйцо. Яйца были до́роги, но одного хватало на целую кастрюлю клёцок. Юлик вскоре понял: заказав яичницу из двух яиц, он съел две кастрюли клёцок. О говядине не помышляли. Баранину, раз в неделю, Лиза научилась готовить так, что её можно было принять за говядину. Курица предназначалась для Руни – бульон и мясо. Он тайком подкармливал Гришку. Остальные глотали слюнки.

А тут ещё история с Яшиной работой...

В семье его звали Янкеле. Умение избегать конфликтов покоилось на его молчаливости. Умел не отвечать. Мизантропом не был, но анахоретом, пожалуй, был. Анахоретом с добрейшей душой и приветливым лицом. Со всеми держался с одинаковым скромным достоинством, без суетливости и заискивания.

Казалось бы, такого человека не втянуть в конфликт. Но угроза таилась в Яшиной непоколебимой твёрдости. В быту атеист, он носил Бога в себе. Следовал и духу, и букве Торы. Буквализм свой никому не навязывал, но был его жертвой. Жертвенность осложнялась тем, что, как следует из вышесказанного, Яша был философ, склонный к созерцанию. Любую сущность он разбирал до полного в неё проникновения и рано понял, что жизнь идёт сама по себе, усилия личности мало что значат, даже если личность готова на самопожертвование, как Христос. Да он и готов к такому не был, он был эпикуреец. Замечал многое, над чем люди не задумываются, но умел молчать. Время поощряло скрытность.

Громкая должность *экспедитор* означала всего лишь *агент по снабжению*. Он мог претендовать на бо́льшее. Но именно желания претендовать у него и не было, а его образцовая методичность была методичностью исполнителя. Он избегал ответственности и в обсуждении участвовал – горячо! – лишь если обсуждался моральный аспект. Тогда брался даже решать.

На фабрике любовь к нему – а с нею и авторитет – возникла не на силе его характера и безупречности решений, а на сложившейся вокруг него атмосфере доброты. Работать он умел, но никогда не работал тяжело. От приказчика не требуется напряжение, лишь долгие рабочие часы за прилавком. Как и от экспедитора на трикотажной фабрике. К физическому труду пригоден не был из-за врождённой паховой грыжи. Её не оперировали: вскрытие брюшной полости в те годы было игрой со смертью. Зато порученное ему дело не стоило проверять, оно исполнялось с предельным педантизмом.

Всегда чист, выбрит, подтянут... Если бы мыслима была в мире генеральная уборка с целью отделить хорошее от дурного, чистое от грязного, ценное собрать, а мусор изолировать (не уничтожать!) и оставить его мирно лежать в сторонке, не было бы лучшего кандидата для этой работы. Яша выполнил бы это вдумчиво и мягко, исправив тем самым оплошности господина Бога. Вчистую освобождённый от воинской повинности близорукостью и грыжей, он самой природой предназначен был в эпикурейцы, всей жизнью воплощая принцип

«Проживи незаметно». Любимым его занятием было созерцание этого дивного мироустройства.

Из Яшиных свойств самым для будничной жизни опасным была гордость. Покорный Лизе Яша горд был не менее Лизы. Нет, более. Робкий по характеру, он был горд, как вельможа. Просить? Для себя? Положено – дадут. Любят – сделают без просьб. Он о сохранении жизни не попросил бы, хоть храбрецом не был. Скрытный, глубокий, непростой характер. И ему ни до чего не было дела, лишь бы Лиза была с ним. Любовь к ней была смыслом его жизни. Но получалось так, что любовь то и дело вступала в конфликт с его мировоззрением.

Наихудшее в семейной жизни – уступать во вкусах и желаниях, не уступая в принципах. Чему Яша и следовал неизменно. Работал на Лизиных братьев, жестоко ему недоплачивавших, но за их спиной не сделал ни гроша, к чему Лиза, определив братьев в эксплуататоры, его побуждала. И как экспедитор трикотажной фабрики он мог делать дела. Но он и к государству относился, как к мелкому работодателю, обман был для него неприемлем.

Юлик стал свидетелем разговора между мамой и папой.

Едва ли не у всех в непривычно тёплом клима-те обмен веществ в первые месяцы был нарушен, все покрылись гнойными пузырями, а то и чирьями, а Юлик после больницы страдал к тому же запорами и подолгу сиживал в сортире, благо, на это неудобное удобство члены семьи не часто претендовали. Однажды скрывшись там и просидев изрядно под бирюзовым небом в унылой мечте о возвращении к киевским пышным облакам, он услышал голоса родителей и понял: они вышли во двор, чтобы объясниться без свидетелей. Папин голос был просителен, мамин холоден, резок.

– Здесь нет магазинов и мне здесь делать нечего. Ты понимаешь, что ты мужчина и обязан кормить семью? У тебя дети! Галочка больна, Юлик болен, ты это понимаешь?

– Мамочка, моё место на фронте... А уж теперь, после всего, что мы узнали...

– На каком фронте, что ты болтаешь? Побежишь в атаку? Будешь стрелять? Ты же слеп! А в окопе? Отроешь окоп? В мёрзлом грунте? Тебе раз копнуть – и защемится твоя грыжа, и тебя надо будет тащить в госпиталь! Кому ты нужен на фронте?

– Ну, не в окопе. Грамотные люди нужны всюду...

– Ты нужен здесь! Нужен детям! Ты отец, ты обязан их кормить! – Юлик сжался, затаил дыхание. Ему физически больно было слышать это. И он боялся быть обнаруженным. – Яша, пусть у тебя не будет иллюзий. Если мы потеряем детей, ты мне не нужен. Иди по фабрикам. Ищи работу.

Найти работу в переполненном Намангане было не легче, чем безлунной ночью вдеть нитку в иголку. Даже работу у станка. Да здесь и станков было, как кот наплакал. Средневековье! Яша с его приятной внешностью и очевидной, на лице начертанной честностью обходил предприятия одно за другим. Лиза велела идти через парткомы. Надо же было найти применение этому добру, партбилету, за него ещё и взносы платить. Ослушаться Яша не посмел, как ни мерзки были ему обходные маневры. Партийцы ещё были малочисленны, из парткома Яшу обычно вели к директору. На мелких предприятиях директорствовали русские, на мельчайших узбеки. Русские качали головой, узбеки цокали языком. Все хотели принять на работу милого, скромного агента по снабжению, но ведь штатное расписание... Получая отказы на фабричонках, Яша без всякой уже надежды зашёл на хлопкопрядильную фабрику "Вторая пятилетка", имелся такой гигант. Здесь директорствовал осанистый бухарский еврей. Русский парторг ввел Яшу в кабинет. Увидев за столом совещаний несколько человек, Яша рванулся к двери, но директор зацепил его взглядом и молча указал на ряд стульев у стен. Яша сел, парторг подобострастно нашептал директору и вышел. Директор вёл совещание на языке, в котором Яша улавливал лишь слова *обком, план, военкомат*. Отпустив подданных, директор стал разглядывать Яшу. Правой рукой выводил каракули на листе бумаги, указательный палец левой, пересекая рот, был прижат к подбородку и кончику мясистого носа. Яша принял это как знак, повелевающий молчание, и глядел на директора сквозь толстые очки, без слов поясняющие, почему сорокалетнего мужчину миновал военкомат.

– Ыз Кыыва, – покивал директор. Яша смолчал. – По-узбецки нэ гаварыш... Абаразаваныз, айй какойй!.. Ынстытут! Тэхникум? Нэт? Хедер? А! Ыды, сыды блыжэ. Жина, дэты? Будыш у мына дыректор сталофки. Паравараался, мырызавыц, ну, самысэм ныкакой совыст нэт. Бэзпартыйный, панымаэш, куда я сам саматрэл... Завтра... А-а-а-а... Пастой... Зачэм – завтра? Сычас. Пайдом.

То было начало конца, и вряд ли в какой-то карьере конец так близок был к началу. Через месяц после оформления Яша был уволен "по собственному желанию", избежав формулировки "несоответствие служебному положению". В том же кабинете, вручая Яше трудовую книжку и увесистый свёрток, директор укоризненно рокотал:

– Ну, дарагой, чэстност, ну-у, эт-та-а, чэстност, панымаэш, эт-та-а... Дарагой, зачэм такой чэстност? Работныкы Сэрэднэй Азыи нэ дараслы такой чэстност. Нэмынога нада сибэ, нэмыного дуругым, нэмыного адын глаз закрил – другой аткрил... Ай-я-яй! Думал, балшой ты, учит не нада, а ты как малэнький. Дома нэ пахвалат. Ай-вай! Зай гизинт.

Не похвалят? Увольнение родило вулкан, потрясший Хивинскую, едва Яша пришёл с работы – днём и со свёртком, первым за месяц заведования столовой. В свёртке был месячный оклад и круг колбасы. До сей поры Яшины приношения ограничивались котлеткой, ломтем хлеба, яблоком. Возможно, приносил то, что не съел из меню обычного столовского обеда.

Фабрика была единственным в городе предприятием со столовкой. Сослаться где-то на свой пусть неудачный, но специфический опыт управления столовой Яша не мог. Да в таком городе и слухи расходятся быстро, кому мог понадобиться такой кадр...

Хивинский вулкан взорвался безмолвием. Реакция Лизы выразилась взглядом, брошенным на Яшу. Взгляд сверкнул огнём и сталью – и ни звука не было оброчено. Тишина усугубила уныние на тесном пространстве Хивинской.

Уж тут, вероятно, Лиза припомнила Яше всё.

В двадцатом, в разгар бандитизма, девятнадцатилетний Янкеле отправился с охранной миссией – провожал к польской границе тёток с кузинами, уезжавших в Аргентину к мужьям, от которых их отрезало сперва мировой, а потом и гражданской. Лиза, уже любимая Яшей и влюблённая в него, ожидала, как и остальные родичи, что он уедет с тётками и пришлёт вызов ей. А он – вернулся! Побоялся оставить такую красавицу и ехать в незнаемое с риском потерять её. И что же в итоге? Хивинская без гроша в кармане и безработный глава семьи?

С этим разделом семейной хроники Юлий ознакомился годы спустя. Пока не было оброчено ни слова. Тишина. Яша выходил в холодную залу и в банку из-под молока наливал кипяток. С юмором висельника – "Не попить ли чаю с молочком?" – грелся опаловой жидкостью. Пытался шутить. Ответом было молчание Лизы.

Он терпел с неделю. И пошёл в военкомат вторично. Случай уникальный: даже в то страшное время его не взяли – хоть в штаб, хоть в обоз. Сразу делалось ясно, что́ это за вояка – с такими очками, с таким выражением лица... Тайный толстовец. Непротивленец. На фронт не взяли, отправили на жел.-дор. узел станции Омск. Яша исчез. Стали приходить письма, написанные почерком необычным, но удивительно разборчивым. Одним ртом меньше...

Исчезновение папы не сразу было Юликом отмечено. Он после больницы возвращался в себя трудно. Спал, а в набитом убогим хламом пространстве замечал лишь то, что рядом: стоны Галочки, когда она поворачивалась на своём ложе, хлопоты мамы вокруг неё и Руни да обезьяньи прыжки Эди. Но вот он заметил, что папы нет, он и к ночи не возвращается, и это стало переживанием.

Прежде они не разлучались. Папа отвечал на вопросы, которые ставили в тупик любого Юлькиного дядю. А вопросы сыпались безостановочно. Из чего делают кирпич? А железо? Как быстро бежит ток по проводам? На чём держатся звёзды и почему не падают на Землю? Папа объяснял коротко и понятно. Притом что помимо хедера никакого образования он не получил. Наверное, в хедере он был любимым учеником. А ребе был замечательным учителем. Иначе откуда папе знать всё да ещё учить Юлика песням, петым чуть ли не в петровские времена: *"Дело было под Полтавой, дело славное, друзья. Мы дрались тогда со шведом под знамёнами Петра"*...

Юлик бешено злился – тайком, конечно, – если ему задавали дурацкий вопрос: кого он любит больше – маму или папу? Мама и папа – это же одно целое!

И вот от целого осталась половинка.

Зима в Средней Азии – угрюмое время. Зима сорок первого выдалась особенно мрачной. Снег на саманной крыше таял, вода громко – потолок был высок – стучала в кружках и банках, меняя тональность по мере наполнения. Когда с потолка валились кусочки глины, Исаак шутил: потолок уже не только писает! Стены пропитались влагой. Потолок, пол, самый воздух в кибитке разил сырой глиной. Руня лежал в тифу в одном конце трущобы, Галка и Танечка с ревматизмом в другом конце. Кроме постоянных больных (Галка, Танечка и Руня пролежали весь декабрь и январь), обычно болел кто-то ещё. Жизнь проходила на постелях, раскрытых или кое-как застеленных. Гришка после победы под Москвой злорадствовал: "Ага, фрицы! Рано пташечка запела, как бы кошечка не съела!" Не ведал, что поговорка в равной степени относилась и к своим: надвигалось кровавое лето сорок второго. Гришка скучал, ныл, втягивал Юлика в разговоры, пытался играть с ним в "морской бой", попрекал, что тот не видел фильма "Мы из Кронштадта", пересказывал его, как мог, и требовал, чтобы Эде запретили скакать и орать. Но над Эдей не властна была даже баба Хиня, и он оживлял печальный сумрак обезьяньими прыжками и воплями, частично заменяя радио.

Новости приносил Арон. Возвращался с сапогами в руках, грязный по колено и ругался по-тюркски: "Онангескай! Кутакгескай!"

Дремавший Руня однажды приоткрыл глаз.

– Пап, ты знаешь, что это значит?

– Нет, – заморгал Арон. – Они все так ругаются. А что?

– Так узнай сперва... – Руня вяло махнул рукой, и Арон вернулся к идиш, на котором неприличных слов не было.

Руня оставался непоколебимым авторитетом. Сводок никто из старших, даже Шама, даже Исаак с его гонором, не комментировал, пока не произносил своего суждения Руня, отличник, гордость и надежда семьи.

На фронте шло наступление, но не столь бодрое, каким было отступление. Вестей от близких не было. Неизвестно, где находились сёстры Лизы и братья Яши. Послали запрос в Бугуруслан, в центральный эвакопункт. О таком городе раньше и не слыхивали, а теперь его знали даже дети.

Испытания тем временем не прекращались.

Тот вечер побудил Юлика к некой гипотезе, ею он так никогда ни с кем не поделился. Суть её в том, что большому событию предшествует некое поле, воспринимаемое чуткими организмами как пророческое смятение...

... Вечером огнеобильным и искрометным жмыхом раскалили буржуйку. Лиза покормила Руню и нашпиговала его лекарствами. Юлик лёг спать. Выпуклая крышка сундука требовала сноровки, и он давно приноровился, но в тот вечер полосы и заклёпки проступали сквозь подстилку особенно жёстко. Он засыпал обычно в девять, а тут за одиннадцать всё ещё крутился, многократно пожелал всем спокойной ночи, без чего благовоспитанный ребёнок не отходит ко сну (и потом решил, что надоел Вседержителю нескончаемыми своими пожеланиями), уснул наконец, но лишь затем, чтобы почти сразу, как ему показалось, быть разбуженным. Его волокли к двери, и он уяснил причину: в дом ломятся грабители! Из стены, образуя огромные прямоугольники, вылетали и падали на постели куски глины.

Так на Хивинскую вломилось девятибалльное Гармское землетрясение сорок первого года.

По колеблющемуся земляному полу выскочили вон, девочки последними, и Гришка тут же кинулся обратно, а с ним Лиза: в доме оставался Руня. Выносить его не стали, земля замерла в малонадёжной своей, как это вдруг выяснилось, неподвижности. Всё стихло, лишь собаки не унимались. Зажгли лампы. Сон не шёл. Через полчаса снова затрясло, но никто и до двери добежать не успел, толчок прекратился, а Юлик сразу уснул. Взрослые не ложились, ждали рассвета, словно при солнце такого не бывает.

Утром явился испуганный хозяин в полосатом ватном халате, заношенном и во многих местах прожжённом, разглядывал трещину в задней стене, сквозную прореху в углу и бормотал: "Дыр-дыр будет – плохо будет! Касансай сто человек умрал!" Касансай был ближе к эпицентру.

К вечеру третьего дня Лиза, Хайкелэ и Юлик дежурили в проходной зале у примусов. В кастрюлях клокотало варево. Поверх дувала, перегородившего двор метрах в пяти от окон, голубело небо. Закат был хмурый, но не без позолоты. Лиза сурово задумалась. Хайкелэ, любимая тетка Юлика, рыженькая, доверчивая, вечно пахнувшая луком, обожающе глядя на Лизу сквозь пенсне, сказала:

– Лизочка, Бог даст, всё уже будет хорошо, и мы на той неделе устроим стирку, да? Ой!!

В этот миг разделявший дворы дувал без всякого толчка с глухим рокотом рухнул и рассыпался перед окном громадными кусками, загромоздив двор, мигом изменив пейзаж и зловеще обнажив за собой безлюдный соседский сад. Хайкелэ выскочила во двор, вскинула руки и завопила в небо:

— Это когда-нибудь прекратится, это безобразие?? Это кончится, я вас спрашиваю??

Лиза стояла у окна, не то смеясь, не то плача.

Похоже было, что это и впрямь не кончится.

Песочная 3

В один из солнечных дней января мама решила проветрить детей. Галочка уже вставала. Мама велела ей одеться, чтобы вместе выйти в город, его дети ещё не знали и не видели. Для Юлика это и вовсе должно было стать первым выходом в свет. Мама одела его в лучшее, а это были отличные вещи, с довоенных времён. Юлик не вырос из них, напротив, уменьшился из-за недоедания. Всё теперь стало великовато, даже единственные ботиночки. На улице было влажно, и мама для пущей сохранности вдела ботиночки в ботики. Галочка приводила себя в порядок, а Юлик пошёл в туалет типа «сортир», в тот самый, где невольно подслушал разговор между мамой и папой.

Сделав свои дела и вытирая попку куском газеты, он неловко повернулся, и произошло ужасное: ботиночек слетел с его небогатой плотью ноги вместе с доблестно и до конца защищавшим его от влаги ботиком, скользнул в очко и спустя секунду звучно шлепнулся в зловонную массу.

Юлик потерял чувствительность. Так бывало с ним, если случалось что-то разбить или вообще как-то нехорошо отличиться. Спустя миг он вернулся в тело и – не заплакал. С начала войны он ещё ни разу не плакал. Он был теперь человек закалённый. Закончил пользование газетой, подтянул под пальтишком свои короткие штанишки на помочах и запрыгал в дом, стараясь босой, в одном чулочке, ногой не очень наступать на размокшую глину двора...

Когда много лет спустя Юлий попытался – не описать, об этом и думать было нечего! – лишь последовательно вспомнить истерику, какая на глазах у всех случилась с мамой, славившейся в семье именно силой характера, он понял, что в процессе такого воспоминания вполне может умереть. Уж к тому-то времени он снова научился плакать, а былое ожило и затрепетало даже больнее, чем во времена, когда всё это происходило.

Конечно, мамина реакция не соответствовала происшествию, но это была та капля, которая переполнила чашу терпения. Сила исступления, энергия отчаянного вопля была такова, словно мама желала избыть в нём душу, выплеснуть вон и швырнуть в небеса протестом против развала жизни. Испуганная Галочка пыталась защищать Юлика, молча дрожавшего под градом маминых слов, а там и сама стала дрожать и плакать. Родственники на своих постелях сидели, опустив головы, желая не слышать и не видеть происходящего. Лишь Танечка тихо плакала в углу, не в силах стерпеть муки своей любимой тёти...

Первый выход в город этим мало забавным происшествием был отодвинут и стал не развлекательным, а деловым, приуроченным к долгожданной бане, Галке и Танечке не разрешённой, пока не уйдут все признаки ревматической атаки. Боли стихли, температура уже не повышалась, и ревматизм не дал девочкам понять, что жить им суждено недолго...

Поход в баню выпал на хмурый февральский день. Мама с Галкой, Танечкой и Юликом мылись тепловатой водой в женском отделении, в мрачном, едва протопленном и пустом зале. Мама принесла керосин и уксус. Помыв волосы, женщины смазали их керосином, долго отмывали запах, а завершили мойку уксусом: он растворял гниды, вошкины яйца.

Потом в кино смотрели фильм "Разгром фашистских войск под Москвой". Музыкальный фон, "Марш защитников Москвы", Юлик с одного раза запомнил на всю жизнь. Когда – полсотни лет спустя – узнал, что лента была первой документальной, удостоенной "Оскара", не удивился. Со дня просмотра фильма он готов был грудью закрывать амбразуры. У всех на устах было имя – Таня, так долгое время звали Зою Космодемьянскую. А маме добавилось забот: Галка рвалась на курсы радисток, на фронт. Пошли тихие скандалы. Юлик из деликатности старался не слушать, но не мог не видеть обращённых в его сторону маминых жестов, смысл их был пугающе ясен: а с ним что будет, если со мной что-то случится? Были слёзы, отдельные вскрики – не более того. Наконец однажды мама в отчаянии сказала:

– Да как ты не понимаешь, что теперь с твоим сердцем о фронте нечего и думать?!

Руня уже ходил. Между родственниками обо всём было переговорено. Со стен и потолка текло. Город был разведан. Пришла пора разъезжаться...

♦

Если по улице Ахунбабаева, центральной улице прежнего Намангана, идти к горам, слева окажется маслобойный завод, где население побиралось хлопковым жмыхом, сваленным в огромные штабеля и неохраняемым ввиду его обилия. Кто растапливал им печурки, кто грыз, если зубы позволяли, и там Юлик впервые отметил труп, бесплотный, плоский, тот, что запоминается на всю жизнь, как первый, хотя, конечно, то был уже не первый труп, увиденный им в войну.

За косо пересекающей мостовую и утопленной в каменно-твёрдом грунте заводской узкоколейкой улица кончается. Налево дорога к вокзалу. Направо кривая улочка выводит к железнодорожному пути на высокой насыпи. За насыпью оказываешься на протоптанной тропинке, она ведёт к улице, перпендикулярной полотну. Город здесь кончается, но улица ещё некоторое время продолжает тропу и мимо бахчи справа и пустыря слева выводит к участку с огородом и домом за высоким дувалом с левой стороны. Это Песочная 3. В дальнем углу двора дом — добротный, пятикомнатный, с деревянными полами, с подвалом. Крыша саманная. Туалет типа "сортир" устроен на дальней стороне огорода и запахами не тревожит.

Плонским сдали левое — если лицом к дому — крыло, однокомнатное. Со двора три ступеньки в коридор-тупик, из него дверь в сухую двенадцатиметровую светлицу. Два окна во двор. В стене напротив двери ниша, в неё один на другой поставили чемоданы, между ними поселились скорпионы. Справа, у стены с дверью, встала кровать, у стены напротив окон вторая: доски и ватные тюфяки. К окнам придвинули стол и три стула. Мебель хозяйская.

Переехали в День Красной Армии. На фронте затишье, новостей никаких — сообщённых народу новостей. Удивительно, что Юлик так ясно запомнил дату переезда. Лишь спустя десятилетия он узнал, чем ознаменовался день: в подвалах НКВД выстрелами в затылок добивали лучших военных страны, тех, чьё участие в войне существенно снизило бы цену победы.

Малолюдье Песочной оказалась чувствительно. Единых воплей и то не хватало. Стоимость жилья сказалась на диете. Ещё недавно Юлик с отвращением отталкивал шоколад, ел лишь бульон с домашней лапшой и куриные котлетки, а из конфет только барбариски. Теперь грыз жмых, и мама отводила глаза. Жмых был жёлтый, с вкраплениями чёрных хлопковых коробочек, их приходилось выплёвывать. Этого продукта было вволю, но много его не съешь. Глаза Юлика просили добавки сразу после еды.

Тот день выдался тёплый, мглистый, мрачный. Галка после перебранки с мамой выскочила из дому. Опять курсы радисток? Он не вслушивался, грыз жмых и представлял бутерброд с чайной колбасой. Колбаса была с вкраплениями жира, он их выковыривал. Вот дурак!

Стемнело. Мама то ли по делу ушла, то ли захотела побыть одна. Он остался — с керосиновой лампой. Книг не было. Игрушками обзавестись не успел. Привезённые из Чувахлея камешки потерялись в переездах. Гришка научил было его делать игрушки из ниточных катушек, но нужен был перочинный нож, а где его теперь достанешь... Люди в другом крыле дома укрылись за дверьми. Они не знали русского, он не знал их языка. Тьма, безлюдье, край света. Хуже, чем в Куйбышеве, где для поисков ночлега его оставили в сумерки сторожить чемоданы. Он терпел.

Вдруг встревожился.

Мама часто сердится. На Галку. На него. За пустяки? А, может, за то, что не только колбасы нет, но и хлеба. А он грызёт жмых. Нельзя при ней! Ушла – куда? Вечер, всё закрыто...

Заныло на душе нестерпимо. Вышел на крыльцо, на три возвышавшиеся над влажной землёй ступени. Было темно, сыро и тихо так, словно на свете не осталось людей, лишь он и мама. Он потоптался и завопил: "Ма-а-а-ма!" Вопил, а потом в горло словно щепку вонзили. Наверное, мама успела пройти километр, даже больше, но услышала нёсшийся над безмолвным Наманганом вопль – отчаянный, одинокий. Прибежала, запыхавшись, шикнула растерянно, не сердито, ввела в дом. А выглядела, словно её пробудили от сна. И он вдруг понял, что воплем этим избавил их всех от непоправимого несчастья. Обнял маму, зарылся лицом...

Об этом не говорили. Он не узнал, зачем уходила мама. Она не вспоминала, он так и не спросил. Никогда. Страшно было знать. Возможно, был один из тех приступов отчаяния, которые и у сильных случаются. Хоть раз в жизни – в последний раз.

Дальше не помнил. Март, апрель – голодный провал.

Запомнился *жёлтый снег*, так узбеки называют последний снегопад зимы, обильный и почти тёплый. Снег таял, падая, но скопилось его много. Саманная крыша текла, в комнате расставили банки и кастрюльки, какофония не уступала прежней, но стены здесь не сырели. Пришёл хозяин, среднего роста, стройный, ладный, лет сорока, как брат-близнец похожий на двоюродного кузена Фиму, с русским именем Сергей, сказал "Момент!", железным прутом проткнул потолок в одном месте, в другом, струёй хлынула вода, и капель прекратилась. Воду мама собрала тряпкой, заодно вымыла пол.

Весной фронт замер. Зимнее наступление давно уже захлебнулось, и сводки были однообразны: ничего существенного не произошло, сбито 38 немецких самолётов, наши потери 9 самолётов... (Через много лет узнал о подавляющем господстве люфтваффе в воздухе. Весной сорок второго наши самолёты в воздух если и поднимались, то лишь ночью. Где им было немецкие сбивать...) Близилось Первое Мая, ждали нашего наступления, а сводка не порадовала: на фронтах изменений не произошло.

Но Первое Мая запомнилось – на всю жизнь.

Гуляли в парке. Наманган славился парком, обширным, с тенистыми аллеями, с беседками, с извилистой формы прудом. По нему катались на лодках, плавать не разрешали: змеи. Вернулись. Мама сготовила праздничный обед из двух блюд. На первое – молочный суп с клёцками. На второе – вареники с мясом! Чай. Примус стоял на столе. Чайник закипел. Мама разлила кипяток по стаканам, а Юлик в это время зачем-то повернулся на стуле (зачем – так никогда и не вспомнил...) и локтем опрокинул стакан с крутым кипятком на себя, на левый бок.

Верно сказано: поспешность нужна лишь при ловле блох. Ни Юлику не следовало вертеться, ни маме с Галкой одежду с него срывать. Сорвали с кожей. На пояснице, где в трусах положено быть резинке, по военной нужде была верёвочка. На ошпаренном боку она сорвала кусочек мяса.

Шесть вечера. Первое Мая, всё закрыто, надо ждать утра.

Юлик на Песочной спал с мамой. В ту ночь его уложили одного. Таращился во тьму и каким-то лишь детям доступным путём умерял боль. Она была волнообразна. Дойдёт до изумления – он отгонит. Потом всё повторяется. Что он не спит, ясно было по дыханию. И мама с Галкой не спали. "Юленька, больно? Сыночек, так же?" Он отвечал: да, печёт. А то утешал их, говорил, что меньше, но отгонял уже не боль – крик. Понимал: кричать – нельзя. Что толку? Будет ещё больнее. Только силы терять. Не уснул ни на миг. (Да и они, наверное, тоже). Первая в его жизни бессонная ночь. Утром поплелись в поликлинику. Нести его было нельзя, не за что взять. К счастью, было пасмурно. Ночью прошёл дождь, и пахло прибитой пылью.

В операционной разило йодоформом, этого запаха он страшился. Но йода не применили, мазали жиром. Никаких повязок, никаких штанишек. Рубашка, а лучше голышом. Голышом он не хотел, стеснялся. Ночью тринадцатого мая рубашонка прилипла к ране.

Ожог стал буднями, присохшей рубашке не придали значения. Мама пыталась зарабатывать, в поликлинику его повела Галка. В хирургическом кабинете, где он уже прослыл мужественным парнем, долго отмачивали рубашонку, отчаялись и сорвали рывком. От лопатки до ягодицы обнажилось мясо с налётом гноя между лопнувшими струпьями. На пояснице зияла ямка. Галочка стала всхлипывать, он молчал. Но на рану плеснули крепким раствором марганцовки.

Окна хирургии выходили в парк. Юлик подошёл к окну, набрал полную грудь воздуха и заорал. Перехватило дыхание, потемнело в глазах... Его подхватили, усадили, смазали чем-то горло. Задышал. Часок посидели в ожидалке – и потащились домой. Галочка пыталась взять его на руки, но куда ей после ревматической атаки было нести его, пусть даже такого лёгкого... Он шёпотом попросился с рук, пошёл сам.

Перевязка спустя неделю ограничилась тем, что рану присыпали стрептоцидом и велели больше не приходить. Выдали стрептоцид для ежедневного присыпания.

Потянулись однообразные дни. Рана не гноилась – и не заживала. И стали открываться вавки – на лбу, на бёдрах, на животе. Телу не хватало кожи для заживления. Он целыми днями дремал. Сил едва хватало, чтобы ходить в уборную на другом конце двора.

Однажды явился Арон, за ним плёлся Гришка с фонарём под глазом и свежим шрамом на скуле. Лиза всплеснула руками, глядя не на него, а на Арона: в форме, в кирзовых сапогах, в петлицах четыре треугольника, старшина.

— Какая армия с твоими болячками? С вставной челюстью? Ты с ума сошёл!

— Лиза-а, молчи! Хочешь жить — умей крутиться. Подмазал и проехал! Шоб ты-таки знала, военком таки да берет взятки — шоб не взяли в армию, шоб взяли в армию... Здесь Харьковское пехотное училище, я теперь его завхоз. Возьми его, нет же выхода. — Ткнул в Гришкину физиономию. — А гизинте, а нарыше шейгец[*]! Его ж на минуту нельзя оставить. С Галей и Юликом он будет в порядке. Смотри мне!

Погрозил кулаком, и Гришка сморщился, родив подозрение, что фонарь получен не в драке.

— Как Руня?

— А-а, я там знаю... Сдаёт в Ташкенте экзамены за первое полугодие или как это там...

— За семестр, — подсказала Галка.

— Да, шместр. Хочет догнать второй курс, перейти на третий.

— А что за девочка, которую ты подобрал?

— Девочка? Девочка! Это ужас, как люди живут! Сирота, одесситка... Мы-таки ничего не знаем за оборону Одессы. Таки геройская была оборона. У них же ж не было воды, дождевую собирали, а дожди, как назло, не шли. Нет дождей — хоть лопни! А насосную захватили немцы. Так что, ты думаешь, сделали эти одесситы? — Лиза глядела на него молча. — Кинули десант! И эти сумасшедшие держали насосную, пока она качала воду в город. Конечно, все погибли... А? Вус зогсте?[**]

Он явно желал перейти на непонятный детям идиш. Гришка глядел в сторону и шмыгал носом.

— Так её отец погиб? — Арон пожал плечами. — А мать?

— Гештарбн[***]. Ай, это дитя, Лиза, ребёнок... Мне пора.

Исчез.

В комнату втиснули третью кровать. Гришка отмалчивался. Было ясно: проинструктирован, не расколется. День крутился возле Юлика, хвастал — кому и как врезал, проявленный интерес счёл малым гонораром за описание своих подвигов и пропал. Убегал утром, являлся в сумерки, но строгое повеление тёти Лизы — быть дома до темноты, не то!.. — не нарушал. Там, где папаша поселил девочку-сироту, он теперь не чувствовал себя дома, а у тети Лизы он был дома и не желал рисковать.

Лиза возвращалась в сумерки с продуктами для обеда, становившегося ужином. Если Гришке удавалось подстрелить из рогатки пару-тройку диких голубей, варился тощий бульон. Гришка и до садов до-

---

[*] Здоровый, дурной, балбес (идиш)
[**] Что ты сказала?
[***] Умерла

брался, но абрикосы и персики ещё не созрели. Пытались есть завязи, но от них делалось ещё хуже. А там владельцы садов стали охранять и завязи. Таскать на базаре Гришка не решился, били жестоко, а своих, узбеков, убивали, не оставляя следов – раскачивали и с силой швыряли о землю. Вор вскакивал, удирал, а к вечеру его находили мёртвым.

Наманганский вокзал обезлюдел. Лишь нищие польские евреи, беглецы, растерявшие близких, замерли в нишах. Им некуда было деться. Поезд приходил через день, они протягивали руки. Приезжие были шокированы: побираться в этом раю?! Спешили мимо. Проходил последний. Руки падали, головы опускались, фигуры замирали в нишах. Гришка смотрел. Жуткие статуи не двигались. Он приходил на следующий день. В сухом горячем воздухе они сидели в тех же позах в скудной тени ниш. Трепеща, предчувствуя, что последует, он подобрался к тому, кто вчера тянул ещё руку, но уже был ему подозрителен, ткнул в него пальцем и помчался в убежище, за столб на другой стороне улицы. Позади послышался тихий шорох: это вывалилось из ниши мёртвое тело.

После второго такого тычка Гришка перестал ходить на вокзал и переключился на центр города. Пропадал там с утра до вечера и рассказывал Юлику ужасы: всюду урки, у всех финки, режутся ночами у кинотеатра "Арс"!

Юлик слушал вяло. Организм был ослаблен недавней болезнью, рана не заживала. При скудном питании телу не хватало кожи возместить потерю, язвы открывались на бёдрах, на лбу, на кистях, затягивались тонкой кожицей, открывались снова... Ямка на пояснице не зарастала. Струп на боку болезненно трескался от малейших движений и обнажал мясо с гнойным налётом. Галка присыпáла трещины стрептоцидом. Не касаясь, надевала рубашонку. Юлик ложился на правый бок и дремал, пока не приходила с базара мама.

Единственным развлечением было глядеть, как Гришка делает финки. Из напильников. Приносил откуда-то связку отработанных напильников и бросал в костёр.

– Ты это зачем? – вяло удивлялся Юлик.

– Снять надо закалку, – пыхтел Гришка, опиливая очередную остывшую заготовку. – А то их не обработать.

Юлик дивился и быстроте Гришкиной работы, и его терпению. Драит свои заготовки часами – пилит напильником, полирует наждачной бумагой, надфилями разделывает элементы наборной рукоятки, чистит их шкуркой (так он называл наждачку), потом куском грубой ткани. Его финки и кинжалы напоминали изделия из восточных сказок и сверкали, как драгоценности. Симметричный набор пластин на рукоятке подобран был со вкусом, переливался контрастными цветами, и не верилось, что в прежней жизни эти яркие полосы были пуговицами или пошлыми зубными щётками.

Если Гришка не делал финки, его не было дома.

Красная Армия терпела поражение за поражением. В мае потерян был Крым. В июне прорван был фронт у Воронежа. Немцы рванули к Дону, форсировали его, пошли на юг. Пал Ростов. Танковая армада вермахта шла к Кавказу. Прорвала фронт и там. Пали Краснодар, Майкоп, Ставрополь, Новороссийск. Оборона ожесточалась. Тысячи молодых и красивых людей гибли ежедневно на своих рубежах, послушные приказу "Ни шагу назад!"

Юлик этого не знал. Пропустил даже выход немцев к Волге. Лето прошмыгнуло мимо. Он жил – и не жил. После мая, для него отмеченного ожогом, а для Красной Армии разгромами, дни ползли в полусне на фоне шумной жизни хозяйской семьи.

Семьёй руководила оча́, мама. Маленькая, жилистая, загорелая до черноты, она весь день летала босиком по двору и покрикивала на домочадцев. Семья состояла из четырёх сыновей, Айши, жены второго сына, Мамеда, и двух его парней – десятилетнего Иргаша и годовалого Вали-джана. Сергей, старший сын, холостяк, единственный, кто изъяснялся по-русски, сухой, деловой, заправлял хозяйством. Коренастый, малорослый Мамед был земледельцем. Азат, младший брат, высокий и белолицый, пас баранов. Изрядный огород, фруктовые деревья, участок в километре от дома, у канала, и бараны в стаде обеспечивали семье безбедное существование. На участке сеяли пшеницу. Во дворе держали козу. В правом крыле дома, в анфиладе комнат, были завешены окна и расставлены низкие столики, служившие основой плетёным блюдам с разложенными на них листьями шелковицы, тутового дерева. Жирные белые гусеницы с чёрными головками ползали по этим листьям, пожирали их и слепо сваливались с блюд на стол и на пол. Делом невестки, а, если она занята была малышом, Иргаша, был уход за насекомыми – подкладывание им листьев и возвращение упавших гусениц на блюдо с помощью отполированной палочки, вроде дирижёрской. Палочка лежала у каждого блюда, была его принадлежностью, пока гусеницы *наедали кондицию* и окукливались в коконы. Им давали ещё пожить, допрясть нить, но перед метаморфозой, перед превращением в бабочек, готовых прогрызть кокон и воспарить, их обдавали кипятком. На развод оставляли самых крупных. Нить с коконов сматывали на веретёна, относили на сборный пункт, получали денежки, новые бабочки начинали цикл: летали в полумраке, откладывали яйца...

Синтетического шёлка тогда ещё не было.

Хозяйство требовало рук. Работали все – Мамед, Айша, Сергей, Азат... Были обязанности даже у косоглазого десятилетнего Иргаша. Не работали лишь малыш Вали-джан и третий сын, жгучий брюнет и красавец Собир, занимавший самую большую комнату в доме, где он жил с блондинкой, женой полковника Сазонова, и, похоже, с его смазливенькой шестилетней дочкой Светой тоже.

Это скользило по краю сознания. Запомнился день, когда толчок швырнул Юлика боком о край кровати. Это Галка так грохнула дверью??? Он заорал на неё и удивился, когда она схватила его в охапку и вынесла на двор, там верещал Иргаш, его сбросило с дерева, и он задом плюхнулся на грядку. Толчок пришёл из Гарма, ставшего сейсмическим полигоном. Памир рядом, крыша мира...

Мама сфотографировалась на новый паспорт, принесла карточку, и Юлик вдруг увидел, как изменила их война. Зеркал не было, себя он не видел, но мама, его мама, так похожая на богинь из Галкиного учебника истории!.. Год назад она была молода, с лучистыми глазами и ясной улыбкой. Теперь стала загорелой угрюмой старухой с выпирающими костями грудины.

Она принесла мясо и велела Галке сварить борщ. Галка сварила, поставила кастрюлю в арык, в здешний холодильник, но закрепила неудачно, течение перевернуло кастрюлю и унесло содержимое. И мясо! Сестричка так убивалась, что Юлик зарылся в подушку и заплакал, впервые с начала войны. И уснул. Когда проснулся, Галка снова варила борщ. Из чего? Вкусный борщ получился. Конечно, уже не мясной. Галка рассказала: с горя пошла куда глаза глядят, брела по улице и увидела на обочине кошелёк, в нем тридцать шесть рублей. На это можно было купить сто граммов масла. Или овощи на борщ – свёклу, морковь, капусту... Это мне Бог послал, сказала она.

Зубы болели у неё и до войны, но тогда их лечили. Теперь флюсы исказили её нежное личико. Сестричка целыми днями держалась за щёки и стонала. Учебный год она пропустила и постоянно вспоминала пророчество Паши: "Ты ещё будешь мыть кастрюли!" В унылой Золушке с потрескавшимися руками не узнать было самую красивую девочку класса, мечту мальчишек и кумира девчонок.

Папа пишет бодрые письма, но на фото узнаваем лишь по очкам и доброму выражению лица. Худ, щёки запали, одет в гимнастёрку без погон...

Ещё больше они изменились внутренне. По болезни Юлик никаких обязанностей не выполнял, но баловнем уже не был. С родственниками виделись редко. Три месяца в одном пространстве расшатали узы родства. Арон являлся раз в две недели и, в качестве Гришкиной доли, подбрасывал килограмм риса или буханку хлеба, даром что кирзачи уже сбросил и щеголял в хромовых. Лиза устроилась в артель, это давало ей хлебный паёк и сохраняло непрерывность стажа. На работу ходила, пока не убедилась, что этим детей не сохранить. И тогда, женщина деловая, гордая поставленным ею в Киеве бизнесом, смирила гордыню и стала одной из тех, кого свысока звала "перекупкой", базарной спекулянткой. Пророчество Наума сбылось.

С родственниками после разъезда с Хивинской почти не общались. К маме заходили соседи-дантисты из Кривого Рога, а Юлика иногда навещал Мишка Рабинович, внук сапожника, снимавшего кибитку через улицу напротив. Книг никаких не было, да Мишка ещё и читать не умел, просил Юлика пересказывать ему прочитанное, хохотал над приключениями Рыцаря Печального Образа и ужасался Робинзону Крузо.

Между тем, Юлик всё же стал выздоравливать. Этому поспособствовало одно событие.

Был пасмурный день конца июля. В Ферганской долине пасмурный день летом – явление необычное. Облака – высокие, серые – принесли прохладу. Как всегда, мама была на толкучке, Гришка болтался в городе. Галя ушла повидать Танечку, оставив Юлику питьё на столе, но он выполз во двор, на кровать. Эта кровать (доски на стальной раме, покрытые старым жёлтым одеялом) стояла возле тяжёлой – на четырёх железных ножках, выложенной внутри кирпичом – плиты и служила ложем тому, кому не спалось в комнате. На кровати лежал фибровый чемодан, укрывший Юлика от дождя, когда под носом у немецких бомбовозов они на открытой платформе покидали Конотоп. Подушку он забыл, возвращаться за ней поленился. Прилёг на край кровати, не касаясь боком, голову положил на чемодан, глядел в небо. Редкий для среднеазиатского лета случай: в небе происходили перемены! Он глядел, как меняется рисунок туч, и уснул. Проснулся, выбросил руки, отталкивая кошмар – и упёрся в Иргаша. Тот со спущенными штанами и зверской миной на лице указывал пальцем на свою пиписку и сипел: "Сосай!" Что-то он всё же знал по-русски...

Но что-то знал уже и Юлик. Никуда не выходя, ни с кем не общаясь. Гришка, источник знаний, объяснил ему, откуда берутся дети. Юлик пытался ударить кузена: его мама и папа не могли делать это! Гришка отпихнул его, и Юлик едва не сомлел. Поведал Гришка и другое: здешние мужики предпочитают не баб, а мужиков. Не нужна женская письска, годится любая дырка. Юлик угрюмо сказал: Иргаш показывал пиписку и приставал, чтоб он показал свою. А ты что? Послал его к чёрту. Правильно, кивнул Гришка.

Правильно, послал. А теперь? До кочерги не дотянуться, печка по другую сторону кровати. Вокруг ни души. Иргаш старше. Драться? Ткнёт в ободранный бок – и всё.

Он уставился в глаза Иргаша, чёрные, без зрачков.

– Ага, ты сильнее! Но придёт Гришка, я ему расскажу, и он тебя зарежет! И скажет, что урки!

Иргаш дрогнул. Он знал: урки режут, их не находят. Знал, что Гришка делает финки. Сергею сделал – тот в восторг пришёл, уплатить хотел. Пиписка Иргаша опала и спряталась в крайнюю плоть, но ярость клокотала в нём, ярость неутолённого желания.

– Онангескай! Кутакгескай! У Гришка сосай, да?

– Дурак! – сказал Юлик. Он уже добрался до кочерги и был вооружён. – Пошёл отсюда!

Вечером выполз во двор, пожаловался Гришке.

– Дурной, мне с тебя смешно, я с тебя смеюся! Финку я тебе дал – носи! А полезет – отчикай ему всё по самые помидоры!

Чуть ли не с этого дня рана стала подсыхать. Финка, не финка, но мысль о самообороне...

А с Гришкой за доставку неприятных познаний сквитался Ферганский канал. Гришка, азартный пловец, могучее течение ледникового потока пересекал несколько раз туда и обратно с энергией такой, что его почти не сносило. Вылезал из воды синий, в пупырышках, и это в знойное лето! Но на контраст температур и грязную воду канала Гришкина кожа отреагировала фурункулами на животе. Малейшее движение вызывало боль. Кончились походы по садам, охота на горлиц. Гришка скрипел зубами и под злорадное молчание Юлика со стоном выдавливал из чирьев гной и стержни.

То были худшие их месяцы.

Они недоедали, а мама в жару выстаивала на базаре и зачем-то скупала тёплые вещи.

Заживлению раны способствовало ещё и то, что у Юлика появилась подружка, Лорка. Годом старше его, в школу она почему-то ещё не ходила – дочерна загорелая, белозубая, длинноногая. И глаза длинные – светлые, весёлые. Когда смеялась, глаза сияли, а тёмные волосы пружинисто качались, не отставая от щёк. Лорка познакомилась с Галкой на базаре, восхитив её сухим практицизмом, помогла донести кошёлку и стала приходить. Её мама, сторожиха, ночами обходила пакгаузы с ружьём, заряжённым боевыми патронами, а днями отсыпалась. Лорка перенимала у Галки кухонные рецепты. Пригляделась к Юлику, принесла ему гильзу от трехлинейки, ставшую первой его игрушкой в Намангане, смешила и тянула из дому: "Кончай чмарить[*], пошли!" Юлик молча одёргивал на себе рубашонку.

– Ну, чё ты? Да не буду я глядеть, очень надо! Пошли на речку, там фартово. Вода холодная-я-я! А за мостом – там яма, в ней змеи. Так и свиваются, так и кишат! Был, видел? – Он мотал головой. Не был, не видел. На кровати прошло его лето. – Ходить не будешь – не поправишься.

Галя поддержала: чтобы выздороветь надо двигаться! Приметала рубашонку, получился комбинезон, велела Лорке не ходить далеко и быть осторожной. Лорка вывела его из дому.

Мир за воротами испугал огромностью, но хватило полчаса, чтобы освоиться в нём и примерить к себе. Всё изумляло – ведущая к реке тропинка вдоль высокой железнодорожной насыпи, хаус в квадрате тутовника, кишевший головастиками и лягушками в густой зелёной воде.

---

[*] Чахнуть, хиреть

Белопенной шумный Сай очаровал цветной галькой. Юлик набрал голышей и, как на первом этапе эвакуации, в деревне, дал им имена.

Лорка перебиралась на тот берег и обратно, показывала силу течения, хоть вода не покрывала её тощих коленок, а потом повела дальше. В яме размером с колодец кишели то ли змеи, то ли длинные рыбы.

– Это вьюны, – сказал Юлик.

– Какие вьюны? Змеи! Только сунься – р-раз, и утянут!

Юлик не спорил, на это у него не было сил. Лорка помогла ему встать и отвела шагов на сто выше по течению. Там, у глинистого обрывчика, располагалось её убежище. Участок был засеян кукурузой, на краю рос орех, и Лоркина норка всегда была в тени.

– Прыгай! – Он не прыгнул, сполз на животе. – Ну-ка, дай глянуть, что у тебя там...

В тесной норе Юлик не смог отпрянуть, когда Лорка оттянула рубашонку и зубами разодрала её так ловко, что не задела бока. Он был даже рад, что может показать рану. Она произвела впечатление.

– Жаль, собаки у тебя нет, – задумчиво сказала Лорка.

– А зачем?

– Зачем, зачем... Собачья слюна всё вылечивает. Я, если порежусь, пососу ранку – как рукой снимает. – И пристально глянула в глаза Юлику: – Давай, скидай хламиду.

– Ты что, ты что? – Он пытался вылезть, Лорка хладнокровно его удержала.

– Глупый, тебе в школу, как пойдёшь? Ни побегать на переменке, ни играть, тебя ж засмеют! Скидай, залижу тебе бок, в два счёта всё пройдёт.

– Не могу, она зашита, – выдвинул последний довод Юлик, и в тот же миг, не сев даже, скорее, упав на дно норы, Лорка схватила рубашонку за подол и оборвала нитки.

– Всё! Уже не зашито!

Юлик за подол схватился обеими руками:

– Не дам!

– Ай, глупый! – Вскочила, сдернула выцветший сарафан, турецкий рисунок на нём стал неразличим, и на несколько секунд приспустила трусики. – На, гляди! И што? Отвалилось от меня? Давай, не валяй дурака.

Юлик не увидел у Лорки даже того, что было у него самого. Пусто, гладкое место. Это убедило.

Лорка присела и деловито стала разглядывать бок.

– Только чтоб не больно, – трусливо попросил он.

– Да знаю! Давай, рассказывай пока чо-нибудь, шоб скучно не было. – Кончиком языка коснулась раны там, где было вырвано мясо. Юлик вздрогнул. – Не дрейфь, не будет больно.

Она и не лизала ранку, а смачивала слюной. Кончив лечениие, вылезла из норки и вернулась с кукурузными початками.

– Надевай свою хламиду, есть будем.

Из складок сарафана извлекла трут, кресало и разожгла костёр из кукурузных будыльев. Ели подгоревшую кукурузу, свежо пахнувшую дымом. Юлику, после зелёного урюка и гришкиных конфет из древесной смолы, показалось, что он в жизни ничего вкуснее не едал. Перед возвращением Лорка нарвала листьев подорожника и велела Юлику прикладывать к ране.

– И на ночь клади, – строго велела она. – Обмотай тряпочкой и спи с этим.

Теперь каждый день Лорка уводила его к реке и, пока он пересказывал ей прочитанные книги, нежными касаниями зализывала рану.

Когда её не было, он играл во дворе собранными на берегу камешками. Давал им фамилии по форме и окраске. Были у него Зеленников, Хрусталёв, Гладков, Пальцев, Горкин... Красивые камешки нужного размера, сантиметр-полтора в поперечнике, попадались редко. Самыми яркими оказывались малыши, почти песчинки. Юлик закапывал их во влажный песок, под валуны – чтоб не унесло течением. Он верил: если не трогать каждый день, они вырастут. Выкапывал через неделю-две и горестно убеждался, что – нет, они не изменились. Понятное дело, думал он, что там неделя-две, годы нужны...

Имея каменную армию и пушку-гильзу, можно было начинать военные действия. При масштабном воображении Юлику ничего не стоило представить лужицу водной преградой, уступ в ладонь высотой – обрывом, травинки – деревьями. До войны он играл дорогими игрушками. Теперь без усилий преображал камни в людей, а гайки и спичечные коробки в любую военную технику.

Прогулки, игры и подорожник подействовали целебно. Лиза решилась даже примерить Юлику штанишки и удивилась: как хорошо рубцуются края раны! Главного секрета Юлик не выдал, но Лорке о мамином удивлении рассказал. Она ухмыльнулась и пропела из кинофильма "Цирк":

Мери, Мери, чудеса!
Мери едет в небеса!

Лечение подорожником Юлик испробовал и на Гришке. Злорадствовать он злорадствовал, но у него даже ноги сводило, когда Гришка выдавливал свои чирья. Лечил интуитивно, ещё какие-то растения с толстыми листьями привлёк, названия которых не знал, сдирал с листьев шкурку и прикладывал к Гришкиным ранам. Они заживали на удивление быстро. К сентябрю Гришка избавился от фурункулов, и Юлик стал ходить с ним в центр, слушать последние известия. Гришка шпарил по солнцепёку, а Юлик следовал по сложной ломаной линии, не пренебрегая столбами, в тени которых замедлял шаг.

Известия были неважные. Немцы бодро наступали на юге, наши отступали, огрызаясь в районах юго-восточнее Клетская, северо-восточнее Котельниково...

Голос диктора был суров. Товарищ Сталин в Кремле не спал ночами, и Юлик очень его жалел.

Гришка как-то узнал, как действуют термитные снаряды "катюши": земля плавится, покрывается коркой, от фрицев даже пепла не остаётся! Это было утешительно, особенно то, что фрицы жаловались куда-то в Женеве: если русские не прекратят это безобразие, применим газы! Ну, пришлось прекратить. Ничего, "катюша" даёт фрицам жару и обычными снарядами.

Голод Гришка обманывал жвачкой. Чёрная, ну, прям, смола. Предложил Юлику: "Хочешь шнацек?*" Юлик взял, пожевал. Другие жевали днями напролёт, он и четверти часа не выдерживал, выплёвывал.

Между тем, на толкучке, под скорпионьим солнцем, на Лизу вышли люди из банды.

Банды гастролировали по стране и обчищали квартиры даже в присутствии хозяев, нередко пивших чай и игравших в карты в соседней комнате. Охотились за ценностями, но и вещами не брезговали. Краденое реализовали на толкучках.

Условия предложили сказочные, Лиза отказалась и попросила больше к ней не обращаться: скупка краденого расценивалась как соучастие в краже.

Но как знать, что перепродаёшь? У кого покупаешь – у владельца или у скупщика краденого?

Да, вкус на вещи у неё был безупречный, как и глаз на людей, но она знала, что ходит по тонкому льду.

Что ж, детей надо было кормить, и она шла на риск.

Первый класс

Лиза раскрутилась. Ежедневно – мясной суп, обычно с фасолью, но без мяса, оно шло на второе с той же фасолью или рисом, а в праздничном варианте даже с жареной картошкой.

Юлик надел наконец штанишки на шлейках. На пояснице у него зияла подсыхающая ямка в полсантиметра глубиной. Мама своему цыплёнку пареному – так поддразнивала его Галка – расширила штанишки, чтоб тела не касались. Лорка пожелала участвовать в надевании. Юлик

---

* Кусочек (жаргон)

235

настоял, чтоб её выдворили, и тут его словно ошпарило вторично. А вдруг возмутится: "Это в благодарность за то, что я тебя облизывала?" И поди, объясняй, что́ там она имела в виду. Да он умер бы со стыда! Но – поздно, слово сорвалось. Лорка перед Галкиным недоуменным пожатием плеч презрительно скривилась.

Штанишки пришлись впору. Галка впустила Лорку, та оглядела своё в некотором роде творение и одобрительно покивала. Побежали на Сай, и здесь, уже в штанах, уже мужчина, Юлик пересёк речку туда и обратно, не замочив ран, и великодушно, хоть теперь это и было ему неприятно, позволил Лорке обработать новые язвы – они всё же открылись – на бёдрах, высоко над коленями, где ноги уже почти кончаются.

Начало учебного года выпало на вторник. "Лучше б суббота!" – бурчала Лорка. Хотя девчонки расселись с девчонками, а мальчишки с мальчишками, Лорка с Юликом сели вместе у стены, где окна на улицу. Учительница в тот же день пересадила их в ряд напротив себя: очень уж вертлява была Лорка. Недели через две мальчишки и девчонки расселись парами. Лорку застыдили ("Сидит с жидом, дешёвка*!"), и она совершила предательство – села к Юрке Шустову, русоголовому переростку, не больно отличавшемуся от Юлика мастью, но задире и самому крупному в классе. Юлика он, впрочем, не трогал. Его никто не трогал, он внушал почтение манерой разговора и тем, что читал бегло, а они лишь буквы учили. С Юликом села Кира, первая красавица класса, её папа был подполковник и воевал с фрицами так храбро, что его уже дважды наградили. Она звала Юлика делать уроки, но он уходил с Мишкой Рабиновичем. Измена Лорки чувствительным оказалась ударом, и дружба с Мишкой была спасительна. Ранки Юлик врачевал теперь травами, неизменно думая при этом о Лорке со злостью, тоской и недоумением. Учился без прилежания. В первом классе ему и учиться было нечему, все прописи он за пару дней освоил.

Зато Красная Армия новый свой учебный год начала прилежно. Юлик с Мишкой, конечно не знали, во что обходится это прилежание и как кровава учеба, но отметили: сводки Информбюро застыли на тех же названиях – Синявино, Сталинград, Моздок... *Упорные бои* – и всё. *Существенных изменений на других фронтах не произошло* – и точка. Победами Информбюро не хвастало, потери сообщало лишь в самолётах, и число сбитых немецких всегда было больше нашего. О своих убитых и раненых не сообщали никогда. Сообщения выглядели так: "*...частями нашей авиации на различных участках фронта уничтожено и повреждено 10 немецких танков, 20 автомашин с войсками и грузами, 15 повозок с боеприпасами, рассеяно и частью уничтожено до батальона пехоты противника. Огнём зенитной артиллерии и в воз-*

---

* Продажная (арго)

душных боях сбито 60 самолётов противника. Наши потери состави-
ли 28 самолётов". До батальона пехоты – это был стандарт.

Наблюдательный Мишка не без яда заметил, что пора уже полки рассеивать. Юлик, чей папа, в отличие от Мишкиного, был на трудовом фронте, не чувствовал себя вправе выдвигать подобные требования и бормотал: "Обожди, будут и полки, и дивизии".

Гришка не учился, но домой возвращался до наступления темноты. Галка в своём десятом классе училась неистово. До её прихода в четвёртом часу Юлик без Мишки был бы одинок. Мишка никогда не одинок, всегда в окружении семьи, и всегда все у него дома. Семья состояла из мамы, старшей сестры Женьки, младшей Фаинки, покладистого пятилетнего кузена Марика, тёти, матери Марика и дедушки-бабушки. Отец Марика, старший лейтенант, присылал аттестат. Отец Мишки был в Сталинграде, ухитрился дать это понять, но рядовому музыканту аттестат не положен. В войну немногие шиковали, но нищета Рабиновичей – уж это извините! Кормил их дедушка-сапожник, чинил на дому узбекам обувь и сбрую.

Рабиновичи-младшие вышли в мать – старшая Женька, младшая Фаинка, и сам Мишка: темноволосые, темноглазые, с маленькими носиками и мягкими чертами лица. И характеры были подстать мордашкам. Девчонки носа на улицу не высовывали. Мишка робок был и обижаем. Он не уступал Юлику в силе, вернее, не превосходил его в слабости, но Юлик то и дело заступался за друга, уже пихаясь, уже под реплики *"А ты чо лезешь? А тебе чо надо? Щас как свисну!"*, на грани драки, в которую, в соображении ободранного бока, ввязываться и ради себя не стал бы. Ясно, что Рабиновичи-младшие при таких характерах по садам не шастали, их уделом был жмых, каковой они и грызли целыми днями между двумя трапезами, состоявшими главным образом из затирухи.

Однажды, поев и накормив Мишку, Юлик бахвалился оставшимися оладьями. Мишка ушёл, вернулся с одиннадцатилетней Женькой и пятилетней Фаиной, они заголились, и Мишка сказал: "Бери любую". Юлик оторопел. Фаинка, кукла малая, навещала его в пору ожога. Если не дремал, играл с ней. Фаинка одну лишь игру и знала – в мамы-папы. Приходила с тряпичной куклой, сделанной тётей, и говорила: "Иди на работу, а я буду готовить обед и нянчить Ляльку". Через десять минут, отработав (посидев во дворе), Юлик возвращался, Фаинка кормила его воображаемым обедом, брала под руку и шла с ним и с Лялькой гулять. Такая игра. А Женька – та вообще на полголовы выше, первая помощница в доме, убирает, стирает... Что с ними делать? Они как сестрички. У Женьки и выражение лица Галкино. Он вдруг оскорбился своим изобилием, молча выставил оладьи и увёл Мишку во двор. И не жалел, оголодав к вечеру, вспоминая блаженные рожицы Женьки и Фаинки.

Уроков не готовил, всё успевал в школе. Возвращалась Галка, готовила обед, а ему вручала учебник истории или химии, велела читать вслух, пересказывала, он придирчиво поправлял. Зной спадал, Галка разрешала выйти на улицу. В тутовой роще, у хауса с зелёной водой, кишащей головастиками и лупоглазыми лягушками, ждал Мишку и Марика, они неизменно опаздывали. В их кибитке с земляным полом было прохладнее, чем на улице, и вылезали они неохотно. Пока их не было, он любовался далёкой снежной вершиной, освещаемой закатным солнцем. Из пустыни дул горячий ветер, но вершина с размытым фиолетовым основанием была чиста, прекрасна и сулила прохладу. Он не удивился, когда в прежнюю хорошую пору Лорка как-то сказала, что больше всего любит смотреть на эту чистую гору на востоке и мечтает когда-нибудь на неё взобраться. Изменница подлая!

Приходили Мишка и Марик, начинались военные действия. "Батальон четверых" пацаны не читали, но идеи носятся в воздухе, и воевали они даже не как батальоны, а как фронты. Железнодорожная насыпь, арык в глубоком русле, бахча, пустырь с канавами, окружённый тутовником хаус создавали рельеф для манёвра. Их было трое, а освобождать предстояло многое. Белоруссия родная, Украина золотая, ваше счастье моло-о-одое!.. Отбивали атаки, шли на пулемёты, геройски умирали. Но знамя!.. стяг!.. победа!.. Вперёд!.. Орали уррра-а-а, скача на палках. *"В бой за родину, в бой за Сталина!.. Вылетают кони шляховкойменистой!.."* После войны, уча украинский, понял, что кони вылетали *шляхом каменистым*. А тогда орал, не разбирая слов. Да какая разница?! Ведь боевая честь нам – дорога́! Смерть? Чтобы бояться её, надо вкусить жизни, а детям и наград не надо, они и за так пойдут. Потому что вместе, и восторг, и взрослые похвалят, и впереди – победа!

В играх Юлик быстро окреп.

В пылу битв проливалась кровь. Гришка на досуге сделал им всем копья. Толстую проволоку выровнял, один конец загнул ушком для шпагата, чтобы, метнув, вернуть обратно. Острие наточил – само вонзалось. Даже калить пробовал, но дрянная сталь закалки не приняла. Приспешник, непостоянный член содружества, обозвал Юлика рыжим. Его не дразнили, рыжим-конопатым он не был. Приспешнику пригрозил сдержанно: ещё раз – дам по кумполу! Тот в ответ стандартным ругательством обидел маму, а Юлик как раз держал в руках копьё. Приспешник увернулся, копьё пригвоздило его к тутовнику за шкурку плеча. Юлик метил в грудь. За маму?! Приспешник больше не появился. Но однажды за неисполнение приказа в боевой обстановке Юлик шлёпнул по руке Марика, и тот зашёлся – от обиды. Мишка тряс его, посиневшего, и утешал Юлика: "Ничего, с ним бывает, пройдёт". И прошло, и доиграли, но от чувства вины перед Мариком Юлик так и не избавился. А перед обидевшим маму вины не чувствовал никогда.

238

Уроки готовил кое-как, но учительница прощала ему ужасный почерк: дескать, у одарённых людей почерк всегда плохой.

Лорка заговаривала с ним, он не отвечал. Она уходила напевая, красиво покачиваясь, подражая любимым артисткам Людмиле Целиковской и Валентине Серовой. Тоже мне, артистка погорелого театра!

Он сердито глядел вслед. Без Лорки было плохо.

По папе скучал ужасно, но писем не писал, лишь приписки, печатными пока что буквами: "Папочка, целую тебя крепко!" В октябре папа приехал в отпуск, осторожно, боясь задеть бок и едва наросшую кожу, поднял его на руки:

– Извини, сынок, в планшете вёз тебе цветные карандаши, а планшет украли...

– Ничего, – бормотал Юлик, прижимаясь к папе и вдыхая родной запах, – ничего, папочка, зато ты приехал!

Папа пошёл навестить сестёр Маню и Хаю, мама отбирала грязное в стирку, вытряхнула всё из вещмешка и с досадой отбросила в сторону едва не попавший в стирку планшет. Юлик поднял его. Планшет был пуст. Юлик чуть не плакал: бедный папа, чего ему стоило сказать неправду! Не на что было купить карандаши, о которых говорил...

В сводках всё было, как в сентябре – Сталинград, Ржев, Синявино... К Октябрьским ждали наступления – и вдруг второго наши оставили город Нальчик. Давно уж ничего не оставляли, и сводка вызвала уныние: снова отступать?.. да ведь некуда!

Седьмого папа пошёл на демонстрацию. Хоть и моросило, Юлик попросился с ним, он и на час не желал расстаться. Шли с фабрикой "Вторая пятилетка", там папа работал с месяц. Рабочие улыбались, директор жал папе руку, долго с ним говорил, Юлика потрепал по щеке, ушёл, вернулся, сунул леденец, красного петуха на палке: "Дэржи, гэрой!"

Топали по раскисшей главной улице, по грязи, и пели:

Суровый голос раздаётся:
"Клянемся землякам,
Покуда сердце бьётся,
Пощады нет врагам!"

Оркестров не было. И плакатов мало. Глубокая война. От многих родственников нет известий. От мужа Лизиной сестры, политрука, больше года ни слуху ни духу. Перестали приходить весточки от мужа младшей сестры, воевавшего на юге. Осенью замолчал Фима, двоюродный брат, лейтенант, герой финской. От старшего сына дяди Наума с начала войны ни строчки. Бабушка и дядя Иосиф в оккупированном Киеве...

Юлик чувствовал окаменевшее упорство шагавших в колонне людей. Пели, словно сами нашли слова.

В середине ноября родители уехали в Новосибирск, то был путь возвращения папы в Омск, к месту работы. С собой везли большие бязевые мешки, зашитые суровой ниткой и утрамбованные так плотно, как умел набивать тару лишь папа. Мешки зашиты были не зря: в поездах бушевало воровство. Мама простодушно бахвалилась попутчикам, что придумала комбинацию: везёт дешёвый в Средней Азии ватин сестре-швее, та будет шить телогрейки на продажу. Ватин, сырьё, да в громадных мешках, кто позарится... А скрывали мешки дефицитную в Новосибирске зимнюю одежду. Это и была комбинация, во имя которой мама, отказывая себе во всём, а детям во многом, за гроши скупала ненужные в Намангане тёплые вещи. Деньги, бессмысленно вложенные, по мнению родственников, в содержимое мешков, ехали в Новосибирск, дабы обратиться в деньги-штрих и, вернувшись в Наманган, превращаться далее в деньги-два-штриха. Почему в Сибирь? Зимой там холодно, туда эвакуировались из Киева мамины сёстры, и там мама выполнила замысел, продавая вещи в сезон, когда покупатели не торгуются. Заодно повидала сестёр, приодела племянниц и вернулась в Наманган без мешков, но с деньгами. И – с плевритом: простыла в своей телогрейке в нетопленом вагоне. Через неделю вернулся папа. Его переводили на Урал. Со двора втащили кровать для Галочки. Юлика положили с Гришкой, и у него начались проблемы со сном: Гришка лягался ночами. Ещё бы, он за день выслушивал сто страшилок об урках.

А тут – наступление у Сталинграда! Победные сводки. *По далеко неполным данным нашими войсками захвачены...* И – цифры: самолётов, танков, артиллерийских орудий, пулемётов, автомашин, лошадей (кляч!), снарядов... Цифры были лучше слов. В сводке мелькнула Белореченская. Мама сказала: там поезд останавливался по дороге в Сочи!..

Теперь наступление шло и на Кавказе, и на Дону, и на Центральном фронте. Для праздничного настроения под Новый год сообщили: у Сталинграда окружены двадцать немецких и две румынских дивизии. Повторялись имена – Жуков, Рокоссовский, Воронов...

Двадцать две дивизии наглухо в кольце... Папа, молитвенно стиснув руки, говорил: "Ну, сыночек, если их не выпустят, это будет настоящий поворот".

Боялся верить.

Но и на Центральном фронте наступаем! Взяли Великие Луки. Гарнизон немцев не капитулировал – уничтожен! Ещё через три дня – вернули Нальчик! Ещё через десять – прорыв блокады Ленинграда! Овладели инициативой! Вперёд, на Берлин!

Однако – голодно...

Помолодевший Арон, счастливый новобрачный, принёс из своего пехотного училища мелкокалиберную винтовку, потом вторую. Мелкашка в эпоху артиллерии РГК* оружием не считалась. Теперь диких голубей Гришка бил влёт, патронов зря не тратил. Рука тверда, глаз меток! В таком количестве дичь стала подспорьем. Но голубями не наешься, а хлеба не хватало. Не проедать же было добытый ценою здоровья оборотный капитал, от него зависело не только военное, но и послевоенное благополучие.

А мама лежит, не может встать...

Эта зима казалась Юлику ещё голоднее предыдущей. Грызли жмых, жевали смолу... "Ну, дай шнацек..."

Было хмуро, холодно, сыро. Баночки бренчали той же музыкой безумного композитора. И так же, как прошлой зимой, приходил Сергей со стальным прутом, произносил волшебное слово "Момент!" и протыкал потолок. Низвергалась в подставленное ведро струя воды, капель затихала. Но снова дождь или снег, и снова звучала раздражающая какофония капели.

Гришка принёс Юлику половинку разъёмной плашки для нарезки резьбы. Юлик не знал, что это, но блестящий кусочек стали стал главной игрушкой, вождём камешков: твёрдый, ничто его не оцарапает! Плашка стала и бронепоездом, и танком, а то и человеком, неуязвимым бойцом. Гришка таскал Юлика на охоту, и это было хорошо: братишка тиранит, но и защищает, забавляет страшилками об урках, но знаком с легендарным Равилем, у которого вот такие мускулы, в сумерки стреляет горлиц, а Юлик, как собачонка, их подбирает. Есть хочется всегда, сады пусты, остаётся сгрызать смолу с плодовых деревьев. Гришка мастерит финки с рукоятками из пуговиц, за них на базаре получает сухофрукты, но это не насыщает. Ещё он насобачился отливать кастеты из свинца, этого металла полно на бесхозно сваленных кабелях. Гришка срезает свинец, плавит в найденной где-то кастрюле без ручки и выливает в приготовленные прямо в земле затейливые формы. Кастеты красавцы – тяжёлые, со стороны касания с ладонью гладкие, зато с боевой стороны с пупырышками, снабжены ушками, в них продевают ремешок, пристёгивают к ладони и прячут в ней незаметно. Кастетами, как и финками, Гришка не торгует, уголовный кодекс в свои десять он знает и чтит. Подношение – это другое дело. Кастет, поднесённый Равилю, сделал Гришку *persona grata* и обеспечил ему безопасность в центральном районе. Ещё он мастерит лянги, лучшие в городе, даже в республике, но игроки в лянгу могут платить лишь уважением.

Мальчишки шныряют по округе, чтобы меньше бывать дома, там мама кашляет с таким звуком, словно что-то рвётся у неё внутри. Галочка в ужасе прижимает ладони к щекам. Мама кашляет и сплёвывает

---

* Резерв Верховного Главнокомандования

мокроту в бутылочку, кашляет ночь напролет, этот кашель даже сквозь сон раздирает Юлику душу. Папе пора уезжать, мама лежит. Кашель и жар. Гришка настрелял горлиц, мама через силу поднялась, сварила их папе на дорогу. Он уезжает, Галочка возле мамы, проводить его некому...

После войны немногословный папа поделился с Юлием переживанием: из окна вагона видел его, маленького, бредущего под дождём вдоль полотна. И Юлик запомнил тот январский день. Он провожал папу, дождь рябил свинцовые лужи под мрачным, низким небом, у полотна железной дороги папа отослал его домой, а он вернулся к насыпи и бродил под дождём, поджидая поезд, чтобы увидеть папу хоть мельком, но поезд прошёл, он пялился в мутные окна, папы так и не увидел...

... а папу испугало: семья в такой близости от железнодорожного полотна, Юлик один, беззащитен, он оставляет их, едет в неизвестность, как ещё обернется со Сталинградом... и какой ценой оплачен успех... и какой платить за освобождение... и до Берлина...

Папа уехал. Мама снадобьями, но больше силой воли одолела плеврит. Она была боец. Кашляла, но встала, развернула бизнес – наняла торговок и выплачивала им долю. Целыми днями торчала на базаре, всегда настороже, всегда под угрозой нарваться на краденую вещь и быть застигнутой на перепродаже. Лишь торговля давала средства для питания изнурённых болезнями детей. К тому же она знала: война в лучшем случае дошла до середины.

Но – Сталинград!

Праздновали ликвидацию кольца. На переменах мальчишки скакали и орали:

– Победа! После обеда!.. случилась беда!.. пропала еда!.. Ганс её украл?.. Да! Барон фон дер Шик попал на русский штык, остался от барона только пшик!

К весне готовили спектакль: генерал рапортует фюреру об итогах Сталинградской операции и перечень потерь начинает тем, что барон фон дер Бок лишился новеньких сапог. Потом оказывается, что барон потерял их вместе с ногами. И с головой. Каждый следующий монолог, проясняя размеры катастрофы, кончался заверением: "Но в остальном, непобедимый фюрер, всё хорошо, всё хорошо!" Возможно, актёры это пели со сцены на мотив "Прекрасной маркизы". Роль генерала получил Юлик. Шустов, властелин класса, вскипел и потребовал эту роль себе. Учительница предложила ему роль фюрера в надежде, что с вопросами Юрка справится, хоть и сомневалась, выговорит ли он слово катастрофа. Юрка от роли фюрера отказался и тут же недвусмысленным жестом вызвал Юлика стукаться.

На переменке подошла Лорка. Юлик сделал вид, что её не видит. Молча делал домашнее задание, чтобы дома не валандаться, а сразу

242

сесть читать "Спартака" Джованьоли, полученного от пятиклассника на три дня за "Шагреневую кожу", ему неинтересную. О том, что после уроков предстоит стукаться, старался не думать.

– Отдай ему генерала, что он тебе! – Дура Лорка не понимала: победу ему нужно отметить лично. Объяснять? Вот ещё!

Лорка ныла: отдай да отдай, не заводись с дураком, он же тебе все рёбра переломает...

– А тебе какое дело? – вспылил Юлик. – Иди, целуйся со своим Юркой!

И как это вырвалось? Никто в классе ни с кем не целовался. Мальчишки с девчонками сидели, но тузили их без нежностей, девчонки терпели, пересаживались редко, как Кира. Красотка не стерпела равнодушия Юлика и ушла к Олегу Торбе, а к Юлику села тихоня Анисья, ни разу не встававшая из-за парты прежде него...

Лорка отошла, иронически пропев, правда, лишь для Юлика:

> *Вам возвращая ваш портрэттт,*
> *Я о любви вассс не молю-ю,*
> *В моем письме упрёка нннеттт,*
> *Я вас по-прежнему люблю...*

Юлик про себя высокомерно удивился: этот романс до войны пела Галка, откуда его знать Лорке?

Школа была в центре, на Ахунбабаева, а стукались на старом мосту, дряхлом, пешеходы его избегали, там стукаться можно было хоть насмерть. Смотреть стукалку пошёл весь класс, но из девчонок лишь Лорка с Анисьей. Шли позади всех, Анисья ныла:

– Он его убьёт!

– Цыц! – цыкала Лорка.

– Ты, что, не знаешь, как он дерётся?!

– Молчи! А мы на што?!

Юрка шёл с Юликом впереди и деловито объяснял:

– Знатца, так... Приходим, скидаем верхнее. Ниже пояса не бить. Ногами, знатца, не бить. Ты ногой – я тя камнем по башке и в реку. Царапаться – убью! Кулаками! Бьёмся, покудова один не упадет и, знатца, прощенья не попросит. На коленях. Понял?

И отошел с презрительным хрюканьем.

Что будет дома, когда он придёт в крови? По правилам... Верзила на голову выше, руки у него длиннее и – кулаками? Да до него не дотянуться. Нет, ногами, ногтями, зубами в глотку!

Афонька Скорняков, шестёрка Шустова, нёс сумку шефа и что-то горячо ему втолковывал. До Юлика донеслась фраза: "А батя его – головой в зубы!.."

Да, головой Арон дрался при посадке в поезд. Ох и здорово! И Гришка тоже, когда нарвались на бахче на троих узбекчат. Дотянись-ка головой до этого фитиля[*]...

Под мостом сложили на землю сумки, Юрка сбросил телогрейку, Юлик остался в пальтишке.

— Скидай пальто! — Юлик молчал. — Пальто скидай, пидор! А-а, сдрейфил, знатца! Становись на колени, проси проще...

Юлик кинулся, обеими руками схватил его за уши, но отлетел и упал на спину от удара в лицо. Юрка, держась за уши, с рёвом устремился на него, не успевшего встать, и под истерический визг Афони ("По яйцам его, по яйцам!") врезал ногой куда пришлось. Пришлось в бок. Мелькнула палка, и с тихим "Ой!" Юрка лег. И Юлик лежал, скорчась, локти к бокам, ладони у живота. Между ними, лежащими, стояла Лорка с палкой.

— Брысь! Все по домам, ну! Ты, мудак кривоногий, вор скорняжный, со мной подраться не хошь? По яйцам, по яйцам! Врежу по яйцам — усы не вырастут. Пшёл! — Афонька трусливо пятился. Юрка поднимался с жутким лицом, руками вцепился в голову. Лорка занесла палку. — Юра, иди отсюда, Юра! А то скажу Мансуру, где его тюбетейки. Ещё шаг — врежу! Юлик, скидай пальто. Ну, быстро. Покажись. И рубашку... Давай, скидай. Гляди, Юра. Хор-рош Юра! Гер-рой Юра! Нашёл с кем драться! С братом его, с Гришкой подерись. Не знаешь Гришку? Ну да! Хошь узнать? Всё, разошлись! Кина не будет!

Юрка шипел. Поперёк лба у него наливалась шишка с лиловой продолговатой вмятиной.

— Ах ты, дешёвка!..

— Лежачего бьёшь? Хочешь ещё получить? По морде?

— Заложишь меня — подрежу, сука буду!

— Ага, подрежешь, щас... Мамка тебя враз боевым уложит. Разом с папашей твоим, военкомом. Не заложу, нужен ты мне... Мансур сам тебя споймает. Пшёл вон! Юлик, вставай...

Юлик одевался на земле под февральским, уже греющим солнцем. После удара всё плыло перед глазами. Саднило лицо, болели рёбра. Хорошо, что в здоровый бок попало. Пальто не снимал, защищал зараставшую рану. Надел рубашку, тянулся за пальтишком... Встать не мог.

Подкралась Анисья, приложила платочек к распухшим губам, к носу. Кровь не шла, нос у Юлика был крепкий, а без крови неинтересно было, и все смылись, Юрка первым.

— Молодец, здорово ты его! За уши, надо же! Головой хотел дотянуться? Ух, ну и нос! И губы... Аниска, намочи снова. Стряхни, холоднее будет. Кто тебя научил — за уши?

---

[*] Фитиль – высокий, длинный (арго)

– Где палку взяла?

– В школе. Из швабры вытащила.

– Лора, вот платочек...

– Давай... Молодец...

– Лора, а ежели он папаше нажалуется?

– В гробу мы его видели. Я сирота, а твой отец и так воюет, второй раз не мобилизуют.

– А если он на мамку твою накапает?

– Не накапает. А то расскажу, как его папаша взятки берёт. Все знают. С русских и узбеков десять тысяч, с евреев двадцать пять. Юльку я сама отведу. Иди-иди, а то, если много народу, сестра перепугается. Давай, до завтра! Юлька, встать можешь? Эх, горе моё! Нужен был тебе этот генерал...

Присела, прохладной щекой прижалась к разбитым губам Юлика, стало не так больно, и он обхватил её за шею, продлевая целебное касание. Потом рука упала, но Лорка уже сама обняла его и гладила шершавыми губами ушибленный нос и разбитые губы. Посидели. Юлик прошептал:

– Идём, а то Галка волноваться будет, наорёт...

Галка была уже дома, но лишь глаза испуганно раскрыла, когда Лорка за руку ввела его в дом.

– Мы... это...

– Голодны, – прервала Галя. – Сводку слушали?

– Не-а. А шо было?

– Не знаю. Шатались долго, я подумала, что вы и последние известия слушали. Мойте руки. Лорочка, помоги мне...

Ни дома, ни в школе никто не обмолвился о драке. В школе эпизод отметился лишь тем, что, когда Юлик пришёл, на парте вместо Анисьи сидела Лорка и молча открыла крышку, чтобы ему легче было протиснуться. Юрка пересадил к себе Киру, Анисья села с Олегом и часто озиралась на Лорку и Юлика.

На переменке девчонки играли в пятнашки, мальчишки в конников. Другие качали лянгу – щёчкой, носком, пяткой. Учительница уговаривала мальчика по кличке Сопилка взять роль фюрера. После уроков стали репетировать. Юлик знал оба текста, терпеливо подсказывал, а учительница требовала от Сопилки выражения.

Дома, на генеральной репетиции, Юлик декламировал с выражением, а реплики фюрера с таким чувством, с завыванием и заламыванием рук, что мама и Галка аплодировали и смеялись до слёз. Мама на удивление точно смастерила немецкие генеральские погоны с вензелями. Юлик их завернул в газету и сложил на дно своей сумки, сшитой из старой рубашки.

День представления выдался по-весеннему тёплым. По пути в школу Юлик впервые за зиму учуял смрадный душок с живодёрни, упрятанной за маслобойным заводом, на продолжении железнодорожной ветки. Он чувствовал себя как-то необычно и относил это за счёт волнения. Длинную роль помнил твёрдо, с любого слова, но, конечно, тревожился. Всё было каким-то не таким. Лорка поглядывала подозрительно. После второго урока он не вышел на перемену, и с парты не встал, а фразы генерала выстроились в колонны и маршировали от уха к уху.

В начале третьего урока Лорка подняла руку и, не дожидаясь разрешения, встала:

– У Юлика жар, его трясёт. Можно, я отведу его домой?

Домой дошли вовремя, температура была сорок. Лорка уложила его и навалила сверху одеял. Через час температура была сорок один. Лорка поснимала одеяла и приложила ко лбу холодные примочки. Они высыхали сразу. Жар сменился ознобом, озноб жаром и снова ознобом. К четырём пришла Галя и замерла, увидев Юлика под горой наваленных одеял и пальто. Лорка развела руками:

– Малярия...

Так вступил он в главу под названием "Тропическая малярия". Смрад живодёрни означал близость приступа. От скачков температуры он обессилел и почти не переживал, когда Лорка снова, как ни в чём ни бывало, пересела к Юрке. И не обрадовался, когда к нему села Анисья.

На следующий год ввели раздельнополое обучение, а в другой школе вместо Шустова был переросток Озеров.

Сорок третий. Малярия

Сбитая с мирных рельсов страна встала на рельсы военные. Заработали фронтовые штабы, заработали и тыловые. В Уфе нашёлся старший брат Яши, писатель. Объявился и младший – с тяжёлым ранением и медалью "За отвагу". Муж Лизиной младшей сестры после контузии (от которой так и не оправился) был отозван с фронта в тыловое управление. От мужа средней не было известий: *"... в списке убитых, раненых и пропавших без вести не числится"*. Лиза негодовала: ничего не известно – и не числится в списке пропавших без вести?!

В апреле пришла посылка от Руни с конспектами, тетрадь с техническими выкладками, в них и Галка ничего не поняла, интегралы... Посылка вызвала тревогу. Отчислен? Руня крут, в споре и ректору не уступит. Отчисление – это фронт!

Письмо пришло позже: призывают весь первый курс, а его направляют в Алма-Ату, в пехотное училище. Приписка Гришке: не волновать тётю Лизу, не то братец таких получит пиндюлей, что взбучка после драки на Подоле, с которой он спасся бегством, ему конфеткой покажется. Гришка ввязался в ту драку – один против троих! – после похорон матери. Удирая упал, ударился о проволочную ограду и сломал верхний резец, красу и гордость мужской улыбки. Ну, Рунька ему и добавил...

Мама по получении письма ходила мрачнее ночи, Галка плакала: если б не болезнь, Руня кончал бы второй курс, его не призвали бы! Гришка раздулся от гордости: Рунька сравнялся с Равилем!

С родичами виделись редко. Однажды, оторвавшись от чтения, Юлик с изумлением увидел, как Мамед, сын хозяйки, обнимает в калитке Яника и прижимается щеками к его щекам, что у узбеков равноценно поцелую. Ошеломлённый вид Яника побудил Юлика отбросить книгу и кинуться на выручку брату. В русских кварталах Янику негде было научиться узбекскому, а Мамед не знал русского. Всё разъяснилось, когда Мамед сказал, что принял Яника за родича из Учкургана, которого давно не видел и на которого Яник похож, как близнец, – тот же рост, такой же смуглый, такой же нос, такие же добрые глаза... Мамед пятился, кланяясь, прижимая руки к груди, а Яник понимающе тряс головой с неизменной своей улыбкой.

Он пришёл с благой вестью: Фима! нашёлся! Ранен при выходе из окружения батальона, в котором он начштаба. Батальон на Кавказе попал в окружение, выходил долго, с боями, были головокружительные приключения, расскажет после войны, спешит на фронт мстить за папу и бабушку...

Галка сделала страшные глаза, Яник осёкся. Юлик привстал: бабушка?.. дядя Иосиф?.. Яник замялся: ну, Юлик, оккупация, сам понимаешь, голодают...

Мама пекла деруны, кормила Яника, а Галке и Юлику велела сделать вид, что сыты. Яник, поев, рассмешил их – рассказал, как сватался к Танечке её начальник. Хайкелэ и Маня жили в соседних домах, и Танечка поделилась новостью с тёткой и братиком. Она работала секретарём в суде и училась в заочном юридическом институте. Делопроизводитель Нияз Султанов, тучный муж шести жён, сватался к Танечке и предлагал ей стать его младшей женой:

– Один любит корова, другой любит овца, а я люблю тебя, Таняхон. Выходи за меня, любимой женой в дорогих шелках будешь, никакой работа делать не будешь...

– И что Танюша? – отсмеявшись, спросила Галка.

– Сказала, что он герой не её романа.

– Ты передаёшь смысл ответа или дословно?

– Я всё передаю дословно. По крайней мере, стараюсь.

– Вряд ли узбек знает это выражение. Как бы он не понял лишь одно – что он герой.

Яник снова перешёл на Фиму. Фима то, Фима сё... Возвращается в строй. Перед этим получил отпуск, поехал к своей девушке, они поженились и провели вместе три дня.

Фима, да, он боевой офицер, был ранен и обморожен в Финляндии, воюет и теперь, но Лиза в своё время его нянчила и слишком хорошо знала. Фима в мамашу. Свой офицерский аттестат высылает жене, а для Мани это отличный повод экономить на Янике. Не зря она не вошла в коммуну на Хивинской. Там было не скрыть, что Яник и она питаются по-разному.

Вечером мама и Галка обсуждали ситуацию. Яник десятый класс не окончил, в училище его не пошлют, сразу на фронт... Галка ломала руки: в армии Яник с его добротой пропадёт без всякой войны!

Неприязнь Лизы к Мане после визита Яника закалилась.

К лету Юлик так насобачился по-узбекски, что сделался переводчиком не только в общении с хозяевами (это требовалось лишь в отсутствие Сергея), но и в делах щепетильного свойства. Собир вернулся жуировать у мамаши с полковничихой Сазоновой, но стало ясно, что отношения с ней держатся лишь на нежелании Собира лишать услады четырнадцатилетнего брата Азата. Света настоящим стала ангелочком. Белокурые локоны ниспадали на плечи, алые губки капризно оттопырены, а опушенные ресницами голубые глазки взирали на красавца Азата с томной страстью бывалой женщины. Когда, шествуя впереди, она возвращалась с ним из очередного вояжа в заросли кукурузы, победно покачивая прелестной головкой и облизывая губки, Юлик в непонятном волнении бегал к Мишке и мрачно сообщал, что *эти* опять ходили в кукурузу. Мишка понимающе кивал. Юлик не всякий случай докладывал, это пришлось бы делать несколько раз на день. У плова, к которому приглашали иногда и Плонских, мать и дочь Сазоновы сидели, как подружки, с той лишь разницей, что семилетняя Света держалась царицей пира, а мамаша Сазонова, за год не выучившись узбекскому, искательно заглядывала в глаза Собиру и смеялась наугад каждому его слову. Так же угодливо и без успеха обращалась она к маме. Мама отвечала сухо или отмалчивалась.

Утром мама ушла на барахолку, Галка в школу, Гришка по своим делам. Юлик читал Галкин учебник литературы: в опасении приступа остался дома. В дверь поскреблась Сазонова, фальшиво удивилась, что он один, и стала нахваливать: такой умный мальчик, такой начитанный, вот бы взял шефство над Светочкой, она умненькая, но ленивая, научил бы её читать... Юлик радостно согласился, хвастал учёностью и знанием узбекского. Сазонова умело свернула разговор: Собир, видимо, не вполне её понимает, или, возможно, она его не понимает, не станет ли Юлик посредником в беседе... И увела его на половину хозяев.

Собир лежал на покрытой текинским ковром тахте в майке, в синих суконных галифе, бурлил кальяном и забавлялся пузырями. Он равнодушно ответил на вежливое салям-алейкум Юлика, выслушал предложение Сазоновой объясниться через доверенное лицо и закатил глаза:

– Напомни этой женщине, что у неё есть муж.

Юлик добросовестно перевёл это Сазоновой и так же добросовестно перевёл её ответ, что она готова развестись с мужем, пусть только Собир женится на ней.

Собир ответил: он не может этого обещать; мать требует, чтобы он женился на узбечке.

Сазонова парировала мгновенно: она выкрасит волосы хной и примет магометанство, пусть Собир уговорит мать.

Собир холодно предложил ей самой уговорить его мать, но на этом не остановился: женщине надоело здесь, он берётся подыскать ей и её дочери жилище не хуже этого.

Сазонова ответила, что ей подойдёт любое жильё, лишь бы там был Собир, дочь любит его больше отца родного, обе они готовы на что угодно, пусть только он скажет, чего он хочет, она готова, они готовы... Переведи ему, Юлик!

После перевода этой фразы Собир вскочил и забегал по комнате, держась за лоб и цедя проклятья. За спиной Сазоновой приоткрылась дверь, показалась мордашка Светы, она понимающе оглядела сцену и скрылась. Юлий стал пятиться, Собир удержал его:

– Скажи ей, пусть убирается вместе с дочерью!

Это Сазонова поняла без перевода и бросилась на колени перед Собиром. Юлик выскочил вон. Из-за двери доносились вопли Сазоновой и громовой голос Собира. Юлик кинулся за Мишкой: готовится смертоубийство! На обратном пути увидели Свету. Она, как ни в чём ни бывало, сидела во дворе на кровати Плонских с голубым бантом в потрясающих своих локонах и играла с куклой, сама красивее любой куклы.

– Иди к маме, она ссорится с Собиром, – сказал Юлий.

Света подняла на него ясные голубые глаза.

– Ничего, – сказала она. – Поссорятся. Помирятся.

В ту же минуту из окна крайней комнаты послышался звонкий голос Сазоновой:

– Светуля, иди к нам!

Света подняла брови, отчего лобик её по-взрослому неприятно наморщился, и слегка развела руками, словно говоря: "Я же вам сказала..."

– Иду-у! – пропела она и, не глянув на пацанов, поплыла в дом. Они завистливо глядели ей вслед.

– И что? – хлопая ресницами, спросил Мишка.

– Ничего, – буркнул Юлик. – Пошли на Сай.

Но их внимание отвлёк молодой зелёный скорпион, и они стали преследовать его, не давая двигаться в избранном направлении. Гришка сказал: если не давать скорпиону идти, куда он хочет, он загибает жало и сам себя убивает. Скорпиончик застывал перед веточкой, пытался через неё перелезть, терпеливо её обходил, снова и снова искал возможности двигаться в любом направлении, хвост загибал со своим жалом, но склонности к самоубийству не проявлял ни малейшей. Мишка с Юликом увлеклись и заметили Свету, лишь когда она подошла вплотную.

— Пошли играть, — повелительно сказала она и поддёрнула трусики под коротким платьицем. Юлик заметил, что банта на ней уже не было. — В кукурузе тень, там хорошо.

— А где Азат? — на всякий случай не то спросил, не то намекнул Юлик.

Света отмахнула ладошкой.

— Пускает воду на поле. Пошли. Только по одному. И не подсматривать, а то ничего не будет. Ты первый. — Ткнула пальчиком в Мишку, и Юлий понял: она даже не помнит, как Мишку зовут.

Он проводил взглядом стройные ножки Светы, нетерпеливо переступавшие под коротким платьицем, и соображал, что за игру она затеяла. Он испытывал томительное беспокойство, зуд, никогда не испытанный прежде.

Мишка явился из кукурузы обалдевший, деревянный, и махнул рукой: "Иди!"

Юлик оробел. Зуд тянул туда, где красотка Света что-то сделала с его другом. Но сила более мощная, исходившая от мамы и Галки, идти запрещала. Он убежал в дом и закрылся на крючок.

Вечером был истошный крик: пороли Свету. Гришка шепнул: сосала у какого-то пацана, Иргаш видел. Юлик помертвел: это мог быть он! Как Иргаш не узнал Мишку? Наверное, подсматривал из сортира и не смог вовремя выскочить. Гришке, конечно, ни слова не сказал.

Мама обсуждала происшествие с Галкой в явном расчёте на хороший слух мальчишек: вот что война делает, но умные дети будут, конечно, сторониться...

Ещё до рассвета Сазонова и её дочь исчезли.

В тот же день у калитки Юлик столкнулся с Лоркой.

— Так, шла мимо... — Куда — мимо? В тупик? — Чо, выперли твоих сучек?

— Каких — моих? С чего ты взяла?

— А покраснел чо? К малой принюхивался?

— Что-о?? — И вскипел. — А тебе какое дело? Иди, целуйся со своим Юркой.

— Второй раз посылаешь... Ну, раз так – пойду!

Оскалила свои великолепные зубы, ушла. Юлик до ночи злился, словно и впрямь её целоваться с Юркой послал, а к вечеру задумался: что-то изменилась в Лорке...

От папы приходили письма, написанные его удивительно понятным, но каким-то нерусским почерком, с лёгким наклоном влево. Письма шли из Челябинска, потом из Кыштыма. Папа служил на железной дороге, потом его перевели в милицию. Писал, что не нуждается, но на фотографиях, сделанных для служебных удостоверений, выглядел дистрофиком.

Весна, кроме остановки движения на фронтах и приступа малярии, потрясшего и без того ослабевшего Юлика, ознаменовалась демонстрацией подстерегающих опасностей. Весной наливаются ядом скорпионы. Оча, сухонькая, невообразимой подвижности женщина, постоянно металась по двору в своём шёлковом, некогда цветастом одеянии, от времени поблекшем, босоногая, как маленькое серое пламя. Она была вездесуща. Рылась в огороде, разжигала мангалы, готовила плов, доила козу и командовала домочадцами и невесткой, вялой, томной, занятой малышом и тутовым шелкопрядом.

В очередной раз выскочив из дома и стремительно, как всегда, спрыгнув с крыльца, оча завопила и повалилась на землю. Скорпион! Прокусил задубевшую кожу, толстую, как ноготь. Раздавленный – успел!

Скорпионы были вездесущи. Поднимешь чемодан – скорпионы. В огороде. Под оставленной на ночь обувью. Плонские сделали вывод: не стоит состязаться со скорпионом в быстроте реакции.

С малярией на сей раз обошлось. Большие дозы хинина уняли приступы. Год Юлик окончил с грамотой и наслаждался каникулами. Гришка мотался по городу, но оставался верный Мишка. К лету он счёл себя обязанным отблагодарить Юлика.

Дедушка-сапожник был не Сапожник, а так, сапожничек, чинил обувь соседям, да ещё в таком нищем районе, где даже зажиточные старухи и те бегали босиком, рискуя наступить на беду. В кибитке, где живут три семейства, разве спрячешь что-то? Но дед устроил тайник и складывал рублики, аварийный запас, памятуя, что прошлый год семейство банально голодало. Женщины были не подстать Юлькиной маме, и быт Рабиновичей звучал примерно так: затируха – всегда, суп с клёцками – иногда. Но Мишка был уязвлён: Юлик весь год подкармливал его, а нередко и Женьку с Фаинкой. Гордый Мишка решил удивить друга. И удивил. Пригласил Юлика посетить с ним Куриный рынок.

Хоть был уже сорок третий, июнь, в статусе Рабиновичей мало что изменилось, разве что Мишкин папа был ранен и получил медаль "За оборону Сталинграда". В чине его, музыканта, не повысили, денег медаль не давала. Юлику бы узнать, откуда у Мишки деньги, но материальной стороной он не интересовался ни тогда, ни позднее, и всё ему оставалось неясно, пока Мишка не спросил: "А знаешь, на какие деньги мы нажрались?"

Иийеххх, как нажрались! И чего только ни накупили! Сто граммов масла слопали на двоих просто так, без ничего. Лепёшки – самые белые, самые пышные. Персики, инжир, урюк. Виноград – "дамские пальчики". Сушеная дыня (заказ Юлика). Мишка взял творог со сметаной, чего Юлик по-прежнему терпеть не мог. Чай пили в чайхане со сладостями. Не отважились лишь на горячие блюда, плова с бараниной не взяли. Мишка не знал, сколько это стоит и хватит ли у него денег.

Неотвратимое возмездие свершилось незамедлительно и было справедливо. И, видимо, безжалостно. Пытать не пытали, но физические методы применили. Ремень у деда был. Мишка не показывался два дня. На третий явился. Бледный. Осознал, не роптал. Стоял, ходил, не садился...

Мама с Рабиновичами не зналась, о выемке денег не ведала, не то и Юлику не сносить бы головы. Общаться с мальчиком, который!.. Прежде спроси: откуда деньги? О-о, Юлик представлял, что было бы, узнай об этом мама. На дружбу с Мишкой она и так смотрела, поджав губы. Замечаний не делала, но не поощряла, в отличие от контактов с теми, от кого ждала интеллектуального обогащения. Но не могла же она не знать, что Юлик подкармливает Рабиновичей. Еды оставляла больше, чем Юлик мог съесть. Еда была ценностью, могла и спросить. Ни разу не спросила. А ведь она ради этой еды рисковала...

Летом на барахолке её остановил милиционер: она продавала вещь, опознанную владелицей. Через Полю Кудиш маме удалось послать весть: идут с обыском! Галя схватила какую-то кофточку и вынесла во двор, куда после отъезда папы снова перекочевала железная кровать всё с тем же одеялом, прожжённым утюгом ещё в Киеве. Под одеяло Галя сунула кофточку, на одеяло усадила Юлика. Владелицу вещи сопровождал милиционер. Мама была напряжена, но это заметил бы лишь тот, кто знал её так, как дети. Обыск немного занял времени: комнатушка, тряпьё в полупустых чемоданах, неохотно расползлись потревоженные скорпионы... Владелица, милиционер и мама вышли на крыльцо. Тонкий лёд едва не проломился. Если бы нашли ещё хоть одну тряпку, маме не миновать было беды. Милиционер спрашивал, мама отвечала: купила с рук, не подошло, продавца не знает... Юлик скукожился на одеяле. Шрам на боку и весь его вид внушали сострадание. Милиционер произнес формулу передачи вещи владелице и вместе с ней покинул двор. Мама, не изменясь в лице, вошла в дом и шикнула на Галочку, кинувшуюся к ней с радостным возгласом.

Разрядилась мама на следующий день. Вернувшись вечером, вспылила, за что-то наорала на Галку и стала терять сознание. В тот же миг, нет, на долю мига ранее, Юлик с Галкой так завопили "Мамочка! Мамочка!", что от этого вопля обмякшая было на подставленном вовремя стуле мама мигом пришла в себя и сказала слабым, растерянным голосом: "Тихо, тихо, чего вы кричите, всё в порядке..." Они обняли её и плакали, а она гладила их головы, бормоча: "Всё в порядке, всё в порядке..."

Ничто не было в порядке. Похоронки сыпались градом. То из одного двора, то из другого после прихода почтальона неслись рыдания. Бывало, что рыдать начинали и соседи, и этот всеобщий плач леденил кровь.

Но Курская битва обозначила перелом в войне. Плонские стали даже ходить в летний кинотеатр, в парк – мама, Галочка, Гришка и Юлик. С билетами, чинно, по правилам, а это совсем не то, что прорываться без билета толпой мимо контролёра в городской кинотеатр "Арс" на заграничный фильм "Ураган" и там орать "Сапожники!" и топать ногами в долгие перерывы, иногда по десять-двадцать минут, пока фильм рвался и его чинили, или пока одна часть кончилась, а следующую не подвезли откуда-то, где тот же фильм крутили в то же время. Фильмы все были патриотические – "Тринадцать", "Человек номер двести семнадцать", "Радуга"...

Появилась комедия о войне, но – английская, бритты шутили и под бомбами. (Правда, бомбёжки – это всё же иная война...) Комедия, "Джордж из Динки-джаза", была о шпионе поневоле, игрой на трубе передававшем бриттам координаты немецких подлодок. На эти фильмы прорывались с Гришкой, мама и Галочка компании им не составляли. С ними летом сорок третьего Юлик видел два американских фильма – "Песнь о России" и "Северная Звезда". Первый пустышка, но с Робертом Тейлором, во втором немецкие врачи выкачивали для своих солдат кровь из советских детей. Галочка ладошкой прикрыла Юлику глаза.

Из парка возвращались по вечерней прохладе через город главной улицей, на всём пути не встречая ни души. Единственный двухэтажный дом на Ахунбабаева казался ночью пристанищем бесов. Улицу освещали тусклые фонари под эмалированными абажурами, зелёными сверху и белыми снизу, похожими на широкополые шляпы, нахлобученные на крохотные детские головки. Установлены они были на высоких столбах редко, между ними царила тьма. Функцию освещения выполняла луна, но как же исправно выполняла! Юлик любил эти проходы под таинственным, серебристым светом. Прохладный ветерок овевал пустой город, в нём и в дневное время не было моторного транспорта, а ночью царила нерушимая тишина.

В Киеве тихо не бывало. Ночью то трамвай проедет, то машина, процокает лошадь с телегой, пьяный заорёт, милиционер засвистит, а если затихало, то светофор, переключаясь, создавал иллюзию движения, заменявшую звуковой фон. На даче лаяли собаки, кричали петухи...

Здесь замирало всё. Среднеазиатский город в лунном свете – это от потусторонней геометрии, от структуризации пространства. Конечно, Юлий ни слов, ни понятий таких тогда не знал, но не нашёл слов для описания ночного среднеазиатского города и позднее. Безоконные кубы домов – окна восточных домов не выходят на улицу – продолжались дувалами и нишами, они в свете луны создавали чередование призрачно освещённых плоскостей и глубоких теней. Это было безжизненно и монолитно. В центре улица прерывалась простым деревянным мостом, но арык под ним играл лунным светом, и здесь, возвращаясь после гуляния или кино, Плонские подпадали под очарование лаконичной красоты южной ночи. Спали на крыше, подложив для защиты от скорпионов кошму или оградив постель волосяной веревкой. Укрывались, ночи были холодными. Мама спала в доме, болтовня детей мешала ей уснуть, а вставала она чуть свет.

Галка под опрокинутым небом называла созвездия. Запомнил Юлик немногие, но зрение какое было! А прозрачность воздуха какая была в ту эпоху, даже несмотря на войну!.. Полное звёзд небо втягивало и настраивало на философский лад. Гришка плёл что-то об абсолютном и бесконечном, повторял Рунькины фразы. Юлик, прочтя Галкин учебник по астрономии, сошёл с былых позиций субъективного идеализма и отрицал теперь и идеализм, и субъективизм, хоть ни одного из этих слов ещё не знал. Опровергая тезис "Абсолютного нет!", он с наслаждением припирал Гришку неотразимым аргументом: "Если сделать ямку и опустить палец в центр, он ведь абсолютно не будет касаться краёв?!" Гришка с коварным доводом не спорил, но твердил: абсолютного нет. Они, таким образом, спорили на принципиально-научной основе.

Ещё одним событием лета стала песчаная буря, самум.

Лето выдалось тяжёлое, с десяти до четырех пополудни носа из дому нельзя было высунуть под угрозой солнечного удара. Юлик бегал на реку купаться так, чтобы к десяти быть дома. Время знал по солнцу, часы были лишь у мамы, старенький ЗИФ[*]. На реку бегал, обратно плёлся. От бахчи до калитки и дальше до входной двери, сто выжигаемых солнцем метров, уж и не плёлся, тащился. Гришка теперь часто оставался у папаши, и Юлик целыми днями напролёт читал на полу, в центре комнаты, подальше от окон и стен, в позе, ставшей символом Детгиза: чёрный силуэт сидящего мальчика с книгой на коленях. Сидел часами, вставал лишь попить. В комнате сорок-сорок пять, спасала сухость воздуха. Пи́сать не было нужды, влага выпотевала. В половине пятого выходил под горячий, как из печи, ветер, свежевший и к ночи становившийся прохладным.

---

[*] ЗиФ, завод имени Фрунзе, Пенза

В то утро небо было мутно, воздух плотен, тяжёл. Было сухо и горячо. Горизонт со двора и из окон не просматривался, да и небо выглядело необычно. Мама была дома. Наверное, ходила на толкучку, но вернулась именно в связи с погодой. В окнах быстро темнело. Жёлтое одеяло с дворовой кровати, сложенное вчетверо и постоянно дежурившее там в ожидании того, что Юлик или Галка прилягут, вдруг встало дыбом и в стоячем виде, как привидение, зашагало к дувалу. Железная печь на четырех ногах, выложенная внутри кирпичом, тяжёлая, как домна, закачалась и неуклюже, боком, пошла по двору, ступая, как медведь, поочерёдно правыми и левыми лапами, запнулась, перевернулась, покатилась, но ещё до этого стало ясно, что это ураганный ветер, и мама крикнула: "Держите окна!"

Оконные рамы рвались покинуть дом. Мама обеими руками вцепилась в ручку одного окна, Юлик с Галкой в ручку другого. Галка упиралась ногами в пол, Юлик коленями в подоконник, и оба со страхом следили, как выгибаются наружу стёкла. А там – творилось неописуемое. Мрак, рёв, свист, удары! Что-то хлестало по стёклам, но не переставало рвать рамы из рук. Самум! Песчаный вихрь со всеми прерогативами смерча, столб разрежённого воздуха. Давление внутри дома делается выше наружного и – срывает крыши, вырывает окна.

К счастью, длилось это минуты.

Выбраться из дома оказалось не просто. У порога намело барханчик песка. Оча с Азатом тузили его дверью изнутри, пока приоткрыли настолько, что Азат протиснулся и сбросил песок лопатой. Стёкла в окнах помутнели, их посекло песком.

Жёлтое одеяло нашли, выстирали и вернули на кровать, к выполнению его обязанностей. Пришёл Гришка. В городе жертвы. Одна чайхана выстроена была вокруг большого дерева. Оно рухнуло, посетителей задавило. Убитые в парке, там самум наломал дров. Пустыня у края Ферганской долины, но чтобы она так вот ворвалась!.. Узбеки вздыхали: *Аллах акбар!*

Настал Гришкин черёд болеть малярией. Комарам раздольно было в богарном земледелии Ферганской долины: сплошь стоячая вода! С малярийным комаром не боролись, до того ли... Хилый Юлик не терял сознания, хотя температура поднималась до сорока одного. Гришка оказался слабаком: уже при сорока бредил. К тому же при такой температуре у него носом шла кровь. Юлик менял ему холодные компрессы на лбу и переносице, совал в нос уксусные фитили и беспомощно слушал бред братишки. Свои кошмары – паровозики – он, приходя в сознание, объяснить не мог. Наконец хинин и акрихин сбили приступы, но счастье Гришки было в том, что настала осень, а осенью всё как с цепи сорвалось...

Но – то осенью, а пока прошёл слух о втором фронте. Кинулись в центр. Земля жгла ороговелые пятки. У громкоговорителя стали в тени.

В очередном повторяющемся сообщении поймали название – Сиракузы.

А-а-а, тоже мне второй фронт – Сицилия! (Карту к тому времени не изучили лишь тупицы).

Обратно плелись, обсуждая в доступных им терминах военно-политический аспект высадки и понятия не имея о происходящем на собственных фронтах. Совинформбюро сообщало об упорных боях на Курском выступе. Ну, упорные бои... Как было знать, что это "Цитадель", битва века... Кроме необычно высоких цифр сбитых самолётов, ничто в сводках внимания не привлекало. Именно в тот день они поклялись: вернёмся из эвакуации – из Киева ни ногой. Ни на дачу, ни на курорт – жить в Киеве до смерти!

(Гришка эмигрировал в начале семидесятых, Юлик – в конце. Киев небоскрёбами изуродован тогда ещё не был, но юдофобия заела...)

В день рождения Юлик ждал хоть поздравления, если уж не подарка. Мама пришла хмурая – без подарка, без поздравления, даже без поцелуя. Гришка, таким образом, не был оскорблён в своём сиротстве, но мама перегнула палку. Юлик оказался злопамятен и после войны, когда мамино внимание обратилось на Галку, вбил себе в голову, что он приёмыш. Часами выискивал черты сходства с родителями – не находил ни малейших.

Много лет спустя узнал, что подарок в тот день сделан был им всем: на Прохоровском поле, неся чудовищные потери, Красная Армия перехватила инициативу в войне.

Руня писал смешливые письма, вдруг явился сам, и они ахнули. Высокий, плечистый, сероглазый, в форме, словно сшитой на него в ателье, с сияющим подворотничком, в погонах младшего лейтенанта, в сапогах с ухарски примятыми голенищами... Символ Красной Армии! Галка визжала. Мама прослезилась: не дожила Роза увидеть первенца... Бедная Роза...

Счастливица Роза! Надежде семьи не было и двадцати, когда его положили в одной из тупых навальных атак, которыми так прославилась советская армия.

Но пока была радость, был вихрь любви и восхищения. Целых три дня!

Да, перед отправкой на смерть три дня дали для побывки с семьей. Немцы и тогда свежеиспеченных своих офицеров отпускали на две недели.

Но перед смертью не надышишься, а война и впрямь неистовствовала.

В первый вечер пошли в парк, в летний кинотеатр. Из ботинок Юлик вырос, они не лезли на его разбитые о шпалы и камни ногти. Надел рубашку и полагал, что выглядит прилично. Но расфуфыренная Галка, эта ставшая принцессой Золушка, сочла позором идти с принцем в сопровождении босоногих пажей и велела им шагать впереди. Гришка ради кино пошёл бы и сзади. Самолюбивый Юлик остался дома. (Гришка потом дразнил: фильм классный!) А они поплыли – какая пара! На них оглядывались. Гришка только что не дымил, как почётный эсминец сопровождения: брат!

По случаю Руниного визита не так уж было и жарко.

В день отъезда заскочил Арон в погонах со старшинским "Т", хлопал Руню по плечам и восторгался: красавец, весь в материнскую породу, вылитый пан Тартаковский! Рунька был сдержан. После визита папаши увел Гришку во двор. Вернулись расстроенные, Гришка заплаканный. Заплаканный Гришка? Небыль!

Узнал Юлик полсотни лет спустя...

...Кивая на окна, где тётя и кузина уныло собирали его в дорогу, Рунька поучал брата, как вести себя. Гришка слушал, кивал, а когда Руня спросил его, всё ли он, босяк, понял, вдруг разрыдался.

– Ты чего, болван? Что я тебе такого сказал?

– Да я же никогда больше тебя не увижу, братик!

– Ты что, глупый?! Война кончится, я вернусь.

– Не вернешься! Тебя убьют! Я тебя больше не увижу-у-у!!!

Руня вернулся в дом, открыл рюкзак, молча отдал Галке пачку полученных от неё писем и свой карандашный портрет, исполненный другом-курсантом, обречённым, как и он, и обречённость эту выразившим в портрете с потрясающей силой.

Остаток дня прошёл в молчании. Руня просил не провожать его, проводы тяжелы для него, для них. Расцеловал всех, тёте Лизе целовал руки. Провожал его Гришка. Вернулся угрюмый. Пили чай. Галка и мама что-то говорили, разряжая молчание. Гришка и Юлик не проронили ни слова. Такой был вечер...

Вскоре начался учебный год.

Мужская школа располагалась на тенистой улице. Детдомовские ещё держались вместе, их сторонились. Первым Юлик увидел кривоногого Афоню, ставшего здесь шестёркой переростка Кольки Озерова. Колька в школу пошёл в девять, два года сидел в первом классе и вот был оставлен на второй год во втором. Владычество над классом начал с того, что всех, кроме Афони и детдомовских, свалил в кучу-малу. При всей неохоте к дракам, посторонних касаний Юлик не терпел настолько, что, когда Озеров потянулся к нему, ощерился, как крыса. И Колька отступил, свалил кучу-малу без него. Опасного в гневе отличника он вскоре усадил на свою парту и без зазрения совести скатывал у него контрольные, не давая списывать никому больше. Отставленный Афоня затаил злобу. От него Юлик и услышал впервые злобный стишок:

Иван на фронте воюет, Абрам в Ташкенте торгует.

Это было ново. В школе на Ахунбабаева приходилось иногда слышать беззлобное *"жид, на ниточке дрожит"*, но такого варианта издевательства Юлик ещё не слышал. Лето он провёл в компании Гришки-Мишки-Марика и, судя по всему, отстал от жизни. Национальная тема возникла лишь однажды, ещё в пору выздоровления от ожога, когда Гришка вернулся домой жутко злым: корейчонок Куй Лан (Гришка не преминул, конечно, слегка подправить имя) лез к нему, а он даже по роже ему дать не посмел, потому что тот *нацмен*. Расшифровать это слово Гришка не умел, просто сказал: у кого нету национальной или автономной республики, тот нацмен. Дашь по морде — схлопочешь срок.

— А мы, что, не нацмены? – удивился Юлик.

— Ну! У нас Каганович в политбюро. И область есть еврейская автономная, Биробиджан.

— Почему ж никто там не живёт?

— Ну, не знаю... Живёт кто-то.

— Кто? Ты хоть одного родственника знаешь, чтоб жил в Биробиджане?

— Ну, область-то есть... А у корейцев нету.

— Выходит, корейца нельзя обидеть, а еврея можно?

— Ну, если свидетели, так тоже нельзя. Закон – срок за оскорбление по национальному признаку, – по-книжному отбарабанил Гришка. – Рунька, правда, без всякого закона врежет – и все довольны.

— А русского можно обидеть или украинца? Есть у них клички вроде *жида*?

— И русского можно. Сказать – *кацап* или, там, *москаль*. Или украинцу – *хохол*.

— И что, посадят?

— Ну, наверно. Или на принудработы пошлют.

— А принудработы – это что?

— Ну-у... Принудительные, наверно.

— Землю копать?

Гришка пожал плечами.

На этом тема заглохла.

Теперь, год спустя, новая дразнилка вызвала в Юлике горькую обиду. Перебирал дядьев и братьев, ещё воевавших и уже убитых или пропавших без вести, и обида росла с каждым именем. Он решил обратиться к учительнице. Она-то побольше Гришки знает о законе *за оскорбление по национальному признаку*. (Формулировку запомнил). Подойти, расспросить, что положено обидчику, и – в суд! Советский суд – он самый справедливый в мире!

Чем больше думал, тем меньше привлекал замысел. К ябедам у него в семье выражали отвращение при любом удобном случае. В ходу была презрительная кличка – сексот. Откуда она, Юлик не знал, но звучала противно: доносчик – презренная личность! Обращаться к учительнице не стал.

Как вдруг Клавдия Ивановна заговорила об этом сама, и с сердцем, чуть не со слезой в голосе. На уроке стала вдруг долбить, что в нашей стране, в отличие от других стран, люди равны, какой бы национальности они ни были, русские они, украинцы, белорусы, татары, поляки или евреи (этим перечнем она охватила весь класс). Наша страна воюет с германским фашизмом, с его национальным неравенством, а граждане с националистическими предрассудками невольно пособничают фашистам, с которыми мы ведём войну не на жизнь, а на смерть, отечественную войну...

Афонька косился на Юлика. Тот ответил прямым взглядом, на учительницу вовсе глядеть перестал. Афоня скривился и отвёл взгляд. Длинный язык свой он после выступления Клавдии Ивановны всё же не распустил, только показал его Юлику.

Юлик торжествовал: полная победа! И не подозревал, что это вовсе не окончательная победа...

Камешкам-солдатам он давал раньше только русские фамилии, всё больше по цвету. Камешек с краснинкой становился Красновым, зелёный – Зеленцовым, Зеленниковым. Наличные камешки сохранили прежние фамилии, но новые становились Красницкими и Зеленецкими, а один, трубчатой формы, и вовсе получил фамилию Вайнтрауб и чин капитана. Так Юлик в доступной ему сфере восстанавливал справедливость.

(Два года спустя, после чтения "Тихого Дона" и "Порт Артура", исчезли Вайнтраубы и появились среди персонажей Мелеховы да Звонарёвы. Литстатистика задавила...)

Учебный год начался кампанией по сбору металлолома. Пацаны после уроков бродили по городу, собирали дырявые кастрюли, треснувшие ободья колёс, ржавую проволоку и сносили на приёмные пункты, к плакатам со стихами:

Больше лома соберём и железа для вагранки,
Чтобы вражеские танки превратить в железный лом.

Лом, между тем, копился на полях сражений в виде наших танков. Наступление! В июле-августе радовались победным сводкам и перечню освобождённых городов. Города были не бог весть какие, Юлик их не знал. Но вот освободили Таганрог, а уж этот приморский город Юлик знал, там Чехов родился. Было ликование.

И – похоронки. Месяца после Курской битвы хватило, чтобы творчество политруков достигло адресатов, все эти *"Ваш отец (сын, брат) пал смертью храбрых..."* Местное русское население и эвакуированные потери выплакивали в домах. Не то аборигены. То в одном дворе, то в другом поднимался рёв. Дошла очередь и до Песочной. Айша, жена Мамеда, ревела и каталась по земле: младший брат! Вечером мама с Галкой пошли выразить соболезнование. Сергей мрачно приложил руки к груди, но в хозяйскую половину не пустил. Женщины голосили в дальних комнатах.

В сентябре после этого ночью зашумело в коридоре. Мама выглянула и увидела мешки с зерном, летний урожай с участка. Сергей и Мамед копали яму. Пол в коридоре был земляной. Сергей поднял глаза на маму и приложил палец ко рту. Мама кивнула и закрыла дверь. Яму присыпали, утоптали землю, накрыли досками.

В сентябре зазвучали названия, знакомые даже не игравшим в города тупицам: Дебальцево, Енакиево, Макеевка, Сталино! Да что там – Ялта, Нежин. Нежин! Это почти Киев! То и дело звучало – Киевское направление. Всё чаще звучали приказы с благодарностью *"всем руководимым нами войскам"*, салюты и – *"Вечная память героям, павшим в боях за свободу и независимость нашей Родины!"*

В октябре события пошли лавиной. Арон оформил брак с девочкой-сиротой, двинулось из Намангана в родимый Харьков пехотное училище, Арон с училищем, с папашей и Гришка... Пришёл проститься. Тетя Лиза кормила его дерунами, а они с Юлькой вспоминали разные дела: как дрались с узбекчатами и удирали от их старших братьев, как прорывались в кинотеатр "Арс" без билетов на "Тринадцать", на "Ураган", ух, классный фильм, как ловили, вялили и ели мальков у Сая, как убили гадюку, Гришка нечаянно на неё наступил на железнодорожном полотне, она зашипела и кинулась на него, Юлик успел ткнуть её палкой в хвост, она кинулась на него, её ударил Гришка... Потом на палках принесли разорванный пополам трофей деду-бахчевику, и он за гадюку кормил их дынями и арбузами и с собой дал столько, что еле унесли.

На прощание, конечно, поссорились.

Мама задержала Гришку на пороге:

– Винтовки... Скажи папе – я не хочу оружия в доме.

– Я заберу, теть Лиза!

– И понесешь через весь город? Этого мне не хватало! Скажи папе, пусть сам придёт за этим добром.

Арон явился вечером, когда на хозяйской половине всё уже утихло. Юлик увлеченно перевирал маме Оськины вопросы из "Кондуита и Швамбрании" – о городовом, как он стукнул каблуками, гаркнул "Честь имею!", ему вынесли чарку водки и рубль, и Оська спросил: "Это он пришел честь продавать? За рубль?" И про кошку: "А наша кошка тоже еврей?" Маму это не рассмешило, она лишь горько прижмурила глаз.

Тут и явился Арон, хлопнул пилоткой о стол, сел.

– Лиза, дай напиться.

– Компота хочешь?

– Для Юлика держи. Дай воды. – Мама наполняла стакан кипячёной водой. Арон отрывисто спросил: – От Руни ничего?

Мама помотала головой.

Арон хлебнул воды, посидел с закрытыми глазами, закачался и негромко запел:

Снова годовщина.
Три любимых сына
Не стучатся у ворот.
Шлют нам телеграммы,
Как там папа с мамой,
Как они встречают Новый Год?

Ну, завёл волынку, подумал Юлик. Любимая его песня, то и дело повторяет имя – Роза. Не пьян. Он не пьёт. Расстроен.

Налей же рюмку, Роза, ведь я с мороза,
А за столом сегодня лишь ты да я.
И где ещё найдёшь ты в мире, Роза,
Таких детей, как наши сыновья.

Мама Рунечки и Гришки, любимая Лизина сестра, умерла от абсцесса печени весной сорок первого. Умирая завещала: "Лиза, позаботься о детях". День, когда тётя Роза умерла, Юлик не забудет. Такой он маму никогда больше не видел.

Теперь мама отвернулась, лица её Юлик не видел.

Сёма – тот летает, он бурю обгоняет.
Сёма мальчик молодец.
Летает за границу, а то на полюс мчится,
Полюс ему ближе, чем отец.
И если шум мотора в небе ясном
Тебе в квартиру, Роза, ветер донесёт,
То знай, что это, Роза, сын наш Сёма
К родному дому направляет свой полёт.

Юлик эту песню терпеть не мог. Такая примитивная! И такую вызывает тоску... По тёте Розе. Теперь и по Рунечке. Тётю Розу он очень любил, она была ласковой и ровной, в отличие от других сестёр мамы, нередко порывистых, даже язвительных. Он всё равно их любил, но тётю Розу больше всех. И мама её любила больше всех сестёр и братьев, они дружили с детства, даже свадьба у них была совместная – из экономии. От Рунечки и так давно нет писем, а тут ещё песня, унылая, несомненно еврейская, хоть еврейскости её объяснить Юлик не мог.

Интонация... И эти сыновья... Поют себе со сцены, что-то там изобретают, куда-то летают, а родители сиротливо их дожидаются и восхищаются. Чем? Невниманием? Заброшенных родителей так было жалко! Рунечка не такой. Гришка – ну, тот да. Сколько нервов он тёте Розе испортил драками и отметками в школе. А Рунечка школу окончил с отличием, в московский институт принят без экзаменов... Знал, что радует маму. А если кому-то в морду дать, так тоже без задержки! Он не заставил бы родителей тревожиться. Почему же он не пишет???

Лиза сидела, опустив голову. Вспомнил о Розе... Изменял ей направо и налево, а теперь... Ну, да, девочка, с ней он вытворяет в постели то, чего с женой не мог себе позволить. И что? Возвращается с работы – есть с кем поделиться? Рассказать о делах, получить дельный совет? Поёт!

Арон допел песню и сидел за столом, опустив голову.

– Лиза, он убит, – с жутким спокойствием сказал он, вдруг трахнул кулаком по столу и завыл.

Юлик задрожал.

– Возьми себя в руки! – крикнула мама. – Что ты болтаешь? Чего каркаешь?

– Наступление! Вы представляете разве – какой ценой? – бубнил Арон. Встал, одной рукой опирался на стол, другой нахлобучивал пилотку на лысую голову. – Ну, мне не пишет... Но тебе, что, не написал бы, если бы?.. Гале?.. Давай эти ружья...

Мама раздражённо дернула головой, указывая направление. Арон отодвинул занавеску, взял ружья, торчавшие в нише над чемоданами, две мелкашки Тульского оружейного завода, и просительно глянул на свояченицу. Лиза сдёрнула со стула и сунула ему посудное полотенце. Арон завернул ружья в полотенце и остановился у двери.

– Дашь знать, если вдруг весточка?

– Ну, а ты как думаешь? – раздражённо буркнула мама.

– Пиши – Харьков, пехотное училище, мне. Дойдёт.

Лиза кивнула. Арон шагнул было к ней, она не шевельнулась. Он взъерошил чубчик Юлика и вышел.

– Береги Гришу, – бросила вслед мама. – Ближе у тебя никого нет. И не будет.

Арон – уже почти из-за двери:

– Лиза-а, ай, что ты болтаешь! – И махнул рукой.

Захлопнул дверь, а мама села, сморщилась, и Юлик с ужасом понял: хоронит Рунечку!

Отъезд Гришки стал второй потерей Юлика. Первой – Галка. Война клонилась к победе, и мама отпустила её в Москву. Галка влюбилась в химию, в предмет до той поры ненавистный. Преподавала химию педагог-популяризатор, класс влюбился в химию и в химичку. Галка, первая ученица класса, остановила выбор на главном химическом вузе страны, Менделеевском, Московском химико-технологическом. Уехала с москвичами Брусиловскими, Майя была ближайшей Галкиной подругой. Мама удостоверилась: у Галочки на первое время будет приют и возможность оглядеться. Отец Майи, главный бухгалтер Детгиза, пообещал снабжать Юлика книгами.

Уехали – и утихшая малярия Юлика тут же вернулась. Да как! Оказывается, до сей поры болезнь его щадила.

Весной, в первом классе, когда предательница Лорка покинула его, около одиннадцати по чётным дням он поднимал руку. Учительница кивала. Девочка Анисья, соседка по парте, бесцветная, как вода, и такая же послушная, уже давно жалостно поглядывала на него, а последние минуты то и дело робко трогала его руку. Но лишь после кивка учительницы он хватал свою сшитую из дерюжки сумку и бросался бежать. Бежал по жаре, но жарко не было. Бежал сквозь тяжкий запах бойни, которого в обычном состоянии не замечал. У маслобойного завода видел умерших от голода и отводил глаза. Спешил, зная: поставит кружку с водой у кровати, хлопнется в постель – и градусник покажет тридцать девять с половиной. Будет жарко, в приготовленную миску с водой он обмакнёт тряпицу и положит на лоб. Потом станет холодно, озноб будет вытряхивать душу, не помогут наваленные одеяла и пальто. Температура будет сорок один, но выше не поднимется, к вечеру упадёт до тридцати шести или ниже, и он, как земля росой, умоется холодным по́том и будет лежать увядшим цветком, полумёртвый от головной боли, безразличный ко всему, но в сознании того, что приступ позади, он уже не один, дома Гришка и Галка, скоро придёт мама, а головная боль к ночи утихнет...

К лету лошадиные дозы хинина и акрихина подействовали, и он забыл о малярии. И вот...

Приступы и теперь пошли через день, но не было уже Галки. Школа мужская, жестокая, не было и сердобольной Анисьи. Клавдия Ивановна, новая учительница, сразу выделила Юлика и поручала ему читать вместо неё. В дни приступов, не прерывая урока, делала ему знак, он срывался и бежал. У него, опытного малярика, дома всё было готово. Хватал градусник, на табурет у постели ставил кружку с водой, плошку с тряпкой для компресса, укладывался, укрывался... Стадию с температурой тридцать девять с половиной переносил шутя. За сорок начинало колотить. В сорок один наступал такой жар, что кожу сбросить хотелось. В сорок один с половиной снова колотил озноб.

Весной такой высокой температуры у него не было.

Температура падала, но вступала головная боль – такая, что хотелось умереть. К ночи выползал к столу, глотал у керосиновой лампы присланные Галкой детгизовские книги. От "Вечеров на хуторе близ Диканьки" в дни без приступов хохотал так, что смеялась и мама, хоть ей было не до смеха. Полина Павловна, дантист из Кривого Рога, добродушная, полная, снимавшая с дочерьми и суровым старым мужем, тоже дантистом, богатый соседний дом, предупредила: болезнь в опасной фазе; если Юлика серьезнейшим образом не лечить, он умрёт.

Умрёт?!.. Лечить – как?

Сменить климат. Уехать.

Уехать? Куда?

Словно блюдя авторитет науки, при новом приступе в начале ноября Юлик впервые за все годы потерял сознание.

Мама в дни приступов возвращалась пораньше. В тот день, войдя, увидела Лорку. Над распростёртым, мечущимся Юликом она встряхивала влажную тряпочку и протянула маме градусник. Столбик ртути достиг отметки 42°.

– Бредит? – Лорка помотала головой. – Как ты узнала? – Лорка лишь плечами пожала.

Сидели молча. Лиза не отрывала глаз от Юлика. Лорка хрипло сказала:

– Тёть Лиза, его мочой надо поить.

– Что? – Лорка молча кивала. – Что ты говоришь, глупенькая? Какой мочой?

– Его мочой. Процедить – и в чай. Шоб не знал. Утром соберёте, вечером ему в чай. А в утренний чай вечернюю. Ну, там, сахарину побольше...

– Кто тебе это сказал? – устало спросила Лиза.

– Тёть Лиза, узбеки ведь не болеют. И хину не глотают. А вы думаете – почему?

Мобилизовали Янечку. Ему ещё не было восемнадцати. В военкомате сказали: в училище направляем, к восемнадцати обучится! Юлик с ним не простился, очухался от приступа. Мама от Мани вернулась мрачнее ночи. У Юлика плакать не было сил, завыл. Янечку он любил ужасно.

Седьмое ноября началось приступом прямо с утра. К вечеру температура упала. Юлик тупо глядел в темнеющее окно, когда с соседнего двора раздался истошный, с визгливыми какими-то нотками, вопль: "Лиза! Лизочка!" Вдоль дувала бежала с этим криком невидимая Полина Павловна, мелькнула на ступенях, ворвалась в комнату, ещё не произнесла ни слова, как мама бросилась к ней, они обнялись, заплакали, и Юлик понял: Киев! Плач взрослых сказал ему всё – и о бабушке, и о дяде Иосифе... Значит, взрослые знали! Знали и скрыли от него, что ещё в ноябре сорок первого в "Известиях" была статья о Бабьем яре, после которой дядя Исаак кинулся в военкомат, а с ним и папа...

Было ликование, ужин, и Юлик что-то жевал, у Клингерманов всегда было вкусное, и такое торжество переполняло его!.. Даже подковырок ровесницы Ленки не замечал. Киев – наш!

И мама... Молчаливая мама разговорилась:

— Как бедный Иосиф убеждал меня не ехать! Немцы — культурный народ, вот твой шанс, Лиза, встать на ноги, открыть собственное дело, Гитлер за восемь лет не мог превратить немцев в азиатов... Не верил пропаганде, ни единому их слову...

— Как им верить?! — каркнул Клингерман. Чуть ли не впервые Юлик услышал его голос. Кому — им? Фашистам, конечно!

Бабушки и дяди Иосифа больше нет... и никогда-никогда их больше не увидеть, не обнять? Как это???

Даже неудобно вспоминать, как перед самой войной мамой с папой засиделись на Малоподвальной, и он сказал, что хочет спать и заночует здесь. Родители уехали, ему приготовили мягкую постель на диване, все улеглись, а он вдруг раскапризничался, запросился домой, и дядя Иосиф встал с постели, оделся и трамваем отвёз его на Артёма, спокойно, без упрёка, а там ещё сидел, беседовал с родителями...

Бедный, добрый дядя Иосиф...

Ну, Адольф окаянный, так вот же тебе! Затеял войну, сссука? А война — священная! Гнилой — фашистской — нечисти — загоним — пулю — в лоб! Пусть — ярость — благородная, сука ты этакая, вскипает — как — волна! Ещё не то будет! Ещё и в Берлине своём ты скорчишься, гад вонючий, со своими Геббельсами и Герингами!

Наутро примчался Мишка, крутился юлой:

— Киев взяли, Коростень возьмут, мы вернёмся домой!

Юлик едва дождался прихода мамы:

— Мам, поехали в Киев!

— Сыночек, нас не пустят, для этого нужен вызов.

— А Мишка уедет, как только Коростень освободят.

— Семьям фронтовиков вызов не нужен.

Впервые Юлик пожалел, что папа не на фронте.

Следующий приступ был особой силы. Повязки на лбу Лорка меняла поминутно. Юлик метался, бредил. Пришла мама, и Лорка ушла, сдавленно сказав: "Не хочу видеть, как он умирает..." Сознание включилось, Юлик увидел себя сидящим, спиной опирался о стену, мама стояла перед кроватью на коленях: "Сыночек, что ты говоришь?!" Он услышал свой голос: "Уходи, я тебя не люблю, уходи, я тебя не люб!.." И — запнулся. Мама по глазам увидела, что он очнулся, но такой страх был в её взгляде!.. Сыночек в горячечном бреду, сидит, привалясь к стене, и говорит такое маме, которую больше жизни любит, о которой молит Бога, не зная Его и не пытаясь представить, молит, чтобы с мамой ничего не случилось. К её приходу в дни, когда нет приступа, за полтора километра тащит с маслобойного завода тяжелые плиты жмыха, моет пол, колет щепки, складывает в печурке дрова и ждёт: мама придёт!.. он обнимет её, вдохнёт её запах!.. а вечером уснёт, крепко обняв её впалый живот... И несёт такое — "Я тебя не люблю"?

Он сполз на подушку, и мама засуетилась:

— Я вымою пол, сыночек, тебе легче будет дышать.

Она мыла пол, он глядел с кровати. Со стороны ног надвинулся чёрный мешок, поглотил и захлопнулся перед лицом...

Очнулся оттого, что ему яростно тёрли виски. Увидел маму с искажённым лицом и Полину Павловну. На мамин вопль эта полная женщина примчалась, как дежурная. А ведь ей, чтобы попасть к Плонским, надо было обежать половину периметра двора. Успела, да ещё с одеколоном, его в то время у Плонских не водилось. Значит, ждала чего-то подобного...

Резкое падение температуры вызвало глубокий обморок.

Потом уснул. Когда проснулся, мама и Полина Павловна всё ещё сидели за столом. Долетали обрывки фраз: *эта девочка... народное средство... терять нечего...*

Пили чай. Он был невкусный. Юлик отнёс это за счёт приступа. Чай и утром показался противным, но вылить его и набрать другой мама не позволила, лишь бросила в стакан ещё крупинку сахарина.

Школу после этого приступа Юлик не посещал с неделю. Лорка сидела с ним, обыгрывала в дурака – его-то, все карты помнившего! Он сердился, она смеялась, говорила, что колдует, вот карта ей и идет. Приступы не прекратились, но ослабели, а в декабре совсем стали плёвые, температура и до сорока не дотягивала. Тут Юлик обратил внимание, что Лорка покашливает.

— Ты чего? Горло полоскать надо. Содой, солью.

— Не, это не горло, это так... Ладно, я пошла.

И – снова плач на усадьбе. Сергей не подлежал призыву по возрасту. Любимца Собира оча выкупила, а на работягу Мамеда поскупилась или денег не хватило. Пришла повестка. Айша рвала на себе волосы и ревела страшным голосом. Оча вопила. Собир вполне по-русски хлопал Мамеда по плечу. Сергей и Азат пошли проводить брата в военкомат.

Так завершился год.

Победный сорок четвёртый

Жизнь текла в ожидании писем и вестей о письмах – от Рунечки с фронта, от Янечки из училища, от Лизиных сестёр о мужьях, от папы (его перевели служить в милицию), от Галочки. В институте не было таких одарённых педагогов, как химичка. Галочка остыла к химии, перешла в медицинский, увлечённо занималась – до первого посещения анатомички, там сомлела и буквально на другой день перешла в библиотечный, к Майе. Комнату сняла в центре, у Дома Советов. Писала регулярно. Её прекрасный почерк даже Юлик разбирал без труда. Присылала посылки с книгами. Юлик зачитывался академиком Обручёвым. Плутония, Земля Санникова – дивный затерянный мир! В мире книжного обмена он стал равноценным партнёром.

В январе... да, в январе... чуть ли не в день рождения Рунечки... ему должно было исполниться двадцать...

Рунечка, неужто в день рождения твой?..

...хмурый старик-почтальон сунул конверт. Юлик онемевшими руками вскрыл... *Извещение. НКО, Войсковая часть, полевая почта №... Ваш племянник Рувим Радомысельский пал смертью храбрых в боях за Родину, поднимая в атаку взвод автоматчиков. Похоронен на западной околице дер. Сосновки...*

Как палкой по голове. Душа отлетела, помертвевшие пальцы сжали извещение. Долго сидел оглушённый, ожидал возвращения души в бесчувственное тело...

Пал смертью храбрых... Да как ещё Рунечка мог пасть...

Затолкал извещение в конверт, как будто это могло отменить происшедшее.

Мама откроет... Что будет?

Мама не открыла, стиснула конверт обеими руками. Лицо окаменело, но она не заплакала. Юлик так и не видел, когда она читала извещение.

Уехал Мишка. Притом, что Юлик ожидал этого едва освободили Коростень, тяжело ему дался Мишкин отъезд. Они расстаются! А Мишка сиял: домой! Прощались у хауса. Мишка клюнул Юлика в щеку. Юлик угрюмо пожал ему руку и сунул главную свою ценность, сердечко с кинжальчиком. Следующие дни был сам не свой.

Где-то с весны он с полным убеждением перестал чувствовать себя *равным среди равных*. Его не дразнили, речь Клавдии Ивановны помнилась в классе, но он понимал, как зыбка защита и как глубоко – и всё глубже! – въедается тезис *Иван на фронте воюет, Абрам в Ташкенте торгует*. С отъездом Мишки он всецело погрузился в чтение.

Приходила Лорка, листала присланные Галкой книжки, всё больше картинки смотрела, покашливала. Книжки копились – Короленко, Лермонтов, Чехов, Толстой, книги о художниках, об огородничестве, о науке... "Рассказы об элементах", ух, классная какая книга! Её Лорка читать, конечно, не стала, зато от "Детей подземелья" залилась слезами. И Юлика тронула повесть, но не реветь же.

— Ты чего? — сердито сказал он.

— Это про меня-я-я! — в открытую завыла Лорка и закрыла нос ладонью.

Вечером пришла мама, и Лорка ушла. Юлик разливался об успехах Украинских фронтов — в тот день войска Первого Украинского взяли Винницу. Но о Лорке не забыл. Мама нахмурилась. На другой день вернулась с двумя кошёлками раньше обычного.

— Пойдём, навестим Лору.

Он радостно схватился со стула.

Где живёт Лорка, он знал, но не был у неё ни разу. На Ахунбабаева, у развилки на Песочную и маслозавод четыре барака стояли лицом друг к другу, перпендикулярно к улице, на которую выходили боковой стороной, серой и безоконной. Бараки можно было миновать, не заметив, если бы не развешенное на верёвках бельё, корыта на табуретках и возившаяся на земле малышня. Пыльные акации не оживляли этот квартал, жилище рабочих маслозавода и бойни. Лорка с матерью жили во втором правом бараке, в самой дальней от улицы комнатушке.

Мама приветливо здоровалась с женщинами, стряпавшими на печурках между бараками. Они кивали в ответ, но глядели отчуждённо. Плонские были людьми из другого мира. Мама несла большую кошёлку, Юлик меньшую. Коридор уходил от входа в обе стороны. Двери через каждые три-четыре метра, все открытые. Разило керосиновым чадом, пригорелой едой. Юлик сморщился, мама глянула грозно: веди себя прилично!

Дверь в комнату Лорки тоже была открыта. Мама постучалась, и резкий женский голос сказал:

— Марусь, да входи, открыто же!

Мама вошла:

— Позвольте?

— Ой, кто это?

И тут же отозвалась Лорка:

— Мам, это Юлька с мамой.

— Мы без приглашения, извините... Меня зовут Лиза.

— Очень приятно! Нина. Это вы меня извините, я думала, это Маша, соседка. Не прибрано, я с дежурства. Да вы проходите, вот стул, а мальчика сюда... Лариска, постели клеёнку на стол.

Юлик огляделся. Кривой деревянный пол, две кровати, стол, табурет, венский стул, ещё табурет с миской под рукомойником, железная печурка, труба выведена в окно. От стены до стены метра три и столько же от двери до окна. Примерно то же, что и у них. Но у них два окна. У них печь во дворе. У них тихо. А здесь из коридора и сквозь перегородки любой звук слышен. И окно низко, у земли. Барак без крыльца, ни единой ступеньки...

— Спасибо, не беспокойтесь. Детям, наверное, скучно будет слушать наши разговоры...

— Лариска, погуляй с мальчиком. К речке сходите...

Лорка сидела на кровати. Ноги поджаты, голова опущена, волосы свешивались по сторонам лица. Клеёнку не постелила, но на второе распоряжение отозвалась мигом — молча натянула телогрейку и вылетела вон. Юлик плёлся следом, чуя недоброе. Между бараками прошли на Ахунбабаева до моста через Сай. Юлик ловил Лоркин взгляд, она отводила глаза. Спустилась к реке, села на гальку и стала швырять камешки в тихое русло, Сай здесь разливался и затихал.

— Ты чего? — робко спросил Юлик.

— Ничо! — фыркнула Лорка. — А ты чо? Тебе какое дело?

— Чего-о? — удивился Юлик. — До чего дело?

— Ни-до-че-го! Дурака не валяй!

— А я не валяю.

— Ты шо тёть Лизе сказал?

— Что — сказал?

— Дурак! — Юлик робко глядел на подружку. — Чо уставился? Што я плакала — сказал?

— Не-ет! — убедительно соврал Юлик. — Ничего я такого не говори-ил!

— Не говори-и-ил! — передразнила Лорка. — Врёшь и не краснеешь. Приступ был?

— Да нет, уже давно нету.

— Маму слушать надо!

— Я и слушаю. А ты чего не слушаешь? Тебе мама велела стол застелить, а ты...

— А я сама знаю, чо делать. Сиди и молчи!

Сидели, швыряли камешки, стараясь попасть в то же место. Лорка смеялась всякий раз, когда её камушек падал туда, куда попал Юлик и откуда расходились концентрические плавные круги. Юлику удивительно стало хорошо. Впервые после отъезда Галки и Мишки он не испытывал одиночества. За полчаса часа они с Лоркой не перекинулись ни словом, но ему так было спокойно, как не бывало с поры, когда ходил в детсад и проводил время с лучшим своим другом Шуркой Волковым. Он хотел рассказать Лорке о Шурке — какой он замечательный товарищ, какая красивая у него мама, а папа танкист, командир...

Лорка вскочила:

— Идём! Хочу снежную гору посмотреть.

Пошли вверх по течению Сая, на излучину, к железнодорожному мосту. Закат был ясный, и с излучины открылась на востоке угасавшая на сухой небесной синеве далёкая, за сотню километров, а то и больше, снежная вершина. Купол розовел, но сиреневый сумрак от подножья уже разъедал розоватую, даже издали прохладную белизну и наконец поглотил её всю.

– Красота! – Лорка взяла его за руку. – Идём.

Вернулись в темноте. Посвежело. Мамы сидели за столом. По всему было видно, что появлению детей рады. Лоркина мама заваривала чай. На столе лежали буханка хлеба, масло и мёд – всё из Лизиного приношения. Лоркина мама разлила чай в две алюминиевые кружки и две пиалы, а Лиза нарезала хлеб и густо намазала два куска маслом и мёдом – для детей. Юлик отхлебнул чай и назидательно сказал:

– Ма, а у них чай не солёный!

Лоркина мама охнула, Лорка опасливо наклонила голову, но Юлик глядел на маму и ничего не заметил. Мама объяснила: здесь вода из городского водопровода, а в их арыки проникает вода с минеральными удобрениями из Ферганского канала, поэтому она солёная. И перевела разговор на другое.

Уходя, сказала:

– Нина, побольше жиров...

– Лизочка, поняла! Спасибо! Как же я вас отблагодарю?!

– Хорошими новостями. До свидания.

Теперь он навещал Лорку ежедневно, а по вторникам с мамой и с сумками. Играли в карты, ссорились, а потом Лорка уводила Юлика глядеть на гору. Если пытался разговаривать, брала за руку и прикладывала палец к губам. Гора её завораживала и странные какие-то мысли будила. Однажды сказала:

– Захочешь побыть со мной, когда умру – иди туда.

Если у неё бывал жар, мамы разговаривали и готовили ужин, а они играли в "морской бой" или в карты. Лорка всегда выигрывала, Юлик злился.

Мама после этих визитов возвращалась в задумчивости. Однажды спросила у Юлика, кто отец Лорки. Он не знал. Об отце Лорка не упоминала, а о матери говорила снисходительно, как старшая.

Жизнь между тем шла своим чередом.

В январе хозяев обыскали. Поздно вечером пришли два милиционера и с ними люди в халатах и четырехгранных тюбетейках с узором в виде больших запятых. Под присмотром милиционеров люди в тюбетейках копнули раз-другой в коридорчике у входа. Лопаты стукнули о доски. Подняли доски, вынули мешки с пшеницей. Сергей стоял с каменным лицом. Такой-сякой, скрыл хлеб от фонда победы! С зерном увезли и его. Вернулся утром злой и молчаливый. Семья зажиточная, вызывает зависть... Кто донёс? Лиза? Ей зачем? Она на своих ногах стоит крепко. Донесли завистники-соседи, нищие бездельники. Проследили завоз мешков. Спрятать зерно можно лишь под крышей, там сухо. Сразу за порогом – земля, вот и копай. Не нашли бы – копали бы в подвале...

Вечером под дверью Плонских поднялся ор. Оча бесновалась, визжала, желала быть услышанной. Сергей её урезонивал, потом заорал на мать, пытался увести.

– Переводи! – велела мама.

– Она кричит, что это мы их выдали. А Сергей говорит – это Садыковы. Ругает её... уговаривает уйти...

Дверь вдруг распахнулась, в проёме встала оча, всклокоченная, глаза бешеные, рот распялен в крике, брызжет слюной, вцепилась в косяк, Сергей тщетно пытался её оттащить.

– Переводи! – снова велела Лиза.

– У евреев с немцами счёты, – заспешил Юлик, – почему узбеки расплачиваются за евреев...

Лиза забыла об осторожности:

– Все не за евреев расплачиваются, евреям просто хуже всех, а за политику Сталина!

К счастью, оча её не понимала, а Сергей был занят, силой оттаскивал от двери озверевшую мамашу.

Вернулся пристыженный, неудобно скашивая голову.

– Извини, Лиза...

– Ты тоже думаешь, что это я?

– Да нет! – Цедил с досадой, опустив глаза. – Мамеда мобилизовали, работать некому, она злится... Соседи сволочи, что делать... Ругаться? Живем рядом... А ты съедешь – так и с соседями мир... Понимаешь? Ты хороший человек, Лиза, должна понять...

Пришлось искать квартиру. А они так сжились с Клингерманами! С февраля сорок второго с ними прошла самая жуткая пора войны. Знающие врачи, сердечные и интеллигентные люди... И вот, расстаться по глупому недоразумению...

Лизе было ясно: надёжные соседи в её положении – не вопрос развлечения, а залог выживания.

Аборигены-узбеки к марту сорок четвёртого отремонтировали все принадлежащие им развалюхи. И уже вовсю шёл отток беженцев, они следовали за армией. Теперь в Намангане вдоволь было достойного жилья.

Но Лиза искала не удобства, а соседство.

♦

Если от Куриного рынка идти налево, оставляя его за спиной, второй поворот направо выводит на улочку. Начинается она пустырём с котлованом, выкопанным некогда под хаус, но так и не заполненным водой. Прячась в котловане, Юлик ходил здесь в атаку в одинокое лето сорок четвёртого. Мишка уехал, ровесников-евреев не было ни в классе, ни в соседстве, а дружба по национальному признаку стала вынужденной. Воевать пришлось в одиночку. Если всех фрицев уничтожить не удавалось, он бросался в рукопашную и подрывал оставшихся вместе с собой последней гранатой. Потом плёлся домой.

Напротив пустыря тупичок. (Значит, от Куриного рынка это вторая улица направо и по ней первый поворот направо...) Калитка, последняя слева, вела в Г-образный двор, но Г перевернуто было и обращено короткой палочкой влево. Эта короткая палочка перевернутого Г, зажатая между высоченным дувалом и глухой стеной соседского дома, упиралась в хижину. Дверь вела в комнату-кладовую, из неё, налево, в жилую комнатку с двумя окошками и низким потолком. Пол и потолок земляные. Конура. Преимуществом жилья был арык, протекавший через кладовку, этакий естественный кондиционер, летом увлажнявший сухой воздух и существенно снижавший температуру в хижине.

Длинная палочка перевернутого и зеркально отражённого Г была садиком с двумя деревьями, ореховым и персиковым. В конце стоял дом, крыльцо на три ступени в кухню и две комнаты по два окна в каждом. Полы деревянные. Эти хоромы с мужем Калманом и сыном Борей снимала Поля Кудиш, подруга и сотрудница Лизы. Соседство и обусловило Лизин выбор.

Вечера наполнились. Чаёвничали у Кудишей. Они славные были люди. Калман, высокий, худой, ироничный, лет на двадцать старше маленькой, кругленькой Поли, жену боготворил, хоть и посмеивался над вечной тревогой о старшем сыне Миле, лейтенанте-артиллеристе, скрывая за хохмочками собственную тревогу. Восемнадцатилетний Боря работал. Это потом он стал светилом медицины, лучшим кардиологом киевской "скорой", а тогда был токарь, юноша, увлечённый филателией. И Юлика увлёк. Зря...

У Юлика с Борей сперва не всё шло гладко. Юлик грешил красивостями, это было оборотной стороной прожорливого и бессистемного чтения. Любимые его словечки в то время – не всегда уместно – были *кстати* и *между прочим*. Как-то за чаем сидевший в сторонке Боря, не отрываясь от альбома с марками, бросил в ответ на какую-то реплику Юлия:

– К сведению присутствующих... По-древнегречески *прочим* – это ноги. *Между прочим* – значит, между ног.

Все засмеялись. Юлик покраснел, но с того дня проникся такой неприязнью к обороту, что избегал его и в зрелом возрасте. *Кстати* осталось, но – впрямь кстати.

А ещё однажды Юлик сказал, что мальчишке, неряшливому в обращении с книгами, дал читать "Белеет парус одинокий" *скрипя сердцем*. Артикуляцию ему ставила Галка, окончания слов он произносил чётко, ошибиться в обороте было нельзя. Взрослые пропустили это мимо ушей, Боря рассмеялся:

– Скрипя сердцем? А также печёнкой и селезёнкой? И как же громко ты им скрипел?

– А что тут такого? – взвился Юлик.

– Так не говорят, – под одобрительное молчание взрослых, пояснил Боря. – Сердцем не скрипят.

– Но говорят же – *со скрипом*, если что-то не получается! – не сдавался Юлик.

– То другое. Скрипит не смазанное. А то, что ты хотел выразить, происходит от *скрепя сердце*. От *скреплять, укреплять*.

Опять пришлось краснеть и шмыгать носом.

Продолжалось великое перемещение обломков семей, и продолжалось активное Лизино в этой драме участие. Наманган уже в сорок втором распух до размеров, какие ему и не снились. Когда генерал Скобелев в 1875 году присоединил входивший в состав Кокандского ханства Наманган к России, население города состояло из узбеков, каракалпаков и таджиков, чуть разбавленных бухарскими евреями и меньшинствами соседей – казахов, туркмен, уйгуров. Зато после покорения Россией здесь охотно стали селиться служивые из российской глубинки, привлечённые мягким климатом и плодородием земли. Наманган до завоевания, с сотнями его мечетей и базарами, был городом ремесленников и мудрецов-толкователей ислама. Ремесленников при советской власти поубавилось, как и толкователей ислама, базары не пострадали, а вот мечетей всего три на весь город осталось. Население до ста тысяч не дотягивало, а в войну превысило полмиллиона. И совсем новый явился этнос. Началось с переселения в Узбекистан корейцев Дальнего Востока. Интеллигенцию корейскую перестреляли, и военных заодно (тридцать седьмой!), люд попроще швырнули сюда. В войну хлынула волна беженцев с западных границ, и на базарах зазвучала еврейская и польская речь.

Из польской армии генерала Андерса с её неистребимым антисемитизмом евреи перетекали в польские части в СССР. Из Ирана их выпускали свободно, но ни питанием, ни, похоже, даже проездом к местам формирования не обеспечивали. Эти некогда холёные мужи были беспомощны, как стал бы беспомощен Калман без своей Поли. Он за скудную зарплату служил зам главбуха в артели, по сути, главбухом, но подачки, которые шеф-татарин находил достаточными, дабы зам помалкивал о его махинациях, вряд ли позволили бы Калману выжить.

В войну добытчицами стали женщины, без них мужчины делались голодранцами. Шляхетные польские евреи в голодранстве побивали рекорды. Объедки подбирали вовсе не в переносном смысле, но сражали изяществом манер, целованием рук и звучной речью, щёлкающей, скрежещущей. Мама её понимала, Юлик – ни слова. Поляков мама опекала ещё с Песочной, и он с ревнивой неприязнью следил, как изящно эти аристократы уплетают мамины яства. А мама им ещё и деньгами на билеты помогает!

Помогала – *скрепя сердце*. Знала, что билеты были туда, откуда немногие выйдут живыми...

Оседлая часть населения, узбекская и русская, сторонилась приезжих и уединялась в своих кибитках при клочках земли. Партией и правительством местное население было мудро и успешно разобщено. У приезжих для выживания был один инструмент – община. Первыми сплотились сосланные корейцы – и стояли друг за друга стеной. Объединялся и иной этнос, попавший сюда в силу обстоятельств или сосланный из родных мест. Эвакуированные евреи к коллективизму не были склонны, но всё же составилась какая-то группа при синагоге, подпольной, конечно, коль скоро здесь даже мечети позакрывали. В рамках этой общинной программы и оперировала мама, в общине информацию о страждущих получая, а там уж действуя по своему усмотрению и не обязательно в рамках...

Благотворительность безмерно осложнялась, когда объектами её становились сироты. Одно дело накормить солдата и обеспечить деньгами на билет, совсем иное сироты. Добравшись до места, солдат поступает под опёку армии. Сироты добираются до места и – остаются сиротами.

Сирота в войну, вот невидаль! Явились дети из Житомира, отец убит, посмертно представлен к званию Героя, мать умерла. Остались редкой красоты девочка четырнадцати лет и мальчик, ровесник Юлика. Рвались в свой Житомир и уже в начале пути застряли в Намангане. Мама их приодела и основала фонд. Добраться до Житомира – не шутка. В среде, где собирала деньги, Лиза объясняла: девочка в разорённом Житомире не сразу найдёт работу, а деньги там дёшевы. В военкомате Лиза добилась для детей пенсии, но, как и предвидела, равноценной примерно трём буханкам хлеба. Тогда она повела детей по домам. Не послала – повела. Под взглядами детей имущие скрипели, но трясли мошной. Три тысячи дал Наум. (О его сыне по-прежнему ничего не было известно, зато на сына Софы пришла похоронка...) Шама с Хинькой ещё в сорок втором переехали на Урал по вызову дочери, зато Исаак тоже дал, и немало, но как же орал потом на сестру, только что ногами не топал. Надо же! А в сорок первом разносил военкомат, требовал отправки на фронт... В итоге дети уехали с изрядной суммой. Плакали, не желали уезжать от мамы, целовали её, а заодно и Юлика, ни к чему не причастного, просто за то, что у него такая замечательная мама.

Ошибкой было бы полагать, что мамина благотворительность ограничивалась этнически. В отличие от большевиков, мама была интернационалист не на словах, а на деле. Притом, не рассчитывая ни на рас-

274

ширение сферы влияния, ни на аннексию прилежащих земель. Одновременно с Лоркой, тоже, кстати, не еврейкой, Лиза опекала семью блокадников. Их навещали по пятницам, и Юлик навсегда запомнил вес авосек, они нареза́ли ему пальцы до онемения. Профессор-историк, глава семьи, умер в блокаду, до Намангана добрались бабушка и мать с шестнадцатилетним Глебом, высоким, бледным юношей. Лиза включилась в борьбу с болезнью, знакомую ей не понаслышке: от туберкулёза в скудные тридцатые умер её любимый брат. Беспомощным петербурженкам она носила то же – муку, мёд, сало, картошку, фрукты. Старшие беседовали, Юлик, оглохнув и онемев, читал. Здесь иные были книги, Галка таких не достала бы. Вместо вещей ленинградцы привезли чемоданы книг. Глеб читал целыми днями и грустно над собой подшучивал: "Превращаюсь в Слово, которое было вначале". Мама принесла ему две пары носков. "Спасибо, Елизавета Рувимовна! Две пары!.. Так мне ещё жить долго!" Глаза у мамы в тот вечер были влажные. Юлик понял: повторила трюк с братом. Ему за неделю до смерти она принесла две пары трусов, и он взбодрился...

Глеб умер в апреле. Дома. В больницу его не отдали.

Ленинградцев продолжали навещать по пятницам, Лорку по вторникам. Юлик заболел и несколько дней пропустил. А в очередной вторник, постучав, они с мамой услышали мужской голос: "Входи!" В комнате мужчина в форме железнодорожника и женщина в платочке уставились на них, скорее, на сумки, которые они несли. Какая Лора? Комната освободилась, их вселили. Маруся-соседка пожимала плечами: Лоркина мама нашла работу с жильём, а где – она не знает. Лиза видела – Маруся отводит глаза, но делать было нечего. Юлик в тот вечер долго не мог уснуть.

Всё стало плохо. Река теперь была далеко. Раньше, оставаясь один, ходил на Сай, это был верный друг. Галька под железнодорожным мостом поставляла солдат. Крохотные лагуны были морскими заливами, противоположный берег – неведомой землёй. Он перебирался на пятачок, двинуться с него было некуда, но всё искупал вид на верховье реки, на поросшее деревьями предгорье, на появлявшуюся на закате таинственную гору... А теперь и с рекой он разлучён, и это оказалось нелегко.

Летом эта тяжесть сменилась иной: вернулась малярия.

Подстерегали беженцев и другие смертельные недуги – брюшной тиф, дизентерия... Мерами по соблюдению гигиены от них можно было уберечься. Не от малярии. Распространена была и однодневная лихорадка, тоже разносимая комарами, но краткая, попотач[*]. Странное слово, да и болезнь: бурная смена жара и озноба, выпотевание, слабость...

---

[*] Паппатачи – трёхдневная лихорадка, гриппоподобное инфекционное заболе-вание, вызываемое арбовирусами. Передаётся москитами. Распространено в субтропических регионах Восточного полушария.

Отличием было то, что приступ не завершался убийственной головной болью.

А ведь ещё весной так всё было хорошо. И вкус вернулся. Чай перестал быть солёным, он радостно доложил об этом маме. Сфотографировались вместе. Отослали фото Галке и папе. Мама в скромном тёмном платье с шалевым воротником, он в рубашке, в штанишках с помочами, в круглой ковровой тюбетейке на макушке. Оставшись одни, они сблизились ещё больше, хоть маму он и до войны дожидался в нетерпении, в войну ставшем лихорадочным. Щепки были наколоты и сложены домиком над куском газеты, пол вымыт, вода налита... Маме оставалось лишь поставить кастрюлю на огонь, но из суеверия печурку он разжигал лишь после её прихода. Глядел в темневшее над дувалом небо, на знакомую звезду, и про себя твердил заклинание: "Господи, сделай так, чтобы с мамочкой всё было хорошо и чтобы она пришла сейчас же!" И начинал отсчет. Отсчитывал до шестидесяти пять раз – и магическим образом мама являлась. А он лишь потом понял, что обладал внутренними часами, а мама была пунктуальна. Возвращение домой вовремя было для неё одной из центральных задач дня. Он целовал её жадно, по много раз и излагал сводку, открывшиеся возможности. Если левый фланг Первого Белорусского фронта и правый фланг Первого Украинского... А если притом Четвёртый Украинский... Мама слушала, думала о своём, было о чём думать, включая Юлика: умненький, оживлённый – и такой прозрачный! Но он болтал, она не была одинока.

Гулять теперь, после исчезновения Лорки и её мамы, ходили просто так, по улицам.

Мама познакомилась с городским судьёй, Марией Петровной, красивой, кудрявой, весёлой ровесницей. У Марии Петровны воевал муж, а сын учился в школе радистов. В её европейской квартире, в единственном на улице Ахунбабаева двухэтажном доме, днём приветливом, ночью тёмном и таинственном, был шкаф с книгами. Мария Петровна и мама подолгу разговаривали в одном конце комнаты. Юлик в другом конце копался в книжном шкафу и молил боженьку, чтоб мама с Марией Петровной калякали до утра: он нашёл кладезь мудрости – Большую Советскую энциклопедию. Мопассан и Золя были ему ещё неинтересны. Мария Петровна спрашивала Юлика о положении на фронтах и удивлённо качала головой.

Жизнь наладилась, казалось, они вне опасности и – опять?! Правда, температура выше сорока не поднималась, сознания Юлик не терял, но приступы через день с такой температурой и такой головной болью здоровья не прибавляли. От акрихина он пожелтел, от лихорадки и отсутствия аппетита позеленел – многообещающая цветовая гамма!

Лето не было жарким, и он изумился, когда мама однажды заявилась с базара в одиннадцать утра. День был нечётный, от малярии вы-

276

ходной, Боря работал во вторую смену, Юлик играл с ним в карты. Скрипнула калитка, он кинулся к маме, она его отстранила: неважно себя чувствует, приляжет на часок. Какое – на часок... Его намётанный глаз видел приступ. Через час мама уже бредила Галочкой, Руней, папой, а он сидел рядом, менял компресс на её лбу и продолжал с Борей нескончаемую партию в "тысячу".

И пошло: по нечётным мама – по чётным он. Бог их не оставил, не в один и тот же день. Всё же Юлику было легче, он не терял сознания. И в свободный от приступа день сидел возле мамы, а не торчал на солнцепёке на толкучке.

Пошли в ход настойки чёрт знает чего на чёрт знает чём, вроде рагу из кузнечиков на кунжутном масле и муравьёв в денатурате. Пили. Юлик с мамой всё пили. Снова чай стал солёным, ясное дело, от искажения вкуса. И снова он не узнал, что им помогло. Не то чтобы приступы совсем прекратились, но стали редки и трепали не так свирепо. Мама уже не впадала в беспамятство, а там и вовсе выздоровела – возможно, потому что ей надо было работать.

От Галочки, конечно, всё скрывали. Здоровы и – дело с концом. И она писала, что здорова, и старалась их позабавить. В начале лета описала поездку на дачу к Брусиловским.

К торжеству – первый за годы войны выезд! – готовились. Брусиловская-мама купила мясо и сготовила жаркое, классическое, с картофельными оладьями. Приехали гости. День выдался жаркий. Обедали за врытым в землю столом, в жидкой тени одинокой берёзы. После обеда Брусиловский-папа прилёг под кустом сирени на подстилку – отдохнуть в тени. Вставные челюсти положил возле себя, чтобы прополоскать перед чаепитием. Задремал. Позвали к чаю. Потянулся со сна, пощупал вокруг – нет челюстей. Шутники, подумал. Знают, что без челюстей он не человек. Или, возможно, жена прибрала. Тихо осведомился у жены, она недоуменно пожала плечами. Он решил, что это проделка его друга-шутника. Тот обиделся: такими вещами разве шутят? Поднялся переполох. Без челюстей не только есть было нельзя – говорить. Рот ввалился, язык болтался без опоры. Беднягу засыпали вопросами: наверное ли помнишь, куда положил?.. не в карман ли?.. на подстилку?.. или под подстилку? Он сердился, язык в пустом рту не находил слов. Перерыли на нём карманы. Обшарили и осторожно вытряхнули подстилку. Жуткие были высказаны гипотезы: в сортир не ходил?.. ну, оттуда и не достанешь! А сороки?!.. вороны?!.. В театральный бинокль осматривали деревья на предмет наличия вороньих гнёзд. Челюсти – да средства на них годы собирались! На новые пока накопишь, манной кашкой, что ли, питаться? А работа?! Ужас! Главный бухгалтер Детгиза, как с подчинёнными общаться? А с авторами, с заслуженными писателями земли советской?!

Может, в траве? Птички уронили или сам во сне рукой оттолкнул... Пошли к соседям за граблями. Чёрная дворняга злобно ощерилась у будки. С утра до вечера её свободу не стесняли, но перед закатом сажали на цепь. Взяли грабли, не без опаски миновали дворнягу, лизавшую какую-то свою дневную добычу, граблями прошли по всему травяному покрову сада. Челюстей не было.

Папа сидел потрясённый, с остановившимся взглядом. Мама гладила его руки. Подавленная Майя пошла к соседям возвращать грабли. Галочка сопровождала расстроенную подругу. У соседских ворот девушки замерли. Дворняга, наполовину высунувшись из будки, облизывала папину нижнюю челюсть. Она нежно розовела на фоне черной собачьей шерсти.

– Жаркое твоей мамы одобрено, – сказала Галочка.

Полчаса хозяева потратили на то, чтобы выманить из будки дворнягу и достать оттуда челюсть. Остаток дня превратился в праздник возвращённых челюстей.

Галочкино письмо с описанием этого дачного дня стало самым смешным эпизодом всего военного времени.

Осенью уехали родственники. Первой Маня. Ещё до её отъезда перестали приходить письма от Яника. Последнее было зловеще: "Мама, если тебе напишут, что я убит или пропал без вести, не верь этому". И – не стало больше вестей от добрейшего братишки. Младший пропал, старший боевой офицер... У Мани было право на литер, она вернулась в Киев. Дом на Малоподвальной уцелел. Соседка, умная и злая старуха Елена Акимовна, сказала, что Иосиф с тёщей ушли в Бабий яр.

Уехал Наум, увезя безжизненное тело – парализованную Софу. Как пересаживался с поезда на поезд, как ухаживал за ней в вагонах, пусть в пассажирских, даже в купейных – сей подвиг остался неизвестен. Его дом на Николаевской, в центре Киева, превратился в руину. Приютился он в коммунальной квартире, в комнатушке, всё достоинство её было в том, что хозяева не станут на неё претендовать, они ушли в Бабий яр.

Уехали Клара с Исааком и Танюшей. От их четырёхэтажного дома на Софиевской, второго от Думской площади, даже руины не осталось. Но Исаак из Намангана сумел через маклера найти квартиру на Подоле. Как добыл литер, осталось тайной, но нужные бумаги выправил и покинул наманганские малярийные веси. (Дань малярии в разной мере уплатили все, но Юлик с мамой побили семейные рекорды). Из Киева Исаак сообщил: квартиру Плонских занял мордоворот, его на порог не пустил: хозяева за квартиру не платят, а он платит в домоуправление, как положено, квартира теперь его, пусть о ней забудут. Мама Юлику не сказала, что дом цел, не то о возвращении в Киев он ныл бы непрестанно.

278

Ныл косвенно – Боре Кудишу за игрой в карты: говорил, как любит Киев.

– Да что ты знаешь о Киеве? Жилянскую знаешь? – Боря до войны жил на Жилянской. – Кузнечную? Евбаз? Куренёвку? Что ты вообще тогда знаешь о Киеве?

– Артёма, Сенной базар, Крещатик. Пляж знаю.

– Ничего ты о Киеве не знаешь, а скучаешь.

– А ты разве не скучаешь?

– Скучаю. Но я же его знаю!

– Какая разница... – вздохнул Юлик. – Облака одинаковые на всех улицах. И дождь, ветер...

Боря глянул удивлённо и больше знанием Киева не докучал.

Очухавшись от малярии, Юлик затосковал. У Кудишей радио не было, да Юлик и тревожить их не стал бы. Боря работал по десять-двенадцать часов, вставал после ночных смен поздно. Когда шёл чугун, он возвращался чернее кочегара: чугун при точении наполняет воздух угольной пылью. Станочники к пиписке привязывали верёвочку, чтоб в уборной грязными руками не лапать.

Но репродукторы теперь поставили всюду, у всех базаров, да что там, в дома проводить стали. В сорок втором запоминать сводки было легко – короткие, стандартные, лишь названия оставленных населённых пунктов менялись. Зато в победной фазе, сводки стали многословны. Смелые и умелые обзавелись детекторными приемниками. Юлик предпочитал голос Левитана и с Песочной ходил к маслобойному заводу, к ближайшему громкоговорителю. Теперь стал ходить к Куриному рынку. Салют следовал за салютом, Левитан звучал всё торжественней.

Произошла наконец высадка союзников во Франции и сразу за ней покушение на Гитлера. Высадка комментировалась сдержанно, покушение – с досадой: эти заговорщики, эти горе-политики, чуть не помешали победоносно довоевать войну, но, к счастью, им не повезло. Текстов Юлик не запомнил, но в тональности не ошибался. Плоский труп фюрера был его мечтой, неудачей покушения он огорчён был ужасно и погрузился в планирование предстоящих операций. Передать эти гениальные планы Генштабу не было возможности, их выслушивали Кудиши, не имевшие власти в реализации. Планы Юлик осуществлял перед домом, громя фашистские орды на каменно-твёрдой глине двора. Рисовал линию фронта. Для уменьшения потерь впереди камешков-пехоты, всех своих Зеленцовых, Зелененко и Зеленецких, шло суперо-ружие – половинка резьбонарезной плашки и призматический кусочек победита, принесенный Борей с завода, это был символ Победы!

Лето тревожным стало и для Плонских: папу направили в освобождённые районы для восстановления советской власти. Зная папу, мама полагала, что он займётся восстановлением документации. Организа-

279

ция не была его стихией, зато у него во всем был образцовый порядок. С перемещением папы в прифронтовую зону беспокойство за него усилилось, хоть об опасностях он не писал и после войны признался, что, кроме сокрушительной ночной бомбёжки при въезде в Минск, в которой и вправду едва не погиб, в переделки он не попадал.

Ещё не взят Львов, оккупирована Прибалтика, столько ещё освобождать... Союзники не спешили, людей жалели, и Красная Армия топала по минным полям. Вой во дворах участился.

Приказы Верховного завершались патетикой: "Вечная память героям, павшим в боях за свободу и независимость..."

Но матерей не утешала вечная слава, зачем им герои, им сыновья нужны, живые, годные к продолжению рода. Кто сказал, что матери не разбираются в стратегии? Матери, просвещаемые мужьями типа старого шутника Калмана Кудиша? Шутил он, даже прибивая проникших в квартиру мух: "Гостям мы рады только званым". Вспоминая и сопоставляя – не слова, скорее, интонации – Юлий понял, что вождь, за которого он, Юлик, в любой миг готов был отдать свою жизнь, одобрения Кудишей не снискал. Они не жаждали присоединения Европы к СССР. В их мещанском понимании обескровленный народ мог позволить союзникам внести свою лепту в дело победы не только машинами и жратвой. Это рождало дискомфорт. Юлик интуитивно, без указаний, стал пропускать шутки Калмана мимо ушей, тем паче что шутки на победные сводки не влияли.

С победными сводками хлынули вести из освобождённых районов. И отовсюду – евреи убиты все, надеяться не на что. Пошли навестить Клингерманов. Полина Павловна рыдала: родители и сестра с дочерью остались в Кировограде. Сестра Калмана застряла в Брянске, а престарелые родители жили в Белоруссии, оттуда ещё не было вестей, но всё уже было ясно...

Лиза с Юликом собрались уходить, Полина Павловна их не пускала: куда спешить? Лиза сказала: надо хоть ненадолго зайти к прежним хозяевам. Полина Павловна покачала головой:

– Лизочка, вряд ли они вам обрадуются. Вы, наверное, не знаете, Мамед убит.

– Как???

– Увы. Крик был такой, что и мы здесь заревели.

Мама прикрыла глаза ладонью. Прежнее жильё после этой вести, конечно, не тревожили. Мама велела Юлику ничего не говорить тёте Поле.

Поля не знала покоя. Тревога мучила её сразу по прочтении очередного Милиного письма: оно шло много дней, а что с Милей сейчас?

Тревога подстерегала и здесь: Боре осенью исполнилось восемнадцать. Калман подмазал знакомого врача в комиссии, но весной предстоял новый набор, а крепыш Боря, как назло, даже малярией не болел и выглядел отменно. Поля, по совету одной опытной русской дамы, стала поить его табачным отваром для бледности лица. Боря пил. Диагноз – туберкулёз! – надо было оправдать внешним видом. Освобождение не только от врача зависело, бумаги подписывал военком и – придирчиво: освобождаемый был и его добычей. Туберкулёз? А жар где? В войну военкомы такими стали доками в медицине, прямо светила-клиницисты! В день комиссии Боря натёр подмышки перцем, чтоб градусник показал температуру. Жгло ужасно, а Поля кричала на него, чтоб не смел морщиться. При диком жжении под мышками лицо должно было оставаться безмятежным.

В тот день все замерли. Но Боря прошёл комиссию – и Поля вновь обрела дыхание.

Ситуацию осложнил сам Боря. Мастер смены стал шевелить строку *Иван на фронте воюет, Абрам в Ташкенте торгует.* Мастеру было тридцать, у него была бронь. Рабочие слушали перепалки и посмеивались: Борю любили. А он доказывал, спорил, из кожи лез: брат воюет с начала войны, вон сколько евреев воюет, а сколько убито... Его доводы отскакивали, как горох. Ответ был без доводов, без цифр: евреи – хитрый народ, они, как армяне, от всего открутятся, а Иван-дурак за них отдувайся! Борю это достало. Дома он заявил, что идёт добровольцем. С Полей сделалась истерика. Калман сказал: врача, давшего заключение о болезни, ты подведёшь под тюрьму, а то и под трибунал. Ничто не помогло, пока Лиза не рассказала Боре о загадочном письме Яника и о том, что он пошёл добровольцем. В очередном туре дискуссии Боря в ответ на закидоны мастера сказал: тех, кто желает воевать, берут и в допризывном возрасте, а отпускают даже с бронью. Мастер в ответ стал выводить Борю исключительно в третью смену.

Галочкины и папины письма мама читала и давала (или не давала) Юлику, но никому больше не показывала, ограничиваясь пересказом. У Кудишей письма Мили читались вслух. Плонские вечерами стучались, на "Кто там?" отзывались с местечковым акцентом: "Это ми, гугеноты!" С тем же паролем, с тем же нарочитым местечковым акцентом приходили Ржевские, родственники Кудишей – Соня, дородная красавица, и приземистый лысоватый Лёва, счастливые тем, что за белобилетника Лёву тревожиться не надо, а красавцу Роме – весь в мать! – пятнадцать, к его призыву война кончится. Чаёвничали с конфетами-подушечками, играли в "девятку", этакий коллективный пасьянс, выкладываемый вокруг девяток (выигрывал тот, у кого не оставалось карт), и говорили не о войне, а о мире – как всё же хорошо было до войны и как прекрасна будет жизнь после. Скептик Калман лучше других знал, как было *нехорошо,* но умолкал даже он: хотелось верить...

В доме Ржевских, необычном для Намангана, саманном, но двухэтажном, на той же улице, что и Плонские, в ста метрах от их жилья, жила на втором этаже ещё одна семья эвакуированных. Средоточием её был пятилетний Фима, молчаливый херувим, ясный, как и подобает ангелу, и похожий на мать так, словно был миниатюрным слепком с неё. Полноватая Ева была ослепительно красива: лицо задумчиво-умное, правильные, тонкие черты, белоснежная кожа. Глядя на неё, Юлик забывал думать о чем бы то ни было. Её муж, высокий, худой, ширококостный и очень сильный, со странным именем Уриэль, был намного старше. У него были густые чёрные брови, а близорукость такая, что глаза сквозь очки казались крохотными. Он вполне серьёзно обсуждал с Юликом положение на фронтах и вероятные ходы сторон. Юлик уважал его терпимость, но сам ратовал за поголовное истребление немцев – так же, как они поступают с евреями. Для Гитлера придумал пытку: резать и порезы заливать расплавленным свинцом! (Из времен, когда Гришка возился со свинцом и обжигался, отливая касте-ты...) Не лишним полагал альтернативный вариант – руки-ноги привязать к лошадям и – в разные стороны, как делали со злодеями в давние времена. Слушая о поголовном истреблении немцев, Уриэль лишь улыбался. Что же касается фюрера, он явно никакое наказание не счёл бы чрезмерным. Но однажды сказал:

– Вряд ли его удастся захватить. Вряд ли удастся даже труп его найти. Если он действительно умён, то постарается исчезнуть, как злой дух, лишь имя оставить.

У Ржевских угощались яствами из американских посылок, иронически называемых "второй фронт". Изрядную долю их, шедших через Иран, распродавали на "чёрном" рынке. Продавали и те, кто получал их по праву. Стоили они дорого, но Ржевские могли позволить себе то, что эвакуированные считали баловством. Коробки из коричневого плотного картона, покрытые слоем парафина (чтобы не поддавались морской воде), вскрывать надо было молотком и зубилом. Извлечение каждого предмета первых посылок сопровождалось обычно возгласами восторга, постепенно сменявшегося разочарованием: а хлеб? Назвать американские галеты деликатесом можно было лишь в приступе союзнического дружелюбия. Едой войны был хлеб. Ломоть, политый хлопковым маслом, посоленный...

Да что там – политый, посоленный! В день, когда хлеб пустили в свободную продажу, Люсик, приятель Юлика по детсаду и школьный дружок, завёл его в магазин и заставил купить краюху хлеба. Его семья (отчим-художник, мать-бухгалтер, две сестры-студентки) сыта не бывала никогда. Люсик умял краюху тут же, в магазине, ласково бубня: "Хлебушко! Больше ничего и не надо!" Это уже сорок седьмой, послевоенный.

Хлеба в посылках не было, галеты раздражали невесомостью, а эрзац-омлеты из яичного порошка были сытны и безвкусны. Центром посылки была тушёнка, с отсутствием хлеба примиряла лишь она. Жевательная резинка приводила в ярость: со вторым фронтом валандались столько времени, да ещё суют эту гадость! Жвачку любой может сделать из смолы, с чего бы занимать место в посылке такой ерундой?! Не в связи ли с посылками распространилось издевательское четверостишие об *одном американце*?..

Когда собирались у Ржевских, их восьмилетняя курносенькая рыженькая Дина устраивалась на тахте, Юлика укладывала рядом и требовала, чтобы он читал ей вслух. Взрослые подмигивали, Юлик хмурился. Ему чудился насмешливый Лоркин глаз. Печаль от её исчезновения не убывала.

Уже более чем взрослым Юлий задумался: какого рода привязанность испытывал он к Лорке? Неужто первая любовь?

Война привела к снятию покровов, к грубому обнажению всего и всех. Пришлось примириться с путём, каким явился на свет. Знал плохие слова, сам употреблял, скупо, для устрашения, на грани драки, не зная, в сущности, их смысла. Мальчишки жили в семьях, у всех были сестрёнки, старшие или младшие, и отношение к девочкам было по-прежнему трепетным. Конечно, не к девочкам типа Светы Сазоновой, но такую Юлик за всю войну одну лишь и встретил.

Первые два школьных года запомнились владычеством детдомовских. Разделение в военные годы школ на мужские и женские разумной ли было мерой? Пожалуй, необходимой. Сироты были неисчислимы. В таких условиях деление детдомов на мужские и женские аксиоматично. Раздел школ – простое следствие этого. Детдомовские девчонки и мальчишки всё равно общались. Как? Да как придётся. Детдом – заведение холодное, а секс – это всё же касание, ласка. Искали земляков, родственников. Они все и стали родственниками, их сроднило горе. Держались вместе, их не задирали даже сильные. Великан бессилен против крыс, а детдомовские были как крысы – готовы на всё. Неравенство было такое же, как у домашних, но задень кого-то – и стая сплачивалась. Мёрли детдомовские, как мухи, а выглядели ужасно не только потому, что одеты были убого и однообразно. У них у всех на лицах было угрюмое, безнадёжное выражение. Страх Юлика за маму ещё и тем объяснялся, что пуще смерти он боялся стать одним из этих. Он их жалел, они это чувствовали. А в третьем классе уже и не доминировали. Сильные стали беспризорниками, слабые лишились вождей и перестали быть стаей.

В женских детдомах было иначе. Если девчонки бежали, то прицельно, найдя покровителя, лучше русского. Если узбека, то богатого. Младшая жена, неплохая позиция. Младшая – любимая. Возраст? Чем младше, тем лучше. Восток! Но то были единичные случаи. В стенах детдома девчонкам было свободнее, чем содержанкам гарема. Инициатива исходила от них, они не стеснялись её проявлять. Царил закон повиновения, порядок был жёсткий, младшие выполняли всё, что им велели старшие. Всё!

То был мир для домашних детей пугающий, для тупиц, как Озеров, даже для циников типа Афони. Они наслышаны были о нравах этого мира, соседствующего с ними, о происшествиях с привлечением милиции, и сторонились этого почти интуитивно. К счастью для себя, они всё ещё были мальчишками. Юлик Лоркино облизывание ранок воспринимал так, как если бы их облизывала мама или Галка. Нужен был сигнал посильнее, вроде того, какой испускала маленькая, но всё познавшая дочь полковницы. Своевременно исчезла она с горизонта...

К тому же после больницы, ожога, малярии к осени сорок третьего с Юликом стали случаться приступы смерти. А как ещё назвать пропажу тела? Сознание есть, а тела нет. Он всё так же кричит и скачет с Мишкой, с Мариком, но его нет, хоть они этого не видят, перемены в ситуации не замечают. Если бы не увлечение игрой, заметили бы, что рядом с ними его – нет. Умолкал, отходил в сторону, щипал себя до синяков и – не чувствовал боли. Нет души в теле. Где-то она в сторонке, но со стороны его не видит. А он видит всё. Вроде всё как обычно. Вроде... Потому что он не в теле. Оно мертво. Тихий ужас этого состояния непередаваем.

В сорок четвёртом приступы смерти участились. Один случился при мытье головы, а это дело серьёзное – горячая вода и беспощадные мамины ногти. Мама что-то почуяла (он перестал извиваться под её пальцами), прервала мытьё и пытливо в него вглядывалась. Он молчал. Тайна, с ней не поделишься. Мёртвый среди живых разве признается, что мёртв? Отлёты души и её замедленное возвращение в тело держали в постоянном напряжении.

И ещё: он ужасно тосковал по Лорке. Куда она делась?

Привязался к Боре. Постепенно и для Бори он стал первым собеседником. Юлик по развитию был старше своего возраста, а Боря по характеру младше своего. Довоенная дружба семей, соседство, сидение у Лизиного малярийного ложа сдружили их. Беседовали о марках и книгах и, несмотря на разницу в возрасте, её не чувствовали. Юлику с Борей было проще, чем с тринадцатилетним Ромой. Боря не наставлял, он рассказывал, а слушать Юлик умел.

Случались столкновения.

Одной из любимейших мелодий Юлика был "Интернационал". До войны он врубал радио на полную громкость и ждал исполнения гимна в церемонии парада на Красной площади. Даже военные марши, а их он любил страстно, не вызывали в душе такого содрогания, как "Интернационал". Если шли в гости и возвращались поздно, он по возвращении под любыми предлогами не ложился, ждал, пока на Спасской башне пробьют куранты и длительный трубный глас возвестит начало гимна. Довольствовался и оркестровым вариантом, но как же ликовал, когда "Интернационал" исполнял хор мужских и женских голосов! Растворённый в хоре, молча подпевал всем существом и чувствовал себя в такие минуты непреклонным, бесстрашным и способным на любой подвиг. *"Весь мир насилья мы разрушим до основанья, и затем мы свой, мы новый мир построим. Кто был ничем – тот станет всем!"* Это было понятно, это было возвышенно. Разрушить мир насилья, построить мир братства – как прекрасно!

И вдруг "Интернационал" заменили новым гимном. Для Юлика это стало потрясением. Почему, зачем?? Внутренне он противился новому гимну и в парадном исполнении не слышал его до лета сорок четвёртого. Да и "Интернационала" не слышал с тех пор, как выписался из больницы. К новому гимну проникся неприязнью уже по ритму – несолидный, скачущий. И слова... Их в школе велели зазубрить. Были там Ленин и Сталин, в "Интернационале" не представленные, но как-то всё стало... ну, что-то не то. Исчезло величие идеи объединённого человечества. Исчезло окрыляющее, мощное *"Пролетарии всех стран, соединяйтесь!"* А когда Юлик новый гимн услышал, возвращаясь ночью с мамой из парка, на отвращении словно штамп пришлёпнули: "Утверждаю". Ибо и в мелодическом отношении новый гимн сравнения с "Интернационалом" не выдерживал, несмотря на старания объединённого хора и гром оркестра.

Боре за игрой в карты обронил: куда новому гимну до "Интернационала"! Боря смолчал. Уже начали новую партию, значит, не ранее, как через четверть часа, сказал:

– Ты об этом не распространяйся. Гимн есть гимн, мы обязаны его любить.

– А "Интернационал", что, не обязаны?

– Тоже обязаны. Вот он и остался партийным гимном.

– А почему тогда только партийным? Почему?..

– Ситуация изменилась. Война. Международное братство теперь на втором плане. Главное для каждой воюющей страны – дух патриотизма.

– Так, значит, что? Все страны поменяли гимны? – Боря не успел ответить на вопрос, как Юлик нахлобучил второй, ещё круче. – Значит, раз мы отвернулись от Интернационала, Гитлер своего всё же добился?

Боря вскипел:

– Тебе ещё рано рассуждать на эти темы. А пока запрещаю тебе говорить об этом с кем бы то ни было, хоть с самым лучшим другом. Понял?

А больше и не с кем было. Боря как раз и был его лучшим другом. Говорить Юлик перестал, но возрастной довод убедительным ему никогда не казался.

Тогда же под влиянием среды он стал терять различие между своей и чужой собственностью. Но, возможно, Провидение, которое и вообще-то пеклось о нём персонально, нашло сравнительно лёгкий способ преподать ему урок...

Бракованные марки Боря отдавал ему. Ценности это собрание не имело, но раздвинуло границы мира. Юлик узнал о государствах, которых и на карте не было видно. Аргентина, Марокко – ну, это большие страны. Палестина, она маленькая... Борнео, хм... Тува? Это где? Бараны, лошади – и всё? А марки красивее наших!

Филателия – хобби заразительное. Но марки стоят денег, и немалых. Особенно тем, кто ничего в них не смыслит. Денег у Юлика не было, и он решил, что отдавать ему Боря может не только бракованные, но и двойники. Попросил. Боря отказал: двойники –обменный фонд. Юлик отобрал двойники сам. Двери дома Кудишей от него, сторожа, не закрывались. (Однажды прыгнул через дувал вор-узбек, но, увидев его, сумасшедшим скоком сиганул на крышу дома, она была ниже дувала, и исчез). Больше одной Юлик не брал, не продавал, в обмен не пускал, даже никому не показывал. Ему хватало сознания, что марка у него есть.

Как-то Боря попросил показать ему, как он раскладывает марки. Юлик принёс альбом. Боря нахмурился: "А эта откуда?" Последовало объяснение, спокойное, оно не отразилось на отношениях. Боря сказал: это некрасиво. Он таким стал для Юлика авторитетом, что суть закрепилась навсегда: никакая дружба не оправдание принудительного раздела имущества.

Начался тур его филателистических невзгод. Денег нет, марок хочется. Таинственная Палестина... Одна марка, маленькая, скромная, изображала угол крепостной стены с узкой и высокой башней (всем теперь известной). Что-то волшебно-притягательное было в этой скромной картинке. У Бори было много таких, одну подарил Юлику. Но марка была серийная, и хотелось получить ещё хоть одну из этой серии.

Началась погоня за Палестиной...

Лорка и Зоя

Третий класс начался грандиозной кучей-малой. Юлик пришёл опрятно одетый, ему и это прощали: первый ученик! Кучу-малу деловито и полнометражно сложил Колька, Гулливер среди лилипутов. Не сходя с места, хватал пацанов своими рычагами и укладывал в штабель. Юлика оттолкнул в угол. (Личное имущество! С прошлого года Юлик имел честь неизменно состоять соседом Озерова по первой парте, каковое право Колька обрёл в нетрудной борьбе, дабы с жуткими ошибками скатывать изложения и контрольные. Клавдия Ивановна делала вид, что не замечает ни скатывания, ни ошибок: надо же этого лба хоть до окончания начальной школы дотянуть...) Снизу, с гибельного пласта кучи-малы, верещал Скорняков, впавший в немилость и оттого ненавидевший Юлика люто.

После звонка с последнего урока Юлик вышел на улицу и столкнулся с высоким стариком, остриженным под нулёвку. Старик вёл за руку первоклассника.

– Здравствуйте, Тимофей Кузьмич, – вежливо поздоровался Юлик. – Как поживаете?

Старик похлопал глазами.

– Здравствуй, здравствуй, кормилец! Ты кто ж такой будешь, милай?

– Не узнаёте? Мы с вами в больнице...

– Юлик! – завопил старик и схватил его в охапку. – Да как узнать! Ты вон как вырос!

– А я узнал! – похвастал внук. – Я только имя забыл.

– Молодец, Вася, – сказал Юлик. – Вам в какую сторону?

Никуда они не пошли, проболтали час в тени чинары, у стены школы. Тимофей Кузьмич всё желал вызнать о прошедших годах Юлика и поведать о своих. Поведать было что. Старший сын служил в артиллерии, вернулся без ноги. В Сталинграде погиб младший, отец Васи. Старуха-жена умерла, получив похоронку на любимца. Юлик поделился своими потерями: дядя и бабушка погибли в Киеве, два кузена убиты на фронте, один кузен и дядя пропали без вести... Поговорили о знакомых. Оська, спец по манной каше, жил в одном тупике с Кузьмой Тимофеичем. Старшие братья Оськи погибли. Тимофей Кузьмич сетовал: не с кем погуторить! С кем воевал в мировую и гражданскую, ушли один за другим. Юлик рассказал, что весной умер от туберкулёза старший товарищ, ленинградец, дававший ему книги, а подружка Лора, тоже туберкулёзница, исчезла, наверное, умерла.

– Лариска Фоминых, что ль, Нинкина дочка? – переспросил Тимофей Кузьмич. Юлик уныло кивнул и встрепенулся. Его вопрос "Вы её знаете?" и слова старика "Да нет, не умерла, хворает" прозвучали одновременно.

– Где она???

– Пойдём, провожу.

– Тимофей Кузьмич, вы адрес мне дайте, я к ней сам...

– Дык несложно, на юру живут. Больничная, три, первый барак. Нинка в больнице работает. А ты как Лариску знаешь? А-а, по школе... Умная деваха. Навести её, бох тебя не забудет.

Домой мчался, как шальной. Швырнул портфель в низкий потолок и, приплясывая, напевая "Если завтра война...", стал открывать банки и кастрюли, охлаждавшиеся в арыке, служившем холодильником. Всё было не то. Кинулся на барахолку, к маме. Мамы не нашёл, увидел тётю Полю.

– Тётя Поля, а где мама?

– Не знаю, Юленька, где-то здесь. А что случилось?

– Лорка нашлась!

– Какая Лорка?

– Девочка одна. Тётя Поля, скажите маме!

– Что сказать, Юленька?

– Скажите – Лорка нашлась! Мама поймёт.

После барахолки обега́л книжников, искал "Приключения барона Мюнхгаузена", смешить Лорку. Начал с Ромы Ржевского, Дина вцепилась, еле отвязался. Рома послал к другому шестикласснику. Тот отдал Мюнхгаузена второклашке в обмен на Мопассана. Юлик побежал к второклашке, тот заупрямился: он, видите ли, сам читает. Хорошо, что опытный в делах обмена Юлик нёс в сумке, с которой ходил в первый класс, "Дети капитана Гранта" с отвалившимися обложками. Перед Верном головастик не устоял, но домой Юлик вернулся перед самым приходом мамы, даже дрова для печки колол уже при ней.

В тот день пришли письма и от папы, и от Галочки. Папино было ласковое и краткое. Видно, поездка по освобожденной территории кашей с маслом не была.

В письме сестрички было маленькое раскрашенное фото. В серой кофте со стоячим воротником, в модном жакете, с волосами, пышно рассыпавшимися по плечам, сфотографированная в полу анфас Галочка лукаво и нежно улыбалась накрашенными губами и глазами из-под коричневой шапочки с маленьким козырьком. Юлик не мог наглядеться. Сестричка красивее любой артистки кино! Галочка писала, что перевелась в институт иностранных языков, на английское отделение. Да она и выглядела как англичанка, настоящая леди.

Мама прочла письма, долго всматривалась в фото и стала готовить обед.

– Как ты нашёл Лору? Знаешь, где это? Несёшь книги? Пообедаем и пойдём.

Бараки на Больничной искали уже в темноте. Найдя, не могли различить номеров. Бараки были на фундаменте. Три ступеньки, но уже повыше скорпионов. Постучались наугад. Краснощёкая соседка провела их и указала дверь.

Лоркина мама смутилась:

– Как вы меня нашли?

– Мир тесен. Зачем вы спрятались?

– Лиза, вы рискуете и вместо меня, мамы, Лариску питаете...

– Глупости! Как она?

Нина кивнула на кровать. Лорка спала, свернувшись калачиком. Бараки освещались электричеством, для Намангана роскошь, но поверх бедного матерчатого абажура висела тёмная тряпка, свет не падал на Лорку, рассмотреть её было трудно.

Здесь всё повторяло Ахунбабаева. И комнатёнка. Только обои вместо побелки. Обстановку перевезли, даже рукомойник и мятую миску на табуретке. Добавились картинки, много, приколотые к стенам. Танков-самолётов на них не было, и Юлик рассматривать их не стал. Мамы разговаривали тихими голосами, он у абажура перечитывал Мюнхгаузена. Чуткий слух раздваивал внимание...

— Он из культурных был, я на него и глаз поднять не смела...

— В простых семьях таких имён не дают...

— Ой, вы ж не знаете... Это я — Лариска, Лариска! А он — Лора, а то и Лорелея. Я её так не зову, что вы! Как услышит — в слёзы... Стали встречаться, ну, и забеременела, ясное дело. Ему сказать не смела, думала, бросит. Он такой!.. А таких, как я, пруд пруди. А тут родители его уехали. На курорт. Это в самый голод! Ну, им что, они главное начальство в Питере... Он меня в тот же вечер к ним и привёз. Квартира на Старо-Невском, комнат не сосчитать. Прислуга. Сроду в такой постели не спала и богатства такого не видела. А утром — рвота. Он ко мне: "Нинок, это что?" Я в слёзы, а он смеётся: "Глупая, теперь-то я точно на тебе женюсь! Лучшего повода и не надо!" А я о его мамаше с папашей ежели думала — мертвела: партийцы, в аппарате Кирова! Ну, вернулись с курорта, он их и огорошил. Знакомьтесь, жена. Что, какая такая жена? Чумичка эта, фэзэушница? Я второй только год училась, сирота детдомовская, отца-матери не помню... Тебе, говорят, сынок, институт кончать, в науку идти! Он им: "Минуточку! Нина, идём". Отвёл меня в дальнюю комнату, вернулся к ним. О чём говорили — я и не узнала. Долго его не было, я уж думала смыться потихоньку...

— Да, это вы умеете...

— Я ведь не девушкой ему досталась, сиротой разве себя сохранишь... Прижал здоровенный лоб, зачесалось у него... Какие у меня после этого права? Ну, он заходит, берёт меня за руку, выводит. Поклонись, говорит, родителям, согласны они. Ну, согласны... Вижу — как согласны. Но сын-то один, да ещё такой... Поклонилась. Кивнули. Это потом уж, как Лариска родилась... Два года ей было, пришли нас навестить. Мы на квартире жили, снимали у петербуржанки старой, Евгении Николавны. Она мне и с Лариской эти два года помогала. Я фэзэу кончила, переплётчицей работала, Толя на "Электросиле" начальником цеха. Хорошо жили, с Евгенией Николавной одной семьёй, она нам за мать была. Ну, вот...

— Нина... Ниночка...

— Ничего, это так... Ну, пришли они, на Лариску глянули, и мамаша в слёзы: "Да это ж я!" Потом фото свои детские показывала, так и вправду... Толя весь в неё, а Лариска в папу. Своего в ней и не вижу. Ну, тут совсем другая жизнь пошла. Подарками осыпали, к себе перевозить собрались, ремонт затеяли... Это быстро кончилось. И тестя взяли, и её. Толя носил передачи, а потом не стали брать, дескать, перевели их куда-то. Враги народа. Кирова, дескать, убили. Какое убили, они в Кирове этом своём души не чаяли. Ну, с Толей тоже... У них собрание было в цехе, партийный шишак на него бочки катил, так рабочие встали, даже из других цехов: дескать, не знаем, кто там враги, а только товарищ Сталин сказал на совещании передовиков: сын за отца не отвечает! Вот такие дела, Лизочка...

— Как же начальник цеха – и на финскую? А бронь?

— А это другая история. Сперва с Евгенией Николавной затеялось... Дворянка, нет ей в Питере места. Велели выселяться. Толя давай хлопотать. Адвокат, друг отца, надоумил: скажи, что домработница она. Вы работаете, дитя без призора... Толя так и сделал. От квартиры дореволюционной у Евгении Николавны две комнаты только остались, обе с входом из коридора. А сосед-мерзавец одну оттяпать хотел, он и капал. А как Толя вмешался, сосед и на него стал капать. Друг отца сказал: перепиши ордер на себя, побыстрее, не то и хозяйка загремит, а вы без жилья останетесь. Родительскую квартиру сразу определили кому надо... Толя сказал: нет, этого делать не буду, это подлость. Я ордер перепишу, а к ней придерутся, бездомная, ещё проще выслать. Тут входит Евгения Николавна. Высокая была, прямая старуха. Волосы седые сверху узлом, блуза такая, знаете, с высоким воротником, вся в пуговках, юбка старомодная, длинная, таких уж и не носили... Ну, входит... Простите, говорит, что подслушала, но дело всех касается, нехорошо это без меня решать, и вот вам моя воля: ордер переписать, а там как Бог даст. Я только с вами могу здесь. Если не перепишете, меня выживут. Переписали, а сосед опять: чуждый элемент, дворянка, ей приют даёт сын врагов народа... Опять давай Толю трясти. Директор струхнул: давай уберём тебя с глаз долой на годик, иди в конструкторский, а стихнет шум – мы тебя обратно на цех. Так и сделали. Год прошёл – финская, а Толя командир запаса... Взяли. Из Питера много брали. Взяли да не вернули...

Юлик уже не читал, только делал вид.

— А что с Евгенией Николаевной? Ниночка, ну, не надо. Если тяжело, не рассказывайте.

— Кому ж расскажу, как не вам? Кабы не Евгения Николавна, мне бы этого не пережить. Руки на себя наложить хотела, яд в типографии достала, а она мне говорит: "Ты на дочь посмотри. Он себя в дочери оставил. Я старая, мне её не вырастить. Какая ж ты мать, если такое сделаешь?" Проплакала с ней ночь и выбросила яд. В унитаз спустила. А Евгения Николавна, если бы не война, Лариску так вырастила бы!.. Она её музыке учила, на фортепьяно играть... Это Лариска у босоты здесь набралась, а раньше знаете как говорила? Дворянка! А жили бедно. Недоедали. Может, у Лариски это с довоенной ещё поры. Ну, и блокада... Евгения Николавна с Лариской пайком делилась, вот и ушла в самом начале. Перед смертью икону вынула: клянись, увези Лору!

290

Увези, легко сказать... Блокада! Я к юристу, другу Толиного отца. Он и подсказал: иди работать в медсанбат, их озером эвакуируют. Уехали. Страху натерпелись... Из госпиталя ушла, там сутками надо работать, а Лариска как же? Работала сторожихой, а теперь в больнице, там хоть супом каким-никаким разжиться можно...

— Вот банка топлённого масла. Мы на неделе ещё придем, только скажите же, что нужно.

— Лиза, а вы на каком масле готовите?

— На хлопковом.

— Сами на хлопковом готовите, а мне сливочное носите?

— Нина, сделайте одолжение, прекратите эти разговоры.

Домой возвращались при полной луне молча. Мама как-то очень крепко держала его за руку, а он то и дело прижимал к щеке тыльную сторону её ладони.

Когда укладывались спать, мама сказала:

— Ты же знаешь, как вести себя у туберкулёзников. Она много рисует. Понеси ей книги по живописи, те, что Галочка прислала... Подари, если захочет...

Лорка вытянулась, поблекла. Юлика встретила улыбкой такой, что защемило внутри. Не прежняя это была улыбка.

— Спасибо за книжку. Смешно. Как себя за волосы вытаскивал. И другое... Как с ядра на ядро пересаживался. И как лошадь озеро выпила. Вот врун! А то говорят – Мюнхаузен, Мюнхаузен, а никто толком не знает, чо он такое, этот барон Мюнхаузен.

— Ты так быстро читаешь!.. Я тебе ещё принёс. Галка про живопись прислала. Хочешь?

— Ага. Расскажи, чо в школе.

— Ты про себя расскажи.

— А чо – про себя? Видишь, вот... – Юлик успел посмотреть рисунки, они решительно ему не понравились. Лица то ли человечьи, то ли зверушечьи, то ли птичьи над диковинными пейзажами, то ли городами, то ли развалинами. Уверенно отметил одно: сам в жизни такого не нарисовал бы. Так линию провести, закруглить... Настоящая художница. – Кашляю. Температура. Тебя трясёт?

— Всё лето трясло. Повезло, в разные дни с мамой. Она сознание теряла, я примочки менял. Сейчас вроде прошло.

— Да-а... Лучше бы у меня малярия была, чем это...

— Нет, Лорка, хуже малярии только боль в животе.

— Скучно. Мама карандаши достала, а бумаги нет. Не такая бумага нужна. Видишь?

— Да, серая...

— Серая – ладно. Щепки в ней! На базаре нет бумаги?

— Не знаю. Спрошу у мамы.

— Не надо! Твоей маме только скажи, она и купит. А чо в школе? Детдомовские крадут?

— По всякому. Знаешь, один свистун трепался, что люди в Америке видят, что за горами делается.

— Ну?

— Ну, дали пиндюлей и прогнали из компании.

— Зря.

— А чего он свистит?

— Может, не свистит. Может, так и есть. Может, это как радио. Тоже за горами...

На пути домой он задумался. Звук — это ещё понять можно. Но картинка... Умная какая Лорка! Хоть бы выздоровела! Ну что ей такое сделать? Вылизать бы ей легкие, как она вылизывала его ранки! Высосать эту гадость! Если б можно было, сделал бы. Она такая мировая баба!..

К Лорке ходил теперь ежедневно. Болтал обо всём. Слушала она охотно и вопросы задавала, но сама говорила мало.

В начале учебного года город потрясло не землетрясение: майора Шустова, военкома, отправили в штрафную роту! Послали на фронт и тех, о ком известно стало, что от призыва они освободились взятками. И папашу Скорнякова, снабжавшего город зажигалками. Дело явно было групповое, но Шустов никого не втянул и не выдал, не то его попросту расстреляли бы. Военкомом назначили его зама, майора Абдурахманова.

В конце октября вышел на экраны фильм "Зоя", и класс сорвался в кино. Юлик с уроков обычно убегал один. Учительница отвернётся к доске, а он шмыг в окно! И ничего-то ему за это не было, Клавдия Ивановна относилась к его побегам с пониманием и по-прежнему вызывала его к доске рассказывать классу про Отечественную войну с супостатом Наполеоном. Надо же случиться, что небывалое, не происходившее никогда ни до, ни после стряслось в тот именно день: мама пришла за ним в школу — повести на "Зою". Много лет спустя подытожил: он всегда переплачивал за то, что можно было получить даром...

Всё сложилось как нельзя хуже. На ближайший сеанс не попали, но с полдюжины упорных купили билеты (они и стоили гроши) на следующий сеанс. Слоняясь в ожидании, Юлик увидел в фойе портрет Зои и поразился её сходству с Лоркой. Только выражение лица серьёзное, без Лоркиной иронической усмешки. И стрижка короткая, не шлемом, как у Лорки.

Вдруг осенило: птичьи и зверушкины лица в рисунках Лорки — это же её и его черты! Одни длинные эти глаза чего стоят...

Сеанс начался, но на экране он видел лицо не актрисы, а Лорки, оно наслаивалось в сценах, особенно в последней.

Фильм его потряс. Прежде всего, наверное, то, что свежи ещё были в памяти кадры "Разгрома немецких войск под Москвой", где настоящую Зою он видел мёртвой, оледенелой. Ещё более потрясла встреча с мамой у кинотеатра. Душа, робко отлетев от тела, повисла в сторонке – наблюдать, что будет. От страха ничего не запомнила. Мама о вспышке героической фантазии не догадывалась, искала его по всему городу и отчаялась увидеть живым, так поздно он никогда не возвращался. Кричала? Не запомнил. Наверное. Сдерживаться до возвращения домой не смогла бы. Да так лучше оказалось и для неё, и для него. Была разрядка. Он плакал и просил у мамы прощения, она его целовала. И поила чаем.

Чай стал противным ещё с лета. Оглушённый хинином, подозревая, что потерял нормальное представление о вкусе, он заметил всё же, что чай опять стал солёным. Приступы прекратились, но, видно, малярия и хинин повлияли на его вкусовое восприятие – так говорила мама. Она готовила вкуснейшие блюда, даже жаркое с дерунами, да разве что-то у неё получалось невкусно... Но неизменно следовал чай, и он отравлял всё. Юлик не хотел его пить, мама уговаривала. Не велела – просила. Как он мог отказать... Ныл: чай противный, солёный. Мама отвечала: ему кажется, у него нарушен вкус. Ну да, нарушен... Вкусное было вкусно!

Вот когда явился сахар. Даже Кудиши чай пили с сахарином, с урюком. Сахар был роскошью. И вдруг явился. На нытье Юлика ("Чай противный, не хочу чаю!") мама уговаривала его добавить сахару. Юлик добавлял, чай превращался в сироп, и он кое-как это выпивал. И приучился к очень сладкому чаю.

После школы бегал к Лорке, просил рисовать при нём. Она отнекивалась: не получается, когда кто-то смотрит. Но его интерес побудил её рисовать больше. Он рассматривал рисунки. Понял мстительный смысл городов-развалин с кирхами и ширококрылых птиц с Лоркиными чертами. И уже не мешало, что в картинах нет танков и самолётов, он всё понимал и так.

Спросил маму о бумаге для рисования. Мама пожала плечами, но о просьбе не забыла. В очередной визит к Марии Петровне, пока копался в книгах, мама рассказала об одарённой девочке. Мария Петровна стала его расспрашивать, он зажёгся. Не забыл отметить, что Лорка похожа на Зою. Из нижнего отделения книжного шкафа Мария Петровна достала альбом рисовальной бумаги и жестяную коробку с красками и кисточками, всё довоенное. Из письменного стола извлекла пачку великолепной бумаги с красными буквами на каждом листе "Узбекская ССР. Наманганский областной суд".

– Это ей для этюдов.

– Мурочка, это неосторожно... – сказала мама.

– Пустяки! Пусть обрезает верхушки и рисует.

Юлик онемел от счастья, а мама, уходя, расцеловала Марию Петровну.

На другой день он сорвался с уроков и всё имущество потащил Лорке. Она прижала к груди альбом и заплакала.

В очередной вторник кошёлки особенно были тяжелы. Тащили дорогую в Намангане картошку и лакомства – дыни и виноград. И, конечно, мёд и масло. Мамы за столом пили чай, пиалу за пиалой, а они с Лоркой играли в "морской бой" и перебрасывались репликами. Лорка не упустила момент, когда взгляд Юлика остановился на произнесённом Лоркиной мамой слове *народ*:

– А что народ, Лизочка? Дурак народ, если позволяет ему такое с собой делать.

Лорка не дала ему задуматься:

– Чо глазами хлопаешь? Твой ход! Чо в школе-то?

– А-а, чего, чего... Афонька, тварь заядлая... опять...

Лорка прищурилась:

– Да ты, я вижу, выражаться научился...

Он покраснел: знала бы Лорка, как он умеет выражаться...

– Набью ему морду, чтоб успокоился.

– Ой, страшно как! Как бы он тебе не набил. С твоей малярией только в драку лезть. Ты смотри мне!

– Ну, давай, ещё маме проболтайся.

– Вот ещё, очень надо! Да я сама в школу пойду и с твоей учительшей потолкую.

– Ага, а мне потом тёмную сделают, как сексоту.

– Ну, да, тебе сделаешь! С тобой, небось, и Озеров твой вязаться не хочет.

– Ага... Даст мне раза – я лягу.

– Ну, да! Ляжешь, а потом ему рогаткой в глаз.

Он не ответил, прислушивался к голосу мамы.

– Вы Лорины рисунки кому-нибудь показывали?

– Соседи заходят, смотрят.

– Нет, я имею в виду художника, специалиста.

– Вам показываю. Вы и есть мои специалисты.

Наверное, то, что он нашёл Лорку, повлияло на его поведение, но и Афонька после отправки папаши на фронт осатанел. Да и класс истосковался по зрелищу и подзуживал обоих. Драка стала неизбежна.

А тут ещё Клавдия Ивановна использовала их самовольный уход в кино и велела написать изложение по фильму. Озеров скатал с дикими ошибками, вместо *деревня Петрищево* написал *село Пердищево*. Спешил, переписывать не успел, да так ему и привычнее было. Юлик накатал три страницы. Афонька выдавил три фразы: *"Зоя пошла защищать родину. Фрицы её повесили за выдающуюся геройство. Она крикнула, что всех не пиривешают"*. Юлику Клавдия Ивановна велела прочесть изложение вслух и ласково потрепала по щеке. Афонька этого не вынес:

– А чо болтать? Я вон короче то же самое сказал.

Оценок учительница не ставила, но на это отозвалась:

– То же самое ты сказал на тройку с минусом, а Юлий на пятёрку с плюсом.

– Подумаешь, цаца!

Клавдия Ивановна рассердилась:

– Скорняков, выйди из класса!

Обычно Афонька этого и добивался: во дворе изгнанники играли во что угодно, учителя делали вид, что ничего не видят, лишь бы изгнанники из классов не слишком шумели. На сей раз Афонька свободе не обрадовался. У него оставалось ещё немало чего сказать этому маменькиному сынку. Выходя, показал Юлику кулак. А на перемене возле него собралась кучка, чему не стоило бы придавать значения, не будь в ней Озерова. В животе у Юлика похолодело. Афонька после уроков подошёл к нему широким шагом. Ещё бы, его подталкивало полтора десятка взглядов.

– Вызываю! Завтра стукаемся, – сказал злобно. Пшеничный чуб торчал девятым валом, маленькие глазки под низким лбом сверкали, и он стал похож на разъярённого голубоглазого бычка. – После уроков, у старого моста.

– Почему – завтра? Давай сегодня!

– Не могу, мамка на смене, надо с сеструхой сидеть.

– А завтра у меня приступ может быть.

– Так после приступа, – поставил точку Афонька.

Озеров, взбрасывая на могучее плечо сумку с тетрадями и барахлом, буркнул:

– Ищи этого, как его, секунда. Я с Афонькой буду. Шоб не подумали, шо я за скатывание с тобой... Ну, сам понимаешь... Скрипя сердцем, сам понимаешь...

– Да? Селезёнкой не скрипишь? Или почками?

– Чиво-о?

– Ничего! – отрезал Юлик.

– Опять ехидство? Смотри у меня!

Юлик смолчал. После уроков поплёлся к Лорке.

Можно не пойти в школу. И – что? Жить в ожидании – ещё хуже. И приступов не было давно. Сейчас более-менее в форме, а если приступ – как драться? Измолотит Скорняк – и всё.

Лорке рассказать? Опять, чего доброго, явится, как на драку с Шустовым. Тогда она сама любого вздула бы, а теперь... А не сказать – так и подбодрить будет некому, "Давай-давай!" крикнуть. Класс всегда против отличника. Сарковский, детдомовец, чёрный, как грач, второй ученик, свидетель вызова, сжался, словно и не слышит. В секунданты не пойдёт, даже смотреть не пойдёт. Был бы Гришка... хоть бы и с загадками его дурацкими... *"Что быстрее всего? – Свет. – И нет! Мысль!"* От Руньки набрался. Бедный Рунечка...

А у Руньки был секундант? У Матросова? Все носом в землю, а он р-раз – и на амбразуру! А Зоя, был у неё секундант?

Развернулся и пошёл домой. Ничего, обойдётся Лорка и без него, пока ссадины сойдут. Потом узнает. Успеет.

Дома перебрал Гришкины кастеты. Нет, драка будет честная. Болельщики, правда, все на той стороне... Озеров, друг, на одной парте... Грамотей... Скрипя сердцем... Ну что ж...

Утром качал мускулы. Мама ушла с рассветом, Кудиши в своём особняке его приготовлений не видели.

Перед первым уроком сказал Озерову:

– Уходи, со мной Сарковский сядет.

– Чиво-о?

– То, что слышал! Садись со Скорняком, секунд.

Колька от наглости онемел. Но Юлик всё просчитал. Не может Колька лупить его в день драки. А там видно будет.

– Ну, погоди у меня!

Выдернул сумку из парты и ни за что ни про что дал по шее тихому Олегу Торбе, соседу Скорнякова, хоть тот и без приказа уже убирался. На своей первой парте у стола учительницы Юлик остался в одиночестве. Сарковский к нему не пересел, Торба забрался на пустую заднюю парту.

С большой перемены у Юлика сосало под ложечкой и болел живот. Он малодушно молил боженьку послать ему приступ. Но, видно, боженька все билеты на сеансы малярии уже раздал. Оставалось лишь в заботе о сохранении сил сжевать свой бутерброд с котлетой.

День для поединка выдался что надо – мягкое солнышко и ветерок с гор. Начало ноября, золотое время. Афонька вроде и погоду заказал для сведения счётов. За два с лишним года у него к Юлику много чего накопилось. После уроков выскочил пружиной и с гигантом-секундантом шагал впереди, за ними одинокий, как покойник, Юлик, за ним всё кодло. Сарковский, конечно, слинял.

Дрались у старого моста, там всегда пусто. К тому же дополнительный имелся шанс сверзиться в Сай. Высота что надо, а глубина – курице по колено. Были, правда, перила зигзагом, но с такими просветами, что при нокдауне да с дружеским пинком вслед можно было спровадить противника между перил головой вниз. С такой высоты слону хватит.

Юлик вспомнил дуэль Печорина с Грушницким. Он был напряжён, но под ложечкой уже не сосало. Не будет он Грушницким. Будет Печориным.

Условия объявлял Озеров – злорадно, в выражениях, позаимствованных у Юлика, на сей раз, против обыкновения, без матюков, что особенно было унизительно, так как делало его речь карикатурно похожей на Юлькину.

– Имеют место, значит, со стороны Скорняка претензии, в особенности, значит, за ехидство с противной стороны. И другие всякие дела. Настоящим, это, объявляются условия. Условия, значит, такие. Стукаются, это, не до первой крови, а пока один, значит, на основании вышеизложенного, так сказать, не попросит у другого прощения. На коленях. И побожится, чтоб, значит, никакого ехидства, а ежели да, то, значит, двое держат, а потерпевший бьёт в морду столько раз, сколько, значит, класс присудит...

Диктовал эти рабские условия, стоя с Афонькой на мосту, заграждая путь на другой берег, Юлик перед ними, а за ним пацаны в нетерпении ожидали начала драки. Юлик соображал: обманное движение левой, правой в нос, тузить в морду и – дать себе передышку, дыхания надолго не хватит, уйти в защиту, ловить шанс для ещё одного удара в нос или под ложечку. А там видно будет.

Озеров продолжал вещать – то можно, этого нельзя, – как вдруг Афонька заорал:

– Смотри, смотри! Опять эта дешёвка! – И кинулся мимо Юлика в сторону, откуда они пришли.

Юлик оглянулся. Замедленно входило знакомое, жутковатое ощущение потери тела. Время потекло вспять и замерло перед дракой с Шустовым. Это уже было! Лорка с палкой и русоволосая Аниска рядом! Афонька подскочил, вырвал палку и ударил Лорку по голове. Она качнулась, ухватилась за перила и – душное бешенство вскипело в Юлике, такое, какого он в жизни ещё не испытывал. С воплем "Сволочь!" он ринулся в атаку.

Военные планы живут лишь до начала операций. Юлика встретил такой удар в нос, какой он намеревался нанести, потом всё смешалось, а когда их растащили – неинтересно было, борьба без правил, да и не видно ничего, – из носа Юлика текла кровь, но он стоял, а Афоня, морда в соплях, в крови, губы пузырями, сидел и ревел благим матом, зажав ногами руки в низу живота. Колька двинулся было на Юлика – и попятился.

– Ногами?! Чи-иво, чи-иво? Ф-фу! Сгинь! Вали домой, псих!

Псих психом, но рванувшего Юлика он посторонился резво.

Беглого взгляда Юлику хватило, чтобы броситься к сидевшему на земле Афоньке. "Убью!" С перекошенного красного лица сверкали бешено позеленевшие глаза. Пацаны не пустили, стали стеной. Позади строя командовал Колька, жилы на лбу и на шее вздулись. Афоня верещал и пытался уползти. Валявшуюся в стороне палку Олег сбросил вниз, от греха подальше...

Полчаса спустя Юлик и Аниска суетились у Лоркиной кровати, прикладывали примочки к продолговатой шишке на лбу. Юлик свирепо допытывался: как узнали, зачем пришли?.. Лорка устало молчала, Аниска шмыгала носом. Он кое-как умылся у рукомойника и поплёлся домой.

Метнулся за угол Олег. Юлик хотел позвать его – передумал. Он уже понял цепочку: Олег – Аниска – Лорка. Ему казалось, что он повзрослел на сто лет.

Это было в среду. Скорняков в школу пришёл лишь в понедельник.

Патефон

Осень сорок четвёртого. Советские земли освобождены, советская власть на них восстановлена, папу вернули на Урал. Дело шло к победе – через разлуку, болезни, через потери в каждой семье, но к Победе. Папины письма стали бодрее. Галочка менять Иняз на другой вуз не собиралась и восхищалась богатством английского языка. Работу нашла в карточном бюро и писала об интеллигентных московских старушках, теряющих по рассеянности свои карточки. Мама знала и Галкину сострадательность, и эту "рассеянность" одной лишь хитростью выживающих мещанок и дворянок, вышвырнутых советской властью из их скромного быта, и в письмах молила её держаться от всего в стороне.

Книг стало приходить меньше, но Юлик уже укрепился среди книголюбов со своим обменным фондом и самозабвенно читал добытые на день-два потрёпанные томики Купера, Гюго и Верна. Классикой его снабжал Детгиз, Гайдара он прочёл всего, а "Пусть светит" и "РВС" перечёл трижды.

После битвы на мосту ситуация в классе переменилось совершенно. Его никто не опекал, но никто и не трогал. Отличник всегда одинок, особенно единственный в классе отличник.

Победные сводки вызвали беззаботность. Колька откровенно бил баклуши на задней парте в компании своих шестёрок. Если учительницы не было, орал частушки зазорного содержания. Как-то заорал совсем уж крамольное, с именем вождя, но без приставок *великий-гениальный*:

> *Огурчики да помидорчики!*
> *Сталин Кирова пришил в коридорчике!*

Афоня предостерегающе шикнул, кося на Юлика. Озеров глянул коротко и буркнул преданной шестёрке:

– Не, он не сексот, он в порядке.

Он не был в порядке, он просто не понял. Да если бы и понял – доносить?! Колька это и имел в виду. Как-никак, просидел с Юликом на одной парте полтора года. Теперь на этой парте Юлик остался в компании молчаливого Сарковского.

У Сарковского, высокого, худющего, чёрного, как галчонок, с тонкими чёрными бровями, в глазах постоянно такое было страдание, что Юлик не мог глядеть ему в лицо. Молча совал свой завтрак, так же молча Сарковский клал его в сумку. Ни разу Юлик не видел его за едой и ломал голову: кому относит?

Когда новому соседу по парте он протянул бутерброд впервые, голодный даже на вид Сарковский вызывающе сказал:

– Мне? Я не еврей.

– Ну и что? – удивился Юлик.

Сарковский потупился и молча взял свёрток.

Осень и зима выдались малоснежными и дождливыми. В саманном жилье текло. Снова пол был в баночках, и перед мамой снова возник призрак ревматической атаки, теперь уже на младшего ребёнка. Тёплая одежда, надёжная обувь... Заказала сапоги. Хоть и яловые, были они настоящие, командирские. Такие не протекут. Научила носить их с портянкой. А также впервые Юлик получил брюки, более того – бриджи.

Но!..

Было "но". Одно, но какое! Сапоги стачал лучший в Намангане сапожник, а бриджи сшил лучший портной. Из чёрного английского бостона. Но – из остатка. Главное, так сказать, было охвачено, а ниже колен материала не хватило. Не ходить же в сапогах с голыми икрами. Штанины мама дотачала материалом, оставшимся от пошива её платья, чёрным маркизетом в красных, тысячекратно увеличенных холерных бациллах.

Как Юлик ликовал, когда ему шили бриджи!

Так же, как горевал, получив их.

Голенища сапог недостаточно были высоки, чтобы прикрыть бациллы, головки их нагло сияли. Юлику казалось, что они смеются. Если б сапоги тачали позднее, дело можно было поправить длиной голенищ. Ещё бы сантиметр!.. Но сапоги были готовы. Юлик чуть не плакал. Заплакал бы, если б не боялся расстроить маму. Он видел, как она огорчена. Он шёл в школу, провожаемый её сострадательным взглядом. Он не хотел идти в школу. Он хотел сидеть дома и читать. Но в школу надо было ходить хоть иногда, и он пошёл, зная, что станет предметом всеобщего глумливого любопытства.

Афонька, завидев Юлика в щегольских сапогах с выглядывающими из-под голенищ бациллами, завопил "О!" и пальцем указал на его ноги, дальновидно заняв при этом выгодную для отступления позицию. Пацанва покосилась и продолжила свои занятия – качание лянги, игру в "козла" и поспешное скатывание заданий по арифметике. И сам Афонька пожал плечами и отвернулся. Юлик так и не понял, что выражало "О!" Было это "Ха-ха-ха!"? Или "Посмотрите на этого щёголя!"? Теперь уж все привыкли, что отличник по праву одет иначе. Разноцветные галифе? Отличник, он знает. Может, мода. Может, так надо.

Перед последним рывком фронт замер. У политруков появилось время возвышенным слогом сообщить жёнам, матерям и сёстрам о геройской гибели в бою мужей, сыновей и братьев. Похоронки сыпались, как спелый урюк с деревьев. Вопли *вейзмир, боже мой, вай мэ* неслись то из одного, то из другого двора. А узбеки тем временем научились отличать евреев от других русскоговорящих.

Вечером у Кудишей обсуждали, какие силы стоят за натравливанием узбеков на евреев. Не было здесь юдофобии до войны! Одинаково не любили европейцев, никого не выделяя. Поля сказала: не было евреев, вот и антисемитизма не было, а теперь русские и украинцы рады неприязнь к европейцам направить на евреев. Калман качал головой, молчал, но едва открыл рот, его опередил Боря, он ещё не ушёл на свою ночную смену:

– Юлик, то, что слышишь, ты должен забывать. Сразу. Понял? Рот на замок! Говори, папа.

– Где вы бродите, кого ищете? – Калман поднял руки с растопыренными пальцами. – Не надо нигде бродить, не надо никого искать. Не надо местных русских, не надо украинцев, не надо татар, бухарских евреев, месхов и уйгуров. Ничто не делается само. Есть государство. Есть *Разделяй и властвуй*! Народный комиссариат внутренних дел эту старую майсу* хорошо помнит. Это – на все времена!

– Чтоб они сгорели! – с чувством подытожила Поля.

Она теперь меньше волновалась о Миле (затишье!), зато усилилась тревога о Боре: военкоматы трудились, и повестки сыпались, как предвестники будущих похоронок.

Но возник поворот в сюжете. То ли подействовал отвар махорки, то ли прямое вмешательство Того-Кто-Отвечает-За-Всё, но только ни махорку пить стало не нужно, ни перцем натираться. Боря побледнел, похудел, а температура по вечерам поднималась и без натирания подмышек.

Военком Абдурахманов этого не знал. В унаследованном списке тех, от кого получал бакшиш перед весенним призывом его предшественник майор Шустов, Кудиша не было, но Абдурахманов этим списком довольствоваться не стал и затребовал список всех освобождённых от призыва 1925-1926 годов рождения. Кудиш в этом списке – значит, в зубах принесёт! Секретарше Фене он велел повестки не при-

---

* Сказка, притча (идиш)

зывникам разносить, а их папашам. Ему с призывниками говорить не о чем было. Отменно владевшая русским и узбекским куколка Феня в шубке с лисой и в резиновых сапогах вышагивала по грязи и обходила даже тех, у кого папаш не было, с мамашами беседовала. У неё в деле тоже был интерес.

Калман, получив повестку, предвкушал потеху. Кудиши озабочены были уже не здоровьем Бори, а его болезнью, и военком перестал быть для них фигурой. Незачем давать мешок купюр военкому, если можно дать пачку поставившему диагноз врачу. Теперь и врачу ничего давать не нужно, Боря болен по-настоящему. Подношение врачу – сохранение связи и благодарность за прошлое.

Время Калману предусмотрительно было назначено на конец дня: военкомат пустеет, и можно беседовать на высоких тонах, если посетитель позволит себе забыть, перед кем стоит или сколько это стóит. Садык Абдурахманов, наголо обритый, восседал за столом, подобно баю Рахимбекову, к которому отец привёл некогда Садыка, дабы знал бай, кому доверяет своих овец. Бай тогда, правда, не за письменным столом сидел, а за сандалом с угощеньями, не предложив угощаться ни Абдурахману, ни его подростку-сыну. Он свысока глядел на просителей, чем и запомнился Садыку. С наслаждением раскулачив бая и став Абдурахмановым, Садык во всём стал подражать прежнему повелителю и теперь блаженствовал в своих погонах, глядя снизу вверх на зависимого от него тощего Калмана.

– По вашему вызову явился, товарищ военком. Кудиш Калман, тыща восемьсот восемьдесят восьмого года.

– Восемьсот!.. Ай-вай-вай! Извините, дорогой, ошибка вышла. Что будешь делать, секретари, понимаешь, числа читать не могут. Наверно, сыну вашему повестка, призываться пора, добивать фашистского зверя в его берлоге. Сын есть, да?

– Он болен, товарищ военком, белый билет у него.

– Это врачи решат, какой белый, какой не белый...

– Конечно, товарищ военком. На то и медкомиссия. До свидания, доброго вам здоровьица!

Абдурахманов оторопел, словно, поймав лису, обнаружил, что это крыса.

– Обожди-обожди... Ты, значит... Оч-чень хорошо, оч-чень! Метрику* принеси. Свою. Завтра. На всякий случай. А вдруг не восемьдесят восьмого... Выглядишь молодо!

Калман, придя с лёгкой душой для разрешения недоразумения, почувствовал на своей шее железные пальцы.

– Метрики нет, товарищ военком, вот паспорт...

– Паспорт паспортом, ты мне метрику дай.

---

* Метрика, метрическое свидетельство, или свидетельство о рождении

— Где ж я её возьму? Родился я в Умани, там после оккупации, может, и архивов не осталось. Но я запрошу.

— Война. Родина ждать не может. Завтра, — он постучал по столу, — чтобы лежала у меня вот здесь.

— Товарищ военком!..

— Хорошо, послезавтра. Всё, иди!

Калман собирался вечером потешить своих, но теперь ему стало не до шуток. Мобилизовали и немолодых, правда, не таких пожилых, как он, но поди докажи этому бритоголовому болвану, что метрики у тебя нет. К прокурору, что ли, обратиться? Да ведь одна шайка. Вечером, за угощением, не он, а Абдурахманов будет потешать гостей. И прокурора. *Послезавтра* – явный намёк на деньги. День дан, чтоб собрать.

Дома буркнул: недоразумение улажено. Ночь прокрутился без сна и утром изложил дело главбуху.

— Давай паспорт, — сказал Шарафутдинов, тощий язвенник. — Пиши имя-отчество-фамилию папаши-мамаши. Завтра получишь свою метрику. Клади пятьсот рублей. Никому ни слова!

Его не радовала перспектива остаться без своего зама.

Пятьсот рублей, ха! Две буханки белого хлеба!

Наутро Калман получил обратно паспорт с вложенной в него метрикой. Обтрёпанность бумаги не вызывала сомнений в подлинности документа.

— Скажешь, что у жены хранилась, она напомнила.

С работы Калман поплёлся в военкомат. В этот зимний по здешним понятиям вечер он потел, и сердце у него колотилось. В приёмной уже было пусто, как он и ожидал, но кокетливый Фенин стол с неизменным цветочком на нём был завален бумагами, их разбирал сидевший за столом хмурый подполковник в полевой форме, с орденской планкой и нашивками за ранения. На лоб свисала прядь светлых волос.

— Мне к майору Абдурахманову, — кротко пояснил Калман, пробираясь к двери военкома с видом человека, не желающего тревожить начальство.

— По какому вопросу?

— По личному, — привычно ответил Калман, протянув к двери руку, но от того, как подполковник вскинул лохматую голову, замер с протянутой к двери рукой.

Подполковник положил бумагу на стол и впился в Калмана светлыми глазами. Фронтовик. Прядь волос вернулась к пышной шевелюре и обнажила на лбу шрам. Калману показалось, что шрам пульсирует. Он забыл дышать. В кармане, кроме фальшивой метрики, лежал свёрток с деньгами для Абдурахманова – неподдельный довод, на него и рассчитывал Калман. Теперь и метрика, и деньги жгли его. И подполковник пронизывал. Калман чуял: ох, не тот это взгляд, каким оценивал его

302

Абдурахманов, здесь имеет место едкая, свирепая честность, а от неё во времена войн бед больше, чем от взяточничества.

Словно читая его мысли, подполковник сказал:

— Военкомат не лучшее место для личных вопросов. Ладно, выкладывайте.

— Можно, я обожду Абдурахманова? Он в курсе моего дела.

— Я теперь Абдурахманов. Клевцов Михаил Ксенофонтович. С кем имею честь?

— Кудиш Калман Соломонович, — промямлил Калман, унимая дрожь и протягивая подполковнику метрику.

— Садитесь, Калман Соломонович. — Военком указал бумагой на стул. — По личному, так по личному... Минутку!

С неожиданной для его размеров лёгкостью поднялся со стула и с бумагой в руке ушёл в дверь с надписью «Третий отдел». Калман остался сидеть бескостной тряпичной куклой. Вот влип! Новый ли это военком или ревизор из столицы для изучения здешних дел, не раскопанных при смещении Шустова, но он, Калман Кудиш, станет той ниточкой, за которую...

Подполковник вернулся с карточками в руках.

— Кудиш Калман Соломонович... Ясно... Кудиш Эмиль Калманович, старший лейтенант, полевая почта... Кудиш Борис Калманович, отсрочка от призыва по состоянию здоровья. Личный вопрос, конечно, по поводу младшего?

Примерным иудеем Калман не был и при выпаде военкома мысленно перекрестился: какой же он, Калман Кудиш, молодец, что сохранил повестку! Её он тут же молча протянул подполковнику вместе с метрикой.

— Повестка? Вам? Свидетельство... Выдано в том, что у Кудиша Соломона... — Умолк, читая про себя. — Возраст у вас на лице написан. Это по требованию военкома? Зачем?

— Зачем... Ну, вы фронтовик, можете не знать... Иван на фронте воюет, Абрам в Ташкенте торгует... — Подполковник побелел так, что Калман вскочил. — Товарищ военком, воды??..

Кинулся к тумбочке с графином, уронил пробку от графина, она разбилась. Налил воды в стакан, расплёскивая, поднёс дрожащей рукой. Клевцов сидел, откинувшись на стуле, с приоткрытым ртом, прижав ладонь к глазу и лбу, дышал редко, глубоко. Глотнул и слабым движением отвёл руку Калмана. Веки были опущены.

Калман стоял над ним со стаканом. Лет тридцать пять. Светлый шатен. Шрам на правой лобной доле уходит и прячется под волосами. И пульсирует. Широкое, почти не суживающееся книзу лицо с крупными чертами. Нос с небольшой горбинкой, как на старинных иконах, чуть искривлён. Прямой твёрдый рот. Красивое лицо, мужественное. Открыл глаза, светлые, с прозеленью...

— Что с вами, товарищ военком? Вызвать врача?

— Сядь...те... Мы воюем с фашизмом. Не на жизнь, а на смерть. На знамени фашизма антисемитизм. А вы тут...

— Я лишь повторяю, товарищ военком, — с достоинством сказал Калман. — Не стоит закрывать глаза, это говорят на каждом углу. Конечно, я не сказал бы, если б знал, что так вас расстрою. Зачем вы так? Вы же не еврей, правда?

— Правда, но не вся. — Всё ещё плохо повинующимися пальцами Клевцов расстёгивал карман гимнастёрки, доставал блокнот, из него газетную вырезку. — Читайте.

«...На вскрытом участке нами обнаружены тела женщин с грудными младенцами, старики, дети, многие с прокушенными языками и с землей в дыхательных путях, что свидетельствует о том, что жертвы заваливались землёй ещё живыми. По показаниям местных жителей, все убитые были евреи...»

Калман перевернул листок: "Слава Родины", газета 69-й армии... Помотал головой и вернул газету военкому.

— Не могу... Михаил... Простите, запамятовал...

— Ксенофонтович. — Военком пришёл в себя, глядел твёрдо. — И это не вся правда, Калман Соломонович. Вся в том, что не было у меня на фронте товарищей надёжнее евреев. И этого я антисемитам не отдам.

— Но вы же не еврей!

— Далась вам моя национальность! — Клевцов замедленно встал. — Куда мне с таким отчеством в еврейство...

— Не переживайте! — наклонился к нему Калман. — Я вам что-то скажу — и вы поймёте. Я старый, погромы помню, дело Бейлиса, русских адвокатов, Короленко Владимира Галактионовича, земля ему пухом... На земле есть только две национальности — порядочные люди и мерзавцы.

— Аминь! — отозвался Клевцов и протянул Калману руку. — Готовьте сына к призыву. Врачей я поменяю. До комиссии даже они не будут знать о моем выборе.

— Ну, то дай же бох нашему дитяти та й вовка зъисты! — в тон ему украинской поговоркой ответил Калман.

Домой вернулся в состоянии восторженного подъёма и с порога закричал:

— Борька, готовься к призыву!

— Ты спятил! — всполошилась Поля. — Что за глупости?!

— Новый военком! А новая метла... сама знаешь. Врачей меняет! Чист, как херувим! Калека! Дивная душа!

И зарыдал.

Поля таращила глаза. Калман не был сентиментален.

О новом военкоме уже знали все. Не от Калмана, он-то помалкивал. Слухи шли от работников военкомата. Псих! В голове неизвлекаемый осколок, нервничать ему нельзя, а он бушует. Больной на голову! Разогнал половину вольнонаёмных, начиная с Фени. Оставшаяся половина восторгалась. До войны был в запасе. Мирная профессия – радиоинженер. Оказывается, и такие бывают. Жена и сын погибли то ли в Ленинграде, то ли в Сталинграде. От демобилизации отказался. Направлен в Среднюю Азию, ему противопоказан холодный климат.

Весенний набор начался с недельной задержкой. Боря жаловался на подъём температуры по вечерам. Рентген показал затемнение в верхушке правого лёгкого. После походов по инстанциям он получил освобождение даже от ночных смен. Это ударило по Юлику, он лишился партнёра по карточным играм с элементами спортивного бриджа. Впрочем, теперь всё время, свободное от школы, он читал или проводил у Лорки.

В рисунках обозначились два плана – верхний и нижний. В нижнем было всё ненавистное – Гитлер и его свора, пожары, руины... В верхнем всё любимое – небо с планетами и звёздами, Лорка, он сам, птицы... Они с Лоркой тоже наделены были способностью парить над происходящим. Рисунки делались всё тоньше и лучше.

И Лорка делалась тоньше и чувствовала себя всё хуже. Вечерами поднималась температура, в мокроте появилась кровь. Ела нехотя: Нина готовить вкусно не умела. Лиза зачастила к Фоминых, носила готовые блюда. Юлика предупредила: не упоминать о Глебе. Юлик обиделся: "Мам, за кого ты меня принимаешь?!" Мама чмокнула его в нос: "Не обижайся, это на всякий случай".

Теперь он был допущен Лоркой к обсуждению рисунков. Началось это с осени, Юлик даже день запомнил, 6 ноября. В тот день в газете была статья, посвящённая освобождению Киева, вечером её обсуждали у Кудишей, и в нём взорвалась вдруг такая тоска по Шурке, что он удивился: как могло случиться, что столько лет, с больницы, он о Шурке почти и не думал? На другой день у Лорки долго мялся и всё же попросил:

– А ты в свои картины не можешь моего друга Александра Волкова вставить?

– Как же я его вставлю, глупый, когда я его не видела? Карточка у тебя есть?

– Ну, откуда карточка... Нас же в детском саду не снимали. Лора, я тебе его опишу, он у меня перед глазами.

– Ну, давай, попробуй, – пожала плечами Лорка, не отрываясь от работы, – да только как я увижу то, что ты видишь? Если б ты хоть картину какого-то художника назвал, где похожий мальчик... В тех книжках, что ты принёс, есть похожий?

Юлик покачал головой:

– Не-а. Он на ангела похож. Знаешь, как ангелов рисуют?

– На ангела, тоже мне! Он, что, с локонами?

– Да! Ну, видишь, ты же знаешь!

– Шо я знаю, глупый? Ангелы тоже разные. Только и общего шо глаза голубые да волосы светлые, вьющиеся. А выражение лица, глаз – это ж всё видеть надо!

– Я тебе расскажу! Я его помню, вижу! Глаза у Шурки далеко один от другого. Лоб широкий, высокий, волосы его закрывают. Светлые волосы. Не такие, как у меня, а просто светлые... а где и потемнее... Глаза очень большие, раскрыты широко, голубые, а по краям серый ободок... и такие... ну, добрые очень... и рассеянные... И ресницы длинные...

– Ну-ну, давай...

– И смотрят как-то... вроде и на тебя – и куда-то ещё. Он всегда задумчивый. А иногда как-то так посмотрит – ну!.. Я очень его люблю. Как родного братика. Как Галку. И девчонки в садике все в него влюблялись и все к нему приставали, дразнили, лишь бы он их заметил...

– Ну, чего умолк? А нос, рот, щёки? Как я его нарисую по одним глазам и выражению? – Но карандаш её уже вовсю ходил по бумаге. – Глаза такие?

– Ага... Нет, длиннее... Ага, такие, точно! И ресницы длинные и... ага, точно! Н-ну, не точно... но похоже...

– Ну, а рот, нос?

– Нос узкий, ноздри тонкие... рот маленький, вроде как у меня... Лора, похож, очень!.. Ну, очень!..

– Красивый пацан, – по-взрослому сказала Лорка. – Где он?

– Не знаю. С мамой. Эвакуировался, наверно.

Через час он ушёл и не сказал Лорке, что Шурка, хоть и похож, но всё же не тот, какого он видит перед собой.

Шуркой и деталями военной техники ограничилось его влияние на Лоркино творчество. Всякие пушки-самолёты Лорка принимала, но при нём лишь кое-что набрасывала для уточнения. Ни черта она не знала ни о самолётах и танках, ни о взрывах, но Юлик зачарованно следил за её рукой. Что у неё смелая линия – это даже он понимал. Не отрывая руки, изображала мать и дитя или человека с птицей. Как это можно – одной-единственной линией изобразить несколько фигур сразу? Непостижима была музыкальная плавность возникавших контуров, и однажды он сказал:

– Твои картинки как музыка.

И был изумлён, когда Лорка расплакалась.

– Ты чего?

– Я с Ленинграда музыки не слышала-а-а!

Шурка всё собирался и всё забывал принести в детсад пластинку с мазурками Шопена. Принёс в конце концов. Вот бы её теперь... Юлик и сам музыки не слышал с больницы, где его сотрясали марши после победы под Москвой. Да ещё прошлым летом в парке играл оркестр.

306

Но без Галки они с мамой в парк не ходили, а радио в их кибитке не было. Любимые мелодии Юлик проигрывал про себя – миниатюры Грига, мелодии из "Кармен", "Руслана и Людмилы", "Грустный вальс" финского композитора Сибелиуса, его часто передавали по радио после заключения мира с финнами, вроде как намекали, что финнам теперь грустно. Оказывается, и он не отдавал себе отчёта, как сильно соскучился по музыке. От Лоркиного плача такая его охватила тоска по любимым мелодиям!..

– А ты какую музыку любишь?

– Всякую. Песни. Арлезианку. Грига люблю.

Захотелось расцеловать Лорку. Такое совпадение!

Тоска по музыке стала наваждением. Чтение забросил. Во дворе играл в генеральное наступление на Берлин и вспоминал мелодии. Флегматичный музыкальный отрывок повторялся в совершенной оркестровке, и он поверил, что сам сочинил это. (Вернувшись из эвакуации, услышал по радио – Адажио, вторая часть Четвёртой симфонии Чайковского...)

Боря свалился с попотачем. Юлик развлекал его, играл в "тысячу" и "шестьдесят шесть". Пришёл Калман с врачом, который и нужен был не как врач, попотач не лечится, а как авторитетный свидетель, что рабочий день не прогулян, а пропущен по болезни. Прогул и в довоенное время приравнивали к преступлению, а уж в военное... Боря просил освобождение на неделю. Врач сказал, что не уполномочен, бюллетень выписал на три дня и удалился. Появились спрятанные карты. Юлик пожаловался: нет музыки! Боря пожал плечами. Он к музыке был равнодушен.

– Уполномоченный, – бурчал он, забирая королём Юлькину даму. – Упал намоченный...

На четвёртый день вышел на работу, а, придя, позвал Юлика. Тот завизжал: на столе стоял патефон. Настоящий. Ленинградского завода "Граммофон". В ледериновой серовато-синей обшивке, местами слегка ободранной. С заводной ручкой.

– Боря, где ты его достал???

Достал его Боря в Красном уголке, где сей предмет пылился на столике в углу в открытом виде с начала войны, с тех пор, как ушёл на фронт единственный меломан завода, его комсорг, Бронислав Шапиро. Завхоз слёзно благодарил Борю, приютившего вещь: на заводе никто не интересуется, а выбросить жалко. Механизм! И пластинку уцелевшую отдал, Юлик прочел надпись: "Забайкальская. – Конная Буденного; Исп. Краснознам. анс. красноарм. песни и пляски п/у А.В. Александрова; Грампласттрест; Ногинский завод; № 3670, 3693; 1936 г. "

– Боря, а иголки? А пластинок больше нет?

Боря развернул газету, вынул обесцвеченный временем и разлезшийся картонный коробок с иголками и пачку битых пластинок в конвертах.

Юлик читал названия и вспоминал мелодии. Комсорг был меломан! Глинковский "Вальс-фантазия", увертюра к "Кармен", ариозо Мефистофеля из "Фауста", и даже "Эллегия" Массне в исполнении Шаляпина. Лишь её и удалось восстановить, она не на куски была разбита, а расколота пополам. Юлик сам её и склеил, этому папа ещё до войны его научил: клал пластинку на ровную твердую поверхность, плотно сводил половинки, накаливал в пламени свечи иголки и плоскогубцами вжимал их в пластмассу – две по самому краю пластинки и две поближе к центру. Четырех иголок хватало, чтобы пластинка стала почти как новая. Юлик хотел сразу же её послушать, Боря не позволил. Протёр механизм промасленной тряпочкой, налил в подшипники и в пружину масла и лишь тогда завёл патефон. И он закрутился! Пластинка, конечно, постукивала дважды за оборот, но с этим можно было мириться. Юлик прослушал элегию пять раз, после чего Боря выгнал его вместе с патефоном, к вящей его радости.

На следующий день школу он пропускал уже на законном основании – тащил патефон Лорке.

Она рисовала, сидя по-турецки на постели, и при появлении запыхавшегося Юлика с патефоном открыла рот. Это не радость была, а потрясение, почти страдание.

– А пластинки?

– Боялся разбить, щас принесу!

Через полчаса принёс пластинки, столько занимала дорога от Лорки до его дома и обратно. Быстрым шагом, конечно. Лорка у стола протирала патефонную обшивку.

Юлик завёл патефон и осторожно опустил адаптер. Патефон взвизгнул и заиграл "Конную". Лорка прослушала её раз, и другой, и слушала, слушала – рот до ушей.

Юлик тем временем разглядывал то, что она нарисовала перед его приходом. Рисовала она быстро, он по чистоте листа понял, что это сделано за день. Теперь ангелоподобных было уже не двое, а трое. Место слева от Лорки занял Шурка.

– А шо за вторая пластинка?

– "Эллегия" Массне. Козловский поёт.

На этот раз патефон не взвизгнул, а зашипел. Сквозь шипение раздался знакомый голос певца.

Лорка прослушала и спросила:

– А с другой стороны што?

– А-а, какая-то там ария.

Лорка перевернула пластинку и сказала:

– Ария Вертера из оперы "Вертер". Давай и эту послушаем.

Юлик пожал плечами: он предпочитал знакомую музыку. Лорка поставила пластинку, а он вернулся к рисунку.

Композиция была многофигурной и зловещей. Птицы с лицами Лорки, Шурки и Юлика парили над хаосом, в нём копошились гады, их злобные морды были знакомы по карикатурам, а тела состояли из сегментов, расплывчатых, но в них угадывались бронетранспортеры, танки... Молодчина Лорка! Не зря учил! Танки плевались огнём и ползли полями и лесами через сёла и города, объятые пламенем.

Более или менее это было ему знакомо. Но явился новый персонаж, реявший над другими – смеющийся скелет, с глазницами зрячими и дымящимися. Дым повторял очертания скрюченных гадов, их лица выражали злобное торжество, и у Юлика, несмотря на постоянное теперь чувство победы, пробежал по спине озноб.

Пластинка кончилась, Лорка поставила её снова. Красивая музыка, нежная. Мелодию он всё же помнил. *О, не буди меня, зефир младой весны...* Нежно и печально переливалась арфа. *И вот в долину к вам...* неразборчивое... *певец другой придёт...*

Он хотел спросить, что означает скелет и этот дым, извергаемый глазницами, и вдруг увидел, что Лорка плачет – молча, опершись локтями о стол и спрятав лицо в ладони.

Этого он уже не выдержал. Прокрался к двери и вышел.

Евангелие от Лоры

Несколько рисунков Лорки он взял будто для себя и попросил маму сходить с ним к Марии Петровне. Хотел рассказать ей о Лорке – какой она замечательный человек, какой преданный друг. Заодно узнать, нет ли у Марии Петровны пластинок. И было бы здорово, если б она достала Лорке ватманскую бумагу. И главное – как бы её вылечить?

Пошли в тот же вечер, невзирая на дождь.

– Мистика! – сказала Мария Петровна, посмотрев рисунки. – Талантище! Лизочка, что я могу для неё сделать?

Мама глазами указала на Юлика.

Значения слова *мистика* он не знал. Слышал от Галки, когда она что-то искала безуспешно. Всё, что он хотел сказать, оказалось ненужно, едва Мария Петровна увидела рисунки. Но что в них такого, чего она не может найти?

Пошёл напролом.

– А у вас есть ещё такой альбом для рисования?

– Нет, милый, это следы ученичества сына. Такого этого не купишь. Расспрошу коллег... А что ещё было бы ей приятно?

Юлик рассказал о пластинке Массне. Вся пластинка грустная, но Лорка слушает лишь одну сторону и плачет. Лицо Марии Петровны исказилось. Она подошла к тумбочке с патефоном и пластинками на полке.

– "Чайка смело пролетела"... – бормотала она. – "Лейся песня"... "Партизан Железняк"... "Рио-Рита"...

– Давайте! Танцы и песни она тоже любит, – заспешил Юлик и не сказал, что и сам эти песни любит. И Галка. Кольнула тоска по сестричке. Перед войной у них была вечеринка. Галкины подружки и мальчики танцевали под "Рио-Риту"... – Можно, я посмотрю?

– Конечно, милый! Бери всё. А я завтра... Нет, завтра заседание... Приходи через два дня, я что-нибудь достану. Это плохая болезнь. Лечение – питание, об этом твоя мама заботится. А Массне постарайся у неё забрать, хорошо? Какой ты молодец, какой добрый!

– Я не добрый. – Вспомнил драку с Афонькой. – Просто, Лорка очень хорошая.

Через два дня с мамой снова посетил Марию Петровну и получил тяжёлую связку пластинок и два альбома для рисования. В одном несколько листов были размалёваны, наверное, малышом, но на другую сторону листа эти каляки не проступили.

– Вот, реквизировала у коллег. Пластинки возвращать не надо, это подарок.

Юлик просмотрел пачку. "Пер Гюнт", здорово! "Грустный вальс"... "Шехеразада", первая часть... Ну, хоть первая. "Сентиментальный вальс"... "Фарандола", как здорово!

Он кинулся обнимать Марию Петровну.

Мама развернула на столе пакет:

– Мурочка, это вам...

– Лизочка, нет.

– Это не от нас, это от девочки.

– Лизочка, нет.

– Чем я могу вас отблагодарить?

– Лизочка, мы ведь подруги...

– Конечно... Но на разном уровне...

– Нет, Лизочка! – Они уже стояли в дверях. Мария Петровна что-то шепнула маме и рассмеялась, когда мама широко раскрыла глаза. – Всё так просто.

Мама сказала что-то очень тихо, он разобрал лишь: *вы помните... отец... мать из очень простой семьи...*

Что шепнула маме Мария Петровна? А мама ей – что? Похоже, все эти разговоры шёпотом – на национальную тему. А она стала – не без проклятой этой войны, ясное дело, – самой для него острой.

Ну, и что?

Это есть наш последний и решительный бой, с Интернационалом воспрянет род людской. Пусть уже и не гимн...

Он не спросил – о чём шепнула Мария Петровна. Он повзрослел, он не желать знать то, что его не касалось.

На обратном пути предвкушал Лоркино ликование и болтал без умолку. В школу на другой день, конечно, не пошёл, помчался к Лорке. Постучал, услышал кашель и Лоркино "да". Вошёл. Лорка быстро сунула под подушку книгу, которую читала.

– А, это ты...

Вытащила книгу, затрёпанную Библию.

– Смотри! Мария Петровна дала! – Показал пластинки. – "Пер Гюнт", "Арагонская хота", "Арлезианка"... Лорка, смотри же! Что ставить первым?

– То, што стоит.

– Да ты это каждый день пять раз слушаешь!

– Пять? Пятью пять. Поставь.

– Я "Пер Гюнта" поставлю. Или "Шехеразаду".

– Не хочу. А это у тебя што?

Альбомы щупала, гладила, прикладывала к щеке.

План похищения Вертера под заслоном другой музыки рухнул. Разбить пластинку Юлик не решился.

У него созрела собственная неприятность и в последнее время занимала мысли чуть ли не больше, чем даже Лоркина болезнь. Он нарвался на шантажиста.

Началось это на площади у медресе Мулло-Киргиза, по четвергам там собираются филателисты, обмениваются марками и новостями. Красивый шатен лет пятнадцати, поляк, по-русски говоривший чисто, с небольшим акцентом, показал марку. Юлик давно отметил шатена по манерам, они отличались от развязной повадки большинства филателистов. Шатен сперва не заинтересовался Юликом, чей обменный фонд привлекал лишь начинашек, а шатен был зубр. В это время, начитавшись книг о марках и подделках, Боря охладел к коллекции и передал её Юлику. Новый обменный фонд привлёк внимание шатена. Он осмотрел марки и улыбнулся: дескать, для меня ничего интересного. Но стал замечать Юлика, приветливо ему кивал, что Юлику, конечно, льстило. И вот, показал марку и с той же любезной улыбкой сказал:

– Ручаюсь, такой у тебя нет.

У Юлика дыханье спёрло: та самая, из палестинской серии! Скромная, с углом стены и торчащей над ней узкой и высокой башней. Такой не было и у Бори. Хотя всю серию он передал Юлику, этой марки там не было – зеленоватой, самого высокого номинала.

– Как тебя зовут?

– Юлик.

– Очень приятно. Кшиштоф. Можешь звать меня Крис. Хочешь эту марку?

– Мне платить нечем.

– Уплатишь, когда будет. Через месяц, да? По рукам?

Умно было бы ответить, что денег не будет и через год. Юлик не просил у мамы денег и отказывался от них, если она предлагала. Ну, на кино. Он не любил денег. Он их даже боялся. Предпочитал, чтобы тратила мама. А уж покупать марки за деньги – такое ему и в голову не взбрело бы. Но марка манила, Крис не выглядел вымогателем... Высокий, тонкие черты, матовая кожа, одет щеголевато... Он внушал доверие. Если речь не шла о науке, завоевать доверие Юлика было просто: сказали – поверил. Он растерялся и хлопнул по рукам.

О чём-то они ещё поговорили, и Юлик ушёл.

Через несколько минут Крис его догнал, и Юлик сразу протянул ему марку.

– Что ты! – удивился Крис. – Разве так делают? Мы же ударили по рукам! Просто нам по пути, я тоже иду домой.

У поворота в тупичок Юлик остановился проститься. Крис сказал, что хочет посмотреть, где он живёт. У Юлика заныло в животе. Промямлил, что идёт к знакомым. Крис кивнул на калитку, их лишь две было в тупичке: "Эта?" Юлик врать не умел, кивнул. Расстались у дома Ржевских, Юлик зашёл в тамбур. Получилось, что простился с Крисом у дома, а пошёл дальше. Глупо! Смотреть, продолжил ли Крис путь по их улочке или вернулся на главную, он не стал, постеснялся. Да и толку? Плохо уже то, что не скрыл своё нежелание показать Крису жильё. Постоял в тамбуре и поплёлся домой. Играть с Диной, румяной, здоровой, теперь, когда Лорке так плохо, казалось предательством.

Марку в альбом поместил отдельно, старался на неё не глядеть, но показал Боре. Тот пожал плечами: этой у него не было, но таких марок пруд пруди, это не ценность.

Интерес к филателии угас. К медресе Юлик уже не ходил.

Крис явился через две недели, днём, после школы. Юлик читал, кто-то постучал в окно, он удивился: Боря входил с коротким стуком в дверь. Выглянул и обомлел. Крис! Как он попал во двор? Калитка вроде была заперта. И трёхметровый дувал не препятствие? Так от него не спрятаться!

Крис вошёл через кладовку уверенно, словно не впервые. Сел, улыбнулся.

– Привет! Вот ты где... – Огляделся. Печурка, стол, прикрытая занавеской ниша... Понятно, чемоданы... Две кровати, два стула, керосиновая лампа с чистым стеклом на столе... Опрятно. – Как дела? Когда платить собираешься?

Юлик честно сказал, что денег у нет. И он не знает, когда будут. Крис посуровел.

— Возьми свою марку, — взмолился Юлик.

— Э-э, нет, так не пойдёт! — осклабился Крис. Его словно подменили. Где любезность, приятные манеры... От шарма и следа не осталось. Хищник! — Марка твоя, я тебе её продал, ты купил. По рукам бил? Давай деньги. Пятьсот рублей. Денег нет — давай вещи.

Юлик сказал: у него и вещей нет. Крис вперился в него жёстким взглядом: даю ещё две недели, но тогда чтоб всё было!

Жизнь превратилась в ад. Читал не запоминая, несколько раз перечитывал одно и то же. Ни о чём не мог думать. Криса не винил, даже понимал: беженец, выживает... Клял себя: как согласился взять эту марку?

Выручила Лорка. Такое понесла, он и о Крисе позабыл.

— Будет конец света, — встретила она Юлика с его новостями из школы и с всякими вообще новостями, говорившими о скором конце войны. — Все будут воевать со всеми. Значит, никаких тебе концов и никаких побед.

— Воевать? Все? За что? Когда?

— Когда — не знаю. Будут — и всё. Скоро.

— Кто тебе такое сказал? Мама?

— Мама! — Закашлялась, сплюнула в баночку, закрыла её крышкой. — Мама только плакать умеет. Это Бог сказал.

— Что сказал?

— Што, што! То, шо я тебе сказала. Ещё сказал, шо умру. Скоро. Не говори никому, а то... Понял?

— Что ты болтаешь? Весна придёт, и ты выздоровеешь.

— Ага, сразу... Весна придёт, а я уйду.

— Куда?

— Туда, дурной. Куда все уходят. Куда папка ушёл.

— Ты разве его помнишь?

— Помню, конечно. Он теперь Бог. Он и сказал.

— Что сказал? Про конец света? Лорка, как он мог сказать, когда он не Бог? Бог один!

— Ну, один... Вот он и Бог. Мой папка. Бог, один!

В жизни своей Юлик ещё не был так близок к тому, чтобы двинуться мозгами. Подкрадывалась знакомая отдалённость от тела, и он встрепенулся:

— Ну, объясни! Ну, конец света... Темно станет? Холодно?

Лорка зыркнула угрюмо. Волосы у неё отросли, почти смыкались на шее, от этого узкое лицо казалось ещё у́же. И бледнее. А глаза темнее и больше. Эти её светлые глаза и тёмные волосы... И румянец, он тлел на щеках постоянно. Она сгорала! И что-то новое появилось в выражении лица, неописуемая какая-то смесь тоски, злости и мольбы. Злости — на кого? Мольбы — о чём? Жалость терзала Юлика так, что выть хотелось.

Она молчала. Ему стало жутко. Повторил свой вопрос.

– Нет. Солнце будет, и звёзды, и деревья, и звери... Всё! Только без людей.

– Как это? А люди?

– А так. Перебьют друг друга.

– Но кто-то же всегда остаётся после войн!

– Оставался. А теперь не останется.

– Таких бомб и газов таких нет, чтоб никого не осталось.

– Ха-ха! – Его затрясло от этого хриплого смеха. Озноб пробежал по спине, словно не Лорка смеялась, а гоголевская Красная Свитка. – Ну, нет – так будут.

– Как? Откуда?

– Не знаю, – буркнула Лорка. – Я всё нарисую. Уходи.

– Можно музыку послушать? Я по музыке соскучился.

– Слушай и уходи.

Он подошёл к патефону. Опять та же ария Вертера! Он же сам достал, починил и принёс её Лорке... Проклятая! Она воплощала Лоркину болезнь. Он осторожно снял её и поставил "Фарандолу". Может, эта энергичная музыка изменит Лоркино настроение...

Пластинка кончилась, и Лорка сказала нетерпеливо:

– Уходи. У меня времени мало.

Вечером мама заметила его задумчивость.

– Был у Лоры?

– Да.

– Как она?

– Мам, а как это, когда причёска как у Лорки?

– Каре.

– Каре? Это как военное построение?

– Я не знаю военных построений. Как Лора?

– Говорит, что скоро умрёт.

Мама на миг прикрыла глаза.

– Одевайся.

Этого Юлику не надо было повторять.

По дороге не стал даже знакомить маму со сводкой Информбюро и сказал лишь то, что тревожило:

– Лоркина мама её жалеет и плачет. При ней.

Мама стиснула его ладонь.

Лоркину маму застали на месте преступления. И к ним бросилась с плачем.

– Ой, Лизочка!..

– Пойдёмте, подышим. Вы всегда в больничной духоте.

Ушли. Юлик робко спросил:

– Ну, как, нарисовала?

– Не-а. Большая очень работа. – Лорка тяжело дышала, лёжа на спине. Слова бросала отрывисто. – Ещё не делала таких. Бумагу вот склеила. Четыре листа

– Может, словами расскажешь?

Лорка помотала головой:

– Не смогу. Потерпи. Поставь пластинку.

– Твою? – испуганно спросил он.

– Какую хочешь. Тихую какую-нибудь.

"Сентиментальный вальс" слушала, закрыв глаза. Вальс кончился, Юлик снял пластинку, и она сказала:

– Дай руку. Поцелуй меня. Ничо, в щеку не заразно.

Он прижался губами. Щека была горячей, нежной, касание хотелось длить, и он почувствовал на губах соль. И под "Сентиментальный вальс" плачет... Но эта мелодия оставляла её лицо спокойным, почти счастливым.

Он проглотил комок и сказал:

– Ты меня вылечила. Мне бы без тебя капут. Помнишь, у меня раны открывались по всему телу. – Лорка кивнула с закрытыми глазами. – А как ты за меня взялась, закрылись. Лора, что я могу для тебя сделать? Я всё-всё сделаю.

– Будь со мной. Не сердись, если я такая... как сегодня...

– Я и не сержусь.

– Поставь ещё. Чо хочешь.

Он играл всё подряд. Мамы не появлялись. Лорка стала рассказывать о папе. Папа был сильный, носил её на плечах на демонстрации. Последним праздником были Октябрьские в тридцать девятом. Папа нес её и встряхивал, она смеялась. Мама с папой всегда смеялись. Его забрали на войну. Тридцатого января сорокового года пришло извещение о его гибели, и мама закричала таким криком, что захотелось умереть...

Вошли мамы. Нина вымученно улыбалась. Лорка глянула на неё, губы у неё дрогнули.

– Мам, я выздоровею. Придёт весна – и выздоровею. Пойду с Юликом на закате на мою гору глядеть.

– Доченька, тётя Лиза принесла жаркое. Поешь!

– Да, поем. Спасибо, тёть Лиза. Можно, я позже? Я на ночь люблю.

С этого дня утихла. Рисовала своё предсказание и при стуке в дверь прятала. Юлику сказала: "Дураку полработы не показывают". Он не обиделся. Понимал, как она больна. И потом, он же обещал не обижаться.

Настал день расплаты. К вечеру Юлик повеселел. Может, Крис уехал в свою Польшу, её уже всю освободили.

Следующий день запомнился.

Крис явился. Проник. И с ухмылкой постучал в окно.

– Привет! Деньги приготовил?

От запуганности Юлика он совсем обнаглел.

– Пожалуйста, забери свою марку. Я к ней в придачу все свои марки отдам. Даром.

– Твоего барахла и даром не надо. А за марку гони монету.

Юлик протянул тюбетейку, вышитую, круглую, ковровую: возьми вместе с маркой. Крис расхохотался: "Тюбетейка? За такую марку?!" И потребовал, чтобы Юлик показал ему всё, что есть в доме. Юлик сказал: марке красная цена сто рублей. Крис сказал, что Юлик ни черта не понимает в марках (что, конечно, было правдой), это раз, а второе, что продавец – он, цену назначает – он! И потребовал раскрыть чемоданы.

Юлик не знал, что у них в чемоданах, и вдруг его осенило: мама! Он не один! У него есть мама! Кротко поглядел в глаза притеснителю и сказал:

– Хорошо. Пойдём, я приведу маму, она раскроет чемоданы.

Крис оторопел, потом стал ругаться: "Пся крев!" Ушёл с тюбетейкой, не забыв унести и марку. Вот было облегчение! Словно гоголевскую красную свитку унесли.

Он помчался к Лорке. Теперь можно было и ей рассказать!

Лорка привычным жестом сунула за кровать фанерку с приколотым листом, а Юлик стал восторженно описывать, как наши бьют фрицев на Балатоне, сколько сожжено "тигров" и "пантер" и как малы наши потери. Лорка вдруг сказала:

– К снежной горе хочу. Поведёшь? Поможешь? Ну, чего ты? Улыбнись! Мери едет в небеса!

Он глядел со стеснённым сердцем. Он уже знал, что любит Лорку, как родную сестричку. А переживает за неё до стеснения в груди. Глядеть на гору... Куда ей в такую даль? Она по комнате едва-едва. Но отказать... Он уже повидал туберкулёзников, знал, как это серьёзно. Попытался улыбнуться, не вышло, скривился, кивнул: поведёт, поможет. Лорка благодарно смежила веки – и вдруг издала булькающий звук. Глаза её расширились, она рванула и судорожно поднесла ко рту подол рубашки, и остолбеневший Юлик увидел, что изо рта на рубашку потоком хлынула алая кровь.

Он не помнил, как мчал к больнице, ведомый кричащими Лоркиными глазами и отчаянным жестом, он был выразительнее слов: "Ты, что, не видишь? Зови маму!"

Весна Победы

Война близилась к победоносному завершению. Юлик наслаждался достатком. Так это запечатлелось. Иначе с чего бы ему на всю жизнь запомнить мартовский полдень, когда, соскучась по маме, пришёл к ней на толкучку, а она дала ему буханку хлеба и банку повидла? Погода была наманганская весенняя: пасмурно, свежо, светло-серые высокие просветы между тёмно-серыми облаками, сырой ветерок... Под бодрящим этим ветерком вернулся в свою полутёмную берлогу, сел к столу и предался пороку, от которого Галка и мама безуспешно его отучали: читал и ел. Наслаждался изобилием. Буханка свежего хлеба – и он мог съесть её хоть всю! Читая! Бриг уже вошёл в пролив, корабль пиратов хлестал ядрами по окнам Гранитного дворца, всё свершалось в немыслимом темпе, он искал выхода из безвыходного положения и, казалось, не замечал, чтó ест – но на всю жизнь запомнил то повидло со свёрнутыми в трубочки шкурками сливы и вкус того ржаного хлеба. Съел полбуханки хлеба и полбанки повидла, зная, что хватит и маме.

А мама была занята, как никогда. Планировала возвращение. Родственники писали из Киева. Работы много: на фабриках за станком, расчистка развалин... Но Лиза в Намангане вращалась в деловом мире – и в него желала вернуться. Работники Военторга, как муж Евы, артельщики, как Лёва Ржевский, были бизнесмены, и в их среде Лиза снискала репутацию деловой женщины. Репутация была входным билетом в бизнес, иначе человек не допускался к тем, кто ворочал делами. Даже имён не знал. В перечень качеств, необходимых для вхождения в их круг, помимо оборотистости и умения держать язык за зубами, входили честность, осторожность и щедрость в расчётах.

Но бизнес есть бизнес, в него надо внести кое-что помимо репутации – пай. Если и достигнешь со своими качествами деловых людей, они приятности в общении могут предпочесть солидный вступительный пай. Допустим, вернулись Плонские в Киев, вошла Лиза в контакт с нужными людьми, речь пойдёт о работе в снабжаемом дефицитными товарами магазине или на торговой базе. А деньги? Да-да, деньги для закупки первой партии товара, чтобы пустить его в оборот, сделать деньги-штрих, тоже целиком пускаемые в оборот, чтобы сделать деньги-два-штриха. И так не раз, пока наладится дело, лишь тогда можно брать деньги и для себя. Этот начальный пакет, сумму немалую, собрать надо до возвращения в Киев, не снижая помощи бедствующим, не снимая с довольствия Галку и папу, не опуская собственный уровень жизни ниже некой отметки. Что объясняет и лоскутные бриджи Юлика, и память о хлебе и повидле. Не так уж он с мамой жировал, если ликующее воспоминание об этом пире осталось на всю жизнь, а хлеб с повидлом, тоже на всю жизнь, стал любимым лакомством. Что придавало ценность кошёлкам, носимым Лорке и блокадникам-ленинградцам.

Ещё одна проблема особого свойства стояла перед Лизой, и называлась она – загар. Загар, приобретённый ею под среднеазиатским солнцем и поставивший на ней клеймо – *базарная торговка*. Быть принятым в среду коммерсантов у базарной торговки не было шансов.

Мамы теперь не бывало дома не только днями, но и вечерами: обходила знакомых в поисках контактов в Киеве. Юлик в её отсутствие у стола с керосиновой лампой в энный раз перечитывал "Таинственный остров". Текст местами знал наизусть, но так же предвкушал драматические ситуации и переносился в мир книги.

Был знакомый уже эпизод войны с пиратами, когда ранили Герберта, и что-то щекотнуло правую руку у локтя. Не глядя, чесанул, щекотание не унялось. Перевёл рассеянный взгляд со страницы на руку и – увидел на своём локтевом сгибе скорпиона с загнутым кверху хвостом.

Реконструкция событий дала следующее:

Промчавшись по Г-образному двору, Юлик ворвался к Кудишам с криком: "Меня укусил скорпион!" Кудиши пили чай и повскакали, опрокидывая стаканы. Калман осматривал Юлика и успокаивался: парень не вопил, за руки-ноги не хватался, хотя боль притягивает укушенного и держит его руки в зоне укуса надёжнее магнита. Пришли к кибитке – темно. Вернулись с фонарём и при свете увидели: лампа на полу, стекло разбито, керосин разлит, книга на месте, скорпиона нет. Стали смеяться: ну и фантазёр! Боря с лампой осматривал пол. "Вот он", – прозвучал его спокойный голос. Скорпион корчился у стены рядом с дверью. Юлик отвечал дрожащим голосом, но осмысленно: да, выскочил в окно, расположенное справа от стола, это обычный его путь во двор, а перед тем тыльной стороной ладони изо всей силы смахнул скорпиона. Боря завершил: "А заодно и лампу!" Заключили, что Юлика спасла от укуса необыкновенная быстрота, скорпион не успел вонзить жало. Взмах руки так был энергичен, что насекомое изрядно повредилось, трахнувшись о стену.

В школу Юлик перестал ходить в середине марта, когда произошло несчастье с Лоркой. Мама принесла похвальную грамоту за третий класс и записку от Клавдии Ивановны с пожеланием учиться так же хорошо и быть для всех примером. Он рвался в больницу. Лорка занимала все мысли. Мама объяснила: к ней не пускают, ей предписан покой.

В ожидании разрешения стал на закате ходить к Саю и молиться Богу, обитающему, вероятно, на снежной вершине. Но воздух был влажен, вершина не появлялась. Юлик думал: если бы в день, когда с Лоркой это случилось, они пошли глядеть на вершину, то ничего бы не увидели тогда, в марте, если ничего не видно даже в апреле, а уж ему досталось бы!.. Кровотечение уж точно отнесли бы за счёт их похода.

Гора не появлялась, но он всё ходил к реке и, обратясь в сторону горы – её местонахождение помнил, – молился Богу о Лорке. В долине цвёл и одуряюще пахнул дикий миндаль. Фиолетовый ореол вздымался над позолоченными закатным солнцем деревьями. Чирикали и шныряли во все стороны птицы. Он забывал молиться и принимался мечтать. Лорка выздоровеет, и он уговорит маму, чтобы она и Лорку, и Лоркину маму забрала с собой в Киев. Как-нибудь поместятся. Помещались же на Хивинской. Кровать можно двухъярусной сделать, видел такое в детдоме и согласен спать наверху. И можно договориться с Шуркиной мамой, она такая добрая, она приютит Лорку с её мамой, у них большая квартира рядом, на Обсерваторной, и они будут дружить все вместе – Шурка, Лорка и он...

Спохватывался: а Бог? И принимался повторять про себя, не открывая рта, своё заклинание:

– Боже великий и милосердный, сделай так, чтобы Лорка Фоминых выздоровела и вернулась из больницы здоровая. Да будет всё так, как Ты, Всемогущий, пожелаешь, но сделай так! Пусть она вернется здоровая к своей маме и ко мне, рисует свои картины и остаётся моим другом. Да будет всё так, как Ты, о Великий, пожелаешь, но сделай так! Сделай, чтобы Лорка вернулась из больницы здоровая! Сделай это – и да будет всё так, как Тебе, Всесильному, Всемогущему благоугодно...

А тут новое возникло обстоятельство: перестали приходить письма от Мили. Поля рвала на себе волосы, и мама велела Юлику не отходить от неё.

Ещё до несчастья с Лоркой мама получила на своё сорокалетие подарок, которого и не заметила: наши войска овладели Будапештом, венгерским Сталинградом, ожесточённые уличные бои в нём шли уже полтора месяца. Из Милиных писем, из невинного упоминания об Иоганне Штраусе – вояки умело обходили цензуру! – стало ясно, что его соединение нацелено на Вену. Кудишей это не порадовало. На примере Будапешта они поняли, как сопротивляются столицы. И теперь Поля разве что не билась головой о стену: от Мили уже должны были придти три, даже четыре письма! Но именно после появления Вены в сводках Информбюро письма приходить перестали. Поля дошла до того, что отправилась к ворожее, их развелось во время войны видимо-невидимо, и самыми надёжными почему-то считались те, кто едва говорил по-русски. Чем непонятнее было откровение, тем ему больше верили.

Поля не поскупилась, пошла к самой дорогой пророчице, жившей в доме на Кокандской дороге. Богатство говорило о её надёжности. Старая оплывшая кореянка восседала на стопке одеял. Она приняла и пересчитала деньги, указала Поле на табурет, выяснила имя-фамилию того, о ком Поля желает узнать, степень родства, воздела указательный перст, вонзила в сидящую перед ней испуганную Полю коричневый взгляд, и камлание началось:

– Кудиш Эмил... Ку-у-удишш! Э-эми-и-ил! – И на вопросительной ноте, воздев очи к низкому потолку: – Ку-у-ди-и-ишшш? Эми-и-иллл? Ааааа хавалабалá амасанаталá маталанавана-а-á! Масаваналагá хатарападала́ ванкуил! Распарадиссс, передай кому нада, кругом лэти, назад верниссс, вест прынэсси... Кудиш! Эмил! А? А-а! О! О! О! Ц-ц-ц! Кудиш Эмил, живой Кудиш Эмил, ранена шибко, бок болит, рука болит, ухо болит, глаз-нос ест, рука-нога ест, все рука-нога ест. Живой, живой Кудиш Эмил! Весточка жди, пыссссмо фронта скоро, ужье идёт, ужье идёт, недел как идёт...

Бок, ухо... Руки-ноги ест, глаз-нос ест... Чуть успокоенная Поля поделилась с Лизой, и та не посмела отругать её, лишь посоветовала ничего не говорить своим мужчинам. Поля не выдержала, рассказала. Результат был ужасен.

— Как тебе не стыдно, мама?! — кричал Боря. — Ходить к гадалкам! Средневековье! Ты городская женщина или одна из этих узбечек в парандже?!

— И что, ты думала, она скажет за твои деньги? — вторил ему Калман. — Что твой сын убит и похоронен в Вене?

— Но другим она предсказала, что их сын или муж убит!

— Мама, какая ты наивная! Твоя гадалка связана с военкоматом, они с ней в доле. На месяц-второй задерживают извещения и сообщают ей имена. У неё список. Если приходят родственники тех, кто в списке, им она говорит жестокую правду. А если сведений нет... Военком сменился...

С Полей сделалась истерика.

А вокруг такое царило ликование! Второго мая объявили о падении Берлина. Ждали вестей о бесноватом фюрере, о пленении или убийстве. Но он пропал, как злой дух. Растворился, как и предсказал Фимин папа. О нём никаких даже слухов не было.

В день, когда объявили о взятии Берлина, мама, войдя в тамбур, услышала, что Юлик поет. Это было необычно. Он стеснялся своего голоса и пел лишь в хоре, когда с дружками скакал в атаку. А тут – пел во весь голос, пользуясь тем, что в другом конце двора, на длинной ножке Г, услышать его было нельзя. Мама остановилась. Юлик пел "Ой, туманы мои, растуманы" со всеми переливами, с какими пел эту песню хор имени Пятницкого.

Уходи-или в поход партиза-аны... И на ста-а-арой смоленской до-о-оро-оге-е повстреча-али незваных гостей, э-э-эх! И на старой смоленской дороге... Повстречали – огнём угоща-а-али, навсегда уложили в...
— Куда?? Мама ушам не поверила. — *...За великие наши печали, за горю́чую нашу беду, э-э-эх!..*

Юлик пел по-своему. Он праздновал победу и врага затолкал туда, откуда тот вышел на свет божий.

Вот что ещё включает в себя цена победы... Лексикон войны... Разве только он? Юлик уже не ребёнок, он подросток. Расти в такое время... Чем занимались дети, когда родителей не было? Эта несчастная девочка, была она Юлику только другом? Или не только? Школа и прежде была скорее рассадником пошлости, чем воспитательным учреждением. А уж теперь...

Но какой слух! Да сколько раз слышал он эту песню, что повторяет её с такой точностью, а перевирает лишь то, что хочет переврать? Ох, как надо было учить его музыке! Это должно было стать делом его жизни. Поздно. Ему скоро одиннадцать. Тоже – цена победы...

Выждала с минуту, чтобы не смутить его. И чтобы не читать нотаций, полезных теперь не более, чем горчица после ужина.

Юлик уже знал, что они едут, но не знал – когда именно. Мама скрывала дату отъезда, чтобы ожидание не возбуждало сына. На 9 мая были взяты билеты на поезд.

Но теперь Юлик как раз не очень-то думал об отъезде. Предстояла Победа!

Для мамы победа была свершившимся фактом, её ждала работа по возрождению семьи. Галочка в Москве, Яша на трудфронте, служит в милиции, сын тоньше камышинки, они бездомны, нищи, вся надежда на неё. И на деньги, сделанные ею и превращённые в банковские аккредитивы. Предстоит наново искать жильё, наново приобретать мебель, есть и одеваться по нормам мирного времени, растить и учить Юлика. Вернуться в Киев надо в таком виде и с такими верительными грамотами, чтобы быть принятой в любом обществе. С её манерами и языком это несложно.

Да, если бы не скорпионье солнце. Под ним три долгих года она выстаивала от зари до зари. Загар выдает профессию: перекупка! У колхозников – и у тех нет такого загара. И ничего не значат манеры. В войну даже аристократки берутся за любое занятие, но их после этого не принимают обратно в общество...

Третьего мая мама пришла домой с коробочкой мази и бутылочкой жидкости. Умыла с мылом лицо, шею, руки в воде арыка, протекавшего через тамбур-кладовку. Перед зеркальцем намазала мазью из коробочки лицо, шею, уши и кисти рук. Юлику сказала, чтобы не волновался и никого не звал. Если она будет стонать, значит, её не обманули, мазь действует, чего она и желает.

Кричала всю ночь, зажимая рот подушкой, а он тихо плакал, четвёртый раз за четыре года войны. Он-то знал, что́ мама чувствует, так был ещё свеж в памяти его ожог... Даже на миг не уснул, а провалился в сон на рассвете, после того как мама встала с постели и вышла с бутылочкой. Юлик увидел её вечером. Лицо, шея, руки – всё было розового цвета. Мазь подействовала. Мама была удовлетворена, боль терпела с какой-то даже радостью. Обожжённые места мазала несоветским кремом.

Пришло письмо от Мили, написанное чужой рукой. Полю при виде почерка сморил обморок. Миля надиктовал: ранен в руку... (Врёт! – крикнула Поля. Врал. В уличных боях за Вену старшему лейтенанту

Кудишу вышибло глаз) ...но напишет вскоре сам, пока всех целует, особенно мамочку, и передаёт привет родственникам. Были слёзы – и облегчение. За вечерним чаем мама подвела итог:

– Слава Богу, жив. Тебе больше не надо бояться ни за него, ни за Бореньку.

Когда укладывались спать, Юлик сказал:

– Ма, я завтра иду к Лорке. Хоть посмотрю на неё.

Мама промолчала.

Утром он удивился. Мама была дома! Они вместе завтракали. Такого он не помнил. Мама знала его вкус и пожарила яичницу – из трёх яиц! Потом был чай с его любимым сливовым повидлом. После завтрака мама предложила сходить к Марии Петровне.

– Нет, мам, я к Лорке.

Мама села и притянула его к себе. Он удивился. Даже и без Гришки мама не баловала его. О, да, он знал, как она его любит. Но чтобы нежности!..

Он насторожился – и вдруг задрожал.

– Мам!

– Сыночек, Лорочки больше нет...

Победа!

Лишь седьмого он узнал, что послезавтра они уезжают. Девятого в полдень. Документы, билеты – всё готово. Подумать только, в Киев!!! Наконец-то! *Были сборы недолги.* Нечего продавать и дарить. Кастрюли, многократно запаянный примус, печурка... Одежда поместилась в два небольших чемодана. Корзина с едой.

Восьмого простились с Марией Петровной. Предстоял чай у Кудишей, и визит был короток. Мама передала Марии Петровне стопку Лоркиных рисунков. Где она их держала это время? Спрятать что-то у них невозможно. Мария Петровна перебирала листы и морщилась. Один лист большого размера был обёрнут в бумагу.

– Какой талантище... А мысль! Лизочка, я не дам этому пропасть. Юлик, не хочешь взять себе несколько Лорочкиных рисунков на память? Там есть такие, где ты и она...

Юлик помотал опущенной головой, и Мария Петровна перевела разговор на погоду: какие мягкие дни, в поезде не будет жарко, есть ли у Юлика чтение на дорогу...

Мама спросила о муже Марии Петровны. Она ответила: пишет из Болгарии забавные письма, болгарки предлагают ему руку и сердце и не отстают даже тогда, когда он им объясняет, что у него красавица-жена, в которую он влюблён и ни о ком другом думать не может.

322

— Поверим! – с юмором сказала она. – Лизочка, удачи!

— Мурочка!..

Обратно шли молча. Юлик остановился.

— Мам, давай вернёмся.

— Зачем?

— Хочу что-то сказать Марии Петровне.

— Мы её поставим в неловкое положение. Она уже, наверное, переоделась по-домашнему.

— Обожди меня, я пойду один. На минутку.

— В чём дело? Что ты надумал?

— Хочу посмотреть Лоркину картину.

Лиза, хоть и была раздражена, повернула назад.

Мария Петровна действительно уже переоделась в халат, и мама извинилась за неудобство.

— Ничего-ничего! Так трудно с вами расстаться!..

— Мария Петровна, покажите мне большую картину.

Женщины переглянулись, и Юлик не упустил этого.

— Юлик, она не окончена. Там ничего нельзя понять.

— Всё равно. Пожалуйста!

Мария Петровна вздохнула, долго снимала обёртку с листа, подставляла под него вазу для цветов...

— Набросок. Она не успела, бедненькая. Одни силуэты.

— Это конец света.

— Ну что ты, глупенький! Какой конец света?!

— Конец света. Она знала. Ей Бог сказал.

Лица женщин отразили смятение, Юлик этого не заметил, он погрузился в сюжет.

В отличие от прежних акварельных работ эта написана была всеми средствами, какие были у Лорки. Вовсе не набросок. Главное было сделано. Пейзаж – акварель с пастелью и чернилами. Голубизна неба. Облака – бумага, не тронутая кистью. Всё ужасающе телесно – развалины и погибель в раме прекрасной природы. Круглилась под безмятежным небом цветущая Земля. Доминировала гора, далёкая, чистая, сахарно-белая, размытая фиолетовыми разводами. Но закат, словно убийственный взрыв, был зловеще-багров и заливал развалины издевательски-розовым светом. Города и селения с высоты виделись грудой развалин. На площадях горы трупов. (Лорка навидалась умерших и в Ленинграде, и в Намангане). Глядели на буйное саморазрушение людей слоны и львы с лесных опушек в правом нижнем углу, а зайцы и мыши из земляных нор в левом. У них были длинные человечьи глаза с изумлёнными зрачками. Таким же глазом дивился из пруда пиршеству смерти высунувшийся подышать воздухом карась. Из поднебесья, сторонясь зенита, жались по углам и испуганно взирали чайки, аисты и другие пернатые. И люди были крылаты, немногие, кого Лорка успела написать свойственным ей уверенным штрихом. Люди уничтожали друг друга — те, кому определено было друг друга холить и лелеять. Всюду царило убийство. Ангелы разили ангелов, бесы бесов, и все друг друга. В жуткой схватке сцепились в центре композиции два существа. Первое с искажённым болью лицом уже отломило руку второму и теперь разрывало его за ноги так, что раскрылась брюшная полость и вываливались фиолетовые кишки. Второе изогнулось дугой, вцепилось зубами в горло первому и тоже преуспело, ибо голова с перекушенным горлом отваливалась в неестественном наклоне назад. У первого было лицо Лорки, у второго черты Юлика, но с Шуркиными глазами.

Юлик не мог оторвать глаз от искажённого Лоркиного лица.

— Отдайте мне это, Мария Петровна!

— Куда ж тебе это, Юленька? Как это везти в толчее, в пересадках? Это не сложить, не спрятать в чемодан. — Мария Петровна чуть не плакала. Спрятать можно было, она умолчала о главном: это нельзя было никому показать. Лишь они знают смысл картины и боль её творца. Власти узрят в этом злобный пасквиль. — Приедете, устроитесь, мы спишемся, я вставлю это в раму с небьющимся стеклом и пришлю вам по почте, когда всё придёт в норму...

Когда шли мимо жилья Фоминых, Юлик спросил:

— А как Лоркина мама?

— Уехала, — коротко ответила мама.

— Куда?

— Она не сказала.

Пили чай и шумели у Кудишей, и Юлик безмолвствовал, хотя Дина приставала к нему с разговорами.

Утро девятого застало его в кузове. Машина пришла за несколькими семьями — отвезти на вокзал. Снова любимые запахи резины и бензина! Как некогда при выездах на дачу, он забрался в машину первым и восседал наверху, на узлах и повидавших виды чемоданах, с которых согнали скорпионов, недовольных тем, что их тревожат по столь мелкому поводу. Здесь, на верхотуре, он нетерпеливо ожидал, когда машина наконец тронется и лицо овеет не забытый ещё с довоенных времён автомобильный ветерок.

Утро было сырое, пасмурное, солнечный свет не слепил, и он издали увидел двух соседок, плачущих, бежавших к ним с воздетыми руками, мигом всё понял и скатился с машины, как колобок, без царапины, без ушиба. Женщины, прибежавшие и те, что сновали у машины, поднося вещи, молча сбежались, молча обнялись и плакали тоже молча. И не сказать — были ли то слёзы радости или горя. Победа окончательностью своей отсекала надежду на возвращение погибших. Навсегда. Безвозвратно. Это даже Юлик понял. И никто не произнёс другого слова. Одно лишь слово звучало — ПОБЕДА!

ПОБЕДА! С ПОБЕДОЙ!

Как ехали на вокзал? Как возвращались? (Пешком. Вещи сдали в камеру хранения). Почему-то поезд не подали в тот день, отъезд перенесли на тринадцатое.

Приютила их Ева, милая соседка Ржевских. У них было просторно. Ева, Уриэль и маленький Фима стали семьёй на оставшиеся дни. Щепетильная мама первым делом послала его отоварить карточки. Состояние, в каком шёл и возвращался, неповторимое это состояние запомнилось на всю жизнь. Он не шёл, он парил, едва задевая землю. Он ничего не весил.

В булочной ждал сюрприз: белый хлеб. До этого белый добывался мамой в качестве лакомства два-три раза за войну. А тут паёк за три дня всем был выдан белым хлебом. И такой праздничный дух наполнял булочную! Юлик получил паёк – и не уходил. Люди улыбались, будто родственники из всех тысячелетий, будто все минувшие поколения сошлись на торжество радости, справедливости и печали. Удивителен был безмолвный митинг в тесном магазине, наполненном добрым духом хлеба. Юлик плыл по улице с полной авоськой и пощипывал довесок. Белое солнышко вышло из-за облаков и грело мягко, словно прониклось настроением тихой радости – и грусти.

Был стихийный выходной. А вечером ужин. Не ужин – пир. Без алкоголя, с чаем, но с опьянением таким, словно чай был водкой. Оно всё же пришло, ликование победы, хоть с опозданием, хоть и приглушённое горечью потерь. Пришли Кудиши, нежданно, предполагалось, что в этот вечер они у Ржевских. Поля была радостно возбуждена, Калман печален, за столом не ел и вдруг спросил:

– Ури, водки у тебя не найдётся?

– Это ещё что за новости? – возмутилась Поля.

Уриэль встал из-за стола и вернулся с чекушкой.

– За победу?

Калман покачал головой и налил на донышко в стакан.

– Выпей и ты. За чудного человека. Земля ему пухом!

Не чокаясь, выпили, закусили американской тушёнкой.

– Кто ещё? – коротко спросил Уриэль.

– Клевцов. Узнал о победе – и... Не живут хорошие люди! Всякая сволочь – пожалуйста! Предчувствовал же я!..

Кудиши ушли. Ева готовила чай, Юлик на деревянном полу играл с Фимой.

Ева подала чай. Уриэль рассказывал о себе. Лиза слушала, опустив пышную черноволосую голову.

– Дед и отец были кузнецы, и меня выучили. Революция прикрыла предпринимательство. В комсомол не приняли: отец ремесленник. В техникум не приняли: собственник. Нанялся рабочим на текстильную фабрику. Фабрика открыла магазин. Неграмотность вопиющая. Дебит, кредит, сальдо? Никакого понятия. Зарплату не умели начислить. Назначили бухгалтером. Директор магазина сразу проворовался: рабочий-партиец дорвался до хорошей жизни и тащил, не считая! Назначили директором магазина. Временно, временно – так и остался. А уже оттуда... У большинства то же: не рабочие, не крестьяне, значит, собственники. Не старые партийцы – дороги нет. Грамотны – в торговлю. Так мы оказываемся в этой упряжке... Как было у поляков, у немцев? – Юлик навострил уши. – Не знаю. Но лозунги, песни, фильмы какие! И жертвы... А люди какие убиты!.. С ними разве дошло бы до войны на нашей территории? А после них речь уже не шла о цене. Не было неисполнимого. Любые фантастические проекты считались реальными. Гнусный строй с несравненным по великолепию, невиданным в истории пропагандистским идеологическим реквизитом...

Многих слов Юлик не понимал и по ненависти к фашизму до самой зрелости думал, что речь шла о нём...

Прибежала Поля, оторвалась от застолья: ой, совсем забыла, Лизу искал какой-то молодой узбек, просил придти. Имени не помнит. Мамлакат, что ли?

Наутро Лиза отправилась на Песочную. Какие ещё узбеки могли её искать... Она была насторожена и взяла с собой Юлика – на всякий случай, как переводчика. Идти не хотелось. Ничто в жизни не задело её так, как визгливый и несправедливый попрёк очи. Но понимала: если там зовут, произошло что-то необычайное.

Необычайное увидели сразу. На кровати сидел Мамед. Мамед, на

Янечка

которого пришла похоронка, сидел на кровати, свидетельнице стольких драматических событий. Вместо жёлтого одеяльца с дыркой, прожжённой утюгом ещё в Киеве, кровать была застелена горой ватных одеял, на них и восседал Мамед. Без ног. Он протянул к Лизе и Юлику руки и заплакал. Лиза окаменела. И совсем потерялась, когда с обычной прытью с крыльца спрыгнула оча и кинулась её обнимать. Столпились Сергей, Азат, даже Иргаш стоял, косясь на Юлика без малейшего дружелюбия, разумеется. Айша, неряха-жена Мамеда, схватила на руки Вали-джана и тоже спешила к ним. Юлик растерялся и ничего не понял, даже когда под вопли очи и плач Мамеда, тянувшего к Лизе руки, заговорил Сергей. Но увидел, что мама страшно побледнела, когда сказала:

– Он пропал без вести...

Тут до него дошло: это о Янечке! В произношении узбеков он не распознал, что с самого начала в столпотворении этом повторялось имя Янечки.

– Врёт военкомат, – сказал Сергей. – Расстрелян перед строем. Видел Мамед, видели все. Мамед потому и живой. Ноги там оставил, сам живой. Из других взводов никто не живой. Всем похоронки. Команд не понимали, а их в атаку. Другие повели, он отказался. Мамеда потом, в бомбёжке. Такой у тебя племянник, Лиза. Себя подставил. Гордись. Можно, я тебя поцелую? Как брат.

Заплакала мама лишь на обратном пути – страшно, истерически. Впервые с начала войны. Юлик усадил её на завалинку у пустующей бахчи. Она плакала, как обиженный ребёнок, обхватив его, стоявшего над ней, вжавшись лицом в его впалый живот и орошая рубашонку слезами. А до него медленно доходило: Яник трус, он отказался вести в атаку взвод, не понимавший по-русски!

Мама прилегла с закрытыми глазами, с компрессом на лбу. Юлик играл с Фимой, чудным, тихим ребёнком. Он как Шурка. Теперь уж недолго... Встретятся, расскажут друг другу всё, что было. И станут играть, как он играет с Фимой. Не в войну, ну её к черту! Столько всего, что можно обыграть. Путешествия и приключения, полёты на Луну, спуски в кратеры вулканов... С Шуркой можно играть в любые игры.

И обожгло: Лорка!.. её картины... её мама?..

Тихо вышел на улицу и побрёл к больнице.

В бараках было буднично. Победа была вчера, о ней забыли. Так же стирали хозяйки, и малыши возились в пыли, и чадили подгоравшие кастрюли.

Юлик три знакомые ступени одолел прыжком, постучал в знакомую дверь.

– Кто там?

– Нину можно?

– Чего-о? – Открывшая дверь женщина с бигуди в волосах кормила грудью младенца. Ничто здесь не изменилось, кроме жильцов. Одноногий усатый мужчина курил у окна и бросил на Юлика хмурый взгляд. – Нину ищешь, малый? Повесилась твоя Нина, как девчонка её умерла.

Опомнился у моста через Сай. Стоял, глядел в сторону горы, которой молился последние месяцы. Горы не было видно.

А Бог?

Через мост полз грузовой состав. И – всё?

Он завопил воплем, какой издал в поликлинике три года назад. Залаял – на Бога, на гору, на боль. Перехватило горло, лёг лицом в голыши, пахнувшие водой и вечностью.

Лорка там... одна...

Одна!..

♦

Тринадцатого мая Кудиши провожали Плонских на вокзал. Боря и Калман получили чемоданы в камере хранения и внесли в вагон. Юлик невнимательно расцеловался с ними и на перрон больше не вышел, мысленно торопил отправление. Мама с Кудишами стояла у вагона, он глядел сверху в открытое окно. Поля держала Лизу за руку, он возмущался – про себя, конечно. Зачем тётя Поля вцепилась в маму? Поезд тронется – и мама останется!

Поля не выпускала мамину руку.

– Лизонька, ты же пиши! Часто, обо всем. Зайди к нам в домоуправление... Ах, да, я уже сказала... Ой, я же не дала тебе адрес Козаравецкого!

– Дала, он в блокноте. Да я и так его помню. Перестань дёргаться, теперь уже всё...

– Да-да... Ой, как же мы тут без вас...

– И вы скоро тронетесь. Миля пришлёт вызов.

– Мама, иди в вагон! – не выдержал Юлик.

Поля обняла маму и заплакала.

– О! Начинается концерт! – вскинул руки Калман, но Юлик видел, что и у него глаза подозрительно красные.

Поезд свистнул, двинулся, Кудиши пошли, не отставая, по земляному перрону, поезд прибавил ходу, Поля побежала, Боря придержал её, чтоб не наткнулась на стрелку...

В полупустом вагоне Юлик взобрался на верхнюю полку. Мама подала ему подаренную Ромой Ржевским книгу об электронной лампе "Волшебная лампа" и несколько ломтей хлеба. Под стук колёс – наконец-то! – он вскоре забыл обо всем. Диод, триод... И всё понятно! Передача изображения на расстояние... Права была Лорочка. Зря надавали копняков пацану.

В Электронный Век Юлик входил подготовленным.

В Москву приехали двадцать второго мая. Было пасмурно, в воздухе кружили снежинки. С Галкой разминулись на вокзале, нырнули в метро и до её жилья на Пушкинской добрались самостоятельно: горожане! Софья Павловна, хозяйка, коренастая сорокалетняя дама с коротко подрезанными волосами, встретила их со спесью коренной москвички, но неузнаваемо смягчилась, когда ворвалась Галка и целовала маму и Юлика:

– Это Юлька? Это – Юлька??? – За двадцать месяцев он из ребёнка стал подростком. – Я умру! Ой, я сейчас умру!

Мама взволновалась и строго велела Галке успокоиться.

В Киев приехали одиннадцатого июня. Ютились на Малоподвальной. Старое семейное гнездо опустело. В комнате, где Плонские жили, когда родилась Галка, и ещё три года после рождения Юлика, поселился старший Плонский, писатель, любимый дядя Моисей. Спал теперь Юлик в своей прежней комнате, на дядином письменном столе.

Две фронтальные комнаты, окнами и балконом выходившие на Малоподвальную, заняли Маня с новым мужем, молчаливым мясником с сизым затылком, и дважды двоюродный брат Фима. Он успел демобилизоваться и ласково увивался вокруг молодой жены, маленькой и решительной, как торпедный катер. Вечерами он садился к пианино, наигрывал и напевал приятным тенорком:

В этот час, волшебный час любви,
В первый раз меня любимой назови.
Подари ты мне все звезды и луну,
Люби меня одну.

Он был весел, энергичен. Прошёл всю войну с одним ранением! Об отце, брате, бабушке не говорил. Мимоходом бросил, что говорил с кем-то, видевшим Иосифа на улице в сорок втором году.

Мама уже давно велела Юлику: о Янечке ни слова! Фима наводил справки по каким-то своим каналам и получил ответ: пропал без вести. Это и стало семейной версией.

Юлик сходил к Шуркиному дому. Во дворе ничто не изменилось, но не было ни единого знакомого лица. Позвонил в квартиру. Выглянула женщина. Да, они здесь живут, о прежних жильцах ничего не знают.

Вечерами Юлик усаживался в углу, читал "Тихий Дон", "Порт Артур" и косо поглядывал на нового дядю. Тот, впрочем, не докучал ему вниманием, как и Фимина жена. Она в войну работала в госпитале, Фима воевал – но войны для них словно и не было.

А для Юлика она не кончалась. Не хватало бабушки, дяди Иосифа, Янечки... Он ждал их возвращения.

Дядя Моисей собирал материал для коллективной книги, названной "Чёрной". Ещё планировались "Красная" и "Жёлтая" – о подвигах и унижении евреев. Дядя был поглощён этим. Иногда предупреждал: "Не уходи, будут интересные люди".

Приходили жившие у Бабьего яра – что-то видевшие, что-то слышавшие... Но дважды *интересными* оказались жертвы – юноша с парализованной рукой (другой он укладывал её на подлокотник кресла), молодая брюнетка, половина головы у неё была седая. Слушал. Рассказы не впечатляли. Позволили убить себя! Как это? Их же были тысячи! Зубами и ногтями порвать охрану! Ну, кто-то погиб бы, но ведь не все!

В одно из воскресений пришёл повзрослевший Гришка. Он работал на Подоле, на каком-то заводе слесарем пятого разряда. Тринадцатилетний Гришка! Юлик это воспринял как должное, он-то знал Гришкины золотые руки, но на Малоподвальной удивились: пацан – и работает по пятому разряду?! Гришка скромно объяснил: приняли учеником, но через день присвоили третий разряд, еще через неделю четвёртый, а месяц спустя пятый. На расспросы об Ароне ответил только, что у него скоро будет братик или сестричка. Снова Юлик увидел его лишь через год.

Начался учебный год. В одном с Юликом классе учился Люсик Трахтенберг. Его мама вышла замуж, он стал Петром Черновым, картавил так же, но осмотрительно выбирал слова. В детском саду обосновалась какая-то контора, но ничто не изменилось, только деревья казались ниже. Тот же косогор, кусты... Узнал о судьбе своего пистоля: Трахтенберги голодали, Люськина мама сменяла его на хлеб. (Откормленным Люсик-Пётр не выглядел и теперь...) О Шурке не знал ничего. Мишка учился в Двадцать Четвёртой школе. Игорь исчез, как и толстушка Люда, симпатия Юлика. Тонька умерла от голода в оккупированном Киеве. Постояли в опустевшем дворе и понуро разошлись.

Год спустя квартиру отсудили. Юлик вернулся на Артёма – как вчера ушёл. Но не было теперь кроватей, обеденного и письменного столов, дивана, тумбочки с патефонами. Не было даже репродуктора на стене. Голые окна. Голый шнур с лампочкой. Буфет, один стул. Буфет слишком был прост и громоздок, чтоб тащить его с четвёртого этажа. И не было бабушки, братьев, дядьев...

Сосед, Сергей Никитич Лимаренко, вежливо удивился тому, как Юлик вырос. Сам он ничуть не изменился. Та же щёточка усов, уклончивая улыбка... О Паше знал, что живёт в деревне, а больше ничего не знал, тихо жил под немцами всю оккупацию.

Взрослые разошлись на работу. Юлик вышел на балкон.

Цветочные ящики совсем развалились, в них росли сорняки. Серой от спичек Юлик набивал пушчонку из патронной гильзы и прилаживал лафет.

Зазвучал оркестр, шла похоронная процессия. Вереница людей, торжественно ступая, несла на красных подушечках награды покойного. На балкон по другую сторону улицы вышла и стала нахально разглядывать Юлика девчонка, что поселилась там незадолго до войны. Она стала ещё красивее – толстые чёрные косы, глаза как плошки, скуластая, яркие губы, крепкие икры. Она выждала, пока пройдёт процессия, и крикнула:

– Эй, ты, рыжий! Шурка твой ушёл в Бабий яр. Отсюда, из твоей квартиры. Я ему кричала, дураку, он не послушал.

Юлик бросил пушчонку и ушёл в комнату. Ужас объял его. В похоронной процессии он вдруг увидел толпу, которая должна была рвать охрану когтями и зубами – горбатенькую свою бабушку, неизменно учтивого дядю Иосифа, нежную Шуркину маму, Шурку... Они шли здесь, внизу, мимо этого балкона. Быть может, мама несла Шурку на руках... а бабушка подняла глаза к окнам...

Он постучался к Лимаренко. Бухгалтер был дома, пришёл на обеденный перерыв.

– Сергей Никитич, это правда, что Шурка жил у нас?

– А-а, да... Столько всего случилось, я и забыл... Да, жил здесь с мамой день или два... Я её уговаривал не уходить, так она же и слышать не хотела!

Юлик вбежал в комнату, сел на единственный стул и заплакал.

Эпилог

"Несколько раз, между снегопадами, дети приходили к нам наполнять бидон водой.

Когда сошёл снег, я ходила на развалины, но уже не нашла ни хода, ни детей. Говорили, что немцы устраивали облавы в развалинах, искали партизан и евреев. Я внушила себе, что дети перебрались в другое место и выжили..."

Людмила Соколовская
"Киев поверженный"

Послесловие

Люда пережила голод и холод, угон в Германию и бегство из эшелона, уход из Киева и возвращение. Но вытолкнутые родителями из шествия смертников киевские дети не пережили оккупацию. Люда Соколовская стала единственным свидетелем того, что была и такая категория жертв геноцида – Дети Крещатика.

ДРУГИЕ ПРОИЗВЕДЕНИЯ ПЕТРА МЕЖИРИЦКОГО

ПОВЕСТИ

«Десятая доля пути»
«В поле напряжения»
«Один рабочий день»
«Товарищ майор» (докум. повесть)
«Концерт»
«Струна натянута была…»

РАССКАЗЫ

«Рыжий высокий немец»
«Маленькие рассказы о большой войне»
«Сдвиг по фазе», «Иванова»
«Красный лев», «Русский», «На покое»
«Долгий преферанс 1942 года»

РОМАНЫ

«Тоска по Лондону»
«У порога бессмертия
(Сказание об Исааке)»

ДОКУМЕНТАЛЬНЫЕ ИССЛЕДОВАНИЯ

«Россия: Проблемы и противоречия»
(совместно с проф. А.Каценелинбойгеном)

«Читая маршала Жукова»
документальное исследование

Изданная в 1995 году, эта книга мгновенно разошлась по всему миру, где есть русскоязычные читатели. Многие ее положения стали непременным аргументом в полемике о событиях в СССР и Европе в 1932-1942 гг. Базируясь на проницательном анализе мемуаров маршалов Жукова и Василевского, а также на многочисленных источниках советской, российской и зарубежной историографии, автор приходит к неожиданным находкам и выводам.

Анализируя механизмы прихода к власти Гитлера и Сталина, автор отвечает на главный вопрос: почему не удалось предотвратить войну?

Эту работу высоко оценили читатели по обе стороны океана и отметил знаменитый американский историк, исследователь Второй мировой войны Дэйвид Гланц. Книга выдержала три издания, переведена на английский язык и издана в 2012 году в Великобритании под названием "Над пропастью. Сталин, военное руководство и путь к Сталинграду. 1932-1942".

Литературно-художественное издание

Пётр Межирицкий

ДЕТИ КРЕЩАТИКА

Книгу можно заказать у издательства
www.LibesPublishing.webs.com

или на сайте Amazon.com
(ключевое слово «mezhiritsky»)

Libes
PO Box 842 Imperial Beach, CA 91933 USA
www.LibesPublishing.webs.com
LibesPublishing@aol.com